Sur l'auteur

Mikal Gilmore est né en 1951. Critique de musique dans les années 1970, il devient le rédacteur en chef de *Rolling Stone*. Dans son récit autobiographique, *Un long silence*, il revient sur l'histoire de son frère Gary Gilmore, célèbre condamné à mort aux États-Unis et dont l'histoire a été racontée par Norman Mailer dans *Le Chant du bourreau*. *Un long silence* a remporté le National Book Critics Circle Award.

MIKAL GILMORE

UN LONG SILENCE

Traduit de l'anglais (États-Unis)
par Fabrice Pointeau

10/18

SONATINE ÉDITIONS

Titre original :
Shot in the Heart

Éditeur original : First Anchor Books Editions.

ISBN 978-2-264-07687-8
Dépôt légal : octobre 2021

Ce livre est dédié à mon frère,
Frank Gilmore Jr.
Il a beaucoup enduré pour m'aider
à raconter cette histoire.

PROLOGUE
Le rêve

Il y a quelque chose que les morts retiennent.

Robert FROST

Je fais un rêve terrible.

Dans ce rêve, c'est toujours la nuit. Nous sommes dans la maison de mon père – une vieille maison d'un brun charbonneux des années 1950, dotée de bardeaux, à deux niveaux, délabrée. Elle est située à l'extrémité de la périphérie d'une ville américaine moribonde, coincée entre les lumières de la nuit et les cheminées fumantes de gigantesques usines. Devant la maison, la séparant d'une forêt dans laquelle je n'ai pas le droit de pénétrer, s'étire une voie ferrée éclairée par la lune. Dans le rêve, on entend toute la nuit durant le sifflement d'un train qui hurle au loin, annonçant l'approche d'un wagon de voyageurs venu d'un autre monde. Mais, pour une raison ou une autre, aucun train n'arrive jamais. Il n'y a que le hurlement.

Dans la maison, des gens vont et viennent, passant des ténèbres du dehors aux ténèbres de l'intérieur. Ces gens sont ma famille, et ils reviennent tous du monde des morts. Il y a ma mère, Bessie Gilmore, dont la vie a été une succession de pertes cruelles, et qui est morte en crachant du sang et en prononçant les noms de son père et de son mari – des hommes qui avaient depuis longtemps tué ses espoirs et son amour à force de brutalités –, implorant leur pitié, pour pouvoir pénétrer dans des ténèbres qu'elle craignait depuis si longtemps. Il y a mon frère Gaylen, qui est mort jeune de vieilles blessures tandis que la femme qu'il venait d'épouser était assise auprès de lui, tenant sa main, regardant la vie quitter son visage creusé. Il y a mon frère Gary, qui, furieux que la vie lui ait volé tant de temps et d'amour, a assassiné des innocents et qui est mort lorsqu'une volée de balles a arraché son cœur violent et torturé sa poitrine. Il y a mon frère Frank, qui, à chaque nouveau décès, devenait de plus en plus silencieux et distant, et qui a été vu pour la dernière fois marchant le long d'une route proche de la maison nocturne de ce rêve, les mains profondément enfoncées dans ses poches, une expression de douleur hébétée sur le visage. Et il y a mon père, Frank Sr., qui est mort des ravages et des affronts du cancer. De tous les membres de la famille, c'est lui qui figure le moins dans ces rêves, et quand il est là, sa présence finit par m'inspirer de la culpabilité : je suis toujours heureux de le voir, mais il s'avère que je suis le seul. Car dans les rêves, comme dans la vie, tout le monde craint que la colère de mon père ne provoque la perte de la famille, qu'il ne trouve un moyen de tuer ceux qui ont déjà été tués, qui ont déjà chèrement payé le prix de son héritage. Lorsqu'il apparaît, nous essayons parfois de le convaincre que le seul remède à toute l'amertume, à toute l'animosité, est qu'il retourne à la mort. Étends-toi, père, disons-nous. Laisse-nous t'enterrer de nouveau.

Enfin, il y a moi. Je regarde ma famille dans ces rêves et je me sens toujours en dehors de la fraternité

– comme si mes frères et moi nous livrions une lutte pour l'amour, pour avoir notre place, et que, d'une manière ou d'une autre, je perdais toujours. Et je regarde donc mes frères aller et venir. Je regarde par les fenêtres et les vois avancer dans l'obscurité du dehors, à travers les broussailles, à travers le jardin, en direction de l'allée. Je vois des voitures franchir la voie ferrée. Je les vois ramener mes frères de l'autre côté, et je sais qu'ils regagnent des limbes où je n'ai pas ma place, car, pour une raison que j'ignore, je ne peux pas quitter cette maison.

Et puis, une nuit, alors que je fais ce rêve depuis des années, Gary m'explique pourquoi je ne peux jamais me joindre à eux dans leurs allées et venues, pourquoi je me retrouve seul assis dans le salon après leur départ : c'est parce que je ne connais pas encore la mort. Je ne pourrai les suivre de l'autre côté de la voie ferrée, dans la forêt où se déroule leur vraie vie, dit-il, que lorsque je serai mort. Il tire un pistolet de la poche de son manteau. Il me le pose sur les cuisses. Il y a une porte de l'autre côté de la pièce, et il se dirige vers elle. Derrière la porte, il y a la nuit. Je vois le miroitement de la voie ferrée. Et au-delà, ma famille.

« On se verra dans les ténèbres de l'autre côté », dit-il.

Je n'hésite pas. Je soulève le pistolet. Je m'enfonce le canon dans la bouche. J'appuie sur la détente. Je sens l'arrière de ma tête exploser. La sensation est plus douce que ce à quoi je m'attendais. Je sens mes dents se fracturer et se désintégrer et me jaillir de la bouche dans un jet de sang. Je sens aussi la vie me sortir par la bouche, et à cet instant j'ai l'impression de chuter dans le néant. Il y a des ténèbres, mais pas d'au-delà. Il n'y a jamais *d'au-delà, seulement la précipitation soudaine, certaine de l'anéantissement. Je sais que ce que je ressens, c'est la mort – c'est-à-dire que je sais que c'est à ça que doit vraiment ressembler la mort –, mais je sais aussi que c'est ici que l'au-delà cesse d'être une possibilité.*

J'ai fait ce rêve plus d'une fois, sous diverses formes. Je me réveille toujours à cet instant, le cœur cognant violemment, souffrant d'être une fois de plus arraché à ce vide qui, je le sais, est la porte du refuge de ma famille anéantie. Ou bien est-ce la porte de l'enfer ? Quoi qu'il en soit, je veux retourner dans le rêve, mais à ces heures hantées de la nuit, il n'y a pas de retour possible.

J'ai une histoire à raconter. C'est une histoire de meurtres : des meurtres de la chair et de l'esprit ; des meurtres nés de la douleur, de la haine, du châtiment. C'est l'histoire de la genèse de ces meurtres, de la manière dont ils ont pris forme et déteint sur nos actes, dont ils ont transformé nos vies, dont ils ont imprégné le monde et l'histoire autour de nous. Et c'est une histoire qui raconte comment la soif de violence et le meurtre prennent fin – pour autant, certes, qu'ils prennent jamais fin.

Je connais bien cette histoire, car je suis coincé dedans. J'ai vécu avec ses causes et ses effets, ses détails et ses leçons indélébiles, toute ma vie durant. Je connais les morts de cette histoire – je sais pourquoi ils ont provoqué la mort des autres, et pourquoi ils ont cherché la leur. Et si je peux un jour espérer quitter cet endroit, je dois dire ce que je sais.

Aussi laissez-moi commencer.

Je suis le frère d'un homme qui a assassiné des innocents. Il s'appelait Gary Gilmore, et il est devenu l'une des figures criminelles les plus marquantes d'Amérique. Mais ce ne sont pas ses crimes – les meurtres insensés de deux jeunes mormons lors de deux nuits consécutives du mois de juillet 1976 – qui lui ont valu sa notoriété. En fait, ce qui a rendu Gary célèbre, c'est son implication dans son propre châtiment. Ces meurtres se sont déroulés peu de temps après que la Cour suprême des États-Unis avait ouvert la voie au rétablissement de la peine capitale, et l'Utah – où il avait commis ses crimes – avait été l'un des premiers États à la restaurer. Mais la mettre en pratique était une autre histoire. Lorsque Gary a été condamné à la peine de mort à l'automne 1977, personne n'avait été exécuté aux États-Unis depuis plus d'une décennie et, en dépit de ses nouvelles lois, le pays n'avait toujours guère envie de voir du sang versé légalement. Mais tout cela a changé avec Gary Gilmore.

Le 1er novembre 1976, Gary a refusé son droit à faire appel de sa condamnation et a insisté pour que l'État aille jusqu'au bout et l'exécute à la date qu'il avait fixée. Il a immédiatement touché la corde sensible nationale, et, pendant les quelques mois qui ont suivi, il a fait presque chaque jour les gros titres des journaux. Il y a eu des discussions, des retards et des intrigues ; il y a même eu une histoire d'amour. Mais tout du long, Gary est demeuré farouche et inflexible dans sa décision de mourir – il a même essayé de se donner la mort à deux reprises –, plaçant par la même occasion l'État de l'Utah et les partisans de la peine capitale dans une position difficile et inattendue. Il avait fait d'eux non seulement ses alliés, mais aussi ses serviteurs : des hommes qui tueraient sur son ordre, pour assouvir ses idéaux de perte et de rédemption. En insistant pour être exécuté – et, de fait, en dirigeant l'appareil légal qui entraînerait l'exécution –, Gary semblait dire : *Il n'y a vraiment rien que vous puissiez faire pour me punir, car c'est précisément ce que je veux, c'est ma volonté. Votre ultime meurtre me rend service.*

Et tout le pays détestait Gary ; pas pour ses crimes, mais parce que, avec son arrogance indomptable, il semblait avoir trouvé le moyen de gagner une échappatoire.

Nombre de gens, bien sûr, connaissent déjà cette partie de l'histoire. Elle a fait les gros titres à travers le monde durant plusieurs mois en 1976 et 1977, et a par la suite été le sujet d'un roman et d'un téléfilm à succès, *Le Chant du bourreau* de Norman Mailer. Si vous avez lu le livre ou vu le film, vous connaissez le récit des derniers mois de Gary : les confiances qu'il a trahies, l'amour qu'il a perdu, les vies qu'il a détruites, et la négation de soi qu'il a recherchée. Ce qui est généralement moins connu, et qui n'a jamais été beaucoup documenté, c'est l'histoire des *origines* de la violence de Gary – la véritable histoire de ma famille, et comment sa toile de sombres secrets et d'espoirs déçus a contribué à créer l'héritage qui, en partie, a poussé mon frère vers le meurtre.

Ces parties du récit n'ont jamais été racontées pour la bonne et simple raison que personne n'en parlait jamais. Durant les dernières semaines de la vie de Gary, Larry Schiller – qui avait acheté les droits de la biographie de Gary et qui a par la suite mené la plupart des entretiens pour *Le Chant du bourreau* – a tenté de pousser Gary à évoquer ouvertement son enfance et sa vie de famille. Schiller sentait que quelque chose de terrible s'était produit à l'époque, mais Gary prétendait que ce n'était pas le cas, et il répondait souvent à ses questions par des moqueries ou de la colère, et ce même aux dernières heures de sa vie. Des mois plus tard, Schiller et Norman Mailer ont passé de nombreuses heures à interroger ma mère, Bessie Gilmore, tentant d'explorer le même territoire nécessaire : quelque chose s'était-il produit dans l'enfance de Gary qui l'avait par la suite placé sur le chemin du crime ? Ils ont fait tout leur possible, mais, la plupart du temps, soit ma mère leur répondait par des énigmes exaspérantes, soit elle se défilait purement et simplement. Il y avait de grandes zones d'ombre du passé familial qu'elle refusait d'affronter et qu'elle préférait dissimuler derrière un voile de mystère. Quelque chose qui concernait mon père : comment il avait vécu sa vie et traité ses fils. Et quoi qu'il se soit produit dans ce passé lointain, ni Gary ni ma mère n'ont accepté de le révéler. Tous deux se sont fermement accrochés à leurs secrets jusqu'au bout. Comme s'ils préféraient mourir plutôt qu'abandonner leur passé.

Et moi aussi, je refusais d'évoquer dans le détail l'histoire de ma famille. De fait, j'ai passé les quinze années suivantes de ma vie à faire tout mon possible pour me distancier d'elle et de ce que je considérais comme une histoire terrible et un destin maudit. Je me disais que ce qui coulait dans le sang de Gary et qui avait fait de lui un assassin ne coulait pas dans mon sang à moi, et que ce qui avait transformé les espoirs de ma famille en naufrage ne dévasterait pas ma vie. J'étais *différent* d'eux, je le savais. J'en réchapperais.

Je sais désormais que je me trompais. Croire que Gary avait hérité de toute la déchéance de la famille, ou que l'essentiel de notre pourriture était mort avec lui ce matin-là à Draper, Utah, c'était ne pas voir la vraie nature de l'héritage qui l'avait mené devant le peloton d'exécution : ce que cet héritage ou ce patrimoine signifiait vraiment, et d'où il venait.

PREMIÈRE PARTIE

FANTÔMES MORMONS

Il est des pécheurs qui, s'ils se connaissent, et si c'est la seule condition de leur pardon, imploreraient leurs frères de répandre leur sang, pour que la fumée de celui-ci puisse monter jusqu'à Dieu telle une offrande afin d'apaiser la colère qui brûle contre eux, et pour que la loi puisse suivre son cours.

Brigham YOUNG,
Journal des discours

Même lorsque les mormons conçoivent des fantômes, ils les conçoivent pour l'éternité.

Wallace STEGNER,
Mormon Country

1

Frères

Un à un, je les avais tous vus mourir. D'abord, mon père. Puis mes frères Gaylen et Gary. Enfin, ma mère, une femme amère et ravagée. À la fin, il ne restait que moi, le benjamin, et Frank, l'aîné. Puis, un jour, lorsque la douleur liée à l'histoire familiale est devenue trop lourde à supporter, Frank s'est tout simplement retiré dans un monde d'ombre, et j'ai eu beau le chercher, il est demeuré introuvable. Mais peut-être n'ai-je pas suffisamment cherché.

C'était il y a plus d'une décennie. Pendant la période qui a suivi, j'ai cru que je n'étais plus lié au naufrage de ma famille, que si ma vie devait sombrer dans le chaos, au moins j'en serais le seul responsable. Je me disais que j'étais enfin seul : libre de poursuivre mon propre rêve de famille.

Un jour, cependant, ce rêve s'est transformé en cauchemar. Et j'ai alors commencé à comprendre que je n'avais tout compte fait pas échappé à la ruine familiale. En fait, je sentais que cette ruine risquait de ne jamais cesser, et que le seul moyen d'y mettre un terme était de mettre un terme à l'héritage lui-même – et que le seul moyen d'y parvenir était de dévoiler ses infâmes secrets, pour autant que je parvienne à les découvrir.

Voilà pourquoi je veux désormais me pencher de nouveau sur ma famille – sur ses histoires, ses mythes, ses souvenirs, son héritage. Je veux me replonger dans l'histoire familiale de la même manière que je voulais me replonger dans ce rêve de la maison où nous avons grandi. M'y replonger et découvrir pourquoi le rêve est allé de travers, et pourquoi tant de vies ont été détruites.

C'est comme si le passé de ma famille avait acquis pour moi la dimension d'un mystère. Je veux voir si, en examinant notre histoire, je peux y trouver une clé – un événement qui pourrait expliquer ce qui a causé tant de pertes et de violence. Peut-être que si je trouve quelques réponses, je parviendrai à éviter des pertes supplémentaires.

Je reviens donc en arrière, craignant un peu de ne jamais connaître la vérité, craignant aussi d'en découvrir trop. Mais je sais une chose : nous payons tous pour quelque chose qui s'est produit bien avant notre naissance, quelque chose que nous n'avons pas eu le droit de savoir. En fin de compte, peut-être tout cela demeurera-t-il un mystère dont personne n'atteindra le cœur.

La famille au sein de laquelle j'ai grandi n'était pas la même que celle au sein de laquelle ont grandi mes frères. Ils ont grandi dans une famille qui était constamment sur la route, qui ne restait jamais au même endroit plus de deux ou trois mois au mieux. Une famille où ils voyaient le père battre régulièrement la mère, lui bourrant le visage de coups jusqu'à ce qu'il ne soit plus qu'un amas de chair bleue et mortifiée. Une famille où ils étaient giflés et frappés et rabaissés pour des affronts dérisoires. Une famille où ils devaient s'unir dans des mésaventures secrètes simplement pour trouver des plaisirs communs.

Dans la famille où j'ai grandi, mes frères ont joué un rôle tout aussi important que mes parents. Ils m'ont montré ce que je devais connaître, ce dont je devais tirer des leçons. Ce que je devais surmonter et fuir. Ils ont donné un but à ma vie : ne pas connaître le même sort qu'eux. En fait, l'un des meilleurs services que m'a rendus ma famille, c'est de m'apprendre que je ne voulais pas être lié à ses valeurs ni à ses dettes ni à ses traditions.

En tout cas, j'ai grandi dans un monde si différent de celui de mes frères que j'aurais tout aussi bien pu porter un autre nom. De toute évidence, je devrais être heureux de ces différences, mais bien sûr les choses ne sont jamais si simples. Les souffrances qu'ont connues mes frères durant leur enfance ont été si distinctes des miennes qu'il m'est presque impossible de me sentir délivré de leur enfer, de la même manière que je ne peux pas me sentir délivré de la Seconde Guerre mondiale sous prétexte que je ne l'ai pas vécue.

On peut découvrir bien des choses sur ces deux familles – celle de mes frères et celle dans laquelle j'ai grandi – en feuilletant les pages de nos principaux albums de photos. Ils sont presque intégralement remplis de photos de mes frères, sur la plupart desquelles ils apparaissent ensemble dans une configuration ou une autre : Frankie et Gary bébés, se tenant la main et souriant avec ravissement à l'appareil ; les deux mêmes debout côte à côte dans leurs uniformes de l'armée et de la marine pendant les années de guerre, ou bien portant des pantalons assortis, des bretelles, des chemises blanches et des cravates larges, à l'époque où la famille vivait dans le désert de l'Arizona. Après la naissance de Gaylen, c'étaient des photos d'eux trois. Trois garçons portant d'authentiques tenues de cow-boy, tenant dans leurs mains des pistolets factices scintillants, chacun tentant d'avoir l'air mauvais, telle une petite fratrie de hors-la-loi. Lorsqu'on arrive aux pages de mon enfance, on ne trouve que quelques photos de moi avec l'un ou l'autre de mes frères – la plupart du temps alignés devant le sapin le matin de Noël, avec des mines de prisonniers désespérés. On peut aussi noter qu'il n'y a que deux ou trois photos de moi seul dans ces albums de famille, alors qu'on y trouve de nombreux portraits de mes frères.

Ces photos disent clairement une chose : mes frères et moi n'avons pas vécu dans le même espace-temps. Nous ne nous connaissions pas. Nous n'avions presque rien à faire ensemble. Je me rappelle avoir joué un peu avec Gaylen quand j'étais petit, car il était le plus proche de moi en âge, et je me rappelle Frank Jr. s'occupant de moi, m'emmenant au cinéma, me surveillant, m'aimant. Contrairement à ce que prétendait ma mère, je ne me rappelle pas avoir fait grand-chose avec Gary jusqu'à bien des années plus tard, alors que nous étions tous deux adultes. Et seulement à deux ou trois reprises tout au plus.

Pour l'essentiel, je me rappelle avoir joué seul, avec mes propres jouets. J'aimais les armes et les histoires de western, tout comme mes frères – mais ils m'interdisaient de toucher à leurs chouettes flingues argentés que j'enviais tant. Cependant, plus que les pistolets, ce que j'aimais, c'étaient les châteaux. J'avais une belle maquette du château du roi Arthur, avec un pont-levis et des tourelles. Mais je n'aimais pas – d'ailleurs je les ai jetés – les chevaliers miniatures en plastique bon marché qui allaient avec. J'avais vu une série bien plus jolie de chevaliers et de chevaux en métal, tous avec des mines redoutables et en pleine action, fabriquée par une prestigieuse société anglaise nommée Britains. Ils étaient peints à la main, ils étaient superbes, et ils étaient hors de prix, et j'ai plus ou moins forcé ma mère à me les acheter. Si mes frères pouvaient avoir leurs six-coups à crosse perlée, je pouvais bien avoir mes chevaliers décorés. J'adorais les placer à l'intérieur du château, relever le pont-levis, et les garder dans la forteresse, où il ne pourrait rien leur arriver de mal. Et je ne laissais jamais mes frères toucher à mes cavaliers en armure – non pas qu'ils en aient eu envie de toute manière.

Il est possible que mes frères et moi ayons joué ensemble plus que je ne m'en souviens, mais seuls quelques incidents nous impliquant tous les quatre sont restés gravés dans ma mémoire. Un jour, nous étions tous dans le jardin de notre maison de Portland, Oregon, et mes frères lançaient des fléchettes en direction d'une cible qu'ils avaient accrochée à un arbre. J'adorais les regarder et je voulais moi aussi lancer les fléchettes, mais ils n'avaient aucune intention de laisser un petit gamin maladroit foutre en l'air leur partie. Bien sûr, j'ai insisté. Je me suis probablement mis à bouder. Finalement, l'un d'eux – Gary, si je me souviens bien – a cédé.

« OK, a-t-il dit, si tu veux jouer aux fléchettes, on va jouer aux fléchettes. On va faire comme ça. » Il m'a entraîné jusqu'à la cible et m'a posté devant. « On va voir qui peut lancer ses fléchettes le plus près de *toi*. »

J'aurais dû décamper, mais je ne l'ai pas fait. J'étais content d'être inclus dans leur jeu. Gary a lancé la première fléchette, qui a atterri à environ quinze centimètres de mon pied. Puis ça a été au tour de Frank Jr., et sa fléchette a atterri environ cinq centimètres plus près. Gaylen a lancé la sienne, et elle a dû finir à moins de deux centimètres de mon pied. Je commençais à avoir moins envie d'être inclus dans leur jeu.

La fléchette suivante – lancée par Gary – a fait mouche. Elle a atteint ma chaussure droite, transpercé le dessus, transpercé l'ongle de mon orteil, et est restée plantée toute droite. Mes frères avaient l'air paniqués, et je me suis mis à pleurer. Ma mère est sortie, elle a vu la fléchette plantée dans mon pied, l'expression penaude de mes frères, et elle s'est foutue en rogne.

Je me suis par la suite plus ou moins vengé. Par un bel après-midi d'été, Gary était assis sous la véranda avec deux amies, et mon frère Frank était là aussi, avec une fille. Encore une fois, j'avais envie d'être inclus, et ils m'ont une fois de plus dit de foutre le camp. Alors je suis allé sur le côté de la maison, j'ai attrapé l'extrémité du tuyau d'arrosage et l'ai traîné jusqu'à la véranda. Je l'ai tendu à Gary, qui était en train de faire du gringue à une jeune fille aux cheveux couleur miel, et je lui ai dit :

« Tiens, attrape ça. Je reviens tout de suite. »

Il ne faisait pas trop attention à ce que je disais. Il était assis là, tenant le tuyau d'arrosage, en train de parler aux filles.

J'ai couru jusqu'à l'arrière de la maison et j'ai tourné le robinet à fond. Comme je l'avais espéré, Gary s'est pris le jet en pleine face, violemment, et ses vêtements ont été trempés. Je l'entendais hurler depuis le jardin, et j'entendais le rire des filles. J'ai couru me planquer parmi les ronces derrière notre maison, et je n'en suis pas ressorti avant plusieurs heures. À mon retour, Gary avait encore l'air furax.

« Je ne te pardonnerai jamais », a-t-il dit.

J'examine ces photos de mes frères. Elles m'inspirent plus de rancœur que n'importe quoi d'autre dans l'album. Je les regarde tous les trois, leurs pistolets pointés vers l'objectif, et je peux sentir le monde qu'ils partageaient ensemble, le monde auquel ils appartenaient. Ce ne sont pas leurs poses de caïds – leur fantasme de mômes hors la loi – qui m'interpellent. En fait, ce qui me frappe sur ces photos, c'est à quel point mes frères souriaient quand ils étaient ensemble – à quel point ils avaient l'air heureux dans leur monde. Je ne me rappelle personne de ma famille souriant autant quand j'étais enfant, mais bon, il y a un paquet de choses de cette époque dont je ne me souviens pas. Ces sourires sont comme un mystère : ils me disent que ma famille a vécu une tout autre vie dont je ne sais toujours rien – une vie dont, jusqu'à ce jour, personne ne parle.

En dépit de l'enfer qu'ils ont vécu, mes frères ont été, ne serait-ce qu'un temps, de vrais frères. Je regarde les visages sur ces photos, et je les déteste. Ce n'est pas ce que je veux, mais je les déteste. Je les déteste parce que je n'étais pas inclus dans la photo. Je les déteste parce que j'aurais voulu faire partie de leur famille, quel que soit le prix à payer.

2

Lignées

J'essaie de me souvenir de ma mère. Je ferme les yeux et m'efforce de faire resurgir son visage de mes souvenirs les plus anciens, à une époque où mon père était la plupart du temps parti, et où mes frères n'avaient pas encore sombré dans des vies de désastres en série. Elle souriait beaucoup en ce temps-là ; chaque matin à mon réveil, je découvrais un visage qui semblait ravi de me voir. Et puis je vois son visage quelques années plus tard. Il était différent alors, plein d'une colère brûlante, et parfois animé d'une folie dangereuse – un visage qui ne pouvait s'empêcher d'afficher le prix d'une vie de déceptions incessantes. J'ai commencé à avoir peur de son visage à cette époque – en partie parce que mon père me disait que je *ferais bien* d'en avoir peur – et ça n'a rien arrangé.

La vérité, c'est que Bessie Gilmore avait plein de raisons d'être en colère. Mon père l'avait raillée, engueulée, tabassée des années durant, et mes frères avaient déjà rendu notre maison célèbre dans tout le quartier. Mais la colère remontait à plus tôt. Beaucoup plus tôt.

Au bout du compte, ma mère a été la personne de ma famille avec qui j'ai passé le plus de temps, et en vieillissant je crois m'être identifié à son expérience du chagrin et de la solitude, à son sentiment d'être une damnée éperdue. Mais maintenant, j'atteins ce stade où je dois commencer à la reconstruire pour cette histoire, et je suis surpris d'apprendre que je n'ai peut-être jamais compris la profondeur ni les origines de son accablement. Les autres membres de la famille étaient des hommes ; je connais bien nos bassesses particulières, nos humeurs capricieuses et dévastatrices. Dans une certaine mesure, je comprends même la violence qui a marqué nos vies – du moins je comprends comment on peut haïr le monde pour ce qu'il nous refuse, et comment on peut vouloir punir ou détruire tout ce qui peut goûter un bonheur que nous n'atteindrons jamais. Mais même lorsque j'essaie d'imaginer la réalité du cœur de ma mère, et sa haine, sa peur, sa souffrance infinies, je prends peur. J'ai peur que nous héritions de ce qui se trouve au plus profond de nos cœurs, et que celui de ma mère ait été un cœur de prophétie. Au bout du compte, je parviens seulement à pénétrer dans son souvenir lorsque j'imagine le sentiment de damnation qu'elle a éprouvé dans sa jeunesse, et celui de perte de ses dernières années. C'est comme si je ne pouvais comprendre que les parenthèses douloureuses de sa vie : la frayeur dans laquelle elle a grandi, la frayeur dans laquelle elle est morte.

Mais je sais aussi ceci : c'est ma mère qui a fait tout son possible pour instiller en moi l'idée que je pourrais réussir dans ce monde – en d'autres mots, que je pourrais échapper à la tradition familiale – et c'est elle, peut-être plus que n'importe qui d'autre, qui m'a aidé à assouvir ce rêve. Il est probablement vrai, en fait, qu'elle a en partie sacrifié sa santé et sa sécurité durant ses dernières années pour que je puisse atteindre cette réussite. En retour, j'ai appris à la délaisser, tout comme j'avais appris à délaisser tous les autres membres de ma famille. Elle voulait que je survive à notre sinistre héritage, que je sois sa plus belle œuvre, et, pour y parvenir, j'avais le sentiment que je devais l'abandonner, ce qui l'a naturellement fait souffrir. On ne peut pas entrer dans un nouveau monde tout en restant lié aux exigences de son ancien monde, et je pensais être quelqu'un qui était toujours destiné à de nouveaux mondes.

Mais je n'étais pas le seul en qui ma mère avait placé ses espoirs. Je la soupçonne d'avoir aussi considéré Gary comme son œuvre : peut-être était-il celui qui transformerait en actes la rage qu'elle avait en elle et qui vengerait toutes les années de mauvais traitements et d'exclusion qu'elle avait endurées lorsqu'elle vivait en Utah. S'il y a jamais eu une mère dont le fils était susceptible de la venger de son passé, alors cette mère était Bessie Gilmore, et ce fils était Gary. Je la revois me disant un jour : « Gary était le criminel. J'aimerais que tu sois l'avocat. Tes frères auront besoin d'un juriste bon et attentionné. »

Elle a dit ça sans poser d'exigences, mais aussi sans le moindre humour ni la moindre ironie.

Pour expliquer pourquoi Bessie Gilmore a pu vouloir punir ses parents et sa terre natale, je dois commencer par parler un peu des gens et de l'histoire parmi lesquels elle a grandi. Ma mère est née dans l'Utah mormon au début du XXe siècle – un lieu qui, à de nombreux égards, était formidablement différent de l'Amérique qui l'entourait. Les mormons possédaient depuis longtemps un fort et spectaculaire sens de l'altérité et de l'unité : ils se voyaient non seulement comme le peuple élu moderne, mais aussi comme un peuple dont la foi et l'identité avaient été forgées par une longue et sanglante histoire, et par le bannissement pur et simple. Ils formaient un peuple à part – un peuple doté de ses propres mythes et objectifs, et d'une histoire d'une violence ahurissante.

Ma mère se rappelait avoir entendu les légendes de son peuple – ses miracles et ses persécutions – tout au long de son enfance, et elle nous les avait répétées à mes frères et à moi lorsque nous étions petits. Les récits qui revenaient le plus souvent étaient ceux des premières luttes qu'avait dû livrer le mormonisme pour survivre, notamment l'histoire édifiante du fondateur martyr de l'Église, Joseph Smith Jr. Smith était un visionnaire à l'imagination remarquable – de fait il a été l'un des créateurs de mythes les plus innovateurs de l'histoire de notre nation – et c'était aussi un homme qui s'est arrangé pour transformer ses obsessions les plus personnelles en un mélange complexe et épique de théologie et de folklore. Smith construirait presque toute sa théologie complexe sur ce qui était au fond une question de lignée : soit on rachetait les rêves et les dettes de ses ancêtres, soit on périssait à cause des malédictions inachevées. Lorsque ma propre famille a été confrontée à ce dilemme, c'était devenu une question d'une importance capitale.

L'œuvre la plus durable de Smith, naturellement, a été le *Livre de Mormon*. Publié pour la première fois à la fin des années 1820, le *Livre de Mormon* n'a jamais perdu en popularité et n'est égalé que par une poignée d'autres textes et romans américains de la même période, et pendant plus de cent soixante ans, il a été l'un des principaux facteurs qui ont permis de faire du mormonisme l'une des religions à la croissance la plus rapide de l'histoire moderne. Les origines du livre sont aussi fascinantes que controversées : Smith prétendait que le livre avait été retranscrit à partir d'une série de plaques d'or antiques qui lui avaient été présentées par un ange de Dieu nommé Moroni. Ces plaques racontaient l'histoire des anciens habitants d'Amérique et leurs relations avec le Dieu d'Israël – en fait, Smith affirmait avoir découvert un complément sacré et depuis longtemps égaré à l'Ancien et au Nouveau Testament. Le livre a eu, et a toujours, un impact formidable sur les esprits américains, et il n'est pas difficile de percevoir son attrait presque primaire. Une fois que vous avez débarrassé le *Livre de Mormon* de ses prétentions bibliques, vous vous retrouvez avec ni plus ni moins qu'un récit vigoureux abordant les thèmes préférés des Américains : la famille et le meurtre.

Écrit – ou du moins narré par Smith à ses transcripteurs – dans une voix qui cherchait à imiter la traduction de la Bible du roi Jacques, le *Livre de Mormon* raconte sur une période de mille ans la chronique d'une tribu juive, la famille d'un prophète vertueux nommé Léhi, qui avait fui Jérusalem avec parents et amis en 600 av. J.-C., à une époque où la ville était soumise à la corruption. Guidés par Dieu, Léhi et ses fils avaient construit un navire et vogué jusqu'à une nouvelle terre, où Léhi avait enseigné que le plus grand but dans la vie – l'unique voie menant à la rédemption – était de gagner l'amour de Dieu en obéissant à Ses règles. Mais il y avait toujours eu des rivalités au sein de la tribu de Léhi, et lorsque, avant de mourir, le vieux prophète avait désigné l'un de ses jeunes fils, Néphi, comme patriarche et prophète légitime, sa décision avait été accueillie avec un grand ressentiment par ses fils aînés, Laman et Lémuel. Bientôt, ces derniers avaient laissé exploser la colère que leur inspiraient le choix de leur père, ainsi que la piété de Néphi et son Dieu du vieux monde. Ils avaient menacé de renverser son frère et ses fidèles, et de forcer Néphi et les siens à l'exil. Dieu avait été exaspéré par la rébellion de Laman et Lémuel, et comme ils étaient fiers et assoiffés de sang, Il les avait condamnés à avoir la peau rouge en proclamant que tous leurs descendants porteraient la même souillure – la marque de la disgrâce divine – en châtiment des péchés de leurs pères. Ainsi était né le schisme entre Néphites et Lamanites, qui formait la dynamique historique centrale du *Livre de Mormon*.

Au cours du millénaire suivant, les descendants de ces deux familles s'étaient presque constamment fait la guerre, les uns payant le fait qu'ils descendaient du sang vertueux, les autres condamnés à expier la désobéissance et les meurtres de leurs diaboliques ancêtres. Plus tard, lors du passage le plus audacieux du livre, Jésus-Christ rend visite à ces peuples après sa crucifixion et sa résurrection, et il leur enseigne des doctrines de salut et de paix. Mais la paix ne tient pas longtemps. La violence revient, et les assassinats se multiplient. Au terme du livre, il n'y a plus que la voix d'un homme, Moroni, le dernier survivant des Néphites. Il rumine l'histoire de son peuple déchu et de ses dernières batailles, qui ont commencé dans une ville nommée Desolation. À la fin des batailles, les cadavres des Néphites gisent par milliers à travers le paysage ensanglanté d'une nation mourante, et les quelques enfants qui ont survécu ont été forcés de manger la chair de leurs pères. Finalement, Moroni ne peut plus rien faire à part attendre que les Lamanites, qui sont en fait ses frères, le retrouvent et le tuent.

Le meurtre et la ruine sont présents tout au long du récit préaméricain de Joseph Smith, et comme la violence requiert toujours une explication ou une solution, la plus grande révélation méconnue du *Livre de Mormon* est véritablement surprenante : tandis que Moroni regarde la terre rougie par le sang qui l'entoure, il est évident que la force qui a provoqué ces siècles de destruction n'est autre que Dieu Lui-même.

C'est Dieu qui a guidé ce peuple errant jusqu'à une terre inhabitée, et c'est Dieu qui a ordonné la malédiction qui ne pouvait mener qu'à un anéantissement aussi abominable. Dieu est l'architecte caché de tous les meurtres au cœur du plus grand livre à énigmes d'Amérique, le père irascible qui exige que d'innombrables descendants paient pour la trahison de Ses lois et de Son honneur, même si cela doit provoquer des générations de ruine infinie.

L'acte le plus sacrilège du *Livre de Mormon* se produit lorsqu'un athée et antéchrist charismatique nommé Korihor se dresse devant l'un des juges de Dieu et proclame : « Tu dis que ce peuple est un peuple coupable et déchu, à cause de la transgression d'un parent. Vois, j'affirme qu'un enfant n'est pas coupable à cause de ses parents. »

Pour avoir proclamé des paroles aussi scandaleuses, Dieu rend Korihor muet, et malgré sa repentance sincère, Dieu ne lui accordera pas Son pardon. Korihor se retrouve donc à errer parmi les habitants de la nation, implorant la pitié et l'aumône, mais les gens s'emparent de lui et le piétinent jusqu'à ce que mort s'ensuive.

La vision de l'Amérique du *Livre de Mormon* comme une terre qui a toujours connu la destruction deviendrait en fait sa prophétie la plus lancinante. La violence et la peur suivraient Joseph Smith et les siens jusqu'à sa propre mort sanglante des années plus tard, et même après ça, le meurtre continuerait d'empreindre l'histoire des mormons.

Malgré tout, des milliers d'hommes et de femmes se sont ralliés à Smith et à ses croyances. Joseph finirait par baptiser sa nouvelle religion l'Église de Jésus-Christ des Saints des Derniers Jours, et ses disciples,

les Saints. Mais ses ennemis – inspirés par leur haine du *Livre de Mormon* – les ont appelés les mormons.

L'ascendance mormone de ma mère remontait, de même que son arbre généalogique, à cette époque lointaine. La plupart de ces hommes et femmes avaient rejoint la communauté mormone américaine pour fuir la pauvreté de l'Angleterre, persuadés d'y trouver la nouvelle Terre promise. Mais ce qu'ils avaient découvert à la place, c'était une terre soumise à la peur et à la violence. Vers le milieu des années 1830, les mormons avaient déjà été forcés de quitter plusieurs établissements, y compris les grandes communautés qu'ils avaient bâties à Kirtland, Ohio, et Independence, Missouri. Leurs fermes avaient été incendiées, les hommes et les enfants assassinés, les femmes violées – parfois sur l'ordre des miliciens de l'État. Cette hostilité était en grande partie imputée à ce que de nombreux Américains considéraient comme les croyances étranges et les pratiques communautaires inquiétantes des mormons – on disait que les Saints pratiquaient le mariage polygame (ce qui s'est avéré), et qu'ils croyaient dans un système constitué de plusieurs déités et de plusieurs paradis (ce qui s'est aussi avéré). Mais ce qui semblait déranger ou exciter le plus les gens, c'était la personnalité de Joseph Smith lui-même. C'était un homme séduisant, mais aussi fier et ambitieux. Politiciens et journalistes spéculaient abondamment sur le fait que Smith avait méticuleusement planifié de conquérir les États du centre de l'Amérique et d'y bâtir un empire mormon, basé sur un gouvernement religieux dont il prendrait lui-même la tête. Dès les années 1840, Smith avait déjà été couvert de goudron et de plumes, il s'était fait tirer dessus, avait été emprisonné et menacé d'exécution, et il avait été baptisé, par nombre de colons, « l'homme le plus dangereux de la frontière américaine ». Un gouverneur d'État – Lilburn Boggs, du Missouri – avait même décrété que les mormons étaient devenus un ennemi officiel, et devaient être soit expulsés du territoire, soit exterminés. Les mormons étaient donc partis et avaient bâti une nouvelle ville-État appelée Nauvoo, de l'autre côté de la rivière, dans la partie ouest de l'Illinois. Sous la direction de Smith, Nauvoo deviendrait l'une des plus grandes et plus merveilleuses villes du Midwest – mais, ironiquement, ce développement n'a fait que rendre les choses plus compliquées pour Smith et ses disciples. Les mormons étaient déjà considérés comme un royaume à l'intérieur d'un État – un accomplissement sans égal dans l'histoire américaine – et, en 1844, les habitants de l'Illinois en étaient venus à craindre Smith et ses mormons comme les avaient craints avant eux les habitants du Missouri. Lorsque la rumeur s'est répandue que le garde du corps personnel de Smith – un légendaire as de la gâchette nommé Orrin Porter Rockwell – avait abattu l'ancien gouverneur du Missouri, Lilburn Boggs, d'une balle derrière la tête (miraculeusement, il avait survécu), le rêve d'un empire dans le Midwest s'est définitivement effondré.

Après quelques nouveaux incidents inquiétants, l'Illinois a laissé exploser sa rage contre Smith, et le gouverneur Thomas Ford a exigé que le prophète se livre aux autorités pour être jugé. Smith s'est donc rendu, et il a été emprisonné – de même que son frère Hyrum et quelques autres responsables de l'Église – dans une petite ville appelée Carthage. Il n'y avait au début aucun chef d'inculpation à leur encontre, mais on n'a pas tardé à en trouver un : trahison contre l'État – un crime passible de la peine de mort.

Le gouverneur Ford leur avait promis qu'ils seraient en sécurité s'ils se rendaient d'eux-mêmes, mais les miliciens chargés de les protéger étaient les Carthage Greys – des hommes qui, lorsque Joseph était apparu en ville, lui avaient assuré qu'il ne la quitterait pas vivant. Le 27 juin 1844, en fin d'après-midi, une petite escouade gardait la prison de Carthage lorsqu'un groupe de cent hommes s'est approché. Le groupe et les gardiens étaient amis et appartenaient à la même milice, aussi les attaquants n'ont-ils pas rencontré de réelle résistance. Plusieurs hommes ont pénétré dans la prison et se sont engouffrés dans l'escalier pour atteindre la cellule où Joseph et Hyrum étaient détenus. Ils ont tiré à travers la porte avec leurs mousquets et atteint Hyrum au visage. Quatre autres balles l'ont transpercé avant qu'il ne tombe aux pieds de son frère, mort. Joseph avait un revolver qu'un ami lui avait fait passer en douce. Il a vidé son barillet à travers la porte. Trois des assaillants ont été blessés, et l'assaut a été suffisamment ralenti afin qu'il ait le temps de se précipiter jusqu'à la fenêtre pour s'enfuir. Il a passé une jambe à l'extérieur, et quand il a regardé en bas, il n'a vu que des baïonnettes et des carabines. À en croire la plupart des témoignages, c'est là, alors que Joseph Smith comprenait pleinement le prix de sa vision, qu'il a été criblé de balles tirées depuis la porte derrière lui et la foule en contrebas. Il s'est écrié : « Oh ! Seigneur, mon Dieu ! » et a basculé par la fenêtre. Les hommes se sont massés autour de lui, certains lui donnant des coups de pied et le conspuant, jusqu'à ce qu'ils soient certains qu'il ne se relèverait pas. Après quoi, ils ont pris la fuite.

Telle est l'histoire que j'ai entendue toute ma vie sur le martyre de Joseph Smith. D'autres témoins, cependant, racontaient une version différente de sa mort, et j'ai récemment appris que, pendant des années après l'événement, c'est leur version qui avait été considérée comme authentique. D'après les premiers récits – étayés par les témoins mormons et par l'un des assaillants qui s'était confessé –, tels ont été les derniers instants de Joseph Smith à Carthage : il s'est précipité à la fenêtre, mais deux coups de feu l'ont atteint et il est tombé à l'extérieur. L'un des hommes l'a soulevé et adossé à un puits, à quelques mètres de la prison. Un colonel de la milice a alors ordonné à quatre hommes de l'abattre. Ils se sont postés à environ deux mètres cinquante de Joseph et, au même instant, leurs balles lui ont transpercé le cœur. Joseph Smith est tombé visage contre terre, et son sang a imprégné la terre du pays dont il avait auparavant cherché à deviner l'histoire secrète. Et il est resté là longtemps, mourant.

Nous n'avons aucun lien de sang, mais je me sens plus proche de Joseph Smith – à cause de la damnation qu'il craignait, de la lente malédiction qui l'a finalement avalé – que de n'importe lequel de mes aïeux. Je compatis avec lui comme je compatirais avec un frère.

L'assassinat de Joseph Smith était censé mettre un terme au mormonisme mais, au lieu de cela, il en a changé le cours. En quelques mois, les fidèles survivants se sont rassemblés autour d'un nouveau prophète et président, Brigham Young, un théologien moins visionnaire que Smith, mais un meneur plus intelligent et un autocrate plus talentueux. Les mormons sont restés deux ans de plus à Nauvoo – suffisamment longtemps pour en faire un temps la plus grande ville de l'Illinois. Mais les pressions pour que les mormons s'en aillent continuaient, de même que les assauts de groupes armés, et quand Young a entendu dire que des troupes fédérales préparaient une campagne pour anéantir les Saints, il a décidé que le seul moyen pour les siens de survivre était de quitter l'Amérique. En février 1846, Young et les mormons ont donc entamé un long pèlerinage pour trouver une nouvelle terre en dehors des frontières de la nation[1]. Et dix-huit mois plus tard, ils s'installaient dans le grand bassin du Lac Salé, sur une terre qu'ils ont baptisée Deseret (d'après le terme qui, dans le *Livre de Mormon*, désignait les abeilles – c'est-à-dire, le travailleur assidu qui savait œuvrer au sein d'une communauté de gens de même sensibilité). Ce nouvel emplacement allait devenir, en partie, la réalisation du rêve de Joseph Smith d'un Royaume de Dieu sur Terre – et, de fait, ça a été la seule nation religieuse à avoir jamais été établie au sein des frontières américaines. Sur cette terre millénaire nommée Deseret – qui deviendrait l'Utah –, les mormons seraient libérés des effroyables armées de miliciens qui avaient fait d'eux, en même temps que les Cherokees, l'une des seules populations à avoir dû quitter les États-Unis sous la menace de l'extinction ; et dans ce lieu promis, ils se défendraient de tous les oppresseurs qui pourraient les avoir suivis.

Peu après l'installation à Salt Lake, Brigham Young a demandé à tous les Saints qui pouvaient effectuer le voyage de migrer vers le grand bassin pour aider l'Église à s'établir et pour peupler la colonie afin de créer l'empire qu'ils attendaient depuis si longtemps. Et c'est ce décret qui a attiré le premier ancêtre mormon de ma mère, Francis Kerby, dans la vallée de l'Utah, où, à en croire une anecdote, il s'est retrouvé des années plus tard confronté à une réalité terrible et décevante.

Il y a peu, j'ai retrouvé une copie sur microfilm du vieux journal de Francis Kerby (comme nombre de

1. En 1846, l'Union ne comprenait que vingt-huit États, situés dans la moitié est du continent. L'Utah serait le quarante-cinquième État admis dans l'Union, le 4 janvier 1896. *(N.d.T.)*

chroniques des Saints des Derniers Jours, elle a été conservée dans les inestimables archives de la bibliothèque généalogique mormone à Salt Lake City). De tous nos ancêtres, c'est Joseph Kerby (le grand-père de ma grand-mère du côté paternel) qui a laissé derrière lui les notes personnelles les plus détaillées – du moins, jusqu'à une certaine époque. Kerby est né en 1821 dans une famille aristocratique et pieuse dont les membres appartenaient de longue date à l'Église anglicane et résidaient dans les îles Anglo-Normandes, au large des côtes françaises. En 1849, alors qu'il avait 28 ans, Francis et sa femme, Mary LeCornu Kerby, ont entendu les prêches d'un missionnaire des Saints des Derniers Jours, lu le *Livre de Mormon*, et ils se sont convertis à la religion mormone. Les parents de Kerby étaient stupéfaits et scandalisés, et bien qu'ils n'aient jamais complètement coupé les ponts avec leur fils, ils ont pris leurs distances et ont fini par le déshériter en partie, sinon complètement. Presque immédiatement, Kerby a entamé une carrière assez brillante dans le milieu des mormons britanniques, et quelques jours après sa conversion, sur la suggestion d'un chef religieux, il a commencé à tenir un journal dans lequel il consignait ses activités quotidiennes et hebdomadaires. C'est un document dont la lecture est à la fois fastidieuse et fascinante. Comme de nombreux journaux mormons, celui de Kerby – qui va de 1849 à 1893 – regorge de banals détails religieux, et c'est à peu près tout. Si Francis Kerby s'est jamais disputé avec sa femme, ou s'il s'est pris de bec avec un voisin – ou, tant qu'on y est, s'il a jamais été malade, entendu une bonne blague, ou été le témoin d'un moment marquant de l'histoire –, il ne l'a pas consigné dans son journal. À la place, il relate page après page ses activités religieuses, y compris ses dîners avec des mormons éminents et sa participation à diverses cérémonies organisées par les Saints des Derniers Jours.

Le 1er janvier 1857, Francis Kerby a embarqué pour l'Amérique avec femme et enfants, et trois ans plus tard ils rejoignaient la dernière expédition de mormons en charrettes (ces fidèles ont littéralement traversé l'Amérique à pied en poussant des charrettes qui contenaient tous leurs biens). Mais après son arrivée en Utah, Kerby n'a apparemment plus jamais été le même homme. Alors qu'en Angleterre il avait tenu une liste méticuleuse et fière de toutes ses activités ecclésiastiques – il avait d'ailleurs occupé une haute position dans la hiérarchie mormone britannique –, une fois en Utah, il a semblé se désintéresser de son journal, tout comme des activités religieuses elles-mêmes. De fait, les notes des trente-trois dernières années de son existence sont presque exclusivement une succession de mariages, de naissances et de décès. Il n'y a plus dans ces ultimes pages les longs passages sur sa foi et sa dévotion qui caractérisaient son journal à l'époque de sa carrière en Angleterre.

Ma mère avait une théorie pour expliquer ce qui était arrivé à Francis Kerby : elle estimait qu'il avait eu une crise spirituelle. « Il n'a jamais été le même homme après le massacre de Mountain Meadows, a-t-elle dit un jour. Il ne pouvait pas croire que les mormons aient fait une telle chose, et une fois qu'il a appris la vérité, il n'a plus jamais eu la même passion pour l'Église qu'il avait autrefois aimée. »

Le massacre de Mountain Meadows a eu lieu en 1857 – l'année même où Francis Kerby est arrivé en Amérique – mais les racines de la tragédie remontaient aux premières années du mormonisme, quand Joseph Smith avait commencé à concevoir une théologie aussi impitoyable et sanglante que l'histoire qu'il avait imaginée pour le *Livre de Mormon*. Plus particulièrement, les prémices de l'événement à proprement parler remontaient probablement à l'époque de Nauvoo, quand Smith avait promulgué un principe qui deviendrait sinistrement connu sous le nom d'« expiation par le sang ». Hormis la pratique de la polygamie, aucun autre enseignement mormon ne s'est avéré plus complexe ou sujet à controverse que l'expiation par le sang. Dans son acception générale – et dans le précepte original de Joseph Smith –, la doctrine est la suivante : si vous prenez une vie, ou si vous commettez tout autre péché aussi définitif, alors votre sang doit être versé. La pendaison ou l'emprisonnement ne suffisent pas à vous punir ou à vous racheter. À votre mort, votre sang devra se répandre sur le sol, pour vous excuser auprès de Dieu.

Au cours des dernières années, consciente qu'elle était perçue comme une religion vengeresse, l'Église mormone s'est employée à désavouer cette interprétation. Selon les théologiens modernes, le véritable principe de l'expiation par le sang est une question de rédemption, pas de vengeance. Jésus-Christ a expié les péchés du monde en versant son propre sang ; si vous croyez que Jésus est le fils de Dieu, et si vous suivez ses enseignements et obéissez à ses lois, alors vous êtes purgé de vos péchés à travers son sang. Cependant, certains péchés – dont le meurtre – sont si graves que si vous les commettez, vous vous placez au-delà du pouvoir d'expiation du Christ. Et le seul espoir de rédemption est alors de voir votre propre sang couler – et même cela ne suffira peut-être pas à vous garantir le pardon dans l'autre monde. Mais pour que cette forme d'expiation par le sang soit convenablement appliquée, il faut attendre un monde meilleur dans lequel les lois civiles et spirituelles seront administrées par un seul et même gouvernement, et ce temps n'est pas encore arrivé.

Telle est la version officielle, mais les légendes de l'Ouest racontent une autre histoire. D'après certains observateurs – dont d'anciens gouverneurs et d'anciens juges du territoire de l'Utah, ainsi que quelques confesseurs et témoins –, l'expiation par le sang a en effet été pratiquée par les mormons, et ce, pour un éventail de délits qui ne se limitaient pas au simple meurtre. Certains des crimes qui pouvaient valoir la mort sont aisément concevables, et de nombreuses rumeurs ont circulé du milieu à la fin du XIXe siècle, selon lesquelles des hommes qui avaient fortement offensé Brigham Young, ou violé les serments mormons de vérité et de secret, auraient fini au bord de quelque route isolée, ou enterrés dans des tombes anonymes, avec une balle dans la tête. Mais il y avait d'autres offenses qui entraînaient la mort. Parmi lesquelles, d'après certains auteurs, l'adultère, l'inceste, la prostitution, le viol, le vol, la maladie mentale incurable (qui, dans ses formes les plus spectaculaires, était souvent interprétée comme un signe de possession démoniaque) et la désobéissance flagrante et persistante à ses parents. À minuit, d'après les témoignages, un comité d'anciens vêtus de noir rendait visite au pécheur dans sa maison et le menait à sa tombe fraîchement creusée. Quelques prières étaient prononcées tandis que le condamné était agenouillé au bord de la tombe, puis quelqu'un – peut-être le père trahi ou le mari trompé, ou bien un chef religieux vertueux – se penchait en avant et lui tranchait la gorge en le tenant par la tête de sorte que le sang du mourant se répande sur le sol.

Des actes d'expiation par le sang se sont-ils réellement produits dans l'Utah mormon ? Les historiens de l'Église nient ces rumeurs depuis maintenant plus d'un siècle, et, de fait, il n'existe aucun cas avéré d'autorités mormones cautionnant des exécutions sanglantes sous les auspices de l'Église. Mais il est aussi vrai que de nombreux Danites – les protecteurs, policiers et vengeurs secrets des mormons – se sont rendus coupables d'un nombre considérable de fusillades et de meurtres dans la région de l'Utah, sans être jugés ni apparemment punis pour leurs actes. De toute évidence, étant donné la loi théocratique qui régissait la vie des mormons loin de tous les regards dans de vastes parties du territoire de l'Utah durant les premières années de leur installation, il est possible que les exécutions et les assassinats aient été conduits sous le sceau d'un secret si sacré et si strict que l'histoire n'a peut-être jamais découvert la vérité. Comme l'écrivit Wallace Stegner dans *Mormon Country* : « [Ce] serait trahir l'histoire que d'affirmer qu'il n'y a pas eu de meurtres approuvés par l'Église en Utah…, qu'on n'y a pas cherché à sauver l'âme des pécheurs en versant leur sang…, et qu'il n'y a pas eu de disparitions mystérieuses d'apostats et de vils mécréants. »

Les légendes d'expiation par le sang remplissaient aussi une fonction mythique et morale, et, à un certain niveau, leur propagation illustrait deux cruelles vérités. Dans la mesure où elles étaient propagées par des antimormons, elles étaient la preuve que l'Amérique considérait les Saints comme des démons qui avaient transformé leur religion en un système d'atrocités ritualisées. Mais ces récits étant perpétués par les mormons eux-mêmes, ils servaient aussi à démontrer que la violence de leur histoire avait fait d'eux des gens durs, et que cette dureté et cette bassesse avaient imprégné la terre où ils s'installaient. En outre, les rumeurs sur l'expiation par le sang permettaient aux mormons de contrôler les leurs. Ma mère se rappelait avoir entendu des histoires terrifiantes sur les anciennes troupes secrètes de Danites et sur les actes qu'ils avaient commis en pleine nuit des années durant. Elle se souvenait aussi que ces fables étaient souvent racontées aux enfants, sur un ton qui laissait entendre que les Danites et leurs rites d'expiation par le sang n'avaient peut-être pas complètement disparu dans l'Utah du début du XXe siècle.

Mais le massacre de Mountain Meadows n'est ni un mythe ni une rumeur. Il a bel et bien eu lieu, et ses horreurs ont été largement documentées, et même confessées. Pour faire court, voici ce qui s'est passé :

En septembre 1857, un convoi de chariots d'émigrants de l'Arkansas, connu sous le nom de groupe Baker-Fancher, traversait le sud de l'Utah, en route pour la Californie. Malheureusement pour eux, ils traversaient la région alors même que les mormons venaient d'apprendre que des troupes fédérales approchaient. Et Brigham Young avait décidé que ces troupes avaient des intentions hostiles – il s'attendait depuis longtemps à une épreuve de force entre les Saints et la nation qui les avait expulsés – et, pour se défendre, Young avait enrôlé plusieurs tribus indiennes locales afin de repousser l'invasion américaine.

Lorsque le groupe Baker-Fancher atteignit l'avant-poste le plus au sud de Cedar City, les mormons de la région commencèrent à considérer les voyageurs avec une suspicion craintive : peut-être les émigrants étaient-ils, en fait, des éclaireurs envoyés par les troupes américaines. Pour ne rien arranger, certains émigrants – que l'on a par la suite surnommés les Missouri Wildcatters – se vantèrent d'avoir pris part au massacre de Joseph Smith quelques années auparavant et annoncèrent que dès qu'ils seraient en Californie ils enrôleraient des hommes et reviendraient exterminer les derniers Saints d'Utah. Mais les mormons, que ces hommes du Missouri avaient choisi de provoquer, n'avaient pas oublié ce que ça faisait d'être expulsé de chez soi par des foules violentes, et ils décidèrent qu'il était hors de question de laisser partir ces gens pour qu'ils reviennent avec une nouvelle armée et les tuent. Ils se réunirent donc pour déterminer s'ils devaient traiter les émigrants – qui se reposaient pour quelques jours à un point d'eau connu sous le nom de Mountain Meadows – comme des ennemis de guerre. Puis les mormons dépêchèrent un messager auprès de Brigham Young à Salt Lake City, lui demandant son conseil. Young répondit que ces visiteurs ne faisaient en aucune manière partie d'une campagne fédérale, et qu'ils devaient être autorisés à passer sans encombre. Mais quand le messager revint à Cedar City quelques jours plus tard, la presque totalité du groupe Baker-Fancher avait été massacrée. Lorsqu'il apprit la nouvelle, Young, stupéfait que les siens aient pu commettre une telle atrocité, fondit en larmes.

La nouvelle du massacre de Mountain Meadows se répandit comme une traînée de poudre, et elle devint bientôt la principale arme contre les mormons aux États-Unis. Finalement, dix-huit ans après les faits, l'homme qui avait été désigné comme le commanditaire du massacre – un éminent mormon nommé John D. Lee, qui était aussi un membre notoire des Danites – fut arrêté et, au fil de deux procès, l'Utah et la nation commencèrent à comprendre plus clairement ce qui s'était réellement passé à Mountain Meadows. À l'époque, Lee était l'intermédiaire auprès des Indiens de la région, et d'après les témoignages des membres des tribus locales, il était allé les voir pour les informer que le groupe Baker-Fancher empoisonnait le bétail indien et prévoyait des actes encore plus violents. Pour sa part, Lee affirmait que c'étaient les Indiens qui s'étaient sentis insultés par les actions des émigrants, et qu'ils l'avaient enjoint de livrer le convoi de chariots à la justice indienne, faute de quoi ils s'en prendraient aux mormons eux-mêmes. Quoi qu'il en soit, peu après le départ du messager pour Salt Lake City, un groupe de mormons et d'Indiens avait lancé une attaque contre le groupe Baker-Fancher. La bataille avait duré des jours et, pour y mettre un terme, Lee avait annoncé aux Indiens que s'ils laissaient partir indemnes femmes et enfants, ils seraient autorisés à massacrer les hommes. Les Indiens, à en croire Lee, avaient accepté, et il avait alors convaincu le groupe Baker-Fancher que si les survivants se rendaient, ils seraient autorisés à quitter la région. Lee avait alors mené les émigrants de sexe masculin hors de leur campement, et un signal avait été donné aux Indiens pour que la tuerie commence. Mais dès le début du massacre, les assaillants avaient perdu le contrôle et, à la fin du bain de sang, plus de cent hommes, femmes et enfants gisaient morts dans la poussière de l'Utah. Nombre d'entre eux avaient été assassinés avec une sauvagerie gratuite.

Lee fut déclaré coupable d'avoir pris part au massacre par un jury exclusivement composé de mormons, et condamné à mort.

John D. Lee n'a pas été le premier homme à être légalement exécuté sur le territoire de l'Utah, mais nul homme avant lui et nul homme après lui – jusqu'à mon frère, cent ans plus tard – n'a aussi vivement compris ce que signifiait la peine de mort en Utah. Au début des années 1850, lorsque les législateurs territoriaux, principalement des mormons, avaient ébauché un code criminel, ils avaient choisi pour les meurtres avec préméditation un châtiment qui répondrait spécifiquement à la doctrine de l'expiation par le sang : les condamnés à mort auraient le choix entre le peloton d'exécution ou la décapitation (ce dernier choix a été éliminé en 1888, car – ce qui n'est pas surprenant – personne n'optait jamais pour). Ou, pour ceux qui étaient un peu moins enclins à verser leur sang, ou qui n'étaient tout simplement pas mormons, il y avait toujours la possibilité d'une mort impie : la pendaison. Au bout du compte, une bonne dose de sang a fini par être versée. De la fin des années 1840 à 1977, à peu près cinquante hommes ont été exécutés en Utah : huit par pendaison, un apparemment par éviscération, deux par des méthodes inconnues ; les trente-neuf autres ont été passés par les armes. De toute évidence, plusieurs autres États – notamment ceux du Sud – ont exécuté un plus grand nombre d'hommes durant la même période. Mais aucun n'a opté pour une méthode qui faisait si manifestement couler le sang, et aucun autre État de l'Union ne possédait un code de la peine capitale qui prescrivait différentes manières de donner la mort en fonction de la doctrine religieuse.

Lorsque Lee dut choisir son mode d'exécution, il demeura fidèle à sa foi, et demanda à être fusillé.

Le 23 mars 1877, il fut mené au site du massacre de Mountain Meadows.

« Je ne crains pas la mort, déclara-t-il ce matin-là, je n'irai jamais dans un endroit pire que celui où je suis en ce moment. » Puis, après avoir dénoncé la manière dont Brigham Young éloignait les mormons des enseignements de Joseph Smith, il ajouta : « J'ai été sacrifié d'une façon lâche et ignoble. Je n'y peux rien. C'est mon dernier mot – c'est ainsi. »

(Plus tard, après qu'on lui eut rapporté les paroles de Lee, Brigham Young – à la manière du Seigneur

Dieu du *Livre de Mormon* – maudit Lee et toutes ses générations à venir.)

Lee s'assit sur son cercueil et prononça ses derniers mots : « Visez mon cœur, garçons. N'estropiez pas mon corps. »

Les bourreaux exaucèrent sa requête. Leurs balles transpercèrent en formation serrée le cœur de Lee, qui tomba à la renverse en travers de son cercueil. Son sang coula sur le sol de l'Utah, là où le sang des victimes du massacre avait coulé une génération auparavant, puis son corps fut placé dans le cercueil et rendu à sa famille pour être enterré.

Cette affaire fut un nouveau tournant dans le monde mormon. Le massacre avait été une honte, de même que la manière dont Lee avait servi de bouc émissaire pour affranchir la structure mormone de toute culpabilité. (Quatre-vingt-quatre ans plus tard, l'Église lava finalement son nom et le réintégra avec sa bénédiction.)

Après Mountain Meadows, les mormons durent faire face au fait que le meurtre était présent sur toutes les terres promises de Dieu – dans l'Amérique perdue comme dans le royaume à venir. Le sang ne cesserait pas de couler, et il souillait désormais les mains du peuple élu.

3

La maison de Jordan Lane

Telles étaient les légendes que ma mère a entendues durant son enfance dans l'Utah des mormons, et elles ont fait partie de l'héritage qu'elle nous a transmis. Mais il y avait aussi les histoires de sa propre famille.

La mère de ma mère, Melissa Kerby, était la petite-fille de Francis Kerby et l'arrière-petite-fille d'Emmanuel Masters Murphy. Du temps de Melissa, les clans Murphy comme Kerby s'étaient installés dans la région de Provo, Utah, à environ quatre-vingts kilomètres au sud de Salt Lake City. Provo était la deuxième ville dont Brigham Young avait ordonné le développement dans la région à la fin des années 1840 et, plus que la plupart des colonies mormones d'Utah, elle avait une histoire violente. Elle avait été baptisée d'après Étienne Provost, dont le groupe d'explorateurs s'était fait massacrer bien des années auparavant par les Indiens Snake sur la rivière Jordan. Durant la première décennie de son existence, Provo avait été le siège de bon nombre de batailles avec les Indiens locaux pour le partage des terres et des pâturages – même si c'était la plupart du temps les Indiens qui payaient de leur vie le prix de ces escarmouches.

La première exécution enregistrée en Utah – une exécution non officielle – avait eu lieu dans la région de Provo. Un intrépide Indien Ute au caractère de chien nommé Patsowits (ou Pat Souette, comme l'écrivaient les mormons) avait assassiné un colon local en 1850 avant d'aller tuer plusieurs têtes de bétail et des chevaux appartenant aux mormons. Il avait aussi menacé de tuer un chef local qui avait consenti à la prise des terres par les mormons. Il avait été capturé par deux Indiens Ute. Ceux-ci, désireux d'améliorer leurs relations avec les nouveaux arrivants, avaient livré Patsowits aux autorités mormones locales qui, interprétant de façon particulièrement insolite l'expiation par le sang et la justice de l'Ouest, avaient éviscéré l'Indien avant de lui remplir l'abdomen de pierres et de le jeter dans un lac.

Entre toutes les superstitions mormones et les diverses légendes indiennes, on avait fini par dire que Provo était un endroit hanté. On racontait des histoires de fantômes parcourant les collines et déambulant parmi les fermes la nuit : les esprits des hommes qui avaient perdu leur terre et leur vie à cause des mormons et de leurs étranges rituels.

C'est dans cette région que mes grands-parents sont nés, et que ma mère et ses frères et sœurs ont grandi. Ma grand-mère, Melissa Kerby, la fille de Joseph Kerby et Mary Ellen Murphy, était arrivée de la ville voisine de Wallsburg en 1880. Joseph Kerby était un artiste talentueux – principalement connu à cause du fait qu'il partait s'isoler des jours durant avec ses toiles et ses pinceaux dans les divers canyons d'Utah pour peindre de majestueux paysages montagneux. Mais c'était aussi un homme sujet à de fréquentes dépressions et à de brutales sautes d'humeur, et son besoin de solitude était souvent difficile à vivre pour sa famille. Alors que Melissa avait 9 ans, son père l'a envoyée dans la ville voisine d'Heber, pour qu'elle cuisine et entretienne la maison de trois hommes qui travaillaient pour lui. Elle a par la suite expliqué qu'elle s'était sentie seule et avait regretté la maison pendant tout ce temps, et que c'était durant l'une de ces périodes d'isolement qu'elle s'était mise à écrire pour conjurer l'ennui. Elle n'a jamais abandonné cette habitude ; c'était un déluge incessant de poèmes, pièces de théâtre, lettres, histoires et journaux, et elle s'est appliquée à écrire quotidiennement l'un ou l'autre jusqu'au dernier jour de sa vie.

Si les poèmes et les écrits à connotation religieuse de Melissa étaient pleins des habituelles bondieuseries mormones, ses nouvelles étaient différentes. Parfois elle écrivait des récits à la première personne sur une jeune femme dont le père était solitaire et tourmenté – un homme qui forçait sa fille à rester à la maison, à s'occuper de lui et à le protéger du monde, tandis qu'il buvait et sombrait de plus en plus profondément dans la honte et une violence inconsciente. Il battait sa fille et ravageait sa maison, mais le désespoir qu'il éprouvait après coup lui valait toujours la pitié de sa fille, qui promettait de ne jamais l'abandonner à lui-même. D'autres histoires parlaient d'une jeune femme qui éprouvait le besoin de gagner l'amour et la dévotion des jeunes hommes qui l'entouraient – parfois deux, voire plus, en même temps – mais qui les rejetait invariablement et leur brisait le cœur. Il est tentant de tirer de ces histoires des conclusions sur la vie de la jeune Melissa Kerby, mais je n'ai aucun moyen de savoir si une telle interprétation tiendrait la route. Tout ce que je sais de la légende familiale, c'est que Melissa était censée être jolie quand elle était jeune, qu'elle a eu plusieurs prétendants et que, oui, elle aurait brisé quelques cœurs avant de rencontrer l'homme qu'elle n'a pas pu éconduire.

Melissa Kerby a trouvé cet homme en la personne de William Brown, un type timide et dégingandé qui avait six ans de moins qu'elle et qui, question intelligence, ne lui arrivait apparemment pas à la cheville. Le père de Will, Alma, avait vécu toute sa vie à Provo, où il travaillait comme maréchal-ferrant et employé des chemins de fer. Alma avait épousé Mary Ann Duke en 1875 et, en bons mormons, ils avaient eu dix enfants ; Will était le cinquième. Alors qu'il n'était déjà plus tout jeune, Alma avait glissé sous les roues d'un train à la gare de triage de Provo et perdu une jambe. Après son accident, il était apparemment devenu un homme dur et effroyablement autoritaire. Lors de ses pires colères, Alma Brown arrachait la jambe de bois qu'il portait désormais et s'en servait pour battre Mary Ann devant les enfants. Il le faisait parfois jusqu'à ce qu'elle tombe inconsciente, et à au moins une ou deux reprises il l'avait frappée suffisamment fort pour l'envoyer passer quelques jours à l'hôpital. Un jour, quand il était jeune, Will avait tenté d'intervenir et de le faire cesser ; la jambe de bois s'était alors retournée contre lui, et il avait fini à l'hôpital avec une vilaine blessure à sa propre jambe. Les Brown avaient par la suite raconté que le cheval de Will lui était tombé dessus. Après ça, Will avait appris à obéir à son père sans opposer de résistance, et il avait appris à garder ce qu'il pensait pour lui.

Lorsque Melissa a rencontré Will, Alma n'était plus la terreur qu'il avait été. De fait, le vieux est mort une ou deux semaines avant le mariage du jeune couple. À l'époque, Melissa était la belle de l'église. Elle mettait en scène les pièces de théâtre de l'église, avait été nommée poétesse de l'église et présidente de l'Association des jeunes filles, et elle avait même été choisie pour être la Déesse de la liberté locale lors du grand spectacle du 24 juillet de Provo (la célébration annuelle du jour où les Saints étaient arrivés dans la vallée du Lac Salé). Will tenait un rôle dans la pièce qu'elle mettait en scène pour l'événement, et quelque chose dans sa timidité, dans sa manière hachée d'ânonner ses répliques, avait attiré Melissa. Peut-être s'était-elle aussi un peu identifiée à sa solitude. Quoi qu'il en soit, elle n'a pas pu se résoudre à briser le cœur de cet homme-là.

Le 4 décembre 1907, après un an et demi de cour, Will Brown et Melissa Kerby se sont mariés à Provo. Dès le départ, ils ont eu des problèmes d'argent. Maintenant que son père était mort, il revenait à Will de subvenir aux besoins de sa mère et de ses frères et sœurs et d'entretenir leur ferme, mais il devait aussi s'occuper de sa propre famille. De plus, Mary Duke Brown tenait à ce que ses enfants restent aussi près que possible d'elle. Avec de telles obligations, il ne pouvait pas vraiment gagner sa vie ni s'offrir une maison, moyennant quoi, après leur mariage, Will et Melissa ont suivi la seule voie qui s'ouvrait à eux : ils ont emménagé chez la mère de Will et consacré leur temps à sa ferme. Et, à en croire ma mère, Mary Brown menait son monde à la baguette. C'était comme si elle avait attendu pendant toutes ces années qu'Alma meure pour pouvoir endosser son rôle pour de bon.

En 1908, Melissa et Will ont eu leur premier enfant, un garçon nommé George. Deux ans plus tard, ils en ont eu un autre, une fille nommée Patta, mais l'accouchement a été difficile, et Melissa a failli mourir. Will a alors décidé qu'ils ne pouvaient pas continuer à vivre les uns sur les autres dans la ferme de sa mère, d'autant que sa femme était surmenée avec les deux enfants dont elle avait la charge. Il a donc annoncé à sa mère que le moment était venu pour sa femme et lui de construire leur propre maison. Comme l'idée de perdre définitivement son fils ne plaisait pas à Mary Ann, celle-ci lui a fait une proposition. Un peu plus loin dans Jordan Lane, à l'endroit où la route dessinait une courbe, juste avant la crête située en face des montagnes Wasatch qui surplombaient toute la vallée de Provo – une zone au nom approprié de Grandview, vue grandiose –, se trouvait une bonne parcelle de terre cultivable que Mary et Alma avaient acquise des années auparavant dans l'espoir d'y vivre un jour. Elle donnerait à son fils et son épouse la meilleure acre plus un quart de cette parcelle, à condition que Will continue de s'occuper de sa ferme et qu'il promette que, dès que ses enfants seraient en âge de soulever un seau et de creuser la terre avec leurs mains, eux aussi l'aideraient à la ferme. Will savait que c'était sa chance d'obtenir une des meilleures terres cultivables de la région de Provo. Il a donc accepté les termes de sa mère, et a bientôt construit une maison de deux pièces sur la parcelle en haut de Jordan Lane pour y vivre avec sa famille.

Un an après Patta, Melissa a eu son troisième enfant, une fille nommée Mary, puis, le 19 août 1913, ma mère, Bessie Brown, est née. Au cours des années suivantes, cinq autres enfants Brown ont vu le jour : Mark, Alta, Wanda, et deux jumelles, Ada et Ida. L'un après l'autre, ils se sont entassés dans la maison de deux pièces de Jordan Lane, neuf enfants en tout, et lorsque tout le monde a commencé à se marcher dessus, Will a ajouté deux pièces supplémentaires à la maison – une chambre pour sa femme et lui, et une chambre de plus pour les filles. À l'arrière de la maison, derrière deux grands arbres, Will a aussi construit une remise qui, la nuit, faisait office de chambre pour les garçons. Et à côté de la remise, il a bâti une grande grange toute simple. La maison de Will et Melissa était désormais une ferme modeste, mais ils n'en ont jamais tiré grand-chose – en grande partie parce que Will et ses enfants passaient plus de temps à travailler à la ferme de sa mère en bas de la rue qu'à la leur.

Comme de nombreuses petites fermes à Provo, celle de Will produisait suffisamment de fruits et de légumes pour nourrir sa femme et ses enfants, mais rarement plus. Pour le lait, il y avait aussi la vache de la famille – une bête nommée Bessie. Ma mère la détestait plus que tout. C'était déjà assez pénible de porter le même nom qu'une vache. Mais le pire, c'était qu'on lui disait que la vache avait été appelée ainsi la première – ce qui menait à une succession infinie de mauvaises plaisanteries sur le fait qu'elle avait été nommée d'après la foutue bestiole. Des années plus tard – et jusqu'à sa mort –, ma mère a mené campagne pour démentir le fait qu'elle partageait soi-disant le même nom que la vache de la famille. « Mon vrai prénom, c'est *Betty*, pas Bessie, disait-elle. C'est le diminutif d'Elizabeth. J'ai été baptisée d'après la reine d'Angleterre. » Je n'ai jamais songé à lui demander de quelle reine Elizabeth elle parlait, mais je suis enclin à penser que c'était de la moderne – qui n'est née qu'en 1926, soit treize ans après Bessie Brown.

Au fil des années, les enfants Brown se sont retrouvés livrés à eux-mêmes. Outre son travail à la ferme de sa mère, Will avait pris un emploi de gardien à l'école du coin, et il était aussi devenu le maître des eaux de Grandview Hills, chargé de réguler le débit d'eau pour les canaux d'irrigation de la zone. Par ailleurs, il faisait office de maréchal-ferrant dès que le besoin se présentait. Pendant ce temps, Melissa était de plus en plus dépassée par tous les enfants dont elle devait s'occuper. Bref, la famille était trop grande, les obligations, trop nombreuses, et le temps manquait. Will et Melissa avaient eu tous ces enfants parce que, en tant que mormons, ils y étaient obligés. Cependant, ils n'étaient pas en mesure d'accorder à chacun d'eux le temps nécessaire. Ils ont donc mis les choses au clair : les enfants devraient travailler dur et s'occuper les uns des autres. Et si l'un d'eux s'écartait trop du droit chemin, s'il provoquait ou se rebellait ou transgressait les valeurs de leur communauté ou de leur Église, il serait mis à la porte. Il devait en être ainsi.

Durant mon enfance, je trouvais merveilleux que ma mère ait grandi dans une ferme. Mais apparemment, elle ne voyait pas les choses du même œil. « Je détestais absolument travailler à la ferme, me salir les mains, disait-elle. J'avais de très jolies mains. Je ne pouvais pas supporter de me les abîmer en cueillant des concombres et des haricots juste pour faire plaisir à grand-mère Brown. En plus, elle ne nous remerciait jamais. »

Ma mère se dérobait au travail de la ferme tant qu'elle pouvait, usant d'une ruse ou d'une autre. Elle avait une cachette sur le terrain de la ferme de grand-mère Brown, où elle avait découvert une petite zone de sables mouvants, et elle passait des heures à y faire couler des brindilles et des pierres, et parfois aussi les poupées de ses sœurs. Les sables mouvants semblaient sans fond.

D'autres fois, Bessie traversait Jordan Lane et descendait la colline jusqu'à la vallée, où des bohémiens avaient un camp saisonnier. Personne ne la suivait là-bas. « Les bohémiens enlèvent les enfants, la prévenait sa mère. Mais ne crains rien : ils n'enlèvent que les enfants beaux. » Cependant, la plupart du temps,

Bessie tentait de rester auprès de son père, à jouer avec lui, à le regarder frapper les fers des chevaux sur son enclume puis les clouer sur les sabots des animaux. Elle aimait observer ses grosses mains et sa concentration intense lorsqu'il travaillait. Bessie a fini par décider qu'elle devait être la fille préférée de Will Brown et qu'il lui donnerait tout ce qu'elle voudrait. Un jour, elle a mis cette croyance à l'épreuve. La première chose que Bessie voyait chaque matin en regardant par la porte de la maison, c'était la ligne des montagnes Wasatch – une longue crête imposante qui semblait avoir été soulevée de la terre pour protéger le peuple de Dieu des étrangers. C'est là que l'université Brigham Young a fini par construire un grand Y en pierres blanches étincelantes ; les soirs où l'équipe de football de l'université était victorieuse, les joueurs gravissaient la montagne et plantaient des torches allumées dans les pierres, créant un Y flamboyant qui pouvait être vu à travers toute la vallée[1]. Bessie aimait la montagne plus que toute autre chose en Utah. Elle passait des heures à la regarder, à lui parler, à lui raconter ses secrets. À vrai dire, elle priait probablement plus ardemment la montagne que le Dieu de son peuple. Finalement, elle a décidé que, comme l'amour de son père, la montagne était une récompense qui était uniquement digne de son cœur. Et un après-midi, tandis qu'elle regardait son père travailler à son enclume, elle lui a demandé :

« Papa, est-ce que je peux avoir cette montagne ? Est-ce que je peux dire qu'elle est à moi ? »

1. Les collines et les montagnes de l'Ouest américain sont fréquemment ornées d'une gigantesque lettre blanche, cette lettre étant d'ordinaire l'initiale d'une université locale ou du nom de la ville voisine. *(N.d.T.)*

Son père a cessé de cogner avec son marteau le temps de jeter un coup d'œil en direction de la montagne, puis il a haussé les épaules.

« Bien sûr, je ne vois pas ce qui t'en empêcherait, a-t-il répondu avant de reprendre son travail.

— D'accord, montagne, a dit Bessie, tu es à moi. »

Quelques semaines plus tard, Bessie jouait dans la grange alors que son père travaillait, et elle est tombée sur une vieille boîte en bois fermée par des clous.

« Qu'est-ce qu'il y a là-dedans ? »

Son père s'est approché et a arraché les clous.

« Ouvre-la et regarde. »

Ma mère a ouvert la boîte et elle a vu à l'intérieur la jambe de bois dont se servait Alma Brown pour frapper sa femme et ses enfants. Elle s'est mise à hurler, a violemment rabattu le couvercle, et a fondu en larmes. Will Brown, debout près d'elle, hurlait de rire.

J'étais la seule personne de ma famille à n'avoir jamais passé de temps dans cette ferme. Mes frères y avaient vécu plusieurs fois au fil des années avec ma mère, durant les absences de mon père, et ils connaissaient le caractère et l'histoire du lieu presque aussi bien qu'elle.

Un jour, au début de 1959, ma mère a appris que son père avait eu une attaque et risquait de ne pas vivre bien longtemps. Elle n'était pas retournée chez elle depuis ma naissance, et elle a décidé que je ferais avec elle le voyage en train jusqu'en Utah et que je verrais la maison de mes grands-parents.

J'avais alors 8 ans, et même aujourd'hui je suis surpris de voir combien ce voyage est resté gravé dans ma mémoire. Je me souviens que le frère aîné de ma mère, George – de qui je tiens mon deuxième prénom –, est venu nous chercher le soir à la vieille gare. Il semblait timide et drôle, c'était un homme élancé et plutôt vieux, moustachu, et il portait une chemise de flanelle, une lourde casquette avec des rabats sur les oreilles, et un manteau d'hiver. Il nous a emmenés dans son break hors d'âge, et, tandis que nous gravissions les contreforts qui dominaient Provo, George a annoncé à Bessie qu'elle devait se préparer à parler fort et directement à sa mère. À l'époque, Melissa était presque sourde, et certains jours son sonotone n'y changeait quasiment rien.

Nous avons pris une longue allée cabossée, sommes passés devant une petite maison et avons atteint le jardin. Au clair de lune, je distinguais à peine la grange et les grands arbres que j'avais déjà hâte de m'approprier. Nous avons pénétré dans la maison par l'arrière, dans une cuisine dont le papier peint à fleurs et le vieux téléphone mural semblaient dater de l'enfance de ma mère. Dans un coin de la cuisine, ma grand-mère était assise dans un rocking-chair, endormie, la tête inclinée, ses lunettes de lecture retombant à demi sur son nez. Ce n'est que lorsque George l'a doucement secouée par l'épaule qu'elle s'est aperçue de notre présence. Ses yeux se sont ouverts d'un coup, avec cette expression instantanée de terreur et de chagrin qui vient à ceux qui, en se réveillant, retrouvent une réalité douloureuse, et elle a alors vu ma mère. Melissa a bondi sur ses pieds et étreint aussitôt sa fille. C'était une réconciliation rapide, qui a peut-être effacé momentanément pour l'une comme pour l'autre les années de distance implacable. Elles ont discuté jusqu'à une heure avancée, tandis que George me montrait la ferme dans l'obscurité.

Lorsque est venue l'heure de se coucher, Melissa nous a menés à la chambre où Bessie et ses sœurs avaient dormi pendant des années. Je suis resté longtemps sans dormir, excité à l'idée que j'étais en Utah. J'essayais de ne pas bouger, car ma mère avait le sommeil léger. Mais au bout d'un moment, je me suis aperçu qu'elle pleurait. Elle me tournait le dos, mais je devinais qu'elle se couvrait la bouche de la main, et j'entendais ses sanglots désolés et incontrôlables, des sanglots tels que je n'en avais jamais entendu jusqu'alors – ni de sa part ni de la part de quiconque. Quelque chose me disait que mieux valait la laisser tranquille. Je supposais qu'elle pleurait parce que son père était proche de la mort, et peut-être avais-je raison, même s'il est tout aussi probable qu'elle pleurait à cause des souvenirs que cet endroit réveillait en elle.

Lorsque je me suis réveillé le lendemain matin, ma mère était déjà levée. Je l'ai trouvée dehors, dans la cour devant la maison. Elle regardait la montagne qu'elle avait voulu faire sienne, des années auparavant. Après l'avoir revue récemment, je comprends mieux son attachement pour cette montagne. C'est une chose fière et seule, comme Bessie Brown.

« Est-ce que c'est ta montagne ? ai-je demandé.

— Oui, c'est ma montagne. J'étais en train de lui parler. Je sais entendre les choses qu'elle dit, et ce matin elle me dit que mon père ne vivra pas.

— Oh ! mère, il va s'en tirer », ai-je dit, même si je savais que c'était peu probable.

C'était ma première rencontre avec la mort, et je me sentais à la fois exalté et effrayé par sa proximité. Mais cette excitation ne tarderait pas à s'estomper, et la mort me semblerait bientôt de plus en plus effrayante.

« Non, a-t-elle répondu. Il ne s'en tirera pas. Cette fois, il va mourir. »

Elle a croisé les bras sur sa poitrine – un geste familier quand elle avait décidé de clore une conversation – et continué de regarder la montagne pendant un moment. Puis elle s'est éloignée, les yeux rivés au sol tandis qu'elle contournait la vieille maison vers l'arrière. Je ne l'ai pas suivie. Je suis simplement resté là à regarder la montagne de ma mère, tentant de comprendre comment on pouvait parler à une telle chose et entendre ses révélations.

Nous avons passé le restant de la journée et l'essentiel du lendemain à rencontrer les membres de ma famille qui habitaient la région – principalement des tantes qui paraissaient tout miel à l'extérieur, mais qui semblaient terriblement à cheval sur les manières et les prières à table. Je ne m'entendais pas particulièrement bien non plus avec la plupart de mes cousins. Ils semblaient à la fois tatillons et mauvais – comme seuls semblent pouvoir l'être les enfants mormons bien élevés – et je me rappelle avoir fini par me battre ou m'asticoter avec l'un d'eux. La seule exception, c'était la famille de la sœur préférée de ma mère, Ida. Des générations auparavant, quand Melissa avait commencé à se sentir dépassée par ses neuf enfants, elle avait confié Ada aux soins de Mary, et Ida à ceux de ma mère. Mary avait tenté de créer une rivalité entre les deux jumelles, et elle était allée dire à Ida qu'elle était la plus laide des deux (c'est du moins ce que prétendait ma mère). En réaction, Bessie avait pris Ida sous son aile, et elle lui faisait porter de jolis vêtements et lui achetait des rubans spéciaux pour ses cheveux. Bien des années plus tard, la relation entre ma mère et Ida connaîtrait ses propres difficultés – en partie parce que Ida avait fait un mariage stable avec un homme bon et sobre, et que ses enfants étaient affectueux et respectueux, et ne créaient guère de problèmes. Par contraste, ma mère avait épousé un ivrogne qui l'abandonnait régulièrement, et ses enfants étaient… eh bien, nous étions de sales gosses, inutile de se voiler la face.

Mais au cours de notre visite en Utah, ces différences n'ont jamais été évoquées. En fait, certaines affections et allégeances anciennes ont semblé renaître. Quand Bessie et Ida se voyaient, elles passaient leur temps à discuter, à rire et à pleurer, et lors de notre deuxième journée là-bas, Ida a insisté pour que nous nous installions dans la maison qu'elle partageait avec son mari, Vernon Damico, et ses filles. Vern était un homme grand et costaud qui marchait en traînant la patte – le résultat d'une vieille blessure de guerre. Il avait une boutique de chaussures prisée dans la rue principale de Provo, où j'ai passé mes heures les plus heureuses en Utah, à observer ses grosses mains tandis qu'il ressemelait les chaussures, probablement de la même manière que ma mère avait jadis observé son père au travail. Vern était un oncle idéal : il était imposant, protecteur, drôle. Et puis, il avait une grosse moustache qui le faisait ressembler à l'acteur Ernie Kovacs. Je ne le savais pas à l'époque, mais il s'était laissé pousser la moustache pour couvrir un palais fendu. Vern avait connu beaucoup de chagrin et de railleries à cause de ce défaut de naissance, moyennant quoi il était devenu un homme dur. Mais je n'ai jamais perçu cette dureté en lui. Pour moi, il était simplement le premier homme à me faire regretter de ne pas avoir un père différent.

Vern et Ida avaient aussi deux jumelles adolescentes, Brenda et Toni. Je n'avais peut-être que 8 ans à l'époque, mais je savais déjà reconnaître des filles mignonnes et sexy quand j'en voyais, et Brenda et Toni remplissaient indubitablement les critères, même s'il n'y avait rien de tapageur ni de déplacé dans leur façon d'être. Elles étaient douces et attentionnées, et ont été les deux seules femmes à être comme des sœurs pour moi. Je me sentais en sécurité chez Ida et Vern, et je me rappelle avoir pensé : ce serait bien de vivre dans cette famille. J'apprendrais par la suite que mes frères s'étaient de nombreuses fois dit la même chose au fil des années, ce qui a eu au bout du compte d'effroyables conséquences pour nous tous.

Le troisième ou le quatrième soir de notre visite à Provo, j'étais assis sous la véranda de la maison de mes grands-parents avec ma mère et ma grand-mère. L'équipe de football de l'université Brigham Young avait gagné un match plus tôt dans la soirée, et les joueurs étaient allés illuminer le Y sur le flanc de la montagne de ma mère. Elle était ravie que je puisse assister à ce rituel. Nous sommes restés là à regarder le Y brûler jusqu'à ce qu'il ne soit plus qu'un faible rougeoiement. Quelques minutes plus tard, au bas de la route qui menait à l'ancienne ferme de Mary Brown, nous avons vu une forme blanche jaillir de l'obscurité et approcher dans notre direction. Elle avançait rapidement et semblait flotter environ trente centimètres au-dessus du sol. Au-dessus de la forme blanche – qui ressemblait désormais à une robe ondulant dans la brise nocturne –, nous avons distingué deux yeux rougeoyants qui regardaient vers nous. Bessie et Melissa se sont levées au même instant. « C'est le fantôme ! » s'est exclamée ma grand-mère, et ma mère m'a saisi par les épaules et mené à l'intérieur de la maison. Je voulais m'approcher – je n'avais jamais vu de fantôme ; je voulais voir ce qu'il ferait si on allait vers lui – mais Bessie et Melissa me l'ont interdit. Je l'ai donc regardé un moment par la fenêtre. Maintenant que nous étions à l'intérieur, l'apparition avait cessé d'avancer vers la maison. Elle a traversé la route plusieurs fois, comme si elle attendait que quelque chose se produise, ou comme si elle nous observait. Puis, après une minute ou deux, elle s'en est allée, s'enfonçant rapidement dans la nuit d'où elle était venue. Plus tard, quand j'ai parlé du fantôme à mon père, il a éclaté de rire. « Ce n'était pas un fantôme. C'était probablement juste un chien du coin qui avait arraché une vieille chemise blanche à une corde à linge et qui cherchait quelqu'un à qui la montrer. Ce que vous avez vu, c'étaient les superstitions idiotes des vieux mormons. »

Le soir qui a suivi l'apparition du fantôme, mon grand-père Will Brown est mort à l'âge de 73 ans. À son chevet se trouvaient l'évêque de son église, sa femme, et tous ses enfants encore en vie. Je ne me rappelle pas avoir éprouvé grand-chose sur le coup – après tout, je ne l'avais jamais rencontré – mais quelque trente ans plus tard, en lisant les derniers journaux de Melissa, je suis tombé sur un passage tout simple qui m'a brisé le cœur. Les derniers carnets de Melissa étaient barbants au possible – des pages et des pages et des pages sur les napperons qu'elle tricotait pour ses petits-enfants, sur les rôtis qu'elle cuisinait pour ses enfants, ou sur les bibelots qu'elle époussetait. Même son compte rendu de l'attaque de son mari était prosaïquement insipide. Et alors, comme elle racontait la dernière nuit de son mari, Melissa avait écrit sept mots sur son glissement dans les ténèbres : « Je l'ai regardé mourir. Si dur. » Après avoir lu ça, je n'ai plus jamais pris les sentiments de ces gens à la légère.

L'enterrement de Will Brown a été, dit-on, l'un des plus importants que Provo avait connus depuis des années. Apparemment, tout le monde avait révéré l'ancien gardien de l'école. Pour une raison ou pour une autre, tous les petits-enfants – et divers autres marmots – se sont retrouvés assis aux premiers rangs à l'église, juste devant le cercueil ouvert de mon grand-père. C'était la première fois que je voyais un mort de près. J'observais les cheveux blancs de Will Brown, tentant d'éprouver quelque chose. Mais ce qui m'horrifiait surtout, c'était d'avoir à regarder un cadavre. Il y avait quelque chose d'irréel à fixer ainsi la mort pendant si longtemps, comme un sentiment d'interdit ; c'était comme regarder un acte sexuel cru – sauf que la mort, je l'ai compris par la suite, était bien plus abjecte.

Plus tard, une longue file de limousines et de voitures a roulé jusqu'au cimetière municipal de Provo. Nous nous sommes tenus autour d'une tombe vide fraîchement creusée, tandis que le cercueil de mon grand-père était posé à côté du trou profond. Des couronnes avaient été déposées sur le cercueil et, l'un après l'autre, les enfants de Will Brown s'approchaient et ajoutaient une fleur à la pile. Lorsque le tour de mon oncle George est arrivé, il a semblé hésiter, comme s'il cherchait un endroit où déposer sa fleur. Il l'a finalement jetée sur la pile, et la fleur a gracieusement glissé jusqu'à trouver sa place à côté des autres. Il m'a semblé sur le coup que c'était mon grand-père qui avait levé le bras depuis le cercueil et attiré la fleur à lui. J'ai souvent repensé à cette image au fil des années, et elle m'est fréquemment apparue en rêve.

Comme nous nous éloignions de la tombe, j'ai accidentellement marché sur une pierre tombale. Alors, délibérément, j'en ai piétiné une autre, puis une autre. Peut-être tentais-je d'exorciser en partie la peur que m'inspirait le fait d'être entouré de tous ces morts. Je ne sais pas vraiment. C'était un acte puéril et irrévérencieux, qui m'a attiré les exclamations désapprobatrices de mes tantes et de mes cousins. Et soudain, l'un des austères patriarches mormons m'a attrapé, il m'a fait pivoter sur moi-même et m'a enfoncé son doigt dans le visage. « Ne manque jamais de respect envers les morts, jeune homme, m'a-t-il dit en enfonçant son doigt. Jamais ! Souviens-toi que tu vis dans leur dette. »

4

Alta et l'Indien mort

Il y a peu, je suis retourné voir la ferme des Brown.

Ma cousine Brenda m'a emmené en voiture dans la zone de Grandview, qui est désormais pleine de jolies maisons proprettes en forme de boîtes. L'ancienne Jordan Lane se nomme désormais Jordan Avenue, et au bout de l'avenue se trouve la propriété qui appartenait jadis à mes grands-parents. Elle appartient aujourd'hui à un cousin – le fils d'une des sœurs de ma mère – et quelqu'un (lui ou un autre) a enfermé la propriété derrière une clôture et une pancarte qui dit : IMPASSE, PROPRIÉTÉ PRIVÉE. Cette clôture a quelque chose d'irréel : il ne devrait pas y avoir d'impasse à cet endroit, et on a l'impression que ce qui a été isolé, ce n'est pas tant la propriété que son histoire – un passé qu'il vaut mieux oublier. En même temps, aucune trace de cette histoire n'est visible. Tout a été transformé ou rasé, il ne reste plus qu'une modernité proprette et banale. Bien sûr, on ne peut pas vraiment en vouloir à qui que ce soit. Qui voudrait habiter ou préserver une ferme branlante de deux pièces sous prétexte que ses grands-parents y ont vécu ? Qui voudrait conserver intact le vestige d'une pauvreté passée et d'espoirs familiaux brisés tel un musée que personne ne visiterait ni n'aimerait ? Pourtant, dans un sens, aucune de ces transformations n'a d'importance : on devine toujours que cet endroit a connu le chagrin pendant près d'un siècle. Certaines choses ne s'en vont pas sous le simple prétexte que l'environnement a changé.

Brenda et moi nous sommes garés devant la maison, où des garçons trafiquaient une voiture, et, comme nous nous trouvions somme toute sur une propriété privée, nous nous sommes peu à peu attiré des regards curieux. Brenda a demandé à voir mon cousin, et il est sorti. Il était poli, mais aussi méfiant – peut-être n'était-il pas exactement ravi de me trouver, moi, le rappel d'une horrible histoire, au bord de sa pelouse. Nous avons eu une gentille discussion insipide pendant quelques minutes, mais il ne nous a pas invités à entrer voir les changements qu'il avait effectués dans la ferme, ni à nous promener dans l'ancienne propriété. Au bout d'un moment, Brenda a fait ses adieux et nous sommes remontés en voiture. Comme nous repartions, elle a désigné un bout de terrain à l'avant de la propriété, juste à l'endroit où le sol basculait et commençait à descendre la colline abrupte en direction de la vallée en contrebas. « C'est là que ça s'est produit », a-t-elle dit, et j'ai immédiatement su de quoi elle parlait. C'était l'endroit où, plus de soixante ans auparavant, la vie des Brown avait sombré dans une tragédie soudaine dont l'impact effroyable n'a jamais été ni oublié ni éradiqué. À la lueur du soleil couchant, on aurait presque dit qu'il restait une tache de sang sur le sol – du sang qui avait coûté tant d'espoir et, dans l'esprit de ma mère, annoncé une ruine si inébranlable que ni le temps ni les intempéries ne l'effaceraient jamais.

Au fil des ans, le clan Brown s'est scindé en deux camps : les bons enfants et les rebelles. Dans le premier groupe se trouvaient ceux qui travaillaient avec zèle à la ferme, et qui obéissaient à leurs parents et aux responsables de l'église – des enfants tels que Mark, Mary et Wanda. Dans le deuxième camp étaient rassemblés ceux qui mettaient un point d'honneur à affirmer leur volonté et leur fierté, comme George et Patta, et, plus tard, ma mère. Quelque part entre ces deux factions se trouvait Alta, qui était née cinq ans après Bessie. Alta était la ligne de démarcation entre les enfants les plus âgés et les plus jeunes de la famille. Elle était aussi la ligne de démarcation à d'autres égards.

Sur les photos que j'ai vues d'elle, Alta a l'air ordinaire et stoïque, comme tant d'enfants au visage sérieux issus de familles de pionniers. Mais dans ses yeux, on pouvait deviner une intelligence indéniable et vive. Elle avait l'air d'une personne qui pouvait être plus maligne que n'importe qui, mais qui n'en faisait pas tout un plat. C'est sans doute la raison pour laquelle elle était, de tous les enfants Brown, celle que tout le monde préférait – tant et si bien que sa mort a fait les gros titres à Provo. Aux yeux de ses parents, Alta était l'enfant idéale : elle était humble et obéissante – elle faisait de bon cœur ce qu'on lui demandait – et elle rapportait de bons bulletins de l'école et de l'église. Mais à en croire ma mère, la personnalité d'Alta était plus complexe que ça. Elle savait faire illusion et semblait donner aux autres ce qu'ils attendaient, mais derrière cette docilité de façade, Alta avait sa vie à elle. Comme Patta et ma mère, elle faisait à peu près tout ce qui lui plaisait, mais en secret, sans le mépris que les autres affichaient. Alors qu'il arrivait à Bessie et Patta de rester tard dehors en dépit des consignes des parents – s'attirant leurs foudres quand elles rentraient à la maison –, Alta attendait qu'ils soient endormis, puis elle sortait en douce pour retrouver ses sœurs, ou un petit ami. C'était facile : la surdité de Melissa était déjà telle qu'elle n'entendait pas la fenêtre s'ouvrir et se refermer dans la chambre d'à côté.

Et bien que ma mère ait été de cinq ans son aînée, elle se sentait plus proche d'Alta que de n'importe laquelle de ses sœurs, et Alta ressentait la même chose – du moins au dire de Bessie. Elles se confiaient leurs secrets les plus intimes, et si Bessie n'avait pas la finesse d'Alta pour manipuler son monde, elle l'admirait. « Alta était la meilleure d'entre nous, disait ma mère. Elle était celle qui montrait le plus de promesses. Nous ne nous sommes jamais remis de sa mort. Après ça, nous étions moins une famille. »

Un après-midi de 1929, quelque temps avant Halloween, alors qu'Alta avait 12 ans et Bessie 16, toute la famille était au catéchisme, écoutant l'évêque dénoncer le danger des Ouija et de ce genre d'attrape-nigauds. Les mormons devaient particulièrement se méfier du spiritisme, disait-il. Les Saints, plus que tous les autres, comprenaient que les esprits étaient réels. C'était après tout un esprit qui, sous la forme de l'ange Moroni, avait mené Joseph Smith aux plaques d'or au commencement de leur religion, et, depuis, les esprits s'étaient manifestés aux mormons mille fois, de mille manières. Mais certains esprits, prévenait-il, étaient comme certaines personnes : troublés et ignobles. Ils pouvaient chercher à atteindre les vivants par l'intermédiaire des Ouija ou des séances de spiritisme, mais toute communication de ce type serait l'œuvre de Satan. Lorsqu'un tel esprit entrait dans la vie de quelqu'un, il pouvait entraîner cette personne hors du droit chemin – lui faisant commettre des péchés impardonnables, ou la menant même à une mort atroce. L'évêque connaissait personnellement de jeunes mormons qui s'étaient laissés dévoyer. Ils avaient essayé d'entrer en contact avec les morts, mais avaient à la place réveillé une puissance maléfique, et un ou deux d'entre eux avaient été retrouvés cloués au mur avec des cheveux blancs comme neige et un Ouija coincé sous les pieds.

« Amusez-vous pendant Halloween, concluait l'évêque. Déguisez-vous et faites-vous des frayeurs. Mais souvenez-vous que vous êtes des Saints, et que les Saints n'invitent pas les esprits chez eux. »

Environ une semaine plus tard, Bessie, Alta et les autres faisaient des courses dans la rue principale de Provo, en quête de décorations pour la fête d'Halloween, lorsque Bessie a déniché un Ouija dans un bazar. Elle l'a acheté, l'a caché dans son sac avec le reste de ses acquisitions, et elle l'a rapporté en douce à la maison. Tard ce soir-là, alors que les parents dormaient, Bessie et Alta ont allumé une bougie dans la chambre des filles. Elles se sont assises par terre en tailleur l'une à côté de l'autre et ont placé le Ouija sur leurs genoux. Les autres filles se sont redressées sur leur lit pour voir ce qu'elles faisaient. Patta s'est jointe à Bessie et Alta, mais Mary était outrée.

« Qu'est-ce que vous fabriquez ? Vous avez entendu l'évêque. Voulez-vous attirer le diable dans notre maison ? »

Wanda s'est mise à gémir.

« Je vais le dire à maman. »

Bessie lui a lancé un regard noir.

« Tu ne feras rien de tel, à moins que tu ne veuilles une bonne rouste. »

Bessie s'est de nouveau tournée vers Alta et Patta. Elles ont toutes trois placé le bout de leurs doigts sur la planchette en forme de cœur qui était posée sur le Ouija. Leurs sœurs se sont levées pour les observer, à la fois effrayées et paralysées.

« Qu'est-ce qu'on dit ? » a demandé Patta.

Bessie a regardé Alta et haussé les épaules. Alta a fermé fort les yeux, rejeté la tête en arrière, et prononcé :

« Il y a quelqu'un ? »

La chambre était silencieuse. Toutes les sœurs regardaient la planchette. Au bout de quelques instants, celle-ci s'est mise à bouger sous les doigts des filles. Lentement, par à-coups, elle s'est dirigée vers le coin du Ouija, vers le mot OUI.

Bessie, Patta et Alta se sont regardées en écarquillant de grands yeux. Elles avaient établi le contact. Aucune de leurs prières n'avait jamais été exaucée aussi vite et aussi concrètement.

Alta a de nouveau fermé les yeux, puis elle a demandé :

« Qui êtes-vous ? »

Plus vite cette fois, la planchette s'est déplacée vers les lettres individuelles du Ouija, épelant sa réponse : J-E-S-U-I-S-U-N-I-N-D-I-E-N-M-O-R-T.

« Un *Indien* mort ? » a répété Bessie.

À cet instant, les filles ont entendu un gémissement spectral qui leur a fichu la trouille de leur vie. C'était Wanda qui tremblait et pleurait. Avant que quiconque n'ait pu l'en empêcher, elle a filé hors de la chambre en hurlant.

Melissa était peut-être dure d'oreille, mais pas à ce point. Elle a fait irruption dans la chambre et vu le Ouija sur les cuisses de ses filles.

« Qu'avez-vous apporté dans ma maison ? »

Comme personne ne répondait, elle s'en est prise à Alta.

« J'aurais pu m'attendre à ça de la part de Patta et Bessie. Elles aiment flirter avec le mal. Mais toi, Alta ! Comment as-tu pu les aider à faire entrer le diable dans notre maison ? Ne sais-tu pas que tu nargues Dieu ? Ne sais-tu pas ce que ça peut coûter ? »

Alta semblait dévastée.

« Je suis désolée, mère. Nous nous amusions juste. Nous allons le ranger.

— Non, a répliqué Melissa. Tu vas faire plus que ça. Tu vas emporter ça dehors et le jeter dans l'incinérateur et le brûler, sur-le-champ ! Et c'est toi qui vas le faire, Alta. Et tu vas le faire seule. »

Melissa a regardé sa fille enfiler ses vêtements. Puis elle a suivi Alta hors de la chambre, claquant la porte derrière elle.

Dès qu'elle a été partie, Bessie s'en est prise à Wanda.

« Fayote ! »

Wanda s'est remise à gémir.

« Laisse-la tranquille, est intervenue Mary. C'est toi qui as cherché les ennuis en apportant cette chose infernale. »

Une demi-heure plus tard, Alta est revenue. Et comme les filles s'endormaient, elle a murmuré à Bessie :

« Maman est retournée se coucher. J'ai caché le Ouija dans la grange. »

L'incident du Ouija leur a valu quelques jours de tourments et de prêches. Les coupables ont enduré leur châtiment en silence, et seule Alta a montré un remords convaincant.

Puis le soir d'Halloween est arrivé. Les Brown se sont rendus à une fête déguisée à l'église de Grandview, et tout le monde a dansé et ri jusqu'à ce que la tête leur tourne et qu'ils en aient assez de ces futilités.

Vers 2 heures du matin, Alta et Bessie sont sorties furtivement par la fenêtre de leur chambre et se sont rendues à la grange. C'était une nuit d'automne silencieuse. Bessie a allumé une lampe à huile et Alta est allée récupérer le Ouija. Il était temps de retourner à leur esprit.

Seules dans la grange, elles ont posé l'objet sur leurs jambes, placé leurs doigts sur la planchette, et posé les mêmes questions que la fois précédente. Une fois de plus, les mots se sont formés sous leurs doigts : « JE-SUIS-UN-INDIEN-MORT. J-AI-ÉTÉ-TUÉ-CAR-J-AI-TUÉ-UN-HOMME. IL-M-AVAIT-VOLÉ. JE-VEUX-RÉCUPÉRER… »

Bessie et Alta ont alors entendu la porte de la grange grincer. Elles ont vu une silhouette entrer et se profiler dans la faible lueur. C'était leur père. Bessie aurait pu se sentir soulagée, mais elle avait déjà appris à connaître Will Brown. C'était un homme gentil, jusqu'à ce que vous le mettiez en colère. Et alors, il n'était plus gentil du tout.

Il s'est avancé vers les filles. « Est-ce que vous appelez des esprits au beau milieu de la nuit ? a-t-il demandé. Êtes-vous mes enfants, ou bien vous êtes-vous déjà abandonnées au diable ? » Il a soulevé une hache, leur a arraché le Ouija des mains, et il l'a réduit en miettes. « Si je vous reprends à vénérer le diable, a-t-il ajouté, je vous donnerai aux Danites. »

C'en a été fini des Ouija dans la maison des Brown. Durant les semaines qui ont suivi, Bessie et Alta ont essayé une ou deux fois d'entrer de nouveau en contact avec l'esprit en se tenant la main dans le noir, dans des endroits isolés, loin de la maison. Mais rien ne leur est apparu. Aucune voix n'a répondu, aucune image ne s'est matérialisée. Elles auraient tout aussi bien pu être en train de prier.

Noël est passé, puis la nouvelle année est arrivée. Un matin de la deuxième semaine de 1930, Provo a découvert à son réveil ses vallées et ses montagnes couvertes de neige. Il a continué de neiger tout le restant de la semaine.

Un soir, alors qu'il avait neigé toute la journée, un cheval blanc a pénétré dans la cour de la ferme. Comme Grandview était une petite communauté, chacun connaissait les chevaux des autres aussi bien qu'il connaissait leurs enfants, et les Brown ne connaissaient personne qui possédait une jument si belle et fantomatique. Bessie et ses sœurs sont sorties pour observer l'animal, et Alta s'est approchée pour caresser sa crinière. En voyant ses filles avec ce cheval étrange, Melissa leur a ordonné de rentrer. Puis elle a tenté de faire partir l'animal, mais celui-ci se contentait de la regarder fixement.

Il est resté là de longues heures à regarder la maison, chatoyant dans le clair de lune hivernal. Mais lorsque Will Brown est rentré de son travail à l'école, il a fait fuir l'animal. Plus tard dans la soirée, ma mère a surpris une conversation entre ses parents.

« Tu sais ce que ça veut dire quand on reçoit la visite d'un cheval blanc, disait ma grand-mère. Ça veut dire que quelqu'un dans cette maison va mourir.

— Je ne crois pas avoir jamais entendu dire que le Seigneur procédait ainsi », a répondu Will.

Le dimanche suivant en début de soirée, un voisin qui passait avec son traîneau tiré par un cheval a proposé aux filles une balade dans Grandview. Alta et Wanda ont couru trouver leur mère pour lui demander si elles pouvaient y aller. Melissa connaissait l'homme, et elle connaissait le cheval – une bête calme et gentille – mais elle a secoué la tête.

« Je n'ai aucune raison de refuser, a-t-elle répondu, mais je vais vous dire non. C'est juste que j'ai un pressentiment bizarre. »

Bien que déçues, les filles n'ont pas bronché. Mais lorsque Melissa est retournée à son travail, Alta est allée chercher Bessie.

« Viens, Bess. On peut passer en douce par-derrière et remonter la colline en traîneau. Maman n'en saura jamais rien. »

Mais pour une fois, Bessie avait la même intuition que sa mère.

« Non, a-t-elle répondu. Je ne crois pas que ce soit une bonne idée. »

Alta s'est tournée vers Wanda.

« Et toi, tu viens avec moi ? »

Wanda a hésité. Elle n'avait pas l'habitude de désobéir à sa mère. Mais bon, quel mal y avait-il à faire une balade en traîneau ? Les deux filles ont franchi la cour en courant et descendu la colline, hors de vue de la ferme.

Debout sous la véranda, Bessie regardait Ada et Ida qui essayaient de construire un bonhomme de neige, attendant le passage du traîneau. Quelques instants plus tard, le cheval est apparu dans le virage, galopant vigoureusement. Alta, étendue de tout son long, agrippait le chariot, tandis que Wanda était allongée au-dessus d'elle. Comme le cheval était sur le point de s'arrêter devant la maison, quelque chose l'a effrayé. L'homme qui le montait a tenté de le calmer, mais l'animal s'est de nouveau cabré, le traîneau s'est envolé, et les filles ont été projetées contre un poteau. Wanda l'a heurté violemment avec son épaule gauche, et tout le monde dans la cour a entendu un craquement. Quant à Alta, elle l'a heurté avec le visage, l'impact a été terrible, et elle est retombée par terre.

Quelqu'un a couru chercher Melissa dans la maison, et celle-ci s'est précipitée jusqu'à la route, où elle a découvert ses deux filles en sang dans la neige. Wanda était inconsciente, apparemment morte, mais Alta raclait le sol, tentant de se retourner. Melissa s'est agenouillée à côté d'elle et a posé la tête de sa fille sur ses cuisses. L'avant du crâne d'Alta était enfoncé ; Melissa pouvait voir l'os. « Oh ! maman, disait Alta. Je suis tellement désolée. J'aurais dû t'écouter. » Elle a alors fondu en larmes. Mais son visage était si fracassé que ses yeux, sous la pression des larmes, sont sortis de leurs orbites et se sont mis à pendouiller contre ses joues. Melissa est restée dans la neige, berçant sa fille préférée d'avant en arrière, lui caressant les cheveux, jusqu'à ce qu'elle rende son dernier souffle.

Le plus jeune frère de Bessie, Mark, a sellé un cheval dans la grange et est allé chercher son père à l'église. Lorsque Will et Mark sont revenus avec l'évêque et un médecin, les deux filles avaient été transportées dans la petite pièce située à l'avant de la maison. Le médecin a examiné Alta et l'a déclarée morte. Puis il a ausculté Wanda plus attentivement. « Celle-ci, a-t-il déclaré, est toujours en vie. Mais elle ne le restera peut-être pas longtemps si nous ne l'emmenons pas à l'hôpital. »

Wanda s'est finalement remise de l'accident, mais elle est restée partiellement paralysée du côté gauche pour le restant de sa vie.

Quelques jours plus tard, au moment d'enterrer Alta, le sol était gelé. Il a fallu laisser le cercueil à côté de la tombe, en attendant le dégel. Deux jours durant, les enfants Brown se sont rendus au cimetière pour s'asseoir autour du cercueil et prier pour l'âme de leur sœur morte.

Quelques semaines plus tard, il y a eu une dernière apparition. « Un soir, les sœurs étaient dans leur chambre, m'a expliqué ma cousine Brenda, lorsqu'elles ont vu une lueur blanche dans la pièce obscure. La lueur s'est approchée de plus en plus près de leur lit.

C'était Alta. Elle s'est assise sur le lit avec les filles et leur a dit qu'elle allait bien, qu'elle ne souffrait pas et était très heureuse. Elle voulait que les filles le sachent. Elle les aimait. Puis la lueur s'est affaiblie et elle a disparu, mais les filles pouvaient voir que le matelas était enfoncé à l'endroit où elle s'était assise. »

Personne n'a jamais compris ce qui avait effrayé le cheval dans ce crépuscule hivernal, mais ma mère savait : elle pensait que c'était le démon de l'homme mort qu'Alta et elle avaient fait apparaître, et qu'il était désormais le fantôme qui hanterait sa famille.

Bien des années plus tard, alors que je ne connaissais pas le moindre détail de cette histoire, j'ai demandé à ma mère si je pouvais avoir un Ouija. C'était peu après la mort de mon père – période durant laquelle je ne lisais qu'Edgar Allan Poe, Bram Stoker, et des histoires de fantômes de l'époque victorienne. Le macabre et le surnaturel me réconfortaient et me captivaient d'une manière que je n'aurais pu expliquer et que ma mère avait bien du mal à tolérer. Elle a rejeté ma requête, et, comme elle tant d'années auparavant, je suis allé m'acheter mon propre Ouija et l'ai rapporté en douce à la maison. Le seul problème, c'est qu'aucun de mes frères ne voulait l'essayer avec moi, et je me retrouvais donc assis tout seul comme un imbécile avec le Ouija sur les genoux, à poser des questions et à attendre que la planchette bouge sous mes doigts. Je ne me rappelle pas avoir reçu grand-chose des esprits en retour.

Un après-midi, ma mère m'a trouvé en pleine concentration au-dessus du Ouija, et elle est devenue furieuse. « Je veux que tu emportes ce foutu machin hors de ma maison, et que tu ne le rapportes jamais ! Et je veux que tu cesses de lire tous ces livres d'épouvante sur les fantômes et le diable ! Je n'ai pas l'intention que mes fils deviennent des monstres ! » Et elle s'est mise à pleurer, si longtemps, si fort, si lamentablement, que j'ai quitté la maison, juste pour échapper au son de ses sanglots.

DEUXIÈME PARTIE

LA BREBIS GALEUSE ET LE FILS RENIÉ

Les enfants commencent par aimer leurs parents ; en vieillissant ils les jugent ; parfois ils les pardonnent.

Oscar WILDE
Le Portrait de Dorian Gray

1
La brebis galeuse

Bessie Gilmore a passé l'essentiel de sa vie à décrire son père comme un idéal. C'était un homme silencieux et modeste qui aurait tout sacrifié pour un ami ou un membre de la famille dans le besoin, sans rien demander en retour. C'était un père très aimant, qui travaillait de longues heures pour subvenir aux besoins de ses enfants, et qui leur enseignait à se montrer charitables envers leurs voisins comme envers les inconnus.

Cependant, durant les dernières années de sa vie, le portrait que ma mère dressait de Will Brown a changé du tout au tout. C'était après l'exécution de Gary, lorsque ma mère se réfugiait de plus en plus dans le passé. Et c'est l'une des raisons qui m'ont poussé à l'appeler et à aller la voir moins souvent : elle ne parlait plus que des moments marquants de notre tragédie collective. Je suppose que la succession de déceptions et de décès l'avait alors rendue folle, et qu'elle ne pouvait s'empêcher de réexaminer le moindre événement, cherchant à trouver la clé de cette débâcle – un peu comme je l'ai fait moi-même ces dernières années. Ou peut-être en était-elle venue à soupçonner que tout était tracé dès le début, et elle ne pouvait s'empêcher de s'appesantir sur la cruauté d'une plaisanterie qui vous faisait attendre toute votre vie un dénouement plein d'espoir et de délivrance qui n'arrivait jamais. Quoi qu'il en soit, à mesure que ma mère se rejouait son passé, les histoires qu'elle racontait sur sa jeunesse devenaient remarquablement différentes de celles qu'elle avait racontées jusqu'alors.

Elle parlait notamment souvent de son père. Selon elle, plus les enfants avaient grandi, plus son caractère était devenu mauvais et avait commencé à rappeler de façon effrayante l'irascibilité légendaire de son propre père. Les deux enfants qui faisaient le plus souvent les frais de sa colère étaient ma mère et son frère aîné, George. Je ne sais pas quelle était la principale pomme de discorde entre George et son père, mais je sais que George a fini par être considéré par sa famille et par la communauté de Grandview comme l'hurluberlu de la famille Brown. Apparemment, il avait toujours été un peu timide et maladroit (tout comme son propre père au même âge, et peut-être était-ce là l'un des traits de caractère que Will ne pouvait tolérer) et certains enfants du quartier se moquaient de lui à cause de son allure quelconque et de ses manières empruntées. Moyennant quoi, George passait beaucoup de temps seul et, comme son grand-père Joseph Kerby, profitait de cette solitude pour développer ses talents artistiques. Il peignait de riches panoramas naturalistes des paysages de Provo, et taillait également de magnifiques arcs pour des archers aux quatre coins de l'État.

Parfois, cependant, l'isolement de George semblait lui faire perdre la tête. Il ôtait alors ses vêtements et les empilait consciencieusement dans la cour de la maison, puis il dévalait Jordan Lane en courant. À une ou deux reprises, il a atteint la rue principale de Provo, courant nu parmi les mormons qui ouvraient de grands yeux ronds, jusqu'à ce que la police l'embarque et le retienne au poste en attendant que Will vienne le chercher.

Invariablement, ces événements lui valaient une raclée, même si bien souvent elle n'avait d'autre motif que la propre fureur de Will. En ces occasions, Will traînait George jusqu'à l'un des grands arbres de la cour et il le ligotait au tronc au moyen d'une corde solide. Puis il saisissait une sangle et fouettait son fils, qui hurlait et finissait par s'évanouir de douleur et d'humiliation. Occasionnellement, les raclées étaient si féroces que Bessie ou Mark couraient jusqu'à la maison d'à côté, où vivait Charley, le frère aîné de Will, pour implorer ce dernier de venir en aide à George. À ces moments, Charley était la seule personne au monde qui pouvait s'interposer sans risque entre Will Brown et sa rage.

Ça a continué ainsi jusqu'à la Seconde Guerre mondiale, lorsque George et Mark sont allés se battre. George a fait partie des troupes américaines qui ont libéré les camps de concentration en Allemagne, et il a aussi brièvement été stationné en France. Quelques jours après son retour de la guerre, George s'est une fois de plus attiré les foudres de son père. Will a voulu lui donner un coup de poing, mais George a attrapé la main de son père et l'a tordue, avant de déclarer : « Tu ne me frapperas plus jamais ! » Suite à quoi, à en croire ma mère, Will Brown n'a plus jamais levé la main ni sur George ni sur qui que ce soit.

Mais toutes ces années d'humiliations et de folie ont laissé leur marque sur George. Il n'a jamais eu de petite amie, ne s'est jamais marié, et, en dépit de toutes les souffrances qu'il avait endurées chez lui, il ne s'est jamais aventuré en dehors de la famille. Dans une malle de sa chambre, George conservait une collection de photos qu'il avait rapportées de la guerre. Certaines représentaient les cadavres et les survivants émaciés découverts dans les camps de concentration. D'autres étaient des cartes postales pornographiques achetées dans les rues de Paris. Parfois, George attirait ses nièces et leurs amies dans sa chambre. Puis il fermait la porte à double tour et refusait de les laisser sortir tant qu'elles n'avaient pas regardé les deux séries de photos. C'étaient des photos étranges à montrer à des enfants – des représentations des pires horreurs du monde moderne mêlées à des images de plaisirs interdits. Aucun doute que quelque chose dans cette juxtaposition émoustillait l'oncle George, même si cet amalgame était la triste illustration du désastre qu'était sa vie.

George n'a jamais quitté la ferme. Il en a hérité à la mort de sa mère, et y a vécu seul jusqu'à son décès en 1974. Il était mort depuis trois jours quand on l'a découvert dans son lit, près de la malle où il conservait ses photos.

D'après ma mère, c'est le jour d'une exécution qu'elle a commencé à haïr son père. C'est une histoire intéressante, si pleine de peur et d'improbabilité que je ne suis plus certain de ce qu'elle signifie réellement. Cependant, elle mérite d'être racontée, ne serait-ce que parce qu'elle a eu des conséquences.

Sporadiquement, les exécutions en Utah étaient publiques ou semi-publiques. Parfois, des centaines de gens se rassemblaient pour y assister ; d'autres fois, des milliers. En de rares occasions, les parents amenaient leurs enfants pour qu'ils comprennent ce qu'il coûtait d'enfreindre les lois les plus sacrées de Dieu. Pour un enfant du début du XXe siècle, ce pouvait être une expérience effrayante. Ma mère nous racontait souvent qu'elle détestait entendre les gens parler d'une exécution imminente, et qu'elle se couvrait les oreilles pour ne pas entendre l'horrible nouvelle et le ton à la fois sinistre et excité de son père et des autres membres de l'église lorsqu'ils en discutaient. Et les jours d'exécution, disait-elle, elle se levait avant l'aube et allait se cacher dans un recoin obscur de la grange familiale, y restant parfois jusqu'à la tombée de la nuit, pour ne rien entendre.

Un jour, cependant, elle n'avait pas eu cette chance. À l'en croire, un matin d'été, aux alentours de son anniversaire, Will Brown l'avait réveillée et entassée avec ses frères et sœurs dans le chariot familial avant de les emmener dans l'obscurité jusqu'à une prairie proche de la prison d'État. Elle affirmait y avoir vu un malheureux être mené en haut de l'échafaud, où l'attendaient la corde et le bourreau. Elle prétendait que, incapable de regarder la pendaison, elle avait fermé les yeux et enfoui sa tête contre le torse de son père. Mais elle avait entendu la trappe s'ouvrir, et un horrible craquement, une fraction de seconde plus tard, quand le cou de l'homme s'était brisé sous son poids. Puis elle avait entendu quelque chose de pire encore : des clameurs et des applaudissements. Mais tandis que la famille s'éloignait du site, elle avait jeté un petit coup d'œil en arrière et vu le corps de l'homme se balancer au bout de la corde. Et elle avait vu des hommes dans la prairie tout autour, qui tenaient leurs enfants par la main et pointaient le doigt en direction du cadavre, exhortant leur progéniture à tirer les leçons de ce moment.

Certainement, Bessie s'en souvenait. De fait, il y avait quelque chose dans l'attitude des mormons envers la peine de mort qui la poussait à haïr les siens – ou, du moins, à haïr les croyances qui les autorisaient à prendre part à ce type de cérémonie. De toute façon, elle détestait les exécutions. Quand j'étais petit et que nous vivions à Portland, Oregon, elle suivait les nouvelles des exécutions imminentes avec une affreuse anxiété. Elle écrivait au gouverneur, mettant en cause la moralité de la peine capitale, et demandant à l'État de commuer la peine du condamné. Et elle me demandait de m'asseoir à la table de la salle à manger avec elle et d'écrire, moi aussi, au gouverneur. Puisque, comme elle me l'avait expliqué un jour, ces meurtres étaient les seuls que nous pouvions prédire – c'est-à-dire les seuls qui étaient programmés –, alors ils étaient aussi les seuls que nous pouvions peut-être empêcher. Je crois qu'elle était sincèrement persuadée de la moralité de cet argument, mais que, plus que tout, elle ne s'était jamais remise de l'horreur des exécutions publiques. Elle estimait que les hommes qui emmenaient leur famille y assister étaient, d'une certaine manière, pires encore que les assassins eux-mêmes. Après tout, ces hommes faisaient de leurs enfants les complices d'un meurtre.

J'ai entendu les histoires de ma mère sur les exécutions en Utah de nombreuses fois au fil des ans – comme mes frères, je suppose – mais ce n'est que la dernière fois que je l'ai vue vivante qu'elle a exagéré le trait et révélé un détail important qu'elle avait jusqu'alors caché. En ce jour de Noël, quelques mois avant sa mort, ma mère m'a raconté qu'elle n'était en fait pas parvenue à garder le visage enfoui contre son père le matin de la pendaison. Ainsi, juste avant que la trappe ne s'ouvre, son père l'avait fermement attrapée par les cheveux et forcée à regarder l'homme mourir. Elle a ajouté que, sur le chemin du retour, elle avait décidé qu'elle ne pardonnerait jamais son père, et que toute sa vie elle mépriserait sa vertu implacable. Tout en me disant cela, elle avait sur le visage une expression de haine absolue – ouvrant de grands yeux enflammés comme quelqu'un qui a été forcé de voir des choses qu'on ne devrait jamais voir. Et lorsqu'elle s'est tue, l'horreur de ce qu'elle venait de me dire m'a fait partager sa haine, comme si son souvenir de l'événement était en fait devenu le mien. Mais son récit m'a aussi poussé à m'interroger : si ma mère n'avait pas été forcée de regarder, Gary serait-il tout de même devenu l'homme violent qu'il était devenu ? Un horrible destin était-il né à cet instant, qui s'était conclu de façon effroyable quelque cinquante ans plus tard par les meurtres commis par mon frère, et par sa propre mort sanglante sur la terre où ma mère avait grandi ?

Ce n'est qu'il y a un ou deux ans, alors que j'avais commencé à travailler à ce livre et à me documenter sur l'histoire de la peine de mort en Utah, que j'ai appris une chose encore plus troublante : les histoires que m'avait racontées ma mère ne pouvaient être vraies ; elle n'avait pas pu assister à ce à quoi elle prétendait avoir assisté. Il n'y avait pas eu d'exécution semi-publique en Utah depuis environ 1919, quand ma mère avait 6 ans, et même alors, cela faisait probablement plusieurs années que ni enfants ni familles ne pouvaient plus assister à de tels événements. Plus important encore, pour autant que je sache, il n'y a pas eu la moindre pendaison en Utah pendant l'enfance ou la jeunesse de ma mère. Environ douze exécutions se sont produites durant cette période – dont celle, très célèbre, du syndicaliste Joe Hill en 1915, qui était fréquemment évoquée dans notre maison – et à chaque fois les condamnés ont été passés par les armes, derrière les murs de la prison Sugarhouse, devant une assemblée de témoins invités.

Je pense aux récits de ma mère, et je sais qu'il était à la fois remarquable et terrible de dire de telles choses à des enfants ou à de jeunes hommes. D'un côté, bien sûr, je suis frappé par l'impact que ces légendes ont eu sur nous. Je crois que ces images ont contribué à faire naître en nous un sentiment de différence – sans parler d'un sentiment de malédiction. Je crois que ce que nous entendions n'évoquait pas simplement un passé lointain dans un endroit cruel, mais disait aussi quelque chose de notre propre prédestination. Ou, pour dire les choses autrement, il était impossible d'entendre une telle histoire lorsqu'on était enfant, puis de vouloir avoir quoi que ce soit à voir avec ces gens qui se rassemblaient pour tuer un homme. La seule place qui vous restait, c'était soit celle du condamné, soit celle de l'enfant qu'on forçait à regarder ; mon frère Gary a choisi la première, et je suppose que j'ai choisi la seconde. Je sais que je n'aurais jamais accepté de faire partie des bourreaux. De toute manière, j'ai grandi dans une famille où la corde fonctionnait comme un talisman ; elle pendait au-dessus de nos têtes, moins comme un moyen de dissuasion que comme un signe de notre destinée. Moyennant quoi la notion de ruine était une chose convenue entre nous. Personne ne le disait à voix haute, mais bon, personne n'en avait besoin.

J'essaie d'imaginer ce qu'il y avait dans le cœur de ma mère pour faire de cet idéal une partie si intrinsèque de notre mythologie. Que lui était-il vraiment arrivé qui avait fait naître en elle une peur si insurmontable de l'expiation par le sang, et comment cette peur était-elle devenue une quasi-prophétie de la mort de son fils préféré ? Parfois nous mentons sur notre passé – revendiquant peut-être une réussite ou un crime imaginaires –, histoire de nous donner de l'importance, et parfois nos subterfuges n'ont d'autre but que de dissimuler nos secrets les plus intimes. Mais je crois que, quand ma mère nous racontait cette histoire de pendaison en Utah, il y avait autre chose en jeu pour elle : je crois qu'elle essayait probablement de nous faire comprendre combien il était dur de grandir sur une terre aussi cruelle, parmi des gens aussi impitoyables. Et je crois aussi qu'elle essayait peut-être de nous parler d'autres châtiments dont son père s'était servi pour la violenter et la détruire – des châtiments dont elle n'aurait sans doute pas pu parler autrement, ou qu'elle ne pouvait plus se résoudre à se remémorer.

De quelle nature étaient-ils ? Je ne suis sûr de rien. Je n'ai que quelques suppositions et quelques rumeurs à offrir. Quoi qu'il en soit, le problème était probablement d'ordre sexuel. Quand elle était petite, Bessie était considérée comme l'une des plus jolies filles de la famille Brown. Elle aimait porter des tenues gracieuses et accrocher de grands rubans à ses beaux cheveux noirs ; apparemment, elle se pomponnait pour les bals et les pique-niques de l'église. En ce temps-là, Will était fier de Bess. Quelques-uns le trouvaient même un peu possessif. Mais plus Bessie grandissait, plus sa beauté devenait un désagrément chez les Brown. D'après certains, elle commençait à se donner des airs. Elle se comportait en fille de riche – comme si elle était tout simplement trop raffinée pour travailler à la ferme avec ses frères et sœurs. Elle n'aimait pas abîmer ses jolies mains – car ça rendait le port de bagues difficile – et détestait se salir les cheveux. Elle prétendait que ça gâchait les beaux vêtements qu'elle se cousait pour les bals de l'église ou les fêtes du week-end à l'Utahna Dancehall de Provo. Pire, Bessie commençait à se comporter comme si les règles de la maison ne s'appliquaient plus à elle. Elle voulait toujours rentrer plus tard que les autres, et aimait les attentions que lui témoignaient les garçons – surtout les plus grands qui allaient à l'université Brigham Young. Ce dernier penchant était particulièrement peu apprécié de son père. On disait de Will Brown qu'il aimait ses filles et ne voulait pas les perdre. Et Bess s'émancipait trop vite à son goût.

Alors que les autres enfants Brown apprenaient à s'accommoder aux règles qui régissaient la maison de leurs parents – ou à les contourner sans se faire attraper –, Bessie mettait un point d'honneur à défier l'autorité. Bien entendu, on considérait qu'elle donnait le mauvais exemple. Puis, après la mort d'Alta, Bessie était devenue pire encore. Pour les autres membres de la famille, c'était comme si en perdant sa sœur elle avait aussi perdu toute retenue. Comme si elle avait transformé son deuil en une franche rébellion – ou qu'elle jugeait ses parents ou la ferme elle-même responsables de ce qui était arrivé. Elle commençait à rentrer plus tard et, à son retour, les disputes avec ses parents étaient plus bruyantes et féroces. Will et Melissa l'accusaient de se comporter de façon immorale avec les garçons avec qui elle sortait. Bessie ne leur a jamais donné raison – car c'était probablement faux – mais elle aimait l'avantage que lui conféraient le soupçon et la manière dont ses parents devenaient dingues quand elle disait : « Ça vous plairait de savoir, hein ? » Néanmoins, c'était un jeu dangereux. À part le meurtre et la trahison de son serment à Dieu, il n'y avait pas de pire péché dans le monde mormon que la dépravation sexuelle. En provoquant ses parents sur ce point, Bessie risquait de se faire exclure de sa famille. Une ou deux générations plus tôt, elle aurait pu s'exposer à la discipline des Danites.

De fait, un soir, elle a frôlé un tel châtiment. Ça faisait deux semaines qu'elle sortait avec un jeune homme de Salt Lake dont on disait qu'il buvait et menait une vie dissolue. C'était en pleine prohibition, et même s'il y avait un ou deux bars clandestins à Provo, aucun mormon ne pouvait tolérer qu'on y trouve sa fille. Ses parents l'ont prévenue qu'elle ne devait plus le voir et qu'il n'était pas le bienvenu chez eux. Mais elle a tout de même continué de fréquenter le garçon, et ignoré à trois reprises au sein d'une même semaine le couvre-feu imposé par ses parents, ce qui a provoqué les pires disputes qu'on ait jamais vues chez les Brown. La troisième fois, Bessie était en train d'embrasser son petit ami sous la véranda à 3 heures du matin lorsque la porte s'est soudain ouverte. Will Brown se tenait là avec un fusil de chasse, qu'il a pointé sur sa fille. Il avait une expression à la fois terrifiée et démente.

« Je vais expédier ton âme de catin en enfer ! » a-t-il lancé, et il a actionné le chien de l'un des canons.

À cet instant, George est arrivé derrière lui et a saisi le fusil en disant :

« Tu ne tireras sur personne. »

Après ça, George et Bessie ont été sévèrement fouettés par leur père, tandis que les autres enfants étaient là à pleurer, l'implorant d'arrêter. Pendant ce temps, le petit ami de Bessie a décampé vite fait bien fait de la ferme de ces cinglés de Brown, et on ne l'a jamais revu.

Je possède quelques photos de ma mère prises, je crois, par mon oncle George aux alentours de 1933, quand Bessie avait à peu près 20 ans. Je n'avais jamais vu ces photos de son vivant – elles m'ont été données par Larry Schiller, qui a longuement interviewé ma famille peu après la mort de ma mère. Et la première fois que je les ai vues, elles m'ont tellement troublé que je les ai immédiatement rangées pour ne les ressortir que des années plus tard. Il m'a fallu du temps pour comprendre ma réaction. Je n'avais jamais vu ma mère jeune fille. Son visage était indéniablement le sien, et pourtant il semblait si différent, dépourvu des marques que l'âge, la douleur et la proximité avec la mort finiraient par y laisser.

Ma mère a toujours été une femme courageuse – même à l'époque où le monde la terrifiait totalement – car, sans courage, elle n'aurait pas pu endurer ce qu'elle a enduré jusqu'à la fin de sa vie. Elle n'a cependant pas toujours été une femme très optimiste. De fait, je ne me rappelle pas l'avoir jamais vue avec une expression d'espoir pur de tout le temps que je l'ai connue. Ce qui m'a donc bouleversé sur ces photos, c'est le fait qu'il y avait de l'espoir sur son visage à l'époque où elles ont été prises. Pas des tonnes (moins que de la fierté), mais juste assez pour comprendre combien le manque d'espérance peut modifier l'apparence de quelqu'un en près de cinquante ans. En voyant ces photos, j'ai compris que ma mère aurait pu mourir avec un visage différent. Ça m'a rendu triste pour elle, mais ça m'a aussi poussé à me demander à quoi ressemblerait mon propre visage quand arriveraient mes derniers jours.

La façon dont ma mère regardait les appareils photo trahissait sa vision de la vie. Sur le cliché que je préfère, Bessie Brown est assise sur une chaise. Elle est de trois quarts, regarde sur sa gauche, une jambe élégamment croisée par-dessus l'autre, ses mains calmement jointes sur ses cuisses. Elle porte une longue robe blanche toute simple – qui lui va superbement bien – et un collier de perles autour du cou. Ses longs cheveux bruns sont remontés à l'arrière de la tête, et forment ailleurs une abondance de boucles qui accentuent son intelligence autant que sa beauté.

La photo est prise en extérieur. À la ferme, devant sa montagne préférée. À côté d'elle se tient une femme (une sœur ou une amie) avec un sac à main. Elle est jolie, mais la photo est accaparée par Bessie, qui a pleinement conscience de l'incongruité de sa pose : la beauté exquise dans un décor rustique. Elle esquisse un sourire. Et celui-ci nous dit qu'elle en sait trop sur elle-même, et sur la vie, pour rester dans un tel endroit. C'est un sourire infime, perplexe et un peu impatient, et dans ses yeux on voit le regard ferme et sombre de l'espoir.

En 1933, malgré tout ce qui lui est déjà arrivé, ma mère n'a pas encore appris à détester ce qu'un appareil photo peut révéler de votre esprit et de votre âme.

Il s'est avéré que cette photo est l'adieu de Bessie à la ferme familiale. Comme me l'a un jour dit ma cousine Brenda : « Ta mère voulait une vie meilleure. » Et dans ce cas, une vie meilleure signifiait Salt Lake City, à quatre-vingts kilomètres au nord de Provo. Au milieu des années 1930, Bessie a quitté la maison et déménagé à Salt Lake avec trois amies. Elles ont loué un appartement à proximité du centre-ville, et se sont chacune trouvé un emploi de femme de ménage. Après un mois à peine, l'une d'elles est retournée à Provo et a raconté qu'elle n'aimait pas la façon dont Bessie et les autres vivaient à Salt Lake. Elles avaient toutes abandonné leur emploi, disait-elle, mais pourtant aucune n'avait de problème pour payer le loyer.

Les Brown n'ont guère eu de nouvelles de Bessie pendant un temps, et ils ne sont jamais allés la voir. Occasionnellement, Bessie rentrait à la maison, principalement pour voir sa jeune sœur Ida. Quand elle revenait, elle tenait à porter ses belles tenues toutes neuves et ses nouveaux bijoux. Elle portait désormais une bague à chaque doigt. Ses parents lui demandaient comment elle pouvait s'offrir tout ça, et elle répondait qu'elle travaillait comme mannequin pour une bijouterie. Ils avaient peine à la croire, et les disputes reprenaient. Finalement, Bessie s'en allait furieuse, et son père descendait à la taverne au bas de la colline. Will Brown, le bon patriarche mormon, apprenait à boire.

Les rumeurs poursuivaient Bessie comme un chien importun. En 1936, elle a disparu quelque temps. Plus tard, on a prétendu qu'elle était allée en Californie en stop avec une amie, et que, pendant son séjour là-bas, elle était tombée éperdument amoureuse d'un militaire. Mais l'histoire d'amour avait mal tourné, et Bessie était rentrée à la maison, inconsolable et compromise. Après quoi elle a vécu seule et commencé à s'éloigner de ses anciennes amies.

Tous ces ragots avaient un effet sur elle. Dans la mesure où les rumeurs étaient une sorte de jugement, une façon de nier sa valeur et sa bonté, Bessie était profondément blessée et irritée par tous ces bavardages. Mais en surface, avec la fierté qui sied au paria, elle s'arrangeait pour montrer une autre image. Elle avait trop de dignité pour s'abandonner aux repentances et aux humiliations que ses parents et les autres attendaient d'elle. Tout ce qu'elle pouvait faire, c'était persévérer ; la fille rebelle qui s'enfonçait en territoire interdit.

Bessie Brown était sur le point de devenir le premier enfant de sa famille en trois générations à quitter le refuge de l'Utah des mormons.

2
Le fils renié

Je vais faire une confession.

Ce n'est qu'après la mort de Gary que j'ai su comment mes parents s'étaient rencontrés, et que j'en ai appris plus sur les premières années de ma famille. Je suppose que ça en dit long sur mon détachement, mais tout ce que je connaissais vraiment, c'étaient les légendes familiales de mystère et de mort. Je connaissais la violence de l'histoire mormone, et la mort tragique d'Alta, car ma mère m'en avait parlé maintes et maintes fois. Je savais aussi que mon père avait un passé sombre – que son propre père l'avait impardonnablement trahi, ct qu'il avait fui quelque horrible secret pendant près d'un demi-siècle – car ces histoires aussi appartenaient à notre mythologie active.

Mais ce que j'ignorais, ce que personne ne m'avait dit, c'était ceci : je ne savais pas comment mes parents s'étaient connus, ni comment ils en étaient venus à s'aimer (je n'ai même jamais vraiment *cru* qu'ils s'étaient un jour aimés puisque tout ce que je voyais entre eux, c'était de la distance ou de la colère). J'ignorais ce qui s'était passé à l'époque où mes frères étaient nés ; je connaissais le nom de diverses villes où la famille avait vécu, mais ne savais rien de leur vie dans ces endroits. Pourquoi mes parents déménageaient-ils si fréquemment, et en des endroits si distants les uns des autres, et que faisait mon père pour subvenir aux besoins de tout le monde dans ces villes ? Surtout, je ne savais pas si ma famille avait jamais été une vraie famille. Mon père jouait-il avec ses fils ? Allaient-ils ensemble à l'église, ou au cinéma, ou bien pique-niquaient-ils ensemble le week-end ? Mes parents lisaient-ils des histoires à mes frères quand ils étaient petits ? (Je ne me souviens pas que quiconque m'ait jamais fait la lecture.) Ces gens s'aimaient-ils – y avait-il la moindre cohésion entre eux, à part une peur perpétuelle et une haine puissante ?

La première fois que j'ai eu un aperçu de ce à quoi avait pu ressembler cette vie, c'était en 1979, quand *Le Chant du bourreau* de Norman Mailer a été publié. Larry Schiller et Mailer avaient très longuement interrogé ma mère sur l'enfance de Gary – une période cruciale de notre passé – et, dans la seconde moitié du livre, Mailer traçait un croquis intrigant de l'arrière-plan familial. En quelques pages, il en révélait plus que tout ce que j'avais appris en vingt-cinq ans. Les premières fois que j'ai lu le livre, je me suis contenté de survoler ces passages. Je ne me suis pas attardé sur les détails concernant les premiers mariages de mon père, et rien ne s'est gravé dans ma mémoire. Ça ressemblait trop au monde de quelqu'un d'autre – le genre de chose qu'on pourrait lire dans un livre.

Quand le moment est venu pour moi de lever le secret sur le passé de ma famille et d'écrire cette histoire, Schiller s'est montré d'une immense générosité et a proposé de me prêter les enregistrements des entretiens que Mailer et lui avaient eus quinze ans plus tôt avec ma mère et mon frère Gary. Curieusement, le fait que c'était la voix de ma mère qui me révélait ce passé caché a contribué à le rendre palpable pour moi. Naturellement, je n'avais pas entendu sa voix depuis qu'elle était morte ; et je ne l'avais *jamais* entendue raconter de telles histoires. Mais chaque nouvelle révélation soulevait aussi de nombreuses nouvelles questions. Schiller et Mailer faisaient tout leur possible, mais la plupart du temps, soit ma mère leur répondait par des énigmes exaspérantes, soit elle se défilait purement et simplement.

À un moment, Schiller lui demandait pourquoi elle avait peur de leur en dire trop. Maintenant que mon père et Gary étaient morts, disait-il, qui cherchait-elle à protéger en préservant de vieux secrets ? Et elle avait répondu qu'elle le faisait pour moi. « Mikal ne sait rien de tout ça, avait dit ma mère. J'ai peur qu'il me déteste quand il l'apprendra. Ou alors j'ai peur qu'il déteste son père, ce qui serait horrible. Il est le seul des garçons à avoir vraiment aimé son père, et je détesterais qu'il lui reprenne cet amour. »

Grâce aux cassettes de Mailer et Schiller, et grâce à l'aide inestimable de quelques autres personnes – notamment celle de mon frère Frank, lorsque je l'ai enfin retrouvé –, la véritable histoire a commencé à prendre forme pour moi. Ou du moins, en partie. Car, pour le meilleur et pour le pire, une grande partie de notre passé a été définitivement perdue quand mes parents et mes frères sont morts.

Voici, donc, comment ma mère a rencontré mon père.

C'était l'été 1937. À cette époque, Bessie vivait seule dans une petite chambre d'hôtel du centre-ville de Salt Lake City. Elle gagnait suffisamment d'argent pour subvenir à ses besoins en faisant des ménages et en louant ses mains pour des publicités de bijoux.

En ce temps-là, comme de nos jours, Salt Lake City était la ville la plus grande et la plus animée d'Utah.

Néanmoins, quand on parle de l'Utah, le mot « animé » est relatif. Il y a certes plus de choses à faire à Salt Lake que dans l'essentiel de l'État, pourvu, en général, que vous le fassiez avant la tombée de la nuit. Quand ma mère y habitait, à l'âge de 24 ans, les rues de la ville lui semblaient incroyablement larges et les pâtés de maisons infiniment longs. Comme elle avait peu d'argent, Bessie allait à pied. Elle marchait jusqu'à l'ancienne bibliothèque, située face au tribunal du comté, et s'installait dans la salle de lecture, où elle aimait parcourir les ouvrages d'astrologie et de médecine, ainsi que d'autres sujets avec lesquels elle s'était un peu familiarisée à Provo. Certains jours, elle marchait jusqu'au vaste Liberty Park. Elle s'asseyait près du lac, regardait les couples tourner allègrement en rond dans des barques, ou bien elle achetait du popcorn ou des tranches de pain et nourrissait les canards. Elle aimait les canards car ils semblaient connaître leur place. Ils prêtaient attention à vous, mais ne cherchaient jamais à s'approcher trop près.

Presque tout en ville fermait au crépuscule, et lorsque le soleil commençait à décliner, Bessie refaisait le long trajet jusqu'à son hôtel. Parfois elle dînait avec une amie, ou alors elle allait danser dans une salle de bal locale, où jouaient de temps à autre des *big bands* en tournée.

Cependant, elle menait une vie essentiellement solitaire. Bessie se méfiait un peu des hommes après sa débâcle californienne. Elle ne cherchait pas le grand amour et, contrairement à la plupart des jeunes femmes mormones, elle n'était pas pressée de se trouver un mari.

L'une de ses meilleures amies à cette époque était une femme nommée Anita, une serveuse dans un petit restaurant de fruits de mer. Anita venait juste de se sortir d'un mauvais mariage, et avait un sérieux penchant pour l'alcool, ce qui limitait naturellement les relations. Bessie ne buvait pas – elle n'aimait pas la stupide sensation d'étourdissement qu'elle avait éprouvée les rares fois où elle avait bu quelques verres – mais elle n'était pas non plus du genre à juger les faiblesses des autres. Anita n'était pas la personne la plus raffinée du monde, mais Bessie l'aimait bien quand même. Peut-être avait-elle un peu pitié d'elle.

Un jour, Bessie a retrouvé Anita à l'hôtel Utah, tout près de Temple Street, où cette dernière logeait avec son petit ami, un homme qu'elle appelait « papa ». Les deux jeunes femmes étaient censées aller faire du shopping, mais Anita avait déjà bu quelques verres ce matin-là – à vrai dire, un de trop. « Regarde, Bessie. Regarde la machine à écrire que mon papa m'a donnée. » Anita a fièrement soulevé la machine à écrire, qui lui est tombée des mains et s'est brisée par terre. Juste à cet instant, le papa en question est entré. C'était un homme bien mis, à la quarantaine bien sonnée – Bessie a immédiatement reconnu une certaine fierté chez lui – et il semblait furieux. Anita a tenté de bafouiller une excuse tout en présentant Bessie. Papa a brièvement regardé Bessie et il a dit :

« Bonjour. Je suis Frank Gilmore. » Puis, à l'intention d'Anita : « Je t'avais demandé de ne pas toucher à ma machine à écrire. Maintenant tu l'as cassée. C'est fini. Fais tes valises et va-t'en. »

Bessie a compris que ce n'était pas le moment de traîner dans les parages.

« À plus tard, Anita », a-t-elle dit, et elle s'en est allée.

Lorsqu'elle a atteint l'ascenseur, elle a entendu Anita pleurer.

Quelques jours plus tard, Bessie marchait dans Temple Street en direction de la bibliothèque lorsqu'elle est tombée sur Frank Gilmore. Il se tenait devant l'hôtel Utah, et portait une veste décontractée marron et une cravate-lacet par-dessus une chemise bleu ciel. Un chapeau de feutre d'un blanc sale couvrait ses cheveux un peu longs et grisonnants. Bessie n'avait pas eu de nouvelles d'Anita depuis la scène dans la chambre d'hôtel, et elle s'inquiétait un peu.

« Bonjour, est-ce que vous vous êtes réconcilié avec Anita ? a-t-elle demandé.

— Non, non, non, a répondu Frank. Elle s'est probablement déjà trouvé quelqu'un d'autre. » Il a longuement dévisagé Bessie, puis a proposé : « Ça vous dirait un café ? »

Ils se sont rendus dans un petit restaurant au coin de la rue et ont bu un café, puis un autre. Bessie lui a un peu parlé d'elle, et en retour elle en a un peu appris à son sujet. Il vendait des publicités pour *Utah Magazine* et avait été représentant à travers tout le pays. Bessie a trouvé qu'il parlait avec assurance et intelligence, et en plus qu'il était extrêmement attirant. Et elle s'est soudain aperçue que cet homme lui plaisait. Elle se souvenait d'un vieux proverbe : « Quand on rencontre l'homme qu'on cherche, on met sa prudence de côté. » Et alors qu'elle était là, dans ce restaurant de Salt Lake, en train de boire du café avec Frank Gilmore, Bessie a songé : *Voici un homme pour lequel je serais disposée à mettre ma prudence de côté.*

Frank a dû sentir quelque chose, car il a trouvé le moyen de lâcher une bombe dans la conversation : « Je me marie demain », a-t-il annoncé.

Bessie a été abasourdie. Elle était là, à en pincer pour un homme qui, trois jours plus tôt, avait rompu avec l'une de ses meilleures amies, et qui se préparait déjà à épouser une autre femme. Elle n'avait jamais rien connu de tel.

Bessie n'a pas demandé d'explication, et Frank Gilmore n'en a fourni aucune. Ce n'était pas son genre.

« Félicitations », a-t-elle répondu.

Près d'un an plus tard, Bessie est de nouveau tombée sur Frank, qui se tenait devant le même hôtel.

« Alors, comment se porte votre mariage ? a-t-elle demandé.

— Oh ! ça n'a pas duré, a répondu Frank. Nous avons rompu. » Il a haussé les épaules comme s'il s'agissait d'une bêtise déjà oubliée. Puis il lui a souri. « J'avais l'intention d'aller voir un film ce soir. Ça vous dirait de m'accompagner ? »

Bessie se rappelait le premier garçon pour qui elle en avait pincé, un jeune Italien nommé Joe qui travaillait dans une fabrique de bonbons avec elle à Provo. Aux yeux de Bessie, il était la perfection : grand, bien bâti, avec des yeux marron. Il travaillait à la chaîne avec d'autres personnes, emballant les bonbons tout chauds avant de les placer dans des boîtes, et Bessie avait vu une drôle de petite routine se développer. De temps à autre, l'une des filles oubliait « accidentellement » l'un de ses outils sur le tapis roulant puis faisait mine d'être agacée. Quand l'outil arrivait au niveau de Joe au bout du tapis, il le récupérait et le rapportait gentiment. Bessie avait donc décidé d'essayer elle aussi le stratagème. Un jour, elle avait laissé son plateau à bonbons sur le tapis et l'avait laissé s'éloigner. Lorsque Joe le lui avait rapporté, elle avait été si gênée qu'elle n'avait même pas osé le regarder ni le remercier. Après quoi elle avait décrété : le jour où je voudrais gagner le cœur d'un garçon, je le regarderai et je sourirai ; je lui ferai clairement comprendre que je le trouve exceptionnel, unique, magnifique. Je ne me contenterai pas de prendre mon plateau et de m'éloigner en l'ignorant.

Devant l'hôtel Utah, Bessie Brown a fait à Frank Gilmore son plus beau sourire avant de répondre : « J'adorerais aller voir un film avec vous. »

À vrai dire, Bessie n'aimait pas trop aller au cinéma. Quelque chose dans la vaste obscurité du lieu lui évoquait une tombe. Mais avec Frank, elle se sentait rassurée. C'était un homme fort, et elle avait moins peur du noir lorsqu'il était à côté d'elle. Des années plus tard, elle se rappellerait cette sensation et se demanderait ce qu'elle était devenue.

Lors de leur deuxième rendez-vous, un ou deux soirs plus tard, Frank a emmené Bessie dans un bar. Bessie ne buvait pas, mais Frank, si. Il s'est mis à évoquer son passé. Pas trop – juste assez pour lui montrer qu'il avait eu une vie intéressante.

Apparemment, il avait grandi dans le monde du spectacle et avait lui-même travaillé en tant qu'artiste. En 1910 – avant même que Bessie ne soit née –, Frank avait été clown et funambule dans le cirque Barnum & Bailey, où il se faisait appeler Laffo le Clown. Il titubait comiquement sur le fil, tel un ivrogne. Ou alors, il érigeait une tour de chaises à l'équilibre précaire puis, toujours tel un ivrogne, il l'escaladait jusqu'au sommet, où il faisait le poirier. Un soir, le vrai Laffo était vraiment soûl. Il avait grimpé jusqu'au sommet de la pyramide et l'une des chaises du bas avait glissé. Frank avait fait de nombreuses chutes au fil des années, et il savait se recevoir en roulant sur lui-même pour éviter de se blesser. Mais ce soir-là, l'alcool avait ralenti ses réflexes, et il s'était reçu sur la jambe gauche et abîmé la cheville. Lorsque sa fracture avait été guérie, le cirque s'était trouvé un nouveau voltigeur, et c'en avait été fini de sa carrière de funambule. Alors, il s'était attaqué à une autre spécialité : dompteur. Il aimait travailler avec les félins, aimait caresser leur fourrure et sentir leurs muscles tendus. Mais quand un léopard au sale caractère l'avait griffé et lui avait laissé une cicatrice sur la joue et le front, Frank avait décidé que les félins n'étaient pas des partenaires fiables, et il avait quitté le cirque.

Quelques années plus tard, il avait déménagé à Los Angeles, où il avait travaillé comme cascadeur pour des films muets. Il avait été la doublure de Harry Carey et Francis X. Bushman (« deux beaux salopards », à l'en croire), et il avait aussi un peu travaillé pour le premier grand héros de westerns, Tom Mix. Mix et lui étaient devenus bons amis, et de grands compagnons de beuveries. Un soir, Frank conduisait et Mix buvait – ou peut-être était-ce l'inverse. Quoi qu'il en soit, celui qui conduisait avait foncé dans un poteau sur les collines d'Hollywood. Mix s'en était tiré indemne, mais Frank avait fini à l'hôpital. Quand il avait repris conscience, il s'était rendu compte que sa jambe le faisait de nouveau souffrir et qu'il ne lui restait que la moitié de ses dents – celles du côté droit de son visage. Après ça, Frank avait décidé qu'il avait assez vu Hollywood, et il était allé faire d'autres choses ailleurs.

Si Bessie avait réfléchi à ce que lui racontait Frank Gilmore, elle aurait pu tirer quelques conclusions. À commencer par le fait que la plupart de ses histoires se terminaient en désastre. Elle aurait aussi pu remarquer que, puisque Frank avait désormais environ 47 ans, ses récits ne couvraient qu'une infime portion de sa vie, et qu'ils semblaient se dérouler aux quatre coins du pays. Il y avait encore de nombreuses zones d'ombre dans le passé de Frank Gilmore, et celui-ci ne semblait absolument pas pressé de les éclairer. Même lorsqu'il était fin soûl, il ne révélait pas grand-chose, et quand il était sobre, il ne disait presque rien. Ou peut-être qu'elle remarquait qu'il restait vague et que cela la soulageait. Après toutes ces années de généalogie mormone – toutes les légendes familiales qui commémoraient des ancêtres pionniers qui, derrière les mythes excessifs et hypocrites, n'étaient probablement que de véritables brutes et des salopards –, la réticence de Frank Gilmore à raconter sa propre histoire formait peut-être un contraste bienvenu.

En tout cas, Frank ne ressemblait à absolument aucun des hommes que Bessie avait connus. Il était clairement plus âgé, mais, dans un sens, Bessie le trouvait plus jeune d'esprit qu'elle. Il avait vu beaucoup de choses, il avait de l'expérience, mais, en même temps, Bessie avait l'impression que Frank Gilmore continuait d'arpenter le monde pour y trouver sa place. Et, plus que tout, elle avait envie d'arpenter le monde avec lui.

Un soir qu'ils revenaient du cinéma, Frank s'est tourné vers Bessie et a déclaré :

« Pourquoi n'irions-nous pas à Sacramento ? Tu pourras rencontrer ma mère et nous pourrons en profiter pour nous marier. »

Il ne lui avait pas exactement fait sa demande à genoux. Trop vaniteux pour ça. Mais elle se rappelait la leçon de la fabrique de bonbons.

« OK, avait-elle répondu. Je suis partante. »

Bessie a donc accompagné Frank à Sacramento, et elle n'a pas été au bout de ses surprises. Dès leur arrivée en ville, Frank leur a loué une chambre à l'hôtel Semoh, en face de l'un des grands parcs du centre-ville. Il avait hâte de voir sa mère, qui logeait au Ladies' Cottage – une maison de repos située au sein de l'hôpital du comté de Sacramento. En route, Frank lui a expliqué deux ou trois choses. Le vrai nom de sa mère était Fay Ingram. Comme Frank, elle avait jadis travaillé dans le milieu du spectacle. La dernière fois qu'il l'avait vue, elle était mariée à un psychologue du coin, mais Frank avait entendu dire qu'il était mort depuis.

« Ça fait combien de temps que tu ne l'as pas vue ? a demandé Bessie.

— Dix-huit ans. »

Encore une fois, il avait dit ça comme s'il n'y avait rien à expliquer ou à excuser.

À la boutique de cadeaux de l'hôpital, Frank a acheté une boîte de chocolats et quelques roses blanches, puis il a emmené Bessie à l'étage où se trouvait Fay. Il a ouvert la porte de la chambre de sa mère, est entré et a lancé : « Hé ! madame, j'ai un paquet pour vous ! »

Fay était assise dans un fauteuil roulant, face à une table pliante, occupée à écrire une lettre. C'était une petite femme qui approchait des 70 ans, avec des cheveux d'une blancheur inégale et des yeux vifs et bleus. Comme Frank, elle semblait jeune et vieille à la fois et, comme Frank, elle paraissait immédiatement sacrément autoritaire. Fay a jeté un coup d'œil à l'homme qui venait d'entrer dans sa chambre, elle a ôté ses lunettes de lecture, puis a demandé, sans montrer plus d'émotion que ça :

« Où étais-tu passé pendant dix-huit ans ? »

Frank a souri et posé les fleurs et les confiseries.

« Oh ! ici et là. »

Fay a vu Bessie.

« Et elle, qui c'est ? Ta nouvelle femme ?

— Bientôt », a répondu Frank.

Puis il a pris des dispositions pour faire sortir Fay de la maison de repos. Il lui a loué une belle maison victorienne dans l'Avenue P, non loin de son hôtel, et lui a annoncé que, le moment venu, Bessie et lui viendraient vivre avec elle. Tandis qu'ils aidaient Fay à emménager dans sa nouvelle demeure, Bessie a appris une chose que Frank ne lui avait pas dite : Fay était médium et diseuse de bonne aventure, et, à l'entendre, elle était sacrément douée. Elle pouvait faire se matérialiser les esprits, les faire parler, apparaître, et communiquer aux vivants des informations réconfortantes sur l'au-delà. Elle savait aussi comment atteindre les esprits troublés et les débarrasser de leur douleur, de sorte qu'ils ne soient plus liés à la terre. « Promettez-moi, a demandé Bessie, de ne jamais faire ça quand je serai dans les parages. J'ai eu de mauvaises expériences avec les esprits. Ils me donnent la chair de poule. »

Il s'est avéré que Fay était également pasteur certifié de l'Église spiritualiste de Californie, ce qui l'autorisait à célébrer les mariages. Et elle voulait être celle qui unirait son fils à sa nouvelle épouse. Cette idée mettait Bessie un peu mal à l'aise. Qu'est-ce qu'ils penseraient de ça à la maison : la mauvaise Bess, mariée à un homme deux fois plus vieux qu'elle par sa sorcière de mère ? Cependant, elle ne voulait pas vexer Fay. Elle a accepté en se disant qu'à la première occasion elle demanderait à Frank de se marier de nouveau devant un véritable pasteur ou un juge de paix. Lors de leur deuxième soir à Sacramento, après avoir emménagé dans sa nouvelle demeure, la vieille femme a marié son fils et sa nouvelle femme. Elle a allumé quelques bougies, prononcé quelques mots, offert une incantation, et c'est tout. Pas de permis de mariage, pas de tests sanguins, pas de papiers. (Je n'ai jamais réussi à trouver le moindre registre officiel dans le comté de Sacramento, ni nulle part ailleurs en Californie.)

Le mariage n'avait pas été prononcé depuis quelques minutes que Fay s'est tournée vers Frank et a déclaré :

« Tu sais, Robert habite pas loin d'ici. Il a essayé de te retrouver une ou deux fois au fil des années. J'aurais cru que tu demanderais de ses nouvelles. »

Frank n'a rien répondu. À la place, une expression amère a traversé son visage.

« Qui est Robert ? » a demandé ma mère.

Frank et Fay ont échangé un regard. Au bout d'un moment, Frank a répondu :

« C'est mon fils.

— Ton *fils* ?

— Oui, d'un précédent mariage.

— Quel âge a-t-il ?

— Je ne sais pas. » Il s'est tourné vers Fay. « Quel âge il a ?

— Robert a maintenant 19 ans, a répondu Fay en faisant un grand sourire qui a dévoilé toutes ses belles dents.

— Quand l'as-tu vu pour la dernière fois ? a demandé Bessie.

— Eh bien, il y a environ dix-huit ans. Je l'ai ramené ici quand mon mariage s'est terminé. Cette femme n'était pas capable de l'élever. J'ai demandé à Fay de s'en occuper un moment.

— Quand il est devenu évident que tu ne reviendrais pas, a ajouté Fay, je l'ai adopté. Son nom est désormais Robert Ingram. »

Frank en avait assez de cette conversation.

« Dis à Robert où je loge, a-t-il dit à Fay. Dis-lui de passer me voir un jour. »

Puis il a ramené sa nouvelle épouse à l'hôtel Semoh. Le mariage avait commencé.

Plusieurs heures plus tard – vers 4 heures du matin –, Frank et Bessie dormaient pour la première fois en tant que mari et femme lorsqu'on a frappé à la porte. Bessie a senti Frank se crisper à côté d'elle.

« Qui est-ce ? a-t-il demandé.

— C'est Robert. »

Frank a semblé soulagé, mais aussi ennuyé.

« Bon sang, qu'est-ce que tu fiches ici à cette heure de la nuit ?

— Oh ! lève-toi et fais-le entrer », est intervenue Bessie.

Frank s'est levé, a ouvert la porte et regardé son fils. Bessie, depuis le lit, l'a regardé en même temps. Robert avait des cheveux châtains bouclés et, comme Fay et Frank, des yeux d'un bleu vif, et elle s'est dit : c'est le plus bel homme que j'aie vu de ma vie. C'est à ça que devait ressembler Frank il y a vingt-cinq ans. Un bien beau garçon.

« Bon, a fait Frank, allons nous promener dans le parc histoire de faire connaissance. Nous attendrons dans le couloir pendant que Bessie s'habille. »

Ils se sont assis tous les trois sur un banc dans le parc. La conversation a tout d'abord été hésitante, Robert expliquant à Frank qu'il avait fugué à 14 ans pour retrouver son père et qu'il s'était fait arrêter et avait été ramené à Fay. Frank n'a rien répondu. Après un moment, Robert s'est tourné vers Bessie et a dit :

« Vous me faites penser à ma petite amie. Vous avez des cheveux magnifiques. »

Bessie n'avait jamais entendu un tel compliment dans la bouche de Frank, et elle a apprécié Robert sur-le-champ.

Frank et Robert sont restés là à essayer de faire connaissance, mais Frank avait l'air de s'ennuyer. Comme le jour commençait à se lever, Robert lui a demandé s'il savait où il pourrait trouver sa mère.

« Non, a répondu Frank, et même si je le savais, je ne te le dirais pas. C'était une moins que rien. »

Ainsi s'est achevée leur première rencontre. Ils ne seraient jamais proches l'un de l'autre. Et Bessie soupçonnait que Frank continuait de faire payer Robert pour ce que sa mère avait pu lui faire, dix-huit ans plus tôt.

Après leurs premières rencontres, il est devenu apparent qu'il régnait toujours un ancien malaise entre Frank et Fay. Il semblait à Bessie que Frank aimait probablement beaucoup sa mère – il parlait d'elle dans les termes les plus élogieux et admirateurs qui soient – mais quand il se retrouvait en compagnie de Fay, l'atmosphère devenait tendue et froide. De son côté, Fay provoquait souvent son fils avec ses affectations et ses demandes incessantes. De plus, remarquait Bessie, quand ils étaient ensemble tous les quatre – Frank et Bessie, Robert et Fay – et qu'ils recevaient de la visite, Fay présentait toujours Robert comme son fils, et Frank simplement comme Frank Gilmore. Elle semblait réserver sa véritable affection à Robert et Bessie. Les rares fois où elle et Frank baissaient la garde, c'était quand ils partageaient une bouteille de whiskey. Et Bessie était en train d'apprendre une chose sur Frank : il pouvait boire beaucoup, et quand il le faisait, il était un ivrogne impressionnant. Il était drôle et racontait des histoires hautes en couleur, et Bessie apprenait à ouvrir grand ses oreilles quand le fils et la mère buvaient ensemble. Elle a entendu des anecdotes scandaleuses sur des artistes du monde du spectacle et du cirque à cette époque. Il était en particulier souvent question du célèbre magicien et escapologiste défunt Harry Houdini. Manifestement, Fay l'avait bien connu – de fait, elle l'avait aidé aux débuts de sa carrière – mais elle s'était sentie trahie par une chose qu'il lui avait faite plus tard. Bessie supposait que ça avait quelque chose à voir avec le fait qu'Houdini avait dénoncé les spiritualistes charlatans. Quoi qu'il en soit, Frank partageait la haine de sa mère pour le défunt. Ils se soûlaient tous les deux et traitaient Houdini de tous les noms. C'était leur lien le plus fort.

Frank et Bessie n'étaient pas mariés depuis longtemps lorsque Frank a annoncé un jour de but en blanc qu'il devait quitter la ville pour ses affaires et risquait d'être absent quelque temps. Quand Bessie lui a demandé où il allait et quelles étaient ces affaires, Frank a fait comme s'il était trop pressé pour répondre. « Je dois du travail à un homme, s'est-il contenté d'expliquer. Je veux que tu restes ici et que tu t'occupes de Fay. »

Ça a été sa première disparition. Moins d'une heure plus tard, Frank avait fait ses valises et foutu le camp. Ses prochains départs seraient néanmoins encore plus soudains. Bess s'est donc retrouvée là, à huit cents kilomètres de chez elle, à s'occuper d'une vieille femme gentille mais étrange qu'elle connaissait à peine et qui avait tendance à mener son monde à la baguette. Mais Bessie avait trop de fierté en elle pour se soumettre à ce genre d'autoritarisme, et la première fois que Fay lui a donné un ordre, elle a répliqué : « Écoutez, ça marche peut-être avec Frank et Robert, mais avec moi, ça ne prend pas. Je sais que vous êtes en fauteuil roulant, mais ça ne fait pas de moi votre boniche. » Quelque chose dans cette repartie lui a valu le respect de Fay. Après ça, les deux femmes se sont entendues à merveille.

Frank était absent depuis deux semaines, et Bessie commençait à être inquiète. Et, aussi, un peu furieuse. Elle a demandé à Fay si elle savait où il était allé et comment le contacter. Fay a observé Bessie avec ses yeux bleus perçants comme si elle cherchait à déterminer ce que la jeune femme était prête à entendre, puis elle a demandé : « Dites-moi, Bessie, vous connaissiez Frank depuis combien de temps quand vous avez décidé de l'épouser ? »

Bessie a saisi l'allusion. Peut-être qu'elle aurait mieux fait d'en apprendre un peu plus sur l'homme et son histoire avant de décider de passer sa vie avec lui. Elle a alors expliqué que Frank avait toujours été silencieux sur son passé, qu'elle avait même été surprise d'apprendre que sa mère était encore vivante. Fay se contentait de regarder Bessie en silence, sans rien dire. Bessie a décidé d'adopter une approche plus directe :

« Parlez-moi de sa première épouse. Pourquoi lui a-t-elle laissé Robert ? »

Bessie avait demandé ça avec une telle candeur que Fay a été prise au dépourvu.

« La *première* épouse de Frank ? Oh ! ma chérie, il ne vous a réellement pas dit grand-chose, n'est-ce pas ? Si mes comptes sont justes, vous êtes probablement sa sixième ou septième femme, mais vous devez aussi vous souvenir que je n'ai pas eu de ses nouvelles pendant un bon paquet d'années, et il ne m'a pas vraiment dit ce qu'il a fabriqué pendant tout ce temps. Et puis, Robert n'est pas le premier enfant de Frank – plus probablement son cinquième. Frank a laissé des familles derrière lui aux quatre coins du pays. »

Fay s'est alors mise à lui parler du mariage de Frank et de la mère de Robert, mais Bessie était si abasourdie qu'elle n'a retenu que quelques détails. La femme s'appelait Nan, et Frank l'avait épousée vers 1919, à Chicago. C'était une vraie beauté, à ce que Fay avait entendu dire, et elle était issue d'une éminente famille de mormons de l'Illinois. Elle n'aurait sans doute jamais épousé Frank, mais elle était tombée enceinte, et même si Frank n'était pas mormon, les parents de Nan avaient insisté pour qu'elle se marie et tente de racheter son péché. Pendant un temps, Frank – qui avait reçu de Fay une éducation catholique stricte – avait même envisagé de se convertir au mormonisme. Il allait de temps à autre au catéchisme avec Nan, et lisait même cet abject *Livre de Mormon*, a expliqué Fay. Et puis, en 1920, Frank et Nan avaient eu un garçon qu'ils avaient appelé Robert. Frank aimait le garçon, mais seulement parce qu'il adorait sa mère. Fay n'avait jamais vu son fils aussi amoureux d'une femme. Ses lettres étaient pleines d'éloges et d'espoir.

Puis les lettres avaient cessé. Fay avait écrit à son adresse en Illinois, mais ses courriers lui étaient revenus. Et un jour, quelques mois plus tard, Frank était venu frapper à sa porte, avec Robert à peine âgé de 1 an. Il était dans un état lamentable. Il ne s'était pas rasé depuis plusieurs jours, il avait bu, et il avait besoin d'emprunter un peu d'argent. Apparemment, il avait des dettes envers un homme qui l'avait aidé à revenir à Sacramento. Puis Frank avait raconté son histoire à Fay. Un jour, il était rentré tôt de son travail de vendeur de publicités pour un journal, et avait trouvé sa belle Nan au lit avec un ancien de l'église. Il avait flanqué une méchante raclée au bonhomme – Frank était un sacré cogneur ; il pouvait facilement faire voler un homme à travers la pièce – puis il avait pris le petit Robert et était parti de chez lui. Ni Frank ni le garçon n'avaient jamais revu Nan après ça. Il avait amené le garçon à Fay. C'était sa manière de punir sa femme. D'ailleurs, Fay avait été un peu surprise de voir Frank débarquer des années plus tard avec Bessie, une autre mormone.

« La dernière fois que je l'ai vu, a-t-elle précisé, il vouait une haine féroce aux mormons. »

Mais, voulait savoir Bessie, la police n'avait-elle pas essayé de retrouver Frank et Robert ? Savaient-ils où habitait Fay ?

« Non, a répondu celle-ci, je ne crois pas. Voyez-vous, il ne s'était pas marié sous le nom de Frank Gilmore, ils ne savaient donc pas vraiment qui chercher. Bon Dieu, Frank a eu plus de noms que de femmes ! De fait, a ajouté Fay avec un sourire, je crois bien que vous êtes la première qu'il ait épousée sous le nom avec lequel il a grandi. Même si je dois ajouter que ce n'est pas non plus son vrai nom.

— Quel est son vrai nom ? »

Fay a longuement observé Bessie avant de finalement répondre :

« Weiss. Mais ne dites jamais à personne que je vous ai dit ça. Pas même à Frank. »

Ça a alors été un déluge de questions. Qui étaient les autres femmes de Frank ? Et quels autres noms avait-il utilisés ? D'où venaient ces noms, et pourquoi en changeait-il tout le temps ? Le visage de Fay s'est momentanément fermé tandis que Bessie débitait toutes ses questions. La vieille femme avait conscience qu'elle était peut-être sur le point d'en révéler trop.

« Je vais vous donner quelques réponses, a-t-elle fini par dire. Je suppose que vous êtes en droit de les connaître. Mais il y a des choses sur la vie et les affaires de Frank que je ne vous dirai jamais, quelle que soit votre curiosité. Ces secrets-là, c'est à votre mari que vous devrez les soutirer. »

Fay a accepté de lui donner quelques-uns des noms de Frank – elle supposait que le couple finirait bien assez tôt par les utiliser de toute manière. Il s'était aussi bien fait appeler Frank que Francis, Franklin, Harry et Walter. Et ses divers noms de famille incluaient Ingram, Seville, Sullivan, Lancton, LaFoe, Collier et

Coffman. Il avait même parfois utilisé son vrai nom, Weiss, bien que Fay l'en ait toujours dissuadé. Quant aux motifs qui le poussaient à changer de nom, Bessie devrait les demander à Frank lui-même. Et puis il y avait les épouses et les enfants. Le premier fils de Frank, Christopher, était né à Baltimore en 1914 (un an après Bessie). C'était un enfant légitime – le seul enfant légitime de Frank, pour autant qu'elle sache – et il avait été adopté par une bonne famille de Baltimore. Mais Frank avait tout de même gardé le contact avec son fils, et Fay aussi. Christopher travaillait désormais dans le monde du spectacle, et elle recevait de temps à autre des lettres de lui. Il lui avait même rendu visite. C'était par l'intermédiaire de Christopher, a-t-elle ajouté, qu'elle était vaguement parvenue à suivre la trace de Frank après qu'il avait abandonné Robert.

Deux ans après la naissance de Christopher, Frank avait eu une brève liaison tumultueuse avec une célèbre chanteuse d'opéra à New York, liaison qui s'était conclue par un mariage plus bref et tumultueux encore, puis par une annulation rapide et houleuse. Ensuite, il y avait eu le mariage avec Nan, et après avoir débarqué avec Robert, Frank avait cessé de contacter Fay. Quelques années plus tard, elle avait appris de la bouche de Christopher que, en 1928, sous le nom de Walter Coffman, Frank avait épousé une jeune femme de 17 ans nommée Barbara Solomon à Greenville, Alabama. Ils avaient eu deux enfants, un garçon et une fille. Après ça, Fay pensait qu'il avait pu avoir une famille à Seattle, sous le nom de Lancton, et probablement au moins un ou deux enfants hors mariage. Pour autant qu'elle sache, Frank se mariait et divorçait toujours légalement – la mère de Robert, Nan, ayant peut-être été l'exception qui confirmait la règle pour ce qui était des divorces. En même temps, puisqu'il n'épousait jamais deux femmes sous le même nom, Fay ne voyait pas pourquoi il se donnait cette peine, même si ça semblait avoir de l'importance pour Frank.

Mais les mariages, d'après Fay, n'étaient qu'une partie de l'histoire de Frank. « Vous avez choisi un homme intéressant. Personne ne l'a jamais retenu très longtemps. Mais j'ai un meilleur pressentiment avec vous qu'avec les autres. »

Lorsque Fay en est venue à parler de son passé à elle, Bessie a découvert que la vieille femme pouvait être tout aussi réticente et mystérieuse que son fils. Elle prétendait être née dans le Canada français, et affirmait que son père descendait de la famille royale des Bourbon. Dans les années 1870, à en croire Fay, les circonstances avaient forcé ses parents à s'installer avec leurs enfants à Lincoln, dans le Nebraska, et à changer de nom pour Lancton. Mais Fay refusait de dévoiler le nom original de sa famille et les motifs de ce déménagement. Comme Bessie, Fay avait plusieurs sœurs, et toutes avaient fini par se lasser de la vie dans une petite ville. À la fin des années 1880, elles avaient monté un numéro de chant et de danse et étaient parties sur les routes. Au début des années 1890, elles s'étaicnt produites à l'Exposition universelle de Chicago sous le nom des Sœurs Lancton. C'était là que Fay avait rencontré l'homme qui serait le père de Frank – un homme qui avait connu par la suite une grande célébrité. Mais Fay refusait de révéler son identité.

« Si je vous disais de qui il s'agit, vous auriez un choc. »

Fay avait brièvement aimé cet homme, avant de lui vouer une haine indéfectible. Quand elle était tombée enceinte, il avait prétendu ne pas la connaître, et elle était retournée à Lincoln, déshonorée, et avait accouché de Frank le 23 novembre 1890.

« D'où vient le nom de Gilmore ? a demandé Bessie.
— D'un homme que j'ai connu dans le Nebraska. »

Soudain Bessie s'est souvenue de l'une des rares choses que Frank lui avait dites sur son père : il avait affirmé qu'il était mort d'un coup de poing à l'estomac. Parlait-il de ce Gilmore, ou de son vrai père ?

« Je suis surprise que Frank vous ait dit ça, a répondu Fay. Non, il ne s'agissait pas de Gilmore. Il n'a pas fait longtemps partie de notre vie, et je n'ai aucune idée de ce qu'il est devenu. L'homme qui a été tué d'un coup de poing dans le ventre, c'était son vrai père. Et c'est tout ce que je dirai à ce sujet. »

Au milieu des années 1890, la famille de Fay avait quitté le Nebraska pour l'Est. Fay y avait placé Frank dans un pensionnat et rejoint ses sœurs sur scène pendant un temps. Elles s'étaient produites à Boston et New York, avaient fini par se séparer, et Fay avait suivi un homme sur la côte Ouest, mais l'histoire d'amour avait tourné court. Elle s'était installée à Sacramento dans les années 1920, disait-elle, parce que la ville était un havre pour les mouvements spiritualistes et théosophiques, dans lesquels Fay avait fini par s'impliquer activement. Puis elle avait épousé un homme nommé William Ingram, l'un des plus éminents psychologues de la ville, et avait travaillé pour lui en tant qu'assistante. Après la mort d'Ingram, quelques années auparavant, Fay avait continué de voir quelques-uns de ses patients pendant un temps. Mais au bout du compte, elle était progressivement revenue au spiritisme. Elle pensait que ce qui troublait réellement de nombreuses personnes, c'était le fait qu'ils n'avaient pas de connexions avec l'au-delà, avec ceux qui, en mourant, avaient rejoint le monde des esprits. Il était possible d'apporter beaucoup de réconfort aussi bien aux vivants qu'aux défunts si l'on parvenait à établir une communication à travers un médium comme Fay.

« Par exemple, a-t-elle ajouté, je vois qu'un esprit bienveillant vous suit à tout instant. C'est une femme, et elle est ici à l'instant même où nous parlons. Je sens qu'elle fait tout ce qu'elle peut pour vous protéger d'un esprit plus sombre qui se cache non loin, et qui cherche souvent à se rapprocher de vous.

— Assez ! s'est écriée Bessie. Ce que vous faites pour gagner votre vie m'est égal, Fay, mais si vous voulez que je reste avec vous, ne réveillez pas des esprits qui viendront me harceler la nuit. Car je partirais plus vite que vous ne l'imaginez. Lorsqu'il s'agit de ces questions, j'ai décidé de rester lâche pour le restant de ma vie. »

Fay a accepté de ne pas s'ingérer entre Bessie et les esprits qui la suivaient.

Toutes ces histoires sur le père célèbre de Frank avaient terriblement excité la curiosité de Bessie, et quelque chose dans le méli-mélo d'allusions et de détails communiqués par Fay lui avait donné une idée. Elle savait que, selon Fay, le véritable nom de Frank était Weiss, et que son père avait été tué d'une blessure au ventre. Armée de ces informations, et de ses soupçons, Bessie s'est rendue un après-midi à la bibliothèque publique de Sacramento et a consulté quelques ouvrages. Il ne lui a pas fallu longtemps pour trouver ce qu'elle cherchait. En 1874, le célèbre magicien Harry Houdini – l'homme que méprisaient tant Frank et sa mère – était né sous le nom d'Ehrich Weiss. Il s'était plus tard fait appeler Houdini en hommage au célèbre magicien français Robert Houdin. En 1926, pendant une tournée, Houdini – alors âgé de 52 ans – avait autorisé un admirateur un peu trop zélé à le frapper au ventre pour prouver que son endurance et sa force n'étaient en rien diminuées. Les coups avaient provoqué des dégâts irréversibles et, le 31 octobre 1926, Houdini était mort d'une forme avancée de péritonite.

À en croire ces informations, Harry Houdini devait être le véritable père de Frank Gilmore.

Lorsqu'elle a exposé ce qu'elle avait appris à Fay, celle-ci a confirmé ses soupçons. Des années auparavant, a-t-elle expliqué, alors qu'Houdini était déjà célèbre, elle avait contacté le magicien et tenté de rétablir la paternité de Frank. Mais Houdini, qui était amèrement déçu que sa propre femme ne puisse avoir d'enfants – et qui n'était pas d'humeur à affronter un scandale – avait rejeté la requête de Fay. Elle avait néanmoins dévoilé à son fils l'identité de son père ; elle estimait que ce n'était que justice. « Ça, a déclaré Fay, c'est la grande tragédie de la vie de Frank. Sa colère vient du fait qu'il ne peut jamais dire qui il est vraiment. »

C'était le rejet effroyable par son propre père qui, selon elle, avait fait de Frank un homme instable, prompt à s'attirer des ennuis, et incapable de rester fidèle à ses propres enfants. « Si vous avez des enfants avec lui, Bessie, forcez-le à leur rester fidèle. C'est la seule chose qui lui apportera la paix. Il est trop tard pour qu'il soit le fils d'Houdini. La seule chose qu'il puisse désormais faire, c'est être le père de ses propres fils. »

3

Le secret de Fay

Pendant des années, Fay a été, de toute l'histoire de ma famille, la personne qui m'a le plus fasciné et troublé. De toute évidence, c'était une femme qui connaissait la force effective du mystère. Le mystère d'un passé puissant qui dictait votre destinée sans révéler ses propres secrets. Le mystère du monde des morts.

Fay avait habilement tissé son mythe. Nous avons entendu ses légendes sur la paternité d'Houdini et sur notre lignée royale tout au long de notre jeunesse. Avec les histoires d'ancêtres mormons et d'expiation par le sang, les mystères de Fay constituaient une partie importante de notre perception de nos origines. Notre passé était plein de secrets et de dettes, de droits dont nous avions été lésés, de fantômes qui nous suivaient. Il y avait une obscurité au cœur de notre histoire. Une obscurité que nous ne comprenions pas pleinement, mais dont nous savions qu'elle était la partie la plus ancienne et la plus vraie de nous-mêmes.

Dans un sens, que ces histoires aient été vraies ou non importait peu. Nous y croyions, et agissions en conséquence. Pourtant, lorsque je me suis attelé à l'écriture de ce livre, j'espérais élucider autant que possible ces légendes. Mais je dois admettre que Fay était experte pour recouvrir ses traces – elle est parvenue à cacher l'essentiel de sa vie, et d'importantes parties de celle de son fils. Elle a néanmoins laissé un petit indice derrière elle. Et je suppose que c'est peut-être l'une des tristes clés de toute cette foutue tragédie.

Voici ce que j'ai appris sur le monde de Fay, et sur les circonstances de la naissance de mon père :

Le 7 novembre 1869, la mère de Fay, une jeune femme de 17 ans nommée Josephine Saint Louis, a épousé un certain Lewis Lavois, un cordonnier de 27 ans, à Marlborough, Massachusetts. Ils étaient tous deux nés dans le Canada français, mais leurs origines françaises sont en grande partie invérifiables. S'il y a eu la moindre connexion royale dans la lignée de l'un ou de l'autre, il n'en subsiste aucune trace. Je n'ai retrouvé aucun acte de naissance pour Fay – qui aurait vu le jour le 8 janvier 1871 – que ce soit au Canada ou dans le Massachusetts. Mais il est probable qu'elle soit née dans le Massachusetts.

La famille de Fay apparaît ensuite dans le recensement américain de 1880, dans le comté de Lancaster, Nebraska. À cette époque, ils figurent sous le nom de Lancton, et le père est enregistré en tant que Peter, un charpentier de 46 ans. Un généalogiste expérimenté qui m'a aidé à retracer ces histoires pense que le Lewis Pavois qui a disparu du Massachusetts dans les années 1870 et le Peter Lancton du Nebraska dans les années 1880 (qui apparaît également sous le nom de Peter Lancto dans certains registres) étaient deux personnes différentes. Notamment parce que Lancton aurait eu dix ans de plus que Lavois. Pour ma part, je n'en mettrais pas ma main à couper. Puisque Fay prétendait que la famille avait connu un changement d'identité – et qu'il n'a jamais été fait état d'un deuxième père –, je ne suis pas sûr que Lavois et

Lancton n'étaient pas un seul et même homme. Quoi qu'il en soit, il y a une chose dont je suis certain : dans le Nebraska, dans les années 1880, Josie vivait avec un homme nommé Peter Lancton, et la famille conserverait ce nom de famille.

Les Lancton, tout comme les Brown, étaient des gens pauvres avec plusieurs enfants. Ils ont fréquemment déménagé durant leurs années à Lincoln, habituellement en bordure de la ville, passant d'une petite maison à une autre. En roulant à travers leurs anciens quartiers, j'ai découvert que les zones lugubres où ils avaient vécu n'avaient probablement guère changé. Ce devait être un environnement sinistre pour une jeune personne, et ça l'est encore aujourd'hui. Pour y survivre, il fallait soit être aussi terne que la terre qui vous enterrait, soit avoir une imagination capable de transcender sa platitude.

Mais voici où l'histoire de Fay commence à se fissurer : d'après ce que je sais, elle ne s'est jamais produite avec ses sœurs à l'Exposition universelle de Chicago en 1890. En fait, le 31 juillet 1886, Fay – qui était alors connue à Lincoln sous le nom de Fannie – a épousé un homme nommé Harry Noole Gilmore, à Omaha, Nebraska. Harry, qui était né dans l'Illinois, s'avérerait être un homme de peu de ressources. D'après l'annuaire de la ville de Lincoln de cette période, Harry et Fannie ont vécu l'essentiel du temps avec sa famille à elle. Parfois Harry travaillait en tant qu'assistant de Peter Lancton, et parfois en tant que conducteur de tramway pour la municipalité de Lincoln.

Un peu plus d'un an après leur mariage, le 26 août 1887, Fannie et Harry ont eu leur premier enfant, un garçon nommé Clarence. Puis, le 31 octobre 1890, le jeune fils d'Harry et Fannie est mort et a été enterré dans le cimetière Wyuka de Lincoln. Et trois semaines après l'enterrement, le 23 novembre 1890, mon père, Frank Harry Gilmore, naissait. Ou, du moins, suis-je forcé de le supposer. Comme le Nebraska ne conservait pas de registres des naissances à cette époque, je n'ai jamais pu retrouver ni acte de naissance ni registre de baptême au nom de Frank Gilmore.

C'en est presque fini de l'histoire de ma famille dans le Nebraska. Au début de 1893, Fannie a poursuivi son mari en justice pour demander le divorce – un événement suffisamment rare pour figurer dans le *Nebraska State Journal* sous le titre : « Le marché du divorce se porte bien. » L'article, daté du 28 février 1893, disait : *Fannie Gilmore, qui souhaite être autorisée par la cour du district à divorcer d'Harry Gilmore, a déposé hier sa requête à cet effet. Elle affirme qu'Harry l'a épousée à Omaha en juillet 1886, et que, depuis lors, il a négligé de lui fournir le moindre soutien financier. Elle ajoute que pour subvenir à ses besoins elle a dû effectuer des travaux manuels, et accepter l'aide de sa famille. Elle attend également que la cour lui accorde la garde de son enfant.*

Après le divorce, Fannie et son fils sont retournés vivre chez ses parents. En 1896, les Lancton se sont installés dans l'Est, où les filles ont travaillé ensemble pendant quelques années, dansant et chantant sur le circuit de vaudeville du nord-est. Pour sa part, Harry Gilmore apparaît dans l'annuaire de la ville de Lincoln en 1895 en tant que groom à l'hôtel Lincoln. C'est la dernière fois qu'on entend parler de lui jusqu'au 11 juin 1911, lorsque la notice suivante a été publiée dans le *Nebraska State Journal* : *SCOTTS BLUFF, NEB. 10 JUIN – Harry Gilmore, 40 ans, est mort hier à l'hôpital de Scotts Bluff de la fièvre typhoïde. Rien n'a été trouvé dans ses effets permettant d'identifier ni ses amis, ni sa famille, ni l'endroit d'où il venait. Il travaillait à l'usine de sucre et ses collègues se chargeront demain de l'enterrement.*

Après les années 1890, Fay disparaît de tous les registres, familiaux ou autres, et ce pendant de nombreuses années. C'est vers 1920 qu'on réentend parler d'elle, alors qu'elle est à Sacramento et communique avec les esprits sous le nom de Baby Fay LaFoe. Et, pendant ce temps, Frank Gilmore avait commencé à vivre sa propre vie secrète.

Telle est, pour autant que je sache, la véritable histoire des origines de mon père. Je ne pense pas qu'il ait été le fils illégitime d'Harry Houdini, même si je soupçonne mon père de l'avoir cru. S'il se rappelait son vrai père, ou s'il savait quoi que ce soit du destin solitaire d'Harry Gilmore, Frank n'en a jamais rien dit. En même temps, toutes les histoires de Fay n'étaient pas des inventions. Il y a assez de vérité dans sa description des premières années de la famille Lancton, par exemple, pour conférer un semblant de vraisemblance à certains de ses mystères. De plus, tout ce qu'elle a dit sur les divers mariages et noms de famille de Frank a été attesté.

Ce qui ne fait que rendre les fictions de Fay plus troublantes. Pourquoi avoir inventé la légende de la naissance illégitime de son fils, et pourquoi avoir entretenu ce mythe toute sa vie ? De toute évidence, ça a eu sur Frank Gilmore un effet dévastateur, et pas seulement sur lui. J'ai parfois songé que Fay avait pu inventer cette histoire pour compenser ses propres déceptions. Peut-être le mariage et le divorce étaient-ils des événements trop banals pour une personne à l'imagination si grande et avide que Fay. Peut-être lui fallait-il un échec plus grand, un échec à sa mesure – comme une histoire d'amour malheureuse avec une célébrité, qui aurait été le père de son fils naturel. Peut-être appréciait-elle simplement l'importance que lui conférait une telle histoire – et peut-être avait-elle compris, des années plus tard, que cette histoire était sa meilleure chance qu'on se souvienne d'elle après sa mort.

Mais ça a aussi pu être autre chose.

Il y a peu, j'ai visité le cimetière Wyuka, juste à la sortie de Lincoln, où Clarence, le frère aîné de mon père, a été enterré à l'âge de 3 ans ; Wyuka est l'un des plus grands cimetières du Nebraska ; il accueille les morts et les personnes qui les pleurent depuis plus d'un siècle. Il est organisé en mosaïque. D'étroites allées serpentent parmi un vaste patchwork de parcelles et de jardins, qui sont autant d'îles de tombes. Celle de Clarence se trouve tout au bout du cimetière, dans l'une des sections les plus anciennes. Un matin d'hiver, j'ai garé ma voiture près de cette section. Il faisait un froid glacial – il y avait eu une alerte au blizzard aux informations du matin – et une brume recouvrait le sol, ce qui rendait difficile la lecture des inscriptions sur les vieilles pierres tombales érodées. J'ai cherché quelque temps avant de trouver ce que je cherchais : un petit emplacement isolé près d'une parcelle vide, entouré des colonies de tombes de familles complètes. Sur une pierre qui gisait à plat par terre se trouvait tout ce qui restait de l'histoire des Lancton dans le Nebraska, et de la première famille de mon père. L'inscription disait : NOTRE BÉBÉ.

Je suis resté là à regarder la tombe aussi longtemps que j'ai pu supporter le froid. J'essayais d'imaginer cet endroit le jour où Fay et Harry y avaient enterré leur fils. Peut-être que leur mariage battait déjà de l'aile, et peut-être que la mort du bébé avait tué le peu d'espoir qui restait au jeune couple. Voici comment je voyais les choses : vous avez un enfant, vous l'aimez, vous donnez le meilleur de vous-même et de vos espoirs pour cet enfant. Et puis l'enfant meurt – votre espoir est balayé, et votre douleur est infinie. Par-dessus le marché, trois semaines plus tard, vous avez un autre enfant – l'enfant qui deviendrait mon père – et l'espoir et l'amour sont supposés recommencer. Mais que se passe-t-il s'ils ne reviennent pas – si c'est trop tôt ? Que se passe-t-il si ce que cet enfant vous inspire, ce n'est pas un espoir renouvelé, mais une grande peur, du chagrin, voire du ressentiment ? Quand Fay a regardé son nouveau fils, sitôt après avoir mis son premier enfant en terre, s'est-elle sentie réconfortée par le visage du bébé ? Ou bien s'est-elle dit qu'aimer cet enfant comme elle avait aimé le premier était trop risqué ? Ou alors souffrait-elle tellement à cause de la mort de Clarence qu'elle était incapable de donner à Frank l'amour et la sécurité dont a besoin un jeune bébé ?

Quoi qu'il en soit, le mariage n'a pas tenu le coup. Au bout de quelques années, c'était fini, Fay disparaissait, et Harry était oublié. Je ne crois pas que Fay ait été très attachée à Frank Gilmore après le Nebraska. Elle passait son temps à l'envoyer dans divers pensionnats, et n'a qu'occasionnellement vécu avec lui. Mieux valait tenir un enfant à distance que l'aimer et l'enterrer. Frank Gilmore a assurément été renié – par tout le monde. Il a grandi sans père ni mère. Trente ans plus tard, quand il est arrivé à la porte de Fay avec Robert, il aurait tout aussi bien pu dire : *Tiens, cet enfant que je t'amène, c'est moi.* Et alors Frank avait repoussé son fils dans les mains de la mère qui l'avait jadis lui-même repoussé.

Tout ça aide à comprendre la distance qui sépare Fay et Frank, mais pourquoi cette rumeur sur Houdini ?

Je ne suis sûr de rien. Peut-être Fay avait-elle réellement eu une liaison avec lui. Peut-être l'avait-elle connu à un moment et s'était-elle sentie trahie par une chose qu'il aurait faite. Quelle meilleure vengeance que le scandale d'un fils bâtard ? Et peut-être qu'en poussant Frank à croire à la légende, c'était son triste passé à elle qu'elle essayait d'enterrer un peu plus profondément.

J'ai regardé une fois de plus la pierre tombale de Clarence et songé que j'étais probablement la seule personne à être venue voir cette tombe depuis cent ans. Cette idée m'a aussitôt empli d'un tel désespoir que j'ai regagné ma voiture et me suis éloigné aussi vite que les allées étroites le permettaient. Juste avant de quitter le cimetière, je me suis arrêté au bureau principal et me suis renseigné sur l'emplacement vide à côté de la tombe du bébé. Ça me paraissait bizarre de trouver une tombe vide dans une section du cimetière qui était pleine depuis près d'un siècle. L'homme bienveillant qui se trouvait dans le bureau a tiré quelques livres anciens, fait courir son doigt le long des lignes, puis m'a répondu : « Cette parcelle appartient à un homme nommé Harry Gilmore. C'était le père de Clarence, et il avait acheté l'emplacement pour lui-même quelques années après avoir enterré son fils. Mais il n'est jamais revenu, et il n'y a jamais été enterré. »

Personne ne repose près de la tombe de Clarence Gilmore. Il gît là seul, tel un petit secret, abandonné.

Peut-être qu'à ce stade Bessie aurait dû se dire : *Oh ! oh ! on dirait que j'ai atterri dans une famille avec plus de problèmes que celle que je viens de fuir.* Mais elle ne s'est rien dit de tel. Bessie est restée, malgré les terribles secrets, et les perspectives effrayantes. Elle est même restée quand les cuites, les raclées et les disparitions ont commencé pour de bon.

Elle avait ses raisons.

Et nous – les fils – sommes le fruit de cette décision.

4

Années d'errance

Pendant l'absence de Frank – ça faisait désormais un mois qu'il était parti –, Fay avait repris ses activités de médium. L'essentiel de son travail était ce qu'elle appelait du « spiritisme de jour » : interprétation de cartes et prédiction de l'avenir pour des personnes inquiètes en amour ou désespérées en affaires. Ces clients avaient surtout besoin de réconfort et de conseils, et Fay savait à merveille les prodiguer. Mais le soir, elle passait aux choses sérieuses : séances de spiritisme, communications avec les esprits, matérialisations. En certaines occasions, elle réunissait des gens qui souhaitaient entrer en contact avec une personne aimée qui était désormais du côté obscur du voile. D'ordinaire, Fay attirait environ une douzaine de personnes pour ces sessions, mais il arrivait qu'il y ait jusqu'à quarante participants entassés dans son salon. C'étaient pour la plupart des vieux, des gens du même âge qu'elle. Ils étaient impatients de corriger les malentendus douloureux qu'ils avaient eus avec des personnes qu'ils avaient aimées et perdues. Ou bien ils voulaient l'avis capital du défunt sur quelque question terre à terre. Ou alors ils voulaient simplement un signe qu'il y avait une vie et une délivrance après la mort. Et, sous la conduite de Fay, ils trouvaient ces signes. Des voix familières jaillissaient des ténèbres, ou de la bouche de Fay lorsqu'elle s'autorisait à servir d'intermédiaire aux défunts. Les mains et le souffle des morts effleuraient le visage des vivants, et des cognements étranges retentissaient sur le sol et les murs. Parfois, des visages lumineux flottaient dans l'obscurité, telles des apparitions surgissant dans le monde réel.

Ma mère refusait de rester quand Fay communiquait avec les esprits. L'atmosphère qui régnait dans la maison à ces moments la mettait mal à l'aise, et puis elle n'aimait pas ce que ces sessions impliquaient. Soit les clients de Fay étaient des gens pathétiques et désespérés, soit Fay était ce qu'elle prétendait être – quelqu'un qui pouvait atteindre le royaume de Dieu et parler aux morts – et, pour Bessie, cette dernière possibilité était plus perturbante que la première. Les soirs de séance, Bessie allait souvent voir Robert, qui vivait dans une petite chambre à quelques rues de là. Elle en était venue à apprécier le fils de Frank, qui était désormais lui-même presque un homme. Il était timide et poli, et sacrément beau garçon par-dessus le marché. Et puis, plus l'absence de Frank se prolongeait, plus elle commençait à se trouver des points communs avec Robert, puisqu'ils avaient tous les deux, dans un sens, été abandonnés par le même homme. Bessie devinait une douleur profonde et confuse en Robert. Il avait grandi dans un monde peuplé d'étranges esprits obscurs, et il avait sans cesse espéré le retour de son père. Mais tout ce qu'il savait de Frank, c'était qu'il avait grandi dans le milieu du vaudeville et du cirque, et que quelque grand mystère l'empêchait de revenir. Et cette notion de mystère n'aidait pas beaucoup Robert. La vérité, c'est que Frank Gilmore n'avait pas eu la moindre difficulté à abandonner son fils, et qu'il n'avait jamais ni téléphoné ni écrit. Robert voulait toujours se rapprocher de son père, mais ça n'était pas simple.

Bessie et Robert ont passé de nombreuses soirées à discuter de ces questions et d'autres, tandis que les esprits tenaient leur cour nocturne dans la maison de Fay.

Au milieu de l'automne, après six semaines d'absence, Frank est revenu. Bessie l'a vu arriver dans l'allée de la maison et, malgré son agitation, son cœur s'est serré. Il y avait quelque chose en lui qui la faisait fondre, quelque chose qui lui disait qu'il était le seul homme qu'elle aimerait vraiment. Elle devait cependant lui faire savoir qu'elle n'avait pas apprécié d'être abandonnée ainsi, et qu'elle avait appris quelques détails sur sa vie. Elle lui a répété ce que Fay lui avait dit sur ses autres femmes et ses nombreux noms, ajoutant qu'elle avait découvert qu'Ehrich Weiss était son père.

Frank l'a écoutée sans guère montrer d'émotion. Exactement comme sa mère, a songé Bessie.

« Qu'est-ce qu'elle t'a dit d'autre ? a-t-il demandé.

— Rien. Simplement que si je voulais apprendre tes autres secrets, c'est à toi que j'allais devoir les demander. »

Frank a semblé soulagé, et il a lancé à ma mère un regard qui laissait clairement comprendre qu'il n'avait aucune intention de révéler quoi que ce soit d'autre.

Bessie a décidé d'insister un peu.

« Frank, où es-tu allé ? Que faisais-tu ?

— Si j'estimais que c'étaient tes oignons, je te l'aurais déjà dit. Peut-être vaut-il mieux que tu ne saches pas tout. Envisage les choses sous cet angle. »

Il y avait cependant une chose qu'elle devait savoir : avait-il d'autres familles dans d'autres endroits ?

Voyait-il toujours ses autres femmes ou subvenait-il aux besoins de leurs enfants ?

« Je peux accepter beaucoup de choses, mais si tu continues de voir d'autres femmes, je te quitterai. »

Frank a éclaté de rire et lui a tendrement soulevé le menton. Il a fixé les yeux verts de Bessie et répondu :

« Crois-moi, tu me suffis amplement. Et puis, il faudrait être idiot pour avoir plusieurs femmes en même temps. Bon sang, je ne suis pas mormon ! Ne t'en fais pas, je ne vois plus les autres femmes. De temps à autre, je les contacte et je vois l'un des gamins. Mais c'est à peu près tout. »

Bessie n'aurait su dire pourquoi, mais elle le croyait.

Frank s'était assurément fait un paquet d'argent pendant son absence, et il n'hésitait pas à le dépenser. Il a emmené Bessie en ville, lui a acheté de nouveaux vêtements et de nouvelles bagues, et il a donné à Robert de quoi s'offrir la Ford d'occasion qu'il voulait. Puis il a payé le loyer de Fay pour les six mois à venir et lui a donné une enveloppe avec des espèces pour ses dépenses quotidiennes. Il a ensuite annoncé qu'il avait la bougeotte et voulait emmener Bessie voir du pays avant qu'ils ne commencent à avoir des enfants. Il a informé Fay qu'ils seraient de retour d'ici quelques mois, et expliqué à Bessie qu'il n'avait aucune envie de supporter le baratin surnaturel de Fay. Il connaissait par cœur toutes ces foutaises, et n'éprouvait que du mépris pour les pauvres hères qui croyaient à son charabia. C'était rien qu'un attrape-couillon, qu'il disait. Fay avait installé des interrupteurs sous la table et le tapis, qu'elle actionnait avec ses mains et ses pieds pour faire apparaître des choses dans l'obscurité.

Bessie en était moins sûre. Elle savait à cause de sa foi qu'il n'y avait qu'un simple voile entre les vivants et les morts. Elle a ajouté que les défunts n'étaient jamais loin – ils étaient même plus près qu'on ne l'imaginait. De plus, comment Fay s'arrangeait-elle pour accomplir tous ces tours en étant clouée dans un fauteuil roulant ?

Frank a éclaté de rire. « Elle n'a pas besoin de ce foutu machin, a-t-il répondu. Ça fait juste partie de son numéro. Et puis, c'est un bon moyen pour que les autres s'occupent d'elle. »

Mais Bessie pensait que Frank plaisantait. Elle savait combien Fay était désespérée dans son fauteuil roulant, et elle avait vu ses jambes. Il ne faisait guère de doutes qu'elle était paraplégique.

Quoi qu'il en soit, Frank et Bessie sont partis. Frank a acheté un nouveau break Pontiac à panneaux de bois – il aurait toujours un grand faible pour les voitures en bois –, il a balancé quelques affaires dans deux valises, et ils ont pris la route pour l'Utah. Il voulait récupérer de l'argent que son employeur à *Utah Magazine* lui devait toujours, et Bessie se disait qu'il était temps que sa famille rencontre son mari. Elle leur avait écrit de Sacramento pour leur apprendre qu'elle s'était mariée. Son mari, avait-elle expliqué, gagnait bien sa vie en tant que vendeur de publicités, et il avait autrefois travaillé dans les milieux du film muet et du cirque. Elle n'avait pas évoqué le reste – comme le fait qu'il avait presque deux fois son âge, ou qu'il avait eu une demi-douzaine d'autres femmes et d'enfants. Elle avait préféré garder ça pour elle, par crainte des ragots dans le voisinage. Deux semaines plus tard, elle avait reçu une lettre brève mais gentille de sa mère. *Nous nous en faisions un peu pour toi depuis que tu avais quitté l'Utah, mais nous avons été heureux de recevoir de tes nouvelles*, écrivait Melissa. *Comme tu le sais, ce n'est qu'à travers le mariage qu'une femme peut pleinement se rapprocher de Dieu, et nous sommes heureux que tu aies franchi ce pas important. Viens nous voir quand tu seras dans la région. Nous aimerions rencontrer ton Frank.*

Dès le départ, la visite s'est mal passée. Aussi bien Melissa que Will étaient contrariés de voir Bess avec un homme tellement plus vieux qu'elle – un homme qui n'avait que quatre ans de moins que son père. Melissa n'en a jamais parlé en face à ma mère, mais elle l'a dit à ses sœurs, et Bessie l'a appris indirectement. Et il y avait aussi quelque chose en Frank qui rebutait ses parents – comme s'ils voyaient le mot « criminel » écrit sur son front. Will, en particulier, était déçu que Bessie ait épousé un tel personnage.

« Ça, lui a-t-il dit un jour qu'ils marchaient dans la cour, c'est un homme qui a fait de la prison. Pourquoi ne nous l'as-tu pas dit ? Pourquoi as-tu épousé un homme comme ça ?

— Il n'est jamais allé en prison ! s'est écriée Bessie, qui sentait remonter en elle son ancienne colère. Frank a eu une vie difficile. Il a été abandonné par son père à la naissance, et sa mère a dû travailler dans le monde du spectacle pour l'envoyer à l'école. Il a été forcé de beaucoup se débrouiller seul au fil des années, et il a dû s'endurcir. Mais mon mari n'est pas un criminel. Comment oses-tu dire ça ! »

Mais les protestations de Bessie n'ont pas changé grand-chose. Les Brown n'ont jamais apprécié Frank, et les jeunes sœurs semblaient presque terrifiées par lui. Plus que jamais, Bessie ressentait le jugement et le mépris de sa famille. De fait, elle se sentait rabaissée de la pire manière qui soit. Chez les mormons, rien n'était plus sacré que le lien du mariage – c'était la pierre sur laquelle on construisait sa famille, et l'élément clé qui vous permettait de recevoir la grâce éternelle. Or, on faisait désormais ressentir à Bessie qu'elle avait échoué. Elle estimait cependant que le dédain dont elle était victime n'avait rien à voir avec Frank Gilmore. Elle aurait pu épouser Franklin Roosevelt, et ça n'aurait rien changé. D'après elle, le seul message qu'elle avait reçu de sa famille pendant des années, c'était qu'elle n'était bonne à rien – elle ne comptait pour rien dans leur monde, ni dans l'estime de Dieu. Et maintenant, c'était comme si ce message lui était adressé avec le caractère définitif d'une condamnation.

Comme Bessie et Frank quittaient la ferme de Provo, ma mère était assise à l'avant, le visage entre ses mains, pleurant comme elle n'avait jamais pleuré. Elle songeait qu'elle se moquait de ne plus jamais revoir ces gens. Frank a passé le bras autour d'elle et l'a attirée à lui, lui posant la tête sur son épaule, avant de déclarer : « Qu'est-ce que tu attendais d'une bande de foutus mormons ! »

C'est alors que l'errance a commencé. Au cours des mois suivants, Bessie a vu des petits bleds et des routes paumées à travers tout le sud de la Californie, le Nevada, l'Arizona et le Colorado. Ils s'installaient quelque part, y passaient quelques semaines, puis repartaient. Ils restaient rarement au même endroit ne serait-ce qu'un mois ou deux. Et quand le moment venait de s'en aller, c'était toujours dans la précipitation. Frank disait à Bessie que ce n'était pas la peine d'emporter ce qu'ils avaient accumulé. Ils se contentaient à chaque fois de grimper en voiture, et ils mettaient les voiles. « Nous rachèterons tout dans la prochaine ville », qu'il disait. Il n'avait aucune intention de se laisser ralentir par des possessions.

De fait, il avait souvent de bonnes raisons de filer sans traîner. Bessie commençait à comprendre que la carrière principale de Frank, c'était l'escroquerie. La première chose qu'il faisait quand ils arrivaient dans une ville, c'était de faire installer un téléphone dans leur chambre d'hôtel ou leur appartement, qu'il louait toujours sous l'un de ses faux noms. Puis il se rendait dans divers commerces pour vendre des espaces publicitaires dans un magazine à venir ou une publication spécialisée. Il montrait des échantillons de ce à quoi ressemblerait le magazine, laissait sa carte de visite, puis il retournait à l'hôtel et attendait que les commerçants qu'il avait vus rappellent pour placer leur publicité. Parfois, il demandait à Bessie de répondre au téléphone et de se faire passer pour sa secrétaire. « Bonjour, vous êtes bien au bureau de M. Collier. » Ou : « Bonjour. Publications Miller. Bureau de Frank Collier. » Après quoi Frank retournait voir les commerçants, il récupérait le matériel pour les publicités, et il encaissait un paiement total ou partiel. La publication, naturellement, ne voyait jamais le jour. Frank prenait le fric, et il décampait. Cette approche commerciale était appelée « faire du cent pour cent », car le vendeur empochait tout le profit et prenait la fuite.

Ce genre d'activité constituait une bonne raison de placer quelques centaines de kilomètres entre hier et demain, mais les escroqueries n'étaient pas la seule chose qui faisait qu'ils étaient tout le temps sur la route. Bessie avait l'impression que Frank cherchait toujours à semer quelque fantôme inconnu qui le talonnait. Elle le sentait presque quand il dormait, en voyant son corps crispé, ou à la manière dont il se redressait soudain dès que des pas résonnaient en pleine nuit dans le couloir. Bientôt, Bessie a calé son souffle sur celui de Frank. Elle commençait à se sentir nerveuse s'ils restaient trop longtemps au même endroit, et elle ne se détendait que quand ils étaient de nouveau dans le break, en route vers la prochaine étape, et la prochaine arnaque.

Mais en dépit de toutes ces fuites et des risques, Bessie décrirait par la suite cette époque comme la plus heureuse de leur mariage, quand il n'y avait qu'eux deux, errant dans l'Ouest américain tels deux criminels de seconde zone. « Nous nous entendions bien en ce temps-là, avant d'avoir des gosses. Les enfants, ce n'était pas une chose que j'avais vraiment voulue ni planifiée ; c'était Frank qui en voulait. C'était marrant, il les voulait, mais après il s'en prenait à eux. Et moi, qui n'en avais jamais voulu, je me battais pour les protéger. Si seulement nous étions restés tout le temps comme ça, sans enfants. »

Elle disait ça pour nous faire mal, et ça marchait. Nous sentions que nous étions la cause de tout ce malheur. Au fond de nos cœurs, la famille idéale, c'était une famille sans enfants.

Mais la belle époque n'a pas duré si longtemps que ça. Tout juste quelques mois, à vrai dire. Au début de 1939, Bessie est tombée enceinte. Ils ont continué de voyager pendant l'essentiel de sa grossesse et, quand elle est arrivée à son terme, ils se sont installés dans un pavillon à Los Angeles, dans le quartier de Glendale, où est né mon frère aîné, Frank Harry Gilmore Jr. Contrairement à ce qu'avait prédit Fay, Frank a semblé prendre sa paternité à cœur. Il a débarqué à l'hôpital, nerveux et fier et un peu soûl, traînant à sa suite quelques vieux amis. Il a fait le numéro habituel – distribuant des cigares à toutes les personnes à la ronde, offrant au médecin une bouteille de whiskey avec un ruban autour du goulot, faisant du gringue à chaque infirmière de l'étage. La première fois qu'elle l'a vu tenir Frank Jr., ma mère a songé qu'elle n'avait jamais vu son mari aussi content de lui, comme si le fait de tenir ce bébé lui donnait l'impression d'être vraiment un homme. Frank a regardé le visage de Frank Jr., puis il s'est tourné vers Bessie et a déclaré : « Tiens, je t'ai donné un fils pour qu'il s'occupe de toi dans tes vieux jours. »

Une chose était certaine : Frank semblait savoir exactement comment s'y prendre avec les bébés. Il n'avait aucun problème à nourrir ou changer Frank Jr., ou à rester avec lui tard le soir quand il pleurait ou était malade. Bessie affirmerait par la suite que c'était l'un de ses meilleurs souvenirs de lui, la façon dont il s'occupait des bébés. Frank s'asseyait sur une chaise avec son enfant, gazouillant, lui parlant tendrement, chantant des berceuses de sa voix cassée. Et bientôt le bébé se recroquevillait sur les cuisses de son père tel un petit chaton et s'endormait, rassuré par sa présence.

Ils sont restés quelques semaines à Los Angeles, Frank s'occupant du bébé et de Bessie, puis ont repris la direction du nord pour aller voir Fay. Mais la manière dont Frank était aux petits soins pour son nouveau petit garçon irritait Robert, et ils ont commencé à se disputer de plus en plus fréquemment. L'absence d'amour de la part de Frank n'était presque jamais expressément évoquée durant leurs disputes. À la place, Robert commençait à soupçonner que son père n'avait pas été assez correct et attentionné envers sa mère, Nan, ce qui rendait Frank particulièrement mauvais. Il déclamait les pires horreurs sur son « ex-putain de femme », jusqu'à ce que Robert quitte la discussion, au bord des larmes. C'était alors au tour de Frank et Bessie de s'engueuler. Bessie estimait qu'il avait tort de rabaisser la mère que Robert n'avait même pas pu connaître. À quoi Frank répliquait :

« Je sais que tu as un faible pour Robert, mais tu ferais mieux d'apprendre à la boucler.

— Eh bien, Frank, répondait Bessie, je suis trop vieille pour apprendre. »

Au début de l'année suivante, Bessie est de nouveau tombée enceinte, mais cette fois, ça n'a pas semblé faire plaisir à Frank. De fait, il s'est installé dans un hôtel, dans la ville proche d'Oakland, et a passé plusieurs jours à picoler seul. À son retour, il était agité et irritable. Il a annoncé à Bessie que le moment était venu pour eux de reprendre la route, ce qui ne l'a pas ravie. L'été approchait, elle avait un bébé de 7 mois, et était enceinte d'un autre de près de trois mois. Elle n'avait aucune envie de parcourir le pays dans ces conditions, et lorsqu'elle a appris que cette fois ils prenaient la direction de l'Alabama, l'idée lui a encore moins plu. Elle ne voyait pas pourquoi ils avaient besoin d'aller si loin, simplement pour que Frank puisse s'adonner à l'une de ses stupides arnaques. Il y avait quelque chose qui clochait sérieusement dans cette histoire – même le trajet que Frank avait prévu était absurde. Au lieu de prendre la route la plus directe – par le sud, puis à travers le Texas –, Frank voulait passer par l'Utah, pour que Bessie puisse montrer son nouveau bébé à ses parents. Après quoi ils traverseraient le Colorado, le Kansas et le Missouri, avant de redescendre par l'Arkansas et le Mississippi jusqu'en Alabama. Bessie savait que Frank se fichait éperdument que Will et Melissa voient Frank Jr. Elle soupçonnait une autre raison, mais il refusait de dire laquelle.

Et ça ne s'est pas arrangé quand ils sont arrivés en Alabama. C'était l'été, et la chaleur moite et lourde ne ressemblait à rien de ce que connaissait Bessie. En plus, la région elle-même avait quelque chose de sacrément effrayant. Peut-être que c'étaient toutes ces histoires qu'elle avait entendues au fil des années sur l'étroitesse d'esprit et la violence des sudistes, mais elle avait l'impression que les gens du coin la dévisageaient durement chaque fois qu'elle ouvrait sa bouche de Yankee. Un jour, tandis qu'elle passait commande dans un restaurant au bord de la route, la serveuse lui a lancé un sale regard avant de demander : « Bon Dieu, d'où c'est que vous venez ? »

Par ailleurs, Frank ne l'aidait pas à être calme. Ils avaient loué un petit bungalow dans un motel d'une petite ville qui s'étirait le long de la route au sud de Selma, dans la partie centrale de l'État. Il n'y avait pas grand-chose à faire là-bas. Deux cinémas, un drugstore avec une fontaine à soda où Bessie pouvait déjeuner. Sauf que Frank voulait qu'elle reste la plupart du temps dans leur chambre, et qu'elle ne fréquente pas trop leurs voisins. Elle n'était notamment pas censée en dire trop sur eux ou sur leur vie, ni répondre aux questions des inconnus. « Ces gens sont curieux, avait expliqué Frank. Ils ont peut-être l'air comme il faut en surface mais, au fond d'eux, ils te détestent parce que tu es différente. Tu es une Yankee, et les Yankees sont des intrus et ils ne sont pas les bienvenus. Laisse ces gens tranquilles, Bessie. Ils ont peut-être l'air gentils en plein jour, mais la nuit ils te trancheront la gorge et personne ne retrouvera ton cadavre. »

Un soir, Frank s'est soûlé et a brièvement évoqué son précédent séjour en Alabama, dix ans plus tôt, alors qu'il était marié à Barbara Solomon, une femme juive. Ils s'étaient installés dans une ville nommée Greenville, et Frank s'était trouvé un job de vendeur de publicités pour un journal. Un jour, des membres locaux du Ku Klux Klan étaient venus le voir et l'avaient invité à un rassemblement. Frank avait décliné, et quand ils avaient voulu savoir pourquoi, il leur avait dit qu'il était catholique, et que sa femme était juive, et qu'il s'était toute sa vie bien entendu avec les Noirs, alors il ne se voyait pas vraiment participer aux diverses campagnes du Klan. Deux jours plus tard, à son retour du travail, il avait trouvé sa femme et son bébé assis dans le noir. Barbara avait expliqué à Frank que des hommes étaient venus et s'étaient mis à cogner à la porte en proférant des menaces terribles. Ils lui avaient dit que les juifs et les catholiques n'étaient pas les bienvenus dans la région, et que s'ils étaient encore là au prochain coucher du soleil, ils couperaient les couilles de son mari devant elle. Frank avait pris la menace au sérieux. Et sa femme et lui avaient quitté Greenville avant l'aube, et pris la direction de Montgomery. Après ça, leur mariage n'avait tenu qu'un an ou deux.

Quelles qu'aient été cette fois les activités de Frank en Alabama, Bessie commençait à trouver le temps long. Elle ne cessait d'insister pour qu'ils s'en aillent – elle voulait accoucher de son nouveau bébé en Californie, chez eux à Los Angeles, ou chez Fay, à Sacramento. Mais Frank répondait : « Bientôt. Nous allons bientôt partir. Je dois finir ce que je suis venu faire, toucher mon argent, et après nous nous en irons. »

Le jour de Thanksgiving, Frank s'est levé, habillé et il est parti pour ne revenir que bien après minuit. Bessie était assise dans le petit bungalow, dans le noir, avec son bébé, comme Barbara Solomon dix ans plus tôt. Elle se demandait ce qu'elle ferait si elle ne revoyait plus jamais Frank, comment elle s'arrangerait pour quitter cet endroit effroyable. Ou peut-être qu'ils viendraient la chercher elle aussi, en pleine nuit. Mais vers 2 heures du matin, Frank est entré et a annoncé : « J'en ai fini avec cette ville. Je crois que nous ferions bien de partir sur-le-champ. Tu pourras dormir en voiture pendant que je conduirai. » Elle était éreintée, mais il était clair à la manière dont il avait parlé que son épuisement n'entrait pas en ligne de compte. Ce serait encore une de ces villes qu'ils quitteraient sans emporter leurs affaires, une nouvelle fuite nocturne. Mais cette fois, ça ne dérangeait pas Bessie. Elle était ravie de fuir cette horrible région.

Lorsque Frank a voulu une fois de plus prendre la route la plus longue en contournant totalement le Texas, Bessie a protesté : « Ça n'a aucun sens quand nous pouvons le traverser directement. Je ne veux pas accoucher au bord de la route, Frank, à l'arrière de cette voiture. Je veux retourner en Californie ! » Pour une fois, c'est elle qui a remporté la bataille, et ils ont commencé à traverser l'infiniment large État du Texas. Et cette fois, ça ne faisait aucun doute : Frank ne voulait pas être là. Il semblait nerveux à chaque instant, et comme le Texas est si vaste, sa nervosité durait. Il a tenté de rouler la nuit pour franchir l'État plus vite, mais il est impossible de traverser le Texas sans faire d'arrêt. Bessie s'est réveillée à la lueur du matin, à l'arrière avec le bébé, et a vu son mari endormi à l'avant. Frank semblait si pressé de sortir de là que Bessie a elle-même pris le volant à quelques reprises, alors qu'elle était enceinte de huit mois et demi et savait à peine conduire.

Puis, comme ils roulaient sur la route 67, il est devenu évident qu'ils n'atteindraient pas la Californie à temps. Le bébé arrivait et ils devaient trouver un hôpital. Un employé de station-service les a dirigés vers McCamey ; c'était une ville d'ouvriers du pétrole, a-t-il expliqué, et il y avait là-bas un bon hôpital. Tandis que la voiture s'engageait sur l'allée de l'hôpital, et que Bessie était assise sur la banquette arrière, agrippant d'une main la poignée de la portière et, de l'autre, son ventre énorme, Frank s'est tourné vers elle et l'a avertie : « Ne dis rien à personne ici. Tu me laisses parler. » C'est tout ce dont Bessie se souvenait. Après ça, elle était sur un lit à roulettes, et on la poussait sous les lumières du couloir, puis dans la salle d'accouchement.

Quelques heures plus tard, elle s'est réveillée en entendant les intonations texanes d'une infirmière. « Mme Coffman ? disait la femme. Ça va, Mme Coffman ? Vous m'entendez ? » Bessie, groggy, se demandait : *Pourquoi Mme Coffman ne répond-elle pas à cette femme ? Est-ce que Mme Coffman va bien ?*

Puis elle a senti la main de mon père sur son épaule, qui la secouait légèrement. « Bessie, tu nous entends ? Tout va bien, c'est moi, Walter. »

Elle a alors ouvert les yeux et vu son mari qui se tenait sur la droite de son lit. De l'autre côté se trouvait l'infirmière, tenant dans ses bras le nouveau-né de ma mère. En voyant le bébé, Bessie a repris ses esprits et tendu les mains pour l'attraper.

« Voici votre bébé, Mme Coffman. Vous avez un très beau fils en pleine santé. D'ailleurs, je dirais que le petit Faye est l'un des plus beaux bébés que j'aie jamais vus dans la région. »

Ça a achevé de réveiller Bessie.

« Le petit *Faye* ? a-t-elle demandé.

— Oui, a répondu Frank. Je leur ai déjà communiqué toutes les informations pour l'acte de naissance. Je leur ai dit que nous avions décidé de l'appeler Faye Robert Coffman.

— C'est un très beau nom, a observé l'infirmière. Et vous avez un mari très dévoué. Il a insisté pour rester ici à vos côtés. Il voulait être présent à votre réveil. »

Tout ce que Bessie pouvait faire, c'était regarder le bébé et ses yeux bleus déjà vifs en se demandant : *Est-ce que je suis quelqu'un d'autre ? Ou est-ce que je suis devenue folle ?*

Plus tard, lorsqu'ils ont été seuls, tout lui est revenu : le voyage désespéré à travers le Texas, les faux noms qu'ils utilisaient. Tout ça semblait parfaitement logique – du moins, pour autant qu'il y ait eu quoi que ce soit de logique dans leur vie à ce stade – mais ce qu'elle ne saisissait pas, c'était le nom étrange que Frank avait choisi pour leur nouveau fils.

« Comment as-tu pu donner à un enfant un nom comme ça : Fay Robert Coffman ?

— Je ne trouve pas ça si moche. Tu ne ferais pas mieux. Et puis, je l'ai orthographié un peu différemment, j'ai ajouté un *e* à la fin de Fay.

— Je me fous de l'orthographe ! Ça ne change rien au fait que tu as donné à ton fils le nom de ta mère et celui d'un autre de tes fils – quelqu'un que tu n'aimes même pas. Qu'est-ce qui t'a pris ?

— Du calme, a répliqué Frank. Nous n'allons pas rester éternellement dans le Texas. Mais tant que nous sommes ici, il s'appelle Faye Robert. Et moi, Walter. Ne l'oublie pas. »

Deux jours plus tard, ils s'installaient dans un hôtel de la ville, le Doyle, en attendant que Bessie ait retrouvé suffisamment de force pour voyager. La directrice de l'hôtel, une vieille femme, leur a rendu visite le premier soir pour voir le bébé. Lorsque Bessie lui a dit comment il s'appelait, la femme a semblé légèrement stupéfaite.

« Oui, c'est son père qui a choisi son nom », a précisé ma mère, pendant que Frank – c'est-à-dire Walter – était tout gonflé d'orgueil.

Le lendemain après-midi, alors que Frank était parti chercher à manger, la femme est revenue.

« Quel dommage qu'il porte ce nom, a-t-elle observé en caressant la tête du bébé.

— Oui, je sais. Mais bon, il ne va pas le garder longtemps. Dites-moi si vous avez de meilleures idées. »

La femme est alors revenue chaque jour avec des suggestions de nouveaux noms. Finalement, elle a décidé que Bessie devrait l'appeler Doyle, en hommage à l'hôtel. Après ça, la femme s'est mise à appeler le petit Faye petit Doyle chaque fois qu'elle le voyait. Ce qui rendait Frank dingue.

Quelques semaines plus tard, mes parents et leurs deux fils ont repris la route vers l'ouest. Lorsqu'ils ont traversé El Paso et franchi la frontière qui séparait le Texas du Nouveau-Mexique, Frank s'est tourné vers Bessie et a dit :

« OK. Tu peux déchirer le foutu acte de naissance. Nous allons lui donner un nouveau nom.

— Oui, je sais. J'en ai déjà choisi un. Nous allons l'appeler Gary. Gary Gilmore. Je me suis dit que j'allais le baptiser d'après Gary Cooper, parce qu'il sera beau quand il sera grand, tout comme l'acteur. »

La réaction de Frank a été immédiate et catégorique.

« Mon œil qu'il va s'appeler Gary ! Aucun de mes fils ne portera jamais ce prénom.

— Et pourquoi ça ?

— Le type qui m'a piqué la mère de Robert s'appelait Grady. Le prénom Gary me fait toujours penser à lui. Je détestais ce type, et je détestais son nom. Hors de question que je pense à lui chaque fois que j'appellerai mon fils.

— Frank, ce n'est même pas le même nom ! »

Mais ça ne changeait rien. Ils ont continué de s'engueuler à propos du nom du bébé pendant tout le trajet jusqu'à Sacramento.

Le dernier mot de mon père sur la question : « Je ne vais pas garder un fils qui s'appelle comme ça. »

Le dernier mot de ma mère : « Il garde ce prénom. »

Je dois ici m'interrompre un moment. Une chose importante vient de se produire : le meurtrier de notre histoire est né. Pour le moment, il n'est qu'un bébé aux grands yeux bleus et au visage avenant. Mais dans un peu plus de trente-six ans, il aura tué au moins deux hommes et attendra dans le couloir de la mort. Il sera alors le meurtrier le plus célèbre d'Amérique, pour la bonne raison qu'il sera le seul à exiger d'être tué. Vous regarderez dans ces yeux bleus à ce stade, et ce qui vous regardera en retour vous fera frissonner au plus profond de vous. Ce sera un regard à la fois terriblement intelligent et terriblement implacable. Le regard d'un homme qui a peur de tout sauf de la mort, un homme qui vous tuerait si vous le cherchiez, et peut-être même si vous ne le cherchiez pas. Et la seule chose qui sépare le visage du bébé de celui du tueur, c'est une histoire de destruction.

Ou peut-être est-ce autre chose qui a fini par transformer ce bébé en tueur. Bien souvent, au cours des dernières années, je me suis longuement posé deux questions simples : où et quand commence le meurtre ? Ou, dans d'autres termes : pouvais-je identifier un moment où tout était allé de travers, un moment – une période – qui avait pu tout faire basculer ? Et si j'arrivais à l'identifier, s'agissait-il d'un moment de la vie de Gary ? Ou bien lui était-il extérieur – un moment, par exemple, de la sombre histoire secrète de son père ? Il n'y a pas de réponse simple à de telles questions – elles ne mènent qu'à des discussions et des spéculations infinies. Mais je ne peux malgré tout pas m'empêcher de chercher ces réponses dans notre histoire, comme ma mère à la fin de sa vie, examinant le moindre maillon de la chaîne fatidique. Quand aurions-nous pu changer le cours de l'histoire ? Comment aurions-nous pu sauver l'âme de mon meurtrier de frère, et épargner en même temps la vie d'innocents ? On se dit qu'on pourrait apprendre d'un tel moment, qu'il pourrait expliquer toute cette destruction et vous préserver de sa répétition. Mais quand vous commencez à examiner de près tous les maillons de la chaîne, vous découvrez quelque chose de pire encore : chaque moment a été crucial, et il y en a eu beaucoup trop de néfastes. La seule manière de réparer la construction mortelle de la vie de cet homme serait d'effacer chaque moment et de construire une nouvelle chaîne avec de meilleurs maillons.

De toute évidence, la naissance de cet enfant ne laisse rien présager de bon. Ses parents, qui traînent eux-mêmes un sombre héritage, sont pour le moment occupés à fuir des démons inconnus. Et si les peurs d'un père ou d'une mère peuvent être transmises à un enfant à sa naissance, alors Gary a immédiatement été plongé dans un monde d'insécurité. Par-dessus le marché, on lui a donné deux noms : tout d'abord, celui d'une femme qui n'a jamais pu se résoudre à aimer son père ; et ensuite, l'autre – celui qui restera le sien, celui sous lequel il sera célèbre –, un nom qui rappelle à son père une perte qui le rendra toujours amer. Il y a quelque chose d'affreusement ironique dans ce changement de nom : ce que je veux dire, c'est que Gary Gilmore n'est jamais né ; il finirait seulement par mourir. (Des années plus tard, le système pénitentiaire fédéral me refuserait l'accès aux dossiers concernant mon frère sous prétexte que je ne pouvais pas prouver qu'une personne portant son nom était née, ni qu'elle avait officiellement changé de nom.)

Je ne peux qu'être sidéré par la complexité et la stupidité de toutes les circonstances qui ont entouré sa naissance – particulièrement lorsque je songe que deux adultes ont plongé un enfant dans une atmosphère de peur et l'ont affublé d'identités qui, d'une manière ou d'une autre, entraîneraient un manque d'amour. Ces facteurs ont-ils eu de l'importance ? Quelque chose d'aussi insignifiant qu'une querelle à propos de son prénom joue-t-il vraiment un rôle déterminant dans le destin sanglant d'un enfant ? Je ne peux pas l'affirmer avec certitude – je suis trop empêtré dans la toile de la mythologie de ma famille pour répondre à cette question. Il est trop facile pour moi de considérer la moindre bizarrerie du destin comme un signe, et je crains que ce soit ce que je suis en train de faire en ce moment précis. En même temps, je sais que toute cette histoire de noms finirait par avoir beaucoup d'importance pour Gary, même s'il serait alors déjà bien engagé sur sa route vers l'enfer.

Une certaine agitation a commencé à être perceptible chez Frank après la naissance de Gary et leur retour sur la côte Ouest. Comme s'il avait sans cesse besoin de quelque chose de différent. Durant les premiers mois de 1941, la nouvelle famille a erré d'une ville à l'autre tous les quinze jours. En même temps, les disputes entre Frank et Bessie se faisaient plus fréquentes et plus violentes. Un jour, à Santa Barbara, Frank a passé cinq jours à se soûler. Bessie était alors habituée à ces épisodes. Elle savait qu'elle n'avait qu'à rester là où elle était avec les garçons et à attendre le retour de Frank. Mais cette fois, lorsqu'il est revenu, il était d'une humeur particulièrement massacrante. Il a pénétré dans l'hôtel où ils logeaient, s'est approché du lit où dormait le nouveau-né, et a pointé le doigt vers Gary.

« Ce n'est pas mon fils, n'est-ce pas ? »

Bessie ne s'attendait pas à une question aussi saugrenue.

« Qu'est-ce que tu racontes ? De qui pourrait-il être le fils ?

— C'est le fils de Robert, pas vrai ? Tu crois que je ne sais pas ce qui s'est passé entre vous à Sacramento quand j'avais le dos tourné ? »

Bessie a regardé Frank pendant un long moment. Puis elle a éclaté de rire.

« Tu es cinglé ! Tu bois tellement que ça t'a ramolli le cerveau et que tu es devenu un vieil homme. »

Frank l'a frappée, violemment, au visage.

« Ne me mens pas, espèce de langue de vipère diabolique ! J'ai entendu assez de mensonges ! »

Il a continué de la cogner jusqu'à ce qu'elle se retrouve étendue par terre, le visage en sang, pendant que les enfants pleuraient. Tout au long de son supplice, elle a soutenu que Frank était bien le père. Mais après ça, mon père a passé beaucoup moins de temps à s'occuper de son enfant.

Ils ont continué à se battre et à se gueuler dessus aux quatre coins du pays, traînant deux bébés dans leur sillage. Un jour, à la fin du printemps, ils traversaient le nord du Missouri. Frank avait été d'une humeur de chien toute la journée, braillant après ma mère tout en conduisant comme un cinglé, et les bébés commençaient à s'agiter après avoir été enfermés si longtemps dans la voiture. Cette fois, Bessie se disait que quelque chose suivait Frank de plus en plus près. Il n'y avait pas d'autre façon d'expliquer son comportement. C'était comme si elle sentait un souffle chaud sur sa nuque. En fin d'après-midi, Bessie a insisté pour que Frank s'arrête à une station-service au bord de la route. Elle devait changer la couche du petit Frankie, et elle voulait se dégourdir un peu les jambes. Mais elle voyait que

Frank n'avait aucune envie de s'arrêter. « Fais vite », a-t-il dit, et il est resté dans la voiture pour surveiller Gary.

Quelques minutes plus tard, Bessie est ressortie des toilettes avec Frankie. Elle a regardé autour d'elle. La voiture avait disparu, son mari avait disparu, le bébé avait disparu.

« Où est passé l'homme qui m'attendait dans la voiture ? a-t-elle demandé à l'employé de la station-service.

— Il a décampé il y a quelques minutes. Il semblait pressé.

— Est-ce qu'il a dit quelque chose avant de partir ? Est-ce qu'il a dit qu'il reviendrait ?

— Non, madame », a répondu l'employé.

Elle devinait à la manière qu'avait le jeune homme de la regarder qu'il n'avait jamais rien vu de tel. Un homme qui fichait le camp avec un gamin, abandonnant sa femme et l'autre gamin au milieu de nulle part. *Génial*, pensa Bessie. *Frank pique sa crise sous prétexte que je l'ai forcé à s'arrêter, et maintenant il est parti pour un moment, histoire de me donner une leçon. Quel putain d'enfant gâté.*

Bessie et Frankie sont restés des heures à la station-service, à attendre le retour de Frank. Le soleil s'est couché, la lune et les étoiles sont apparues, et l'employé a commencé à ranger ses pancartes et son matériel. « Madame, je ne crois pas que votre mari va revenir, a-t-il déclaré alors qu'il s'apprêtait à fermer la porte et à allumer l'enseigne de nuit, et je ne peux pas vraiment vous laisser là. Laissez-moi vous emmener vous et l'enfant à Chillicothe. Il y a un hôtel là-bas, et une gare routière. »

Depuis la gare routière, Bessie a appelé ses parents et leur a demandé de lui transférer suffisamment d'argent pour rentrer à Provo. Lorsqu'elle est arrivée à la maison, Will Brown a voulu qu'elle appelle la police, mais Bessie a refusé. Elle a expliqué à ses parents que Frank était très inquiet et qu'elle n'aurait pas dû se disputer avec lui à un tel moment. C'était de sa faute à elle s'il était parti. Elle était certaine qu'il reviendrait, et qu'il ne ferait pas de mal au bébé.

« S'il débarque ici, a répliqué son père, ça va chauffer. Aucun homme n'a le droit d'abandonner sa femme et son enfant de cette manière. »

Quelques jours plus tard, Bessie a reçu un coup de fil d'un orphelinat de Des Moines, Iowa. Ils avaient Gary ; il avait été amené par son père, qui purgeait désormais une peine de trente jours dans une prison de la région pour avoir émis des chèques en bois. Mme Laffo voulait-elle passer chercher son fils, ou préférait-elle le laisser à leurs soins et le proposer à l'adoption ? « Si tout ça n'avait pas été si tragique, déclarerait par la suite ma mère, j'aurais pu rire à cette histoire de Mme Laffo. C'était la première fois qu'on m'appelait comme ça. »

Bessie a emprunté de l'argent à ses parents et s'est rendue dans l'Iowa avec Frankie. Elle a récupéré Gary à l'orphelinat et s'est trouvé un emploi de femme de ménage nourrie et logée, en attendant que son mari ait purgé sa peine.

Le matin de sa sortie de prison, elle l'attendait dehors avec Frankie et Gary.

« Qu'est-ce que tu as à dire pour ta défense ? a-t-elle demandé. Qu'est-ce qui t'a pris de me planter là-bas et de filer avec notre bébé ?

— Quelqu'un nous suivait de trop près ce jour-là, a-t-il répondu d'un air las. Je devais partir. C'est tout ce que j'ai à dire. »

Bessie commençait à se poser des questions. Peut-être que toute cette histoire de fuite n'était qu'une excuse. Peut-être que la seule chose qui suivait Frank, c'était sa propre peur de rester avec sa famille et de s'engager en tant que père. Peut-être que Fay avait dit vrai après tout.

« Frank, de quoi qu'il s'agisse, tu peux m'en parler. Si c'est une autre femme ou une autre famille, dis-le-moi. Je ne t'en voudrai pas. Seulement, dis-moi la vérité. »

Frank a secoué la tête.

« Non, a-t-il répondu. Tout sauf ça. C'est une vérité effroyable, Bessie. Mieux vaut que tu ne saches rien. »

Ça a continué ainsi pendant tout le restant de l'année. Des zigzags à travers l'Ouest américain, Frank traînant femme et enfants de trou paumé en trou paumé, buvant de plus en plus au fil du temps. À l'approche de Noël, Bessie, Frank et les garçons vivaient dans une ville entourée de champs de blé et d'élevages de bétail nommée Holyoke, dans l'angle nord-est du Colorado. Frank s'adonnait à son habituelle arnaque du cent pour cent – il avait des cartes de visite bidons, une ligne téléphonique enregistrée sous un faux nom (cette fois, ils étaient M. et Mme Harry F. Laffo) et un compte courant dans une banque de Sterling, une ville plus grande des environs. Il rendait visite aux entreprises à travers la région, récupérant de l'argent pour des publicités dans un magazine de voyage local, quelque chose comme *Arizona Highways*. Un jour, il a échangé un chèque contre des espèces auprès de l'un des commerçants à qui il avait vendu un espace publicitaire. Le commerçant, soupçonneux, a aussitôt appelé la banque. Lorsqu'il s'est avéré que le chèque était en bois – il n'y avait que 3 dollars sur le compte, et le chèque était de 50 dollars –, l'homme a remonté la trace de Frank jusqu'à son hôtel et l'a fait arrêter. C'était au début du mois de décembre 1941. Et le jour où les Japonais ont attaqué Pearl Harbor, mon père croupissait dans une prison pouilleuse à cause d'un chèque sans provision.

La police a effectué quelques vérifications et s'est aperçue que Frank vendait à travers tout le pays des publicités bidons dans des magazines qui n'existaient pas. C'était plus sérieux qu'un simple chèque en bois ; le chef d'accusation a été transformé en abus de confiance. Pendant le procès – qui s'est tenu trois jours avant Noël –, le procureur s'est arrangé pour produire une copie du casier judiciaire de Frank, probablement incomplet. Bessie a été surprise par ce qu'elle a appris cet après-midi-là, à mesure que le procureur égrenait les précédentes condamnations de son mari. Son casier remontait à mai 1914, quand Frank avait été arrêté sous le nom de Harry Sevilla à Fresno, Californie, pour détournement de mineur ; il avait purgé quatre-vingt-dix jours dans la prison du comté. Le délit suivant connu s'était produit en août 1919, quand, sous le nom de Frank Gilmore, il avait été arrêté à Sacramento pour vol. Le juge a demandé des éclaircissements.

« Nous pensons, a répondu le procureur, que l'accusé s'est arrangé pour dérober une cargaison de manteaux de fourrure sur son lieu de travail. »

Frank s'était débrouillé pour s'en tirer avec une peine de liberté surveillée (Bessie a par la suite appris que Fay avait loué les services d'un avocat aux nombreuses relations) avec l'ordre de ne pas quitter l'État. Mais il s'était fait la belle. Et moins de deux ans plus tard, il s'était fait pincer sous le nom de Walter Saville à Seattle en tant que fugitif, et il avait été renvoyé à Sacramento. De retour en Californie, le juge avait révoqué sa liberté surveillée et l'avait condamné à dix ans à

San Quentin. Il avait été remis en liberté conditionnelle après deux ans de travaux forcés.

« Nous croyons, a déclaré le procureur, que M. Laffo a pu recevoir d'autres condamnations sous d'autres noms dans des juridictions différentes. Il est aussi probable que ce prévenu ait commis d'autres abus de confiance et d'autres vols – et peut-être des délits d'une nature plus sérieuse – ailleurs dans cet État sans se faire repérer, ou bien en échappant à une arrestation. Cet homme est de toute évidence expert dans l'art d'assumer de fausses identités. De fait, nous ne sommes à l'heure actuelle pas certains de son vrai nom. Nous recommandons donc une peine longue. Bien qu'il ne s'agisse pas là d'un délit terriblement sérieux, Harry Laffo est clairement un homme habitué aux activités délictueuses, et, faute de mieux, nous aimerions le retenir suffisamment longtemps pour que d'autres États vérifient les noms que nous avons et voient s'il est recherché pour d'autres délits. »

Le juge H. E. Munson a condamné Harry F. Laffo à cinq ans de réclusion au pénitencier d'État du Colorado. En voyant l'expression dévastée sur le visage de son mari, Bessie a éprouvé plus de pitié que de colère. Il avait l'air d'un homme brisé, et pour la première fois elle a vu qu'il était déjà vieux.

« C'est scandaleux, estimait-elle. Il a déjà payé pour ses autres crimes, et ces péquenauds le condamnent abusivement pour redorer leur misérable blason. »

Au bout de quelques jours, Bessie en est venue à la difficile conclusion qu'elle ne pouvait pas rester dans le Colorado pendant que Frank purgeait sa peine au pénitencier de Canon City. Elle ne se sentait pas équipée pour le soutenir dans ce lieu inconnu tout en s'occupant de deux enfants en bas âge. Juste après le Nouvel An, elle a repris avec Frankie et Gary la direction de la ferme de ses parents à Provo pour y attendre que son mari ait purgé sa peine.

J'ai en ma possession une copie du dossier de mon père au service pénitentiaire du Colorado. Il n'est pas épais, mais le peu qu'il comporte en dit beaucoup, du moins pour ce qui est de sa personnalité. Par exemple, le dossier contient des documents confirmant qu'il a utilisé plusieurs pseudonymes, un casier judiciaire qui s'étire sur au moins un quart de siècle, et la suggestion implicite qu'il a pu être mêlé à d'autres délits inconnus ou non résolus.

Outre tout ça, ces rapports sont chers à mes yeux pour deux autres raisons. Tout d'abord, non seulement ce sont les documents les plus anciens que j'aie pu trouver sur Frank Gilmore, mais ce sont aussi les seuls – à part son certificat de décès et sa mention dans divers annuaires téléphoniques. Ce sont les uniques informations que j'ai pu trouver concernant le passage de mon père sur cette terre. Aucun de ses bulletins scolaires n'a survécu, il n'a jamais servi dans l'armée, et son histoire professionnelle est invérifiable. Même ses dossiers fiscaux ou de Sécurité sociale sont introuvables.

L'autre raison qui fait que ce dossier de prison a de la valeur, c'est qu'il contient la photo la plus ancienne que j'aie jamais vue du visage de mon père. Ce n'est pas un visage particulièrement jeune. Il avait environ 51 ans quand cette photo d'identité judiciaire a été prise (prison d'État du Colorado #22470) mais, sans son dentier, avec ses cheveux ébouriffés et prématurément gris, il a l'air beaucoup plus vieux et on lui en donnerait plutôt 60. J'essaie de lire sur ce visage. Cette photo ne me révèle naturellement pas grand-chose sur ses secrets ou l'origine de son effroi, mais je vois clairement qu'en ce jour du début de 1942 il est tiraillé entre un profond chagrin et un courage difficile à trouver. On dirait un homme coupable qui ne comprend pas ses propres crimes et qui redoute des conséquences encore pires.

Mon frère Frank trouve que je ressemble à mon père, mais je n'ai jamais vu la ressemblance. Quand je vois cette photo, cependant, une chose me revient à l'esprit, que je préférerais oublier : je me rappelle avoir vu le visage de mon père dans le miroir un soir, il y a quelques années, alors que j'avais bu et probablement pleuré pendant plusieurs heures. Ce soir-là, j'étais persuadé que je venais de laisser passer ma dernière chance de trouver le bonheur en fondant ma propre famille – persuadé que j'avais perdu mon cœur pour ce rêve et que j'allais désormais devoir vivre sans ce rêve. Je me disais que si j'avais des enfants à ce stade, je finirais par commettre la même erreur arrogante que mon père, parce que j'avais trop attendu et que je ne vivrais jamais assez longtemps pour les aimer et les protéger convenablement. J'étais horrifié par cette prise de conscience, et horrifié par la marque qu'elle laissait sur mon visage – elle me faisait paraître vide et vieux et laid – et je ne voulais pas que qui que ce soit puisse me voir avec cette tête-là.

C'est à peu près cette expression que le photographe de la prison a capturée sur le visage brisé de Frank Gilmore le jour où on l'a coupé de sa famille, et, pour autant qu'il savait, également coupé de son avenir. Il ne se doutait pas, bien entendu, que cinquante ans plus tard un de ses fils verrait cette photo et y découvrirait quelque chose de lui-même et de son héritage.

C'est marrant. Je crois que, pendant des années, j'ai été la personne la plus proche de mon père – comme disait ma mère, j'étais le seul de la famille qui l'aimait encore à sa mort. Bien que j'aie passé mes années d'adolescence à vivre avec ma mère, c'est mon père, plus que tout autre, qui m'a élevé, et c'est auprès de lui que je me sentais en sécurité. Mais maintenant, quand je regarde cette photo de lui, je pense à ce qu'il a fait à ma mère et à mes frères à l'époque et pendant les années qui ont suivi. J'essaie de concilier ma perception de lui, la sensation de protection que j'éprouvais en sa présence, et sa brutalité envers ses autres enfants, la manière dont il les a délaissés. Je ne comprends pas comment un homme qui pouvait être si affectueux a aussi pu abandonner son bébé sur un banc dans un parc pendant qu'il allait essayer d'échanger un chèque en bois contre des espèces – car c'est ce qui s'est réellement produit ce jour-là à Atlantic, Iowa, quand on lui a supprimé la garde de Gary pour le placer à l'orphelinat d'État. Je ne peux pas croire que cet homme était mon père, que j'ai jadis aimé plus que n'importe qui au monde. Que j'aime toujours, car je ne sais pas comment faire autrement.

Mon père semble si proche, et pourtant si éloigné. Il est la plus grande énigme de ce livre, et je crains que si je ne la résous pas – si je ne parviens pas à dévoiler ses secrets et à expliquer ses peurs –, alors je n'ai pas le droit de raconter cette histoire. Peut-être que pour connaître mon père je vais devoir examiner mon propre cœur et affronter la part de lui qui s'y trouve. En même temps, ma plus grande peur est de trop lui ressembler, de déjà avoir ses péchés en moi.

Une fois à Provo, ses parents ont autorisé Bessie à loger dans la remise de derrière, pendant que George partageait la chambre de l'oncle Charley à côté. Will et Melissa n'étaient pas ravis du retour de leur brebis galeuse de fille. Ils ne roulaient pas sur l'or, et ils croyaient en avoir fini avec les enfants. Même les jeunes jumelles, Ada et Ida, étaient désormais mariées et avaient quitté la maison. Bessie avait été l'une des premières à quitter le domicile familial, et ils avaient pris son départ comme un pied de nez. Après quoi elle était allée épouser un homme qui n'était pas mormon et qu'elle ne connaissait pas assez – indéniablement un criminel, comme l'avait supposé son père – et maintenant, elle revenait trouver refuge dans la maison qu'elle avait jadis rejetée, en attendant que son mari soit libéré de prison. En plus, elle avait fait tout ça sans jamais tenir compte de l'opprobre qu'elle jetait sur leur maison. Les Brown ne se voyaient pas comme des gens moralisateurs et mesquins qui s'acharneraient sur quelqu'un pour de petites bêtises ; ils avaient vu bien des garçons mormons s'écarter du droit chemin au fil des années, et ils avaient vu qu'un châtiment prompt combiné à un pardon affectueux avait permis de les sauver. Mais de leur point de vue, les bêtises de Frank Gilmore n'avaient rien de petit, et il était probablement impossible de le sauver. Il avait bafoué la confiance de sa femme et mis en danger ses enfants avec ses crimes répétés, et il n'avait apparemment pas la moindre considération pour les lois les plus élémentaires de la société. C'était un homme sordide – un homme dont la malveillance était beaucoup plus profonde que ne le suspectait leur fille crédule. Will et Melissa n'aimaient rien chez Frank Gilmore, et les autres membres de la famille non plus. « J'avais peur de lui, avouerait des années plus tard Ida, la petite sœur de Bessie. Je me cachais quand il était dans les parages. Je n'aimais même pas le regarder. »

Bessie sentait la condamnation de la famille l'envelopper, comme si elle aussi avait été traduite en justice. Elle se sentait humiliée par les actes de son mari, et détestait être reléguée au fond de la cour par ses parents, comme une mauvaise bête. Il ne fallut pas longtemps pour que toute sa rancœur – due aux critiques de sa famille et aux déceptions de son mariage encore jeune – ne commence à bouillonner en elle, et que sa douleur et son ressentiment ne se transforment en fureur. Sa mère et elle se hurlaient férocement dessus, Melissa l'accusant d'avoir gâché sa vie, et Bessie lui rendant la pareille en dénonçant l'hypocrisie de ses sœurs et la méchanceté de son père. Melissa n'en pouvait plus. « Si tu oses encore parler comme ça de ta propre famille, a-t-elle déclaré un jour, des gens pieux qui ont prié pour toi par amour et charité, alors tu peux retourner t'asseoir toute seule au fond de la cour. Je ne te laisserai pas parler ainsi de ta famille dans ma maison. »

Bessie a rageusement regagné la remise où elle dormait avec ses enfants et claqué la porte derrière elle. Elle a regardé le mobilier dérisoire qui l'entourait. Des chaises et des tables cassées, un lit délabré – des choses qui ne lui appartenaient même pas. Elle a pensé à ses sœurs dans leurs jolies maisons avec leurs meubles neufs, et elle s'est mise à haïr les circonstances qui l'avaient menée à cette disgrâce. Mon frère Frank, qui avait près de 3 ans à l'époque, observait les mouvements de sa mère avec une crainte qui lui était désormais habituelle. Bessie a soulevé un saladier sur la table et l'a lancé contre le mur. Puis elle a attrapé une chaise et l'a jetée contre la porte. Le fracas a réveillé Gary, qui s'est mis à pleurer. Bessie lui a hurlé d'arrêter, ce qui a eu pour seul effet de le faire brailler plus fort. Elle est devenue blême et s'est tournée vers Frankie. « Fais-le taire ! Fais-le taire ! » Frankie s'est approché de son petit frère et a tenté de le calmer en lui tapotant doucement la tête, mais Gary continuait de pleurer. Bessie a attrapé un oreiller sur le lit et a commencé à frapper Frank en plein visage, accompagnant chaque coup du même ordre : « FAIS-LE TAIRE ! » Elle a continué de frapper Frank avec l'oreiller jusqu'à ce qu'il s'enfuie en courant, talonné par sa mère. Il est tombé par terre et est resté là à pleurer, se couvrant la tête tandis que sa mère le rouait de coups, encore et encore. Plus tard, Frank m'avouerait que ce n'était pas le fait de se faire frapper qui l'avait le plus gêné ; c'étaient les hurlements de Bessie, sa folie frénétique.

Elle a continué de le battre jusqu'à ce que sa mère à demi sourde, alertée par les pleurs de Frank, ne sorte et ne lui ordonne d'arrêter. « Si tu ne cesses pas de taper sur ces enfants, je vais te les prendre. » Puis Melissa a attrapé Frankie et Gary et les a emmenés dans la chaleur de sa maison. Elle a essuyé les larmes de Frankie, lui a donné des cookies, et elle a bercé Gary contre sa poitrine pendant que Bessie, assise dans la remise au fond de la cour, pleurait seule, sans ses enfants ni ses parents.

Mon frère Frank se rappelle que Bessie battait de plus en plus fréquemment ses enfants. Un jour qu'elle se disputait avec sa mère, Frankie est intervenu en leur demandant d'arrêter.

« Je ne t'aime même plus », a rétorqué Bessie, et elle l'a poussé sèchement.

Déséquilibré, Frankie est tombé et s'est violemment cogné la tête contre le mur. En voyant l'expression hébétée et apeurée sur le visage de son petit garçon, Bessie s'est agenouillée et l'a pris dans ses bras tout en caressant ses cheveux blonds.

« Oh ! Frank, mais si, je t'aime, disait-elle en pleurant. Je suis désolée, mon bébé. Je suis tellement désolée. »

Pour sa part, Melissa en avait assez vu.

« C'est bon, Bessie. Nous allons tout simplement devoir te prendre ces enfants. Nous ne pouvons plus rester là à regarder ça. »

Bessie a habillé Frankie et Gary et s'est enfuie de la ferme le jour même. Plus tard dans la soirée, sa petite sœur l'a trouvée errant dans les rues de Provo, portant Gary dans un bras tout en tenant Frankie par la main. Ida et son mari lui ont prêté 25 dollars et lui ont loué une chambre pour deux nuits au City Center Motel, non loin de chez eux. C'est dans ce même motel que, bien des années plus tard, Gary commettrait son second meurtre. Il pénétrerait dans le bureau du motel et descendrait le directeur d'une balle derrière la tête. Dans la chambre d'à côté, à quelques mètres à peine, le bébé de l'homme dormirait. Il aurait à peu près le même âge que Gary le jour où il avait dormi là, en 1942.

Les choses se sont tassées avec sa mère et Bessie a été autorisée à regagner sa remise au fond de la cour. Le 3 juillet 1943, après dix-huit mois de prison, mon père a eu une remise de peine pour bonne conduite et a été remis en liberté conditionnelle. Il a quitté Canon City, Colorado, pour Provo. Bessie a été soulagée de le voir mais, à son retour, Frank Gilmore était un homme plus dur que quand sa famille l'avait vu pour la dernière fois. Comme me l'a expliqué mon frère Frank : « Il avait été absent si longtemps que je ne crois même pas que nous nous souvenions de lui. Il était comme un nouvel homme dans notre vie, et c'était un vrai salaud. Un jour, nous étions en train de dîner, et j'ai laissé tomber mon gâteau, et alors, je te jure, il est devenu complètement barge. Il m'a forcé à ramasser la moindre miette tout en me filant quelques bonnes baffes au passage. Il n'arrêtait pas de me gueuler dessus et de me frapper sous prétexte que j'avais fait tomber un bout de gâteau par terre. Peut-être qu'il avait passé une sale journée, mais c'était vraiment une manière immature de traiter un petit gamin. » Après ça, les garçons se retrouvaient punis pour des broutilles, comme manger trop lentement, ou pleurer trop fort, ou faire tomber des choses. Apparemment, mon père cognait pour un oui ou pour un non.

Il n'était pas revenu depuis une journée lorsqu'il a appris que les parents de Bessie avaient songé à entamer des démarches pour se voir attribuer la garde de Frankie et Gary. Frank et Will en sont presque venus aux mains durant l'altercation qui a suivi, et Will a ordonné à Frank de quitter sa propriété. Ce soir-là, Frank, Bessie et leurs fils se sont retrouvés sur la route, tentant de regagner Sacramento en stop. Et Bessie a alors compris que si Frank n'était pas arrivé au bon moment, ils auraient pu perdre leurs enfants au profit de ses parents et de leur lugubre ferme. Cette idée a ravivé la haine qui coulait dans ses veines.

Lorsque mes parents ont été de retour en Californie, Frank a voulu s'enrôler et combattre les nazis, mais il était trop vieux, et puis il y avait la question de son casier judiciaire. À la place, il a travaillé comme assembleur de bateaux dans diverses usines navales et aciéries. Et durant le restant de la guerre, voici à quoi a ressemblé la vie de la famille : Bessie et Frank s'installaient dans une ville où un projet lié à la guerre était en cours, et ils travaillaient tous les deux jusqu'à ce que le projet soit achevé ou que Frank recommence à avoir la bougeotte. Puis, le 12 décembre 1944, ma mère a eu son troisième fils, Gaylen Noel Gilmore, à Los Angeles. Gaylen est né avec des cheveux bruns, des yeux en amande, et un sourire continuel, et mon père a vite développé un amour particulier pour ce bébé.

C'était comme si, du jour au lendemain, ses autres enfants avaient perdu l'attrait de la nouveauté.

Puis ça a été la fin de la guerre. Ma mère disait que, quand les atrocités commises par les nazis à l'encontre des Juifs avaient été révélées, mon père avait pleuré toute la nuit. Bien que catholique, il se croyait en partie juif, à cause de la rumeur sur Houdini. Je me souviens que des années plus tard, quand Adolf Eichmann a été retrouvé et arrêté pour avoir conçu les camps de la mort des SS, mon père était ravi. Il s'asseyait dans son grand fauteuil et regardait chaque soir les nouvelles de son procès tandis que j'étais assis à côté de lui et qu'il avait un bras autour de moi. Je le revois disant : « Ils vont enterrer cet homme dans une tombe qu'il aura lui-même creusée, six millions d'âmes sous terre. »

En même temps que la guerre, la liberté conditionnelle de Frank Gilmore a pris fin. Mon père a repris ses petites arnaques occasionnelles, et la famille, sa vie vagabonde. Mes parents et mes frères ont erré d'État en État et de ville en ville pendant presque toutes les années 1940.

Il y a peu je parlais de ces années à un ami, lorsque celui-ci m'a dit : « Je ne peux pas concevoir de vivre cette vie de bohémien pendant tant d'années. C'est terrible de s'imaginer ces gamins vivant comme ça aussi longtemps. Et puis, imagine ta mère, toujours sur la route avec trois mômes et un mari ivrogne, et pas un sou en poche. Qu'est-ce que ça peut faire à une femme de vivre dix ans comme ça, surtout quand elle a été élevée dans un milieu traditionnel ? Elle devait se sentir complètement rejetée. »

J'ai entendu d'autres amis exprimer la même idée au fil des années, et pourtant je dois être honnête : je me suis toujours senti exclu parce que je n'avais pas pris part à ces années d'errance. Ça a été une période essentielle de l'histoire de la famille. Et même si elle a été de bien des manières misérable, elle a uni mes parents et mes frères en leur fournissant une expérience commune que je n'ai jamais partagée. Étant né à une autre époque, j'ai souvent eu l'impression d'être un paria parmi mes frères.

Je me demandais plus tôt si ma famille avait jamais été une vraie famille. Partageaient-ils des loisirs, allaient-ils à l'église ensemble ? La réponse est non, ils ne faisaient rien de tel. Mais voici à la place le genre d'expérience que partageaient les membres de ma famille :

Quand mes parents travaillaient au chantier naval de San Pedro, en Californie, il y avait une cantine locale qui proposait des repas bon marché aux pauvres et aux employés du gouvernement. Frank y emmenait souvent sa famille dîner. Un soir qu'on y servait des spaghettis avec des boulettes de viande, un homme âgé, un clochard, faisait le tour des tables et finissait ce que les autres avaient laissé dans leur assiette. Quand il est arrivé à l'assiette de mon frère Frankie, il a attrapé une boulette de viande sans demander la permission et a commencé à la manger. Mon père a pété les plombs. « Espèce de taré ! a-t-il hurlé. T'aimes les spaghettis, hein ? » Frank Gilmore a attrapé son assiette de spaghettis et la lui a écrasée en pleine figure. Puis il a saisi l'homme et s'est mis à essuyer toutes les assiettes à la ronde avec son visage. Les cuisiniers sont arrivés et les ont séparés, puis ils ont ordonné à Frank de décamper avec ses gamins et de ne jamais revenir. À leur retour à la maison, Frank a donné un peu d'argent à Bessie en lui disant : « Tiens. Retourne là-bas et achète à manger aux garçons, mais méfie-toi de ce putain de Rital. Il adore les spaghettis. »

Une autre fois, dans une chambre d'hôtel d'Oakland, mon père a décidé de reproduire le tour de la pyramide de chaises qu'il effectuait lorsqu'il était acrobate de cirque. Il a placé la table au centre de la pièce, empilé les chaises dessus, plus deux tables basses, des cendriers sur pied, et des jardinières, et il a entrepris d'escalader sa tour de fortune sous le regard excité de mes frères. Ma mère ne cessait de lui recommander d'être prudent. Frank est parvenu à atteindre le sommet. Il s'est redressé, a écarté les bras d'un geste triomphal, et alors, naturellement, la construction s'est effondrée et les meubles et mon père ont volé dans toutes les directions. Frank a violemment atterri sur le dos, fixant d'un regard vide le plafond. Bessie et les garçons se sont penchés au-dessus de lui. Ma mère l'a secoué.

« Frank, tu vas bien ? Parle-moi, Frank.

— Oooooooh ! » a-t-il fait en guise de réponse.

Le vacarme avait attiré la directrice de l'hôtel à la porte, et elle n'a pas été heureuse en voyant les chaises brisées et l'homme étalé de tout son long.

« Je suis désolée, a-t-elle dit, mais vous allez devoir partir. C'est un établissement respectable. Nous ne pouvons tolérer ce genre de tapage. »

Bessie a pointé le doigt en direction de son mari soûl étendu par terre, qui gémissait plus fort et était parvenu à bredouiller :

« Je crois que je suis en train de mourir.

— Comment pourrions-nous partir, a demandé Bessie, avec mon mari dans cet état ?

— Vous auriez mieux fait d'y penser avant que votre mari ne décide de se jeter contre les murs de mon hôtel, a répliqué la directrice. Si vous n'êtes pas partis d'ici une demi-heure, j'appelle la police et je vous fais expulser. »

Bessie est parvenue à faire sortir ses enfants et son mari soûl. Il a fallu près d'une heure pour que tout le monde parcoure les quatre pâtés de maisons jusqu'au dépôt de bus. Elle portait les valises sur quelques mètres, retournait chercher les garçons et leur demandait de surveiller les valises, puis elle retournait chercher son mari, qui s'était alors endormi sur le trottoir. Et ainsi de suite, jusqu'au dépôt. Bessie avait juste assez d'argent pour leur acheter un billet jusqu'à Sacramento, où ils pourraient loger chez Fay.

Lorsque est arrivée l'heure du départ, Bessie a installé ses enfants, puis elle est retournée chercher Frank, qui a grimpé les marches du bus en titubant et en gémissant.

« Hé ! madame, a lancé le chauffeur, vous ne pouvez pas faire monter cet homme. Il est soûl. »

Bessie a regardé le chauffeur, puis son mari qui s'endormait déjà sur les marches du bus, et elle s'est assise à côté de Frank et s'est mise à brailler tout en racontant sa pathétique histoire au chauffeur.

Soit l'homme s'est adouci, soit il en a eu assez d'entendre ses jérémiades.

« D'accord, d'accord, a-t-il dit. Vous pouvez le faire monter tant que vous vous assurez qu'on ne l'entendra pas. Au premier esclandre, je le laisse au bord de la route. »

Bessie a accepté, essuyé ses larmes, et elle a traîné son mari jusqu'à son siège. Il a aussitôt piqué du nez et est resté silencieux durant tout le trajet jusqu'à chez sa mère.

Mais ça, c'était une bonne soirée. D'ordinaire, la famille finissait par dormir dans des missions pour vagabonds, des asiles de nuit, des dépôts ou des refuges de l'Armée du salut. Parfois ils avaient une voiture, parfois ils prenaient le bus ou le train, souvent ils faisaient du stop. Mes frères ont grandi durant ces années au milieu d'inconnus désespérés – des gens qui avaient tout perdu, des gens qui étaient fous ou ivres ou violents, ou les trois à la fois. Ils ont vu des gens se faire poignarder, et d'autres mourir de faim et de maladie.

Parfois mon père disait qu'il allait faire une course, et il disparaissait pendant des semaines. Ma mère allait alors à une église du coin et quémandait de quoi acheter un billet de bus pour elle et ses fils jusqu'à la ville suivante, ou alors jusqu'à Provo. Ils ont vécu ainsi, jour après jour, pendant près d'une décennie.

Vous pensez peut-être que tout ça était ignoble et préjudiciable, et ça l'était sans aucun doute. Mais j'aurais tout de même donné n'importe quoi pour connaître cette époque.

Durant toutes ces années, Frank a continué d'être poursuivi par ce *quelque chose* mythique. Ma mère se rappelait l'une des fois où elle avait vu le visage de l'un de ses poursuivants.

C'était un soir, au début de l'été 1946, à Sacramento. Frank et Bessie avaient emmené les garçons dans un restaurant près du centre-ville, et ils étaient assis dans un box, en train de dîner, lorsque Bessie a vu un homme grand et mince avec les cheveux plaqués en arrière entrer et s'asseoir au comptoir. Il a commandé une tasse de café, puis a fait pivoter son tabouret et a regardé Frank fixement. L'homme était bien habillé – il portait un pardessus en cachemire et un chapeau de feutre neuf – mais il avait un air mauvais, et il regardait assurément Frank comme s'il le connaissait. Bessie a donné un petit coup de coude à son mari.

« Il y a un homme au comptoir qui t'observe. »

Frank a levé les yeux vers l'inconnu, puis aussitôt détourné le regard.

« Arrête de le regarder, a-t-il dit. Fais comme si tu ne le voyais pas. »

Elle a remarqué que Frank commençait à transpirer. Au bout de quelques minutes, il s'est levé.

« Je vais aux toilettes », a-t-il annoncé.

Bessie et l'homme au pardessus ont regardé Frank disparaître au fond du restaurant. Après quelques instants, l'inconnu l'a suivi. Quelques minutes plus tard, l'homme est revenu, a réglé précipitamment sa note, lancé un regard mauvais à Bessie, puis il est parti. Ma mère a été hantée pendant des jours par ce regard.

Elle a attendu pendant une éternité que Frank revienne des toilettes. Elle commençait à se poser des questions : était-il blessé, voire mort ? Elle a demandé à l'homme derrière le comptoir d'aller s'assurer que son mari allait bien parce que ça faisait longtemps qu'il était parti. Le serveur est revenu et a annoncé qu'il n'y avait personne dans les toilettes ; que la fenêtre était ouverte et qu'on aurait dit que quelqu'un était sorti par là, et qu'il espérait bien que personne n'essayait de se faire la belle sans régler sa note.

Bessie a payé et ramené les garçons à l'hôtel. Frank n'y était pas. Elle a attendu quelque temps, puis est allée voir Fay. Sa belle-mère a écouté le récit de ce qui s'était passé, et elle a secoué la tête.

« Bessie, a-t-elle dit, je crois que vous feriez bien de ne pas rester ici. Je n'ai pas beaucoup d'argent, mais je vais vous donner ce que je peux, et après je veux que vous retourniez chez vos parents à Provo. C'est là-bas que Frank vous cherchera. Je ne crois pas qu'il va revenir ici tout de suite.

— Qu'est-ce qui se passe, Fay ? De quoi s'agit-il ?

— Je ne peux pas vous le dire, Bess. Je ne suis pas assez sûre pour vous dire quoi que ce soit. Mais je crois que vous feriez mieux de ne pas traîner dans les parages pour le moment. »

Bessie a préparé les enfants à un nouveau voyage. Comme ils n'avaient pas assez d'argent pour aller jusqu'à Provo, ils ont pris le bus jusqu'à Reno, puis continué en stop, réservant le peu d'argent qui leur restait pour s'acheter à manger.

Deux jours plus tard, Bessie et ses fils étaient en plan au bord d'une route dans le comté d'Humboldt, au Nevada, tentant de se faire prendre en stop. Il n'y avait pas le moindre endroit où manger à des kilomètres à la ronde. Ils étaient las, et les gamins, épuisés et affamés, pleuraient. « Les garçons, a dit Bessie, je veux que vous vous agenouilliez avec moi, et nous allons prier. Dieu ne nous abandonnera pas. »

Ils se sont agenouillés tous les quatre au bord de la route, et Bessie a demandé à Dieu de les délivrer de la faim et de la panade dans laquelle ils étaient. Lorsqu'elle a rouvert les yeux, elle a vu un homme à quelques centaines de mètres, qui marchait dans leur direction. Comme il approchait, ma mère a observé qu'il était de taille moyenne, avec un visage quelconque et un début de calvitie sur le sommet du crâne. Il ressemblait presque à un moine. Lorsqu'il est arrivé à hauteur de ma famille, l'homme a tendu un petit sac en papier à ma mère.

« Tenez, madame, voudriez-vous quelques sandwichs et des fruits et des gâteaux ? Un étranger me les a donnés sur la route il y a quelque temps, mais j'ai déjà mangé et je n'ai pas faim.

— Oh ! merci, monsieur, a répondu Bessie, et elle a fondu en larmes. Nous étions si affamés et si seuls. »

L'homme lui a placé le sac entre les mains. Il lui a tapoté l'épaule et a déclaré :

« Tout ira bien, madame. Vos garçons et vous allez vous en sortir. »

Et il a repris sa marche.

Bessie a tiré les sandwichs du sac et les a rompus en petites parts pour elle et ses fils. Elle a scruté la route, mais elle ne voyait plus l'homme. Elle a regardé de l'autre côté, mais il n'y avait personne non plus. Envolé.

Elle a alors décidé que l'homme devait être l'un des Trois Néphites. Dans le *Livre de Mormon*, il y avait une histoire sur trois disciples américains de Jésus, à qui il avait donné le don de la vie éternelle sur terre, comme il l'avait déjà fait avec Jean le Bien-aimé. Ces hommes resteraient éternellement sur le continent, tels les témoins de la vérité du Christ, pour secourir les nécessiteux. D'après le folklore mormon, ces disciples – qui étaient connus comme les Trois Néphites – avaient été transformés en anges humains et continuaient d'arpenter le pays, apparaissant eux-mêmes souvent sous les traits d'hommes affamés et dans le besoin. Ces anges bénissaient les Saints qui les aidaient, ils admonestaient ou maudissaient ceux qui ne le faisaient pas, et ils venaient en aide aux enfants de Dieu égarés et désespérés chaque fois que c'était possible.

Elle en était sûre : cet homme bon était l'un des anges néphites. Peut-être avait-il levé la malédiction qu'elle avait laissé s'abattre sur elle en voyant l'homme diabolique dans le restaurant de Sacramento. Peut-être cette expérience ferait-elle de ses fils de vrais croyants. Peut-être, comme l'avait dit l'ange, tout irait-il bien.

Mais si l'inconnu était un ange, alors l'ange avait menti.

5
Installation

Le moment est venu de raconter une autre histoire de fantôme. Puis, un peu plus tard, une autre.

La première histoire se déroule peu après que l'étranger a effrayé mon père dans le restaurant de Sacramento. Bessie et les garçons ont enfin atteint la ferme de ses parents à Provo. Frank lui avait déjà écrit pour l'informer qu'il allait bien et qu'elle devait l'attendre à Provo. Elle a attendu trois mois et, lorsqu'il est venu la récupérer, il s'est comporté comme toutes les autres fois. Il a refusé de lui dire quoi que ce soit sur l'homme du restaurant, ou sur la raison de sa fuite, ou sur l'endroit où il était allé. Mais voici ce que Fay a plus tard dit à ma mère :

« Je crois que l'homme était l'un des fils de Frank, et je crois qu'ils sont allés quelque part ensemble pour récupérer quelque chose qu'on leur devait. »

Lorsque Bessie a interrogé Frank à ce sujet, celui-ci a répliqué :

« Ne va pas mettre ton nez dans ce qui ne te regarde pas. »

Quand Frank est revenu chercher Bessie et les garçons à Provo, c'était le milieu de 1946. Il avait un peu d'argent et une voiture, et il a expliqué qu'il avait quelques affaires à mener à bien. Il avait besoin de voyager seul pendant quelque temps, et il voulait ramener Bessie et les enfants chez Fay à Sacramento. Frank s'inquiétait pour sa mère. Elle avait désormais 75 ans, et avait fait plusieurs séjours à l'hôpital au cours des dernières années.

« Peut-être, a répondu Bessie, que c'est toi qui devrais rester avec elle. Peut-être qu'elle a besoin que tu sois proche d'elle en ce moment.

— Non, a fait Frank. Je lui tape trop sur les nerfs. Tout ce qu'elle fait, c'est m'aboyer dessus. Elle vous préfère de loin, toi et les garçons. »

Ils sont donc retournés à Sacramento, et Bessie, Frankie, Gary et Gaylen se sont installés dans la grande maison de Fay dans la rue M. Frank est resté quelques jours, et Bessie a cru voir une nouvelle affection naître entre sa mère et lui. Et c'est la seule fois qu'elle a perçu de la mélancolie chez Fay lorsque le moment a été venu pour Frank de partir. *Quel dommage*, a pensé Bessie. Frank avait eu besoin de Fay pendant toutes ces années, et elle lui avait refusé son amour. Et maintenant qu'elle voulait se rapprocher de son fils, c'était lui qui se montrait distant. C'était à se demander si les cœurs des gens battaient jamais à l'unisson.

Bessie et les garçons occupaient l'étage de la maison de Fay, tandis que la vieille femme avait sa chambre et son salon au rez-de-chaussée. Frank avait laissé suffisamment d'argent pour subvenir aux besoins de tout le monde, mais Fay insistait tout de même pour organiser ses séances de magie noire. Bessie sentait qu'elles commençaient à épuiser de plus en plus la vieille femme, et pourtant elle sentait aussi qu'elle ne pouvait pas vivre sans – qu'à ce stade, communiquer avec les morts était autant une manière de préparer sa propre mort qu'autre chose. Bessie préférait tout de même ne pas être à la maison pendant ces sessions. Elle allait s'asseoir avec ses enfants dans le parc McKinley jusqu'à ce que le ciel s'assombrisse, et après, parfois, elle donnait à Frankie et Gary de quoi se payer une place de cinéma, pendant qu'elle les attendait au café avec Gaylen. Cependant, de temps en temps, Bessie restait à l'étage avec les enfants quand les séances avaient lieu en dessous. Ça lui donnait le frisson de se trouver là – elle sentait par moments des présences invisibles se mouvoir dans la maison tout autour d'elle – mais elle n'aimait pas laisser Fay seule le soir, étant donné la santé de la vieille femme.

Finalement, Fay a annoncé un soir qu'elle allait organiser une séance quelque peu inhabituelle. Elle a expliqué qu'elle devait contacter un esprit dont la mort était entachée du soupçon honteux du meurtre, et a demandé à Bessie d'emmener les garçons au cinéma et de rentrer tard.

À leur retour en fin de soirée, ma mère et mes frères ont trouvé Fay dans son fauteuil roulant dans la cuisine, plus pâle et tremblante qu'ils ne l'avaient jamais vue. Ma mère a eu l'impression qu'il régnait une drôle d'atmosphère dans la maison, qu'il flottait, à vrai dire, une odeur de vieux et de pourri. Après avoir couché les garçons, elle a lentement mis Fay au lit. Comme elle tirait les couvertures au-dessus de la vieille femme, elle a vu sur le visage de Fay une expression qu'elle n'avait jamais vue jusqu'alors : une expression de peur et d'impuissance totales.

Quelques heures plus tard, Bessie Gilmore quittait la maison en traînant ses trois fils derrière elle. Mais ce n'est que près de deux générations plus tard, bien après la mort de Gary, que ma mère m'a raconté dans le détail ce qui, selon elle, s'était passé ce soir-là.

Il était minuit passé lorsqu'elle a entendu du bruit dans la maison. Elle a tout d'abord été alarmée, puis elle s'est souvenue que mon père avait appelé un ou deux jours auparavant pour prévenir qu'il reviendrait probablement la chercher bientôt, et il avait l'habitude de rentrer tard, ivre et chancelant. Elle s'est donc rendormie, espérant qu'il la laisserait tranquille lorsqu'il viendrait se coucher. Un peu plus tard, elle s'est de nouveau réveillée – cette fois en sentant quelque chose la toucher intimement. Au début, c'était une caresse plus douce que celles que lui prodiguait d'ordinaire mon père, et, toujours à demi endormie, elle s'est serrée contre lui dans l'obscurité. Mais alors, cette main qui lui avait donné du plaisir et l'avait blessée de tant de manières différentes au fil des années l'a touchée comme nul homme ne l'avait jamais touchée jusqu'alors, et elle a été outrée. Elle s'est écartée et a ouvert les yeux – et ce qu'elle a vu, m'a-t-elle dit, ce qui avait tenté de la caresser de façon si choquante, ce n'était pas mon père. Ça n'avait même pas une forme vraiment humaine, malgré le sourire lubrique et affamé qui lui barrait le visage.

D'un seul coup, Bessie s'est dégagée et a couru jusqu'au couloir, appelant Frank et Gary. Et c'est alors qu'elle a eu un second choc. Fay, ses cheveux blancs retombant sur ses épaules telle une crinière de cheval sauvage, s'approchait lentement de ma mère avec une expression possédée en marmonnant d'une voix grave et effrayée. Fay – qui était invalide depuis que ma mère la connaissait – était Dieu sait comment montée à l'étage et marchait désormais en direction de Bessie. Au début, ma mère a été plus furieuse que stupéfaite. Fay avait-elle simulé son handicap pendant tout ce temps ? Mais alors les paroles de Fay ont fait retomber sa colère. « Bessie, disait-elle, vous devez partir d'ici. Vous devez quitter cette maison sur-le-champ. La chose sait, Bessie – *la chose sait qui vous êtes.* »

À cet instant, à en croire ma mère, Frankie est apparu dans le couloir et lui a attrapé la main, l'attirant vers sa chambre. Il pleurait et désignait la porte en répétant : « Maman. Gary ! Maman. Gary ! »

Encore une fois, elle a réagi au quart de tour. Lorsqu'elle a pénétré dans la chambre, elle a vu la même silhouette que celle qui s'était trouvée dans son lit, penchée au-dessus de Gary, regardant droit dans les yeux de mon frère. Bien que terrifiée, Bessie a arraché Gary du lit, puis elle a attrapé mes autres frères et quitté la maison. Ils ont ensuite passé la nuit dans un dépôt de bus. Elle était inquiète pour Fay, mais il n'y avait pas moyen de lui faire quitter la maison. De plus, songeait-elle, Fay savait s'y prendre avec les esprits.

Le lendemain, Bessie et les garçons se sont installés dans un hôtel proche. Après quoi elle a continué de rendre visite à Fay pour l'aider durant la journée, mais elle a toujours refusé de rester dans la maison après la tombée de la nuit. Quelques jours plus tard, mon père est revenu et a ri de bon cœur en entendant cette histoire de fantôme. Et bientôt la famille est partie pour San Diego, où mon père s'était trouvé du travail sur un chantier. La veille de Noël 1946, mon père a reçu une lettre : Fay avait de nouveau été admise à l'hôpital du comté de Sacramento – où elle avait séjourné plusieurs fois au cours des dernières années – et elle était morte le 15 décembre, à 19 h 30, quand son cœur avait tout bonnement cessé de battre. Peu après, Gary a commencé à faire des cauchemars. C'était toujours le même rêve : on le décapitait.

La lettre informant Frank de la mort de Fay avait été envoyée en poste restante à San Diego, si bien que, lorsqu'il a appris la nouvelle, Fay avait déjà été enterrée. Un beau-frère qui vivait à New York avait payé 256,45 dollars pour couvrir le coût des funérailles et la présence d'un prêtre qui avait prononcé une prière sur sa tombe. Robert avait tenté de retrouver Frank pour le prévenir et l'informer des préparatifs d'enterrement, mais il n'avait ni l'adresse ni le numéro de téléphone de son père.

La mort de Fay a apparemment été l'un des épisodes les plus douloureux de la vie de mon père. « Il lui a fallu des semaines pour se faire à l'idée, se rappelait mon frère Frank. Ça a été une débauche de larmes et d'alcool, et il a laissé tomber son boulot. Il était là à picoler et à raconter des histoires sur elle et à l'appeler. Et il n'arrêtait jamais de boire. Je crois que beaucoup de choses sont remontées à la surface pour lui à l'époque. Il se disait qu'elle l'avait toujours rejeté, et il avait le sentiment d'avoir été exclu de sa mort et de son enterrement. »

Jamais mon père n'était resté soûl aussi longtemps. Ma mère et mes frères le retrouvaient dans la rue, affalé sous un lampadaire, une bouteille à la main, et d'autres bouteilles pas encore ouvertes dans les poches de son manteau. Ils l'aidaient à regagner l'appartement en titubant, et lui continuait de boire pendant le trajet. Ça a duré si longtemps que Frank dépensait tout son argent en alcool et que la famille devait aller manger chaque soir à l'Armée du salut. « D'ordinaire, c'était un homme dur, disait mon frère, mais à cette période il ne faisait que boire et boire, et il pleurait tout le temps. Il avait été souvent déçu par Fay, mais il tenait vraiment à elle. Il ne supportait pas de la perdre pour de bon, ça se résume à ça. »

Un soir, alors qu'il sortait d'un magasin d'alcools et que sa femme et ses gosses l'attendaient dehors, mon père, ivre, a trébuché sur le trottoir et, dans sa chute, s'est cogné la tête contre un poteau d'acier. Il avait une vilaine entaille au visage, et Bessie et les garçons l'ont ramené à la maison et l'ont mis au lit. Trois jours plus tard, comme il était toujours alité, Bessie a appelé un médecin. Elle craignait qu'il ne se soit blessé en tombant, ou peut-être empoisonné avec l'alcool. Le médecin a prélevé quelques échantillons d'urine et de sang et est revenu avec son rapport : si Frank Gilmore continuait de boire autant, il mourrait d'ici un an ou deux. Il avait détruit une trop grande partie de son foie pour continuer à consommer de l'alcool régulièrement.

Mon père a pris peur. Il a plus ou moins cessé de boire ce jour-là, et même s'il y a eu quelques rechutes au cours des années suivantes, il ne s'est plus jamais adonné aux beuveries qui avaient été sa marque de fabrique pendant si longtemps. Ça aurait dû être une bonne nouvelle, mais il y avait un désagrément : en dépit de sa maladresse et de sa stupidité lorsqu'il était soûl, Frank avait été un ivrogne jovial. C'était à ces moments qu'il racontait des histoires sur les gens du spectacle, sur l'argent qu'il avait gagné et perdu, sur sa vie au cirque et ses exploits en tant qu'acrobate et dompteur de lions. Il était aussi ridiculement généreux durant ces excès. Il donnait de l'argent à ses fils dès qu'ils voulaient quelque chose, et il disait magnanimement à ma mère et à mes frères qu'il leur pardonnait leurs atteintes les plus récentes à sa fierté et à ses règles. C'était quand il redevenait sobre qu'il pouvait être un vrai monstre. À ces moments, il frappait ses enfants avec une ceinture pour la moindre infraction. Il était comme Jekyll et Hyde, à en croire mon frère, sauf que c'était le Frank Gilmore ivre qui semblait le plus civilisé.

Maintenant que mon père était tout le temps sobre, il était aussi plus cruel et violent. Bessie avait longtemps fait les frais de sa colère mais, au cours des années qui ont suivi, ses crises sont devenues d'une brutalité cauchemardesque.

« Je ne crois pas que nous ayons passé deux semaines à l'époque sans qu'il se déchaîne sur elle à coups de poing, se rappelle mon frère. Bien des fois, j'ai vu maman avec un œil au beurre noir et le visage horriblement tuméfié. Merde, parfois on aurait dit qu'elle venait de livrer un combat de boxe, elle était couverte de bleus, ses lèvres étaient gonflées. J'ai vu ça si souvent. Il la bourrait littéralement de coups.

« Je me souviens qu'une fois, quand j'avais environ 9 ans, je m'en suis mêlé et je lui ai dit d'arrêter. Je ne sais pas si j'étais devenu fou ou quoi, mais, étrangement, ça l'a pris de court. Il m'a juste lancé un regard vraiment bizarre ce jour-là. Il n'en revenait pas que quelqu'un ose lui dire quelque chose. Et, de fait, il a arrêté de la battre, il s'est retourné, et il est reparti travailler à son bureau ou faire je ne sais quoi. »

À chaque fois, les enfants regardaient, braillaient, pleuraient. Frank se souvient que Gary, en particulier, commençait à avoir du mal à dormir. Les bagarres de mes parents se mêlaient à ses cauchemars d'exécution. Il faisait souvent pipi au lit et se réveillait en hurlant, baignant dans sa sueur et son urine.

La sobriété retrouvée de mon père avait un autre effet secondaire : il éprouvait moins le besoin de voyager tout le temps. Il commençait à rester au même endroit plus que simplement quelques semaines. Ce qui arrangeait Bessie. Ça faisait longtemps qu'elle en avait sa claque de toutes ces migrations. Elle voulait une maison et posséder des choses, comme ses sœurs en

Utah. Elle voulait aussi voir ce que ça ferait aux enfants d'avoir une vie stable – de passer toute une année dans la même école et d'être capables de développer des amitiés durables. C'est devenu le rêve de ma mère.

En 1948, ma famille a déménagé à Portland, Oregon, et s'est installée dans une zone de lotissements au nord de la ville. Frank avait un projet de publication : il réunirait les divers statuts et règlements régissant la construction et le développement de propriétés résidentielles et commerciales dans la ville de Portland et le comté voisin de Multnomah, il les réécrirait dans une langue lisible, puis les publierait sous la forme d'un guide pratique, agrémenté de publicités pour des entrepreneurs, des constructeurs et des architectes. La publication serait distribuée par les annonceurs à leurs clients, et par le service municipal chargé de délivrer les permis de construire aux promoteurs et constructeurs éventuels. L'idée a rapidement attiré les annonceurs, et Frank gagnait chaque semaine des centaines de dollars – les revenus les plus réguliers que la famille avait jamais eus. Après avoir accumulé plusieurs milliers de dollars, Frank a annoncé à Bessie que le moment était venu de déménager de nouveau et d'essayer la même idée dans une nouvelle ville. De cette manière, ils pourraient se faire beaucoup d'argent en moins de deux, disait-il.

Mais pour une fois, Bessie lui a tenu tête.

« Non, a-t-elle répondu. Tu pourrais réellement publier ce guide. Tu as tout ce qu'il faut pour réussir. Des annonceurs qui te font confiance, l'aval de la municipalité, et tu as les compétences. C'est la meilleure idée que tu aies eue, Frank, et c'est ta création. C'est une chose qui peut se répéter : tu pourrais publier le guide chaque année et avoir de bons revenus réguliers. Nous pourrions enfin avoir une maison. Si tu publies ce livre légalement, je t'aiderai, et si tu veux le transposer dans d'autres endroits, je te soutiendrai également. Mais si tu nous refais le coup du cent pour cent et que tu t'enfuies avec l'argent de sorte que nous ne pourrons jamais revenir, alors je préfère rester ici avec les garçons. J'en ai assez de toutes ces cavales. »

Frank n'aimait pas les ultimatums, en revanche il aimait l'idée de Bessie de faire du livre un événement annuel. En 1949, Frank Gilmore a publié la première édition du *Guide des codes de la construction* et, avec l'argent que ça lui a rapporté, il a payé le premier acompte d'une petite maison située dans Crystal Springs Boulevard, au sud-est de Portland. Ça n'était pas un château : deux chambres, un petit jardin, le tout en bordure des zones industrielles de la ville – plus un terrain vague qu'un quartier. Pas franchement la grande et belle maison dont rêvait Bessie, mais elle s'apercevait que Frank était encore trop nerveux pour quelque chose de si ambitieux. Ils ont installé une clôture autour du jardin, acheté une chienne, ainsi qu'une Pontiac flambant neuve. Ils ont mis les enfants à l'école et, à l'approche de Noël, ils ont installé un sapin et une crèche. C'était la première vraie maison familiale, après une décennie de mariage et trois enfants, et jamais ils n'ont été plus proches d'atteindre un bonheur conventionnel.

Robert, le fils de Frank, était désormais lieutenant dans l'armée, et stationné à Fort Lewis, à deux cent quarante kilomètres de là, près de Tacoma, dans l'État de Washington. Lui aussi avait une femme et trois enfants – deux filles et un garçon. Il a commencé à rendre visite à sa famille tous les quinze jours, et parfois il descendait seul. Robert aimait les changements qu'il percevait en son père. Ils s'entendaient mieux tous les deux. Ils pouvaient discuter ensemble plus de dix minutes sans sombrer dans les récriminations amères et les soupçons comme quelques années plus tôt. Un jour, Robert – qui aspirait à une carrière de photographe professionnel – a rassemblé mes parents et mes frères dans le jardin de la maison de Crystal Springs et les a pris en photo tous ensemble. C'est peut-être le souvenir le plus précieux qui me reste de ma famille. Séparément, chaque personne sur la photo tient le rôle qui lui irait le mieux dans la vie. Mon père paraît sérieux, ma mère a l'air de ne pas s'amuser, mon frère Gaylen arbore un sourire adorable et irrésistible, et Gary s'entraînait déjà à avoir l'air menaçant. C'est mon frère Frank, cependant, qui, de tous, a l'expression qui lui colle le mieux : un sourire de clown ironique qui semble dire : *Tout cela n'est-il pas ridicule – nous tous posant comme une vraie famille ?* Il n'y a aucun contact physique entre les cinq personnes sur la photo. Et bien sûr, je ne suis pas là, je ne fais pas encore partie du tableau. De fait, je n'en ferais jamais partie. C'est la chose qui s'apparente le plus à un portrait de famille que nous ayons jamais possédée. Il n'y a jamais eu de photos de nous tous ensemble après ma naissance.

Mais ces changements n'étaient pas tous positifs. Il y avait, par exemple, la question de la nouvelle chienne. D'après ma mère, elle était à moitié husky d'Alaska, un quart chow-chow, et un quart berger allemand. Elle avait été achetée pour Gary, qui l'avait appelée Queen. Et la chienne avait bien des points communs avec son maître : elle avait tout d'abord été une petite chose inoffensive, puis était devenue méchante et dangereuse. À l'origine, c'est mon père qui la voulait, alors que ma mère y était fermement opposée. Mais quand elle avait fait partie de la famille, mon père avait retourné sa veste et s'était mis à la maltraiter, tandis que ma mère la protégeait. Le châtiment préféré de mon père, c'était de rouler un journal comme une batte de base-ball et de frapper l'animal avec. « Il battait la chienne pour la même raison qu'il battait tout le monde, m'a dit mon frère Frank. De quel motif avait-il besoin ? » La chienne a encaissé sans broncher jusqu'à ce qu'elle soit assez grande pour ne plus se laisser faire et s'en prendre à mon père. Seul le talent de ma mère pour maîtriser Queen a évité à Frank Gilmore des blessures sérieuses.

Queen restait à distance de mon père, mais elle était dévouée à Bessie et mes frères. Frank et Gary l'emmenaient tout le temps en promenade dans le quartier, et si d'autres gamins leur cherchaient des noises, ou si d'autres chiens les menaçaient, Queen se chargeait d'eux. D'après les comptes de ma mère, Queen a attaqué au moins quinze personnes – en mordant certaines sauvagement – et tué au moins deux autres chiens. Un jour, Gary et Frank faisaient des âneries plus loin dans la rue lorsqu'un voisin s'est mis en colère. Il a attrapé un couperet de boucher et s'est mis à pourchasser mes frères dans Crystal Springs Boulevard. Ma mère – qui avait enfermé Queen ce jour-là – a entendu les cris de ses fils, et lorsqu'elle a regardé par la fenêtre, elle a vu l'homme qui leur courait après. Elle m'a dit que c'était la seule fois où elle avait délibérément lâché Queen sur quelqu'un. Elle a ouvert la porte, désigné l'homme du doigt, et Queen s'est ruée comme un guépard. Elle s'est jetée sur l'homme par-derrière, lui a mordu plusieurs fois les bras, et lui aurait probablement arraché la gorge si ma mère ne l'avait pas rappelée.

C'est un miracle que personne n'ait abattu cette foutue bestiole à l'époque, ou alors ses propriétaires. Comme me l'a un jour fait remarquer un de mes amis, la chienne était moins un animal de compagnie qu'une arme – une bête tueuse censée défendre la famille et maintenir le monde extérieur à distance, tandis que mon père courait finalement le risque de poser ses valises.

La chienne a été reléguée dans la cour après mon arrivée.

Un an ou deux après la naissance de Gaylen, ma mère a eu un autre fils, qui n'a vécu que quelques jours ou quelques semaines avant de mourir. Je ne l'ai appris que récemment, lorsque mon frère Frank m'en a parlé. À l'en croire, le bébé est né, il est mort, et on l'a enterré, et plus personne n'en a jamais reparlé. Jusqu'à ce jour, je ne connais pas son nom, et je ne sais ni où il est né ni où il est mort. C'était l'un de ces sujets tabous, et si Frank n'avait pas eu quelques souvenirs de cet événement, je n'en aurais jamais rien su.

Après ça, on a informé ma mère qu'elle ne pourrait plus avoir d'enfants. Mais plus elle voyait mon père élever chacun de ses enfants dans la foi catholique, plus elle se sentait coupable de l'avoir laissé faire et regrettait de ne pas avoir mis plus en avant sa propre religion. Elle voulait un enfant dont elle pourrait faire un mormon ; mon père, pour sa part, voulait simplement un autre enfant. Ils ont donc conclu un marché : si ma mère parvenait à tomber de nouveau enceinte, mon père la laisserait élever l'enfant dans la foi mormone.

Je suis né le 9 février 1951 à l'hôpital Saint-Vincent à Portland. Mon père avait 61 ans, et ma mère 38. (Au fait, je m'appelais à l'origine Michael, pas Mikal. J'ai changé l'orthographe à l'époque du lycée, et ça m'est resté. Par souci de cohésion, je conservai l'orthographe actuelle de mon prénom tout au long de cette histoire.)

« Je me souviens du jour où tu es né, m'a dit mon frère il y a quelque temps. Papa a grimpé l'escalier en courant et en short et il a lancé : “Les garçons, je ne sais pas comment vous dire ça, mais vous avez un nouveau petit frère." Je ne l'ai jamais vu si heureux, ni avant ni après. »

Mais sa joie a été de courte durée. Un jour, tandis que j'effectuais des recherches pour ce livre et que je discutais presque chaque jour avec mon frère de ses souvenirs du passé, Frank est arrivé à ma porte avec une expression troublée. « J'ai quelque chose à te dire, a-t-il annoncé. Je songe à te le dire chaque fois que je viens. Je ne veux pas te vexer, mais il faut que je trouve le moyen de te le dire. »

Voici donc l'histoire que m'a racontée mon frère :

« Quand ils t'ont ramené de l'hôpital, au début tout le monde était vraiment heureux et tout. Mais quelques semaines plus tard, les choses ont changé. Maman n'arrêtait pas de lire ces stupides livres de médecine, et elle ne savait pas comment les interpréter. Un livre en particulier affirmait que si on attrapait un nouveau-né et qu'on le lançait avec force en l'air, le bébé était censé avoir une certaine réaction. Bouger les bras d'une certaine manière, sourire et rire d'une certaine manière. Mais naturellement, ce qui se passe, c'est que chaque bébé réagit un peu différemment. Alors maman te prenait et elle te lançait en l'air et tu ne réagissais pas comme elle croyait que tu étais censé le faire. Tu étais déjà probablement si habitué au bordel qui t'entourait que le fait que quelqu'un te lance en l'air en te disant des trucs ne risquait pas de te décontenancer. Enfin, bref, maman a commencé à flipper. "Il y a quelque chose qui cloche chez ce bébé. Il n'est pas normal. Il est abîmé." Elle n'arrêtait pas d'insister, jusqu'à ce que papa lui dise de la boucler avec ça.

« Bref, un jour on l'a retrouvée au-dessus de ton berceau avec un oreiller. Elle s'apprêtait à te le mettre sur la tête. Elle allait t'étouffer. Papa l'a attrapée. Elle était complètement hystérique et elle a dit quelque chose comme : “Nous ne pouvons pas laisser ce bébé vivre.” Et papa… il lui a juste collé une raclée. Il l’a vraiment méchamment tabassée et il lui a dit de ne jamais recommencer. On était tous là quand ça s’est produit, moi, Gary et Gaylen.

« Je dois admettre que, après ce jour, je ne l’ai plus jamais vue comme avant. »

Quand Frank est arrivé à la fin de son histoire, j’ai senti que ça l’avait secoué de me raconter ça. Alors que de mon côté, je n’éprouvais pas grand-chose. Il est presque certain qu’à l’époque ma mère souffrait d’une dépression *post-partum* – la forme de dépression sévère d’origine chimique qui suit parfois la grossesse. Mais étant donné l’époque, et étant donné les penchants de mon père, il n’y avait guère de chances qu’elle obtienne un diagnostic ou une aide appropriés. À la place, elle a reçu une terrible raclée.

Je comprends aujourd’hui que cet épisode a lourdement pesé sur ce qui allait suivre et sur les relations que j’entretiendrais avec mes parents. Il a été en grande partie la raison qui a fait que mon père m’a gardé auprès de lui au fil des années, et il est devenu une question centrale dans la guerre qui n’a fait qu’empirer entre mes parents. Et bien que cet incident ne m’affecte pas particulièrement – je ne suis ni horrifié ni en colère que ma mère ait voulu m’étouffer –, je comprends que la peur qu’elle m’inspirerait par la suite provenait en fait de cet instant. Je me souviens que mon père accusait souvent ma mère d’être atteinte de quelque forme de folie honteuse et que ces accusations la blessaient de manière si visible que je me sentais désolé pour elle. Mais elles la mettaient aussi tellement hors d’elle que la fureur qu’elle montrait semblait confirmer la perception de mon père, et j’ai commencé à avoir terriblement peur de la folie que je croyais lire sur son visage.

Mon père a par la suite utilisé cet incident comme prétexte pour revenir sur la promesse qu'il avait faite à ma mère et lui interdire de m'élever dans la foi mormone.

« Le jour où il sera baptisé comme mormon, je vous foutrai tous les deux à la porte !

— Et le jour où tu en feras un catholique, répliquait ma mère, je planterai un couteau dans ton cœur diabolique pendant ton sommeil ! »

Et, pris entre ces deux arguments, je n'ai jamais mis les pieds dans une église jusque bien après la mort de mon père.

Le *Guide des codes de la construction* de Frank avait été un succès à Portland pendant deux années consécutives, et il a alors publié une édition lucrative pour Seattle. Mais même s'il partageait son temps entre ces deux villes, la routine de sa vie ressemblait probablement trop à une capitulation à ses yeux. Frank a une fois de plus voulu mettre les voiles et retourner là où tout avait commencé pour Bessie et lui : Salt Lake City. Cette idée a rendu Bessie furieuse. La famille était enfin installée, les enfants allaient à l'école et avaient de bons amis – pourquoi interrompre tout ça ? De plus, elle n'avait aucun désir de retourner en Utah. Elle ne voulait pas vivre auprès de ses bêcheuses de sœurs et les entendre dégoiser sur leurs maris et leurs jolies maisons, et elle n'avait aucune envie de s'exposer de nouveau au jugement de ses parents.

Mais Frank s'en foutait. Il avait un ancien partenaire à Salt Lake qui, d'après lui, pouvait vraiment faire décoller les ventes en Utah. Il pensait aussi que toute l'animosité entre lui et les parents de Bessie serait de l'histoire ancienne, maintenant qu'il avait une affaire qui marchait et qui était légale.

Bessie soupçonnait que la vérité était ailleurs : Frank n'avait tout simplement pas encore cessé de fuir son passé. Quand il restait trop longtemps au même endroit, il finissait par en avoir assez de regarder par-dessus son épaule pour voir qui risquait de le rattraper.

Pendant le printemps qui a suivi ma naissance, mes parents ont vendu la maison de Crystal Springs Boulevard et chargé la voiture pour le voyage en Utah. Sur l'insistance de Frank, Bessie a confié Queen aux voisins d'à côté. Consciente que la femme buvait comme un trou et pouvait être mauvaise, ma mère l'a avertie qu'elle ne devait jamais frapper la chienne. Queen a regardé ma mère d'un air penaud lorsqu'elle s'est éloignée, puis elle s'est mise à aboyer. Bessie avait le cœur brisé. Elle détesta abandonner Queen. Elle n'avait jamais aimé un animal auparavant.

Frank et Bessie se sont engueulés pendant tout le trajet jusqu'à Salt Lake City – tant et si bien que, sur la banquette arrière, Frankie, Gary et Gaylen s'enfonçaient les doigts dans les oreilles et faisaient des grimaces moqueuses. Mais quand mon père les surprenait dans le rétroviseur, il se retournait et leur ôtait leur sourire d'une baffe. Mille cinq cents bornes d'engueulades et de baffes.

Ma mère, cependant, a su tirer profit du voyage. Le 7 juin 1951, ma famille s'est arrêtée à Elko, Nevada, et ce jour-là, lors d'une cérémonie toute simple, un juge de paix de la municipalité a finalement marié mes parents légalement. Ils ont dissimulé cet événement tardif aux enfants, et ce n'est qu'aux derniers mois de sa vie que ma mère l'a raconté à Frank. Lorsque Frank m'en a parlé, j'ai été sceptique – je ne voyais pas ma mère tolérer longtemps un mariage « illégal » – mais j'ai fini par trouver une copie de l'acte de mariage.

« On dirait que nous sommes tous nés bâtards », ai-je dit à Frank quand je lui ai montré le document.

Ça nous a bien fait rigoler.

« Bon sang, a-t-il répliqué, c'est un drôle de truc à apprendre sur soi, après tout ce temps. »

À Salt Lake, mes parents se sont installés dans une petite maison de trois chambres à la lisière de la ville. Elle était proche des voies ferrées qui divisaient plus ou moins la ville en deux. Du côté nord vivaient les gens bien – les mormons et les athées acceptables. Au sud des voies ferrées se trouvaient les vagabonds, les immigrants, les minorités et les personnes désespérément pauvres – à l'époque, c'était un énorme *no man's land* sinistre. Ma famille vivait à quelques rues des voies ferrées, côté nord. Je crois que mon père aimait l'idée de vivre à la frontière. Peut-être cela lui donnait-il l'impression que tout ce qu'il avait à faire, c'était traverser les voies, et il serait de nouveau bien à l'abri au fin fond de l'Amérique. La famille s'est installée, et mon père n'a pas tardé à reprendre la route pour arpenter l'Utah et l'Idaho et y vendre des espaces publicitaires dans son nouveau livre.

Bessie, pour sa part, n'a pas mis longtemps à s'apercevoir que sa nouvelle maison était hantée. Elle commençait à sentir des présences maléfiques autour d'elle, et elle entendait des bruits, de jour comme de nuit, qui n'avaient aucun sens. Et elle n'était pas la seule ; les garçons aussi sentaient ces choses leur souffler sur le visage quand ils étaient dans le noir. Au bout d'un moment, ma mère a remarqué que la plupart de ces manifestations étranges se produisaient dans les pièces et les zones qui entouraient le dernier-né de la famille – à savoir, moi. J'ai par la suite appris que parfois, quand j'étais seul dans la chambre, je me mettais à gazouiller, et qu'ils auraient juré entendre quelqu'un me répondre. Mais quand ils entraient dans la chambre, il n'y avait que moi qui jacassais et pointais du doigt. Ça a continué un moment, et puis un soir, alors que ma mère était seule à la maison avec moi, elle a de nouveau entendu la voix, mais cette fois de façon plus distincte. Elle s'est dirigée en silence vers la chambre et, lorsqu'elle est entrée, elle a vu un visage qui ressemblait énormément à celui qu'elle avait vu des années auparavant chez Fay, et elle jurait que la silhouette s'apprêtait à m'embrasser. Elle a hurlé, et l'apparition s'est volatilisée. Lorsque mon père est revenu en ville, ma mère a tenté de lui en parler, mais il refusait de prendre ça au sérieux. Il avait vécu toute sa vie parmi des soi-disant fantômes, et il n'en avait jamais vu ni rencontré un qui aurait pu être réel.

« Il y a des chances que ce que tu entends le soir, ce soit juste une souris. Si nous avions un chat, tu serais débarrassée de tes frayeurs.

— Mais j'ai vu cette chose, Frank ! Si c'était une souris, alors elle était sacrément grosse, et elle avait une tête infernale ! »

C'est aussi durant ce séjour à Salt Lake que, selon ma mère, Gary a commencé à filer un mauvais coton. Frank Jr. et lui regrettaient les amis qu'ils s'étaient faits à Portland, et les nouveaux compagnons que se dégotait Gary étaient des types à qui Frank Jr. ne voulait pas se mêler. C'étaient des durs qui mettaient un point d'honneur à jurer, fumer, voler et parler d'armes. Mais quelles que soient leurs mauvaises habitudes, Gary aspirait à les dépasser. Frank se rappelle l'avoir un jour trouvé en train de jouer à la roulette russe avec d'autres gamins. C'est l'une des rares fois où Frank a dénoncé son frère. Gary insistait que le pistolet n'était pas chargé, mais il a tout de même eu droit à une correction. Une autre fois, Gary, qui avait alors 11 ans, s'était pris une raclée de la part d'un voisin. L'homme lui avait couru après et, quand il l'avait attrapé, il s'était mis à lui cogner la tête contre le mur d'un garage. Frank Jr. a couru prévenir ma mère, qui a bondi par-dessus la clôture, attrapé l'homme, et s'est mise à lui cogner la tête contre le garage, jusqu'à ce que des voisins soient obligés de les séparer. Plus tard, quand elle a relaté l'incident à mon père, celui-ci est allé voir l'homme, il l'a plié en deux par-dessus un chevalet et lui a cassé la gueule. Je crois que nous avons toujours eu du mal à nous entendre avec nos voisins.

Durant cette période, Gary volait des choses qu'il cachait dans le garage. C'étaient principalement des broutilles – paquets de biscuits, Yo-yo, bandes dessinées – qu'il chipait à l'épicerie Big C plus loin dans la rue. Il ne semblait pas le faire pour une raison particulière. Il volait juste et amassait son butin, puis il allait frimer devant mon frère ou ses copains. Dieu sait comment, Frank Sr. l'a découvert, et Gary s'est pris la raclée de sa vie. Après quoi notre père l'a forcé à mettre tous les objets volés dans des boîtes et à les rapporter en douce là où il les avait volés. Personne ne s'est jamais aperçu de rien ; aucune plainte n'a été déposée. Mon frère Frank estime que toute cette histoire a sans doute plus effrayé mon père que Gary. Peut-être qu'à cet instant il a vu une facette de sa propre personnalité surgir dans son propre fils, et qu'il a voulu l'éradiquer avant qu'elle ne gagne en importance.

Cependant, quand il faisait nuit, Gary demeurait un petit garçon. Il faisait des cauchemars presque chaque nuit, et il se réveillait, appelant ma mère, lui jurant avoir vu quelque chose dans la chambre avec lui.

Une nuit, après un de ces épisodes, Bessie a observé Gary tandis qu'il se rendormait. Peut-être avait-il passé trop de temps avec Fay et ses foutus esprits, songeait-elle. Peut-être que l'horrible fantôme qu'elle avait vu là-bas était parvenu à se glisser en lui – ou peut-être que l'esprit qui habitait cette maison-ci avait trouvé le moyen de pénétrer cette âme vulnérable. Bessie a décidé que quelque chose dans le visage de Gary, ainsi que dans son mauvais comportement récent, était inexplicablement différent.

Aucun doute là-dessus. Un esprit terrible vivait désormais à l'intérieur de son fils.

Le soir de la nouvelle année, la famille de ma mère a organisé une fête dans la maison de Provo. Ma mère était au courant depuis des semaines, mais nous n'avions pas été invités. Mes parents ont finalement reçu un coup de fil de dernière minute et nous nous sommes rendus à la ferme des Brown. À notre arrivée, mes parents ont été traités grossièrement. Personne ne parlait à mon père, bien qu'il ait offert aux parents de Bessie une nouvelle radio. Et tandis que les autres avaient été autorisés à apporter en douce de l'alcool, sa bouteille de bière a été retirée à Frank.

Mes deux frères Frank et Gary n'ont pas apprécié de voir leur père traité de cette manière, et ils ont insisté auprès de ma mère pour que nous rentrions tous à la maison. Nous sommes partis avant les douze coups de minuit.

Le lendemain soir, le 1er janvier 1952, ma famille était dans le salon de la maison de Salt Lake, fatiguée et déprimée par l'excursion de la veille à Provo. Il y avait des bruits étranges et tout le monde semblait à cran. Soudain, un bruit a retenti au grenier – un long gémissement lugubre, comme le cri d'une créature à l'agonie. Tout le monde s'est rassemblé sous la trappe qui menait au grenier et a regardé vers le plafond. Bessie s'est tournée vers son mari.

« Qu'est-ce que tu dirais d'aller voir là-haut et de dire un mot à cette grosse souris ? »

Frank n'a rien répondu. Il est resté là avec le reste de la famille, levant les yeux vers l'endroit d'où provenaient les bruits. Mais Bessie voyait bien qu'il était lui aussi enfin troublé par la présence obscure qui hantait la maison.

« Si nous ne partons pas d'ici, Frank, cette chose diabolique va nous tuer. »

Le lendemain, mon père mettait la maison de Salt Lake City en vente.

Il y a environ un an, mon frère Frank et moi sommes retournés dans notre ancien quartier à Salt Lake pour voir si nous pouvions visiter la maison où nous avions vécu. Frank a parcouru les rues du regard et fait le tour du quartier, vérifiant l'adresse. Il se souvenait bien de l'endroit. Il a observé que toutes les vieilles maisons étaient encore là, toutes sauf une. La maison où nous avions vécu était la seule à avoir disparu. À sa place, il n'y avait plus qu'un terrain plat et désolé.

J'ai raconté suffisamment d'histoires de fantômes pour qu'il soit temps de mettre une chose au clair : elles proviennent toutes des souvenirs de ma mère ou des récits d'autres légendes familiales. Aucune ne provient de ma propre expérience, sauf dans la mesure où elles faisaient partie de la mythologie tourmentée et excessive de la famille dans laquelle j'ai grandi. J'écoutais ma mère attentivement quand elle racontait ces histoires, mais je pense qu'elle savait que, malgré tout l'amour et toute la compassion qu'il y avait entre nous, je n'y croyais pas. Elle savait que j'estimais que si quelque chose nous hantait, c'était nous-mêmes – que nous n'avions pas besoin d'esprits diaboliques pour apporter le péché et la cruauté et la stupidité dans nos vies. Nous avions notre propre histoire, nos propres cœurs sombres, pour s'en charger.

Non, je n'ai jamais cru à ces histoires de foutus fantômes. Je ne croyais pas qu'un esprit avait tué la sœur de ma mère ou s'était penché sur Gary par une nuit enfiévrée ou avait voulu m'embrasser quand j'étais bébé des années plus tard. Je ne croyais pas non plus, contrairement à ma mère, qu'un fantôme avait poursuivi Gary, et avait fini par le rattraper lorsqu'il avait commis l'erreur fatale de retourner en Utah en avril 1976. Je savais qu'il y avait des choses pires qu'un souffle inhumain au cœur de la nuit. Ce sont des souvenirs de fureur et de perte et de regret qui vous dévastent et vous transforment tant qu'ils ne vous laisseront en paix que lorsque vous serez dans votre tombe. C'est facile d'avoir peur de l'inconnu, et c'est aussi facile de laisser les superstitions régir sa vie. En revanche, il est beaucoup plus difficile d'affronter ses propres démons – toutes ces personnes, aimées ou non, qui ont modelé notre caractère et notre histoire. J'ai découvert qu'affronter les souvenirs et l'héritage de ces personnes était déjà suffisamment obsédant. Je n'avais pas besoin d'autres fantômes. Mais je laissais ses histoires à ma mère. Elle était d'un autre temps et d'une autre culture, et peut-être ces croyances l'aidaient-elles à tirer un sens de tout ce qui avait été perdu ou détruit au fil des années.

Non, je n'ai jamais cru à rien de tout ça. Je ne suis même pas sûr d'y avoir cru quand, bien des années plus tard, après avoir essayé de retourner à la maison, je me suis retrouvé face à face avec une chose terrible dans une petite pièce obscure – une chose qui s'est emparée de moi au pire instant de ma vie et m'a dit :

« Je te *connais* : tu es le seul qui reste, et maintenant je viens te chercher. » Non, je me suis dit que ce fantôme n'était pas réel, qu'il venait d'ailleurs, d'une zone obscure au plus profond de moi. Même alors je me suis dit que des choses pires qu'un fantôme pouvaient s'emparer de moi.

Mais c'est une autre histoire, et le moment n'est pas encore venu de la raconter.

Ma famille est retournée à Portland, Oregon. Encore un voyage misérable, Frank et Bessie s'engueulant pendant tout le trajet pour savoir qui était responsable du déménagement à Salt Lake. Dès qu'ils sont arrivés en ville, Bessie a insisté pour aller chercher Queen, la chienne de Gary.

Ils se sont garés devant la maison où ils avaient laissé la chienne et ont frappé à la porte. Pas de réponse. Ils sont allés voir un autre voisin et lui ont demandé s'il savait où était la chienne. « Ça m'ennuie vraiment de vous dire ça, a répondu l'homme, mais Queen a été abattue il y a tout juste deux jours. » Il s'est avéré que quelques jours plus tôt, alors que la femme qui gardait Queen était soûle, elle avait fouetté la chienne avec une ceinture, et Queen avait riposté. La femme avait fini à l'hôpital, et avait donc demandé à ce que l'animal soit abattu.

Bessie a pleuré Queen pendant des jours. Elle n'en revenait pas que quelqu'un ait pu tuer l'animal de Gary. C'était comme si la chienne en était venue à incarner la calamité de la famille – la haine et le destin cruel qu'elle prévoyait pour elle-même et ses fils. Bessie affirmerait plus tard qu'elle avait su à cet instant ce que l'avenir nous réservait.

TROISIÈME PARTIE

FRÈRES

Et l'homme aura pour ennemis les gens de sa maison.

ÉVANGILE SELON SAINT MATTHIEU, 10:36

1
Étrangers

Le premier souvenir que j'ai de mon frère Gary est le suivant :

Je devais avoir 3 ou 4 ans. J'étais en train de jouer devant notre maison à Portland par une chaude journée d'été, et j'ai couru à l'intérieur pour boire un verre d'eau. En entrant dans la cuisine, j'ai vu ma mère et mes frères Frank et Gaylen assis à la table avec un inconnu. Je me souviens qu'il avait des cheveux courts qui tiraient sur le brun et des yeux d'un bleu vif, et il m'a fait un sourire timide.

« Qui est-ce ? » ai-je demandé en désignant l'inconnu du doigt.

Tout le monde à la table a éclaté de rire.

« C'est ton frère Gary », a répondu ma mère.

Elle a dû remarquer ma mine perplexe – comme si je me demandais : *Mon frère Gary ? D'où il sort ?* – car elle a ajouté :

« Nous l'avons gardé enterré quelque temps au fond du jardin à côté du garage. Mais nous l'avons finalement déterré. »

Tout le monde a de nouveau éclaté de rire.

La vérité, c'est qu'il venait de passer environ un an en maison de redressement, et que personne ne voulait me l'expliquer.

Après ça, j'ai cru pendant des années que Gary avait été enterré dans le jardin de ma famille puis déterré.

En 1952, ma famille a acheté une nouvelle maison à la périphérie de Portland, et mon père a repris la publication de ses guides. Dans ce cas, le terme *périphérie* n'est pas une exagération. La maison, située à l'extrémité d'une grande route mi-rurale mi-industrielle nommée Johnson Creek Boulevard, était littéralement à cheval sur la ligne qui séparait le comté de Multnomah du comté de Clackamas. En fait, la frontière traversait la chambre dans laquelle mes trois frères dormaient. Quand est arrivé le moment de décider à quelle école ils iraient, un fonctionnaire du comté est venu examiner la situation. Il a décidé que le côté de la ligne où dormaient les garçons déterminerait l'école où on les enverrait. Gary et Frank se sont donc retrouvés au collège dans le comté de Multnomah, et Gaylen a fini à l'école de Clackamas.

La maison en elle-même était un de ces logements ravagés par les intempéries pour lesquels mon père semblait avoir une affection incompréhensible. C'était une maison brun foncé à deux niveaux dotée de bardeaux, une bâtisse inhospitalière construite avec une ou deux autres entre deux grands bâtiments industriels qui emplissaient la nuit d'un rougeoiement chatoyant surnaturel. De l'autre côté de la route s'étiraient les voies ferrées qu'empruntait le tramway vieillissant qui reliait le centre-ville de Portland à Oregon City, dans le comté de Clackamas. Derrière les voies s'écoulait le ruisseau Johnson Creek – à cette époque, il était possible d'y nager et d'y attraper des écrevisses – et, au-delà, il y avait une vaste zone densément boisée. La rumeur disait que des adolescents se rassemblaient la nuit dans ces bois pour boire et s'envoyer en l'air dans des bosquets isolés. On disait aussi qu'un meurtre épouvantable s'y était produit des années auparavant, et que certaines parties du corps de la victime n'avaient jamais été retrouvées et étaient toujours enterrées quelque part au milieu des arbres.

À l'autre extrémité des bois s'étirait un long alignement de petites maisons bon marché qui constituaient le quartier pauvre d'une ville avoisinante nommée Milwaukie. Et derrière, il y avait une zone de collines ondulantes sur lesquelles se dressaient de majestueuses demeures pour riches – les beaux quartiers de Milwaukie. Au sommet de la colline qui était derrière notre maison se trouvait un quartier connu dans la région sous le nom de Shacktown, où vivaient des familles ouvrières. Après ça, vous atteigniez le vieux district aisé d'Eastmoreland, où se trouvait l'école la plus prestigieuse de l'État, Reed College. Si vous dessiniez deux cercles concentriques sur une carte – l'anneau extérieur couvrant les zones riches, et le rond du milieu, celles de privation –, alors notre maison de Johnson Creek Boulevard se trouvait au centre de ces deux cercles. Un cœur insignifiant au beau milieu du coin le plus paumé de la ville.

C'est dans cette maison que se déroulent mes premiers souvenirs. C'est aussi là que nous avons vécu le plus longtemps tous ensemble, avant que l'emprisonnement, la mort et la haine ne commencent à nous éparpiller.

Une fois que la famille a été installée dans sa nouvelle maison, mon père est devenu obsédé par l'idée que ses fils avaient besoin d'une discipline stricte. Peut-être était-ce une conséquence de toutes ces années sur la route, quand la famille avait vécu sans structure ferme ou fiable, mais mon père voyait émerger chez ses fils aînés un entêtement qui ne lui plaisait pas, et il avait même commencé à discerner un aplomb similaire chez Gaylen – qui avait désormais 7 ans et perdait rapidement son statut de fils préféré à mon profit. Frank Gilmore pouvait aimer ses fils jusqu'à ce qu'ils défient ou remettent en cause ses règles. Alors, ils devenaient ses pires ennemis. C'était comme si mon père considérait le moindre acte de provocation de la part de ses fils comme une négation de leur amour pour lui, et la négation de l'amour lui avait déjà coûté très cher dans sa vie. En tant qu'homme adulte et fort, il n'allait pas tolérer un tel rejet de la part d'enfants.

Pour l'essentiel, le tempérament de mon père n'avait pas changé tant que ça par rapport aux années précédentes lorsque la famille était sur la route – c'est-à-dire que chaque infraction ou acte déplaisant suffisait à déclencher un châtiment –, c'était sa manière de punir qui avait considérablement changé. Au lieu de fessées, mon père administrait désormais des raclées féroces à coups de cuir à rasoir et de ceinturon, et parfois même avec ses poings nus. À chaque coup qu'il assénait, mon père ordonnait à ses enfants de l'aimer. Mais à chaque coup qu'ils recevaient, ceux-ci apprenaient à le haïr, et à ne plus croire à l'amour.

« C'est un aspect de lui que tu n'as jamais vraiment connu, m'a un jour dit mon frère Frank. Quand papa se mettait en rogne après quelqu'un, il n'avait plus de limite. Il n'avait rien à foutre de ce qu'il faisait. Il s'acharnait sur toi avec ce cuir à rasoir, et il cognait vraiment de toutes ses forces. Il était sans pitié à ces moments-là. On finissait couverts de coupures et de bleus, même s'il faisait attention à ne pas laisser de marques sur nos visages, ni ailleurs où les gens auraient pu les voir. »

Apparemment, ces raclées étaient banales – pour autant qu'on puisse qualifier de banal le fait de cogner sur un enfant. Au moins une fois par semaine, mon père fouettait soit Frank Jr. soit Gary, ou plus probablement les deux en même temps, jusqu'à ce que ma mère le supplie d'arrêter. D'ordinaire, ces châtiments étaient le résultat de broutilles – par exemple, si l'un des garçons avait oublié de tondre la pelouse derrière l'arbre du jardin – mais ils pouvaient aussi avoir pour seule et unique cause le fait que mon père était de sale humeur. Frank Jr. m'a donné un exemple de l'une de ces occasions.

« Un jour, alors que Gary et moi rentrions de l'école, papa était caché derrière la porte et nous ne le savions pas. Nous sommes entrés, nous avons entendu la porte se refermer, et aussitôt nous nous sommes pris des coups de cuir à rasoir sur le dos. Il est vraiment devenu dingue ce soir-là, parce que nous devions avoir quelque chose comme cinq minutes de retard – et je ne déconne pas quand je dis cinq minutes. Je ne me souviens même pas pourquoi nous étions en retard, peut-être que l'instit nous avait retenus pour discuter, ou peut-être que nous étions passés chez un copain. Je ne me souviens pas. Je me souviens juste qu'il était planqué derrière la porte avec le cuir à rasoir. Nous n'avons même pas eu la possibilité de nous expliquer, et il nous a tapés dessus je ne sais combien de fois. »

Une autre fois, une somme d'argent avait été volée sur le bureau de mon père. Il a réuni Frank et Gary devant lui et leur a demandé lequel d'entre eux l'avait prise. Frank savait que c'était Gary, et même s'il en voulait à son frère d'avoir fait ça, il n'allait pas le dénoncer. « Si c'est ce que vous voulez, alors vous allez tous les deux recevoir une correction », a dit mon père avec sa logique de prof de gym, ou de sergent-chef ou de tout autre despote de seconde zone. Ce soir-là, il a doublé le cuir – ça faisait plus de dégâts comme ça – et il a fouetté ses fils jusqu'à ce qu'ils saignent à travers leurs jeans. À chaque coup, il les traitait de voleurs. Plus tard, Frank a demandé à mon père s'il l'aurait tout de même fouetté s'il avait avoué que c'était Gary qui avait volé l'argent. « Bien sûr que je t'aurais frappé, qu'il a répondu. Personne n'aime les cafteurs. » Ce soir-là, Frank a appris que, d'une manière ou d'une autre, il était condamné à payer pour les crimes de son frère.

« Quand papa attrapait le cuir à rasoir et se déchaînait sur nous, m'a dit Frank, il ne nous parlait jamais d'une bêtise que nous aurions commise, et il ne nous ordonnait pas non plus d'améliorer notre comportement. C'était juste que nous l'avions contrarié. Il était furieux après nous et c'était sa manière de se venger. Il ne faisait pas ça pour nous apprendre quoi que ce soit, sauf peut-être à le craindre. Voilà pourquoi il nous punissait : pas pour nous rendre meilleurs, mais pour que nous soyons désolés.

« Mais quand tu es puni comme ça, a continué Frank, comment veux-tu être désolé d'avoir fait ce que tu as fait ? Si tu attrapes un type qui a volé un bout de pain et que tu le castres, est-ce qu'il sera désolé d'avoir volé le pain, pour l'amour de Dieu ? Il n'en aura rien à foutre. Ce que tu lui as fait ne l'impressionnera pas, parce qu'il n'a pas reçu un châtiment qui le fera se dire : hé, mince ! j'ai privé quelqu'un de pain. Tout ce qu'il se dira, c'est : j'ai été mutilé à cause d'un putain de bout de pain. Et c'est ça qui a grandi en nous, du ressentiment, parce que, même quand on est gamin, on sait quand on reçoit une punition disproportionnée pour une bêtise sans importance. Comme faire tomber quelque chose de la table, ou ne pas nettoyer le jardin de façon aussi immaculée qu'on est censé le faire, ou rentrer de l'école avec quelques minutes de retard. »

Frank Jr. estime aujourd'hui que les raclées tenaient autant aux relations entre mon père et ma mère qu'à un désir de discipliner des enfants chahuteurs. Frank Gilmore battait ses enfants jusqu'à ce que sa femme intervienne. Elle arrivait et elle lui faisait savoir qu'elle était en colère, qu'il était allé assez loin, et alors il commençait à s'engueuler avec elle. Frank Jr. se souvient que, pendant qu'il se faisait battre, il priait pour que sa mère trouve le cran de faire cesser ça.

« Je comptais les coups. Et il fallait dix-sept ou dix-huit coups de cuir à rasoir sur le dos, ce qui était sacrément douloureux, avant qu'elle ne lève son cul de la chaise et ne vienne dire quelque chose.

« Parfois, j'avais l'impression que toute cette agressivité ne concernait vraiment qu'eux. Gary et moi, on était au milieu, à attendre que l'un d'eux s'en prenne à nous, pour que l'autre puisse dire ou faire quelque chose. C'était comme s'ils essayaient d'attirer l'attention de quelqu'un d'autre, et que nous étions juste les boucs émissaires. »

Finalement, Frank a appris à endurer les châtiments. Il a découvert à un jeune âge que plus il semblait effrayé ou bouleversé par une raclée, plus son père tapait fort. « Si tu pleurais ou si tu criais, m'a dit Frank, alors papa savait qu'il te faisait mal, et ça avait pour seul effet de le faire cogner encore plus fort. J'ai donc appris à dissimuler ma douleur et à la garder pour moi. À le laisser me battre autant qu'il voulait. Moyennant quoi je recevais moins de coups que Gary, parce que Gary n'arrêtait pas de faire des bonds et de brailler. Papa s'acharnait vraiment sur lui dans ces cas-là. Il devenait complètement barge, et rien ne l'arrêtait. Il cognait, il cognait, il cognait, et Gary hurlait, il pleurait, il le suppliait d'arrêter, et tout ce que ça faisait, c'est que papa le tapait plus fort et plus longtemps. »

Je soupçonne que ce que Frank veut dire, c'est qu'il se fermait simplement d'un point de vue émotionnel, même si ça devait être incroyablement dur psychologiquement. Gary, en revanche, n'arrivait pas à se fermer : l'indignation et le sentiment d'injustice que lui inspiraient ces corrections sont devenus un point de friction dans son cœur. On pourrait dire que pendant tout le restant de sa vie il s'est rejoué le drame des raclées paternelles avec chaque figure d'autorité qu'il a rencontrée. Des années plus tard, alors qu'il serait incarcéré, il mettrait un point d'honneur à remettre en cause la domination des gardiens. La plupart de ces types étaient des crétins et des brutes, et ils plaquaient Gary au sol et le rouaient de coups jusqu'à ce qu'il ait la bouche trop tuméfiée pour pouvoir parler et les jambes trop endolories pour pouvoir tenir debout. Mais il trouvait le moyen de se relever et de leur cracher à la gueule et de leur lancer les pires insultes, tout en sachant pertinemment qu'ils allaient se remettre à lui taper dessus. Il refusait d'abandonner le combat, même s'il savait qu'il ne pourrait jamais remporter la bataille.

Un jour, bien plus tard, alors que mon frère Frank rendait visite à Gary au pénitencier d'État de l'Oregon, Gary lui a dit : « La seule raison pour laquelle je déteste l'autorité, c'est que ça me rappelle tellement papa. Voyons les choses en face, toutes les raclées insensées que le vieux m'a collées ne m'ont pas empêché de faire le con, pas vrai ? »

Même si je verrais par la suite des exemples inoubliables de la violence de mon père, je ne l'ai jamais subie d'une manière aussi excessive que mes frères. En fait, je ne me rappelle avoir été battu par mon père qu'une seule fois. La cause de la fessée est vague – ce qui tend à confirmer l'opinion de Frank que tout ce qui nous reste vraiment d'une telle punition, c'est de l'amertume. Je crois que j'avais probablement dû dessiner sur un mur avec un crayon ou être insolent avec ma mère, et que mon père avait estimé que mon acte appelait une correction. Je me souviens qu'il m'a déshabillé et m'a fait me tenir devant lui pendant qu'il détachait son ceinturon – un large ceinturon en cuir noir avec une boucle argentée qui brillait – et le faisait glisser autour de sa taille. Et pendant tout ce temps, il n'arrêtait pas de me dire à quoi allait ressembler la correction que j'allais recevoir, que j'allais la sentir passer. Je me rappelle avoir éprouvé une terreur absolue – personne ne m'avait jamais battu jusqu'alors – et ce qui était sur le point de m'arriver m'inspirait autant d'angoisse que la mort elle-même. Mon père allait me *frapper*, et ça allait faire mal. Ça me semblait horriblement effrayant – le genre de chose à laquelle je risquais de ne pas survivre – et aussi horriblement injuste.

Mon père a replié son ceinturon et l'a tenu dans sa main. Puis il s'est assis sur sa chaise, il m'a pris par le bras et m'a étendu sur ses cuisses. La seule chose dont je ne me souviens pas, c'est de ce qui s'est passé ensuite. Je sais que j'ai été fouetté et que j'ai hurlé, mais je ne me souviens absolument pas des coups ni de la douleur, je ne sais même pas si c'était si terrible que ça. Tout ce que je me rappelle, c'est que quelques instants plus tard j'étais de nouveau debout devant lui, mais que cette fois ma mère me serrait dans ses bras. « Ça suffit, Frank, disait-elle. Tu es allé trop loin. Tu ne feras pas à celui-ci ce que tu as fait aux autres. »

J'étais là à regarder mon père, frottant mes fesses nues et endolories et pleurant. Et je me souviens que ce qui faisait vraiment mal, c'était que j'avais l'impression d'avoir perdu l'amour de mon père, que l'homme en qui j'avais le plus confiance m'avait fait souffrir d'une manière complètement inattendue. Mon père, pour sa part, me souriait – un sourire qui était censé me faire comprendre qu'il était fier de ce qu'il venait de faire, qu'il appréciait la force et la justice de son acte. Je lui ai retourné son regard et j'ai dit : « Je te déteste. »

Je sais que c'est la seule fois de ma vie que je lui ai dit ça, et je n'oublierai jamais son changement d'expression. Son sourire a disparu – de fait, tout son visage a semblé s'affaisser, comme s'il était en proie à une peur ou un chagrin douloureux. Il a posé son ceinturon sur son bureau et a fixé le sol du regard avec un air las et triste.

Ma mère m'a entraîné hors de la pièce et elle m'a rhabillé.

Mon père n'a plus jamais levé la main sur moi. Après ça, tous ses gestes ont été affectueux. Je m'aperçois désormais que j'ai été le seul de la famille à avoir eu droit à ce traitement de faveur, et je me sens encore coupable de cette singularité.

Ça a été tout – la seule et unique raclée que j'ai reçue durant mon enfance au sein de ma famille. Elle aurait peut-être été moins mémorable si j'avais eu droit à une correction hebdomadaire, comme mes frères. En même temps, si j'avais autant été frappé qu'eux – en particulier autant que Gary, dont la douleur et la peur ne semblaient lui valoir que des raclées particulièrement féroces –, il y aurait eu de bonnes chances pour que je finisse moi aussi par vivre ma vie avec des envies de meurtre. Quand je pense à ce que mes frères ont enduré presque chaque semaine de leur enfance et de leur jeune adolescence, la seule chose qui me surprend, c'est qu'ils n'aient pas tué quelqu'un quand ils étaient encore des enfants.

Les soucis que Gary avait eus à Salt Lake étaient somme toute quelconques. « Il faisait des trucs qu'un tas de gamins faisaient, m'a expliqué Frank. Le genre de bêtises dont les gens parlent pendant deux heures, et puis ils oublient. Parce qu'ils se disent que c'est juste un gamin. » Il aurait sans doute pu s'attirer des ennuis plus sérieux à Salt Lake, mais il aurait fallu qu'il fasse quelques efforts. Alors qu'à Portland, c'était beaucoup plus facile.

Au début des années 1950, Portland était depuis plus d'un siècle la ville la plus grande et la plus importante d'Oregon, mais elle peinait encore à bien des égards à se définir. Elle n'avait ni l'histoire ni l'ambition d'autres villes de la côte Ouest comme Seattle, San Francisco ou Los Angeles – de fait, Portland était une ville qui décriait ostensiblement l'ambition. Le conservatisme de la ville était un reliquat de ses origines, lorsque les premiers arrivants de Nouvelle-Angleterre avaient cherché à bâtir un lieu qui serait un havre de courtoisie et de bien-être au cœur d'un Nord-Ouest peuplé de voyous. Cette attitude suffisante a caractérisé Portland pendant plusieurs générations, en faisant une ville repliée sur elle-même et insulaire. En conséquence de quoi Portland n'était absolument pas préparée à accueillir le flot de population et les changements culturels qui ont suivi la fin de la Seconde Guerre mondiale. Lorsque nous nous y sommes installés, Portland ressemblait à une ville d'avant-guerre qui ne voulait pas que quoi que ce soit vienne perturber sa mesquinerie peureuse.

Pourtant, un minimum de perturbation était inévitable. Le sentiment de libération de l'après-guerre – plus tous les nouveaux habitants – avait temporairement ouvert une brèche dans le vernis victorien. Pendant la journée, Portland demeurait une ville conventionnelle de commerce et d'affaires, même si, comme de nombreux centres urbains d'Amérique, elle commençait à perdre de l'importance au profit des banlieues qui l'entouraient. Le soir, cependant, le caractère de la ville changeait. Le long de Broadway, l'artère principale, il y avait un chapelet de bars et de restaurants animés, dont bon nombre étaient ouverts toute la nuit. Dans ces lieux, vous pouviez trouver une population intéressante de noctambules : un mélange de riches du coin et d'aspirants bohémiens, auxquels se mêlait un petit nombre de criminels en puissance hauts en couleur. Dans les rues qui partaient de Broadway, en direction de la rivière Wilamette, il y avait d'autres lieux de vie nocturne, si vous saviez où les chercher. Des endroits comme les cinémas ouverts vingt-quatre heures sur vingt-quatre, où la dernière chose qu'on faisait, c'était regarder des films. À la place, diverses prostituées s'occupaient des clients, dispensant pipes et branlettes pour quelques dollars, ou vendant de la marijuana ou des drogues plus dures aux plus téméraires. Il y avait aussi des tripots ouverts toute la nuit et des bordels bondés qui n'hésitaient pas à accepter les adolescents. J'aurais aimé connaître ce Portland. Ça semblait un endroit plutôt sordide à l'époque, au lieu de la ville morne et médiocre qu'elle s'est échinée à devenir au cours des années suivantes.

Les flics connaissaient l'existence de tous ces antres du vice, et ils les toléraient tant qu'on leur graissait la patte. En même temps, ils n'ont jamais laissé le véritable crime organisé s'implanter dans la région, ne serait-ce que parce qu'ils ne voulaient pas de concurrence. Finalement, une campagne moraliste menée par la presse pour des motifs politiques a pour toujours changé la vie nocturne de la ville. Les bars de nuit ont été fermés, les bordels ont été déplacés vers le coin nord-ouest de la ville, et les cinémas ouverts vingt-quatre heures sur vingt-quatre se sont simplement transformés en dortoirs bon marché pour ivrognes et vagabonds. Et au même moment, la criminalité a commencé à croître. Pour faire bref, Portland en est venue à beaucoup ressembler à d'autres villes de l'Ouest de taille moyenne : un lieu qui voulait croire à tout prix que l'obscurité de ses nuits ne dissimulait rien de plus provocant que la décence protégée de la vie de famille américaine.

Le début des années 1950 a aussi été, bien sûr, la période qui a vu la montée de la délinquance juvénile – le terme que nombre de gens utilisaient pour décrire l'insatisfaction et la violence grandissantes qu'ils percevaient chez les adolescents américains. Vers le milieu de la décennie, l'aventure appelée rock and roll viendrait illustrer l'esprit d'initiative croissant de la jeunesse rebelle, et elle chamboulerait tant la culture populaire américaine qu'elle ne s'en est toujours pas complètement remise. Mes frères aînés sont devenus adultes au cœur de cette époque, et Gary et Gaylen en particulier ont fait plus que simplement goûter ou consommer la rébellion ; ils l'ont apportée à la maison. Ils avaient des bananes gominées et passaient des disques d'Elvis Presley et de Fats Domino. Ils portaient des vestes de motard balafrées et des bottes en cuir. Ils fumaient des cigarettes, buvaient de l'alcool et du sirop pour la toux, séchaient – et laissaient tomber – l'école, et ils passaient leurs soirées à traîner avec des filles en pull moulant, ou à faire des courses au volant de bagnoles trafiquées sur les routes de campagne à la périphérie de Portland, ou à prendre part à des bagarres foireuses entre gangs de seconde zone. Surtout, ils passaient leur temps à chercher le moyen de goûter à la vie interdite – le genre de vie qu'ils avaient vu idéalisé par tout le folklore lié aux gangsters et aux assassins – et plus ça allait, plus cette recherche devenait dangereuse et effrayante.

Au bout d'un moment, j'aurais voulu prendre part aux aventures de mes frères, partager leurs rires et leur amitié. Mais je me souviens aussi qu'ils me faisaient peur. Ils avaient l'air impitoyables – comme s'ils étaient au-delà de l'amour, comme s'il était clair que soit ils feraient souffrir le monde qui les entourait, soit ils y laisseraient leur peau.

Pour Gary, ça n'a pas seulement été une phase de jeunesse. À la place, c'est devenu une sensibilité dans laquelle il s'est retrouvé emprisonné, comme une créature prise dans les glaces d'un autre temps. C'est à cette époque qu'est né son idéal de mauvais garçon, et cet idéal est ce qui l'a guidé toute sa vie.

Comme je l'ai déjà dit, il est tentant d'essayer de trouver un moment dans cette histoire où tout est allé de travers – un événement qui aurait provoqué la perte de ma famille, et surtout celle de Gary. Ma mère était persuadée que la ruine de Gary était née durant le bref séjour à Salt Lake, et même mon frère Frank estime que quelque chose de crucial a changé en Gary durant cette période. Je pense pour ma part que les raclées qu'il a reçues ont été un tournant décisif, même si je soupçonne que la simple (et plus effrayante) vérité, c'est que le destin de Gary était scellé dès l'instant où mes parents l'ont conçu.

Cependant, Gary lui-même avait sa propre idée de l'instant où tout avait basculé. C'est un incident étrange, qui s'est déroulé alors que nous vivions à Johnson Creek depuis environ un an. Vers la fin de la vie de mon frère, Larry Schiller – par l'intermédiaire des avocats de Gary – lui a demandé : « Y a-t-il un événement précis dans votre jeunesse qui vous a semblé fatidique, qui a pu totalement changer votre vie ? » Et Gary a répondu en lui parlant d'un jour où, alors qu'il avait 12 ou 13 ans, il avait décidé de prendre un raccourci en rentrant de l'école paroissiale. Depuis la 45e Avenue – la longue artère sinueuse qui reliait Johnson Creek Boulevard à la rue où se trouvait son école –, il avait escaladé la colline qui s'élevait à environ un pâté de maisons derrière notre domicile. Et en redescendant la colline, il était tombé sur un fourré de ronces plein de mûres. Depuis le sommet, les ronces avaient semblé plutôt petites mais, après y avoir pénétré, il s'était rendu compte que ce n'était pas le cas. Certaines semblaient être là depuis des années et formaient un enchevêtrement qui se dressait sur la pente de la colline, jusqu'à dix mètres au-dessus de sa tête. Et plus il descendait, plus les ronces étaient denses, et plus il s'apercevait qu'il n'y avait aucun chemin praticable.

Au début, il aurait pu remonter, mais il avait décidé de continuer. Une heure et demie plus tard, il était désespérément empêtré au beau milieu des ronces. Il avait songé à crier, mais il était peu probable qu'on l'entende. Alors il s'était dit que soit il persévérait et se frayait un chemin, soit il mourrait là. Et après des heures, Gary avait atteint l'autre côté, tout écorché et en sang. « J'ai fini par rentrer avec environ trois heures de retard, a-t-il expliqué à Schiller, et ma mère m'a dit : “Eh bien, tu es en retard”, et j'ai répondu : “Oui, j'ai pris un raccourci.” »

Quand Schiller a ensuite rapporté cette anecdote à ma mère, elle a déclaré : « Et ça a changé le cours de sa vie, parce qu'il s'est rendu compte qu'il pouvait s'engager dans quelque chose et en ressortir ? C'est ça ? C'était dangereux de faire ça, et dangereux de le penser. »

Gary lui-même a expliqué à Schiller que c'était à cet instant qu'il avait pris conscience qu'il n'aurait jamais peur de rien. « Ça m'a laissé une impression distincte, a-t-il dit, c'était comme une victoire sur moi-même. » Bien sûr, sciemment ou non, mon frère ne disait qu'à moitié la vérité. En parlant de victoire sur lui-même, Gary voulait peut-être dire une capacité à surmonter sa peur, mais je ne crois pas qu'il y soit jamais vraiment parvenu. J'ai vu son visage chaque jour durant la dernière semaine de sa vie. Je savais regarder dans ses yeux, car j'avais regardé dans ces mêmes yeux toute ma vie durant, dans le miroir. Et la terreur ne les a jamais quittés, même quand ils terrifiaient les autres.

La vérité, c'est que Gary avait surtout appris à annihiler ou à faire taire la partie de lui qui avait besoin de hurler de peur ou de douleur. Et quand il triomphait sur lui-même de cette manière, il trouvait enfin le pouvoir d'anéantir sa vie et toutes les autres vies qu'il fallait anéantir pour parvenir à cette destruction.

Je suis retourné à Johnson Creek Boulevard durant mon récent séjour en Oregon et ai trouvé une zone très différente. Il ne reste presque plus rien de l'ancien quartier. La maison marron miteuse dans laquelle nous vivions a depuis longtemps disparu, de même que toutes les autres maisons miteuses du voisinage immédiat. Elles ont laissé place à de vastes constructions industrielles. Peut-être que ce n'est pas plus mal. Johnson Creek n'a jamais été beaucoup plus qu'un grand terrain vague de toute manière. Maintenant, c'est juste une de ces rues laides à la bordure de la ville que les gens empruntent le plus vite possible, pour se rendre d'une zone désolée à une autre. Et l'une des seules choses qui subsistent de cette époque, c'est le massif de ronces qui dévale le flanc de la colline au-dessus de Johnson Creek. Ces buissons ont l'air aussi anciens et funestes qu'il y a quarante ans, et, dans un sens, ça ne m'étonne pas que personne n'ait osé les arracher. Ils sont toujours là, relique hideuse du moment où un enfant s'est aperçu que sa vie était un fourré de ronces, et qu'il pouvait hurler tant qu'il voulait, rien ne le sauverait de sa peur.

Après avoir achevé leurs années de primaire à l'école catholique locale, mes frères ont été transférés au collège Joseph-Lane, à Portland. La plupart des garçons qui étaient dans les mêmes classes que mes frères ont fini soit meurtriers, soit assassinés. C'était ce genre d'école, ce genre d'endroit.

« Joseph-Lane était un collège très peuplé », m'a expliqué Tom Lyden, l'un des professeurs de mes frères à cette époque. Lyden est aujourd'hui retraité mais, en 1952, c'était un jeune marié qui tentait d'éduquer des garçons durs. Je l'ai rencontré un matin, dans un restaurant proche de l'ancienne école. « Il y avait neuf cents gamins et, pour autant que je me souvienne, il n'y avait parmi ces élèves qu'une seule famille qu'on aurait pu qualifier d'aisée – c'est-à-dire que le chef de famille était médecin ou avocat, ou avait fait des études universitaires. Sinon, c'était principalement une population pauvre originaire d'autres États, des enfants issus de familles qui étaient venues pour travailler aux chantiers navals de la région. En conséquence de quoi, Joseph-Lane était considérée comme l'une des deux écoles les plus difficiles de Portland. C'était un environnement physique. Les gamins étaient physiques, et les professeurs aussi. Nous donnions des gifles aux enfants, même si je n'irais pas jusqu'à dire que nous étions violents avec eux. »

Lyden m'a tendu une photo qu'il a prise de la première classe dont il a eu la charge à Joseph-Lane. Gary est debout en plein centre, il regarde sur le côté, la tête penchée, et est encadré par le reflet du flash qui semble irradier de la fenêtre derrière lui. « C'est lui, là, avec le halo derrière lui », a déclaré Lyden en riant doucement. Puis, après un moment : « Ma première impression de Gary a été que c'était un garçon silencieux. Il avait une très belle écriture et des talents artistiques évidents. Je crois qu'il apprenait facilement. Mais il n'a pas mis longtemps à s'attirer des ennuis, et il est alors devenu l'un des élèves les plus perturbateurs que j'aie jamais vus. Il avait toute cette intelligence et ces talents innés, mais il refusait de les développer. J'avais tendance à me mettre plus en colère après lui qu'après les autres. Dès que j'avais le dos tourné, il mettait le bazar dans la classe. »

Mon frère Frank se souvient bien du mauvais comportement de Gary. Il devait vivre avec quotidiennement.

« Gary se battait tout le temps. Il refusait d'étudier. Il venait à l'école avec ses bottes et son blouson de cuir, coiffé comme Marlon Brando. Et il dormait pendant les cours. Parfois, quand nous étions dans des classes différentes, j'entendais du chahut dans le couloir et je savais automatiquement. J'entendais un prof traîner un élève hors de sa salle de classe. Alors je sortais voir, et c'était *toujours* Gary qui se faisait mettre à la porte. Il faisait toujours ce qu'il ne fallait pas. Il dormait, il frimait, il disait au prof d'aller se faire foutre ou je ne sais quoi. Il se fichait de tout. Il avait les pires notes qu'il pouvait. Il trouvait ça malin. Et c'était inutile, car Gary était un type intelligent. Il aurait pu avoir les meilleures notes. Il me foutait une honte pas possible à Joseph-Lane. À l'époque, j'avais atteint un âge où être un parfait idiot ne m'intéressait pas vraiment, tandis que lui, si.

« Un jour, Gary et deux autres caïds ont baissé son froc à un type dans la cour de récréation. Ils l'ont tenu, lui ont arraché son pantalon et son caleçon, et ils ont accroché le tout au mât du drapeau. Je n'étais pas là quand ça s'est passé – si j'avais été là, je me serais battu avec Gary pour essayer de le faire arrêter – mais on ne parlait que de ça à l'école. Gary avait simplement fait ça pour s'amuser. Mais j'ai vu à cet instant qu'il commençait à avoir une propension à la cruauté. Arracher le caleçon d'un pauvre type et l'accrocher au mât pendant que l'autre avait le cul à l'air et cherchait quelque chose pour se couvrir, ça ne devait pas être si marrant que ça. Et puis c'était un type gentil. Quelqu'un avec qui je m'entendais bien.

« Je l'ai croisé dans la rue il y a deux ans. Il m'a demandé si je me souvenais de cet incident. J'ai alors compris que le petit jeu de Gary avait laissé des traces, et je me suis senti embarrassé que mon frère ait fait ça. »

Après un incident de trop, Lyden a soit frappé Gary, soit menacé de le faire. « Gary et moi, nous en sommes venus aux mains, ça, je le sais, a déclaré Lyden. Il arrive juste un moment où on doit dire au gamin : "OK, ça suffit – c'est la conséquence de ton comportement." »

À 23 h 30 le soir même, Lyden recevait un coup de fil de mon père. Il était fou de rage. « Demain, a dit mon père, quand vous arriverez à l'école, je vais vous exploser la tête. »

« Curieusement, a poursuivi Lyden, je suis allé à l'école le lendemain, et je n'étais ni intimidé ni effrayé. Je suppose que j'étais assez naïf. » Frank Gilmore n'a pas mis sa menace à exécution, mais il a adressé un autre message au professeur : « Ne touchez plus jamais à mon gosse. Si quelqu'un doit le toucher, c'est moi. »

Lyden a marqué une pause et de nouveau regardé la photo de son ancienne classe. « Je me souviens que j'étais toujours désolé pour votre frère Frank, a-t-il repris, mais jamais pour Gary. Un soir après un bal de l'école, ma femme et moi étions en voiture et nous avons vu Frank rentrer à pied chez lui dans le noir. Je me rappelle m'être demandé : si Gary et lui étaient proches, ne rentreraient-ils pas ensemble ? Mais Frank marchait seul ce soir-là, tête baissée, épaules voûtées. Il avait l'air de porter tout le poids du monde sur son dos, et c'était juste un gamin. Je me souviens d'avoir pensé : il est celui qui ne reçoit jamais d'attention. Alors que de l'attention, Gary en recevait toujours beaucoup. Principalement de l'attention négative, certes, mais c'était tout de même de l'attention. »

Bien des années plus tard, quand Gary attendait dans le couloir de la mort et faisait les gros titres à travers tout le pays, Tom Lyden suivait les nouvelles de très près. Et le jour où Gary a été fusillé, il a ressenti un pincement au cœur particulier. Quoi qu'ait pu faire Gary, il détestait le voir finir comme ça. Le même jour, il a reçu un coup de téléphone de Larry Schiller, qui se trouvait à Provo, Utah. Schiller cherchait à parler à quelqu'un qui pourrait lui dire quelque chose de l'enfance de Gary. Au début, Lyden a été surpris que Gary se soit souvenu de lui, mais ce que Schiller a ensuite ajouté a anéanti le professeur : Gary avait dit à Schiller et à ses avocats que Tom Lyden avait été le professeur qu'il avait le plus apprécié et respecté. De fait, il avait cité Lyden comme l'une des rares personnes à qui il avait essayé de demander de l'aide, mais mon frère s'apercevait qu'il avait probablement été trop récalcitrant, et il s'en voulait d'avoir laissé tomber le professeur.

« À cette époque, en 1977, m'a dit Lyden, j'étais principal à l'école Rose-City-Park, à Portland, et nous avions un gamin qui posait de réels problèmes, aussi bien à nous qu'à lui-même et à l'école dans son ensemble. J'avais demandé aux deux professeurs impliqués d'essayer d'encourager plus ce garçon, mais ils en avaient jusque-là et tout ce qu'ils voulaient, c'était en venir aux mains et le livrer aux autorités. Le lendemain du jour où M. Schiller m'a appelé, nous avons eu une réunion à propos de ce garçon, et j'ai raconté cette histoire aux professeurs. Je leur ai dit : "Hier, j'ai reçu un coup de fil à propos de Gary Gilmore. Gary a dit à quelqu'un qu'il avait eu un professeur en quatrième à qui il avait voulu demander de l'aide, et ce professeur ne s'en était pas rendu compte. Il a dit que peut-être ce professeur aurait pu changer quelque chose à sa vie. Ce professeur, c'était moi. Alors, qu'est-ce que vous allez faire pour ce gamin ?" Après ça, ils se sont démenés pour tenter d'aider leur élève.

« Depuis ce jour, je n'ai jamais oublié la leçon que Gary m'a apprise, a ajouté Lyden. Je dis toujours aux professeurs : "Faites tout ce que vous pouvez, et même un peu plus. Si c'était votre enfant, vous voudriez que quelqu'un essaie de l'aider." »

J'ai examiné de nombreuses fois le cliché de Gary que m'a donné Tom Lyden. Aucune autre photo de mon frère ne m'a autant déchiré le cœur ou fait me sentir plus proche de lui. Elle capture l'un des rares moments de la vie de Gary auxquels je peux facilement m'identifier, car c'est l'un des rares dans lesquels je me retrouve. La première chose qui me frappe sur cette photo, c'est que mon visage était presque identique à celui de Gary au même âge. Il ne sourit pas, il n'a pas l'air à sa place parmi ces gens, et c'est un sentiment que j'ai porté en moi durant toute ma scolarité. Tout dans sa façon de se tenir – le fait qu'il est en retrait par rapport aux autres élèves, sa manière de regarder fixement une chose qui se trouve hors du cadre, une distraction qui l'intéresse plus que la photo qu'on est en train de prendre –, tout cela me dit que c'était un garçon qui se sentait différent des gens et des valeurs qui l'entouraient. Nul doute que c'était en partie une pose. Gary voulait être respecté, mais il ne voulait pas être considéré comme un ringard, ni comme un type gentil ou ordinaire. À la place, il voulait être craint – probablement parce que c'était la seule chose qui pouvait rétablir un peu d'équilibre dans sa vie. Il avait passé tant de temps à avoir peur et à être brutalisé qu'il était prêt à rendre ces faveurs au monde qui l'entourait.

Je regarde cette photo et j'éprouve à la fois du chagrin et de la colère. Je n'arrive tout simplement pas à comprendre pourquoi personne n'a suffisamment apprécié ce gamin pour lui offrir autre chose que du mépris et des coups de baguette. Gary était un gamin intelligent à une époque et dans un lieu qui n'accordaient pas de valeur à son type d'intelligence. Il était suffisamment brillant et courageux pour vouloir se rebeller – pour tout foutre en l'air, histoire de montrer combien on l'avait foutu en l'air, lui – mais le monde n'allait pas s'accommoder de cette rébellion ni la tolérer. Tout ce que le monde verrait, ce serait de la désobéissance, et il détruirait cet élan, ou alors il se vengerait. Mais quand je regarde cette photo, je vois un garçon abîmé. Ou, pour être plus précis, je vois le visage d'un ange brisé qui ne veut pas voir la certitude facile à laquelle tout le monde aspire, et qui envisage d'arborer le visage du diable pour le restant de sa vie.

Les soirs de printemps, après l'école, alors que les jours s'étiraient, Gary et ses copains ont commencé à traîner dans les bois derrière Johnson Creek. Ils emmenaient des filles dans des bosquets isolés et ils apportaient des bouteilles de bière ou de whiskey. Gary avait un petit appareil photo qu'il avait volé à mon père et, chaque fois qu'il pouvait, il prenait des photos des adolescentes posant nues. Après quoi il faisait circuler les photos à l'école. « C'était un sacré truc à l'époque, explique Frank. La plupart des gamins n'avaient rien de tel. Gary vivait comme les types de 20 ans, par exemple. Dans ce sens, il avait vraiment la cote avec les garçons parce que c'était comme s'il avait un siècle d'avance sur nous. »

Au cœur de la forêt, il y avait un vieux pont ferroviaire à chevalets qui enjambait un petit bassin formé par le ruisseau où il était possible de nager. Parfois, quand il avait bu un coup, Gary grimpait sur le pont et attendait que le train arrive. Il se tenait au milieu de la travée jusqu'au moment où le train atteignait le début du pont, et alors il se mettait à courir devant et sautait sur le côté à la dernière seconde alors que le train atteignait l'autre rive. Il faisait ça souvent, et il l'a échappé belle à quelques reprises quand le train lui fonçait dessus. Les bravades de Gary ont commencé à faire le tour de Joseph-Lane, et les gamins se sont mis à affluer au pont en début de soirée pour le voir faire la course avec le train. Personne d'autre n'osait relever le défi. Certains admiraient l'imprudence de Gary, mais d'autres ont commencé à prendre leurs distances après l'avoir vu faire ça. Ils comprenaient qu'un garçon qui n'avait pas peur de se faire écraser par un train pouvait être un peu dangereux.

Un jour, Frank est allé voir son frère courir sur le pont, et quand il a vu jusqu'où Gary laissait le train s'approcher, il a été terrifié. « J'ai essayé de lui parler. Je ne voulais pas le voir se faire tuer. Frimer, c'est une chose, mais là, c'était du suicide. » Au bout du compte, comme Gary continuait de faire la course avec les trains, Frank a fini par faire part de ses inquiétudes à ma mère. « On ne se dénonçait jamais mutuellement, dit-il, mais j'avais peur que Gary se fasse tuer, alors j'ai demandé à maman de lui parler. Mais je lui ai dit de ne pas en parler à papa, parce que je savais qu'il sortirait son cuir à rasoir et qu'il en ferait tout un plat, et à quoi ça aurait servi ? » Bessie a finalement fait comprendre à Gary qu'il risquait de se coincer le pied dans les rails et de finir broyé par les roues tranchantes du train. Gary a promis de ne pas recommencer. Mais je suis prêt à parier qu'il a continué d'attendre les trains sur le pont, jusqu'à ce qu'il se trouve un nouvel amusement tout aussi nihiliste.

À Portland, en ce temps-là, si vous étiez un adolescent qui aimait proclamer son mépris des lois ou jouer les durs, la chose la plus cool à faire, c'était de rejoindre le gang de Broadway, un mélange de gang des rues et de club de fanas de voitures. Les Broadway Boys – comme on les appelait aussi – s'habillaient comme les Pachucos, ces jeunes Mexicains du sud-est des États-Unis, et ils traînaient tard le soir dans l'avenue principale de Portland, devant un restaurant nommé Jolly Joan's. Même s'il arrivait que certains de ses membres volent des voitures, vendent de la drogue et chapeautent des prostituées, le gang de Broadway était peut-être plus exécrable que vraiment dangereux. « C'étaient juste des petites teignes, m'a dit l'un des amis de Gary. Ils foutaient le bordel dans le centre-ville, tu sais, à bousculer les gens, et à se comporter comme des petits cons. De temps en temps, l'un d'eux sortait un cran d'arrêt. Mais c'était juste pour la frime. Je n'ai jamais entendu dire qu'un Broadway Boy ait jamais utilisé un couteau contre quelqu'un. »

Mon frère Gary mourait d'envie de rejoindre le gang. Personne ne semble savoir s'il connaissait le moindre membre du groupe à l'époque. Cependant, le simple fait qu'il parlait de se rallier à cette bande accroissait son statut de hors-la-loi parmi ses pairs. Après l'école, quand Gary et ses copains se retrouvaient au bassin et buvaient des bières, mon frère prétendait savoir que les membres du gang de Broadway avaient besoin de pistolets. S'il parvenait à leur en fournir, qu'il disait, alors il pourrait se joindre à eux.

Gary s'est mis à livrer des journaux après l'école, avec pour unique objectif de trouver des maisons où il pourrait voler des pistolets. Il a appris à observer attentivement les maisons durant son circuit, à se familiariser avec les allées et venues des résidents – quand ils sortaient pour dîner ou partaient en vacances. Et c'est à cette époque, vers 12 ou 13 ans, que Gary a commencé les cambriolages. Il cherchait une fenêtre qui n'était pas fermée ou qui était facile à crocheter, puis il l'entrouvrait et entrait. Il aimait les premiers instants, quand il se tenait dans le silence et l'obscurité du domicile, quand il sentait qu'il violait l'intimité de quelqu'un. Il a bientôt appris que cambrioler des maisons était une bonne manière de découvrir les secrets des autres – où les gens cachaient leur argent, ou leurs photos, ou leurs livres cochons, quelle taille de soutien-gorge la blonde de sa classe faisait, si ses parents étaient des alcoolos ou des culs-bénits, ou les deux. Il palpait leurs sous-vêtements, buvait leur alcool, embarquait certaines de leurs photos pornographiques. Cependant, à la grande déception de Gary, il n'a jamais trouvé le moindre pistolet dans ces maisons. À cette époque, les

Américains ne s'étaient pas encore armés par crainte du monde extérieur.

Pour une raison ou une autre, Gary s'est mis en tête que la maison au coin de notre rue, juste à côté de la petite épicerie, abritait une collection de pistolets planqués dans une malle du garage. Un soir, il a convaincu un ami nommé Dan d'entrer par effraction dans le garage et de crocheter le verrou de la malle. Ils n'ont trouvé aucune arme, mais la famille qui vivait dans la maison a Dieu sait comment deviné que c'était Gary qui était entré chez eux, et ils sont allés faire part de leurs soupçons à la police. Les voisins ont fait un sacré scandale, mais puisque rien n'avait été volé et que rien ne pouvait être prouvé, les flics ont laissé Gary repartir avec un simple avertissement : il commençait à se faire une mauvaise réputation et, à partir de maintenant, ils l'auraient à l'œil.

Un soir de 1954, vers Halloween, Gary attendait le tramway au dépôt du centre-ville de Portland pour rentrer à la maison. Le dépôt était proche de Skidrow, un quartier pauvre et chaud de la ville. Le tram ne passait qu'une fois par heure, l'attente était donc longue – suffisamment longue pour qu'il ait le temps d'aller voir toutes les vitrines des magasins du quartier. Au bout de la rue se trouvait une boutique de prêteur sur gages, dont la vitrine était pleine de 22 long rifle. Gary a vu une Winchester semi-automatique qui lui a plu. Une belle arme, mais bien au-dessus de ses moyens. Il était déjà minuit passé. Les rues étaient calmes et désertes. Il était parfaitement seul. Il a marché jusqu'à un bâtiment abandonné et a fouillé dans les décombres pour y trouver une brique, puis il est revenu et l'a jetée à travers la vitrine. Aucune alarme n'a retenti, personne n'a réagi. Il a grimpé, saisi sa Winchester, puis fourré quelques boîtes de cartouches dans un sac en papier. Il s'était coupé la main en passant par la vitre, mais il s'en fichait.

Gary a trouvé un journal dans la boutique. Il a démonté l'arme – elle s'est séparée en deux parties – et l'a enveloppée dans le papier journal avant de placer le tout dans un grand sac à provisions. On aurait dit un sac plein de linge ou de nourriture. Il a ensuite attendu le tramway et est rentré à Johnson Creek avec son fusil et ses balles. Après le trajet en tram, Gary est allé dans la forêt et il a caché son arme et ses munitions dans une planque où il cachait souvent ce qu'il volait dans les maisons et les épiceries du voisinage. Il ne pouvait pas prendre le risque d'apporter le fusil à la maison, au cas où mon père le trouverait.

Le lendemain, Gary est allé raconter à son frère Frank et à quelques amis – Dan et deux autres types, Charlie et Jim – qu'il avait volé un fusil. Frank ne voulait rien avoir à faire avec ça ; il ne voulait même pas voir l'arme. Mais les autres amis de Gary n'avaient pas les mêmes scrupules. Un soir, alors que le ciel de l'Oregon virait de l'indigo au noir, Gary a retrouvé ses copains au bassin et leur a montré son fusil. Le petit groupe s'est faufilé à travers les bois jusqu'aux voies ferrées, puis ils ont longé les rails jusqu'à atteindre la station de tramway de Johnson Creek, qui se trouvait à quelques dizaines de mètres de notre maison, de l'autre côté de la rue. C'était une construction en bois de trois côtés – un abri avec une lampe fixée au plafond. Gary s'est allongé sur les rails avec ses copains derrière lui. Il a visé la lampe à travers une fenêtre percée dans l'une des parois du bâtiment. Il a appuyé sur la détente, et la lampe a explosé. Une femme est sortie de la gare en courant comme une dératée. Gary a continué de tirer dans sa direction, sans jamais cesser de rire.

Pendant les quelques semaines qui ont suivi, Gary et ses copains ont continué de se retrouver au bassin, et Gary tirait au fusil sur des boîtes de conserve et des cibles en papier. Il devenait bon tireur. Mais il en a bientôt eu assez de devoir cacher son trésor. Un après-midi, il était assis près du bassin avec Charlie et Jim, et il a regardé son arme. Il avait l'impression qu'elle ne lui servait à rien, et il n'en voulait plus. Il a demandé à ses amis :

« Écoutez, si je lance ce fusil dans l'eau, est-ce que vous aurez assez de cran pour plonger et aller le chercher ?

— Un peu mon neveu, a répondu Charlie. Dès que tu l'auras jeté. »

Gary voyait bien qu'ils pensaient qu'il déconnait. Il a attrapé le canon du fusil et l'a jeté. L'arme a décrit un long arc de cercle au-dessus du ruisseau avant de toucher l'eau à environ deux mètres du rivage, juste derrière un gros rocher pointu qui dépassait de l'eau. Ses deux copains sont restés plantés là, à regarder l'endroit où l'arme avait disparu. Ils étaient sidérés que Gary ait jeté le fusil qu'il aimait tant. « Allez-y, a dit Gary. Le fusil est à vous si vous plongez. » Jim a bondi dans l'eau, mais son genou a heurté le rocher pointu. Il avait la jambe entaillée, et Charlie a dû l'aider à regagner la rive. Gary était écroulé de rire. Il n'avait jamais rien vu de si drôle. Personne n'a jamais récupéré la Winchester. Elle repose toujours derrière le rocher pointu, au fond du bassin de Johnson Creek.

L'amitié avec Charlie et Jim n'a pas duré beaucoup plus longtemps. Le jour de son quatorzième anniversaire, mes parents ont autorisé Gary à organiser une fête à la maison. Les deux seules personnes qu'il a invitées ont été Charlie et Jim et, en guise de cadeau, ils lui ont dit qu'ils lui offriraient une place pour aller voir un film. Mais alors qu'ils étaient à mi-chemin du cinéma, Charlie et Jim ont dit à Gary qu'ils plaisantaient et qu'ils garderaient leur argent pour eux. Ils sont partis en courant et l'ont planté en haut de la 45e Avenue, à l'endroit où elle surplombait l'enchevêtrement de ronces qu'il avait péniblement traversé quelques mois auparavant. Gary est rentré à la maison. Quand il a franchi la porte de la cuisine, ma mère lui a demandé ce qui s'était passé. « Je ne veux plus jamais fêter mon putain d'anniversaire de ma vie », a-t-il répondu, et il a filé dans sa chambre.

Deux jours plus tard, Gary, Charlie et Jim étaient en train de s'amuser chez les parents de Jim. Ils étaient derrière la maison, dans une vieille caravane qui faisait office de salle de jeux, et ils jouaient à la lutte. Gary avait appris quelques mouvements à l'école, et il voulait leur montrer un tour. « Fais-moi une clé de cou, a-t-il dit à Jim, et je vais te montrer à quelle vitesse je peux me libérer. » Au bout du compte, son tour n'a pas fonctionné, et Jim a continué de le serrer. « C'est bon, lâche », a dit Gary. Mais Jim a commencé à accroître la pression, comme s'il voulait vraiment montrer à Gary qui était le plus fort. Et tout d'un coup, Gary est devenu dingue. Il s'est dégagé de sous Jim et lui a grimpé dessus. Il l'a saisi à la gorge et s'est mis à l'étouffer tout en lui cognant la tête contre le sol. Jim s'est évanoui, mais Gary a continué de le frapper au visage. Charlie regardait ce déchaînement de violence, puis, lorsqu'il a décidé que Gary était allé trop loin, il a couru jusqu'à la maison en hurlant à l'aide. Le père de Jim est sorti, un type costaud nommé Buck. Il a frappé Gary. Puis il a soulevé d'une main mon frère par la nuque, tout en serrant le poing. Gary voyait qu'il avait vraiment envie de le cogner. Mais il ne l'a pas fait. À la place, Buck a aidé son fils, qui étouffait, en sang, et essayait de reprendre son souffle. Gary lui avait collé une sacrée raclée. Le père de Jim a alors demandé à son fils s'il voulait finir ça dans la cour, mais Jim s'est débiné devant son père. Gary ne disait rien, il était prêt à continuer de se battre. Et il voyait que Buck était déçu que son fils ne soit pas prêt à remettre ça. Le père s'est tourné vers Gary et a lancé : « Va-t'en, et ne reviens jamais ici. »

Gary n'a pas bronché. Il a grimpé sur son vélo. L'incident ne le dérangeait pas vraiment, mais il se souvenait avoir pensé que le père de Jim l'avait regardé comme un adulte ne devrait pas regarder un enfant. Et curieusement, ça ravissait mon frère, comme s'il avait accompli quelque chose.

Le lendemain, Jim n'est pas venu à l'école. Charlie est allé voir Gary entre deux cours et il semblait vouloir parler de ce qui s'était passé, mais il ne savait pas quoi dire. Il a marché jusqu'à mon frère, l'a regardé, puis il s'est retourné et est reparti. Vingt-trois ans plus tard, en racontant à Larry Schiller son amitié avec Charlie et Jim, Gary a déclaré : « Charlie était un gamin plutôt sensible, et c'est comme s'il avait vu quelque chose qu'il ne voulait pas voir. Quelque chose qui était pire qu'une simple bagarre, ce qui l'avait au début amusé. Nous passions notre temps à nous battre. Mais c'était la bagarre la plus méchante que j'aie jamais eue gamin, et je ne sais pas ce qui se serait passé si Charlie n'était pas allé chercher le père de Jim. La façon qu'il a eu de me regarder ce jour-là, c'était comme s'il avait vu quelque chose qu'il ne comprenait pas. »

Les mésaventures de Gary ont continué.

Au début de 1954, il s'est enfui de la maison et a été récupéré par la police à Burley, Idaho. C'est l'un de ces incidents des premières années de la vie de Gary dont mon frère Frank ne se souvient pas, et je n'ai aucune idée de ce qui a poussé Gary à s'enfuir. Il est plus que probable qu'il avait simplement reçu une raclée de trop et décidé d'aller chercher mieux ailleurs. Peut-être qu'il aurait mieux valu pour lui et tous les autres qu'on ne le rattrape jamais. Il est cependant probable qu'il aurait juste fini par revenir de son propre chef. Le malheur coulait déjà dans son sang, et il ne pouvait pas s'en débarrasser.

Après ça, la vie de Gary a été une longue succession ininterrompue d'ennuis jusqu'au jour de sa mort.

L'été suivant, alors que l'école était fermée pour les vacances, Gary et deux copains sont allés un soir à Joseph-Lane et se sont mis à jeter des cailloux sur les fenêtres. « Nous ne comptions pas laisser la moindre fenêtre intacte », a expliqué l'un des copains, des années plus tard. L'école a porté plainte. Et même si la culpabilité de Gary ne faisait aucun doute, mon père a embauché un détective privé pour prouver que son fils n'était pas en ville au moment de l'incident. Il a même été jusqu'à prendre un avocat pour défendre Gary au tribunal pour enfants. Les mesures extravagantes prises par mon père n'étaient pas du goût des juges, mais, tout comme Fay, qui lui avait évité la prison bien des années auparavant, Frank Gilmore a tiré Gary de ce mauvais pas.

« Tout ce qui comptait pour papa ou les autres, c'était que Gary n'aille pas en prison, se rappelle mon frère Frank, principalement pour préserver la réputation de la famille. Je crois que tout le monde voyait que Gary allait à grands pas vers les emmerdes. Mais ils prenaient ça comme un fait accompli, comme si rien ne pouvait l'empêcher. Je ne crois pas que quiconque l'ait jamais pris à l'écart et lui ait dit : “Écoute, si tu continues comme ça, tu risques de finir dans le couloir de la mort." Je ne me souviens pas que quiconque se soit vraiment inquiété du sort de Gary. Tout ce qui comptait, c'était préserver le nom de la famille. »

Un jour, alors que ma famille vivait à Johnson Creek depuis un ou deux ans, un visiteur a sonné à la porte. En ouvrant, ma mère a découvert l'homme qu'elle avait vu six ans plus tôt dans le restaurant de Sacramento. Il était toujours mince, toujours bien habillé. Et maintenant qu'elle le voyait de près, Bessie s'est aperçue qu'il avait des yeux bleu clair, et un sourire impénétrable et attirant, comme son mari. *Oui*, a-t-elle pensé en regardant ce visage qui l'effrayait autant qu'il l'attirait, *ce pourrait bien être l'un des fils manquants de Frank Gilmore.*

« Je suis venu voir Frank », a annoncé l'homme.

Avant qu'elle n'ait pu répondre, mon père se tenait à côté d'elle.

« C'est bon, Betty. J'attendais cette visite. »

Mon père a fait entrer l'inconnu dans son bureau et refermé la porte derrière eux. Ma mère avait appris à accepter les secrets de son mari – ou du moins elle avait appris qu'il était inutile d'essayer d'en savoir plus ; si Frank Gilmore ne voulait pas parler d'une chose, il n'en parlait pas. Mais cela faisait trop d'années qu'elle vivait avec le poids de ses secrets sans savoir ce qu'ils cachaient, et cette fois sa curiosité était trop forte. À côté du bureau se trouvait l'escalier qui menait à l'étage. Ma mère pouvait s'asseoir sur les marches et entendre une bonne partie de ce qui se disait dans le bureau sans se faire repérer.

L'homme et mon père ont discuté près d'une heure. Il s'appelait Clarence. Elle n'a pas tout compris de leur conversation, mais elle en a assez entendu pour se faire une bonne idée des affaires qui reliaient cet homme et mon père, et des motifs qui lui avaient fait prendre la fuite pendant si longtemps. *Je n'écouterai plus jamais aux portes*, s'est-elle promis lorsqu'elle a quitté l'escalier pour aller s'asseoir à la table de la cuisine.

Après le départ de l'homme, mon père a trouvé ma mère assise à la table, regardant fixement sa tasse de café froid. Il s'est rempli une tasse et s'est assis à côté d'elle. Il semblait soudain avoir rajeuni de dix ans.

« Bon, j'ai reçu une bonne nouvelle, a-t-il annoncé. Cette personne est venue me parler d'une vieille dette que j'avais. Mais tout est réglé maintenant. Nous n'avons plus besoin de déménager tout le temps si nous n'en avons pas envie. Je crois que nous pouvons rester ici et nous installer pour de bon à Portland. »

Ma mère continuait de baisser les yeux.

« Frank, a-t-elle dit après un long moment, tu peux te mettre autant en colère que tu veux, mais j'ai écouté une partie de ta conversation avec cet homme. Tout ce que je peux dire, c'est que j'aurais voulu ne pas entendre ce que j'ai entendu. »

Mais pour une fois, Frank ne semblait pas en colère. En fait, il semblait presque soulagé.

« C'était il y a longtemps, Betty. J'étais plus jeune à l'époque, je buvais plus que tu ne m'as jamais vu boire, et j'étais idiot. Je suppose que j'étais aussi désespéré. Tout semblait si facile au début. Mais lorsque j'ai compris à quoi j'étais vraiment mêlé, j'ai pris la fuite. Et la fuite, c'est tout ce que j'ai connu depuis cette époque. Filer, me cacher, vivre sous des noms différents, tenter de rester en contact avec certaines personnes tout en essayant d'en semer d'autres. Pendant tout ce temps j'ai cherché le moyen de rattraper ce que j'avais fait. »

Il a soupiré et bu une gorgée de café.

« Quoi qu'il en soit, cette visite que je viens de recevoir signifie que je suis enfin libéré de tout ça. Nous n'aurons plus jamais besoin de nous en inquiéter. Ni d'en reparler.

— Ne t'en fais pas. Je ne dirai rien à personne. Personne ne me croirait de toute manière. Mais la prochaine fois que tu frappes Gary sous prétexte qu'il s'est attiré des ennuis, tu ferais bien de te demander de qui il tient ça. Je crois que ça lui vient de ton sang, Frank. Je crois qu'il est comme ton ombre. »

Ma mère a tenu promesse. Quoi qu'elle ait appris ce jour-là sur le secret de Frank Gilmore, elle ne l'a jamais totalement révélé à qui que ce soit. Un jour, cependant, quelques mois après sa mort, elle a parlé de cette affaire au téléphone avec l'avocat de mon père. Gary était à la maison le soir où elle a reçu l'appel – c'était l'un des derniers jours de liberté qu'il passerait avec notre famille – et, en entendant ma mère parler à voix basse, il s'est dit qu'il ferait bien de tendre une oreille. Pendant que Bessie parlait à l'étage, Gary a décroché le téléphone du rez-de-chaussée, et il a appris les mêmes vérités cachées que celles qu'avait apprises ma mère des années auparavant.

Quand elle est redescendue, elle a vu Gary assis dans le noir, tenant toujours le combiné.

« Est-ce que tu écoutais ma conversation ? » a-t-elle demandé.

Gary a acquiescé.

« Bon Dieu, Gary, pourquoi es-tu toujours là où tu ne devrais pas être ? »

Gary n'a tout d'abord rien répondu. À cette époque, c'était déjà un homme endurci qui avait passé bien des saisons en prison. Le vol, les drogues, la violence ou les motifs criminels ne lui étaient pas étrangers. Mais la conversation qu'il avait surprise, ma mère s'en apercevait, l'avait clairement ébranlé et attristé.

« Bon sang, a dit Gary, je savais que papa pouvait être un vrai salaud. C'était déjà assez moche, mais je pouvais garder ce souvenir de lui – celui d'un salaud qui ne m'aimait pas. Je n'avais pas besoin d'apprendre ça sur le paternel.

— Je suis désolée que tu l'aies appris, a répondu ma mère, mais tu ne devrais pas le juger trop durement. C'est une chose dont il a essayé de nous protéger pendant de nombreuses années. Je ne crois pas que tu rendrais service à tes frères en la partageant avec eux. Ne gâche pas les quelques bons souvenirs qu'il leur reste de leur père. »

Comme ma mère, Gary a gardé le secret. Si terribles qu'ils aient pu être, Gary n'aurait jamais divulgué les méfaits d'un autre. Il avait bien appris la loi du silence, aussi bien à la maison qu'en prison, mais il m'est arrivé de penser que ce que ma mère et Gary avaient découvert sur Frank Gilmore leur avait fait une forte impression, et que ça n'avait jamais cessé de les hanter, même s'ils ne pouvaient l'admettre. À la fin de sa vie, ma mère faisait sans cesse allusion à l'horrible mystère qui entourait mon père, comme si c'était une chose qui pouvait encore se réveiller et nous nuire à tous. Et le dernier jour de sa vie, l'ultime commentaire de Gary sur son père en disait beaucoup sur ce que ça lui avait coûté d'être le fils de Frank Gilmore. « Mon père a été la première personne que j'ai voulu tuer, a avoué Gary à notre oncle Vern au cours de ses dernières heures. Si j'avais pu le tuer sans me faire prendre, je l'aurais fait. »

2

Le garçon dans le coin

Mon frère a passé la première moitié de 1955 à essayer d'emmagasiner autant d'expériences que possible. En y repensant, ça me semble tristement logique. C'étaient les derniers mois de liberté de son adolescence ; les derniers mois de liberté qu'il connaîtrait des vingt années à venir.

En février, Gary a laissé tomber l'école et est allé au Texas en stop, avec la bénédiction de mes parents. Les premiers mois de Gary au lycée Franklin avaient été un désastre absolu, et ma mère se disait que s'il partait et se défoulait un peu, il reviendrait bientôt plus calme. Quant à mon père, à ce stade, il était juste content que Gary s'en aille quelque temps.

Le voyage a été bref, mais il est devenu l'un des récits légendaires que Gary raconterait plus tard sur sa jeunesse. Son objectif principal était de voir McCamey, la ville ouvrière où il était né. En route, expliquerait-il par la suite, son ami et lui s'étaient fait prendre par un homme qui leur avait fait des avances. Gary affirmait qu'il lui avait cassé la figure avant de l'abandonner au bord de la route et de lui piquer sa voiture pour aller à Odessa. Quelques jours plus tard, Gary et son ami organisaient des parties de poker dans un hôtel et se faisaient suffisamment d'argent pour se payer autant d'alcool et de prostituées qu'ils voulaient. Puis ils ont commencé à avoir le mal du pays, et ils sont rentrés à Portland en faisant du stop et en grimpant à bord de trains de marchandises.

De retour à la maison, Gary et deux autres copains se sont lancés dans le vol de voiture. Ils piquaient une bagnole, la repeignaient, s'en servaient pendant quelques jours, puis ils l'abandonnaient et en volaient une autre. À un moment, histoire de rigoler, ils ont volé la même voiture dix nuits d'affilée, la rapportant chaque matin avant l'aube là où ils l'avaient trouvée. Début mai, ils se sont fait pincer à cause de leur dangereux passe-temps, et ont été traînés devant le tribunal. Mon père maintenait que c'était une grave erreur, que Gary n'était qu'un complice involontaire dans toute cette histoire. Et le juge, disposé à se montrer clément, a relâché Gary avec un avertissement.

Deux jours plus tard, Gary était de retour au tribunal pour un nouveau vol de voiture – une Chevrolet de 1948. Une fois de plus, mon père a insisté que Gary ne pouvait pas être coupable, mais cette fois le juge n'a pas été si indulgent. La cour a condamné Gary à être interné dans la maison de redressement pour garçons MacLaren, à Woodburn, Oregon, pour une période indéfinie, et mon père à verser une amende de 35 dollars par mois pour financer le séjour de Gary dans cette institution. Mon père, furieux, a lancé au juge quelques insultes de choix, et le juge l'a mis à la porte du tribunal.

Après avoir prononcé la sentence, le juge a envoyé une lettre au superviseur de MacLaren, dont voici le contenu :

Le garçon a retenu l'attention de la cour pour son comportement délinquant à plusieurs reprises.

M. et Mme Gilmore ont systématiquement rejeté le moindre conseil de la cour, et régulièrement refusé de croire aux faits avérés concernant la délinquance de leur fils. L'attitude de M. Gilmore en particulier ne laisse d'autre alternative à la cour que de faire interner le garçon à MacLaren. Il a persévéré dans son attitude en inscrivant au dos de son chèque : « L'argent du sang au profit de l'État, sous la contrainte. En guise de protestation. » 35 dollars par mois représentent moins que ce que M. Gilmore pourrait raisonnablement s'attendre à payer si son fils était à la maison, et j'estime que M. Gilmore a de la chance de ne pas avoir été condamné à plus. S'il venait à ne pas payer les sommes attendues, je compte certainement le faire comparaître pour qu'il me donne une bonne raison de ne pas le condamner pour outrage.

En d'autres termes, Gary était tout autant puni pour ses erreurs que pour donner une leçon à mon père. Les péchés du père, en effet – et les péchés des juges.

Une fois sa condamnation prononcée, Gary a été menotté à un autre garçon, placé à l'arrière d'une voiture de police, et emmené à Woodburn, à soixante kilomètres de là. À cette époque, MacLaren était situé à proximité d'une grande route. C'était une vaste propriété pleine de pelouses vertes et de noyers, avec à l'avant un mur de pierres de deux mètres cinquante de haut. La voiture de police a emprunté l'allée principale de l'école, passant devant le bâtiment de l'administration et divers petits dortoirs, jusqu'à la réception située à l'arrière de la propriété. Là, Gary et l'autre garçon ont été livrés à un homme costaud à moitié chauve que j'appellerai M. Blue. À côté de M. Blue se tenait un gros berger allemand, qui a immédiatement bondi et posé ses pattes sur la poitrine de Gary en montrant les crocs. Gary a tenté de lever ses mains menottées pour se protéger de l'animal, mais M. Blue l'a averti d'un air sévère :

« Vous n'avez pas le droit de toucher le chien, même pour vous défendre. D'ailleurs, au moindre mouvement brusque, il vous mettra probablement en pièces. »

Le chien a reniflé tour à tour les deux garçons, avant de retourner s'asseoir à côté de son maître.

« M. Blue avait une théorie tordue, m'a expliqué des années plus tard un autre pensionnaire de MacLaren. Il estimait que si on pouvait s'attacher à un chien, alors on pouvait commencer à s'attacher aux gens. Peut-être que ce n'était pas une si mauvaise idée que ça, même si je crois que ça aurait mieux fonctionné si le chien avait été plus petit et moins agressif, et s'il n'avait pas tout le temps eu l'air d'attendre le moment de nous bouffer les couilles. »

Gary et l'autre garçon ont ensuite été menés à une pièce attenante où se trouvaient les autres membres du personnel. On les a fait se déshabiller, et ensuite le superviseur a passé les doigts dans les cheveux des garçons pour y chercher des poux. « OK, a dit Blue, maintenant penchez-vous avec les mains derrière le dos et écartez vos fesses. » Il s'est placé derrière les garçons en tenant une longue règle. Après leur avoir donné quelques petits coups sur le scrotum, il a levé la règle et leur a tapoté l'anus. « On dirait qu'on a affaire à une bande de culs serrés », a lancé Blue à l'intention des autres membres du personnel, et tous les hommes ont éclaté de rire.

Ensuite, les garçons se sont douchés et ont reçu leur uniforme – caleçon, jean, chemise verte en toile – avant de se retrouver à tour de rôle assis sur une chaise pendant qu'un superviseur armé d'une tondeuse électrique leur rasait les cheveux en une brosse courte, façon soldat. Après ça, les garçons ont été emmenés dans ce qui était appelé la salle commune. Elle devait mesurer quinze mètres sur huit et était remplie d'autres gamins qui soit tournaient en rond, soit étaient assis aux quelques tables. D'un côté se trouvaient les toilettes, sans mur pour les séparer du reste de la pièce et préserver l'intimité. C'était là que tous les nouveaux arrivants passaient leur temps libre durant leurs premières semaines à MacLaren, en attendant que les conseillers déterminent à quel baraquement de l'école ils seraient affectés. Il y avait quelques jeux d'échecs et de cartes pour qu'ils puissent s'occuper, mais c'était tout. Pas de livres, pas de télévision, pas de radio.

À la fin de la soirée, les garçons ont été menés au dortoir à l'étage, et chaque nouvel arrivant s'est vu attribuer un lit. Les murs de la chambrée étaient bordés de petits lits individuels, proches les uns des autres, et au centre de la pièce se trouvait un poste de garde, doté de verre pare-balles et de barreaux de prison. Périodiquement, pendant la nuit, un superviseur entrait et faisait le tour des lits, ou alors il s'asseyait dans le poste de garde et regardait les enfants dormir. À l'intérieur de la cabine se trouvait un téléphone. Tout ce que le superviseur avait à faire, c'était décrocher le téléphone, et il était aussitôt en relation avec le poste de police au bout de la rue.

À 21 heures, les garçons ont suspendu leurs uniformes et enfilé leurs chemises de nuit. « Restez dans vos lits, a lancé Blue. Si vous avez besoin d'aller aux toilettes, attendez qu'un superviseur vienne et demandez-lui. Et pas de bavardages après l'extinction des feux. »

Quelques minutes plus tard, Gary était étendu dans le noir. Il se demandait probablement déjà comment quitter cet endroit. Au bout d'un moment, il a remarqué des bruits curieux – comme si quelqu'un se frottait vigoureusement, le tout accompagné d'un chœur de respirations rapides et de quelques ricanements bizarres. Soudain, quelque chose de chaud et visqueux l'a atteint en plein visage. Puis un autre jet tiède lui a atterri dessus et s'est mis à couler sur ses yeux et ses narines. C'était le sperme des garçons dans les lits qui l'entouraient.

Ça a été l'introduction de Gary aux « batailles de foutre » de MacLaren. Plusieurs fois par semaine, dès que les lumières étaient éteintes, les garçons baissaient leur couverture et sortaient leur pénis. Ils s'astiquaient le plus vite possible, tentant de provoquer une éjaculation immédiate – quelque chose comme la course ultime. Celui qui jouissait le premier avait un avantage : il pouvait attraper son sperme dans sa main et le jeter au visage d'un opposant proche, parvenant parfois à perturber le rythme de masturbation de l'autre garçon. Mais les pires cibles, c'étaient les nouveaux arrivants. Ça faisait partie de leur initiation. Lors de son premier soir à MacLaren, le nouveau était quasiment sûr de se retrouver avec le visage trempé de sperme. S'il essayait de se couvrir, quelques garçons le tenaient jusqu'à ce que les autres aient fini de se masturber et répandu leur sperme sur son visage. Parfois, ils pouvaient être jusqu'à quinze ou vingt à asperger le bizut. Les superviseurs n'étaient jamais présents pendant les batailles de foutre. Peut-être qu'ils n'ont jamais été au courant. Quoi qu'il en soit, cette pratique n'a jamais été reconnue dans les registres de MacLaren.

Peu après 1 heure du matin, Gary a été réveillé par un mouvement. Il a levé les yeux et vu M. Blue qui marchait dans l'allée entre les lits. Il portait un petit tabouret, du genre de ceux dont on se sert pour traire les vaches. Il a marqué une pause à côté du lit de Gary, qui a fermé les yeux et fait semblant de dormir profondément. Blue a poursuivi son chemin, jusqu'au lit d'un autre garçon. Dans la faible lueur, Gary a vu Blue s'asseoir sur son tabouret et murmurer quelque chose au garçon. Gary s'est retourné et a de nouveau fermé les yeux.

D'après quelqu'un qui a été interné à MacLaren à la même époque, les visites nocturnes de Blue n'étaient pas rares.

« Ma première nuit là-bas, m'a-t-il dit, M. Blue est arrivé avec son tabouret et il s'est assis à côté de mon lit. Il a saisi ma cuisse et l'a serrée, et puis il a dit d'une voix très basse : "Comment vas-tu ?" J'ai repoussé sa main. Blue s'est énervé. Il m'a de nouveau serré, plus fort cette fois, et il a dit : "Je te serrerai la jambe si j'en ai envie." J'ai répondu : "Non, certainement pas. J'ai une famille. Ça ne va pas leur plaire." Il m'a fusillé du regard pendant un moment, puis il m'a serré une fois de plus vachement fort avant d'ôter sa main.

« "D'accord, qu'il a dit. Si c'est ce que tu veux." M. Blue m'a foutu une sacrée trouille cette nuit-là avec son petit numéro. Je suis sûr que si on l'avait interrogé, il aurait affirmé qu'il essayait de voir si j'étais pédé, mais je ne crois pas qu'il soit nécessaire de faire ça pour le savoir. Je connaissais d'autres garçons qui ont décrit des expériences similaires avec lui. De tous les conseillers et tous les gardes de MacLaren, celui que je méprise le plus, c'est M. Blue. C'était un salopard froid et sadique, un type vraiment effrayant, et la dernière fois que j'ai entendu parler de lui, il travaillait toujours dans le système pénitentiaire d'Oregon. »

Ça a été la première nuit d'incarcération de Gary, loin de notre famille.

À son arrivée à MacLaren, Gary était un gamin de 15 ans intelligent et talentueux qui avait une sale tendance à s'attirer des ennuis. Quand il en est ressorti, un peu plus d'un an plus tard, c'était un criminel en puissance. « Les maisons de redressement inculquent certaines connaissances ésotériques, a-t-il expliqué à Larry Schiller des années plus tard. Elles rendent plus sophistiqué. Un gamin qui sort d'une maison de redressement a appris certaines choses qui lui auraient autrement échappé. Et, habituellement, il s'identifie aux gens qui partagent les mêmes connaissances ésotériques, l'élément criminel, ou quel que soit le nom que vous voulez y donner. Donc, aller à Woodburn n'a pas été un événement bénin dans ma vie. »

Je ne cherche pas à dire que la maison de redressement a été la principale responsable de la dégénérescence de Gary. J'ai lu son dossier à MacLaren – une masse de documents qui est devenue si légendaire après son exécution que l'école la conserve encore intacte et autorise à l'occasion les policiers et les agents de maison de redressement curieux à la consulter. Bien que l'école ne m'ait pas permis de lire les comptes rendus psychologiques de mon frère (peut-être la partie la plus importante du dossier), j'ai néanmoins trouvé la lecture de ces documents fascinante – ils comportent de nombreuses observations tout à fait justes sur Gary et sa famille. D'ailleurs, si un thème ressort de ces documents, c'est celui-ci : les problèmes de Gary étaient inextricablement liés à l'influence de son père – un homme qui semblait totalement réticent à affronter les difficiles vérités qui l'auraient aidé à sauver son fils. Après le premier entretien avec mes parents suite à l'admission de Gary, un superviseur notait la chose suivante : *Le conseiller estime que le fait que le père reste dehors dans sa voiture pendant l'entretien avec la mère indique soit un manque d'intérêt, soit de la honte, soit un sentiment d'impuissance face au problème. En même temps, il faut, pour être honnête, noter que son fils Mike, 4 ans, était dans la voiture, et que son père a pu estimer qu'il valait mieux rester avec le petit garçon pendant que la mère effectuait l'entretien.* Quelques paragraphes plus bas, le conseiller ajoutait : *M. Gilmore... semble gouverner ce qui se trouve sous son autorité en... monarque absolu... Malheureusement, la mère, beaucoup plus jeune mais complètement effacée, ne sera sans doute guère prise en compte dans le projet de remise en liberté conditionnelle de Gary si ce dernier devait être renvoyé chez lui.* Et, tiré d'un autre compte rendu : *Les conditions matérielles du foyer sont bonnes, mais étant donné l'attitude paranoïaque du père, le garçon a été sévèrement perturbé.*

Tout au long du séjour de Gary à MacLaren, mon père est demeuré hostile à toutes les tentatives de l'école de créer une meilleure atmosphère familiale pour mon frère. La famille, insistait mon père, n'était en rien responsable des problèmes de Gary ; Gary était la victime d'un coup monté et il avait été puni à tort. Disculpez-le et libérez-le, disait mon père aux officiels de l'école, et ses problèmes seront résolus. L'un des conseillers a été suffisamment malin pour percevoir que le fait que mon père défendait Gary bec et ongles n'était pas tant un signe d'amour paternel, un désir de protéger son fils, qu'une simple extension de la certitude qu'avait Frank Gilmore que le monde voulait sa perte, et cherchait même à l'atteindre à travers sa famille. *Que [l'innocence de Gary] soit réelle ou non,* écrivait le conseiller, *Gary, à la maison, pouvait difficilement échapper au sentiment que l'école, le juge, les citoyens éminents de la communauté, et peut-être quelques autres, complotaient pour détruire toute la famille.*

Mais ces registres ne disent pas tout. J'ai aussi parlé à (ou lu les souvenirs de) plusieurs hommes qui avaient passé du temps à MacLaren durant la période où Gary y était. Et rassembler ces deux points de vue – les comptes rendus des officiels et les souvenirs des anciens pensionnaires –, c'est comme avoir deux versions radicalement différentes d'une même histoire. D'un côté, il est clair que certains conseillers de l'école ont fait leur possible pour comprendre mon frère et apporter un changement dans sa vie. Moyennant quoi, il a répondu à leurs efforts par une succession de tentatives de fuite et d'actes violents qui les ont forcés à lui infliger les pires châtiments. Mais il ressort aussi clairement des histoires que j'ai entendues que, en dépit des bonnes intentions de tout le monde, séjourner en maison de redressement dans les années 1950 était une expérience brutale à bien des égards. Les garçons pouvaient être enfermés dans des cellules d'isolement glaciales, battus au bon vouloir des conseillers, et soumis à des actes de violence et des abus sexuels stupéfiants. Pour certains gamins, être emprisonné dans un tel monde ne faisait qu'accroître leurs peurs et leur haine. « Ça n'a aucun sens pour une personne normale, m'a dit un ancien pensionnaire, mais quand vous êtes emprisonné, vous pouvez devenir un individu plein de haine. Et si vous n'extériorisez pas cette haine – ou si le fantasme de braquer une banque avec une mitraillette et de descendre tout le monde ne vous suffit pas –, alors vous retournez cette haine contre vous. Vous devenez tellement autodestructeur que vous recherchez le châtiment ultime. Et parfois la seule manière d'y parvenir, c'est de blesser ou de rendre furieux les autres autant que vous le pouvez. »

L'observateur le plus fiable et le plus éloquent que j'aie rencontré sur la question de MacLaren est un homme nommé Duane. Il a été interné dans la maison de redressement exactement en même temps que Gary, et il connaissait bien mon frère. Un matin, il m'a rendu visite dans mon appartement de Portland et a partagé avec moi quelques-uns de ses souvenirs. Duane avait été un élève brillant jusqu'à ce que, alors qu'il avait 15 ans, son beau-père commence à le battre sauvagement. Il avait alors commencé à traîner avec des caïds, à voler des voitures et ainsi de suite. Un jour, ils avaient fait l'erreur d'entrer par effraction dans la maison d'un flic et de voler un revolver. Ce qui avait donné lieu à une poursuite d'envergure, à l'issue de laquelle ils avaient été arrêtés sous la menace des armes. Et l'incident avait été étalé en une de *The Oregonian*. En conséquence de quoi, Duane et le copain avec lequel il s'était fait arrêter étaient arrivés à MacLaren auréolés d'un certain prestige. Les autres garçons les considéraient comme de véritables gangsters. « En fait, on était juste deux abrutis, m'a dit Duane, mais les autres ne le savaient pas et on ne risquait pas de leur dire, vu que 90 % de ce que tu fais dans un endroit comme ça, c'est du bluff. Là-bas, il y a des vrais méchants. Et s'ils découvrent que tu n'es pas un cinglé assoiffé de sang comme eux, ils vont te remettre à ta place. »

Duane était à MacLaren depuis environ une semaine quand Gary a été amené. Ses premiers souvenirs de mon frère étaient liés aux tests psychologiques que les garçons subissaient, pour déterminer leur placement dans l'école et leurs chances de libération.

« Il y avait ce psychiatre énorme, a dit Duane. Il devait peser au moins cent cinquante kilos. C'était un médecin, nom de Dieu, et il s'adressait à des gamins en maison de redressement, alors on peut s'interroger sur ses compétences. Enfin, bref, on entrait là-dedans et on s'asseyait à une table face à ce bonhomme. Il restait là à nous regarder pendant vingt ou trente secondes, transpirant comme un porc, et alors la première question qu'il posait, de but en blanc, c'était : "Combien de filles t'as baisées ?" Presque tous les types que j'ai connus à MacLaren ont eu droit au même traitement avec lui. Pour ma part, j'ai pensé que si je lui disais que j'avais baisé une fille, j'en prenais pour six mois de plus. D'un autre côté, si je lui disais que j'étais puceau, je tombais dans son estime. Alors on était tiraillés. Mais le fait est que j'étais vierge quand je suis allé là-bas, alors j'ai décidé d'être honnête. La plupart des types essayaient de le baratiner. Ils disaient : "Oh ! cinquante !" Et alors le psychiatre voulait des noms, et il les notait patiemment. Je me souviens de ce type nommé Raymond, qui lui a dit qu'il s'était tapé quelque chose comme deux cents filles ou un truc du genre, et le médecin lui a demandé d'énumérer deux cents noms. Et après, Raymond a signé la liste, et ils l'ont envoyée à son lycée. J'imagine que ça a dû chier là-bas quand ils ont commencé à questionner ces filles pour savoir si elles avaient vraiment eu des rapports sexuels avec Raymond. Vous voyez, à l'époque, on s'immisçait beaucoup plus dans la vie des adolescents que maintenant. En ce temps-là, si une fille avait trois mecs, c'était une pute. Cinq, et c'était le diable en personne, elle ne pourrait jamais épouser quelqu'un.

« Ce que le psychiatre faisait après, a continué Duane, c'est qu'il vous donnait un crayon et du papier et il vous disait : “OK, dessine-moi une maison. Maintenant, dessine-toi dans cette maison”, et ainsi de suite. Bon, j'ai tout de suite su ce qu'il voulait. Il voulait voir une maison et il voulait voir où j'étais dans cette maison. Il voulait que je lui donne des indices sur moi. J'ai joué le jeu, parce que j'avais entendu dire que si le psychiatre croyait qu'on avait beaucoup de problèmes, alors il nous envoyait dans une des unités vraiment dures. Moi, je voulais être envoyé dans l'une des meilleures, là où on avait des chances de sortir plus tôt, alors je n'avais aucune intention de foutre en l'air mon profil psychologique.

« Plus tard, dans la salle commune, j'étais assis avec mes potes et on se foutait de la gueule du psychiatre, on s'imaginait des manières de le baiser. Et c'est là que j'ai rencontré Gary. Je me souviens que c'était un type sympa, un peu timide, mais il cherchait à bien s'entendre avec nous et à s'imposer comme une forte personnalité. Il a vu ce qu'on faisait, et il a décidé de blouser le psychiatre et ses théories à la con. Aussi, je crois qu'il voulait nous en mettre plein la vue. Il était un peu plus jeune que nous – peut-être d'un an ou un an et demi. »

Duane a interrompu son récit un moment, puis il a secoué la tête.

« Je m'en souviens comme si c'était hier, et après je m'en suis vraiment voulu, surtout quand j'ai entendu ce qui était arrivé à Gary au cours des années suivantes. Je veux dire, c'est marrant à raconter, mais si je pouvais changer quelque chose à ce que j'ai fait à l'époque – et j'inclus là-dedans mes soi-disant crimes –, s'il y avait seulement une chose que je pouvais changer, c'est que je n'aurais pas fait ça à Gary, parce que je l'ai vu mordre à l'hameçon à pleines dents. Je lui ai dit : "OK, ce que tu dois faire, c'est faire un dessin de toi avec une petite bouche, de grands yeux, de grandes oreilles, et pas de mains. Tu sais ce que ça va lui dire à cet idiot de psychiatre ? Tu n'as pas de voix et pas de mains, donc tu ne peux pas changer quoi que ce soit. Mais tu entends tout et tu vois tout, donc, de toute évidence, tu es parano." En fait, Gary n'était pas comme ça, vous voyez ce que je veux dire ? Mais il a fait ce que je lui ai dit – il y est allé et il s'est dessiné comme ça.

« Je n'aurais pas dû faire ça, a repris Duane. Je trouvais ça franchement poilant qu'un abruti de gamin suive mes instructions, même si je savais pertinemment que ce gros cul de psychiatre était à de nombreux égards un enfoiré méprisable, et qu'il avait le pouvoir d'envoyer Gary dans l'une des unités les plus dures. Mais faut comprendre que, quand vous êtes gamin et que vous êtes enfermé, ça vous déglingue. J'étais persuadé qu'il n'y aurait qu'un certain nombre de types qui seraient libérés chaque mois. Je voulais donc être sûr d'être sur la liste pour sortir aussi vite que possible, et je me disais que j'étais en compétition avec les autres. C'est comme ça que vous finissez par penser dans ce genre d'endroit. Je jouais à un jeu auquel je n'aurais pas dû jouer. »

La maison de redressement pour garçons MacLaren proposait aux pensionnaires aussi bien un soutien psychologique que des cours scolaires, ou, si un garçon préférait, une formation professionnelle – principalement dans le domaine agricole. Gary, la plupart du temps, a opté pour la quatrième alternative, celle qui n'était pas listée : le châtiment à plein-temps. De fait, Gary n'était à MacLaren que depuis quelques jours qu'il a commencé à s'attirer des ennuis. Il a reçu sa première punition des mains de M. Blue. « M. Blue adorait infliger ce qu'il appelait des "torchées", m'a expliqué Duane. J'y ai eu droit à quelques reprises. Il ne fallait pas grand-chose – il suffisait de gueuler après un autre gamin ou de le pousser. Le moindre signe de belligérance. Je sais que votre frère a reçu un paquet de torchées au début.

— Et en quoi consistaient exactement ces *torchées* ? » ai-je demandé.

Duane a grimacé.

« M. Blue avait un bureau aux parois de verre dans le bâtiment de la réception. Si vous enfreigniez une règle, ou si vous le mettiez simplement en rogne, Blue vous convoquait seul dans son bureau et il refermait la porte. Il vous disait d'ôter votre chemise et de baisser votre pantalon. Puis il vous disait de vous pencher en avant et de vous tenir les chevilles. C'est alors qu'il attrapait sa raquette de ping-pong avec des trous percés dedans – pour offrir moins de résistance à l'air – et qu'il se mettait à vous fouetter le cul avec. On finissait avec des ulcères sur les fesses à cause de ces torchées. On appelait ça des phares. Je ne sais pas pourquoi on ne les appelait pas des feux arrière. Le minimum de coups que Blue vous assénait, c'était vingt-cinq, et si vous l'aviez vraiment mis furax, vous en receviez cinquante. Je sais que votre frère a eu droit à cette punition plusieurs fois, parce que je l'ai vu de mes yeux.

« C'était vraiment bizarre, parce que, avec M. Blue, il n'y avait pas d'émotion. C'était comme une force qui s'acharnait contre vous. Quand il vous annonçait qu'il allait vous donner une torchée, il avait un sourire aux lèvres. Il disait, d'une voix monotone : "Je suis vraiment désolé de devoir te faire ça, mais je n'ai pas le choix, Gary, parce que tu l'as cherché", et alors,

BAM ! Je n'ai jamais été battu comme ça, jamais de ma vie. Croyez-moi, c'était une expérience effrayante. »

Les torchées, cependant, n'étaient qu'un début. MacLaren avait des punitions plus sérieuses à offrir, et Gary les a découvertes.

Quelques semaines après son arrivée, Gary était parti camper avec un conseiller et plusieurs autres garçons, près de Seaside, sur la côte de l'Oregon. C'était une sorte de test : si les garçons parvenaient à travailler en coopération dans un environnement comme celui-là, et s'ils se montraient responsables et dignes de confiance, alors ils avaient des chances d'obtenir une libération anticipée. Un matin, comme les garçons revenaient d'une partie de pêche, Gary et deux autres traînaient à l'arrière du groupe. Dès que le conseiller a été hors de vue, les trois garçons ont détalé dans le sens opposé. Ils ont coupé à travers les broussailles et pénétré dans Seaside, où ils se sont fait prendre en stop pour Portland. Ce soir-là, Gary et ses copains ont dormi dans une cabane déserte et en ruine qui se trouvait derrière notre maison de Johnson Creek et, le lendemain matin, après que mon père était parti pour la journée, Gary est venu informer ma mère de sa fuite. Comme l'école avait déjà téléphoné et l'avait prévenue que la police recherchait Gary, elle a essayé de le convaincre de retourner à l'école. Mais il a refusé. « Je vais devenir dingue là-bas », a-t-il dit, puis il lui a raconté une partie de ce qu'il avait déjà vu et enduré à MacLaren. Ma mère a donné à Gary 50 dollars et des vêtements de rechange. Elle lui a dit de faire attention et de lui écrire quand il serait arrivé quelque part. Elle n'a appelé ni la police ni MacLaren pour les prévenir que son fils fugueur était passé. Elle a décidé à cet instant qu'elle ne livrerait jamais un de ses fils aux autorités, pour quelque raison que ce soit.

Gary et ses copains ont passé le reste de la journée à se planquer dans des cinémas et à dormir dans des voitures abandonnées. Le lendemain matin, Gary a piqué un coupé Chevrolet de 1947 qui était garé dans Division Street et il a roulé plus de trois cents kilomètres jusqu'à Pendleton, Oregon, où la voiture a cassé une bielle. Les garçons ont alors volé une Chevrolet de 1955, et ils étaient sur le point de franchir la frontière avec l'Idaho quand un policier les a arrêtés. L'agent a rapporté que les trois fuyards semblaient excités et fiers de la poursuite et de leurs exploits, et que Gary en particulier s'était vanté d'être un as du vol de voiture.

À MacLaren, leur fuite passait mal. *Tous les efforts ont été faits pour donner [à Gary] des chances de s'améliorer*, écrivait un conseiller. *Le garçon témoigne d'une instabilité qui n'inspire pas la confiance, il résiste à l'autorité et n'accepte pas son internement. [Il va] continuer de présenter un risque pour la sécurité sur le campus et devrait profiter du programme proposé par L. E. Darling.*

L. E. Darling – aussi appelé L.E.D. – était à MacLaren l'équivalent d'une prison de haute sécurité. C'était un grand bâtiment situé à l'arrière de la propriété et séparé du reste par un grand grillage métallique.

« Je crois que les gamins avaient une routine un peu comme la nôtre, m'a expliqué Duane, sauf qu'ils ne pouvaient pas sortir et que la discipline était beaucoup plus sévère. Par sévère, je veux dire que, d'après la rumeur, au lieu de vous retrouver à l'isolement, on vous envoyait soi-disant dans une pièce dotée de menottes, où vous étiez littéralement enchaîné au mur, ce que nous n'avions pas de notre côté. Je n'ai jamais eu à subir ça, mais j'ai entendu d'autres gamins qui avaient été au L.E.D. affirmer qu'ils étaient menottés au mur, et que les superviseurs les frappaient. Mais au lieu de coups de raquette sur le cul, c'étaient de vraies corrections, à coups de ceinture sur le dos, comme des coups de fouet. Et quand ils vous mettaient au pain et à l'eau au L.E.D., vous restiez au pain et à l'eau – avec un verre de lait au milieu de la journée – jusqu'à trois semaines. J'ai eu deux fois droit à ce traitement pendant une semaine et je n'ai pas eu d'effets durables. Mais je ne sais pas ce que ça donnerait après deux ou trois semaines. Je crois que ça serait assez mauvais. »

Gary a passé le reste de 1955 au L.E.D. Peu avant Noël, le directeur de l'unité rédigeait la note suivante : *Gary est toujours dans son coin. Je pense toujours qu'il refuse de faire confiance à qui que ce soit. Il essaie de se mêler au groupe, mais semble incapable d'y parvenir. Quand je m'adresse à un groupe, il va se mettre dans un coin et ne prend pas part à la discussion. »* Le directeur observait également que Gary semblait faire des cauchemars toutes les nuits et qu'il parlait souvent dans son sommeil.

Mais si Gary était silencieux et distant, les superviseurs du L.E.D. ne le trouvaient pas spécialement perturbateur. *Certains membres du personnel estiment que Gary est le meilleur garçon qu'ils aient jamais eu et qu'il n'a pas sa place au L.E.D.*, écrivait un conseiller. *Certains ont exprimé l'opinion que le garçon est peut-être pris dans une toile de circonstances auxquelles il ne peut rien, et qu'il n'a peut-être pas, ou peu, de délinquance en lui.*

Le 1er janvier 1956, Gary a été relâché du L.E.D. et placé dans l'unité 3 – considérée par beaucoup comme la meilleure de l'école. Deux jours plus tard, Gary allait voir le directeur de l'unité pour lui dire que si on ne le replaçait pas au L.E.D., il s'enfuirait de nouveau. Il n'aimait pas le fait qu'il ne pouvait pas fumer dans les unités normales, en plus il trouvait qu'il y avait trop de monde et de bruit en dehors du L.E.D. Le directeur l'a renvoyé passer la nuit au L.E.D., puis il a décidé que Gary bluffait et l'a de nouveau affecté à l'unité 3. Le lendemain, Gary s'enfuyait et, moins d'une semaine plus tard, il était de nouveau arrêté et interné au L.E.D.

Ce penchant pour les châtiments les plus durs est devenu un motif récurrent qui a caractérisé mon frère pendant le reste de sa carrière de prisonnier. Il commettait invariablement des infractions flagrantes qui lui valaient des périodes prolongées de sévères punitions – généralement dans des cellules d'isolement. De fait, à sa mort, Gary avait passé près de la moitié de son temps en prison à l'isolement, ou dans quelque autre forme d'incarcération maximale. C'est à MacLaren que ce motif s'est dessiné : au cours des mois suivants, il s'est admirablement comporté au L.E.D., et dès qu'il était relâché dans l'école, il s'enfuyait ou commettait quelque infraction qui lui valait de se retrouver de nouveau dans le quartier de haute sécurité.

« L'une des dernières fois que j'ai vu Gary, m'a dit Duane, nous déjeunions ensemble dans l'une des cafétérias, et il essayait de me convaincre de le rejoindre au L.E.D. Il me disait qu'il adorait ça là-bas, et je savais que c'étaient des conneries. Qui pourrait aimer être enfermé vingt-quatre heures par jour ? En plus, tout le monde savait que s'il y avait des cas de perversions sexuelles sérieuses, ils avaient lieu au L.E.D. Mais Gary insistait que c'était génial. Il disait : "Merde, Duane, on peut fumer et jurer autant qu'on veut là-bas. On n'est pas forcés d'obéir aux mêmes règles. On n'est même pas forcés d'aller à l'école ou de travailler." Ce qu'il ne semblait pas comprendre, c'est que ce n'étaient pas des privilèges. Ce traitement, c'était la manière qu'avait l'école de dire que les garçons du L.E.D. étaient incurables. Ils pouvaient fumer et ils pouvaient jurer, mais ils étaient enfermés, et ils le restaient jusqu'à ce que les autorités soient disposées à les laisser partir. »

Selon Duane, Gary s'est un jour retrouvé mêlé à une bagarre durant son séjour au L.E.D.

« Si vous vous battiez à MacLaren, les superviseurs n'intervenaient jamais. Je me rappelle avoir observé pendant vingt minutes une bagarre incroyablement brutale entre deux caïds, des fils de bûcherons de Medford, et tout le monde les encourageait pendant que le superviseur se tenait en retrait, tirant sur sa cigarette, prenant son pied à regarder ces deux gamins se massacrer. Je crois qu'ils laissaient faire parce qu'ils voyaient ça comme une manière de soulager la pression. S'ils avaient empêché ce genre de chose, la tension serait montée et des camps se seraient formés, et ils risquaient de se retrouver avec une émeute de première classe ou des affrontements entre gangs sur les bras. Tout ce que je sais, c'est que les bagarres auxquelles j'ai participé et celles dont j'ai été le témoin étaient féroces. C'étaient des combats à mort, parce qu'on savait que personne n'était là pour nous protéger. Personne n'allait se jeter dans la mêlée et dire : “OK, les gars, séparez-vous.” Moyennant quoi on était prêts à se battre pour un oui ou pour un non. Je suis un dur, voilà ce qu'on se disait – je suis un tueur.

« Bref, il y avait ce type nommé Skip, et il était dans la même unité que votre frère. Je ne me souviens pas de son nom de famille, mais il avait assassiné ses deux parents – c'était une affaire célèbre en Oregon à l'époque. Il avait 12 ans, et ses parents étaient deux ivrognes qui le battaient régulièrement. Un soir, ils l'avaient cogné comme pas possible et après ils s'étaient endormis sur le lit. La seule chose que Skip aimait sur terre, c'était son petit chien. Mais cette nuit-là, Skip a tué ses parents et son chien. Les flics l'ont trouvé couché près de l'animal, en larmes, et le tribunal l'a envoyé à MacLaren. Skip était dangereux ; il aurait plus eu sa place à l'asile de fous. »

Un jour, à en croire Duane, Skip et Gary se sont retrouvés à travailler ensemble dans la cuisine de l'unité.

« Quelle que soit l'unité dans laquelle se trouvait Skip, la règle numéro un était de ne pas le laisser approcher des couteaux parce qu'il était cinglé. S'il en trouvait un, il y avait de grandes chances pour qu'il s'en serve. Ce matin-là, Skip et Gary se sont engueulés, et Skip a attrapé un couteau. Gary s'est rué sur lui et lui a arraché le couteau, puis il lui a collé une raclée. À la fin, Skip était en train de chialer par terre. Après ça, Gary a été considéré comme le type qu'il ne fallait pas chercher. Il était vu comme l'un des gars les plus durs de MacLaren, et ses potes les plus proches n'étaient pas des tendres. Je n'aurais pas aimé me battre avec Gary ou lui chercher des noises. De toute manière, on s'entendait bien – ça ne serait jamais arrivé. Mais je peux vous garantir que je n'aurais pas voulu me frotter à lui, parce que c'était un dur de chez dur. Si vous le faisiez chier, il cherchait le moyen de se venger. »

Duane m'a relaté une autre histoire sur Gary à l'époque du L.E.D.

« Il y avait un gamin à MacLaren nommé Fritz, et c'était un vrai sadique sociopathe. Il avait été envoyé là quand il avait environ 11 ans. Son truc, c'était d'attraper des chats, de leur attacher la queue ensemble, puis de les balancer sur une corde à linge accrochés l'un à l'autre et de les regarder se battre pour se libérer. Bien sûr, les chats s'entre-tuaient. C'est pour ça qu'on l'avait envoyé là, cruauté envers les animaux. C'était un monstre, surtout pour son âge. À MacLaren, Fritz taillait des crayons jusqu'à ce qu'ils soient aussi pointus que des aiguilles, puis il les plantait dans les gens.

« Un soir, a poursuivi Duane, j'étais dans la suite nuptiale, c'était le surnom de la cellule d'isolement numéro un, juste à côte du L.E.D. Il n'y avait pas de toilettes ni rien – on restait assis par terre et c'était tout ce qu'il y avait à faire. Tard, un soir, je suis assis là et j'entends des voix en provenance des douches. J'en reconnais immédiatement une. Celle de Fritz. Quelqu'un le plaque au sol et il supplie qu'on le lâche. Et alors j'entends les voix des garçons qui le tiennent. C'était Gary et deux de ses copains. Vous savez ce qu'ils ont fait à Fritz ? Ils ont pris des crayons et les lui ont enfoncés dans le cul. Je les entendais parler en même temps. Je n'ai jamais oublié les hurlements de ce gamin, et j'entends encore Gary dire : “Bouge pas, tu vas casser le putain de crayon, espèce de connard.” Et après je les ai entendus rire, et Fritz continuait de hurler. Je ne sais pas ce qu'il avait fait pour mériter ça. De toute évidence, personne ne le portait dans son cœur, mais vous imaginez ce que ça pourrait faire un crayon qui se brise dans votre rectum ? Ça pourrait être fatal. Voilà le genre de chose qui se passait au L.E.D., la face sombre de tout ça.

« Après ça, la réputation de Gary – du moins parmi les gamins – a empiré. Il a commencé à être considéré comme quelqu'un d'effrayant, et les autres garçons restaient à distance. »

Par rapport à ces histoires horribles, celle qui va suivre est presque tendre, bien que, dans un sens, elle soit également pire.

Je me rappelle avoir trouvé un jour une lettre que Gary avait écrite à ma mère et qu'elle gardait au fond de son bureau. La lettre avait été écrite plusieurs années après son séjour à MacLaren – probablement alors qu'il devait avoir environ 20 ans et purgeait une peine à la prison municipale de Portland, pour Dieu sait quel délit. Gary l'avait écrite depuis l'hôpital, peu après avoir tenté de se suicider en prison. Il lui arrivait de briser les ampoules et de se taillader les poignets. Et quand ça se mettait à saigner sérieusement, il filait un coup de pied dans la tête de son compagnon de cellule qui dormait. Le pauvre type se réveillait avec le sang de Gary qui lui giclait sur le visage, et alors il se mettait à hurler pour qu'un gardien vienne sauver mon frère. C'était devenu une sorte de routine régulière, et ma mère avait écrit à Gary pour lui demander pourquoi il semblait avoir un penchant pour ce jeu dangereux.

Gary avait répondu qu'il était hanté par une chose qui s'était produite des années auparavant à MacLaren – un incident qu'il n'avait jamais raconté à personne. Gary écrivait qu'il s'était lié d'amitié avec un jeune garçon d'environ 14 ans qui était à la fois coquet et fragile – une mauvaise combinaison en prison. Le garçon avait été envoyé à MacLaren parce que ses parents adoptifs n'arrivaient plus à s'occuper de lui, et qu'il n'avait plus personne de sa famille encore en vie qui aurait pu le récupérer. En d'autres mots, il était seul – un orphelin. Pas de famille, pas de visiteurs, pas d'amis. C'était l'un de ces gamins, écrivait Gary, dont les conseillers aussi bien que les pensionnaires estimaient qu'ils pouvaient le traiter comme ça les chantait, sous prétexte que personne ne pouvait le défendre. Gary expliquait qu'il avait vu un jour dix autres gamins le tenir et le violer à tour de rôle. Il disait que, quand son tour était venu, il avait refusé de participer, et que ce refus avait semblé lui valoir la confiance du garçon.

Plus le garçon subissait de mauvais traitements, plus il devenait fragile. Et un jour, il est tombé malade. Les superviseurs l'ont emmené à l'infirmerie à quelques reprises, mais il ne semblait jamais aller mieux. Finalement, ils ont décidé qu'il simulait sa maladie, dans le but de s'échapper. Gary dormait dans le même dortoir que le garçon à cette époque, expliquait-il à ma mère, et il le considérait comme une personne innocente qui avait besoin d'amour et de protection. Une nuit qu'il faisait froid, le garçon avait appelé un garde de nuit et demandé à être emmené à l'infirmerie, mais le garde avait refusé. Le garçon avait alors marché jusqu'au lit de Gary et demandé à mon frère : « Est-ce que je peux rester avec toi ce soir ? J'ai peur et j'ai besoin que quelqu'un me tienne dans ses bras. » Gary avait passé l'essentiel de la nuit avec le garçon, le tenant, passant la main sur son front fiévreux, lui parlant doucement. « Je veux juste disparaître », avait déclaré le garçon, et il avait essayé de se recroqueviller en boule entre les bras de mon frère. « Je veux disparaître dans le néant en moi, où personne ne pourra plus jamais me faire de mal. » Il avait fini par s'endormir, et Gary aussi, avec le garçon dans ses bras. À son réveil, Gary tenait toujours le garçon, qui était désormais recroquevillé sur lui-même, froid et mort. Gary disait qu'il était resté là à le tenir et à lui caresser le visage. *Voilà ce qui va m'arriver si quelqu'un ne me fait pas sortir de prison*, écrivait Gary. *Je suis en trop bonne santé pour mourir de la même manière que ce garçon, alors j'ai essayé de m'échapper de la seule manière que je voyais. Je suis désolé, maman.*

Cette histoire est, il me semble, un autre de ces mensonges nécessaires que les membres de ma famille ont appris à raconter sur eux-mêmes dans le but de révéler des vérités bien pires. Il n'y a, à MacLaren, pas trace d'un tel décès à cette époque, et nulle référence à quoi que ce soit d'un tant soit peu similaire dans le dossier de Gary. Je ne crois donc pas que cet incident se soit littéralement produit, mais métaphoriquement parlant, et c'est peut-être le plus important, cette histoire est presque certainement vraie. Je crois que ce garçon – ce garçon qui essayait de disparaître dans son néant –, c'était Gary lui-même. Je crois que Gary parlait de sa dernière nuit sur terre, avant qu'il n'atteigne le degré de cruauté nécessaire pour survivre pendant le restant de sa vie.

Ensuite, quelque chose a semblé changer en Gary. Ses bulletins à l'école et au sein de l'unité s'amélioraient régulièrement, et il paraissait plus réceptif aux efforts des conseillers. En juin 1956, le psychologue de Gary écrivait : *Le conseiller a vu Gary régulièrement et en a profité pour discuter de ses problèmes liés à sa sensation de peur et de colère. Il exprime une grande crainte de toute relation personnelle et a aussi bien peur de ce qu'il pourrait faire que de ce qu'on pourrait lui faire. Il croit toujours avoir une personnalité compulsive dans la mesure où il se sent forcé d'agir comme il le fait. Il a exprimé un sentiment de rejet de la part de sa famille, particulièrement du père, qui l'a blessé aussi bien physiquement que moralement. Gary a évoqué ses premières années, durant lesquelles il a vécu en divers endroits, et a rapporté de nombreuses disputes et bagarres.*

En général, les officiels de l'école sentaient que Gary avait pris un virage important, et qu'il était désormais temps pour lui d'appliquer sa nouvelle perspective aux exigences de la vraie vie en société et au sein de sa famille. Pendant l'été, le conseiller de Gary a initié en collaboration avec lui un programme de libération. Il retournerait vivre à la maison, et s'inscrirait en seconde année au lycée Franklin de Portland. Il accepterait aussi de chercher un emploi à mi-temps, pour éviter tout contact avec des délinquants, et ne s'adonnerait à aucune activité illégale. En outre, Gary accepterait de voir une fois par semaine un thérapeute du service psychiatrique de l'hôpital universitaire de Portland. *Gary semblait impatient de poursuivre un tel projet*, écrivait le conseiller, *et il a affirmé vouloir payer les services de sa poche, car il ne voulait pas imposer à son père de nouvelles dépenses. Il nous a semblé qu'il suivrait sa thérapie... et en tirerait un grand bénéfice.*

Le 1er septembre, Gary était libéré de la maison de redressement pour garçons MacLaren et rentrait à la maison.

« Je n'ai jamais revu Gary après ça, m'a dit Duane. J'ai moi aussi été libéré et je me suis enrôlé dans l'armée. Quelque temps après, ma petite amie est tombée enceinte et j'ai décidé que je devais dire adieu à mes anciens amis. Je savais que si je continuais de les fréquenter, le mariage n'aurait aucune chance de tenir. J'ai grandi très vite à partir de là. J'entendais parler dans les journaux de plein de types que j'avais connus là-bas. Nombre d'entre eux sont allés en prison pour une raison ou pour une autre, et nombre d'entre eux ont connu une mort brutale. Et un jour, *bam*, le pauvre Gary est en une du journal, et il demande à l'Utah de le tuer. Je vivais en Californie, j'étais représentant pour une papeterie dans la région de San Francisco, quand ils l'ont exécuté. Je ne pensais pas qu'ils feraient ça, je croyais qu'une personne ou une autre intercéderait. Ce que Gary a fait était mal, aucun doute là-dessus, mais bon Dieu, on garde les Mansoniens en vie, et des types de ce genre. Il y a tellement de gens pires qui sont loin d'avoir les qualités de Gary, le potentiel.

« Bien des fois, quand je regardais Gary faire son numéro de Don Quichotte pathétique aux infos, j'aurais voulu être là-bas, lui passer le bras autour des épaules et lui dire : “Bon sang, Gary, laisse tomber – arrête d'humilier ces enfoirés, parce que sinon ils vont te tuer. Si tu leur donnes juste ce qu'ils veulent, si tu leur dis que tu es désolé et que tu implores leur pardon, tu vivras.” Je suis fermement convaincu que si Gary avait admis qu'il affrontait un pouvoir supérieur qu'il ne pouvait pas vaincre, alors ils se seraient résignés à l'épargner. Mais il a juste défié les gens qu'il ne fallait pas. Je me souviens d'avoir dit à ma femme : “Ces foutus mormons ont Dieu de leur côté et ils sont persuadés d'avoir le droit de mettre en pratique les décrets de Dieu tels qu'ils les conçoivent.” Ce genre de ferveur religieuse est effrayant. »

Avant de quitter mon appartement ce jour-là, Duane a voulu partager une dernière réflexion.

« Ça doit être douloureux pour vous d'entendre certaines de ces choses. Je peux vous dire que ça le serait pour moi si mon frère avait vécu quelque chose comme ça. Gary était un des nôtres. C'est un vieil ami dans mon cœur et je suis fidèle à mes amis. Ce n'était pas un simple monstre imbécile, comme les journaux décrivent souvent quelqu'un qui a commis un acte violent. C'était un type bien qui s'est fait baiser. En grande partie, je l'admets, il s'est baisé tout seul. Mais pas tout le temps. Pas tout le temps, loin de là. »

3

Frénésie

En l'absence de Gary, la famille avait semblé connaître une période de calme inhabituelle. L'entreprise éditoriale de mon père était florissante, et il l'avait développée pour publier un résumé annuel des lois relatives à la circulation dans les États d'Oregon et de Washington. Il gagnait désormais suffisamment d'argent pour avoir des bureaux à Portland, Seattle et Tacoma, et passait l'essentiel de son temps sur la route à superviser les vendeurs itinérants qu'il employait. Mon frère Frank, qui avait désormais 17 ans et était en première au lycée Franklin, s'était découvert une passion pour la magie. Passion inspirée, en partie, par la sempiternelle légende familiale qui affirmait qu'Houdini était son grand-père, mais qu'importe : Frank avait un vrai talent. Pendant ce temps, Gaylen – qui avait 10 ans et était élève à l'école paroissiale – semblait avoir l'étoffe d'un enfant prodige. Il avait déjà lu une grande partie de Shakespeare, et il pouvait réciter du début à la fin les poèmes les plus sinistres de Poe. Il semblait aimer la poésie plus que tout, sauf les filles, qu'il aimait déjà lorsqu'il était enfant. Au bout du compte, il mourrait au milieu d'un poème inachevé, et au milieu d'une histoire d'amour qui lui aurait déjà en fait coûté la vie des années auparavant.

Seule ma mère comptait les jours jusqu'à la libération de Gary. Plus elle avait vu mon père le battre et le traiter comme s'il n'était pas son fils, plus Gary était puni par le personnel de l'école et les représentants de la justice, plus ma mère en était venue à se dire que Gary était son fils à part, celui qu'elle devait aimer le plus. Ce n'était pas simplement qu'il assumait désormais le rôle qu'elle avait elle-même assumé dans sa propre famille, celui de la brebis galeuse. Il y avait autre chose. Comme mon père, Bessie Gilmore avait ses sombres secrets, et elle les préservait férocement.

Quand Gary est revenu à la maison, la paix s'est rompue. Il n'était pas rentré depuis quelques jours que mon père et lui ont recommencé à se faire la guerre, jour et nuit. Chaque fois que Gary transgressait quelque règle domestique ou se montrait insolent, mon père menaçait de le renvoyer illico à MacLaren et, une ou deux fois, il est allé voir l'agent de probation pour mettre sa menace à exécution. *Il semble que ces deux personnes, Gary et son père, soient incapables d'établir une base de travail...* écrivait l'agent après l'une de ces visites. *[Les] deux personnalités sont si soupçonneuses l'une de l'autre qu'une relation père-fils saine semble hors de leur portée. Le garçon comme son père voudraient être amis, mais ils ont apparemment tous les deux décidé que la meilleure défense, c'était l'attaque, si bien qu'il ne semble y avoir aucun échange. Ce n'est cependant pas une situation impossible, et peut-être que si Gary voit [un psychiatre] régulièrement, nous parviendrons à instaurer une certaine compréhension entre ces deux personnes hostiles.*

Malheureusement, après une de leurs nombreuses querelles, mon père a refusé de continuer de payer les séances de Gary avec le psychiatre. Il ne voyait pas en quoi elles étaient bénéfiques à qui que ce soit. Après ça, l'agent de probation a effectivement été découragé. *M. Gilmore semble incapable d'établir ne serait-ce qu'un semblant de relation émotionnelle constructive avec Gary...*, écrivait-il. *Le seul espoir est que Gary parvienne à acquérir la maturité nécessaire à travers ses fréquentations à l'école pour pouvoir conserver sa liberté en dépit des facteurs négatifs à la maison.* Cependant, l'auteur comprend que les chances sont minces, à cause de l'ambivalence de Gary à l'égard du système scolaire.

Cette hostilité renouvelée affectait tout le monde à la maison. Un jour, ma mère a trouvé Gaylen assis sur les marches de derrière ; il hurlait. Gary venait de s'engueuler avec mon père et était sorti comme une furie par-derrière. Gaylen étant assis sur les marches, il s'était trouvé sur le chemin de Gary. Ce dernier l'avait soulevé et balancé du perron. Le frère avec qui Gary jouait encore un an auparavant faisait désormais les frais de sa rage.

« Il a changé, maman, a dit Gaylen en sanglotant. Il ne nous aime plus.

— Oui, a répondu ma mère en serrant Gaylen dans ses bras, je sais, il est différent maintenant. Mais parfois, il est trop tard pour changer les gens. Parfois, il faut juste les aimer tels qu'ils sont. »

C'est vers cette période que les disputes autour du dîner sont devenues féroces et constantes. Ça n'avait jamais été le moment le plus facile dans notre maison – en grande partie parce que c'était le seul moment de la journée où toute la famille était certaine de se retrouver. De fait, manquer le dîner, ou simplement arriver à table en retard, c'était violer l'une des règles les plus sacrées de mon père. Mais après son retour de MacLaren, Gary a commencé à manquer l'heure du dîner de plus en plus souvent, s'attardant à l'école avec ses amis, ou rentrant à la nuit tombée et se confectionnant son propre repas à partir des restes. Cette offense suffisait à provoquer des engueulades terribles entre lui et mon père, ou à pousser mon père à lui interdire de prendre le moindre repas à la maison tant qu'il n'aurait pas appris à obéir aux règles.

Mon frère Frank se rappelait clairement ces scènes. La cuisine était une pièce plutôt petite à l'arrière de la maison. C'était là que nous dînions. Ma mère était assise à une extrémité de la table, et Gaylen à l'autre. Frank et Gary étaient d'un côté, et mon père me gardait à côté de lui, en face d'eux.

« On s'asseyait à table, m'a dit Frank, et la nourriture était fantastique. Des piles de côtelettes de veau panées, des pommes de terre au four ou à l'eau, des légumes de toute sorte, des desserts, et tout ce qu'on voulait à boire. Parfois du pain frais fait maison. C'étaient vraiment des repas de roi. Et pourtant, il était impossible de les apprécier. On était assis, on commençait juste à manger, et invariablement maman disait quelque chose comme : "Tiens, je me demande où est Gary." Et alors papa montait sur ses grands chevaux. Il disait : "Je m'en fous où il est, je suis content qu'il ne soit pas là." Ou alors Gary arrivait, et papa disait : "Qu'est-ce que tu fiches ici ? Ce n'est pas un café ici. Va-t'en." Alors maman prenait la défense de Gary et elle disait : "Eh bien, c'est moi qui prépare ces repas, et il est le bienvenu à table. J'ai mon mot à dire dans cette histoire."

« Il suffisait juste de ça. Tout d'un coup, elle et papa se mettaient à brailler. Et si l'un de nous essayait de les calmer ou leur demandait d'attendre la fin du repas, ça ne faisait qu'aggraver les choses. Bientôt, maman attrapait un plat – généralement le morceau de choix du repas, comme le rôti ou une tourte, ou alors une assiette ou la bouilloire – et elle le balançait par terre ou en direction de papa. Alors lui, il s'en allait furieux en la traitant de cinglée et, nous autres, on était assis là, avec elle qui pleurait à table, et la nourriture était foutue, et il n'y avait rien pour la remplacer. Je vais te dire, ça pouvait vraiment nous affecter. Ces scènes sont devenues si fréquentes que pendant des années j'ai appréhendé les repas ; ça me gâchait ma digestion rien que d'y penser. »

Même les soirs où Gary n'était pas en cause, les disputes étaient tout de même la règle.

« J'ai fini par tellement craindre ces repas, m'a dit Frank, que j'attirais mon assiette près de moi au bord de la table et que je mangeais nerveusement et à toute allure. Papa n'aimait pas que je fasse ça, et un jour… »

Je l'ai coupé, parce que soudain je me suis rappelé l'incident. C'était l'un des rares de cette époque dont, pour une raison ou pour une autre, je me souvenais.

« Papa t'a pris la tête, ai-je dit, et il t'a enfoncé le visage dans ton assiette.

— Tu te souviens de ça ? Tu ne devais pas avoir plus de 5 ans. Mais, oui, c'est exactement ce qu'il a fait. Il a tendu le bras, a attrapé l'arrière de ma tête et me l'a enfoncée dans le ragoût de bœuf. C'était ce qu'on mangeait. » Frank s'est interrompu un moment, puis il a ri. « Quand j'ai relevé la tête, j'avais le visage plein de morceaux de bœuf, de carottes et de purée. Je suis bien forcé d'en rire maintenant mais, sur le coup, je ne rigolais pas. C'était humiliant, irrespectueux, affreux. Je n'ai pas fini mon assiette. Je me suis levé, j'ai quitté la table, puis je me suis lavé le visage et suis allé m'asseoir dehors. Je me souviens que Gaylen est venu me voir après coup et qu'il s'est assis à côté de moi. “Merde, qu'il a fait, je voudrais pouvoir manger un repas un jour sans tout ce bordel. Mais ils ne nous laisseront jamais tranquilles. Ils trouveront toujours un moyen de s'engueuler, ou une excuse pour nous taper dessus." Je me souviens que des larmes coulaient sur ses joues pendant qu'il disait ça.

« Je comprenais ce qu'il voulait dire. Bon sang, c'était intolérable. Enfin quoi, il y a des gens qui crèvent de faim, qui rêvent de repas comme ceux qu'on avait. On avait la chance d'avoir de la nourriture, et on ne pouvait pas la manger à cause de ces deux idiots qui ne pouvaient pas se retenir de s'engueuler suffisamment longtemps. Ça me rendait sacrément amer. »

Frank a soupiré, et il est resté quelques moments silencieux, se remémorant ses souvenirs de cette époque.

« Papa avait tout simplement trop de foutues règles, a-t-il repris. Il en avait tellement que personne ne pouvait obéir à toutes. Comme ça, il trouvait toujours une bonne raison de nous taper dessus. Et après MacLaren, Gary adorait enfreindre l'autorité de papa. »

Gary a commencé à manquer de plus en plus souvent les repas. Dans un sens, il avait déjà quitté la maison, et les règles de son père étaient une chose qu'il fallait refuser à tout prix.

Gary menait une sacrée vie en dehors de la maison. Et, comme l'avait supposé le conseiller de MacLaren, les camarades de classe de Gary n'y tenaient pas un grand rôle. Les nouveaux amis de Gary étaient des garçons qu'il avait rencontrés à la maison de redressement, ou leurs associés, qui étaient plus âgés et plus expérimentés.

En particulier, Gary avait commencé à fréquenter les noctambules. À cette époque, dans la partie basse du centre-ville de Portland, il y avait un bar principalement destiné à une clientèle homosexuelle. Comme la police ne les considérait pas comme un groupe potentiellement violent ou criminel – et comme la plupart des flics des mœurs se sentaient stigmatisés de devoir arrêter des gays –, on disait aussi que c'était un endroit sûr pour les adolescents, tant que leurs fausses pièces d'identité étaient crédibles et qu'ils ne causaient pas d'ennuis. Ce bar est devenu l'un des repaires favoris de Gary. Même s'il proclamerait par la suite haut et fort qu'il n'avait jamais été impliqué dans les pratiques homosexuelles qui sont fréquentes en prison, j'ai rencontré des hommes qui juraient le contraire. J'ai aussi parlé à des gens qui fréquentaient ce bar avec lui et qui l'ont vu assis dans un coin, arrachant des baisers à d'autres jeunes hommes, ou laissant les plus vieux poser une main sur son jean serré. Un homme nommé John avait l'habitude de traîner dans ce bar, et il s'intéressait tout particulièrement à Gary et sa bande. John laissait les garçons amener leurs petites amies dans son appartement, où ils faisaient la fête toute la nuit, et, plus tard, quand Gary et certains autres ont commencé à voler régulièrement, John les autorisait à cacher leur butin chez lui. En échange de ces faveurs, Gary et ses copains tiraient à pile ou face, et le perdant devait sucer John, et parfois aussi un ou deux de ses amis.

En dépit de ses badinages homosexuels, Gary commençait à se faire un nom pour ses prouesses avec les femmes. Il paraît qu'elles aimaient sa dégaine et ses tenues cool, et que certaines appréciaient le fait qu'il pouvait fournir sans problème non seulement de l'alcool, mais aussi de la marijuana, du sirop pour la toux, et des cachets de speed. En tout cas, à en croire certains amis de mon frère, si une fille sortait avec Gary, elle savait qu'elle allait devoir passer à la casserole. Telle était sa réputation. Soit la fille s'allongeait, soit elle se faisait planter sur quelque route paumée et était forcée de parcourir à pied et seule le long chemin effrayant jusqu'à chez elle. Parfois, Gary et un autre copain donnaient rendez-vous à deux filles, puis ils volaient une voiture, passaient chercher les filles, et les emmenaient sur quelque route de campagne. Gary en prenait une à l'avant pendant que son copain se tapait l'autre à l'arrière. Puis les filles escaladaient les sièges et répétaient le rituel avec l'autre type. Gary était aussi connu pour être plutôt direct. « Il n'aimait pas perdre trop de temps, m'a expliqué l'un de ses acolytes. Gary disait des choses comme : "OK, et si tu me laissais baiser ta chatte maintenant ?" La plupart des filles s'en fichaient qu'il leur parle comme ça. C'était pour ça qu'elles traînaient avec lui. »

Ses activités nocturnes sont devenues plus sérieuses. Gary a commencé à cambrioler des pharmacies et d'autres boutiques durant les heures de fermeture, à la recherche de drogues, d'argent, et du pistolet occasionnel. Il aimait amasser pas mal d'argent, s'acheter de nouveaux vêtements, des drogues et de l'alcool, puis organiser des fêtes jusqu'à l'aube. C'était toujours la même chose, nuit après nuit. À fumer de l'herbe, à convaincre des filles de le suivre chez John, où alors à les emmener faire une virée en voiture, à boire jusqu'à ce que tout le monde soit tombé dans les pommes. Les nuits où Gary et ses copains n'arrivaient pas à se trouver de femmes, ou quand ils étaient à court d'argent, ils cambriolaient une maison ou une boutique. Dans les maisons, ils cherchaient des bagues et des montres. Ils adoraient voir comment vivaient les autres.

Les soirs où il rentrait à la maison, Gary devait passer devant un grand supermarché situé peu après Reed College, dans Woodstock Boulevard, à environ un kilomètre et demi de notre maison. C'était l'un des endroits où ma famille préférait faire les courses, et mon père y était depuis longtemps considéré comme l'un des meilleurs clients. Un jour, quelques années auparavant, Gary s'était fait pincer en train de voler à l'étalage, et le directeur l'avait traîné par le bras à travers le magasin devant tout le monde avant d'appeler mon père. Mon père avait continué d'être le bienvenu dans le supermarché, mais Gary y était à jamais interdit de séjour. Cet épisode devait lui rester en travers de la gorge, et, en rentrant un soir, Gary s'est retrouvé devant le magasin à l'heure de la fermeture. Il a passé un collant en nylon sur sa tête, a pénétré dans le bureau, et il a collé un pistolet contre le flanc du directeur – le même homme qui l'avait tiré par le bras des années auparavant. « À moins que vous ne vouliez que je vous enfonce le canon dans le cul et que j'appuie sur la détente, a-t-il déclaré, vous allez me donner tout l'argent qui se trouve dans ce coffre-fort. »

Ce soir-là, Gary est ressorti avec 18 000 dollars dans un sac à provisions. Ça l'a aidé à tenir pendant un moment. Il n'a jamais été arrêté pour le vol. Ni même soupçonné.

Un autre soir, Gary était sorti avec un ami nommé Clyde. Ils ont avalé quelques cachets et sont allés à un concert de Little Richard. Ils faisaient la fête, car, pour tenter de remettre Gary sur le droit chemin, mon père lui avait acheté une Oldsmobile d'occasion. C'était sa première sortie avec la voiture. Elle était magnifique et il en était sacrément fier. Vers 2 heures du matin, Gary et Clyde roulaient dans la 82e Avenue – l'artère principale de la partie est de Portland, et un paradis pour les concessionnaires d'automobiles – quand la voiture de Gary est tombée en panne d'essence.

« Merde, a dit Clyde, qu'est-ce qu'on fait maintenant ? »

Gary a haussé les épaules.

« J'en sais rien. » Il a regardé par la vitre et vu un concessionnaire de voitures d'occasion. « Je suppose qu'on pique une autre bagnole. »

Quelques minutes plus tard, ils fonçaient dans la 82e Avenue à bord d'une Chevrolet de 1956, Gary derrière le volant. Ils ont grillé un feu rouge, et aussitôt une voiture de flics les a pris en chasse, tous gyrophares allumés.

Gary et Clyde se sont regardés.

« Qu'est-ce que tu veux faire ? » a demandé Clyde.

Gary a souri et répondu :

« Qu'ils aillent se faire foutre. »

En ce temps-là, la 82e Avenue menait directement aux routes rurales des environs de Portland – un *no man's land* à l'époque, et un *no man's land* de nos jours. Gary s'est dirigé vers l'une des routes de campagne, s'est engagé dessus à toute allure, poussant la Chevrolet jusqu'à 180 kilomètres à l'heure. Trois voitures de police s'approchaient derrière eux. Devant lui, Gary a vu un barrage de camions. Il a braqué à toute vitesse au dernier moment, a contourné l'obstacle, et poursuivi son chemin. Derrière lui, deux des voitures de police ont percuté le barrage.

« Hou, mon pote ! s'est exclamé Clyde. On est des vrais gangsters ! »

Quelques minutes plus tard, Gary a entendu le moteur crachoter. Ils commençaient à être à court d'essence. Il a garé la voiture dans l'allée d'une ferme, et Clyde et lui ont bondi dehors. Presque aussitôt, quinze flics prenaient les lieux d'assaut, tirant des coups de feu d'avertissement en l'air. Ils ont attrapé Clyde avant qu'il n'ait le temps de s'enfuir ou de se cacher, mais

Gary s'en est tiré. Le lendemain, pour sauver son frère, la sœur de Clyde a dit à la police : « Vous pourrez trouver Gary Gilmore chez un homo dans le centre-ville de Portland. » Et elle leur a donné l'adresse de John.

Gary et Clyde ont passé quelques semaines dans la prison du comté avant d'être déférés devant le tribunal pour adultes. Clyde avait une trouille bleue, mais Gary semblait prendre les choses à la cool. Sa confiance a payé. Mon père a embauché un bon avocat – l'un des meilleurs avocats politiques de Portland – qui est parvenu à le faire relâcher avec un an de liberté surveillée. Même son copain s'en est tiré. C'était le retour à la belle vie.

Mais tôt ou tard, les choses devaient mal tourner.

Ça s'est produit par une chaude nuit d'été, au milieu du mois de juillet 1957. Gary et Clyde étaient sortis, en quête des divertissements habituels, des ennuis habituels. Ils rentraient d'une fête dans la partie est de la ville, où ils avaient fumé de l'herbe toute la soirée, et marchaient dans la 52ᵉ Avenue, près de Division Street. Vers 2 h 30 du matin, ils sont passés devant un bâtiment de bureaux. Gary a scruté les rues alentour. Elles étaient désertes et silencieuses. « Si on se faisait ce bâtiment », a suggéré Gary. Ils ont trouvé une fenêtre mal fermée, l'ont crochetée, et se sont glissés à l'intérieur. Quelques instants plus tard, Gary fouillait dans un bureau lorsqu'il est tombé sur un 32 automatique. Le flingue était chargé et déjà armé, mais Gary ne le savait pas.

Il y avait un grand drugstore de l'autre côté de la rue. Gary et Clyde ont décidé de le dévaliser. Alors qu'ils étaient dans Division Street, Clyde a lancé : « Allez, Gary, t'as jamais braqué personne avec un pistolet.

— Bien sûr que si. J'ai dévalisé une épicerie à côté de chez mes parents.

— Oh ! conneries. Montre-moi comment tu ferais pour braquer quelqu'un.

— Comme ça », a répondu Gary.

Il s'est retourné, a pointé le pistolet sur le ventre de Clyde, et il a appuyé sur la détente.

Clyde a vu une flamme bleue jaillir du canon, et il a senti une brûlure au ventre.

« Ah, merde ! tu m'as tiré dessus ! » s'est-il exclamé avant de s'écrouler.

Gary a regardé Clyde un moment, puis il est parti en courant.

Un peu plus tard, Clyde a entendu deux nouveaux coups de feu.

Bon Dieu, a-t-il pensé. *Qu'est-ce qu'il a fait – il a tué quelqu'un, ou il s'est suicidé ?*

Clyde est parvenu à se relever, à marcher jusqu'au coin de la rue, et à héler un taxi. Il a informé le chauffeur qu'il s'était pris une balle et lui a demandé de l'emmener à l'hôpital. Lorsqu'ils sont arrivés aux urgences, Clyde a dit :

« Je suis fauché.

— Espèce de voyou de merde », a répliqué le chauffeur, puis il est reparti.

Une heure plus tard, la mère de Clyde était à l'hôpital, et les flics aussi. Clyde refusait de dire pourquoi il s'était fait tirer dessus et par qui. Sa mère s'est tournée vers un agent et a suggéré :

« Pourquoi n'allez-vous pas voir Gary Gilmore ? C'est le genre de chose qu'il ferait. »

Malgré l'insistance de sa famille, Clyde a refusé de porter plainte contre Gary. « J'aurais fait la même chose, expliquerait-il par la suite. Je me serais dit : “Merde, je l’ai tué. Autant mettre les bouts.” »

Ça mettait les flics en rogne, mais ils pouvaient néanmoins inculper les deux jeunes pour cambriolage. Une fois de plus, ils ont déféré Gary devant le tribunal pour adultes. Cette fois, même un bon avocat ne pouvait rien pour lui. Il a été condamné à un an d’incarcération à Rocky Butte, la prison du comté de Multnomah. C’était la première fois qu’il allait vraiment en prison. Il avait 16 ans.

Une fois encore, les histoires que j’ai relatées ne sont pas tirées de mes souvenirs propres. Elles m’ont été transmises soit à travers la tradition orale de ma famille, soit par des témoins, soit par le biais d’interviews et de documents de diverses natures. Gary n’est pas quelqu’un qui me revient tant que ça à travers mes souvenirs – du moins pas à travers les souvenirs de mon enfance. Pour être honnête, je ne me souviens pas de Gary comme de quelqu’un que je voyais à la maison quotidiennement, contrairement à mes parents ou mes autres frères. Je me souviens de lui comme de quelqu’un dont on parlait – une force lointaine, dont les activités en dehors de la maison avaient un impact considérable sur notre tranquillité d’esprit, comme une tempête qui menaçait toujours derrière la porte.

Ma mère m’a dit que Gary avait l’habitude de me prendre sur ses genoux quand j’étais tout petit, qu’il adorait jouer avec moi. Elle m’a aussi dit qu’il aimait m’emmener avec lui en ville quand il allait acheter des fournitures scolaires ou des vêtements, et qu’à mon retour j’étais généralement chargé d’un nouveau butin qu’il m’avait acheté avec son propre argent de poche. Quand ma mère lui faisait remarquer qu’il avait dépensé tout son argent au profit d’un enfant déjà trop gâté, Gary riait. L'idée qu'il s'était fait arnaquer par un gamin semblait lui plaire. Je dois prendre ma mère au mot quand il s'agit de ces histoires, car je n'en ai tout bonnement aucun souvenir.

Je ne me rappelle clairement qu'une poignée d'incidents impliquant Gary durant ma petite enfance. En voici quelques-uns :

Un matin – probablement durant la période de liberté de Gary entre MacLaren et la prison du comté –, ma mère m'a demandé d'aller le réveiller. J'ai gravi les marches quatre à quatre et ouvert la porte de la chambre de mes frères. Gary était assis sur son lit. À sa droite se trouvait une fille aux cheveux bruns, nue. Elle était penchée au-dessus de lui, et sa tête montait et descendait au niveau de son entrejambe. Sur sa gauche se trouvait une autre fille aux longs cheveux châtains. Elle était à genoux et Gary avait l'un de ses seins dans la bouche. Il a levé les yeux et m'a vu, et alors il a tapoté la tête de la brune. Elle a cessé de le sucer et s'est installée sur l'oreiller à côté de lui.

« Voici mon petit frère Mike », a annoncé Gary.

Les filles ont ricané, et la brune m'a fait signe d'approcher.

« Salut, Mike, a-t-elle dit. Tu veux te joindre à nous ? »

Puis elle a secoué son abondante poitrine dans ma direction. Je me souviens encore de la forme ovale de ses tétons d'un brun sombre.

« Rends-moi service, mon pote, a repris Gary. Ne parle pas de ça à maman et papa. Dis-leur que je n'étais pas là. »

J'ai acquiescé, puis je suis redescendu à toute allure et j'ai retrouvé ma mère. Je lui ai dit qu'il y avait deux filles au lit avec Gary. Je ne sais pas pourquoi j'ai fait ça. Je voulais toujours que mes frères m'aiment.

En y repensant, je suppose que j'avais juste besoin d'en parler à quelqu'un, et qu'elle a été la première personne sur qui je suis tombé. C'est la seule fois que je me souviens de ma mère s'énervant vraiment après Gary. Elle est allée dans la cuisine et a tout raconté à mon père, qui a éclaté de rire. « Ah ! bon sang ! qu'il a dit. C'est juste un garçon. » Il est monté et a parlé aux filles d'un ton apaisant. Puis il les a fait se rhabiller, monter dans sa voiture, et il les a ramenées chez elles.

L'autre incident dont je me souviens clairement a eu lieu un soir de Noël – peut-être le Noël juste après MacLaren, mais plus probablement un ou deux ans plus tard. Ce soir-là, j'étais assis dans ma chambre, en train de jouer avec les trésors de cadeaux que m'avait apportés cette journée, quand Gary est entré. « Salut, Mike, comment ça va ? a-t-il demandé en s'asseyant sur mon lit. Je crois que je vais me joindre à toi tant que je suis un peu de bonne humeur. » Il avait un pack de six bières, et il parlait d'une voix traînante et indistincte. « Écoute, mon pote, a-t-il continué, je veux discuter avec toi. » C'est probablement le premier souvenir que j'aie de lui cherchant ma compagnie. Mais les confidences qui ont suivi ont été complètement inattendues, et je ne les ai pas vraiment comprises à un si jeune âge. Assis au bout de mon lit, sirotant sa bière de Noël, Gary semblait contempler un endroit cruel au plus profond de lui, et il m'a raconté des histoires d'une horreur inimaginable. Des histoires sur les garçons qu'il avait connus dans les centres de détention et les maisons de redressement où il passait désormais l'essentiel de son temps – des histoires sur les caïds qui lui avaient appris les codes impitoyables de sa nouvelle vie, et sur les faibles qui n'avaient pas ce qu'il fallait pour survivre à une telle vie.

Et alors Gary m'a donné l'une des rares leçons que je me souvienne avoir reçues de lui : « Tu dois apprendre à être dur, a-t-il dit. Tu dois apprendre à encaisser les coups sans rien éprouver. Pas de douleur, pas de colère, rien. Et tu dois comprendre que si on veut te frapper, même si on veut te plaquer au sol et te bourrer de coups de pied, tu dois laisser faire. Tu ne peux pas riposter. Tu ne *dois pas* riposter. Tu restes par terre et tu les laisses te frapper, te donner des coups de pied. Tu restes là et tu les laisses faire. C'est la seule manière de survivre. Si tu résistes, ils te tueront. »

Il a posé sa bière, a tendu les bras et pris mon visage entre ses mains. « Tu dois te souvenir de ça, Mike, a-t-il repris. Promets-moi. Promets-moi que tu seras un homme. Promets-moi que tu les laisseras te frapper. » Nous sommes restés ainsi ce soir-là à nous regarder fixement, mon visage entre ses mains, et lorsque Gary m'a fait promettre que je me laisserais battre, ses yeux injectés de sang se sont mis à pleurer. C'était la première des deux fois où je l'ai vu verser des larmes. Et alors, je lui ai promis : oui, je les laisserai me donner des coups de pied. Mais j'avais peur alors même que je prononçais ces mots – peur de me faire frapper par quelqu'un, et peur de trahir le serment que je venais de faire.

Je croyais qu'il me disait comment survivre en prison. Je comprends désormais qu'il m'expliquait comment survivre dans notre famille.

4

La vie avec mon père

Durant les années qui ont suivi ma naissance, mon père avait ses propres albums de photos, et ils m'étaient presque exclusivement consacrés. Je suppose que ça résume mon enfance : mon père me gardait pour lui. Pendant de nombreuses années – en fait, jusqu'au jour de sa mort –, mon père et moi avons constitué une famille à part.

À nul autre moment de ma vie je ne me suis senti plus en sécurité ni plus aimé. Il me faisait rebondir sur ses genoux et me chantait la comptine *This Old Man (« With a knick-knack paddywack, give the dog a bone – this old man came rolling home »).* Il me tenait dans ses bras, me chatouillait, m'appelait Taramac. Je n'avais aucune idée d'où venait ce nom ni de ce qu'il signifiait, je sais seulement que c'était ainsi que m'appelait mon père quand j'étais petit.

Comme je dis, je n'ai nulle part connu autant d'amour. Ni autant de solitude, de peur, et de culpabilité.

Alors que mes frères ont dû subir les violentes bagarres entre mes parents – toutes les fois où mon père a battu ma mère sous leurs yeux –, j'ai un souvenir différent de leurs disputes. Je n'ai jamais vu l'un de mes parents frapper l'autre – ou si je l'ai vu, je ne m'en souviens simplement pas. Je ne doute pas que ça se soit produit durant ma petite enfance, mais peut-être qu'à l'époque de ma naissance mon père avait enfin appris à se contrôler un peu, ou alors il était tout simplement trop vieux pour lui foutre *tout le temps* sur la gueule. Peut-être que battre mes frères suffisait désormais à satisfaire sa rage.

Bien sûr, mes parents s'engueulaient, et ils s'engueulaient fréquemment. Des concours de hurlements effrayants, mesquins, qui étaient à deux doigts de dégénérer en violence, mais ne franchissaient jamais complètement la limite. À la place, mon père et ma mère se lançaient des invectives terribles. Mon père traitait ma mère « d'infernale langue de vipère diabolique » et de « cinglée de salope fêlée ». Même petit – et même si je finissais souvent par prendre le parti de mon père –, je savais que c'étaient des insultes terribles, surtout adressées à la personne qu'on aimait. En retour, ma mère ripostait en lui rappelant toutes les femmes qu'il avait aimées, épousées et quittées, ou alors elle le traitait parfois de « *cat-licker* », lécheur de chat – expression qu'utilisaient les mormons pour désigner les « catholiques ». Comparées aux insultes que mon père lui balançait, celles de ma mère étaient gentillettes, mais elles semblaient exciter encore plus mon père. Et lorsqu'elle se moquait de sa religion, lui se lançait dans une tirade sur les mormons – sur les Danites diaboliques qui mettaient en pratique les principes meurtriers de Joseph Smith, sur Brigham Young, qui avait à un moment eu vingt-sept femmes en même temps, et qui avait été surnommé « *Bring 'em Young* », « amenez-les jeunes ». À la fin de ces diatribes, il se tournait vers moi ou vers mes frères et lançait : « La prochaine fois que vous irez à Salt Lake City, les garçons, je veux que vous jetiez un coup d'œil à cette statue pompeuse de Brigham Young qu'ils ont érigée dans Temple Square. Je veux que vous la regardiez bien. Et alors vous verrez qu'il a la main tournée vers la banque, et le cul vers l'église. » C'était une blague idiote (même s'il s'avérait que c'était une description plutôt fidèle de la statue), mais elle blessait profondément ma mère. À ces moments, elle sentait probablement que mon père dénigrait la totalité de son passé, le réduisant à une blague mesquine. Mais ce qui blessait peut-être encore plus ma mère, c'était que, dans une certaine mesure, elle avait elle-même renié ce passé – son histoire et son héritage en tant que mormone, ses espoirs de devenir une bonne croyante, de gagner la protection de Dieu et d'atteindre Sa vérité – pour pouvoir être avec un homme qui prenait désormais un tel plaisir à la rabaisser.

D'une manière ou d'une autre, ces disputes semblaient toujours monter *crescendo* jusqu'à se transformer en chantage. Mon père menaçait de quitter ma mère et mes frères et de cesser de subvenir à leurs besoins, ou alors il menaçait de foutre ma mère à la porte pour qu'elle aille vivre dans la rue, sans argent ni pardon. Je me rappelle encore son ton démesurément orgueilleux et brutal lorsqu'il la défiait, et je revois le visage de ma mère se tordant sous l'effet d'une rage douloureuse à mesure qu'il assénait ses avertissements. Et alors, il l'accusait d'être folle. C'est probablement à ces instants que je l'ai vu le plus mauvais – plus encore, d'une certaine manière, que quand il frappait mes frères – et ça ne manquait jamais de produire son sale effet. En la traitant de folle, Frank Gilmore mettait Bessie Gilmore dans un état tel qu'elle finissait en effet par se comporter comme telle. Ses yeux s'emplissaient de colère, et son visage devenait un masque étrange qui semblait à la fois figé et délirant – comme si elle avait eu en elle les pires instincts qu'un cœur et un esprit puissent produire. Et alors, elle répliquait : « Tu as raison – je suis folle ! Suffisamment pour tuer. Vas-y, continue de m'accuser, essaie de me quitter. Tu verras ce que je ferai. Je suis assez folle pour attraper un couteau pointu et te trancher la gorge en pleine nuit pendant que tu dormiras, et je rigolerai pendant que ton sang coulera et que tu pousseras le dernier souffle de ta vie cruelle et abjecte. »

Que ces menaces aient été sérieuses ou non, elle les proférait de manière convaincante. En de telles circonstances, elle était la chose la plus effrayante qu'il m'ait été donné de voir. Ses yeux étaient fixés sur mon père avec le genre d'aversion qu'on ne peut éprouver qu'après avoir été profondément trahi par la personne qu'on aime le plus. Et c'est à ces instants, quand je voyais l'expression menaçante de ma mère, que j'ai appris à craindre la colère. En particulier, j'ai appris à craindre la colère d'une femme blessée. Malheureusement, j'ai aussi appris à provoquer cette colère.

Quand ma mère devenait finalement cette créature hystérique que mon père l'accusait d'être, la bataille retombait. C'était comme si mon père avait l'impression d'avoir dit ce qu'il avait à dire, mais qu'il craignait aussi les conséquences de sa victoire. Il se calmait et se retirait dans son bureau, et ma mère restait plantée là avec sa colère et son humiliation, dans une pièce vide.

Ce qui fait que ces scènes sont particulièrement restées gravées dans mon souvenir, c'est qu'elles avaient souvent le même sujet : moi. Il s'agissait de savoir lequel de mes parents aurait le privilège de ma garde et de ma compagnie, jour après jour, d'un endroit à l'autre.

Peut-être mon père n'a-t-il jamais complètement fait confiance à ma mère pour ce qui était de s'occuper de moi après l'incident qui s'était produit quand j'étais bébé. Peut-être se disait-il qu'il devait me garder près de lui pour s'assurer qu'il ne m'arriverait rien de mal. Ou peut-être s'apercevait-il simplement qu'il se faisait vieux – il approchait des 70 ans à l'époque que je décris ici – et peut-être voulait-il simplement une présence fidèle à ses côtés. Je soupçonne que j'aie pu être la dernière chance d'amour de mon père – un amour qui ne le refuserait pas ni ne le trahirait, ni ne remettrait trop en question sa brutalité. « Cet homme adorait Mike, dirait ma mère à Larry Schiller, des années plus tard. Il l'adorait vraiment. C'est peut-être la seule personne au monde qu'il ait jamais aimée, mais il adorait ce gamin. » Et Gary lui-même a déclaré : « Je crois que Mike est le seul d'entre nous que papa ait jamais vraiment aimé. »

Quelles qu'aient été ses raisons, mon père voulait que je sois avec lui où qu'il aille. Comme il voyageait beaucoup pour son travail, cela signifiait que je passais une ou deux saisons à Portland, puis quelques mois à Seattle ou Tacoma, sans compter les nombreux allers-retours entre ces diverses villes. Après mes 6 ans, cela a aussi signifié que je devais passer d'une école à l'autre, en fréquentant parfois jusqu'à trois ou quatre différentes en une seule et même année. (À la possible exception du CP, je n'ai jamais passé la totalité d'une année scolaire dans la même école jusqu'à la 6e, l'année qui a suivi le décès de mon père.)

Ni mes enseignants à Portland ni ma mère ne pensaient que tous ces allers-retours étaient une bonne idée, et c'était l'une des principales pommes de discorde entre mes parents. Mon père voulait m'emmener quand il partait en voyage, et ma mère voulait que je reste à Johnson Creek et que je continue d'aller à l'école locale. Mais ce n'était pas tout. Ma mère considérait aussi la possessivité de mon père comme une tentative de garder mon amour pour lui et de me monter contre le reste de la famille. « C'est mon bébé, disait-elle. Il a besoin d'être avec sa mère, il a besoin d'être proche de ses frères. Ce que tu fais est horrible : tu le montes contre moi, tu le forces à nous rejeter. »

Je détestais ces disputes. Je me souviens que je me postais entre mes parents, écartant les bras, tentant de les empêcher de se faire mal. Je les implorais d'arrêter. C'était comme si je me trouvais pris entre ces forces monstrueuses qui s'affrontaient, et que si je parvenais à montrer clairement que je les aimais et les voulais tous les deux, alors peut-être que je pourrais mettre un terme à ces querelles. Peut-être que nous pourrions être une famille unie. Parfois, quand les chamailleries étaient à leur comble, ma mère disait :

« Laisse Michael choisir par lui-même. »

Mon père y consentait, mais il était clair à la manière qu'il avait de me regarder que je n'avais vraiment pas le choix.

« Vas-y, disait-il. Choisis avec lequel de nous deux tu veux être. Reste avec ta mère si tu veux. Je m'en irai seul, et peut-être que je ne reviendrai pas. Si tu ne veux pas de moi, personne ne veut de moi. »

De plus, lorsque leurs disputes en arrivaient à ce stade, il l'avait invariablement déjà traitée de folle, et ma mère était suffisamment blessée pour paraître en effet folle, et l'idée de rester seul avec elle dans cette maison me terrifiait.

Je me tenais là, à regarder tour à tour mon père et ma mère, et je choisissais presque systématiquement mon père.

Je me rappelle bien – d'ailleurs, je ne pourrai jamais l'oublier – l'impact que cette décision avait sur ma mère. Son expression frénétique se transformait en un chagrin manifeste, et j'éprouvais une culpabilité horrible, comme si je venais moi-même de la frapper. Je me rappelle l'avoir vue un jour s'effondrer lamentablement sur le divan, pleurant dans ses mains. J'ai marché jusqu'à ma mère et tenté de la prendre entre mes bras. Elle m'a repoussé, le visage rouge de colère, et m'a lancé : « Ne t'approche pas de moi. Tu ne m'aimes pas. » J'ai couru jusqu'à mon père pour qu'il me protège. « Oh ! Mike, a repris ma mère, je ne te ferai jamais de mal. Je t'aime. Viens me voir. » Mais je me méfiais désormais, et je me tenais à côté de mon père, mes bras enlacés autour de ses jambes puissantes. J'avais peur de ma mère, j'avais pitié d'elle, et je voulais être aussi loin d'elle que possible.

« C'était ta croix, m'a dit mon frère, des années plus tard. Je te voyais qui la portais en toi quand tu étais petit, à ta manière de rester à l'écart de tout le monde. Beaucoup plus tard, j'y ai repensé – toi, coincé entre eux, forcé de choisir avec lequel tu voulais être. J'étais désolé pour toi à ces moments-là, mais je ne pouvais rien faire ni dire. Aucun de nous ne pouvait rien pour t'aider. »

C'est ainsi que j'ai appris à aimer : choisir entre deux amours sans lesquelles je ne pouvais pas vivre et que je ne pourrais jamais espérer réconcilier. J'ai appris que, d'une certaine manière, aimer pouvait être comme tuer – ou du moins qu'une certaine forme de choix était comme un meurtre. Je savais que je devais faire souffrir mes parents en choisissant d'abandonner l'un ou l'autre, en étant forcé de déclarer lequel je préférais à l'autre, lequel des deux j'aimais le plus. De fait, je briserais le cœur de l'un d'eux en révélant cette vérité et, la plupart du temps, c'était le cœur de ma mère que je devais briser. (Pas étonnant que j'avais peur d'elle.)

Des années plus tard, tout cela nourrirait non seulement mes propres trahisons amoureuses, mais aussi mes doutes quant aux chances de réussite des relations amoureuses. Comme je savais combien il était horrible de retenir ou de reprendre son amour, j'en étais venu à craindre que quelqu'un ne fasse la même chose avec moi. Je savais qu'être quitté, c'était être rejeté, condamné, déclaré indigne. Je craignais, plus que tout, qu'une femme ne me dise qu'elle ne m'aimait pas, ou qu'elle ne voulait pas de moi, ou n'avait pas besoin de moi, ou ne voulait pas partager sa vie avec moi. En d'autres termes, je craignais désormais d'être la victime des mêmes choix que j'avais dû constamment faire durant mon enfance. Alors, parfois, je taisais mon amour, ou alors je me couvrais en entretenant plusieurs liaisons à la fois. Tout aussi souvent, c'est moi qui en faisais les frais – j'étais celui qu'on ne choisissait pas, celui qu'on abandonnait.

Il est possible, bien sûr, que je m'appuie trop sur ces drames d'enfance. Peut-être mes échecs amoureux sont-ils de simples erreurs dont je suis le seul responsable. J'ai saboté les chances de trouver l'amour que Dieu m'a données, tout seul. Mon indignité, c'est moi qui me la suis créée.

Mais je suis néanmoins forcé de m'interroger : je n'ai jamais pensé à mes parents en embrassant une femme. Alors pourquoi est-ce que je pense toujours à eux quand j'en perds ou en trahis une ?

Parfois, quand ma mère menaçait mon père de le tuer pendant son sommeil, il la prenait au sérieux – ou alors il décidait de la faire passer pour encore plus folle – et il dépliait le canapé du salon pour y passer la nuit. À ces occasions, il me gardait près de lui. L'idée était soit de me protéger, soit d'assurer sa propre sécurité en m'ayant à ses côtés. Avant d'éteindre la lumière, il attrapait les chaises autour de la table et les alignait devant le canapé, puis il prenait une grosse ficelle et la faisait passer à travers le dossier des chaises, de sorte à former une barricade. Sur la ficelle, il accrochait une paire de grandes cloches chinoises robustes qui étaient d'ordinaire posées sur son bureau. Comme ça, si ma mère tentait de franchir la barrière, nous entendrions les cloches tinter. Une espèce d'alarme de fortune contre un meurtre familial dans le noir.

Alors mon père s'allongeait du côté des chaises, tandis que j'étais du côté du mur, et il s'endormait. Mais pour ma part, je restais éveillé. Je n'arrivais jamais à dormir ces soirs-là.

J'étais étendu dans le noir, attendant d'entendre les pas de ma mère, prêt à apercevoir l'éclat d'une lame. J'entendais des bruits – peut-être mes frères qui se déplaçaient à l'étage ou sortaient furtivement dans la nuit – et je me demandais : était-ce le bruit de quelqu'un qui venait nous tuer ?

Je me redressais sur le lit et examinais les ombres des formes qui m'entouraient. Je distinguais le contour des chaises. Je voyais les cloches accrochées à la ficelle. Mais dans les recoins obscurs de la pièce – dans le coin près de l'escalier, dans l'entrebâillement des portes qui donnaient sur les autres pièces –, je croyais voir d'autres choses. J'imaginais ce qui pouvait se mouvoir dans cette obscurité : la colère et la haine et l'esprit de meurtre ; la folie de ma mère ; la douleur de mes frères. Ils étaient tapis dans l'ombre : des forces prêtes à fondre sur nous et à nous poignarder.

À côté de moi, mon père continuait de dormir, un bras étalé vers moi, sa bouche ouverte trahissant son âge : les gencives roses et vulnérables qui apparaissaient quand il ôtait son dentier. Dans cette faible lueur, dans cette pose insensible, il ressemblait déjà à un mort.

Je me recouchais et restais à l'affût du moindre mouvement. Du moindre craquement de plancher. Du cliquètement du tiroir à couteaux. Il y a tant de bruits incompréhensibles dans le silence d'une nuit profonde. Tant de bruits qui pourraient être ce qu'on craint le plus. Je serrais fort les yeux et tentais de forcer le sommeil à venir, mais il ne venait jamais. Alors je me mettais à observer les motifs sur le papier peint taché, la configuration des rideaux de dentelle. Je crois que, parfois au cours de ces veilles nocturnes, je devenais un peu fou. Les formes du papier peint, la toile des rideaux, tout ressemblait à de petites silhouettes de démons, des vignettes de l'enfer. J'avais peur d'avoir contracté une partie de la folie de ma mère. Peut-être s'était-elle insinuée en moi, à travers les puits d'obscurité qui se mouvaient dans cette maison et dans nos vies. Ou peut-être était-ce simplement l'insomnie d'un enfant anxieux. Je n'ai jamais eu le sommeil très lourd. Parfois, encore aujourd'hui, je me réveille en sursaut. Je sais que quelque chose a bougé dans la chambre obscure où je suis. Je sens quelqu'un qui se tient près de mon lit, et je viens d'entendre le rapide bruit de succion qu'il a produit en retenant vivement son souffle. Bien sûr, il n'y a jamais personne. C'est juste quelque chose qui vient de mon sommeil, de moi et de mes souvenirs.

Je restais éveillé pendant des heures ces nuits-là, m'attendant à ce que ma mère vienne et tienne sa promesse. Quand le ciel commençait à s'éclaircir, et que l'obscurité de la pièce laissait place à l'horrible grisaille terne du petit matin, je me sentais enfin suffisamment en sécurité pour me rouler sur le côté, appuyer mes pieds contre les jambes de mon père, et m'endormir.

C'est alors que les rêves ont commencé. Quand j'avais 5 ou 6 ans, ils prenaient principalement deux formes. La première série de rêves avait pour objet des choses qui se cachaient dans l'ombre. Mon père et mes frères avaient construit une véranda en bois à l'arrière de notre maison et, au niveau du sol, il y avait une porte qui menait à une remise pour les outils de jardinage. C'était un endroit sombre, froid, humide, avec un sol en terre battue, un endroit que je détestais. Je n'y allais jamais. Dans mes rêves, je me tenais la nuit devant cette porte, et elle s'ouvrait. Je voyais des choses tournoyer à l'intérieur. Des choses avec des yeux rouges féroces et des dents aiguisées, et elles couraient en cercle à toute allure, dans un mouvement ondulant. Je décidais que c'étaient des rats, et j'avais peur qu'ils me dévorent. D'autres fois, je rêvais que quelque chose vivait dans le sous-sol de notre maison. Dans mes rêves, le sous-sol était comme une oubliette – comme ce qu'on pourrait s'imaginer en lisant les descriptions que fait Poe des labyrinthes qui s'étiraient sous les maisons qui pourrissaient sous le poids de leurs propres secrets, même si ce n'est que de nombreuses années plus tard que j'ai associé Poe à ces rêves, après l'avoir lu et fait de lui ma première muse. Ce qui se mouvait dans le sous-sol n'avait pas de forme. C'était comme une vapeur et, en descendant l'escalier, je la voyais tournoyer à mes pieds. Je remontais à la hâte et tentais de réveiller ma famille pour les prévenir que quelque chose nous poursuivait depuis les profondeurs de notre maison, quelque chose qui pénétrerait notre souffle dans notre sommeil et nous tuerait. Mais je n'arrivais jamais à les réveiller.

Mes autres rêves d'enfance étaient plus troublants, et je ne les ai jamais révélés jusqu'à maintenant.

Le scénario le plus commun était le suivant : j'étais un policier ou un détective – un petit garçon blond avec un costume de détective, un feutre à bords relevés et un pistolet – et j'enquêtais sur un meurtre. J'avais toujours un partenaire dans mes rêves, et le partenaire était toujours une petite fille, elle aussi avec des cheveux blonds – quelqu'un dont je savais que j'étais amoureux. Mais au fil du rêve, je m'apercevais que c'était moi l'assassin que je recherchais, et le seul moyen de me protéger et de ne pas révéler ma culpabilité était de tuer la petite fille qui était ma partenaire, la petite fille que j'aimais. Je l'embrassais, la serrais fort, puis je l'abattais. Je me souviens aussi – dans une variante particulièrement horrible de ce rêve – que parfois je tuais tous les enfants ou bébés que je croisais.

Je n'avais aucune idée de ce que signifiaient ces rêves quand j'étais enfant – naturellement, je ne pensais pas que les rêves pouvaient signifier quoi que ce soit – et même aujourd'hui je ne prétendrais pas les comprendre ni les expliquer. Je sais que je me réveillais de ces rêves avec un terrible sentiment de culpabilité, et je n'en ai jamais parlé à personne. Parfois, je m'endormais le soir en priant Dieu : « S'il Vous plaît, ne me laissez pas faire les rêves de meurtre. »

Mais les prières n'ont jamais empêché les cauchemars. Pas une seule fois.

Et je suis donc devenu le compagnon permanent de mon père. Régulièrement, nous faisions nos valises et parcourions les trois cents kilomètres jusqu'à Seattle ou Tacoma. Nous chantions des chansons pendant tout le trajet – des rengaines idiotes et pleines d'entrain comme *Giddyup, Napoleon, It Looks Like Rain* ou *Oh, Susannah* ou des morceaux de la comédie musicale

Oklahoma ! Nous chantions même *This Land Is My Land* et *Blue Suede Shoes*. Et quand mon père avait envie de chanter en solo, il se faisait la main sur une *aria* de Verdi ou de Puccini. Nous étions tous les deux des chanteurs effroyables, mais je ne crois pas que nous le savions, et je suis certain que nous nous en fichions. Les fois où quelqu'un voyageait avec nous, la partie musicale du voyage lui était quasiment insupportable.

Quand nous arrivions dans une ville où nous allions rester, mon père louait un appartement ou une petite maison. Ces logements se trouvaient toujours dans une partie de la ville vieillissante et à moitié délabrée. À Seattle, nous avons vécu dans des quartiers comme Queen Anne Hill et Ravenna. Aujourd'hui, Queen Anne a été rénové et semble avoir été transplanté depuis Nob Hill à San Francisco. Mais dans les années 1950, c'était un quartier décrépit – un bon coin pour trouver des logements abordables – et certaines parties étaient quasiment en ruine. Nous louions d'ordinaire des chambres ou des appartements dans des maisons victoriennes qui étaient clairement à bout de souffle. Parfois nous étions les seuls locataires. Je trouvais qu'elles ressemblaient aux maisons hantées, sombres et branlantes, qu'on voyait dans les vieux films de fantômes en noir et blanc, et peut-être est-ce de là que vient mon goût éternel pour les histoires d'épouvante.

Je suppose que ces logements que nous louions rappelaient à mon père l'ancien monde dans lequel il avait grandi, ou peut-être celui en voie de disparition dans lequel il s'était si longtemps caché et où il trouvait toujours un certain réconfort. C'étaient les années qui ont précédé l'essor des projets de réaménagement urbain qui ont débarrassé les villes de nombre de leurs structures de désolation hors d'âge pour les remplacer par des structures de désolation plus propres et préfabriquées. Il y avait des gens qui habitaient dans ces vieilles maisons, qui avaient grandi et vécu toute leur vie dans de tels bâtiments, et ils voulaient y mourir avant qu'on ne se mette à construire de nouvelles maisons. Je ne peux pas affirmer avec certitude que mon père était amoureux d'un monde ancien – de fait, il a toujours adoré acheter les derniers modèles d'appareils photo et de matériel d'enregistrement, et il était excité quand les Américains ont commencé à explorer l'espace – mais il y avait un certain milieu qui était son royaume, au sein duquel il se sentait véritablement en confiance, et rien ne pouvait l'en faire bouger.

Je me souviens d'un endroit en particulier où nous avons vécu à Seattle. C'était un bâtiment situé à environ soixante mètres en retrait du trottoir – une vieille maison sombre posée en équilibre sur une grande charpente de bois en forme de tréteaux. Pour atteindre la porte d'entrée, il fallait traverser un pont de bois à moitié pourri auquel il manquait quelques planches. Sous le pont, il n'y avait rien qu'une jungle de bruyères et de mauvaises herbes, si haute et étendue qu'on ne distinguait pas le sol sous son enchevêtrement. Des marches sur le côté du bâtiment s'enfonçaient dans ce fouillis, mais aucune personne douée de raison n'y serait descendue. D'après mon père, au début du XXe siècle, un immense incendie avait quasiment rasé de nombreuses maisons de Seattle. Quand le quartier avait été reconstruit, disait-il, un faux sol avait été construit au-dessus de plusieurs maisons effondrées. En d'autres mots, il y avait une cité morte sous le quartier où nous vivions. Quelques-uns croyaient même que certaines des vieilles maisons se dressaient encore sous le sol, ou, du moins, que les vestiges calcinés de leurs carcasses avaient survécu. Dans cet enchevêtrement de ronces et de broussailles sous notre maison, me disait mon père, se trouvaient les vestiges d'une autre maison. Parfois, je me tenais sur le pont et regardais dans cet abîme de végétation, et je m'imaginais le squelette de l'autre maison là-dessous. Je me demandais si elle était encore pleine des squelettes des gens qui y avaient jadis vécu. Chaque fois que j'apercevais un mouvement dans les broussailles, ça me donnait le frisson. Je ne faisais pas de beaux rêves dans cette maison, mais ça n'était pas une nouveauté.

Tout comme il aimait les vieilles maisons, quand nous faisions des courses mon père préférait faire la tournée des échoppes d'occasions et de bric-à-brac, comme l'Armée du salut, Goodwill ou Saint-Vincent-de-Paul, ou alors le Farmers'Market de Seattle. (De nos jours, un centre commercial rénové rempli de boutiques et de cafés branchés qui s'étire le long de la jetée du centre-ville, mais à la fin des années 1950, un dédale de friperies et de vieilles librairies et de *coffee shops* pleins de vagabonds.) C'étaient les endroits préférés de mon père pour nous trouver de vieux vêtements, et dénicher des meubles antédiluviens pour nos logements antédiluviens.

Naturellement, j'accompagnais mon père lors de ces excursions. J'étais son ombre attitrée. Il m'habillait dans un style assorti au sien. Il me plaquait les cheveux en arrière au moyen d'une épaisse pommade – la même pommade qu'il utilisait sur ses cheveux gris et clairsemés. Il me faisait porter des vestes et des pantalons décontractés et des chemises pastel ou en laine comme les siennes, après quoi il m'affublait d'une cravatelacet et d'un chapeau de feutre. Je sais que nous formions un couple saisissant et étrange – un vieil homme avec un petit garçon presque identique. À cause de son âge, nombre de gens supposaient qu'il était mon grand-père. Je répondais que, non, c'était mon père, et les gens semblaient surpris, voire incrédules. Je ne comprenais pas pourquoi, et ça m'agaçait. Plus tard, quand j'ai commencé à avoir de nouveaux amis au collège et à aller chez eux, ça a été mon tour d'être choqué en voyant que leurs parents semblaient si inexplicablement jeunes – des parents qui, sans aucun doute, avaient dans les 30-35 ans. Je n'avais jamais fréquenté de personnes de cet âge ou de ce genre. Je ne les comprenais pas, ne pouvais pas vraiment m'identifier à leurs enfants, qui étaient censés être mes amis. Ils me semblaient être des aberrations, même si, bien sûr, c'était mon père et moi qui étions les aberrations. Peut-être est-ce la raison pour laquelle je n'ai jamais eu d'amitiés durables avec d'autres gamins jusqu'à la mort de mon père.

J'étais censé aller à l'école durant ces déménagements, mais mon père ne se souciait guère de ces raffinements. Parfois, après que nous nous étions installés dans un nouveau quartier, il me gardait à la maison pendant plusieurs semaines avant de m'inscrire à l'école du coin. Si c'était le printemps, il se disait que ce n'était même pas la peine de m'inscrire, et je restais à la maison jusqu'à l'automne. Ces absences prolongées de l'école m'étaient nuisibles à de nombreux égards, mais le domaine dans lequel je l'ai immédiatement ressenti, c'étaient les maths. À la fin des années 1950, le niveau de maths en primaire pouvait varier considérablement d'une zone scolaire à une autre, surtout entre deux zones d'un État différent. Je débarquais dans une école de Seattle, où l'on enseignait les bases de la division, alors que j'étais à peine fichu d'utiliser les retenues dans les additions de nombres à plusieurs chiffres. En théorie, les enseignants sont censés être patients et aider les élèves en difficulté, mais je ne me rappelle pas en avoir rencontré beaucoup de tels, ni d'enseignants qui étaient disposés à faire des exceptions. La plupart se disaient simplement que j'étais idiot ou trop fainéant. Ou peut-être savaient-ils que mon père était une sorte de perpétuel bohémien, ce qui faisait de moi le fils vagabond d'un père vagabond, quelqu'un qui ne valait pas vraiment qu'ils se cassent la tête. Quoi qu'il en soit, je n'ai jamais été trop bon en maths, et n'ai jamais eu beaucoup de goût pour leurs subtilités. Leurs lois et leurs mystères m'intimidaient, et je me disais que je *devais* être après tout stupide, puisque je ne saisissais pas les règles arithmétiques que les autres enfants semblaient comprendre en un clin d'œil.

Cependant, quand il était question de lecture, c'était une autre histoire. Mon père m'avait appris à lire bien avant mon entrée en primaire. Il me prenait sur ses genoux à son bureau, désignant les mots dans des livres illustrés, m'apprenant à les reconnaître et à maîtriser la logique de leurs formes et la prononciation de leurs lettres. Certes, il ne me faisait pas la lecture le soir – peut-être parce qu'il voulait que je lise tout seul. Et c'est ce que je faisais. Lire est devenu l'une des activités que j'aimais le plus dans la vie. C'était quelque chose que je pouvais faire seul, et, bien sûr, c'était un moyen idéal d'échapper à la réalité de la vie qui m'entourait. Les premières histoires dont je me souviens être tombé amoureux étaient les BD de crime et d'épouvante publiées par E.C. Comics et les BD d'aventures de Carl Barks – l'homme qui a écrit les histoires géniales de Donald Duck et de l'Oncle Picsou dans les années 1940 et 1950 pour Walt Disney. Barks était un homme intelligent – il connaissait sur le bout des doigts la portée et la signification des vieux récits mythologiques, et il les a transformés en un monde de canards parlants plein d'un esprit et d'une intégrité morale qui n'ôtaient aucune profondeur ni aucune magnificence aux histoires originales. Après Barks, il m'a suffi d'un petit pas pour apprécier non seulement le côté aventurier de Jack London, Jules Verne ou Alexandre Dumas, mais aussi la prodigieuse dramaturgie et l'incroyable nostalgie que l'on trouve dans les récits épiques antiques tels que l'*Iliade* et l'*Odyssée*, ou certaines autres légendes romaines et grecques. Quelques années plus tard, j'ai cultivé une profonde passion pour les écrivains d'épouvante comme Poe et Bram Stoker, et les histoires de fantômes d'Henry James, Émile Zola et Ambrose Bierce. Je ne comprenais pas toujours la langue que je lisais – et je ne saisissais assurément pas certains thèmes subtils des histoires – mais le monde que ces gens décrivaient était un monde dans lequel je me sentais chez moi.

Le soir, je m'asseyais dans un canapé du salon, près du bureau de mon père, et je lisais mes BD, ou les éditions reliées publiées par Scribner de livres comme *L'Île au trésor*, *Enlevé !* ou *Vingt Mille Lieues sous les mers* avec leurs flamboyantes illustrations par N. C. Wyeth. Puis mon père éteignait sa lampe de bureau, il me rejoignait sur le canapé, et il allumait la télévision. Il y avait un tas de programmes qu'il aimait regarder – principalement des séries policières comme *Les Incorruptibles*, *Richard Diamond, Détective privé*, *Highway Patrol* et *Les Accusés*, ou des westerns comme *Police des plaines*, *Wagon Train*, *Maverick* et *Have Gun Will Travel*. Contrairement à ma mère, mon père n'essayait jamais de m'empêcher de voir les films d'épouvante que j'adorais, et il semblait toujours connaître des anecdotes fascinantes sur Bela Lugosi et Boris Karloff qui faisaient ressortir leur humanité derrière leurs masques de monstres. (Ce qui n'était pas franchement nécessaire vu que j'étais toujours du côté des monstres de toute manière. À mes yeux, les personnages humains étaient barbants, des pertes de temps dont on pouvait se passer ; ils existaient pour que les monstres incompris puissent les tuer et se venger de la méchanceté de l'humanité.)

Je me souviens qu'à chaque diffusion des *Misérables* – la version de 1935 avec Fredric March et Charles Laughton – mon père me faisait asseoir à ses côtés pour regarder le film avec lui. « Souviens-toi de cette histoire, m'a-t-il dit un jour, après que nous avions vu l'impitoyable policier Javert traquer Jean Valjean pour son passé de petit criminel. Souviens-toi que le monde peut persécuter un homme pour de simples bêtises, et souviens-toi que les juges pieux sont des gens horribles. »

Il passait un bras autour de moi et m'attirait à lui. À ces moments, je me sentais protégé du monde, mais les paroles de mon père me faisaient comprendre que des châtiments sévères m'attendaient.

Parfois, quand nous sortions habillés pareillement, mon père se rendait dans des quartiers de la ville qui avaient la réputation d'être des cours des miracles, là où traînaient des vagabonds et des ivrognes. Aujourd'hui, certains de ces gens seraient appelés des sans-abri, mais en ce temps-là on les appelait des clochards. À Seattle, qui avait jadis été une sorte de ville de pionniers et de chercheurs d'or trépidante, et où de vrais durs continuaient de travailler sur les docks, les quartiers où se rendait mon père étaient considérés comme peu fréquentables. Il y visitait les missions et les tavernes. Il commandait une bière et parlait aux barmans de leurs clients. Mon père savait qu'on pouvait trouver des hommes brisés dans ces endroits, et, pour une raison ou pour une autre, c'étaient ces hommes qu'il voulait embaucher pour travailler avec lui. En partie parce qu'ils ne coûtaient pas cher et étaient faciles à dominer. Mais aussi parce qu'ils lui rappelaient probablement ses propres années de vaches maigres. Souvent, il invitait ces hommes affublés de favoris à vivre à la maison avec nous. Il leur achetait des vêtements – usagés, naturellement – et il les faisait travailler comme vendeurs au téléphone. Tant qu'ils ne buvaient pas à la maison et ne laissaient pas leur alcoolisme affecter leur travail, qu'ils ne volaient pas et n'avaient pas un sale caractère, il les traitait bien. Mais s'ils trahissaient sa confiance ou se soûlaient et faisaient du tapage, il les virait sur-le-champ. Je me rappelle bien l'avoir vu à deux ou trois reprises mettre à la porte à coups de poing des hommes qui avaient probablement la moitié de son âge et étaient deux fois plus forts que lui. Mon père serrait le poing, et il frappait au ventre. Ça les mettait toujours hors d'état de nuire. Puis, il les poussait avec leurs affaires par la porte, leur balançait quelques dollars et les avertissait : « Ne revenez jamais ici ! »

Quand mon père se rendait dans les bars et les tavernes, il s'attendait à ce que je me débrouille tout seul. Il me donnait quelques dollars et me disait de trouver une boutique pour faire des courses, ou alors de prendre le bus pour aller voir un film au cinéma. En y repensant, je m'aperçois que j'avais une liberté incroyable pour un gamin. J'étais libre de prendre le bus jusqu'au centre-ville de Seattle ou jusqu'au zoo dès l'âge de 8 ans, et j'étais libre de rentrer après la nuit tombée. Je ne me souviens pas que quiconque m'ait jamais menacé ou fait peur à ces moments, et je ne me souviens pas que le moindre adulte m'ait demandé ce que je fabriquais tout seul, sans parent ni gardien. Quand je ne trouvais pas de bonne librairie ou de film à voir, je passais des heures à explorer les vieilles maisons abandonnées du quartier de Queen Anne. La rumeur disait que si vous creusiez dans les sous-sols des habitations les plus anciennes, vous trouviez parfois des passages qui menaient à un monde ancien – le monde anéanti par l'effroyable incendie qui s'était produit des générations plus tôt. Mais tout ce que j'ai jamais trouvé, c'étaient des ruines crasseuses et l'occasionnel souvenir abandonné.

La vérité, c'est que j'étais un garçon qui vivait avec un vieil homme dans les vestiges d'un monde révolu. Nous faisions nos courses dans de vieilles boutiques, mangions dans de vieux restaurants, portions de vieux costumes. C'était comme si j'étais un enfant affublé de déguisements des années 1940, mais vivant au seuil des années 1960.

Tout cela me semblait normal – je ne connaissais rien d'autre. Mais peut-être que, dans une certaine mesure, je m'apercevais aussi que ça ne l'était pas, et cette prise de conscience avait un effet néfaste. Avec le recul, je crois aujourd'hui que j'ai connu quelques épisodes de dépression infantile – ce qui ne devrait pas être surprenant. De temps en temps, durant ces périodes où je vivais avec mon père, je tombais malade, mais l'affection dont je souffrais semblait se prolonger étrangement. Les crises duraient en général toute une journée et toute une nuit, durant lesquelles je restais au lit ou emmitouflé dans des couvertures sur le canapé, et je m'imaginais que d'autres gens – habituellement des membres de ma famille – entraient et sortaient de la pièce et me parlaient. Pour une raison ou pour une autre, quand j'étais couché dans le noir, je me concentrais sur mes mains. J'avais l'impression qu'il y avait un grand poids au centre de mes paumes, et que si je parvenais à resserrer le poing autour de cette sensation

– si je parvenais à la capturer et à la tenir –, alors tout irait bien. Je serrais les mains si fort que mes ongles s'enfonçaient dans ma chair.

À une ou deux reprises j'ai eu une autre hallucination : mon père était assis au bord de mon lit avec une femme étrange. Il descendait le haut de sa robe jusqu'à découvrir ses seins, et elle me regardait en gloussant. « Fiche la paix au garçon », disait mon père, et je sombrais de nouveau dans mon demi-sommeil agité. Certains diront que ce que je viens de décrire est un exemple de mémoire recouvrée – c'est-à-dire qu'une telle scène avait pu réellement se produire, mais que j'en avais refoulé le souvenir. Mais je ne crois pas que ce soit vrai. Je ne crois pas un instant que mon père ait amené d'autres femmes dans les maisons où j'ai vécu avec lui, et je n'ai aucune preuve qu'il ait eu la moindre liaison extraconjugale durant le temps où il a été marié à ma mère. Je ne sais pas trop où je suis allé chercher une telle vision. Peut-être dans une partie de mon inconscient que je partageais avec mon père, ou peut-être était-ce quelque pressentiment de ma propre fièvre érotique à venir.

Cependant, mon rêve enfiévré me rappelle quelque chose que j'ai vu quelques années plus tard, tandis que je farfouillais dans les tiroirs du bureau de mon père. C'était la photo d'un homme nu qui se tenait au bord d'une piscine, entre deux femmes à forte poitrine. Avec ses mains, il tripotait leur pubis. Pendant ce temps, la femme sur sa gauche tenait son pénis en érection, pendant que l'autre, arborant un large sourire, tendait le bras et lui enveloppait les couilles de la main. Je m'en souviens très nettement pour deux raisons : d'abord, c'était la première photo sexuellement explicite que je voyais, et elle a bien entendu excité mon esprit. L'autre raison, c'est que je suis quasi certain que l'homme sur la photo était une version plus jeune de mon père. Soit ça, soit c'était l'un de ses fils – quelqu'un qui avait le visage de Frank Gilmore – mais bon, ce serait un peu *trop* bizarre, non ? Tout ce que je sais, c'est que plus tard, quand mon père est mort et que nous avons trié ses affaires, j'ai cherché cette photo dans son bureau. Mais elle avait disparu, et je ne l'ai plus jamais vue ni n'en ai entendu parler.

Une année, alors qu'il était clair que mon père et moi passerions l'essentiel de la saison de Noël à Seattle, ma mère a mis les vieilles décorations dont nous ne nous servions plus dans un carton à mon intention. Ces ornements étaient aussi vieux que tout ce qui nous entourait – des figurines du Père Noël ébréchées, une crèche incomplète (il manquait la tête du petit Jésus), et une boîte à musique en plastique en forme de cathédrale. Quand on tournait la clé au dos de la boîte, elle jouait un cantique, et ses portes en plastique doré s'entrouvraient lentement, révélant un tableau Renaissance de l'Ascension éclairé à contre-jour. (Je m'aperçois aujourd'hui que c'était une relique de Pâques, mais ça ne faisait pas grande différence à l'époque, vu ce que je comprenais des fêtes religieuses.)

Quand Noël est arrivé cette année-là, je suis de nouveau tombé malade, et mon père et moi n'avons pas pu faire le trajet jusqu'à Portland pour le fêter en famille. Ma mère était terriblement déçue, et elle a accusé mon père de mentir, ou moi de simuler ma maladie, pour que nous puissions passer Noël seuls. De fait, j'ai passé cette journée-là au lit, avec la cathédrale en plastique à côté de moi, tournant indéfiniment la clé et regardant les portes s'ouvrir sur le tableau qui représentait une foule d'anges entourant l'ascension du Seigneur, pendant que mon père était dans la pièce du devant, à se disputer farouchement pendant des heures au téléphone avec ma mère. Plus je regardais les vieilles décorations de Noël, et les vieux murs de l'appartement, et les vieux chambranles de porte, plus j'étais malade et déprimé. J'aurais voulu que ces anges viennent me libérer de tout ça, qu'ils m'emmènent dans leur royaume d'amour lumineux et plein de promesses. Je priais pour qu'ils me laissent mourir et me portent au paradis. Bien sûr, ils n'en ont rien fait.

Vers le milieu de la nuit, toujours délirant, j'en suis venu à maudire les anges et cette foutue boîte à musique. Je l'ai lancée contre le mur, brisant ses portes en toc. Je me disais que je détestais les anges parce qu'ils refusaient de me laisser mourir.

Un ou deux jours plus tard, je me portais mieux, et mon père m'a ramené sous le ciel d'hiver à notre maison de Portland. Nous avons chanté comme des casseroles nos chansons idiotes tout au long de la route, jusqu'au moment où nous nous sommes engagés dans notre allée.

Malgré sa violence, mon père n'était pas un grand amateur de pistolets. Mes frères avaient droit à des carabines à air comprimé ou à plombs, mais les règles d'utilisation de ces armes étaient strictes. Les pistolets étaient hors de question – bien que je me souvienne aujourd'hui qu'après la mort de mon père, tandis que nous passions en revue ses possessions, nous sommes tombés sur ce qui, je pense, devait être un Luger dans un holster d'épaule. Certains d'entre nous estimaient que nous devions le garder, de même que ses bagues indiennes rares incrustées de jade et de rubis, mais ma mère s'y est opposée. Il y avait de mauvais souvenirs attachés à ces objets, affirmait-elle, et elle ne laisserait personne de la famille les conserver. Elle a demandé à une de ses amies de prendre le pistolet et de le vendre à un prêteur sur gages.

Un jour, cependant, mon père a décidé que la famille pouvait posséder une carabine. (Probablement après l'aventure de Gary avec la Winchester volée.) Mes frères atteignaient cet âge où les garçons allaient à la chasse, et mon père estimait qu'ils devaient apprendre à manier une arme en toute sécurité.

Dans la cour abandonnée derrière notre maison, il y avait un fourré où vivait un couple de faisans. En début de soirée, nous regardions l'un d'eux – le mâle, je crois – s'élever dans le ciel et partir. Environ une demi-heure plus tard, il revenait retrouver sa compagne. Nous adorions ces oiseaux et admirions leur beauté et leur liberté de mouvement – et donc, bien entendu, mes frères ont décidé de les tuer, et mon père a été d'accord pour superviser l'opération. Il se disait que ce serait un bon test pour eux de s'entraîner sur une cible mouvante.

Je me souviens bien de ces sessions. Ça se passait à la fin du printemps, entre la sortie de l'école et le dîner. Elles ont été l'une des rares occasions où tous les mâles de la famille, y compris Gary, se sont réunis pour se divertir ensemble. Mes frères tiraient à tour de rôle en direction du mâle lorsqu'il s'envolait, puis à son retour. Comme l'oiseau ne s'envolait d'ordinaire qu'une fois par soir, les occasions de le canarder étaient plutôt limitées. Chacun de mes frères – sauf moi, qui étais trop jeune pour manier une arme – n'avait droit qu'à quelques coups de feu par soir.

À ces moments-là, mon père, assis sous la véranda, regardait ses fils tirer sans dire grand-chose, hormis pour donner de temps à autre une instruction ou une mise en garde. Ces séances de tir ont duré quelques jours, sans que personne parvienne à atteindre l'un de ces pauvres oiseaux imbéciles et adorables. Finalement, mon père a perdu patience.

« Bon Dieu, vous faites une sacrée bande de tireurs ! Vous louperiez un éléphant dans un couloir. »

Gary s'est tourné vers lui et a lancé :

« Je ne crois pas que tu ferais mieux. C'est bien joli d'être assis là à critiquer, oh ! grand chasseur blanc. »

Mon père s'est levé et a marché jusqu'à l'endroit où nous nous tenions.

« Regardez », a-t-il dit.

Quelques minutes plus tard, le faisan regagnait à toute allure son fourré. D'un geste, mon père a porté la crosse de la carabine à son épaule gauche, puis il a rapidement visé l'oiseau et fait feu. Le faisan a semblé exploser dans une projection rouge circulaire et il est tombé par terre. Mon père a abaissé la carabine, il s'est retourné, et s'est éloigné. Il est rentré à la maison et s'est enfermé dans son bureau.

Gaylen a couru jusqu'au fourré pour chercher le faisan. Il lui a fallu quelques minutes pour le localiser parmi toutes les broussailles. Au bout d'un moment, il est revenu en courant, tenant l'oiseau par le cou. Il l'a déposé par terre devant nous. Ce qui quelques minutes plus tôt avait été la tête de l'oiseau était désormais une atroce bouillie sanguinolente.

« Le fils de pute ! s'est exclamé Gary. Il a buté cette bestiole en pleine tronche. »

En regardant l'oiseau, je me sentais affreusement mal. J'avais voulu voir cette créature abattue autant que mes frères avaient voulu l'abattre, mais maintenant que je regardais sa silhouette avachie et sans vie, je comprenais que je ne verrais plus jamais le faisan voler, que je n'entendrais plus jamais son cri. J'avais l'impression que nous venions de commettre un péché impardonnable.

Je suis allé m'asseoir quelques mètres plus loin pendant que mes frères plumaient l'oiseau. Et je me suis promis que je ne toucherais jamais à un pistolet, que je n'appuierais jamais sur une détente, que je ne tirerais jamais sur rien.

Et jusqu'à ce jour, j'ai tenu promesse.

QUATRIÈME PARTIE

LA MANIÈRE DONT CERTAINES PERSONNES MEURENT

Les tombes se font plus profondes.
Les morts sont plus morts chaque soir.

Sous les ormes et la pluie de feuilles,
Les tombes se font plus profondes.

Les replis sombres du vent
Couvrent le sol. La nuit est froide.

Les feuilles viennent heurter les tombes.
Les morts sont plus morts chaque soir.

Une obscurité sans étoiles les étreint.
Leurs visages s'estompent.

Nous ne nous souvenons pas d'eux
Clairement. Nous ne le ferons jamais.

« Les Morts »
Mark STRAND

1

Frères : deuxième partie

J'ai jusqu'à présent très peu parlé de mes autres frères, Frank Jr. et Gaylen. Notamment parce que le mariage de mes parents et les problèmes avec Gary occupaient tellement d'espace dans notre drame familial. Mais en me concentrant sur ces histoires – particulièrement celle de Gary –, je cours le risque de dire que ce sont les seules histoires de notre famille qui ont vraiment compté. De plus, rapporter que Frank Jr. et Gaylen ont été tout autant maltraités physiquement et émotionnellement que Gary, mais que ni l'un ni l'autre n'a eu une vie criminelle comparable à celle de Gary, ni n'a tué personne, ni n'a fini devant un peloton d'exécution, c'est inviter certaines personnes à dire : « Regardez, ces garçons en ont aussi bavé, et pourtant ils n'ont pas tué. Donc, les crimes de Gary étaient sa propre faute – ils devaient être le produit de sa propre volonté et de sa propre méchanceté. » Même ma mère a dû faire face à cette possibilité. « J'ai élevé Frank Jr. et Gary ensemble, a-t-elle déclaré à Larry Schiller en 1977. L'un n'a pas tardé à saisir un pistolet. Mais l'autre, non. Pourquoi ? »

Qu'un enfant ait tué et pas l'autre est, de toute évidence, une question importante. Mais le fait que mon frère Frank ne soit pas un assassin ne signifie pas que les souffrances qu'il a endurées n'auraient pas pu le pousser au meurtre. Il y a diverses manières de mourir dans ce monde. Certains meurent sans emporter personne avec eux. Nul doute que c'est une victoire, mais ça n'en est pas pour autant une rédemption.

J'ai déjà mentionné le fait que Frank était magicien. Enfant, j'ai passé de nombreuses heures à le regarder faire surgir des foulards de soie de nulle part, ou faire apparaître puis disparaître des bouquets de fleurs d'un geste de la main. Je l'implorais de me montrer comment accomplir de telles merveilles, mais Frank était fier de ce qu'il avait appris et ne révélait pas aisément ses secrets. Il m'a montré quelques tours, mais quand il essayait de m'expliquer les raffinements de sa dextérité – par exemple, comment manipuler ou dissimuler des pièces et des cartes à jouer d'un subtil mouvement des doigts –, je n'avais pas son adresse. Frank Jr. avait tout simplement des mains remarquablement agiles et une patience infinie. Parfois, lorsqu'il se produisait dans les écoles locales, il me prenait comme assistant pour quelques tours. Jamais je n'ai connu plus grande fierté en compagnie d'aucun de mes frères.

Je n'ai jamais réellement compris pourquoi Frank ne s'est pas accroché à sa vocation. De toute évidence, il est difficile de vivre de la magie, comme de tout autre don artistique, mais Frank avait probablement le talent pour y parvenir. D'ailleurs, il demeure un illusionniste hors pair. Un jour, il y a à peu près un an, Frank est passé chez moi à Portland et m'a montré quelques tours de cartes auxquels il avait travaillé. Il m'a demandé de tirer n'importe quelle carte, de la mémoriser, puis de la replacer dans le paquet. Il a battu les cartes, passé la main au-dessus, et la carte que j'avais tirée s'est mystérieusement élevée du paquet qu'il tenait dressé dans ses mains. Il pouvait même faire sauter ma carte du paquet retourné. J'ai été aussi impressionné par son talent ce jour-là que quand j'étais enfant, alors je lui ai demandé pourquoi il n'était pas devenu magicien professionnel. Frank a esquissé son sourire timide et triste, il a rangé son jeu et l'a enfoncé dans sa poche.

Son intérêt pour la magie, m'a-t-il expliqué, datait du jour où, à 9 ans, il avait vu un magicien accomplir quelques tours à une réunion scolaire à Portland – des tours standard, comme tirer un lapin d'un chapeau, faire jaillir des colombes d'un foulard de soie, sortir des pièces de 50 cents de la bouche d'un élève sans méfiance. À son retour de l'école, Frank Jr. a raconté à ses parents ce qu'il avait vu. Il n'a parlé que de ça pendant une semaine ou deux. En voyant l'intérêt de son fils pour la magie, Frank Sr. lui a expliqué qu'il connaissait lui aussi deux ou trois choses sur ce métier. Il avait côtoyé de nombreux magiciens pendant sa carrière au cirque et ses années avec Fay, et avait appris à effectuer de nombreux tours classiques quand il était clown chez Barnum & Bailey. Il a proposé à Frank de lui présenter quelques magiciens de la région et de lui fournir quelques ouvrages sur les secrets de la magie.

Frank a commencé à apprendre des tours, qu'il répétait devant mon père pour s'entraîner. Il y en avait un où il cassait un œuf dans une poêle et faisait apparaître un petit poussin, et mon père lui a montré comment l'améliorer.

« Je n'ai jamais montré à papa un tour qui l'a berné, m'a expliqué Frank Jr. Il n'en voyait jamais un à la télé dont il ne pouvait expliquer comment il était effectué. Ils pouvaient couper une femme en deux, la faire flotter, faire disparaître quelqu'un, il me disait toujours comment ils faisaient. Papa savait tout sur la magie. Il était bien en avance sur moi. »

Vers l'âge de 14 ans, Frank Jr. a préparé un spectacle pour la Société des magiciens de Portland. « C'était mon spectacle d'initiation, m'a dit Frank, et j'étais vraiment nerveux. » Il a entrepris de répéter son numéro devant la famille mais, à un moment, il a cafouillé, et mon père s'est levé et a achevé le tour à sa place en lui montrant comment s'y prendrait un magicien accompli. Frank a été sidéré par son talent. « Il était totalement confiant et ses gestes coulaient. En fait, je n'avais rien vu d'aussi parfait à la Société des magiciens. Il était bon, Mikal, très bon. Mais il m'a aussi embarrassé ce jour-là. Il a dit : "Ce que tu as, Frank, c'est l'amour de la magie. Mais tu n'as pas vraiment le talent." Voilà ce qu'il m'a dit. Il est assez évident qu'il avait raison. J'*aime* la magie. Je l'ai beaucoup pratiquée pendant un temps. En fait, je me suis entraîné pendant des mois et des mois. Mais je n'ai jamais été aussi bon que je le voulais. Ça, non. Je n'ai jamais été aussi bon que papa, pour être honnête. »

Je discutais de ça un jour avec une amie – une femme dont le cœur et l'esprit m'ont beaucoup appris – et elle a fait le commentaire suivant : « Tu parles d'une vacherie. Intimider un gamin de 14 ans comme ça, et foutre en l'air la seule chose positive dans sa vie. » Elle avait raison, bien sûr. Les critiques de mon père ont effectivement mis un terme à la carrière de magicien de mon frère, alors même qu'il commençait à se lancer. Il s'est tout de même produit à la Société des magiciens, et tout s'est bien passé. Mais au fond de son cœur, Frank Jr. estimait qu'il n'égalerait jamais les talents de son père dans ce domaine. « C'est comme si ton père se sentait rabaissé par la réussite de ses fils, a ajouté mon amie. En fait, il s'est bien assuré qu'ils n'oseraient jamais faire une chose que lui savait faire. Je suis désolée pour ton frère. Et il prend ça pour argent comptant – “J’ai moins de talent que mon père.” Le pauvre. C’était juste un gamin. »

Frank n’a jamais eu le même goût que Gary pour s’attirer des ennuis, même si quand ils étaient petits, ils avaient le don de faire des âneries tous les deux. Des trucs de gosses, comme arroser les gens avec des pistolets à eau, jeter des œufs et des bombes à eau sur les voitures, se foutre sur la gueule avec les gosses du voisinage.

Un soir, récemment, Frank et moi dînions dans un délicieux restaurant chinois sans prétention de Portland, au nom mémorable de Hung Far Low – un endroit où nous dînions déjà gamins avec nos parents. Par-dessus nos bols de soupe aux nouilles, j’ai demandé à Frank s’il avait jamais été tenté de s’essayer au crime, comme Gary. Il a éclaté si fort de rire qu’il a dû arrêter de manger.

« Le commencement et la fin de ma vie de criminel, m’a-t-il répondu après un moment, ça a été un Milky Way. Je l’ai attrapé, fourré dans ma poche, et j’ai mis les bouts. Enfin, j’ai *presque* mis les bouts. Le type qui bossait dans la boutique, il m’avait observé. Il m’a intercepté, il m’a repris le Milky Way, et il m’a demandé : “D’où tu viens ?” Il voulait mon nom et tout. J’avais vraiment la trouille, et je lui ai répondu : “Eh bien, je vais à l’école catholique au bout de la rue.” Alors il a téléphoné et l’une des sœurs a débarqué. “Oui, c’est Frank. Qu’est-ce qu’il a fait ? Il a volé une barre de chocolat ? Bon, il va falloir prendre des mesures. Vous ne pouvez pas laisser passer ça.” Et l’homme a déclaré : “Je ne vais pas laisser passer ça.” Il m’a forcé à vider toutes les poubelles, puis il m’a fait prendre le balai et j’ai dû balayer toutes les allées, sur toute la longueur. Et après il m’a fait balayer le trottoir. Merde, pour un gamin, ça faisait une montagne de boulot. J'ai rapporté mon matériel et j'ai dit : "Bon, je crois que j'ai tout fini, et je suis désolé pour ce que j'ai fait." À quoi l'homme a répondu : "OK. Et au fait, voilà ta barre chocolatée. Tu l'as finalement gagnée."

« Je l'ai remercié et j'ai pris mon Milky Way. Je suis rentré à la maison, je l'ai mangé, et je ne comptais plus en parler. Mais quand je suis allé à l'école le lendemain, la sœur m'a envoyé à confesse pour que j'avoue ce que j'avais fait, et quand je suis revenu j'ai dû recopier "Je ne volerai plus jamais" deux ou trois cents fois sur le tableau. Je me disais : "Maintenant je *sais* que j'ai gagné ma barre chocolatée – après tout ce que j'ai fait." Mais quand je suis rentré à la maison ce soir-là, l'un des prêtres de l'école avait appelé papa pour l'informer. Alors par-dessus le marché, j'ai eu droit au cuir à rasoir parce que j'avais volé une confiserie. Alors, tu veux savoir pourquoi je ne suis jamais devenu un voleur ? La voilà la raison. Sur le coup, j'étais vraiment furax, mais maintenant, quand j'y repense, je me demande : et si je m'en étais tiré ? Je crois que j'aurais continué à piquer des bonbons. Et qui sait – les choses auraient pu bien plus mal tourner pour moi. »

Puisque le châtiment avait eu un effet dissuasif sur Frank, je lui ai demandé pourquoi il n'en avait pas été de même avec Gary.

Il a longuement réfléchi. Et au bout d'un moment il a répondu : « D'une certaine manière, j'aurais aimé voir Gary se prendre ce que je m'étais pris juste pour voir ce que ça lui aurait fait. Mais en même temps, il était tout le temps puni. Non seulement toutes ces punitions n'ont eu aucun effet dissuasif sur lui, mais je crois qu'elles l'ont poussé à se comporter de façon encore pire. En fait, je crois que Gary *voulait* toutes ces punitions. Alors que moi, certainement pas. Je ne sais pas pourquoi. Je crois que Gary et Gaylen ont hérité du côté cinglé de maman et papa, alors que toi et moi, non. »

Frank m'a regardé, il a souri, haussé les épaules, et s'est remis à manger sa soupe.

Tandis que Gary cherchait de plus en plus les ennuis et s'engueulait de plus en plus violemment avec mon père, Frank Jr. se retrouvait à tenter de préserver la paix de la maison dans la mesure du possible. Mais ce n'était pas facile. Mon père allait voir Frank et Gary et il leur disait : « Je veux que la poubelle soit sortie et la pelouse tondue demain. » Le lendemain, Frank sortait la poubelle et tondait la pelouse, mais pas Gary. Pour éviter que tout le monde trinque, Frank faisait la part de boulot de Gary. Mais tout ça ne semblait pas beaucoup compter pour mon père. Apparemment, si on le défiait ou si on lui désobéissait, il réagissait. Il se disait que si Frank avait fait tout le boulot et pas Gary, il les punirait tous les deux – en leur supprimant leur argent de poche, ou en les privant de cinéma pendant le week-end ou de quelque autre privilège ou récompense qu'il avait promis.

« Un jour, m'a dit Frank, papa voulait que le sous-sol soit nettoyé. À cette époque, j'avais des allergies, et je ne voulais pas descendre et le nettoyer – il y avait trop de poussière et de terre là-dessous. Je savais que j'aurais des rougeurs sur tout le corps, et quand on est adolescent, on soigne son apparence. Mais je ne savais pas comment lui expliquer. J'ai juste dit quelque chose comme : "Gary ne pourrait pas le faire cette fois ?" Et papa a répondu : "C'est à toi que j'ai dit de le faire, et je veux que ce soit fait." Alors le lendemain quand il est rentré, ce n'était pas fait. Je n'essayais pas d'enfreindre ses règles. Mais il n'était pas le genre d'homme à qui on pouvait expliquer quoi que ce soit. Je ne pouvais pas être honnête et dire : “Écoute, papa, je m’inquiète à cause de mes allergies.” Il aurait trouvé le moyen de me refiler tout le temps cette corvée précise. Mieux valait garder ça pour moi et encaisser ma punition, qui a été de me foutre à la porte. Il est venu vers moi, poings levés. Il m’a dit de partir, et il ne plaisantait pas. Il a dit : “C’est ma maison. Tu es sous mon toit. Tu n’as pas fait ce que je t’ai demandé. Va-t’en !” Bon sang, je n’allais pas me battre avec lui, alors je suis parti. Je suis allé en ville et j’ai logé dans un hôtel bon marché pendant trois ou quatre jours, et puis je suis revenu. Il y a eu plein de fois où il m’a détesté autant qu’il détestait Gary. Et j’ai passé de longues périodes sans lui parler. On était à table, et je ne lui adressais même pas la parole. »

Les diverses règles de mon père constituaient un champ de mines si traître que Frank a fini par en avoir assez de devoir le traverser. Vers la fin du lycée, il a décidé qu’il voulait devenir menuisier. Il s’est trouvé une bonne école de menuiserie dans le coin, et a pris un job à mi-temps pour couvrir les frais. Mon père a accepté de payer le reste des droits d’inscription. Mais durant la première semaine de cours, à quatre reprises, Frank Jr. a manqué de respecter diverses règles de la maison et, à chaque fois, mon père l’a menacé de ne pas payer ses cours.

Mon frère s’est imaginé passant toute l’année scolaire sur cette lancée, et il a décidé que ça ne valait pas le coup. Il est allé voir mon père et lui a dit qu’il laissait tomber. Il ne voulait pas que mon père ait ce pouvoir sur son avenir. « L’idée qu’il pouvait te laisser entrevoir quelque chose comme ça, puis te le retirer quatre fois dans une même semaine… je me suis dit, merde, je ne vais pas passer tous ces mois à étudier pour qu'il me dise au dernier moment : "Bon, maintenant je vois que tu as quelque chose que tu voulais vraiment. Tu as étudié pendant neuf mois, tu es prêt à passer ton diplôme la semaine prochaine, mais tu ne vas *pas* le faire, parce que je ne vais *pas* envoyer le chèque, tu m'as contrarié ou tu as enfreint mes règles de telle ou telle manière." Papa disait tout le temps : "Ma parole est ma garantie", mais ça ne valait que quand il promettait de te punir. S'il promettait autre chose, sa parole n'était pas toujours une garantie. Ce genre de chose… ça te fait perdre quelque chose. Parfois j'avais l'impression qu'on me tuait à moitié. »

Je déteste avouer ça, mais en entendant les histoires de Frank, j'ai été content que mon père soit mort quand j'étais encore jeune, avant que mes propres espoirs ne se mettent en travers de son chemin. Je dis ça en partie parce que je suis heureux de n'avoir jamais eu à me battre avec lui, de n'avoir jamais été piétiné comme mes frères. Je le dis aussi parce que je sais à quel point je peux être colérique et déterminé, et horriblement, inflexiblement têtu. Si mon père m'avait offert le monde puis me l'avait repris, je sais que je l'aurais haï. Je l'aurais peut-être même tué. Ou pire, j'aurais pu tuer la prochaine personne qui m'aurait joué le même tour. Je suis donc heureux que mes espoirs et mes ambitions n'aient pas été ainsi assassinés, mais, plus que tout, je suis heureux de n'avoir jamais tué personne pour me venger d'avoir été dépossédé.

Tout comme Gary, Frank Jr. commençait à avoir sa propre vie en dehors de la famille. Il était un peu embarrassé de m'en parler, même s'il n'avait aucune raison de l'être.

« J'avais un ami, m'a-t-il dit lors de l'une de ses visites nocturnes. Il s'appelait Ron. On était potes depuis longtemps, depuis un bon paquet d'années, et on traînait ici à Portland. On… Eh bien, je vais essayer de formuler ça de sorte que tu ne me méprises pas trop, mais à l'époque on trouvait pas mal de prostitution à Portland. Ron et moi, on économisait du fric et on allait dans un endroit particulier, et on prenait du bon temps. À l'époque, c'était beaucoup plus sûr, et on s'est tous les deux pas mal défoulés pendant un moment. Et puis Ron, par l'intermédiaire de sa mère, a commencé à étudier la religion – en particulier, celle des Témoins de Jéhovah. Il m'en parlait tout le temps, mais ça ne m'intéressait pas. À vrai dire, j'avais passé plusieurs années de ma vie à me dire que j'étais athée. J'avais de sérieux doutes sur l'existence même de Dieu. Alors quand Ron a commencé à se pencher sur la religion, je ne voulais pas en entendre parler, parce que notre truc, c'était ce dont je viens de te parler. À l'époque, et à l'âge que j'avais, cette religion-là m'intéressait beaucoup plus !

« Un jour, a continué Frank, Ron est venu me voir et il m'a dit : “J'ai décidé que cette religion dit vrai, et je vais y consacrer ma vie. Toi et moi, il nous reste un mois pour traîner dans la rue des prostituées. Après ça, je mets de l'ordre dans ma vie.” Alors Ron et moi, on a continué à aller là-bas et à nous amuser. Puis il est devenu Témoin de Jéhovah, et il a arrêté. Il venait toujours me voir, parce qu'on était toujours bons amis, et il voulait vraiment que je rejoigne l'organisation avec lui. Moi, je refusais. Mais il a convaincu maman d'étudier pendant six mois avec lui. Elle adorait discuter de religion. J'étais dans la pièce d'à côté et je les écoutais, parce que je ne voulais rien avoir à faire avec ça. Et maman, naturellement, n'était jamais d'accord avec lui. Elle disait : “Ce type, il empire chaque semaine.” Mais à la fin de cette période, à force de les écouter, j'étais convaincu que Ron avait raison. Et j'en ai fait part à maman. Je lui ai dit : "Ça me plaît ; je vais me convertir." Elle était vraiment furax après Ron à ce stade. Elle est allée à l'église mormone et a demandé à l'évêque local de venir me parler. Il m'a dit que ce qu'enseignaient les Témoins de Jéhovah était faux. Qu'il valait mieux pour moi que je reste catholique plutôt que de devenir Témoin, parce que les mormons comme les catholiques croyaient que le Christ était mort pour nos péchés, pour qu'on puisse aller au paradis après notre mort, alors que les Témoins de Jéhovah ne croyaient pas ça. Je suis resté poli avec maman et l'évêque, mais je leur ai dit : "C'est en ça que je crois." Et je n'en ai pas démordu. J'ai commencé à m'abonner à des magazines publiés par les Témoins, à aller à leurs réunions. J'avais 19 ans quand je l'ai finalement accepté. »

Il y a beaucoup d'aspects que j'aime dans l'histoire de Frank. En particulier, j'aime l'idée que ces deux gamins étaient assez réfléchis et consciencieux pour se soucier de leur salut, mais aussi suffisamment intelligents et voluptueux pour profiter de quelques bons péchés avant qu'il ne soit trop tard.

Mais ce que j'aime le plus, c'est que cette histoire indique que Frank savait qu'il y avait des limites qu'il était bon de connaître. Comme, jusqu'où il pouvait risquer son âme pour se faire plaisir, et aussi jusqu'où il était redevable à sa famille. En adoptant une religion à laquelle ni ma mère ni mon père ne pouvaient adhérer, Frank Jr. leur faisait clairement comprendre qu'il ne voulait pas vivre en fonction de leur vision du monde et de sa valeur – qu'il voulait trouver sa propre voie. C'était sa manière de dire qu'il n'était plus obligé envers sa famille. Il avait imaginé un foyer meilleur, une vie meilleure, et il attendait le jour où il pourrait les obtenir.

L'histoire de Gaylen est une autre affaire, et tenter de la raconter soulève pour moi quelques problèmes. Hormis mon père, Gaylen – qui est né sous le nom de Gaylen Noel Gilmore – est le seul membre de ma famille qui n'a pas été interviewé à un moment ou un autre sur sa vie. En outre, j'ai trouvé peu de témoins ou de sources disposés à éclaircir les zones d'ombre et les secrets. Moyennant quoi j'ai peu de témoignages à partir desquels le reconstruire, à part mes propres souvenirs, et ceux de mon frère Frank et de ma cousine Brenda. Le plus troublant dans tout ça, ce n'est pas que je ne dispose ni d'interviews ni de sources sur mon frère, mais plutôt que j'éprouve le besoin d'en avoir pour *pouvoir* raconter son histoire. Après tout, j'ai grandi avec Gaylen – je me suis battu avec lui, j'ai ri avec lui, je lui en ai voulu, et je l'ai pleuré. Je devrais le connaître – et si vous m'aviez demandé au début de ce projet qui était la personne que je connaissais le mieux dans ma famille, j'aurais répondu Gaylen.

Mais je n'ai pas mis longtemps à m'apercevoir que je ne connaissais aucune de ces personnes aussi bien que j'aurais dû, et que je risquais de ne jamais les connaître assez. Il y avait simplement une trop grande différence d'âge entre moi et mes frères, et Gaylen, tout comme Gary, était souvent absent de la maison – soit en prison, soit à l'autre bout du pays, soit à s'amuser la nuit, en quête de la même extase interdite que nous avons tous fini par rechercher. Je ne sais qu'une partie de ce qui s'est passé durant les absences de Gaylen et Gary – et, bien sûr, c'est dans l'espace de ces absences qu'ils ont tous deux tenté de faire ou refaire leur vie. En d'autres mots, c'était au cours de leur vie privée, loin du regard de ma famille, qu'ils ont poursuivi leurs plus grands désirs, commis leurs pires péchés, éprouvé leurs pires frayeurs et, quelles qu'aient été ces expériences, leur souvenir et leur signification sont morts avec mes frères. Peut-être est-ce mieux ainsi. Peut-être n'ai-je pas besoin d'en savoir plus sur leurs secrets.

Pourtant, je ne cesserai jamais de m'interroger. Contempler ce qui est arrivé à Gaylen, c'est contempler un autre mystère – un mystère qui me perturbe particulièrement. S'il est vrai que la manière dont une personne meurt peut parfois révéler des vérités sur la manière dont elle a vécu, alors je sais ceci : Gaylen a vécu avec des blessures horribles qui ne pouvaient être guéries, mais ce ne sont pas elles qui l'ont tué. Ce qui l'a tué, ce sont les choses qu'il ne pouvait s'empêcher de se faire à lui-même.

Personne au monde ne m'a jamais autant manqué que Gaylen. Ni mes parents. Ni Gary. Ni même la femme dont je pensais qu'elle pourrait prendre leur place à tous. Si je pouvais choisir de passer une heure de ma vie avec une seule personne disparue, cette personne serait Gaylen. Je lui demanderais de résoudre le mystère, et de me dire ce qui l'a forcé à se détruire.

Gaylen est probablement le frère avec qui j'ai eu la relation la plus explosive. Je sais que nous avons joué ensemble quand nous étions petits. Je le vois sur certaines photos de mon père, et je m'en souviens même vaguement. Mais même dans la meilleure des familles, notre fraternité n'aurait pas pu être si facile que ça, étant donné notre différence d'âge. Quand j'avais 6 ans, Gaylen en avait 12. Il découvrait déjà les passions et les angoisses magnifiques qui viennent avec l'adolescence, il lisait J. D. Salinger et Jack Kerouac, était sur le point de s'immerger dans le sexe et le rock and roll, ne voulait pas s'attarder dans le monde de Disney. Quand j'implorais Gaylen de m'emmener en ville voir un film comme *Darby O'Gill et les farfadets*, il m'emmenait à la place voir quelque chose comme *Soudain l'été dernier*, une histoire de Tennessee Williams sur une famille cruelle maudite par Dieu et par ses propres démons. Quand le film devenait trop bavard pour moi et que je commençais à me plaindre, Gaylen disait : « Chut, reste calme, ou tu vas manquer le lutin qui arrive. »

Dans mes premiers réels souvenirs, je revois Gaylen comme quelqu'un qui non seulement me jouait des tours, mais qui était aussi l'une des forces les plus hostiles de mon enfance. Certaines des tensions entre nous tenaient à la relation que nous avions chacun avec notre père. Pendant des années, Gaylen avait été son fils préféré. C'était un beau garçon, exceptionnellement intelligent et charmeur – celui que mon père gardait auprès de lui, avant mon arrivée. Mais en grandissant, Gaylen a commencé à avoir des idées arrêtées, et aussi un sale caractère imprévisible. Mon père voyait ces changements comme des signes d'obstination et d'insubordination, et il s'est mis à frapper Gaylen de la même manière qu'il battait Frank Jr. et Gary. De plus, vers 13 ans, Gaylen a commencé à prendre un peu de poids – une brève période d'embonpoint avant qu'il ne devienne maigre comme un clou pour le restant de sa vie – et mon père se moquait de lui, l'accusant de ne pas savoir réfréner son appétit. Si Gaylen reprenait à manger à table, mon père se foutait de lui. « Où comptes-tu mettre ça ? Dans ta jambe ? Parce que je ne crois pas qu'il te reste beaucoup de place dans le ventre. »

La rupture grandissante entre Gaylen et mon père était exactement cela : une rupture. Les relations entre mon père et Gary avaient toujours été mauvaises, mais Gaylen avait jadis connu l'amour de mon père.

Maintenant que j'avais pris sa place de fils préféré, Gaylen commençait à connaître le rejet et les moqueries, et il ne pouvait dissimuler la douleur et la rage que ça lui inspirait. En conséquence de quoi, j'étais parfois la cible de sa colère – comme le jour où il m'a poussé dans l'escalier de la maison, de la même manière que Gary l'avait autrefois poussé de la véranda, ou les nombreuses fois où il m'a tordu le bras derrière le dos pour me faire promettre de garder l'un de ses secrets de plus en plus illicites. Je me souviens que mon père a un jour puni Gaylen en lui prenant une chose à laquelle il tenait beaucoup – je crois que c'était l'un de ses six-coups factices à placage de nickel et à crosse perlée – et en me le donnant. Un ou deux jours plus tard, alors que mon père était parti au travail, Gaylen a emporté tous mes faux pistolets dans le jardin et m'a enfermé dans la maison. Je le regardais depuis la fenêtre du salon tandis qu'il fracassait mes jouets les uns après les autres avec une hache. Il a balancé le tas de plastique réduit en miettes dans la poubelle, et lorsqu'il est rentré dans la maison, il pleurait. « Un jour, m'a-t-il dit d'une voix rendue pâteuse par la douleur, il te détestera toi aussi. Attends un peu. »

Le pire incident dont je me souviens de cette époque impliquait Gaylen et Gary, et il a eu lieu le jour de Noël. Je ne sais plus comment la bagarre a éclaté mais, à un moment, mon père et Gary se sont violemment affrontés. Ils se sont mutuellement provoqués, puis ils ont commencé à menacer de s'entre-tuer. Ma mère les implorait d'arrêter, mais la tension était trop intense pour s'interposer entre eux. Finalement, Gaylen s'en est mêlé et a demandé à mon père de laisser Gary tranquille. Mon père – qui, en dépit de son âge avancé, était toujours incroyablement fort – a serré le poing et frappé Gaylen au ventre. Je n'ai jamais oublié cet instant, la pure horreur de ce coup de poing. Gaylen, choqué, s'est plié en deux de douleur, et Gary lui est venu en aide. Mon père m'a attrapé et a annoncé que nous partions – que nous passerions Noël dans un hôtel. Mais cette fois, je ne voulais pas l'accompagner, et je l'ai fait savoir. « Ne te retourne pas toi aussi contre moi ! » m'a-t-il lancé, et l'expression de rage sur son visage a suffi à me faire partir avec lui. J'avais peur de ce qu'il nous ferait à tous si je restais.

Ma mère a supplié mon père de rester, de s'excuser auprès de Gaylen et Gary et d'essayer d'arranger les choses pour Noël, ou au moins de me laisser passer la journée avec mes frères. Mais il n'a rien voulu entendre. Comme nous étions dans la voiture, quittant l'allée, j'ai levé les yeux vers ma mère et mes frères qui, réunis sous la véranda, nous regardaient partir. Et j'ai deviné à la manière dont ils me regardaient que mes frères ne me pardonneraient jamais, qu'ils ne m'accepteraient jamais dans leur fraternité après ça.

Tandis que nous nous éloignions, j'avais l'impression d'être un traître. Je voulais rejoindre mes frères – me tenir avec eux sur cette véranda, et regarder la cause de leur douleur s'en aller.

Un après-midi, quelques mois plus tard, Gaylen m'a entraîné sous la véranda à l'arrière de la maison et il m'a annoncé qu'il avait un cadeau pour moi. Il m'a tendu un petit paquet enveloppé dans du tissu blanc, avec un ruban rouge autour. J'étais excité. J'adorais les cadeaux. J'ai défait le ruban et arraché l'emballage. À l'intérieur se trouvait un petit objet de forme étrange – à peu près de la taille de ces cadeaux qu'on trouvait souvent à l'époque dans les boîtes de céréales – et cet objet était enveloppé d'une deuxième couche de tissu. J'ai ôté le deuxième emballage, et à l'intérieur se trouvait mon cadeau : un bout de merde de chien durcie. Gaylen a éclaté de rire en voyant mon expression affligée, et il a dit : « Arrête de pleurnicher. Et ne va pas raconter ça à maman et papa. Si tu le fais, je te colle la raclée de ta vie. » Je suis resté assis sous la véranda, regardant mon cadeau, songeant que mes frères devaient me détester. Après un moment, j'ai balancé la merde de chien et je suis allé m'asseoir sous l'arbre de la cour, où je suis resté pendant trois heures. C'est la première fois que je me rappelle avoir pensé qu'un jour je les abandonnerais tous.

Quand mon père se querellait avec Gaylen, il l'accusait de suivre la même voie que Gary. « Tu es en train de devenir un petit escroc bon à rien, exactement comme ton frère. »

Il est vrai que, en perdant l'amour de mon père, Gaylen s'est laissé tenter par le démon du crime. Mais alors que Gary se laissait aller à tous ses instincts criminels, Gaylen se contentait de contempler l'idée d'une vie criminelle. Il en faisait assez pour impressionner quelques amis et quelques femmes – et pour se retrouver à quelques reprises derrière les barreaux – mais il n'avait pas le même mode de vie extrême que Gary. Gary commettait les actes ; Gaylen aimait l'idée. Au bout du compte, la violence les a emportés tous les deux : l'assassin et l'assassiné.

La fascination de Gaylen pour les criminels était principalement juste une pose ; celle d'un jeune homme intelligent et rebelle qui prenait pour modèle des antihéros manifestes pour se distancier des valeurs banales de la culture qui l'entouraient – une attitude assez commune parmi certains jeunes des années 1950 et 1960. Gary aimait notamment discuter de l'idée du crime parfait, comme d'autres pourraient parler d'établir un nouveau record sportif, ou d'écrire un livre sublime, ou de composer de la musique grandiose. Il continuait de lire des recueils de poésie, mais commençait aussi à rapporter à la maison des livres sur les crimes célèbres – comme l'enlèvement du fils de Charles Lindbergh en 1932. Cette affaire le captivait, et il en parlait souvent. Au sommet de la carrière du colonel Lindbergh, quelqu'un s'était glissé dans sa demeure de Hopewell, New Jersey, et avait enlevé Charles Lindbergh Jr., son fils de 28 mois. Le ravisseur avait laissé une note derrière lui, exigeant 50 000 dollars en échange du retour du garçon. Lindbergh avait payé la rançon, mais l'enfant n'avait jamais été rendu. Et quelques semaines plus tard, le corps du bébé était retrouvé dans un bosquet non loin de la maison de Lindbergh. Il était mort depuis la nuit de l'enlèvement. Il y avait eu un procès retentissant – celui de Bruno Hauptmann, un immigrant allemand qui s'était fait prendre en possession de billets provenant de la rançon – et il y avait aussi eu une exécution retentissante. Quatre ans après l'enlèvement, Hauptmann passait sur la chaise électrique à la prison d'État du New Jersey, tandis qu'à l'extérieur des camelots vendaient à des foules enthousiastes des maquettes de la chaise électrique et des répliques de l'échelle qui avait servi à l'enlèvement. Mais le mystère et l'attrait de cette affaire n'étaient pas morts avec Hauptmann, et l'exécution avait laissé à de nombreux observateurs un goût d'inachevé. Après avoir étudié l'affaire, Gaylen était convaincu que Bruno Hauptmann était innocent – qu'un autre avait commis l'enlèvement et le meurtre, et ne s'était pas fait prendre. Gaylen avait étudié les détails du meurtre pendant des semaines et des semaines, tel un artiste en herbe étudiant un chef-d'œuvre, tentant de comprendre ou d'assimiler le génie d'une œuvre.

Gaylen était aussi intrigué par la tristement célèbre affaire Leopold et Loeb. Nathan Leopold et Richard Loeb étaient deux étudiants brillants de l'université de Chicago issus de familles riches et prestigieuses. Ils étaient tous deux fascinés par la doctrine nietzschéenne du surhomme, et avaient tous deux été victimes de terribles abus sexuels dans leur jeune âge. En 1924, Leopold et Loeb avaient convaincu un garçon de 14 ans nommé Bobby Franks de monter dans leur voiture. Loeb avait poignardé le garçon à mort sur la banquette arrière à coups de burin. Les deux étudiants étaient ensuite allés dîner, et, plus tard dans la soirée, ils avaient déshabillé le garçon, versé de l'acide sur son visage pour empêcher toute identification, et ils l'avaient enterré dans une conduite d'eau près d'un marécage de Chicago. Après quoi, ils avaient demandé une rançon aux parents inquiets. Ils voulaient commettre un crime parfait, un acte scandaleusement répugnant qui ne serait jamais résolu, même si, au bout du compte, ils ont laissé derrière eux des indices qui les ont trahis. L'idée était de ne rien éprouver – d'assassiner un enfant sans scrupules ni culpabilité. C'était ce dernier aspect de l'histoire de Leopold et Loeb qui intriguait le plus Gaylen. « Ils ne voulaient rien éprouver après leur acte, m'a-t-il dit un jour. Ils croyaient être des hommes supérieurs, et estimaient que les hommes supérieurs avaient le droit de tuer les personnes plus faibles par plaisir ou par attrait du meurtre. »

Quand j'étais jeune et que Gaylen me parlait de ces crimes notoires – ou lorsqu'il m'a confié que la première fille dont il était tombé amoureux avait été Patty McCormack, à cause de son interprétation de Rhoda, la fillette qui tuait quiconque se trouvait sur son chemin dans *La Mauvaise Graine* –, je me disais que Gaylen n'était pas aussi mauvais que les gens auxquels il s'intéressait. Je me disais qu'il étudiait le mal pour ne pas s'y adonner lui-même – que s'il s'autorisait à imaginer des crimes horribles, alors il n'aurait pas à les commettre. Peut-être avais-je raison, car les délits répertoriés de Gaylen n'ont jamais été bien méchants – juste quelques petits vols et des chèques sans provision. Ça, et le fait qu'il avait la mauvaise habitude de coucher avec les femmes de ses meilleurs amis. J'aimerais penser que Gaylen avait trop de moralité ou de scrupules pour assassiner qui que ce soit, ou pour commettre le genre d'acte destructeur qui anéantit à jamais l'espoir ou le bonheur d'autrui. Et puisqu'il n'a apparemment jamais commis de tels actes, j'aimerais croire que c'est parce que son bon côté l'a emporté sur son mauvais. Ou bien, si Gaylen a réellement commis le crime parfait, alors il a aussi trouvé le moyen de le passer sous silence – mais je crois qu'il était probablement trop ivrogne pour taire aussi longtemps une telle chose.

Je suppose que je ne dresse pas de lui un portrait très flatteur. En vérité, Gaylen était une personne charmante, drôle, incroyablement intelligente et talentueuse – de loin le meilleur écrivain que la famille ait produit. Mais il avait aussi quelque chose de mauvais et d'impitoyable et, pour autant que je sache, son bon et son mauvais côté provenaient du même endroit de son cœur. Gaylen voulait retrouver l'importance et l'approbation qu'il avait eues dans son enfance, quand mon père lui témoignait son affection et sa préférence. Mais quand l'amour entre eux s'était transformé en haine, toutes les certitudes de Gaylen avaient été chamboulées. La personne qu'il avait le plus aimée lui infligeait désormais sans vergogne des raclées régulières et cruelles. Un tel retournement peut non seulement vous pousser à haïr la personne que vous aimiez auparavant

– il peut aussi suffire à vous faire détester et railler tout ce que l'amour représente.

Quoi qu'il en soit, le crime et les ténèbres n'étaient pas les seules obsessions de Gaylen. Certes, il rêvait de monstres, mais il rêvait aussi d'un amour qui l'aiderait à se surpasser. Je le sais parce que j'ai vu aussi bien les monstres que l'espoir dans les poèmes qu'il a fini par écrire. La poésie de Gaylen était vraiment quelque chose – elle parlait de la dévastation à la fois comme d'un choix et d'une fatalité, du fait d'être en dehors de la vie, destiné à un enfer expiatoire créé par soi-même, et elle était pleine de rythmes passionnés et de tournures saisissantes. Gaylen était fier des quelque deux cents poèmes qu'il avait écrits, mais un soir, après une violente dispute qui lui a valu de se faire plaquer par la femme qu'il aimait, il a ouvert une bouteille de schnaps à la menthe et a passé toute la nuit jusqu'au petit matin à relire ses poèmes, l'un après l'autre. Quand il en a eu fini, il a versé ce qui restait de schnaps sur la liasse de poèmes et y a mis le feu, se jurant de ne plus écrire une ligne tant qu'il n'aurait pas regagné l'amour de cette femme et ne serait pas en mesure d'écrire quelque chose digne d'elle. Plus tard, lorsque Gaylen est mort dans d'horribles souffrances, la femme était à ses côtés à l'hôpital. Et lorsque l'infirmière a nettoyé la table de chevet de mon frère, elle a trouvé un poème griffonné auquel Gaylen avait travaillé, un poème sur les difficultés d'un amour impossible – la dernière chose qu'il a écrite. Les premiers vers étaient : *Une histoire ne peut être dite/Tant qu'une histoire n'est pas achevée*.

Mais je vais trop vite. Les problèmes de Gaylen ont semblé commencer quand, à l'âge de 12 ou 13 ans, il s'est mis à manquer l'école et à traîner dans les bois de Johnson Creek avec d'autres gamins qui séchaient les cours. Comme Gary, il portait des blousons de cuir et tentait d'imiter l'allure de James Dean ou Elvis Presley. (Plus tard, quand Gaylen a perdu du poids, il ressemblait parfois beaucoup à Elvis jeune.) Il s'est aussi mis à fumer et à boire. Mais ce qui a le plus ennuyé mon père, c'est quand Gaylen a commencé à voler. Et voler, comme boire, est devenu l'une de ses constantes. Si mon père laissait de l'argent sur son bureau ou dans son pantalon, Gaylen le prenait puis niait avoir commis le vol. S'il voyait quelque chose qu'il voulait dans une vitrine – une chouette bagnole en modèle réduit ou une chemise élégante –, il cherchait le moyen de le piquer sans se faire pincer. Et si ça n'était pas possible, il volait quelque chose à la maison et allait le vendre à un prêteur sur gages. Ma mère a ainsi perdu nombre de ses jolies horloges et de ses précieux souvenirs. Avec le recul, je comprends désormais que Gaylen était constamment affamé. Il voulait tout tout de suite, sans avoir à travailler. Comme quelqu'un qui n'avait pas beaucoup de temps.

Mais le pire, c'était l'alcool. Mon frère Frank pense que Gaylen a commencé à boire à 12 ans et qu'il ne s'est jamais arrêté.

Un jour, ma mère et moi sommes rentrés en bus de Seattle, et quand Gaylen a ouvert la porte pour l'aider à porter ses valises, il était complètement chauve. Ma mère a failli tomber dans les pommes. Elle est restée là à regarder fixement son crâne rond et luisant tandis que Gaylen tentait de faire comme si de rien n'était, et ce n'est qu'au bout d'un moment qu'elle est parvenue à trouver ses mots. « Qu'est-ce que tu as fichu de tes cheveux ? » a-t-elle lâché. Gaylen a expliqué qu'il voulait une iroquoise, comme nombre de jeunes durs commençaient à en porter à l'époque. Un ou deux jours plus tôt, un de ses amis et lui avaient bu plusieurs bières avant de commencer à se raser mutuellement la tête. Mais apparemment, son ami n'arrivait pas à lui faire une crête droite et, après quelques tentatives, Gary, énervé et ivre mort, avait fini par raser le tout. « Tu ne te montreras pas en public avec moi avec cette tête-là, a annoncé ma mère. Tu ferais bien de t'habituer à porter une casquette de base-ball ou un bonnet de laine ou je ne sais quoi jusqu'à ce que tes cheveux aient repoussé, parce que ce que tu as fait est hideux. » Je ne crois pas qu'elle lui ait dit quoi que ce soit à propos du fait qu'il avait bu.

Peu après, j'étais en train de regarder la télévision dans le salon quand Gaylen a franchi la porte d'entrée. Il était toujours chauve. Mais ce jour-là, il était aussi torse nu et couvert de traces et de traînées de sang de la tête à la taille. Il avait voulu rejoindre un gang local et, en guise de rite initiatique, le chef du gang l'avait fait se déshabiller avant de le ligoter et de lui tirer dessus à plusieurs reprises avec une carabine à plombs – ou du moins c'est l'histoire que je me souviens avoir entendue. Gaylen était assis sur une chaise face à la table de la cuisine pendant que ma mère nettoyait son sang et ôtait les plombs de ses bras et de son torse. Elle pleurait et parlait d'appeler la police, mais Gaylen lui a fait promettre de ne pas le faire. Il réglerait ça tout seul. Il ne semblait pas avoir peur, juste une froide détermination. Un peu plus tard, nous avons entendu qu'un chef de gang local avait été agressé dans une allée et grièvement blessé par une balle de carabine à air comprimé dans l'œil. Nous n'avons pas été surpris outre mesure.

Mais ce n'est pas ce qui m'a le plus marqué dans cette affaire. Ce qui m'a marqué, c'est que, quand j'ai vu mon frère franchir la porte, le sang dessinant de fines striures sur son corps presque nu, je savais que je voyais quelque chose d'effrayant et excitant à la fois. Dans un sens, je voulais être comme lui – être capable de marcher avec ce genre de calme et de détermination tandis que le sang coulerait sur ma peau. Saigner, et être capable de faire comme si ça ne faisait absolument pas mal.

Finalement, Gaylen est devenu aussi provocateur que Gary.

« Comme tu le sais, m'a dit Frank, papa avait toujours mille règles, et l'une d'elles était qu'il fallait rentrer à une certaine heure le soir, sinon il fermait la porte à clé et tu passais la nuit dehors. Je crois que c'était 10 heures. Mais Gaylen mettait un point d'honneur à rentrer vers 10 heures et demie ou 11 heures, et bien sûr, à cette heure-là, la porte était fermée. Alors il restait là, ivre mort, à brailler et à cogner à la porte, hurlant à papa et à maman de lui ouvrir. Et papa finissait *toujours* par ouvrir la porte – généralement en lui filant au passage un coup de pied ou un coup de poing, ce qui donnait lieu à des engueulades sans nom. Les voisins disaient qu'on les entendait à l'autre bout de la rue.

« Je me souviens avoir pensé : "Ça va déjà assez mal avec Gary. Maintenant on a deux fauteurs de troubles dans la maison, sans compter papa et maman." Après ça, entre Gary et Gaylen, il n'y a plus jamais eu un moment de paix à la maison. »

À la même époque, Gary purgeait sa peine d'un an à la prison de Rocky Butte pour le cambriolage de la boutique où il avait volé une arme. Il a été relâché en mai 1958 et est parvenu à récupérer son job chez Bresse Appliances. Après quoi, ça a été la succession habituelle de mésaventures nocturnes – un ou deux vols de voiture, probablement d'autres cambriolages – mais pendant un temps, l'argent de mon père a évité à Gary un retour précipité en prison.

Et puis il y a eu l'incident avec la fille mineure. Appelons-la Anita.

J'ai entendu cette histoire de deux sources différentes. Sur l'une des cassettes d'entretien que Larry Schiller m'a prêtées, l'un des avocats demande à Gary, durant les dernières quarante-huit heures de sa vie :

« Êtes-vous sûr de ne pas avoir d'enfant ?

— Je ne crois pas, répond Gary. J'en ai eu un, mais il est mort… C'était il y a longtemps, à Portland… il est mort à la naissance. »

J'ai eu un choc en entendant ça – c'était un scoop pour moi – mais la question a été abandonnée aussi vite qu'elle avait été abordée. Gary n'avait rien de plus à déclarer.

Quelques mois plus tard, je parcourais les comptes rendus d'arrestation et de procès de Gary à la prison du comté de Multnomah quand je suis tombé sur une accusation de détournement de mineur, ainsi que de viol. D'après ce que je comprenais, Gary et un autre jeune homme avaient probablement fait boire une ou deux mineures avant de les séduire, mais je n'étais pas sûr que c'était si simple que ça. Plus tard, je suis entré en contact avec l'autre prévenu dans cette affaire – un homme que j'appellerai Richard – et il a consenti à me rencontrer et à me relater les circonstances de cet événement.

Un matin, alors qu'une forte pluie tombait sur Portland, Richard est arrivé à ma porte. C'était un bel homme à barbe grise, âgé d'environ 52 ans, et contrairement à nombre des amis de Gary que je rencontrerais, il n'avait rien d'un dur ni d'un homme las. En fait, il ressemblait à un bon père de famille sympathique. Il s'avère que son expérience avec Gary avait été un tournant de sa vie. Il m'a expliqué qu'il l'avait rencontré alors qu'ils travaillaient tous deux pour Bresse Appliances.

« Il y avait une certaine réserve chez votre frère, m'a-t-il expliqué tandis que nous discutions devant une tasse de café. C'était comme s'il était à la fois timide et effrayé – comme si tout était trop nouveau pour lui. Je pouvais comprendre ça. J'étais assez seul à l'époque. J'avais toujours eu un petit problème d'audition et, comme ça m'embarrassait, j'avais du mal à me faire de nouveaux amis. Mais bon, j'ai décidé de me lier d'amitié avec votre frère. J'essayais de lui donner des coups de main – de lui montrer où se trouvaient les choses et comment elles fonctionnaient – et on allait boire un verre de temps en temps.

« J'avais un appartement au coin de la 23e et de Weidler, dans le nord-est de Portland. J'avais rencontré deux filles qui vivaient à trois ou quatre rues de chez moi. Elles avaient l'habitude de venir pendant le week-end. Parfois, l'une d'elles restait tard. On buvait quelques verres et je faisais ce que font les jeunes hommes.

« Un mardi matin, a continué Richard, Gary et moi avions été tous les deux de service de nuit, et Gary avait pieuté chez moi. Tôt le matin, les filles ont frappé à ma porte et nous ont réveillés. Il y avait leur petite sœur avec elles. Elle devait avoir 14 ans. Elle était en route pour le collège, et les deux autres filles pour le lycée, et elles devaient attraper un bus quelque part dans Broadway. Les deux plus grandes pensaient qu'elles pouvaient toujours arriver en cours à l'heure, mais la plus jeune – Anita – ne voulait pas partir. Alors les deux grandes y sont allées, et Anita, Gary et moi sommes restés à discuter et à jouer aux cartes. Je n'arrêtais pas de lui dire qu'elle ferait mieux de rentrer chez elle car nous devions aller au travail vers 3 heures et demie. Au bout d'un moment, alors que la journée avançait, Gary dit : "Bon, je crois que je ne vais peut-être pas aller au boulot aujourd'hui." Moi, je réponds : "OK", mais je me souviens avoir pensé : "Merde, il ne devrait pas faire ça." Mais comme il n'y avait pas moyen de discuter avec Gary, j'ai sauté dans ma voiture et suis allé bosser.

« À mon retour, Anita était soûle et endormie comme une masse au milieu du lit. Tout ce qu'elle portait, c'était une petite culotte, et Gary n'était pas là. Je l'ai laissée dormir vu qu'il était 1 heure du matin et qu'elle était dans les vapes – elle ne voulait pas se réveiller. J'ai passé la nuit dans mon fauteuil à somnoler. Je l'ai réveillée le lendemain matin et lui ai dit de se rhabiller et de rentrer chez elle. Naturellement, je savais que ça allait m'attirer des ennuis, alors j'ai juste attendu qu'ils arrivent. Le lendemain matin, *bam-bam-bam* à la porte. C'était la police, et ils avaient un mandat pour m'arrêter.

« Ils m'ont plaqué contre le mur et passé les menottes, puis ils m'ont balancé dans leur voiture et m'ont conduit dans le centre-ville avant de me mettre au trou. Ma mère a appris mon arrestation dans le journal et elle a payé ma caution, et je lui ai raconté toute l'histoire. Après, je suis entré en contact avec l'une des filles pour savoir ce qui s'était exactement passé. J'ai appris que la mère voulait porter plainte. Elle disait que sa fille avait été violée, ou je ne sais quoi. En fait, je crois que Gary l'avait séduite, mais étant donné son âge, c'était la même chose qu'un viol. Et comme ça s'était passé chez moi, ça me retombait sur le dos. Finalement, les filles sont venues témoigner que je n'avais rien à voir avec ça et, naturellement, j'ai dû donner le nom de Gary pour sauver ma peau. »

Quelques jours plus tard, la police arrêtait Gary chez nous à Johnson Creek. Ils l'ont emmené à la prison municipale dans le centre-ville de Portland et ont commencé à interroger Richard et lui dans des pièces contiguës, tentant de tirer cette histoire au clair. À un moment, les officiers ont laissé Gary quelque temps seul pour vérifier une de ses déclarations auprès de Richard. Gary en a profité pour placer un tabouret sous la lucarne située en haut du mur, puis il a sauté dessus, s'est accroché au montant de la lucarne, et il s'est hissé à l'extérieur. Il est retombé six mètres plus bas et a déguerpi en courant. La police ne l'a pas rattrapé.

Finalement, Gary s'est vengé de Richard, qui l'avait balancé. Un soir, en rentrant chez lui, ce dernier a découvert qu'une guitare et une radio avaient été volées, de même qu'une montre de gousset rare – le seul souvenir qui lui restait de son père. Il a par la suite appris que c'était Gary qui l'avait cambriolé. Il a récupéré la guitare – tordue et irréparable – mais il a eu beau écumer toutes les boutiques de prêteurs sur gages de la ville, il n'a jamais retrouvé la montre. Quand il est venu me voir ce matin-là, il espérait que je l'aurais peut-être. Malheureusement, non.

« Je suppose que j'ai été crédule avec Gary, a ajouté Richard avant de partir. Comme j'étais en manque d'amis, j'étais une proie assez facile, et je croyais que Gary avait autant besoin d'amitié que moi. Mais il a gâché notre amitié. Je n'aurais jamais cambriolé la maison ni trahi la confiance d'un ami comme il l'a fait avec moi. »

Gary a pris la direction de la Californie et est descendu jusqu'à San Diego. Là-bas, il a logé chez une ancienne petite amie et a changé de nom. Il était désormais John Rohr. Mais sa vie à San Diego n'était guère différente de ce qu'elle avait été à Portland. En un seul mois, à San Diego et à Los Angeles, il a réussi à se faire arrêter cinq fois – pour divers délits allant de la conduite sans permis au vol d'alcool. Il s'est alors rendu au Texas, où il s'est fait pincer pour vagabondage. Les flics d'El Paso ont fait le rapprochement entre John Rohr et Gary Gilmore, recherché pour viol en Oregon. Et ils l'ont renvoyé dans le Nord.

Gary était initialement accusé de viol, mais il y avait une complication : la jeune fille était tombée enceinte. D'après ce que ma mère a raconté à d'autres, mon père a proposé de payer les frais d'hospitalisation et de quoi subvenir aux besoins de l'enfant pendant quelques années si la plainte pour viol était abandonnée. La famille et les plaignants sont tombés d'accord, et Gary n'a plus jamais contacté la jeune fille ni tenté de voir son enfant. Au milieu de 1960, la jeune femme a accouché d'un petit garçon. (Je ne connais pas son nom, et n'ai pas essayé de l'apprendre.) Ma mère a plus tard affirmé qu'elle avait un jour rendu visite à la famille et tenu le bébé dans ses bras. La fille et sa famille n'ont pas tardé à quitter l'Oregon, mais ma mère est périodiquement restée en contact avec elle. Le bébé, contrairement à ce que croyait Gary, n'était pas mort. « Je ne crois pas que Gary aimait cette fille, disait ma mère, mais il aurait probablement adoré l'enfant. Mieux valait pour lui qu'il le croie mort et ne cherche jamais à le voir. »

Gary a tout de même fini par se prendre un an pour un vieux vol de voiture et, en septembre 1960, il a été déféré à l'institution pénitentiaire de l'État d'Oregon à Salem – aussi connue sous le nom d'OSCI : le stade intermédiaire entre une prison de comté et une prison d'État pour adultes. Durant son admission, Gary déclare de son père : « Je ne le connais pas trop bien.

Il me traite comme je demande à être traité. » Et de sa mère : « Une femme bien, elle me laisse faire ce que je veux. Elle pense que je suis assez grand pour décider par moi-même et elle ne se mêle jamais de mes affaires. Elle respecte mon jugement. » En même temps, il affirme ne s'être jamais confié à l'un de ses parents, ni à personne d'autre d'ailleurs. « Ça me gênerait de faire ça. » Dans le profil psychologique qui accompagne ce document, la personne qui a mené l'entretien note : *Gilmore opère sur le principe plaisir-douleur et la structure de sa personnalité demeure fondée sur le concept infantile d'autogratification. Sous-jacent, il y a une histoire interfamiliale destructrice avec une mère inefficace et un père dominateur et ouvertement hostile à l'autorité... D'un point de vue dynamique, nous nous trouvons donc en présence d'un détenu qui s'est développé sous la tutelle d'un père lui-même incapable d'accepter les figures d'autorité. Gilmore s'est sans aucun doute fortement identifié à ces tendances, et l'on remarque que son casier judiciaire est conséquent... On peut considérer que Gilmore présente des troubles du comportement.* L'auteur note aussi les talents artistiques évidents de Gary et ses scores élevés aux tests de connaissance. Ce qui ne faisait que rendre son profil plus troublant encore : un gamin extrêmement intelligent, mais bien décidé à commettre des actes stupides et autodestructeurs.

Suite à l'incarcération de Gary, le superintendant de l'OSCI a écrit dans le Texas pour retrouver l'acte de naissance de mon frère. En réponse à quoi il a reçu un courrier l'informant qu'il n'y avait pas d'acte de naissance au nom de Gary Gilmore ; cependant, à la même date, un certain Faye Robert Coffman était né à McCamey de Frank Walter Coffman et Bessie Brown – des noms qui étaient apparemment des pseudonymes.

Le superintendant a écrit à mes parents, mais ceux-ci ont refusé de répondre. Mon père ne révélerait jamais pourquoi il avait utilisé le nom de Coffman, ni les circonstances de ce voyage dans le Sud, quant à ma mère, elle faisait comme si tout ça ne s'était jamais produit. En dépit des requêtes répétées de l'OSCI, mes parents n'ont fourni aucune explication.

Le superintendant a demandé à un sociologue résident d'interroger Gary à ce sujet. Gary lui a répondu qu'il ne savait absolument pas de quoi il parlait et demandé à être ramené à sa cellule. Au cours des nuits suivantes, il a commencé à souffrir de violents maux de tête. Ça a été le début des crises de migraine qui l'ont tourmenté tout le reste de sa vie – un problème qui a aussi affecté Frank Jr., Gaylen et moi. Au fil des années, les migraines de Gary deviendraient si chroniques et handicapantes que les autorités pénitentiaires l'enverraient à plusieurs reprises à l'hôpital pour en déterminer la cause. Mais personne ne l'a jamais trouvée, et personne n'a trouvé de remède. Trente ans plus tard, Nicole, la petite amie de Gary, me confierait qu'elle se souvenait que Gary sortait dans le jardin de leur maison à Spanish Fork, Utah, et qu'il se cognait la tête contre un arbre pour essayer de couvrir la douleur.

La question de sa naissance commençait à tourmenter Gary de plus en plus. Il est allé voir le sociologue plusieurs fois pour en discuter. Au début, Gary affirmait qu'il y avait erreur, jusqu'à ce qu'il voie une copie du certificat. Il a cependant refusé d'aborder la question avec mes parents. Ni lui ni mon père ne se sont jamais avoués qu'ils connaissaient la vérité sur ce faux nom, et ce n'est que plusieurs années plus tard que Gary a évoqué ce sujet avec ma mère, la dernière fois qu'elle l'a vu en liberté.

Voici comment se déroulait la vie à Johnson Creek telle que je me la rappelle : mes parents s'engueulaient sans cesse, mon père passait son temps à me traîner avec lui dans le nord-ouest du pays. Mes frères allaient et venaient, vivant en dehors de la maison des vies que je ne pouvais imaginer et auxquelles je ne pouvais prendre part.

Durant toute cette période, il n'y avait qu'un seul plaisir que mon père, Gary, Gaylen et moi partagions ensemble. Les mardis et vendredis soir, mon père emmenait toute la famille aux combats de catch qui se tenaient à l'Armory Stadium de Portland et au Civic Auditorium. Le catch était aussi ringard et flamboyant à l'époque qu'il l'est aujourd'hui – rien qu'un ballet ridicule, pas de vrai risque – mais nous adorions ça. Nous nous asseyions au bord du ring, mon père et mes frères acclamaient les héros et sifflaient les méchants, et je me joignais à eux en chœur. Pendant ce temps, ma mère et Frank Jr. étaient assis plusieurs rangs derrière nous, tentant d'avoir l'air sages et détachés, alors que nous autres faisions tout notre possible pour paraître encore plus débiles que ce qui était presque certainement l'assistance la plus débile de tout le Nord-Ouest.

Il y avait notamment un méchant que nous détestions tous, un type joufflu mais musclé qui portait un affreux masque ressemblant à un crâne. La vue de ce sale adversaire qui trichait effrontément rendait mon père et Gary dingues. Un jour, l'homme masqué a été balancé du ring et a atterri à nos pieds. Mon père et mes frères se sont mis à l'agonir d'injures, et le type a levé les yeux vers eux et secoué la tête.

« Retourne sur le ring et bats-toi comme un homme, espèce de lâche ! » a beuglé mon père.

Le catcheur s'est assis à côté de mon père, il s'est penché vers lui et a répondu :

« Bon Dieu, mec, fous-moi la paix. J'essaie juste de gagner ma vie, comme tout le monde. »

Après ça, mon père et mes frères aimaient bien ce type. Ils l'ont emmené boire des bières un soir. Par la suite, Gary a commencé à traîner avec le catcheur et ils sifflaient de l'alcool et du sirop pour la toux ensemble. J'ai même plus tard entendu dire qu'ils auraient commis quelques coups ensemble. Aujourd'hui, le catcheur est un animateur à succès de débats sur une radio conservatrice.

Pendant la première semaine de novembre 1960, nous nous sommes installés dans une belle maison cossue et nous sommes repartis de zéro en tant que famille. Le jour même où nous avons commencé à déménager, John F. Kennedy – le seul homme pour qui mes parents ont jamais voté – a été élu président des États-Unis. Le monde changeait. Il semblait différent – plus prometteur.

Mais rien n'y ferait. Lorsque nous avons pris possession de la maison, les fantômes nous attendaient, rôdant dans les couloirs et les combles.

2

La maison sur la colline

Un rêve : je passe à toute allure en voiture devant la maison sur la colline où nous avons jadis vécu – la maison dans laquelle nous avons emménagé après avoir quitté Johnson Creek. Dans la voiture avec moi se trouvent deux personnes : la première est un interviewer et journaliste célèbre ; l'autre est Nicole, la dernière petite amie de Gary. C'est la fin de l'après-midi, et je vois que mon ancienne maison a spectaculairement changé. Une extension a été bâtie sur sa structure principale ; une tour de sept ou huit étages se dresse dans les airs. Au sommet se trouve une tourelle de style victorien. Je pense à la maison Usher.

Ça fait des années que je veux retourner dans cette vieille maison. Pour errer une dernière fois de pièce en pièce. Il me semble que j'y ai perdu quelque chose, et que si je pouvais l'explorer une dernière fois, je trouverais ce qui me manque. De plus, je suis convaincu qu'il y a des secrets que je dois connaître, et que le seul moyen de les apprendre est de retourner dans la maison où j'ai grandi, la maison que j'ai un jour fuie.

Maintenant, je vois un moyen d'entrer. Il y a une pancarte à l'avant : CHAMBRES À LOUER – ÉTAGES SUPÉRIEURS. Le journaliste accepte de se faire passer pour mon frère, et Nicole pour notre sœur. Nous sommes une famille à la recherche d'un nouveau logement. Nous pénétrons par la porte de devant dans ce qui était autrefois le salon. C'est désormais une sorte de salle d'accueil, même si elle ressemble remarquablement au hall du salon funéraire où se sont déroulées les cérémonies après les décès de mon père, de ma mère, et de Gaylen. Il y a un bureau au centre de la pièce, une femme âgée et polie est assise derrière. Je me dis : il s'est passé tant de choses dans cette pièce ; maintenant je la reconnais à peine. Je devine néanmoins que quelque chose habite toujours cette maison. Je le sens dans l'air qui m'entoure. C'est une présence lourde, maléfique.

La femme s'arrange pour organiser une visite. Elle nous explique que nous ne devons pas trop nous attarder, car tous les employés s'en vont à la nuit tombée. Après, il n'y a plus de bus, et retourner en ville est compliqué.

Nous gravissons un étroit escalier en courbe et entrons dans de nombreuses pièces. Certaines sont dotées de planchers bruts, au milieu desquels se trouvent des trappes qui ne donnent sur rien. D'autres pièces n'ont pas de fenêtres, comme des bureaux froids.

Au fil de notre visite, je tombe sur des gens qui veulent me raconter leur histoire. Les histoires n'en finissent pas. Je n'en retiens pas grand-chose, sauf qu'elles sont pour la plupart tristes, comme les gens qui les racontent. Une jeune femme noire m'explique que, quand elle se promène dans le quartier, les gens du voisinage font comme s'ils ne la connaissaient pas ou ne la voyaient pas. « Ils me traitent comme un zombie, dit-elle. Peut-être que je suis *un zombie. »*

À mesure que j'approche du sommet de la maison, je découvre des pièces vides. Je m'aperçois que j'ai perdu mon ami journaliste et Nicole. Je redescends l'escalier pour les retrouver, mais il n'y a personne. Je sors de la maison. Je vois qu'il commence à faire nuit. Je vois aussi que le terrain qui entoure la maison a changé. Un entrelacs de voies ferrées encercle désormais les lieux, s'étirant dans le vide au loin, simplement animé par le clignotement occasionnel d'un feu de signalisation.

Je retourne à l'intérieur pour trouver quelqu'un qui pourrait me ramener, mais toutes les pièces sont soit vides, soit fermées à clé. Je m'aperçois que je suis seul, et que la seule chose qui me tient compagnie, c'est cette présence maléfique que j'ai ressentie plus tôt à mon arrivée. Je suis seul dans la maison avec cette force du mal, et je dois rester là.

Je me réveille paniqué, certain que quelqu'un vient d'entrer dans la chambre où je dors.

Notre nouvelle maison était située à la limite sud de Milwaukie, la ville qui se trouvait de l'autre côté des voies ferrées par rapport à notre ancienne maison de Johnson Creek Boulevard. Milwaukie était une des plus grandes villes du comté de Clackamas – une zone beaucoup plus rurale que le comté de Multnomah, où se trouve Portland. Il n'y avait pas à Clackamas le même genre de divertissements qu'à Multnomah – la collection de boîtes de nuit, bordels, bars homosexuels et cinémas ouverts vingt-quatre heures sur vingt-quatre qui faisaient de Portland un endroit tentant pour qui cherchait le vice au cœur de la nuit. Il y avait néanmoins quelque chose de sombre au cœur de cet endroit : à Clackamas, les habitants et leurs familles pouvaient vivre dans une indifférence et un isolement complets. Ces conditions de vie pouvaient engendrer toutes sortes de réactions – la transcendance comme la destruction – mais souvent ce qui en ressortait était néfaste. Multnomah avait peut-être un taux de criminalité plus élevé

– vols, drogues, et ainsi de suite – mais il y avait une bassesse naturelle plus profonde dans les coins paumés de Milwaukie. Nombre des hommes les plus dangereux d'Oregon – des assassins et des gangsters qui avaient grandi à la campagne – venaient du comté de Clackamas. Mon frère Gary a été l'un d'eux.

Nous ne savions rien de cela, naturellement, quand nous avons acheté notre nouvelle maison. Mon père gagnait désormais correctement sa vie et, comme la famille devenait plus aisée, ma mère avait recommencé à faire pression pour s'installer dans un endroit plus convenable. Je crois qu'elle recherchait notamment le même genre d'environnement agréable que celui dans lequel ses sœurs et leurs familles vivaient depuis longtemps en Utah. Mais elle voulait aussi offrir à ses fils un nouveau départ. Elle se disait que si, à sa libération de l'OSCI, Gary retournait à Johnson Creek, il retrouverait ses mauvaises habitudes et ses mauvaises fréquentations. Alors que s'il découvrait à la place un meilleur voisinage, une meilleure qualité de vie, peut-être qu'il changerait. Quelque chose dans cet argument a finalement convaincu mon père qu'il était temps que sa famille gravisse un échelon social. C'était une bonne idée, dans l'absolu. Mais ce que mes parents ne comprenaient pas, c'était ce qui se passait à l'intérieur de la maison, plutôt que la rue dans laquelle se trouvait la maison, qui faisait toute la différence. Peut-être était-il trop tard pour qu'ils le comprennent.

Quoi qu'il en soit, nous avons eu notre nouvelle maison, et dans un beau quartier. Pour s'y rendre, il fallait franchir les voies ferrées et pénétrer dans Milwaukie, puis emprunter le long ruban sinueux de la 45e Avenue. Vous traversiez alors la section la plus pauvre de la ville – une zone où certaines personnes vivaient toujours dans des cahutes de misère et des appentis en papier goudronné – jusqu'à atteindre une nouvelle série de voies ferrées. Vous tourniez à droite, longeant ces voies vers l'ouest en direction de la rivière Willamette, et vous arriviez au centre-ville de Milwaukie, pour autant qu'on puisse appeler ça un centre-ville, puisqu'il était (et demeure) essentiellement constitué d'une seule rue – cinq ou six pâtés de maisons portant le nom de Main Street, avec une poignée de pharmacies, d'épiceries et de cafés. Après quoi Main Street se fondait dans une grande artère nommée Lake Road. C'était une longue et large route et, en l'empruntant, vous passiez devant des espèces de fermes solidement bâties en retrait et surplombant de grandes propriétés pleines de châtaigniers. En haut de Lake Road, vous tourniez à droite dans une rue nommée Oatfield Road. Et soudain, tout semblait différent. Oatfield descendait doucement une adorable colline boisée parmi les chênes et les pins, puis elle atteignait un pont de pierre qui enjambait un ruisseau bordé de belles maisons aux allures de châteaux. La route se mettait alors à monter sur la gauche autour d'une grande colline. À mesure que vous gravissiez cette colline, chaque maison devant laquelle vous passiez annonçait clairement la couleur : vieilles fortunes, vieilles traditions, pas de désordre ni de perturbation.

Vous longiez cette route qui gravissait la colline en dessinant une longue boucle semi-circulaire et, juste avant d'atteindre la crête, elle tournait abruptement sur la gauche. Vous preniez ce virage, et vous vous retrouviez au sommet. Là, sur la gauche, au point culminant de la plus jolie colline de Milwaukie, se trouvait notre nouvelle maison. À cette époque, c'était une structure grise de deux niveaux, construite en retrait, perchée sur un jardin en pente. Une volée de larges marches menait à une grande véranda dotée de piliers carrés et d'une balancelle suspendue. À gauche de la maison, il y avait une grande cour, et à gauche de cette cour une longue allée contournait un jardin tel un îlot en forme de larme. À l'arrière, il y avait 2,5 hectares de terrain, au centre duquel se dressait un grand cerisier.

En franchissant la porte de la maison, vous pénétriez dans le salon, qui comportait une cheminée de brique rouge le long du mur principal. Sur la droite, une double porte coulissante donnait sur la salle à manger, à côté de laquelle se trouvait la cuisine. Au fond de la maison, il y avait une véranda. À l'étage se trouvaient quatre chambres et une autre véranda. Depuis les fenêtres d'en haut, vous pouviez voir les clochers des églises et les toits de Milwaukie et, au-delà, la silhouette et les lumières nocturnes du centre-ville de Portland, douze kilomètres plus loin. C'était une vue fascinante.

J'adorais cette maison sur la colline, mais j'ai aussi fini par en avoir peur. Elle est incontestablement la maison centrale dans mon esprit, ma vie, mon souvenir. Pas une semaine ne s'écoule sans que j'en rêve.

Je sais que si je pouvais y retourner, je le ferais. Quand je vivais à Portland il y a deux ans, j'ai écrit aux personnes qui l'occupent désormais. Je leur ai expliqué que je travaillais à un livre sur l'histoire de ma famille et leur ai demandé si je pouvais brièvement passer voir la maison. Je n'ai jamais reçu de réponse. Mais je ne peux pas dire que je leur en veuille. Je ne suis pas sûr que je voudrais voir quelqu'un lié à un passé aussi moche franchir ma porte.

Comme je l'ai déjà dit, ma mère considérait ce déménagement comme un nouveau départ pour la famille. C'était la maison qu'elle avait toujours voulue, et elle s'est mise à planter dans le jardin des massifs de fleurs aux motifs complexes, tout en remplissant la maison de mobilier importé d'Europe et du Japon. Je crois qu'elle espérait qu'une nouvelle maison plus convenable réhabiliterait la famille – qu'elle conférerait à mes frères rebelles une certaine fierté et, en même temps, redonnerait à mon père foi en eux. Elle voulait que nous soyons la famille sur la colline, pas la famille au bord de la voie ferrée.

Mais une chose qu'aucun d'entre nous n'avait prévue était sur le point de se produire. Nous avons commencé à mourir.

Il y a un épisode que j'ai toujours considéré comme le signe annonciateur de ce nouveau développement, même si je ne sais pas exactement pourquoi j'ai ainsi interprété ce souvenir particulier.

Je venais de commencer à aller à l'école primaire de Milwaukie – en milieu d'année de CE2. Mon père avait l'habitude de m'y emmener et de m'y récupérer en voiture car il n'aimait pas que je prenne le bus avec les autres élèves. Un après-midi de la mi-décembre, une neige lourde avait commencé de tomber sur la vallée de Willamette. À la fin des classes, nos professeurs nous ont conseillé d'écouter les bulletins à la radio tôt le lendemain matin, car ils pensaient que l'école risquait d'être fermée à cause des conditions météorologiques. Cet après-midi-là, à 16 h 15, j'attendais devant l'école de voir arriver le break Pontiac vert de 1960 de mon père. Il était en retard – chose qui ne s'était jamais produite jusqu'alors – et j'avais un mauvais pressentiment.

Lorsqu'il est finalement arrivé, longtemps après que tous les autres gamins et les bus scolaires étaient partis, il avait une expression soucieuse. « Quoi que tu fasses, m'a-t-il ordonné une fois que j'ai été dans la voiture, ne dis rien à ta mère qui pourrait la contrarier. Nous avons eu des peintres et des décorateurs à la maison toute la journée, et elle déteste toutes les couleurs et les motifs, surtout le sol de la cuisine. Elle veut refaire toute la foutue baraque, et en ce moment elle est en train de piquer une sacrée crise. » Ces réflexions, qui auraient pu inspirer de l'amusement ou du dégoût ou de la lassitude à d'autres, m'ont glacé le sang de terreur – en partie parce qu'elles annonçaient que nous allions devoir faire avec la folie et l'imprévisibilité formidables de ma mère. Mais ce n'était pas tout. Tandis que nous roulions dans Oatfield Road, gravissant la colline couverte de neige, j'ai remarqué quelque chose dans la façon d'être de mon père – de l'épuisement sur son visage, de la résignation dans sa voix – qui semblait signaler quelque chose de nouveau ; une lassitude et une tristesse que je n'avais jamais perçues en lui, et qui m'ont encore plus effrayé que ses accès de rage. Il est possible que mon père eût placé plus d'espoir dans la nouvelle maison que nous autres. Peut-être pensait-il que, en l'achetant, il achetait non seulement une respectabilité pour la famille, mais aussi une paix durable avec ma mère. En tout cas, nous savions que ça ne se passait pas comme prévu. Ma mère voulait que sa nouvelle maison soit parfaite dans le moindre détail, et quand quelque chose n'était pas à la hauteur de ses attentes, elle s'en prenait furieusement à mon père, qui cédait tout bonnement à ses exigences puis quittait la pièce. C'est à partir de ce moment que j'ai commencé à le voir de plus en plus comme un homme fatigué et impuissant – quelqu'un qui voulait juste un peu d'harmonie et qui semblait de plus en plus exténué par tous les problèmes.

Bien entendu, l'autre chose que les propos de mon père annonçaient, c'était qu'il régnerait une ambiance de chien à la maison pendant les quelques jours à venir. Puisque ma mère faisait refaire tous les papiers peints et toutes les peintures, on nous avait dit où nous pouvions aller ou non dans la nouvelle maison. Il y avait un étroit passage que nous pouvions emprunter entre la cuisine et la salle de bains au rez-de-chaussée, et deux des chambres à l'étage. Nous n'avions pas le droit de toucher aux murs en dehors des interrupteurs. Si nous le faisions, nous nous faisions salement remonter les bretelles. Le résultat de tout ça, c'était que tous ceux qui voulaient vivre dans cette maison (et puisqu'il allait manifestement geler dehors, ça signifiait tout le monde) allaient devoir être cantonnés dans la salle à manger, qui était déjà remplie d'une télé, de cartons pas ouverts, et de meubles supplémentaires. Ce qui, quand nous ne dormions pas, faisait deux adultes et trois garçons agités dans la même pièce. Je m'étais déjà réservé un coin de la pièce où je pouvais m'asseoir et lire mes livres préférés : des récits sur Jésus, des histoires de monstres, les aventures d'Ulysse et du capitaine Achab.

En cette fin d'après-midi, lorsque mon père et moi sommes entrés dans la cuisine par la porte de derrière – la pièce qui était pour le moment l'objet de toutes les obsessions de ma mère –, j'ai vu mes frères Frank et Gaylen assis autour de la table. Ils avaient clairement la mine d'hommes qui s'étaient retrouvés piégés quelques heures de trop dans la même pièce que ma mère. Celle-ci était assise sur une chaise en acier dans un coin de la pièce, les bras croisés sur la poitrine, étudiant les motifs du lino qui avait été posé le matin même. Quelques jours plus tôt, quand elle avait choisi ce lino, elle avait déclaré que c'était l'un des plus beaux motifs qu'elle avait jamais vus. Mais maintenant, en voyant le nouveau sol sous ses pieds, elle avait décrété que le motif était en fait le produit de la vision infernale de quelqu'un, et elle le fixait en broyant du noir. Je l'ai vue assise là, et j'ai instantanément éprouvé une grande compassion pour elle. Je reconnaissais non seulement son courroux familier, mais je crois que je voyais aussi les rouages intimes d'un esprit sujet à un chagrin et une colère si intenses et profonds que ce qu'il voulait et craignait le plus était une seule et même chose : la possibilité de sombrer dans sa propre folie intime, sans frein. Je me souviens que, à cet instant, j'aurais simplement voulu marcher jusqu'à elle et la prendre dans mes bras, la réconforter, lui dire que je comprenais, qu'elle devait avoir ce qu'elle voulait – qu'il *fallait* qu'elle obtienne un motif au sol qui correspondait véritablement à son incompréhensible sens de l'ordre.

Je ne me souviens plus exactement de ce qui s'est passé ensuite, mais je sais que j'ai fait quelque chose dans ce sens. Je suis allé jusqu'à ma mère. Je l'ai prise dans mes bras, embrassée sur la joue – autant de choses qu'il était interdit de faire, et qui l'avaient toujours été. Et soudain, je me suis retrouvé repoussé de l'autre côté de la pièce.

« Ne t'approche pas de moi, espèce de petit bâtard ! » a-t-elle hurlé.

Mon père s'est immédiatement interposé entre elle et moi, agitant le poing ; mes frères se sont postés entre lui et ma mère, tentant de les calmer tous les deux ; et moi, je m'accrochais à mon père tout en tendant la main vers ma mère pour essayer d'arranger les choses. Je me souviens que mon père m'a tiré vers la porte et que ma mère, regrettant son geste, s'est mise à pleurer et qu'elle a aussi tendu la main en disant :

« Non, Frank, ramène-le ! Je suis désolée. Tu sais combien je l'aime ! »

Et j'entends encore Gaylen s'écriant :

« Bon Dieu, je me tire d'ici, j'en ai ras le bol de ce bordel ! »

Frank nous a tous suivis jusqu'à la voiture. Puis mon père, mes frères et moi sommes allés dans un restaurant chinois, et il faisait nuit quand nous sommes rentrés. En notre absence, ma mère m'avait préparé des cookies aux pépites de chocolat. De tout ce qu'elle faisait, c'était ce que je préférais, et elle était la meilleure cuisinière que j'aie jamais connue. Elle avait aussi décidé alors que le motif du sol ne la dérangeait tout compte fait pas tant que ça, et qu'elle serait heureuse de faire avec – enfin, pourvu qu'ils refassent d'une autre couleur tous les murs du rez-de-chaussée.

« Soit, a dit mon père. Comme tu veux. »

Je me suis senti horriblement désolé pour mes parents à ce moment – pour mon père parce que, je suppose, je percevais qu'il était un homme brisé, fini, condamné ; pour ma mère parce que je savais que rien de tout ça ne correspondait à ce qu'elle voulait vraiment, et qu'elle allait devoir vivre avec cette déception pour le restant de ses jours. Le plus drôle, c'est que c'était un motif on ne peut plus banal, avec des carrés de tailles différentes, le genre de motif que l'on trouve dans de nombreuses cuisines et salles de bains. Et je ne le revois jamais sans que ressurgissent les souvenirs de ce jour, et de ce qui était sur le point d'arriver dans ce lieu hanté.

Par une fin d'après-midi d'hiver, ma mère était seule dans notre nouvelle maison, affairée dans sa cuisine. Elle a entendu un bruit étrange dans la salle à manger à côté et regardé par la porte juste à temps pour voir une silhouette d'homme disparaître par la porte vitrée de la véranda à l'arrière. Elle s'est dit que ça devait être Frank Jr. ou Gaylen, qui étaient rentrés tôt. Mais quand elle a ouvert la porte de la véranda, il n'y avait personne.

Tout cela aurait pu être pris comme un nouvel exemple de l'imagination hyperactive de ma mère, mais de tels incidents ont continué de se produire. Un soir, une ou deux semaines plus tard, Gaylen était assis dans la véranda de derrière, en train de regarder l'une de nos quatre télévisions, lorsque la porte s'est ouverte et qu'un homme aux cheveux gris et vêtu de blanc est resté là à le regarder fixement pendant un moment avant de s'en aller. Gaylen est allé trouver ma mère pour lui demander qui était cet inconnu. « Quel inconnu ? » a-t-elle répondu.

Avant que nous emménagions dans la maison d'Oatfield, celle-ci avait appartenu à un célèbre médecin du coin. D'après ce que nous avions entendu, le médecin était mort chez lui, alors qu'il était étendu sur un divan dans la véranda. L'histoire de fantôme typique, sauf qu'il n'y avait aucune résonance émotionnelle là-dedans. Ce médecin était-il mort malheureux, ou tourmenté ? Pas que je sache. Alors qu'est-ce qui le liait à la maison où il était mort ? Pourquoi prendrait-il la peine de la hanter ?

Mais ces questions n'avaient guère d'importance. En entendant l'histoire de Gaylen, ma mère a été persuadée que nous avions une nouvelle maison hantée sur les bras. Pendant un temps, elle a même songé à l'abandonner, mais mon père s'y est opposé.

Cependant, des choses bizarres continuaient de se produire. Et elles n'ont jamais cessé. Laissez-moi répéter ce que j'ai déjà dit : je ne crois pas aux fantômes. Mais comme tous les autres membres de ma famille, j'ai entendu et ressenti des choses étranges dans cette maison, que je ne parvenais pas à m'expliquer. Il y avait un espace exceptionnellement grand entre deux des chambres à l'étage, et nous ne comprenions ni pourquoi cet espace se trouvait là, ni ce qu'il contenait.

Il y avait un grenier en haut de la maison, mais aucun moyen d'y accéder – pas de trappe, pas d'échelle, pas d'escalier. Peut-être cet espace avait-il autrefois abrité un étroit escalier qui, comme dans le poème de Robert Frost *La Sorcière de Coos*, avait été condamné lorsque le mauvais esprit qui hantait la maison avait été piégé au sommet des marches. Quoi qu'il en soit, nous avons tous entendu des bruits inexplicables dans cette zone – des respirations lourdes ou des gémissements douloureux, des voix étouffées conversant à 3 heures du matin. Pendant un temps, Gaylen a même supposé qu'une autre famille pouvait vivre au-dessus de nous dans un grenier inaccessible. Vous auriez dû voir la tête de ma mère quand il disait ça.

Quand j'ai récemment demandé à Frank Jr. s'il se souvenait des bruits dans ce couloir, il a répondu : « Oui, je m'en souviens bien. J'ai beaucoup réfléchi à ces bruits au fil des années. Et j'ai finalement compris qu'il y avait probablement un espace étroit entre les murs où quelque animal – peut-être un oiseau ou un rongeur ou même un chat – était coincé, probablement après s'être glissé par un trou quelque part dans l'avant-toit de la maison. Je crois que ce que nous entendions, c'était le bruit de cette pauvre créature prise au piège qui essayait de s'échapper et qui mourait lentement. »

L'explication de Frank semble raisonnable, sauf que si quelque chose était en train de mourir derrière ces murs, alors il a mis plusieurs années à le faire. Soit ça, soit un paquet d'animaux idiots se sont glissés derrière nos murs au fil des ans. Non, je ne crois pas aux fantômes, mais je sais ceci : il y avait des pièces dans cette maison – comme la véranda du rez-de-chaussée, qui me semblait toujours horriblement froide et inconfortable – où je n'aimais pas pénétrer ; et chaque fois que j'empruntais le couloir à l'étage, je hâtais le pas.

J'avais toujours l'impression que quelque chose me soufflait sur la nuque quand j'étais dans cette partie de la maison.

Mon père continuait de se rendre à Seattle pour ses affaires, et je continuais de l'accompagner. À cette époque, mes absences n'étaient plus la cause de disputes entre mes parents. Je crois que ma mère en était venue à accepter la situation. Et puis, sa nouvelle maison l'occupait de plus en plus. Elle passait son temps à décorer les pièces principales avec du beau mobilier victorien – tables à plateau de marbre, fauteuils tapissés de velours, tables basses incrustées de cuir marocain imprimé à la feuille d'or. Elle passait aussi d'innombrables heures à aménager le jardin, plantant des arbres japonais rares devant la maison, et cultivant un adorable jardin de fleurs dans l'îlot formé par l'allée. Je suppose que tout ce travail devait lui procurer du plaisir, mais ce n'était pas l'impression qu'elle donnait. La moindre imperfection ou souillure sur un nouveau meuble suffisaient à la plonger dans une de ses dépressions enragées, et si un motif floral dans le jardin n'était pas tel qu'elle l'avait prévu, elle arrachait les plantes incriminées et les broyait, avant de rentrer comme une furie dans la maison. Elle claquait quelques portes puis s'asseyait à sa table dans la cuisine, en larmes. N'importe qui avec un brin de jugeote apprenait à ne pas s'approcher d'elle quand elle était en train de jardiner.

À Seattle, mon père et moi vivions dans un vieux quartier, non loin de Queen Anne Hill. Au coin de la rue se trouvait une épicerie où l'on vendait aussi toutes les dernières BD. Nous n'habitions qu'à deux ou trois kilomètres du centre-ville et, comme d'habitude, j'étais libre d'aller et venir à ma guise. À cette époque, Seattle accueillait l'Exposition universelle, et je m'y rendais plusieurs fois par semaine. Un jour que l'astronaute John Glenn visitait le site, je lui ai serré la main. Je me suis hâté de rentrer à la maison pour le dire à mon père. Il a été fier de moi. Nous avions tous les deux passé toute la journée devant la télé quand Glenn avait effectué ses orbites historiques autour de la Terre.

Dans l'immeuble à côté du nôtre vivait un couple de cinquantenaires avec un fils adolescent. Mon père appréciait particulièrement cette famille, et nous leur rendions visite plusieurs fois par semaine. Il leur apportait toujours des cadeaux. Parfois il s'asseyait avec Walt – le mari – et buvait une bière ou deux en jouant au poker fermé. Le fils s'appelait Larry, et il semblait s'intéresser à moi. En fait, il me traitait comme j'avais toujours voulu que mes frères me traitent. Chaque fois qu'un vieux classique passait à la télévision – comme *Le Loup des mers*, ou *Le Dernier des Mohicans* ou *L'Héritière* –, Larry m'appelait et il nous préparait du pop-corn, et après il m'expliquait les subtilités du film. Il m'emmenait aussi au théâtre et au musée, et il m'apportait de nombreux livres. Il m'a donné une édition reliée et illustrée de *Moby Dick* et a essayé de me faire comprendre que la baleine de l'histoire était plus qu'une simple baleine.

Je ne le savais pas sur le coup, mais je crois aujourd'hui que Walt était l'un des fils cachés de mon père, ce qui aurait fait de Larry mon neveu. Mais ça ne m'est apparu que des années plus tard. J'ai récemment essayé de retrouver cette famille, mais comme tant d'autres personnes que nous avons aimées ou haïes, ou à qui nous avons été liés, ils ont disparu.

À la maison de Milwaukie, les choses commençaient à chauffer. Mon frère Gaylen avait laissé tomber le lycée – il estimait qu'il n'y avait rien que les professeurs puissent vraiment lui apprendre – et les autorités de l'école étaient ravies de le voir partir. Il s'est engagé dans la marine, mais l'aventure a duré moins d'un mois. Après qu'il avait déserté cinq fois et était rentré soûl plus souvent encore, le commandant de la base a supposé que Gaylen n'était pas vraiment taillé pour une carrière militaire, et il l'a renvoyé à la maison, avec une révocation honorable.

Puis, à l'automne 1961, Gary est rentré de l'OSCI. Son incarcération s'était avérée difficile. Il n'avait cessé de se bagarrer avec les autorités, et les gardiens avaient noté à plusieurs reprises que Gary était particulièrement mauvais envers les hommes plus âgés – allant parfois jusqu'à menacer leur vie. La colère de Gary était devenue si forte qu'il avait foutu en l'air toutes les chances qui lui avaient été données et avait fini par prolonger sa condamnation.

Le conseiller qui a rédigé l'évaluation post-OSCI de mon frère a observé que Gary avait eu beaucoup de mal à s'adapter à son emprisonnement. *Il a reçu un total de vingt-trois rapports disciplinaires, la plupart pour des motifs sérieux*, écrivait le conseiller. *Les bagarres, le refus de travailler, la désobéissance, le manque de respect ont caractérisé l'attitude du détenu envers l'autorité et envers l'incarcération... À aucun moment, Gilmore n'a montré le moindre intérêt pour un objectif ou une orientation professionnels... Le détenu n'a participé à aucun programme éducatif, bien que ses capacités intellectuelles indiquassent qu'il était tout à fait capable de fonctionner à un niveau plus élevé que celui auquel il opérait... Gilmore a fait savoir qu'il ne s'intéressait nullement aux activités de loisirs, estimant qu'il n'avait pas besoin de modifier son comportement passé dans ce domaine. Comme l'indique son rapport disciplinaire, le sujet a été incapable d'établir des liens avec le moindre membre du personnel ou représentant de l'autorité. Ses contacts extérieurs ont été exclusivement limités à sa mère et à son père, qui ont indéfiniment continué d'excuser, pardonner et défendre leur fils. Gilmore n'a aucun projet de libération au moment de sa décharge et, à en croire les déclarations du détenu, tout laisse penser qu'il n'a aucune intention de travailler mais se contentera de vivre aux crochets de ses parents.* Un autre conseiller notait : *Gilmore... substitue ses propres principes de plaisir au moindre code moral adéquat, et il est habitué à assouvir ses désirs immédiatement. Il éprouve une grande hostilité envers les autres, ce qui l'a mené à une conception quelque peu paranoïaque et solitaire de la vie... et il a de grandes difficultés à contrôler son tempérament.*

De fait, le Gary qui est sorti de l'OSCI était une personne changée – un garçon dans ses besoins puérils, mais également un homme implacable. « Il était brutal en ce temps-là, se souvient mon frère Frank. Il s'énervait après toi, et ce qu'il disait, c'était qu'il pouvait te tuer ou te faire mal, ou te blesser, ou te détruire. Il était impossible de raisonner avec lui, et il ne te punissait jamais assez. C'était comme vivre avec Mussolini. Parfois, j'avais l'impression qu'il cherchait juste une raison de faire mal à quelqu'un. »

Voici le Gary de mon enfance dont je me souviens le mieux. Il avait 21 ans, mais il s'habillait comme un vieux, avec un imperméable noir miteux et un chapeau rond à bords relevés – une tenue de junkie. Il toisait toutes les personnes autour de lui d'un regard méfiant, tel un homme qui savait que tout ce qui ne faisait pas partie de lui constituait une menace. Le plus intéressant, c'est qu'à sa sortie de l'OSCI les talents de Gary étaient en pleine éclosion. Quand j'affirme que Gary était un artiste, je ne veux pas simplement dire qu'il dessinait bien, ou qu'il avait des prétentions. La vérité, c'est qu'il pouvait dessiner et peindre avec une clarté et une empathie remarquables ; ses meilleures œuvres étaient aussi évocatrices, aussi empreintes d'une grande solitude que celles d'Andrew Wyeth ou Edward Hopper, même si dans le cas de Gary, elles semblaient tourner autour de deux grands thèmes : la mort et l'enfance. Peut-être que son dessin le plus obsédant – une œuvre que nombre de ses amis prisonniers ont par la suite commentée – représentait des visages d'enfants en train de regarder une scène d'horreur dans un cinéma. On ne voit jamais l'horreur qui se déroule devant leurs yeux, mais on voit l'expression de leur visage – la peur et la fascination engendrées par la prise de conscience qu'il y a dans le monde des monstres qui vous mettront en pièces, et que vous ne pouvez rien faire pour les en empêcher.

Pourtant, ses talents artistiques n'ont jamais vraiment semblé avoir beaucoup d'importance à ses yeux. Pourquoi a-t-il préféré une vie de criminel à une vie d'artiste ? Je ne saurais le dire, mais je me suis posé cette question d'innombrables fois.

Un après-midi, alors qu'il n'y avait que Gary et moi à la maison, j'ai essayé de lui demander de me montrer quelques bases du dessin. Il buvait du sirop pour la toux ce jour-là, et il a lâché un petit rire poli mais ferme qui signifiait : pas question ! J'ai essayé de fissurer l'indifférence de Gary, de lui dire que je pensais qu'il pourrait être un artiste remarquable et à succès s'il le voulait. Il a fait passer son sirop pour la toux avec une gorgée de bière, puis il m'a regardé et a souri. « Tu veux apprendre à être un artiste ? Alors apprends à bouffer des chattes. C'est le seul art que tu auras jamais besoin de connaître. »

Néanmoins, en dépit de tous ces signes, nous nous sommes arrangés pour passer un bon Noël à la fin de 1961. Mon père n'y est pas allé de main morte cette année-là, installant dans la maison et le jardin de magnifiques illuminations depuis le sol jusqu'au toit. Et ma mère a décoré le plus beau sapin que j'aie jamais vu : ornements bleus et boules bleues.

Mes parents ont acheté de beaux cadeaux pour tout le monde – je crois que Gary et Gaylen ont eu droit à une voiture – et, pour une fois, nous avons eu un repas de fête pacifique. Mon père et Gary se sont bien entendus ce jour-là, et je me souviens de Gary lui disant :

« J'apprécie tout ce que tu as fait pour moi. Ça fait du bien d'être de retour à la maison. »

À quoi mon père a répondu :

« Tu sais que je t'aime, fils. Je veux qu'il t'arrive de bonnes choses, et je suis là pour t'aider. »

La journée s'est achevée avec ma mère jouant de son nouveau piano droit, qui avait été repoussé contre un mur de la salle à manger. Toute la famille était assise autour d'elle tandis que ses doigts agiles enchaînaient les chants de Noël et que nous chantions en chœur. Six horribles voix emplissant la nuit la plus sacrée de l'année de leurs harmonies discordantes. C'était la première fois que nous faisions une telle chose.

Ça a aussi été la dernière. Ni mon père ni Gary ne passeraient un nouveau Noël en famille.

3

Mort d'un commis voyageur

Ma mère avait pris l'habitude de nous rendre visite à mon père et à moi quand nous étions à Seattle, et elle a commencé à rester plus longtemps. Durant les premiers mois de 1962, c'était son seul moyen de nous voir.

La raison en était qu'à cette époque mon père commençait à se sentir inhabituellement malade et fatigué. Un jour, il s'est découvert une boule sur le cou, grosse comme un demi-dollar. Il m'a emmené avec lui lorsqu'il est allé consulter le médecin. Celui-ci a informé mon père qu'il ne pouvait pas prononcer un diagnostic immédiat, et que mon père allait devoir se faire hospitaliser pour qu'on lui ôte sa boule et qu'on l'analyse. Ma mère est venue pour être auprès de lui, et pour s'occuper de moi pendant qu'il serait à l'hôpital.

Le lendemain de l'opération, ma mère et moi avons pris le bus pour l'hôpital suédois de Seattle. C'était une journée couverte sur Puget Sound – une de ces journées où la brise de l'océan recouvre la ville, comme l'odeur d'une vieille chose dont on ne parvient pas à se débarrasser. Quand nous sommes entrés dans la chambre de mon père, il était assis sur son lit. Il portait une blouse d'un blanc bleuâtre, et je ne l'avais jamais vu aussi frêle, mais il semblait heureux de nous voir. Il a expliqué à ma mère qu'il croyait que l'opération avait été une réussite, qu'il se sentait déjà mieux. Il s'attendait à retourner au travail d'ici quelques jours. Le médecin – un grand Allemand costaud – est venu voir comment se portait mon père, puis il a demandé à ma mère s'il pouvait s'entretenir avec elle dans son bureau.

Il l'a emmenée de l'autre côté du couloir, puis lui a annoncé que mon père avait un cancer du colon et qu'il était condamné. Il pensait qu'il valait mieux que mon père apprenne la nouvelle de sa bouche à elle, plutôt que de celle d'un membre du personnel médical. Ma mère a répondu que non, elle ne lui dirait rien. Elle a aussi insisté pour que le médecin n'informe pas mon père de son état. « Il n'a aucune chance de survivre s'il l'apprend », a-t-elle dit.

Pendant ce temps, j'étais assis à côté du lit de mon père. Il tentait d'entretenir la conversation, mais je voyais bien qu'il avait la tête ailleurs. Il n'arrêtait pas d'observer la porte, attendant le retour de ma mère.

Après quelques minutes, elle est revenue.

« Que t'a dit le médecin, Bessie ? a demandé mon père.

— Oh ! pas grand-chose, Frank. Il m'a juste dit que je ferais bien de rester quelques jours de plus, pour te donner un coup de main quand tu retourneras chez toi. Il a peur que tu n'essaies d'en faire un peu trop après l'opération. »

Mon père a semblé soulagé par ses paroles, et nous avons continué de discuter un moment. Il nous a raconté quelques-unes de ses blagues éculées et nous avons ri à chacune d'entre elles. Puis ma mère a déclaré qu'il était temps que nous rentrions à la maison. « Tu sais que je n'aime pas rentrer tard », a-t-elle expliqué, et elle s'est penchée pour embrasser mon père sur le front. C'est alors, à l'expression affreusement sombre qui a brièvement traversé son visage, que j'ai compris ce qui allait se produire.

Dès que ma mère et moi avons atteint le hall de l'hôpital, elle s'est laissée tomber sur une chaise. Elle s'est couvert le visage des mains et a fondu en larmes.

« Qu'est-ce qui ne va pas ? ai-je demandé.

— Ton père va mourir. Il a une forme de cancer, et les médecins ne peuvent pas le guérir. Nous ne l'avons plus que pour quelques mois. »

J'essaie de me rappeler, aussi nettement que possible, ce que j'ai éprouvé durant les instants qui ont suivi. Je crois être resté calme. Je n'étais pas effrayé, ni paniqué, et je n'ai pas pleuré. Je me sentais cependant terriblement désolé pour ma mère. Pendant un moment, j'ai cru qu'elle-même n'y survivrait pas. Sinon, je crois que ma première pensée a été que je serais plus seul que je ne l'avais été jusqu'alors, mais ça ne serait pas un problème. J'avais déjà appris à vivre avec un certain détachement par rapport à la plupart des choses qui m'entouraient, et j'en étais déjà venu à accepter la distance qui me séparait de mes frères. Mais pour ce qui était de savoir que mon père était en train de mourir – je ne me rappelle pas avoir éprouvé ni chagrin ni angoisse. Au fil des années, pendant les moments où nous avions vécu ensemble, il m'était arrivé de le trouver assis seul, la tête posée sur son bureau qu'il martelait du poing, répétant encore et encore : « Je voudrais être mort. » Je crois, en vérité, qu'il craignait la mort, mais je crois aussi que la vie était une épreuve constante pour lui. Bientôt, cette épreuve serait terminée.

Quoi qu'il en soit, je savais que ma vie était en train de changer. Je serais seul. Et étrangement, je m'y sentais prêt. Si mon père m'avait appris une chose, c'était comment vivre seul dans ce monde. Probablement la plus grande leçon qu'il m'ait enseignée.

Ce soir-là, je suis allé voir nos amis qui vivaient dans l'immeuble d'à côté. Ma mère les avait déjà appelés pour leur annoncer la nouvelle. Walt, l'homme qui était probablement mon demi-frère, était assis à la table de la salle à manger avec un verre de whiskey entre les mains. J'ai deviné à ses yeux rougis qu'il pleurait depuis un moment.

Le même soir, ma mère a téléphoné à la maison à Milwaukie. Gary était seul. Elle lui a annoncé la nouvelle, ajoutant que personne ne devait en aucun cas laisser comprendre à mon père qu'il était en train de mourir. Elle estimait qu'il avait le droit de mourir sans peur ni inquiétude. Ça ne me semblait pas juste, j'estimais que mon père avait le droit de savoir qu'il allait mourir. Je pensais que personne ne devait entrer dans la mort sans avoir la chance de trouver la paix de son âme. Mon frère Frank était d'accord avec moi, mais rien à faire, ma mère est restée ferme : mon père ne saurait pas qu'il allait mourir.

Mon frère Frank n'était pas là quand ma mère a appelé parce qu'il avait un boulot dans une station de lavage de voitures de notre rue. Ce soir-là, quand il est rentré, la maison était plongée dans l'obscurité. Il est monté à sa chambre, s'est allongé sur son lit, et a allumé sa petite télévision noir et blanc. Quelques minutes plus tard, on frappait à sa porte. C'était Gary. « Il avait les larmes aux yeux, m'a plus tard révélé Frank. Il a dit : "Je n'aime pas avoir à te dire ça, mais, tu sais, papa a un cancer et il va mourir." Il était vraiment dévasté. Il est resté assis là à pleurer pendant un long moment. »

Plusieurs jours après son opération, mon père a été autorisé à quitter l'hôpital. Ma mère et moi l'avons aidé à regagner l'appartement. Comme il était toujours trop faible pour conduire, nous avons pris un taxi. Celui-ci s'est garé de l'autre côté de la rue, et ma mère m'a confié les clés pour que je prenne les devants et que j'ouvre les portes pour mon père. Comme je commençais à gravir les marches de l'immeuble, j'ai entendu un grognement. Je me suis retourné et j'ai vu un gros chien – un berger allemand, je crois – à environ deux mètres de moi. Il m'avait suivi dans l'escalier sans que je le voie et, pour une raison ou pour une autre, ce chien ne m'aimait pas. Il montrait les crocs, grondait plus fort, et s'approchait résolument de moi. En un instant, je me suis retrouvé acculé dans un coin. Alors qu'il descendait de voiture en s'appuyant sur ma mère, mon père a vu le chien qui approchait. Avec une rapidité d'acrobate, il a traversé la rue et gravi les marches à toute allure, puis il a attrapé l'animal par la peau du cou et l'a balancé sur le trottoir. Le chien a détalé en glapissant. Ma mère s'est précipitée à la suite de mon père.

« Frank, tu ne devrais pas te fatiguer comme ça ! Tu aurais pu crier sur cette foutue bestiole ou lui jeter quelque chose.

— Ce chien, a répondu mon père, presque à bout de souffle, allait faire du mal à mon fils. Tant qu'il me restera un souffle, rien ne lui fera de mal. »

Environ une semaine plus tard, mon père avait retrouvé suffisamment de force pour nous ramener à Milwaukie. À la maison, ma mère a réarrangé leur chambre afin qu'il puisse facilement accéder à ses médicaments et à la télévision. Leur chambre était juste à côté de celle que je partageais avec Gaylen à l'étage, à l'avant de la maison. Au bout du couloir du haut, à l'arrière de la maison, il y avait une véranda, dont mon père avait fait son bureau. Au pied de l'escalier, il y avait une paire de portes-fenêtres qui donnaient sous la véranda du rez-de-chaussée – la pièce, d'après ce que nous avions compris, où était mort le médecin.

Une nuit, vers 3 heures du matin, alors que nous étions tous au lit, endormis, mon père s'est réveillé avec le besoin d'aller aux toilettes, et il a commencé à longer le couloir. Quelques instants plus tard, un bruit horrible nous réveillait : mon père absolument terrifié qui hurlait le nom de ma mère, puis un grand fracas. Ensuite, j'ai entendu ma mère courir dans le couloir, cognant à toutes les portes. « Levez-vous, les garçons ! criait-elle. Votre père est tombé dans l'escalier. » Nous nous sommes précipités en haut des marches et avons regardé en bas. Mon père gisait sur le sol du rez-de-chaussée, à moitié étalé en travers de la porte de la véranda, comme s'il avait essayé d'y ramper ou qu'on l'y avait traîné. Il y avait du sang sur le papier peint au-dessus de lui, à l'endroit où sa tête avait heurté le mur dans sa chute. Gary et Frank Jr. ont été les premiers à descendre jusqu'à lui, et ils l'ont porté sur le canapé de cuir vert du salon. Ma mère voulait appeler un médecin, mais mon père a répliqué qu'il en avait assez des médecins.

« Qu'est-ce qui s'est passé, Frank ? a-t-elle demandé. Tu es tombé par-dessus la rampe ?

— Non, a-t-il répondu avec une expression ahurie. J'ai entendu quelqu'un me murmurer quelque chose, puis j'ai eu l'impression qu'on me saisissait à la gorge et qu'on me balançait dans l'escalier. Je crois qu'il y a quelqu'un ici avec nous. »

Mes frères ont fouillé la maison de fond en comble, mais ils n'ont trouvé personne, et rien n'indiquait que quiconque y était entré ou en était sorti. Mon père voulait rester sur le canapé, et il m'a demandé de rester dans la pièce avec lui pour lui tenir compagnie. J'ai passé le restant de la nuit allongé sur un sac de couchage à même le sol, écoutant la respiration difficile de mon père.

Après ça, il ne s'est plus jamais aventuré à l'étage. Il a transféré son bureau dans le salon, et tous ses mouvements dans la maison ont été limités au rez-de-chaussée.

Le fait que nous savions que mon père était condamné a eu quelques effets imprévisibles sur la famille. Ma mère était véritablement accablée de douleur et elle essayait de lui témoigner de l'attention et de la tendresse, mais parfois toutes les années d'insultes et de haine reprenaient le dessus. Je me rappelle qu'un après-midi, alors que mon père dormait dans le salon à côté, ma mère était assise à la table de la cuisine et parlait de toutes les fois où il l'avait blessée et trahie, de toutes les fois où elle l'avait haï – et elle disait qu'elle le détestait encore plus maintenant qu'il allait la laisser seule avec sa famille, sans véritable moyen de subvenir à nos besoins. Ce sont peut-être les paroles les plus amères et douloureuses que je l'aie jamais entendue prononcer. Après l'avoir longuement écoutée, j'ai quitté la pièce pour aller aux toilettes et, en passant devant la pièce où mon père était censé dormir, j'ai jeté un coup d'œil à l'intérieur. Il était assis au bord de son lit, la tête entre les mains, et quand il a levé les yeux vers moi, j'ai vu une souffrance terrible sur son visage. Je suis retourné voir ma mère et lui ai dit que je craignais qu'il n'ait entendu ce qu'elle avait dit. « Tant mieux, a-t-elle répondu. C'est ce que je voulais. »

J'étais sidéré. Je ne pouvais imaginer qu'on puisse autant vouloir faire souffrir quelqu'un. Et j'avais également peur que mon père en ait trop entendu ; ce n'était pas comme ça qu'il était censé apprendre qu'il allait mourir.

J'étais trop en colère pour dire autre chose. J'ai tourné les talons et je suis parti. Je ne suis pas revenu avant longtemps.

Plus tard dans la soirée, j'ai trouvé mes parents assis à la table de la cuisine. Ils se tenaient la main et parlaient doucement. Mon père pleurait, et ma mère lui caressait la main. Je n'avais jusqu'alors jamais vu mes parents se tenir la main.

« Qu'est-ce que tu ressentirais, lui demandait-il, si tu ne pouvais pas te sentir mieux, si ton état ne faisait qu'empirer malgré tous tes efforts ? Qu'est-ce que tu penserais ? Je n'ai jamais encaissé un tel coup de ma vie.

— Je sais, Frank, je sais », répondait-elle en lui caressant la main.

Pendant un temps, il y a eu une trêve embarrassée entre mon père et Gary mais, tôt ou tard, elle devait voler en éclats. Mon frère prenait beaucoup de drogues à cette époque – excitants, herbe, sirop pour la toux, un peu d'héroïne, plus plein d'alcool – et il allait et venait à des heures incongrues, accompagné d'inconnus qui attendaient dehors dans sa voiture. Je n'ai jamais aimé la tête de ces hommes. J'avais l'impression qu'ils représentaient un danger, qui attendait simplement le moyen de pénétrer dans notre maison.

Un après-midi, alors que nous étions tous à la maison, Gary a demandé un peu d'argent à mon père. Celui-ci était de mauvaise humeur – le cancer lui donnait la nausée – et il a répondu à Gary : « Pourquoi ne peux-tu pas trouver un boulot et gagner ton propre argent, comme les autres adultes ? Pourquoi ne peux-tu pas éviter les ennuis pendant cinq minutes, espèce de foutu connard ? »

Il n'en a pas fallu plus. Immédiatement, ça a dégénéré en l'une de leurs terrifiantes engueulades et, comme nous en avions désormais l'habitude, le reste de la famille était monté à l'étage en attendant que la tempête se passe.

Seulement, cette fois, je devinais que ça risquait de ne pas se terminer aussi facilement. J'entendais dans la voix traînante de Gary une méchanceté qui m'effrayait, et de l'impuissance dans celle de mon père. Je crois que Gary devait le sentir aussi, car il menaçait de foutre la maison sens dessus dessous s'il n'obtenait pas ce qu'il voulait. Je me suis tourné vers Frank et Gaylen et leur ai demandé si l'un d'eux pouvait descendre et faire cesser la dispute. Mais ils m'ont regardé et ont doucement secoué la tête. Ils avaient assisté à un paquet d'engueulades de ce genre, et ils savaient que mieux valait ne pas s'en mêler. Alors je suis moi-même descendu à la cuisine. Mon père était assis à la table, vêtu de son peignoir, son visage était grisâtre, et il semblait épuisé. Gary portait son imperméable noir et un chapeau de paille rond, et il se tenait de l'autre côté de la pièce, appuyé contre la paillasse.

« Je veux le fric ! disait Gary.

— Et moi, je veux que tu décampes de ma maison et que tu ne reviennes jamais », a répliqué mon père avec toute la force qu'il pouvait rassembler.

Gary a soulevé un verre sur la paillasse et l'a lancé en direction de mon père. S'il n'avait pas bougé vivement la tête, il se le serait pris en plein visage. À la place, le verre a heurté le mur derrière lui et volé en éclats sur sa tête et ses épaules. Mon père a levé les yeux et m'a vu qui les observais.

« Sors d'ici ! »

J'ai couru retrouver ma mère et mes frères à l'étage.

« Vous devez faire quelque chose ! Gary va le tuer ! »

Frank s'est levé, il est descendu et s'est placé entre Gary et mon père.

« Laisse-le tranquille, Gary, a-t-il dit. Tu ne vois pas qu'il est trop faible pour se battre ? »

Gary a poussé Frank. Frank l'a poussé en retour. Gary l'a frappé au visage. Frank lui a rendu son coup. Puis ils se sont battus pour de bon, les meubles et les assiettes volant à travers la pièce. « Je ne suis pas un grand bagarreur, m'a dit Frank par la suite. Je ne suis pas un dur. Mais Gary ne savait presque pas se battre. Il était fort, mais il était aussi maladroit. S'il te tenait, il pouvait te faire mal, mais j'ai fait en sorte qu'il ne me tienne pas, et j'ai pris le dessus. »

Ma mère s'en est alors mêlée. Elle est entrée dans la pièce avec un balai et s'est mise à taper Frank sur la tête avec.

« Arrête, disait-elle, tu es allé trop loin. J'ai appelé la police, Frank – je veux que tu t'en ailles. »

Frank comme Gary ont cessé de se battre et ont levé les yeux, stupéfaits, en direction de ma mère.

« Fiche la paix à Gary », a-t-elle répété.

Frank, manifestement profondément blessé, s'est relevé et est sorti de la maison, faisant claquer la porte derrière lui. Ma mère a fait s'asseoir Gary sur une chaise, essuyé le sang sur son visage, et lui a tendu une liasse de billets de 20 dollars.

« Maintenant, s'il te plaît, pars avant que la police n'arrive, a-t-elle dit. Je vais m'occuper de tout. »

Frank Jr. est revenu après minuit. Ma mère était couchée, mais mon père était assis à la table de la cuisine, toujours souffrant. En voyant Frank entrer, il lui a dit :

« Je veux te remercier, fils, pour ce que tu as fait aujourd'hui. »

Frank Jr. était alors un peu soûl, et toujours vexé de la manière dont sa mère l'avait foutu à la porte.

« Bon sang, a-t-il répondu, je n'aurais jamais cru que maman appellerait les flics pour qu'ils m'embarquent. J'essayais de rendre service.

— Elle ne les a pas appelés pour toi. Elle a juste dit ça pour arrêter la bagarre. Elle ne pouvait pas franchement dire qu'elle les avait appelés pour Gary, car qui sait ce qu'il aurait fait ? Il aurait pris ça vraiment mal, parce qu'elle est la seule personne en qui il croit toujours pouvoir faire confiance. Il aurait pu tuer l'un de nous à ce stade. Alors elle a dit qu'elle les avait appelés pour toi, juste pour arranger les choses. »

Après réflexion, Frank a conclu que tout ça était logique. Personne ne pouvait s'opposer à Gary. Ils devaient le protéger tout en se protégeant eux-mêmes. Et il a finalement décidé que c'était l'une des choses les plus judicieuses que sa mère avait jamais faites.

Frank était dans le centre-ville de Portland quelques soirs plus tard quand il a rencontré Gary par hasard dans la rue. Ils ne s'étaient pas vus depuis la bagarre. Gary a marché vers Frank et tendu la main.

« Hé ! Mec ! je suis désolé pour ce qui s'est passé. J'aurais pas dû agir comme ça.

— Oui, tu as raison, a répondu Frank. On n'aurait pas dû en arriver là, et je suis désolé de t'avoir frappé, mais j'étais vraiment furieux quand j'ai cru que tu allais faire du mal à papa.

— Eh bien, tu as fait ce qu'il fallait. »

Frank a accepté les excuses de Gary. Il ne voulait aucune animosité entre eux.

« Hé ! t'as faim ? a demandé Gary. Allons manger des chili dogs chez George's Coney Island, et on ira boire une bière après. C'est moi qui offre. »

Frank a accepté.

George's Coney Island était un restaurant de hot dogs dans la partie basse de Portland. On n'y servait qu'une chose : des hot dogs, mais c'étaient les meilleurs de la ville. L'endroit appartenait à un vieux Grec nommé George. D'après mon père, la légende disait que c'était un millionnaire qui vivait dans une grande demeure du quartier de West Hills. Mais il adorait préparer et servir des hot dogs, alors il avait ce restaurant pour s'occuper et rester en contact avec les gens. Mon père connaissait George depuis des années et, chaque fois que nous allions en ville, il nous emmenait manger chez George's Coney Island. George et lui s'entendaient à merveille. « Ah ! mon client préféré ! » lançait l'imposant restaurateur avec son accent grec chaque fois que mon père franchissait la porte.

Gary et Frank se sont assis au comptoir, et George les a accueillis chaleureusement.

« Comment va votre père ? Mieux ? Non ? Vous en faites pas, votre père est un homme fort. Il va s'en sortir. Il sera de nouveau sur pied en un rien de temps. »

Tandis que George préparait les hot dogs, Gary a parlé à Frank : « Je crois que je vais bientôt devoir retourner en prison, Frank. Voyons les choses en face, ma place est là-bas, sans compter que mes copains me manquent. C'est là que j'ai tous mes vrais amis, en prison. Et puis, si j'y retourne pas bientôt, je vais finir par blesser quelqu'un. Merde, il va *falloir* que je blesse quelqu'un. Mes copains me manquent.

— Tu ne crois pas qu'il serait temps, Gary, que tu commences à penser à une carrière ?

— J'ai déjà une carrière. Je suis criminel professionnel. »

Frank tentait de digérer ce qu'il venait d'entendre quand un type assis sur un tabouret proche – un motard – s'est tourné vers Gary et lui a demandé de lui passer le ketchup.

« Attrape le putain de ketchup tout seul, a rétorqué Gary. T'as deux mains. Je suis pas ta boniche. »

L'homme s'est levé, faisant jouer ses muscles, et Frank a essayé de s'interposer. Les coups ont commencé à pleuvoir et Frank s'est retrouvé K.-O. Il s'est réveillé environ une minute plus tard tandis que George lui versait de l'eau sur le visage tout en râlant furieusement.

« Qu'est-ce que c'était que ça ? Ton frère et ce type se foutent sur la gueule, ils démolissent tout, et ils se tirent en courant ? Qui va payer tout ça ? Qu'est-ce que je vais faire, appeler la police ? »

Frank s'est levé, a porté la main à sa lèvre. Elle était fendue en deux. Il a enfoncé sa main dans la poche et donné de l'argent à George.

« Tu es un gars bien, a dit George. Tu es le bienvenu ici. Mais dis à ton frère de ne jamais revenir. Ce n'est plus mon ami. »

Frank a regagné la rue en chancelant, toujours étourdi par le violent coup de poing qu'il avait reçu. Il avait besoin d'un verre. Il a marché jusqu'au bar au coin de la rue. Et quand il a regardé à l'intérieur, il a vu Gary et le motard assis au bar, en train de boire des bières et de rigoler. Frank a appris que par la suite Gary et le motard étaient allés rendre visite à la petite amie de ce dernier, et qu'ils avaient fini par coucher tous les trois ensemble. « Je les ai regardés tous les deux là-dedans à boire des bières, se souvient Frank, et j'ai tourné les talons et je suis parti. J'en avais marre. Quand je suis rentré à la maison, j'ai tout raconté à maman. Je lui ai dit : “Je ne veux plus rien avoir à faire avec lui, c'est fini.” De fait, c'est la dernière chose que j'aie faite avec Gary en public. »

Mon père, ma mère et moi sommes retournés à Seattle début juin 1962. Mon père éprouvait le besoin de reprendre ses affaires en main. Sa maladie avait retardé la production de son livre, et mettait désormais en péril les revenus de la famille.

Un matin, deux semaines plus tard, Gary a débarqué à la porte, annonçant qu'il venait aider mon père avec son livre. Il était évident à sa façon d'articuler et à ses yeux enflammés qu'il était sous l'emprise d'une drogue ou d'une autre. Mon père n'avait cependant pas oublié leur dernière altercation, et l'offre de Gary n'était pas la bienvenue. Ma mère devinait que Gary cherchait une sorte de réconciliation de la dernière chance mais, comme il était défoncé, elle avait peur qu'il ne lâche par inadvertance quelque chose sur l'état irréversible de mon père. Elle a emmené mon frère à l'écart, lui a dit qu'il ferait bien de retourner à Portland, et elle lui a donné 100 dollars.

Je me rappelle l'expression sur le visage de Gary lorsqu'il est reparti. Je voyais bien qu'il voulait prendre mon père une dernière fois dans ses bras, l'embrasser une dernière fois. Mais ni l'un ni l'autre ne pouvait aisément franchir la barrière qui les avait séparés toute leur vie. Ils ne pouvaient pas aller l'un vers l'autre. Gary a quitté l'appartement avec une expression de tristesse que je ne reverrais jamais sur son visage jusqu'au dernier jour de sa vie, quand il a su qu'il allait mourir sans pouvoir dire adieu à la femme qu'il aimait.

Ce soir-là, nous avons reçu un coup de fil de Frank Jr. Gary avait été arrêté à Vancouver, dans l'État de

Washington, pour conduite sans permis. Et puis, il y avait une bouteille d'alcool ouverte dans la voiture. Mon père a posé la tête sur son bureau et pleuré, longtemps, âprement. « Pourquoi, demandait-il entre ses sanglots, s'en prennent-ils toujours à mon fils ? »

Après ça, sa santé a commencé à se détériorer rapidement. Il s'est mis au lit un soir, et n'en est jamais ressorti. Il restait là, à cracher ses glaires dans un récipient. J'en sens encore l'odeur : sucrée et écœurante, comme une fleur fanée. Ça m'a surpris, que la mort puisse avoir un parfum.

Vers la fin du mois, ma mère a demandé à Gaylen de monter à Seattle pour rester avec mon père et l'aider à son travail pendant qu'elle et moi retournerions à Milwaukie. Je ne me souviens plus de ce que mon père m'a dit ni de la manière dont il m'a regardé la dernière fois que je l'ai vu en vie. J'aimerais, mais je ne m'en souviens plus.

Quelques jours plus tard, Gaylen nous a appelés dans la matinée. L'état de notre père avait terriblement empiré pendant la nuit et il l'avait ramené à l'hôpital. Il était resté avec lui toute la nuit, mais son état continuait de se détériorer et, vers 5 heures du matin, il avait sombré dans le coma. Gaylen venait de rentrer à l'appartement pour dormir un peu.

Peut-être une heure plus tard, le téléphone a de nouveau sonné. J'ai décroché.

« Passe-moi maman, a dit Gaylen.

— C'est papa ?

— Passe-moi maman. »

Ma mère a pris le téléphone. Quand elle a entendu la nouvelle, elle s'est écriée :

« Frank, mon Dieu, où es-tu ? Où t'en es-tu allé ? »

Les jours suivants ont été consacrés aux préparatifs d'enterrement, au rapatriement du corps de mon père depuis Seattle, au choix de l'emplacement pour la tombe. Ma mère a tenté de retrouver Robert Ingram pour lui apprendre la nouvelle, mais elle n'avait pas son adresse du moment. Nous l'avions perdu, et nous ne le retrouverions jamais.

La veille de l'enterrement, nous sommes allés voir le corps de mon père qui était exposé au funérarium. Il gisait dans un élégant cercueil en bronze, entouré de bouquets de fleurs. Il portait un beau costume brun et avait la tête soulevée par un oreiller de satin couleur crème. Ses bras étaient croisés sur la poitrine. Des striations de décomposition commençaient déjà à sillonner le bas de son visage. Ma mère a fondu en larmes, et Gaylen s'est affaissé contre un mur, visiblement affligé. Mon frère Frank a passé un bras autour de moi et m'a tenu contre lui. « Ça va ? » m'a-t-il demandé. J'ai acquiescé. Je n'arrivais pas à détacher les yeux du visage de mon père. Je me disais qu'il ne ressemblait plus vraiment à l'homme que j'avais connu – l'homme qui m'avait tenu sur ses genoux, ou qui m'avait sauvé du chien, ou qui avait hurlé sur ma mère et mes frères. Je pensais : il n'y a rien, là. Quand vous mourez, vous quittez votre corps, et il ne garde aucun souvenir de vous. Dans la mort, son visage ne pouvait plus montrer l'amour ou la colère qu'il avait montrés dans la vie. Je ne croyais pas que c'était une bonne chose.

Comme nous quittions le funérarium, Gaylen a dit : « Merde, ça fait quelque chose de voir ça. J'ai besoin de boire un verre. » Il est parti, et nous autres sommes rentrés à la maison.

Gary était à la prison de Rocky Butte lorsque son père est mort. Il nous a plus tard dit qu'un gardien l'avait réveillé et avait lancé : « Ton enfoiré de père vient de crever. Tu devrais être content. » Gary avait alors pété les plombs. Il avait saccagé sa cellule, puis brisé une ampoule et s'était tailladé le poignet.

Ma mère avait imploré les autorités pénitentiaires et un juge du comté de laisser Gary assister à l'enterrement. Elle avait offert de payer double les gardiens qui l'accompagneraient, pour garantir qu'il ne s'échapperait pas. Mais ils avaient refusé. Gary avait été placé « au trou » – en cellule d'isolement – le jour de l'enterrement de son père.

Je ne me rappelle pas grand-chose de l'enterrement lui-même. Nous étions assis à quelques mètres de chaque côté de la bière, derrière un voile. Après, tandis que Gaylen et moi nous rendions au cimetière dans sa voiture, une chanson de rock and roll est passée à la radio. C'était *Point of No Return* (point de non-retour) de Gene McDaniels. Le disc-jockey a annoncé que c'était une nouvelle chanson, sortie le jour même. *J'ai atteint le point de non-retour*, chantait McDaniels, *et pour moi il n'y a pas de retour en arrière*. J'étais envoûté. Durant les mois qui ont suivi, chaque fois que cette chanson passait sur les ondes, je me ruais sur la radio et montais le volume.

Cet après-midi de juillet, nous nous tenions près du cercueil dans le cimetière tandis qu'un prêtre catholique prononçait une prière. Et j'ai été surpris d'apprendre que nous ne resterions pas pour voir le cercueil être placé dans la tombe. « Non, ça ne se passe pas comme ça, m'a expliqué ma mère. Les familles ne supportent pas ces derniers instants. » Curieusement, ça ne me semblait pas juste qu'il doive aller en terre seul.

Je me rappelle aussi avoir été surpris de voir à quel point ma mère et mes frères étaient affectés par la mort de mon père. J'étais étonné qu'ils l'aiment encore suffisamment pour le pleurer. Ou peut-être qu'ils pleuraient pour l'amour qu'il avait si longtemps caché, et la réconciliation qui leur serait désormais à jamais refusée.

En y repensant, je crois que j'ai été le seul à ne pas pleurer. Je ne sais pas pourquoi, mais la mort de mon père ne m'a jamais arraché une larme.

Ça fait maintenant plus de trente ans que mon père est mort, et je n'ai toujours pas pleuré, même s'il en va autrement dans mes rêves.

Il y a peu, j'ai rêvé que ma mère venait me voir.

« J'ai une surprise pour toi, disait-elle. Nous avons retrouvé ton père. Il n'est en fait pas mort – il s'est enfui – mais nous ne savions pas comment te le dire.

« Il est revenu l'autre jour, et il veut te voir. Mais je dois te prévenir : il est très vieux maintenant, et il est véritablement malade. Sois gentil avec lui car il n'en a plus pour longtemps. »

Elle me mène à une pièce, et mon père est là, assis sur une chaise. Il porte une chemise à carreaux avec une cravate-lacet, et un pantalon ample avec des bretelles. Il a ses lunettes sur le nez et son chapeau de feutre sur la tête. Comme m'a prévenu ma mère, il semble terriblement vieux et fragile. Et pourtant quand il me voit, il sourit et se lève et me prend dans ses bras.

« Oh ! mon fils, dit-il, je suis si heureux de te voir. Comment ai-je pu te perdre ? »

Et il se met à pleurer.

Je le serre dans mes bras et je dis :

« C'est bon, père. Toi aussi, tu m'as manqué. Je suis content que tu sois revenu. Tout va bien se passer. »

Je songe alors que je peux désormais apprendre la réponse à tant de questions qui m'ont taraudé. Je peux demander à mon père qui il était et ce qu'il a fait, et il me répondra.

Mais alors même que je pense cela, je le sens qui s'affaisse entre mes bras, et je sens la vie qui le quitte. Je suis là, tenant mon père mort et, finalement, c'est plus fort que moi : je pleure.

4

Requiem

Mon père était mort. Il avait souvent été un homme déraisonnable et violent – plus envers mes frères qu'envers moi – et il s'était arrangé pour engendrer une famille et subvenir à ses besoins en même temps qu'il avait bousillé les âmes et les espoirs de ses membres.

Mon frère Frank et moi avons passé de nombreuses heures ces dernières années à discuter des complexités de cet homme. Nous soupçonnons tous deux que la perversité et la force qu'ont pu avoir ses fils provenaient en grande partie de lui. Nous soupçonnons aussi que nous avons parfois vécu son héritage à sa place, perpétué sa peur et sa damnation. Mais là où nous nous sommes retrouvés coincés tandis que nous parlions de lui, c'est que nous ne savons pas quelles étaient les causes de tout ce gâchis. Nous ne connaissons pas les secrets qu'il gardait, les secrets qu'il a emportés dans sa tombe. Et sans ça, c'est comme s'il y avait une partie de nous que nous ne pourrons jamais résoudre. Et ce n'est pas une petite partie. Comme je l'ai déjà dit, c'est peut-être la partie la plus profonde et essentielle de nous : celle qui a toujours transformé l'amour en ruine.

« Je n'ai jamais su quels étaient les grands secrets de papa, m'a avoué Frank un soir. Chaque fois que je le questionnais là-dessus, il se contentait de répondre : “Mieux vaut éviter de se mêler des affaires des autres.”

« Mais même sans ces secrets, je crois que papa aurait vécu la même vie. Je crois que ne pas avoir d’attaches était important pour lui. Au fond, il était à bien des égards un homme seul, mais être seul lui plaisait aussi parfois. Il était vraiment une sorte de… Je ne sais pas si on peut dire un Jekyll et Hyde, car aucune de ses natures n’était, d’après moi, mauvaise. Mais il avait assurément une double personnalité ; il était deux personnes. L’une était un père de famille – il ne voulait pas vivre sans famille. Mais au bout de quelques semaines, la nouveauté perdait son attrait et il devait de nouveau couper les ponts. Et après avoir vécu sans attaches pendant un moment, il se lassait et retournait vers les siens. Il s’accrochait aux deux aspects de sa vie, les deux choses qu’il voulait : une famille et son indépendance. Ça a été à l’origine d’un paquet de problèmes entre lui et maman. Elle lui reprochait de la forcer à vivre comme ça, et il ripostait en se mettant à picoler et en la plaquant. Il n’y avait vraiment aucun faux-semblant ni mystère. Il en avait marre de maman et de la famille, et il devait partir. Dans un sens, c’est ce qu’il a fait jusqu’à la fin de sa vie. Et il a laissé derrière lui un foyer de personnes sans attaches.

« Le plus marrant, c’est que plus j’ai pensé à lui récemment, plus j’en suis venu à le respecter. Il a accompli quelques changements remarquables vers la fin de sa vie. Le fait qu’il s’est arrêté de boire et qu’il a monté une entreprise qui marchait. Le fait qu’il a décidé qu’il t’aimerait et te protégerait, toi, son dernier fils. Je crois qu’au bout du compte, Mikal, tu aurais fini par avoir les mêmes problèmes que nous. Tu aurais fini par avoir ta propre opinion sur les choses ou par le défier un peu, et ça ne lui aurait pas plu. Il aurait tenté de te briser. Sa mort t'a épargné ça. Moyennant quoi, ce que tu as connu – ce que tu garderas –, c'est le meilleur aspect de lui qu'il nous ait été donné de connaître. Il a été bon envers toi, et je le respecte pour ça.

« Quant à nous autres... » Frank a marqué une pause, et considéré son passé. L'espace d'un instant, j'ai vu des années de souffrance crisper les muscles de son visage. « Eh bien, a-t-il repris, disons les choses comme ça : c'était difficile d'être élevé par papa. Il pouvait être dur. Il pouvait te faire mal quand tu ne t'y attendais pas. Il pouvait t'abandonner et ne pas se soucier de toi jusqu'à ce qu'il te voie de nouveau ou qu'il ait besoin de toi. Ce n'était pas marrant. Je me rappelle que les gamins que nous fréquentions nous disaient qu'ils étaient désolés pour nous. J'ai entendu ça plusieurs fois. Ça en dit long. C'était difficile d'être élevé par lui.

« Je ne voudrais certainement pas revivre mon enfance. Pour rien au monde. Une fois m'a suffi. »

Mon père, bien entendu, n'était pas la seule force positive ou négative de la famille. Ma mère contribuait à maintenir cette structure intacte. Les nombreuses fois où mon père l'a abandonnée, la plantant dans quelque dépôt de bus ou quelque asile de nuit dans le trou du cul du monde, elle prenait ses garçons par la main et leur dégotait un endroit sûr où dormir, ou alors elle trouvait un moyen de les ramener au refuge haï qu'était l'Utah. Elle protégeait scrupuleusement ses enfants à ces moments-là, et elle faisait tout ce qu'elle pouvait pour les sortir de situations dans lesquelles elle n'avait jamais envisagé de se retrouver.

Tout ça devait être une déception terrible. Il devait y avoir un abîme entre ce que ma mère avait espéré en se liant à mon père et ce qu'elle avait eu en fin de compte. J'imagine qu'elle avait été attirée par Frank Gilmore parce qu'il lui semblait dans un sens glamour, notamment comparé aux péquenauds mormons parmi lesquels elle avait grandi. Elle était suffisamment romantique, jeune et à côté de la plaque pour croire qu'il lui ferait découvrir un monde nouveau, excitant, meilleur. Comme l'a observé un de mes amis : « On dirait que ta mère avait la folie des grandeurs, et ton père semblait être le genre de type à entretenir ses illusions. Il avait probablement l'air d'un type cool, et je suis sûr que c'était la personne la plus charmante qu'elle avait jamais vue ailleurs qu'au cinéma. »

Ma mère l'a donc épousé, et l'a rejoint dans sa vie vagabonde, déambulant à travers le pays avec une grappe de mômes et un homme qui la plaquait périodiquement. Je crois qu'on peut affirmer que ses rêves ne se sont pas concrétisés et, pourtant, avec une imprudence réconfortante, elle n'a jamais perdu de vue un ou deux de ses espoirs. Elle a continué d'espérer une belle maison pour la famille, et seules sa ténacité et sa colère nous ont finalement permis d'obtenir cette maison, pour ce que ça nous a valu.

Bien sûr, tout comme mon père, elle n'a pas fait les nombreuses choses qu'elle aurait probablement dû faire. Notamment, elle n'a pas quitté mon père, malgré toutes les raclées reçues, toutes les fois où il nous a abandonnés, toute la cruauté dont il a fait preuve, aussi bien envers elle qu'envers ses fils. Je me souviens que Larry Schiller lui a demandé durant l'une de leurs conversations pourquoi elle était restée avec mon père. La réponse de ma mère a été prosaïque et déchirante : « Où serais-je allée ? Qui d'autre aurait voulu de moi ? Je suis restée parce que je ne pouvais rien faire d'autre. J'ai très tôt décidé qu'on prenait aussi bien le bon que le mauvais chez quelqu'un – qu'on ne pouvait pas changer les gens. Et puis, Frank n'était pas forcé de revenir vers moi. Je lui ai un jour demandé pourquoi il le faisait, et il a répondu : "Ah ! bon sang ! je suis trop vieux pour me trouver quelqu'un d'autre. Et puis, je suppose que j'aime bien ta cuisine." »

Le fait que ma mère n'ait pas quitté mon père n'est pas un cas unique. Il y a tout le temps, partout dans le monde, des gens qui restent dans des relations qui battent de l'aile. Les femmes restent avec des hommes qui les blessent émotionnellement et physiquement, et les hommes restent avec des femmes qui les blâment ou qui les excluent de leur vie. Parfois, vous restez parce que vous aimez l'autre et que vous ne pouvez pas imaginer de vivre sans revoir le visage de la personne aimée. Vous espérez peut-être que les choses vont s'arranger. Peut-être que l'amour vous rend aveugle – ou peut-être que vous ne savez pas qu'on se fout de vous. Mon frère Frank a un jour demandé à ma mère pourquoi elle avait encaissé toutes les raclées de mon père – surtout celles qui lui avaient valu de se retrouver affreusement enflée et couverte de bleus. « Bon sang, a-t-elle répondu, j'ai cherché tout ça. Je l'ouvrais de trop et ton père me remettait à ma place. Je le méritais. C'est aussi simple que ça. » Sa réponse – l'idée qu'elle pensait mériter ces horribles raclées – me met en colère et m'attriste, mais elle met aussi en lumière le fait que parfois nous acceptons une liaison malheureuse, et que nous ne nous imaginons pas en dehors de ce malheur. Il fait partie de notre identité. L'idée d'abandonner le malheur devient plus effrayante que la perspective de vivre avec. On risque de ne plus savoir qui on est si on quitte cette dynamique – on risque de devoir se reconstruire entièrement. Ou alors, on va devoir trouver quelqu'un d'autre avec qui reproduire les mêmes erreurs.

Je crois que ma mère aimait sincèrement mon père, et je crois que mon père aimait sincèrement ma mère. Un jour, au cours de leurs entretiens, Schiller a observé : « On dirait parfois que vous étiez en admiration devant votre mari.

— Eh bien, je voyais bien qu'il avait de nombreux défauts et tout. Mais j'ai continué, vous savez, jusqu'au dernier jour de sa vie, j'ai continué à ressentir ce petit pincement, ce petit battement de cœur, chaque fois que sa voiture apparaissait dans l'allée. La façon qu'il avait d'être assis derrière le volant, tout souriant et plein de confiance, ou la manière qu'il avait d'être assis à son bureau. Ça me faisait vraiment fondre.

— Comment était-il assis à son bureau ?

— Oh ! comme s'il était tellement concentré qu'il ne se souciait pas que vous soyez dans la même pièce. Et alors il se levait et il traversait la pièce pour aller chercher quelque chose et il tendait le bras pour vous tapoter sous le menton ou quelque chose. Pour que vous sachiez qu'il savait que vous étiez là, même s'il donnait l'impression d'être trop occupé pour s'en rendre compte. »

Je n'avais jamais entendu ma mère parler comme ça de mon père. Je n'avais jamais perçu une telle tendresse dans sa voix. Derrière ces paroles, je devinais que son cœur se brisait alors même qu'elle parlait.

Je me souviens de l'expression de mon père tandis qu'il lui tenait la main le soir où je les ai trouvés dans la cuisine. Je me souviens de la réaction de ma mère lorsqu'elle a appris sa mort, du hurlement que la douleur et la solitude lui ont arraché. Oui, ces deux personnes s'aimaient. C'est plus évident maintenant avec du recul que ça ne l'était lorsqu'ils étaient en vie. Ou peut-être que je le vois un peu mieux maintenant, ayant moi-même appris ce que pouvait être un amour doux-amer. De mon point de vue, l'amour – si profond ou désespéré soit-il – ne suffit pas à rester dans une relation qui n'en vaut plus la peine, surtout quand elle affecte ou transforme les gens qui vous entourent. Mais je ne pouvais pas plus faire ce choix pour mes parents que je ne pourrais le faire pour vous.

Bien sûr, il y avait d'autres raisons qui ont fait que ma mère est restée. Tout d'abord, c'était une femme dans un monde qui n'encourageait pas les femmes à quitter leur mari ou à trouver leur propre voie. Les emplois étaient rares, de même que les systèmes d'assistance, pour une femme sans formation avec plusieurs enfants. Elle était prise au piège, qu'elle en ait conscience ou non, comme de nombreuses autres femmes l'avaient été auparavant et l'ont été depuis.

Mais peut-être que la principale raison, c'étaient les enfants. C'est certainement l'un des principaux arguments que certaines personnes proposent contre le divorce : l'impact déconcertant que la séparation peut avoir sur les enfants, et la difficulté qu'ils auront à trouver une éducation saine et des valeurs morales dans une famille uniparentale. Mais lorsque je pense à mes frères et moi, je suis obligé de me demander si un divorce aurait produit des résultats pires que ceux produits par le mariage : quatre garçons profondément troublés, dont deux se sont attiré une mort terrible. J'entends des gens proposer des arguments contre les séparations, et je crains que la seule chose que j'entende, c'est : restez ensemble au nom de la famille. Faites *tout* pour préserver le caractère sacré et l'unité de la famille. Voici le message que l'histoire nous a matraqué encore et encore : il n'y a rien de pire que briser l'intégrité de la famille. La famille – et son autorité – doit être préservée à tout prix.

Bon sang, je hais les familles ! Je les vois déambuler par jolies grappes dans les centres commerciaux, ou j'entends des amis parler de réunions familiales ou de problèmes familiaux, ou je rends visite à des familles chez elles, et je leur en veux inévitablement. Je leur en veux à cause du bonheur, quel qu'il soit, qu'elles ont atteint, et parce que je n'ai pas eu droit à une telle famille. Et je les méprise pour la manière dont la notion de bien familial est toujours utilisée pour condamner ou assujettir les enfants de la famille, bien après qu'ils sont devenus des adultes.

Mais je m'emporte peut-être. La vérité, c'est que je ne juge pas du tout durement mes parents. Je ne ressens pas une once de haine ou d'amertume envers l'un ou l'autre, même si je devrais peut-être. J'aime mes parents. Ces temps-ci, ils me manquent terriblement. Mais je dois avouer qu'il y a quelque chose d'ironique dans le fait que je me penche sur ma propre famille : dans un monde meilleur, je ne raconterais pas cette histoire, parce que cette histoire ne se serait jamais produite. Dans un monde meilleur, mes parents ne se seraient pas rencontrés – ou du moins ils ne se seraient pas mariés et n'auraient pas fondé un foyer. Dans un monde meilleur, je ne serais jamais né.

Frank Gilmore et Bessie Brown étaient deux êtres pitoyables et misérables. Je les aime, mais je dois dire ceci : c'est une tragédie qu'ils aient eu des enfants.

5
Vol avec violences

De son vivant, mon père avait souvent été une cause de chagrin et de violence, mais il avait aussi su subvenir aux besoins de sa famille. Nous n'étions ni riches ni socialement importants, mais nous vivions bien. Maintenant qu'il était mort, nous allions devoir trouver le moyen de nous occuper de nous.

L'affaire de mon père – ses *compendiums* annuels des codes de la construction – était toujours viable. Ma mère de même que mes frères y avaient tous travaillé à un moment ou à un autre. Ils savaient tous comment vendre les publicités, et comment les épreuves étaient rassemblées et mises en page, et ils savaient effectuer les facturations. Ils pouvaient aussi compter sur deux vendeurs qui étaient restés loyaux envers mon père et étaient disposés à aider la famille à maintenir l'affaire à flot.

Mais les choses ont mal tourné dès le début. Frank Jr. avait espéré quitter bientôt la maison – se trouver un appartement, peut-être fonder sa propre famille. Mais il se disait désormais qu'il ferait bien de repousser ses projets d'un an ou deux afin d'aider ma mère à effectuer la transition jusqu'à ce qu'elle puisse vivre par ses propres moyens. Il s'est rendu à Seattle pour achever l'édition suivante du *Guide des codes de la construction*, et il a emmené Gaylen avec lui. Mais dès que Frank récupérait les paiements des annonceurs, Gaylen allait retirer l'argent à la banque. Puis il sortait toutes les nuits, se soûlait, draguait les filles, et finissait avec des gueules de bois trop terribles pour pouvoir faire sa part du travail. Frank et Gaylen ont eu quelques altercations à ce sujet, et Frank voyait que tout le boulot qu'il accomplissait ne menait nulle part. Il a renvoyé Gaylen à la maison et est resté à Seattle. Quelques semaines plus tard, il avait collecté tous les paiements, envoyé l'argent à ma mère, publié le livre dans les délais, et rendu l'appartement de Seattle. Il ne voulait pas continuer à superviser l'entreprise, mais il pensait être en mesure d'aider ma mère à trouver un bon partenaire pour la diriger. Mais à son retour à Milwaukie, une mauvaise surprise l'attendait : Gaylen avait eu un accident avec la voiture familiale, et il s'était fait arrêter pour conduite en état d'ivresse. Il avait aussi retiré pas mal de fric sur le compte bancaire de la famille. Tout l'argent que Frank avait gagné à Seattle a donc été englouti par les amendes et les frais de justice de Gaylen, et par les coûts de réparation de la voiture.

Pendant ce temps, un vendeur concurrent à Portland avait lancé une publication rivale, et plusieurs anciens clients de mon père l'avaient suivi. Le vendeur a proposé de racheter notre affaire et le droit d'utiliser le nom, mais ma mère a refusé et menacé de le traîner en justice. Je ne sais plus exactement comment ça s'est passé mais, environ un an après le décès de mon père, ma famille a perdu tout contrôle et tous les bénéfices du *Guide des codes de la construction*, et les concurrents ont eu la voie libre.

Néanmoins, nous n'avions pas tout perdu. Bien que mon père n'ait pas eu d'assurance-vie, il avait laissé une belle somme d'argent à la banque. Frank estime qu'elle devait s'élever à 30 000 dollars ou plus – suffisamment pour vivre pendant un moment au début des années 1960. Par ailleurs, Frank était d'avis que nous devions vendre la maison sur la colline et emménager dans une demeure plus modeste et meilleur marché. Après tout, faisait-il remarquer, Gary était rarement dans les parages, on ne pouvait pas compter sur Gaylen, et lui-même comptait déménager d'ici un an ou deux. Il n'y avait donc aucune raison de garder une maison aussi grande et hors de prix. Si ma mère la vendait maintenant, lui disait-il, elle pourrait faire un joli profit et l'investir dans une maison plus petite mais confortable, tout en ayant encore largement de quoi vivre.

La proposition de Frank est devenue une pomme de discorde permanente entre lui et ma mère, qui durerait tout le temps qu'ils resteraient ensemble. Elle finirait aussi, bizarrement, par lier Frank au destin de ma mère, alors que tout ce qu'il voulait, c'était fuir son monde. La première fois que Frank a suggéré que nous déménagions dans une maison plus petite, après avoir passé en revue tous les registres financiers de la famille, ma mère a violemment explosé. C'était hors de question. « Tu veux que j'abandonne ma maison et que j'aille vivre dans une caravane, comme une clocharde ! » a-t-elle hurlé, puis elle a soulevé une assiette pleine de nourriture et l'a jetée par terre. Nul doute que l'idée d'abandonner notre jolie nouvelle demeure était difficile pour elle, surtout après avoir attendu tant d'années pour l'obtenir. Aussi, je crois qu'elle s'accrochait à l'espoir qu'elle serait la chose qui continuerait de nous lier les uns aux autres. Elle voulait la garder comme un refuge pour ses fils, et comme elle était si grande et demandait tant d'attention, nous allions devoir tous rester pour l'entretenir et préserver sa magnificence. En d'autres termes, la maison était ce qui pourrait nous sauver – ou du moins nous garder tous sous un même toit.

Ma mère ignorait les conseils de Frank comme elle n'aurait jamais pu le faire avec mon père. Mais le jour où la question est devenue un sujet brûlant entre eux, elle a fini par accepter : elle allait nous trouver une nouvelle maison. Et après quelques jours de recherches, elle a trouvé l'endroit qui lui convenait et a fait préparer le contrat. Elle nous a alors demandé de venir la voir. Et il s'avérait que c'était une maison encore plus grande, située sur une colline encore plus somptueuse et hors de prix. Elle s'était clairement fait comprendre. Frank a abdiqué. Et nous sommes restés dans celle d'Oatfield.

Après avoir remporté l'épreuve de force, ma mère est allée s'acheter un beau piano, de nouveaux meubles, des équipements, et une nouvelle télévision. Six mois après le décès de mon père, Frank estime qu'elle avait dilapidé au moins 10 000 dollars. Mais ce n'est pas ça qui a fini par briser la famille. Ce qui nous a brisés, ce sont les problèmes qui étaient sur le point de survenir avec Gary et Gaylen.

Au cours des mois qui ont suivi la mort de notre père, Gaylen a commencé à vivre une vie de plus en plus dissolue. Il buvait désormais plus souvent et plus ouvertement, et s'il était généralement un ivrogne drôle et inoffensif, il restait parfois assis dans l'obscurité à nous observer d'un regard noir qui m'effrayait. Je n'ai jamais compris pourquoi ma mère laissait mes frères apporter de l'alcool à la maison alors qu'ils étaient mineurs. Je suppose que c'était en partie parce qu'elle estimait qu'on ne pouvait pas forcer les gens à changer leur comportement – qu'on devait les autoriser à faire leurs propres erreurs. Ou peut-être était-ce juste de la résignation. Elle se disait qu'ils boiraient de toute manière, alors pourquoi ne pas les laisser le faire dans un environnement chaleureux et sûr, où ils ne s'attireraient pas d'ennuis et ne se feraient pas arrêter ? Je soupçonne aussi qu'elle avait peut-être tout simplement peur. Je pense que d'une certaine manière, en dépit de son amour et du soutien qu'elle apportait à Gary et à Gaylen, ma mère avait aussi peur d'eux – elle savait que tout ce qui avait un relent d'autorité pouvait déclencher chez eux des réactions agressives. Pourtant, je me souviens que, quand je regardais mes frères boire, je ressentais parfois la menace d'actes incontrôlables de leur part – en particulier, d'actes violents. Je devinais quelque chose de dangereux et de méchant dans les yeux rouges et troubles de Gary et de Gaylen. Ils avaient beau être tout sourire quand ils étaient soûls, je croyais voir de vilaines pensées leur traverser l'esprit, et je les imaginais volant une chose sans laquelle la famille ne pouvait pas vivre simplement parce qu'ils voulaient de l'argent, ou alors nous liquidant tous sur un coup de tête.

Mais le côté le plus sombre de Gaylen n'avait pas encore pleinement émergé. Pour le moment, il se contentait de boire beaucoup plus qu'un gamin de 17 ans ne devrait boire, et il avait commencé à traîner avec un groupe de durs venus des quartiers les plus pauvres de Milwaukie. Il était plus intelligent que ces types, mais ça ne semblait pas le déranger. Ils étaient prêts à faire des choses que les gamins mieux lotis n'auraient pas faites.

Gaylen commençait aussi à avoir du succès auprès des femmes du coin. Il conduisait une belle Jeepster bleue décapotable, il portait d'élégantes chemises en soie et, pendant un moment, il s'est mis à arborer une de ces barbichettes bien taillées qui étaient alors à la mode. Il ressemblait à un jeune Robert Mitchum – dangereux et vulnérable à la fois.

Ses effets faisaient des miracles. Il débarquait toujours avec une femme séduisante ou une autre. Celle dont je me souviens le mieux s'appelait Eve. Elle avait des cheveux bruns bouclés qui lui descendaient jusqu'aux épaules, et elle portait son chemisier déboutonné jusqu'au milieu du torse et noué autour de la taille. Elle était douce et adorable, et, surtout, elle était gentille avec moi. Elle me faisait des bises sur la joue qui éveillaient en moi quelque chose que rien n'avait éveillé jusqu'alors.

Gaylen et Eve arrivaient dans l'allée et elle agitait la main dans ma direction. Puis Gaylen garait la voiture sous l'auvent, et ils restaient là à s'embrasser et à se tripoter pendant des heures. Depuis la cuisine – le poste d'observation constant de ma mère –, on ne voyait pas grand-chose à part l'arrière de la Jeepster. Mais depuis mon poste d'observation à l'étage, on voyait beaucoup mieux. Gaylen ouvrait le chemisier d'Eve et lui tirait sur les mamelons, et il enfonçait la main sous son jean étroit, ce qui la faisait à chaque fois se tortiller mémorablement. Hormis mon bref aperçu de la partie à trois de Gary quelques années auparavant, c'était la première fois que je sentais la présence du sexe chez nous. Et pendant tout ce temps, ma mère gardait un œil sur la voiture sous l'auvent, enrageant en silence.

Six mois après le décès de mon père, Gary a fini de purger sa peine pour conduite sans permis et a été libéré de la prison de Rocky Butte. Il est revenu vivre avec nous, et pendant un moment Gaylen et lui ont traîné ensemble. Ça semblait une association tout à fait naturelle – deux frères qui se ressemblaient et qui étaient complices – sauf qu'ils étaient à certains égards fondamentalement différents. Gary était extrême à l'époque, et il y avait toujours un test ou un code ou quelque truc à la con qu'il fallait réussir pour être à la hauteur de ses attentes. Gaylen, pour sa part, cherchait juste l'aventure et l'expérience. Il aimait l'idée du danger beaucoup plus que le danger lui-même. Avec Gary, il a un peu eu droit aux deux. Gary lui a fait boire du sirop pour la toux, fréquenter des voyous, participer à des casses merdiques, et prendre part à des orgies qui duraient toute la nuit.

Un soir, une bagarre a éclaté entre Gary et Gaylen. Il était question d'une femme. Nul doute que Gaylen avait tenté sa chance avec une fille que Gary considérait comme intouchable. Gary a attaqué Gaylen, et ce dernier a fini par le mettre par terre avant de foutre le camp. Gary est resté là à se frotter la mâchoire, enchaînant les lampées de whiskey et de sirop pour la toux. Puis il est allé ouvrir le coffre de sa voiture, il en a sorti le démonte-pneu, et il a annoncé à un ami qu'il allait chercher Gaylen. Il allait le tuer. À la manière dont il a dit ça, son ami a compris qu'il ne plaisantait pas. Frank a été mis au courant, et il est allé voir Gary.

« Si tu tues notre frère, a-t-il dit, alors ce sera une affaire entre toi et moi. »

Gary a saisi le message. Il a rangé le démonte-pneu et il a adressé son propre message :

« Dis à Gaylen de ne pas s'approcher de moi. »

Après ça, Gaylen et Gary ont gardé leurs distances pendant des années.

Ça a été l'une des époques les plus sombres de la vie de Gary. Il s'était lié d'amitié avec des gens qui trempaient dans la prostitution et revendaient de la drogue.

Certains d'entre eux faisaient ce qu'ils avaient à faire sans prendre de gants, et Gary les aidait quand il le pouvait. J'ai déjeuné un jour avec un homme qui avait un peu connu Gary et ses amis durant cette période.

« Les criminels sérieux de Portland, a-t-il dit, peuvent sembler de la petite bière comparés aux syndicats criminels plus sophistiqués qu'on trouve ailleurs – ils peuvent même passer pour une bande de ploucs de seconde zone – mais ça ne les rend pas moins dangereux. Au contraire, puisqu'ils estiment devoir prouver un peu plus que les autres qu'ils sont des durs.

« Votre frère, a-t-il poursuivi, avait la réputation d'être un homme de main fiable et efficace. C'était quelqu'un qu'on pouvait emmener avec soi pour prêter main-forte quand il y avait un sale boulot à faire et qu'on avait besoin d'un complice qui la fermerait une fois le boulot effectué. Voilà ce que faisait Gary pour ces gens. C'était le type à qui on faisait monter la garde pendant qu'on allait quelque part, ou le type qui attendait dans la voiture qui servirait à prendre la fuite. On se servait de lui, mais pas trop. On l'utilisait parce qu'on avait peur de sa réaction s'il se sentait mis à l'écart. Il y avait dans ce cercle des types plus durs que Gary, mais je crois que tout le monde avait un peu peur de lui. Ils savaient qu'il était prêt à n'importe quoi, et qu'il ne se laisserait jamais intimider par une menace ou un défi. »

De temps à autre, l'un de ses délits valait à Gary d'atterrir en prison, mais jamais pour plus de quelques semaines à la fois. Les gardiens trouvaient son comportement de plus en plus étrange et perturbant. Un jour, alors qu'il était à Rocky Butte suite à un accident avec délit de fuite, il avait été interné à l'hôpital Dammasch, l'hôpital psychiatrique. Gary insistait auprès de ses gardiens qu'il savait qu'il y avait une conspiration à l'œuvre contre lui, et que des gardiens en faisaient partie. Il avait envoyé un bol de soupe bouillante au visage d'un autre détenu qui travaillait aux cuisines, persuadé qu'il y avait du poison dans la soupe. Après quoi il avait mis le feu au matelas de sa cellule. Une fois à l'hôpital, il avait affirmé au médecin de service qu'un radar avait été installé sur le toit de la prison et réglé sur sa fréquence. Il disait aussi qu'il entendait des voix lui parler la nuit à travers les tuyaux de la prison. En plus, il avait des maux de tête de plus en plus violents. L'un des psychiatres de l'hôpital a décidé que tout ça n'était qu'une ruse : Gary supposait probablement qu'il purgerait sa peine plus tranquillement à l'hôpital qu'en cellule, ou alors que l'hôpital lui offrirait plus d'opportunités de se faire la belle. Gary a été renvoyé en prison, et il s'est tailladé les poignets. Il est retourné à l'hôpital, où il a fini de purger le gros de sa peine.

Voici l'une de ces histoires que Norman Mailer avait originellement relatées dans *Le Chant du bourreau*, et que j'avais, pour une raison ou une autre, effacée de ma mémoire, même après avoir lu le livre deux ou trois fois.

En rentrant à la maison un après-midi, ma mère a trouvé Gary assis dans le fauteuil de cuir vert qu'elle occupait d'ordinaire, tenant à la main un document. Il regardait ma mère avec colère, chose qu'elle ne l'avait jamais vu faire jusqu'alors.

« Je veux te montrer quelque chose », a-t-il dit, et il lui a tendu le bout de papier. C'était son certificat de naissance original – celui de McCamey, Texas – au nom de Faye Robert Coffman. « Peut-être que tu aimerais m'expliquer. »

Ma mère avait conservé le certificat dans son bureau toutes ces années. Manifestement, Gary avait crocheté la serrure et l'avait trouvé. Elle était interloquée, et furieuse.

« Qu'est-ce que tu crois fabriquer ? » a-t-elle demandé.

Gary a secoué la tête.

« Merde, m'man, pas étonnant que le paternel ait jamais pu me sentir. J'étais pas vraiment son fils, si ?

— Comment oses-tu proférer une telle accusation ? Bien sûr que tu étais son fils ! C'était juste un nom dont nous nous servions quand nous traversions le Texas.

— Me raconte pas ces putains de bobards.

— Et toi, ne me parle pas comme ça ! C'est toi qui devrais t'excuser. Tu aurais pu me demander au lieu d'aller fouiller dans mon bureau sans permission.

— Je n'aurais jamais appris ça avec ta permission, pas vrai ? » a répliqué Gary.

Il s'est levé du fauteuil, a attrapé son blouson, et il a tendu le certificat à ma mère.

« Tu peux le garder, a-t-elle dit, esquissant un sourire forcé.

— *Non-mer-ci* », a-t-il répondu, hachant chaque syllabe.

Il ne lui avait jamais parlé sur un ton aussi glacial.

« Gary, il y a des choses que tu ne sais pas, mais ce n'est pas ce que tu crois. »

Il n'a rien répondu. Il a quitté la maison en claquant la porte derrière lui. Ça a été la dernière fois que ma mère a vu Gary libre.

L'un des amis de Gary à cette époque était un jeune Noir nommé Cleophis. De temps à autre, Gary amenait Cleophis à la maison. En général, ils restaient dans une voiture garée dans l'allée, à boire de la bière, à discuter, à rigoler. Cleophis était un type chaleureux – il semblait plus sympathique que la plupart des amis de Gary – mais, comme Gary, il avait un goût pour les stupéfiants.

Un ou deux jours après la confrontation avec ma mère, Gary traînait dans un magasin Fred Meyer, un supermarché local, avec Cleophis. Ils sont allés au rayon pharmacie, où Gary a demandé au pharmacien de lui remplir une ordonnance pour un sirop pour la toux à base de narcotique. Tandis que l'employé vérifiait la liste des junkies connus, Gary a repéré un homme qui échangeait un chèque contre des espèces à une caisse proche. Il n'aurait su dire combien d'argent avait l'homme, mais il l'a vu empocher une liasse de billets verts.

« On revient chercher cette ordonnance dans un moment », a-t-il dit à l'employé, puis il a fait signe à Cleophis de l'accompagner.

Ils ont suivi l'homme jusqu'au parking, puis sont montés dans leur voiture et lui ont filé le train.

« Qu'est-ce qu'on fabrique, Gary ? a demandé Cleophis.

— On va dépouiller ce connard. J'ai un tuyau de plomb à l'arrière dont on pourra se servir sur lui.

— Oh ! mec ! je veux pas faire ce genre de truc. »

Gary a lancé un regard dur à Cleophis – un regard d'avertissement.

« Me laisse pas tomber. Épaule-moi. »

L'homme s'est engagé dans son allée et Gary l'a suivi. Cleophis et lui sont descendus de voiture et l'un d'eux – difficile de savoir lequel – a brandi le tuyau de plomb. Gary a attrapé l'homme, pris son argent, puis Cleophis et lui ont décampé. Tout ça pour 11 dollars.

Comme ils repartaient, quelqu'un a relevé leur immatriculation, le modèle de la voiture, et la direction qu'ils prenaient.

À la maison d'Oatfield, Frank regardait la télé dans le salon. Il était seul à la maison. Il a entendu une voiture approcher et a jeté un coup d'œil par la fenêtre. C'était Gary et Cleophis. Il n'a rien imaginé de spécial. Ils passaient leur temps à aller et venir.

Quelques minutes plus tard, il a entendu un vacarme autrement plus fort – comme une légion en mouvement dans l'allée. Il a de nouveau regardé par la fenêtre, et cette fois il a vu que la cour était pleine de voitures de police, aussi bien municipale que du comté, leurs gyrophares rouges tournoyant et flamboyant. Il devait y avoir vingt flics ou plus debout à côté de leurs bagnoles, chacun braquant un fusil ou un pistolet en direction de Gary et de Cleophis, qui se tenaient à côté de la maison. Cleophis avait les mains en l'air et ne bougeait pas, mais Gary tournait en rond, comme s'il ne comprenait pas ce qui se passait.

Frank est sorti en trombe par la porte de derrière et s'est interposé entre les flics et Gary.

« S'il vous plaît, ne tirez pas sur mon frère.

— Si tu ne veux pas te faire tirer dessus toi aussi, a répliqué un policier, dégage. »

Alors tous les flics se sont mis à hurler après Frank.

« Barre-toi de là ! »

Au même moment, d'autres voitures de police ont investi la colline et bloqué la route.

Quelque chose dans l'échange entre Frank et les flics a arraché Gary à sa torpeur narcotique et l'a ramené sur terre. Il a levé les mains, regardé les policiers, et déclaré : « Ne lui tirez pas dessus. Il n'a rien à voir avec ça. » Puis, à Frank : « Frank, écarte-toi. Je sais de quoi il s'agit. »

Les flics se sont approchés, ils ont menotté Gary et Cleophis, et les ont emmenés à la prison du comté de Clackamas, à Oregon City.

Cette fois, Gary était dans un sale pétrin, et nous le savions tous. Il risquait une inculpation pour vol avec violence, sans compter qu'il avait déjà un casier bien chargé. Bien qu'aucun de ses délits antérieurs n'ait été très sérieux – aucun n'avait impliqué de violence –, l'accumulation a suffi à convaincre le procureur que Gary était déjà un criminel régulier et un danger pour la société. L'assistant du procureur a décidé de porter l'affaire devant la cour et de réclamer une lourde peine.

Durant les mois qui ont suivi l'arrestation, pendant les préparatifs pour le procès, Gary a commencé à agresser d'autres détenus – particulièrement les hommes plus âgés – et le juge a ordonné une évaluation psychiatrique. À l'hôpital, Gary a continué de menacer tout le monde autour de lui et de se taillader les poignets. Il a affirmé à un psychiatre que ses tentatives de suicide étaient réelles. Et dans ses notes pour le juge, le médecin a écrit que Gary avait affirmé qu'il voulait *se vider de son sang, mourir, mais ce qu'il veut surtout, c'est se vider de son sang*. En lisant aujourd'hui ces mots, tout semble si clair : c'était sa première tentative d'expiation par le sang.

Il est possible, comme l'ont assuré ses geôliers et un ou deux médecins, que Gary simulait ses épisodes psychotiques. Bien sûr, le fait qu'une personne simule la folie ne signifie pas qu'elle n'est pas folle. En tout cas, Gary a été jugé responsable de ses actes et en mesure d'être jugé. Le diagnostic final du médecin de l'État était : *personnalité sociopathique, type antisocial avec décompensation psychotique intermittente.*

Le procès de Gary s'est tenu au tribunal d'Oregon City, à la mi-mars 1964, et a duré trois jours. Cleophis, le complice de Gary, avait accepté de témoigner contre lui, mais l'affaire aurait été pliée en moins de deux même sans son témoignage.

Le dernier jour du procès, j'étais à la maison quand le téléphone a sonné. Ma mère avait un rendez-vous avec un médecin, mais elle m'avait laissé un numéro où l'appeler si j'apprenais que le verdict allait être prononcé. J'ai répondu au téléphone. C'était Gary. Au début, j'ai cru qu'il avait été déclaré non coupable. Sinon, comment aurait-il pu m'appeler ?

« Comment va, partenaire ? » a-t-il demandé. Puis, après un moment : « Écoute, je voulais juste que toi et maman sachiez : j'ai écopé de quinze ans. »

J'étais abasourdi. Je ne savais pas vraiment quoi dire.

« Gary, qu'est-ce que je peux faire pour toi ? » ai-je demandé.

Mais je crois que ma question est sortie de travers, comme si je disais : je n'ai pas le temps, qu'est-ce que tu veux encore ?

« Je… je ne voulais pas vraiment quoi que ce soit, a continué Gary d'une voix brisée. Je voulais juste entendre ta voix. Je voulais juste dire au revoir. Tu sais, je ne vais pas te voir pendant quelques années. Prends soin de toi. »

C'était un moment déchirant. Nous n'avions rien partagé de si intime depuis ce soir de Noël, bien des années plus tôt, où il m'avait parlé de sa vie à la maison de redressement. J'ai eu l'impression que j'avais d'une manière ou d'une autre foiré quelque chose – que je lui avais fait défaut à un moment crucial. Cette sensation m'est restée pendant des années. En fait, je l'ai encore.

Quand ma mère est rentrée à la maison, je lui ai annoncé la nouvelle. Elle s'est assise sur sa chaise dans la cuisine et a pleuré longuement et âprement – encore plus fort que quand mon père était mort. Je n'avais jamais vu un tel chagrin chez quelqu'un.

6

Dispersion

En novembre 1963, pendant que Gary attendait d'être jugé, le président John F. Kennedy se faisait abattre d'une balle dans la tête pendant une visite à Dallas, Texas. Comme toutes les familles américaines, nous étions abasourdis. Nous n'avions jamais vu une telle violence jusqu'alors : c'était une violence qui changeait les possibilités d'avenir d'une nation et foulait aux pieds une bonne partie de son passé, et je crois que nous le comprenions tous, même alors. Nous avons discuté, effondrés, de cet assassinat pendant des jours, mais aucun de nous ne disait rien de la violence dans nos propres vies. Je crois que nous ne comprenions même pas qu'il y avait de la violence dans nos cœurs. Le plus drôle, c'est que quand cette noirceur a plus tard montré son visage le plus laid, elle aussi est devenue un épisode marquant de l'histoire sanglante américaine.

En tout état de cause, Noël cette année-là a été lugubre. Gary et Gaylen étaient en prison. La famille commençait à manquer d'argent. La nation était toujours en deuil. Les nuits d'hiver semblaient toutes sombres. Et pour la première fois, ma mère n'avait pas acheté de sapin, pas même une couronne pour accrocher à la porte.

C'est durant cette période que ma mère a décidé qu'il était enfin temps que je devienne mormon. Elle invitait des missionnaires de l'Église pour qu'ils m'expliquent les fondamentaux de la religion des Derniers Saints, et je me retrouvais régulièrement dans le salon avec ces jeunes hommes qui me racontaient l'épreuve de Joseph Smith – les souffrances qu'il avait endurées durant sa jeunesse, alors qu'il tentait de découvrir la véritable Église, puis les merveilles de la révélation de Dieu et des secrets du paradis à ce jeune fils de fermier. J'étais captivé par ce récit, surtout par la découverte des plaques dorées et la genèse du *Livre de Mormon*, et par la manière dont la famille de Smith passait de la pauvreté à la gloire puis à la tragédie. Cette histoire avait quelque chose de familier – ma mère avait mystérieusement évoqué à de nombreuses reprises un trésor que mon père avait autrefois possédé puis perdu, mais qui pourrait peut-être être récupéré. Moyennant quoi je commençais à accepter les mormons. Grâce à eux, je retrouvais d'une certaine manière mon père, même si je savais que lui les détestait. Et je devinais aussi que mon adhésion à l'Église mormone signifiait beaucoup pour ma mère. Ce serait dans un sens une manière de la venger de son passé, peut-être même le moyen de la racheter de son apostasie. J'ai donc été baptisé et me suis retrouvé à aller plusieurs fois par semaine à l'église. Et je resterais actif et dévoué à l'Église et à ses croyances jusqu'au milieu de mon adolescence.

Et alors, un peu plus tard – à l'époque où Gary attendait son procès –, quelque chose s'est produit qui allait changer ma vie. Le 9 février 1964 (le jour de mon treizième anniversaire, et celui où j'ai rejoint la prêtrise mormone), les Beatles ont fait leur première apparition à l'*Ed Sullivan Show*. Je n'étais pas étranger au rock and roll. Mes frères adoraient Elvis Presley,

Chuck Berry, Johnny Cash, Jerry Lee Lewis, Little Richard et Fats Domino, et ils passaient constamment leur musique à la maison. Détail intéressant, mon père, qui, de toute évidence, n'était pas un fan de la rébellion juvénile, aimait lui aussi le rhythm and blues et les premiers disques de rock and roll. C'est l'un des rares plaisirs qu'il n'a jamais interdits à ses fils. Avec le recul, je m'aperçois désormais que la musique de Presley et des autres avait été pour mes frères un moyen d'exprimer leur révolte ; une rébellion pleine de colère, mais sans idéologie immédiatement apparente. C'était un truc magnifique mais, à l'époque de mon adolescence, l'esprit de cette musique avait été largement galvaudé, et le rock and roll n'était plus guère capable de galvaniser ou de symboliser le soulèvement de la jeunesse.

Mais les Beatles, naturellement, ont changé tout ça. Je ne savais bien sûr pas en les regardant à l'*Ed Sullivan Show*, alors qu'ils agitaient la tête et chantaient *I Saw Her Standing There* et *She Loves You*, que ce qu'ils faisaient allait m'ouvrir un lien avec le monde et une porte vers l'avenir que mes parents n'auraient jamais pu me proposer. Tout ce que je savais sur le moment, c'était que je les aimais, et comme des millions d'autres gamins, j'avais le sentiment qu'ils appartenaient à moi et à mon époque. Plus tard, j'adorerais les Beatles d'autant plus qu'ils sembleraient représenter un éloignement du monde de mes frères, et que mes frères ne pourraient pas les sentir.

En y repensant, je m'aperçois combien ces deux associations étaient incongrues. Comme nombre de choses liées à l'adolescence, et la plupart des choses liées au rock and roll, les Beatles parleraient de sexualité et de repousser ou d'anéantir les limites ; on pourrait même dire qu'ils parlaient de soulèvement et de révolution.

Alors que de leur côté les mormons parlaient de liberté et de salut à travers l'ordre et l'autorité ; ils ne toléraient ni la sexualité hors mariage, ni la culture ou la politique progressistes. Au fil du temps, les contradictions entre ces deux dévotions deviendraient apparentes, et je serais forcé de faire un choix. Mais à l'époque, j'avais soif de tout ce qui pouvait ressembler à une direction, à un moyen de me sortir de la malédiction que je considérais déjà comme le lot de ma famille. Le rock and roll et les mormons – chacun à sa manière importante – ont contribué à me donner cette direction. De fait, je crois que la confluence des deux m'a peut-être sauvé la vie. Dans la religion et dans le rock and roll, je trouverais un sens de la communauté que je n'avais jamais connu auparavant. J'y trouverais aussi un sens de la cause, de l'objectif moral. De façon intéressante, c'est le rock and roll qui finirait par m'être le plus utile au fil des ans, et qui parviendrait le mieux à illuminer le paysage moderne du paradis perdu et retrouvé. Mais il me faudrait des années avant de choisir de vivre avec les pécheurs plutôt qu'avec les saints. Pour le moment, j'étais heureux de frayer avec les deux.

Gaylen avait fait plusieurs allers-retours entre la maison et la prison à cette époque. Généralement pour de petits délits – ivresse publique ou chèques sans provision. Mais petits délits ou non, les flics du coin commençaient à le prendre particulièrement en grippe. Le fait qu'il était le frère de Gary n'arrangeait rien. C'était un emmerdeur de plus qui portait le nom de Gilmore. Et il y avait aussi son caractère de chien et son orgueil. Chaque fois qu'un flic l'arrêtait, Gaylen devait la ramener. Si un flic l'insultait ou le frappait, Gaylen lui rendait la monnaie de sa pièce. Et c'était d'ordinaire lui qui payait le plus cher. Je le sais car je me souviens d'avoir vu ses bleus après qu'il s'était fait tabasser par la police.

Les flics n'ont pas tardé à débarquer à la maison à n'importe quelle heure. Ils cognaient à la porte à 3 heures du matin, et en regardant par la fenêtre je voyais une voiture de police garée devant notre maison. Ils cherchaient toujours Gaylen pour une raison ou pour une autre. Souvent, il était là quand ils se mettaient à fouiller la maison. Il avait une planque spéciale, derrière une fausse cloison dans le sous-sol, sous la véranda, où il aimait se cacher, et où ils ne l'ont jamais trouvé. Plus rarement, quand les policiers marchaient jusqu'à chez nous, leurs bottes raides martelant les marches, Gaylen s'enfuyait par la porte de derrière, se glissait derrière le volant de sa voiture, puis filait à toute allure dans Oatfield Road en klaxonnant et en narguant les flics d'un geste de la main. Ils le prenaient en chasse, mais le rattrapaient rarement. Il était comme l'as du volant contrebandier d'alcool maudit de son film préféré, Robert Mitchum dans *Thunder Road*.

Tôt ou tard, bien sûr, Gaylen se faisait arrêter, et ma mère devait payer sa caution. C'était un rituel fréquent de notre vie de famille durant ces années. J'en suis venu à connaître la tête de chaque flic et de chaque vendeur de cautions du district, et j'ai pris l'habitude d'accompagner ma mère, au beau milieu de la nuit, lors de ses nombreux périples au poste de police local, dans Main Street, pour faire libérer son fils ivre et perturbé.

Je suppose qu'il était inévitable que la réputation de mes frères ne me retombe sur le dos. Je me rappelle, alors que j'étais encore en primaire, avoir été convoqué dans le bureau du principal, où l'on m'avait prévenu qu'on ne tolérerait jamais que je me comporte comme eux ; on m'avait dit de faire attention, que mes frères avaient bien profité de la bonne foi et de la clémence du district, et que si j'allais être comme eux, il y avait d'autres écoles où on pouvait m'envoyer. À diverses époques, sous diverses formes, j'ai reçu de tels avertissements tout au long de mes années de collège et de lycée à Milwaukie. Un jour, alors que j'attendais le bus dans le centre d'une petite ville, un flic du coin s'est arrêté à mon niveau. « Tu es l'un des fils Gilmore, pas vrai ? Bon Dieu, j'espère que tu ne finiras pas comme les deux autres. J'en ai assez des connards de ta famille. » Une autre fois, je marchais le long de la route principale du quartier quand une voiture s'est arrêtée et que des adolescents plus âgés que moi en sont sortis précipitamment et m'ont cerné. « Tu es le frère de Gaylen Gilmore ? » m'a demandé l'un d'eux. Ils m'ont poussé dans la voiture, ont roulé un petit moment jusqu'à un terrain abandonné, et ils m'ont frappé tour à tour au visage. Je me suis souvenu du conseil que m'avait donné Gary ce soir de Noël des années auparavant – « Tu ne peux pas riposter ; tu ne *dois* pas riposter » – et je les ai laissés me frapper jusqu'à ce qu'ils en aient marre, et alors ils m'ont craché dessus, ils sont retournés à leur voiture et ils sont repartis.

J'ai pleuré pendant tout le trajet jusqu'à la maison, et je détestais le monde qui m'entourait. Je détestais la petite ville où je vivais, avec ses habitants mesquins et mauvais et, pour la première fois, j'ai détesté mes frères. J'avais l'impression que je n'aurais jamais d'avenir par leur faute, que j'étais destiné à marcher sur leurs traces que je le veuille ou non, que je ne me débarrasserais jamais de la honte et de la douleur et de la déception. Je ressentais une rage profonde et violente : je voulais arracher le visage des garçons qui m'avaient frappé. « Je veux les tuer, me disais-je, je veux les tuer ! » Et dès que j'ai pris conscience de ce que je disais, et des raisons qui me faisaient éprouver ça, j'ai détesté mon monde et mes frères encore plus.

Finalement, les choses ont commencé à rattraper Gaylen. Sa liaison avec Eve avait mal tourné. Ou peut-être avait-elle trop bien tourné. Eve était désormais enceinte. Elle aimait Gaylen et voulait l'épouser, et je crois qu'il en allait de même pour lui, mais ni le père d'Eve ni notre mère ne l'auraient toléré. Un soir, Gaylen s'est soûlé et il est allé voir Eve dans le camp de mobile homes où elle vivait, non loin de la maison, à Oak Grove. Gaylen a commencé à se battre avec son père, un Allemand déplaisant nommé Adolf, et il a fini sous le pied d'Adolf avec un fusil de chasse pointé contre sa tête. La police est arrivée et a embarqué mon frère.

Un ou deux jours plus tard, Gaylen et ma mère ont eu une altercation terrible à cause de la situation avec Eve. Ils étaient tous deux assis dans la cuisine à se hurler dessus, et Frank était avec eux, tentant d'agir en médiateur. Puis ça a dégénéré.

« Je ne veux plus revoir cette fille ! a crié ma mère.

— Va te faire foutre ! a crié Gaylen en retour. Tu ne peux pas me dire ce que je dois faire. Arrête de me donner des putains d'ordres ! »

Ma mère s'est levée rapidement, elle a attrapé un long couteau de boucher sur la paillasse, et avant que quiconque ait pu réagir, elle avait acculé Gaylen, toujours assis sur sa chaise, contre le mur, et lui pointait le couteau contre la pomme d'Adam. Ses yeux lançaient des éclairs, et elle parlait d'une voix lente et tremblotante.

« Tu ne verras plus *jamais* cette espèce de putain. Tu me comprends ? Si tu la revois, je te tue. »

Tout le monde est resté silencieux et immobile pendant un long moment. Ma mère a hurlé encore un peu, puis elle a reculé et est allée reposer le couteau. Elle s'est assise et s'est mise à pleurer. Gaylen s'est levé, les larmes aux yeux, et a marché jusqu'à la porte de derrière. En sortant, il a donné un tel coup de pied dans la porte grillagée qu'elle a valsé dans la cour. Il a passé le restant de la journée à lancer son couteau de chasse sur le cerisier du jardin, jusqu'à ce que la sève s'écoule des entailles comme du sang. Le cerisier n'a plus donné beaucoup de fleurs après ça.

Cette altercation a plus ou moins sonné le glas de la liaison entre Gaylen et Eve. Et d'après ce que j'ai entendu, elle a une magnifique fille, mais Gaylen ne l'a jamais vue ni connue.

La vie de Gaylen en dehors de la maison est alors devenue étrange et mystérieuse – tout comme l'avait été celle de Gary quelques années auparavant.

Un soir, ma mère et moi étions en train de discuter dans la cuisine quand une voiture s'est engagée sur notre allée, tous phares éteints. C'était une vieille berline, avec des hommes à son bord. Quelque chose dans l'approche de cette voiture a éveillé les craintes de ma mère. « Éteins les lumières ! » a-t-elle ordonné. Les hommes sont sortis de la voiture, se sont précipités sous la véranda et ont commencé à cogner à la porte. Ma mère m'a emmené à l'étage et enfermé dans l'ancien bureau de mon père. « Ouvre cette putain de porte, Gaylen ! criaient-ils. On sait que tu es là. Ne nous force pas à entrer. » Ma mère a appelé la police. Bientôt le son des sirènes a gravi la colline. Les hommes ont aussitôt regagné leur voiture et décampé.

Ma mère et moi sommes allés voir des voisins plus loin dans la rue, et nous sommes restés chez eux jusqu'à ce que Frank revienne du travail, vers 1 heure du matin. Quand nous sommes rentrés chez nous, nous avons découvert qu'une fenêtre à l'arrière avait été brisée, et que la chambre de Gaylen avait été mise à sac.

Un ou deux soirs plus tard, Gaylen est rentré complètement débraillé. Ma mère lui a raconté ce qui s'était passé. Gaylen a écouté sans dire un mot. Et après être resté quelques instants assis là, il est sorti, a grimpé dans sa voiture et est reparti. Nous ne le reverrions pas avant deux ans. La fois suivante que nous avons eu de ses nouvelles, il était à New York, où il lisait des poèmes dans un club de Greenwich Village et se noyait dans l'alcool chaque fois qu'il le pouvait.

À la fin août 1965, Frank Jr. a été appelé sous les drapeaux. C'était la période où l'implication des États-Unis au Viêtnam commençait à s'intensifier, et ma mère et moi étions inquiets à l'idée que mon frère risquait de devoir aller se battre, et peut-être mourir, pour une cause si confuse et inutile. Frank, cependant, avait des soucis plus métaphysiques. Les Témoins de Jéhovah estimaient que servir dans les forces armées et mourir au combat revenaient à mourir dans un état de violence ou de péché. Et dans ce cas, on perdait le droit d'entrer au royaume de Dieu. Frank avait demandé à être considéré comme objecteur de conscience, mais le conseil de révision avait refusé. Il n'avait guère de choix, c'était soit l'armée, soit la prison fédérale. Pour le moment, il acceptait son appel, mais il ne se voyait pas servant dans une unité militaire.

Il n'y avait cependant rien à faire. Et un beau jour, Frank est parti. J'ai été plus affecté par son départ que par tous les autres. C'était un homme doux et bon. Et je savais que les militaires essaieraient de le changer.

Qu'ils essaieraient de le rendre aussi violent que ses frères.

Gary était au pénitencier d'État de l'Oregon, Gaylen était à New York, et Frank était posté à Fort Ord en Californie. Il ne restait donc que ma mère et moi dans cette maison trop onéreuse et trop grande.

C'était une période solitaire et misérable. Nous manquions d'argent, et subsistions désormais grâce aux paiements mensuels que versait la Sécurité sociale pour mon père.

C'est aussi à cette période que j'ai commencé à me rapprocher de ma mère. Je n'avais guère le choix – il n'y avait plus qu'elle et moi – mais je suppose aussi que j'étais prêt à apprendre à voir le monde à travers ses yeux, à l'entendre décrit de sa bouche. Et c'était un monde de douleur et de persécution. C'est alors que j'ai commencé à comprendre combien ma mère, tout comme mon père, Gary et Gaylen, se considérait comme une exclue. C'est, de fait, ce qu'elle avait été toute sa vie – tout d'abord, en tant que jeune fille qui avait voulu enfreindre les règles, puis en tant que jeune femme qui les avait enfreintes, et finalement en tant que femme à qui on avait fait payer encore et encore le fait qu'elle les avait enfreintes. J'ai appris que le monde ne pardonnait pas ceux qui rejetaient ses règles, qu'il vous détruirait si vous le faisiez. Ma mère était un paria. Mes frères étaient des parias. Ma mère me promettait que j'en serais également un. Je devrais être fort, me disait-elle ; je devrais apprendre à vivre avec la condamnation du monde, et avec ses châtiments. J'estimais qu'elle avait probablement raison, mais ce que je ne lui disais pas, c'est que je pensais que ce monde effroyable dont elle parlait incluait ma famille.

Je rêvais non seulement de me protéger du monde, mais aussi de ma famille.

Un jour, je me suis soudain retrouvé à vivre ainsi. Au début de l'hiver 1965, ma mère est tombée gravement malade et a dû être hospitalisée pour une ablation de la vésicule biliaire, ou quelque chose comme ça. Je lui rendais visite chaque jour, puis je retournais dans la grande maison. Je venais de débuter le lycée, et je vivais seul – du moins pendant quelques semaines. C'était la première fois de ma vie, depuis les années où j'avais vécu avec mon père, que je me sentais heureux et en sécurité.

Bien sûr, ça ne pouvait pas durer. Quelques semaines plus tard, ma mère est rentrée de l'hôpital. Mais les choses n'ont plus jamais vraiment été comme avant. Après ça, elle a commencé à vivre une vie plus limitée. Le premier signe de cette diminution est apparu alors qu'elle venait de rentrer à la maison. Elle a refusé de monter jusqu'à sa chambre à l'étage, affirmant qu'elle n'avait plus la force de gravir les marches de l'escalier. Elle a donc commencé à dormir au rez-de-chaussée, sur le canapé, dans le salon même où mon père s'était installé durant ses dernières semaines dans notre grande maison perdue. Ma mère n'a plus jamais mis les pieds à l'étage. Aussi, après ça, elle a rarement laissé les inconnus, ou même les amis, entrer chez nous.

Durant les mois qui ont suivi, la maison et la propriété ont commencé à tomber en ruine. Ma mère ne pouvait plus entretenir son jardin, et la maison était trop grande pour que je m'en occupe seul. Avec le temps, l'herbe devant la maison a poussé jusqu'à être à hauteur de genoux. La propriété était affreuse, et inhospitalière. Au bout du compte, certains membres de l'Église mormone ont fini par venir régulièrement pour nous aider à entretenir le jardin. À l'époque, ils nous considéraient plus ou moins comme une famille assistée.

Maintenant que ma mère vivait au rez-de-chaussée, j'avais tout l'étage pour moi. Certaines semaines, je dormais dans une chambre différente chaque nuit. Et c'est alors que j'ai commencé à entendre des voix.

Je me réveillais vers 3 heures du matin, et j'entendais des voix de l'autre côté de la porte de ma chambre, à peut-être deux ou trois mètres, près du mystérieux espace vide dans le couloir. Je restais couché et j'entendais ces voix pendant une heure ou deux – parfois jusqu'à ce que le ciel commence à s'éclaircir dehors. Elles étaient audibles, mais pas distinctes, comme des marmonnements derrière une porte fermée.

Un jour, alors que je n'avais pas fermé l'œil de la nuit à cause de ces bruits, j'ai demandé à ma mère :

« Est-ce qu'il t'arrive d'entendre des choses bizarres la nuit ?

— Presque chaque nuit, a-t-elle répondu. J'entends des voix. Parfois elles sont dans d'autres chambres, ou alors simplement dans l'air. Elles parlent bas, mais je crois savoir ce qu'elles disent. Elles parlent de notre avenir et prévoient de nous ôter la vie à chacun de nous. »

J'ai pensé : génial – je deviens aussi dingue que tous les autres membres de cette foutue famille. Après ça, j'ai commencé à dormir avec un oreiller sur ma tête. Ça faisait taire les voix des fantômes.

7

Retour à la maison

Le séjour de Frank à l'armée s'est avéré difficile dès le début. Ses supérieurs savaient qu'il était Témoin de Jéhovah et opposé au service militaire. Et ils n'avaient pas beaucoup de compassion pour ce genre de position. Alors, ils l'humiliaient devant les autres, l'insultaient, lui disaient qu'ils allaient le briser.

Pendant un temps, Frank a essayé de devenir toubib. Mais ça n'a pas suffi à ses supérieurs. Ils voulaient qu'il apprenne à charger, porter et utiliser un fusil, et qu'il apprenne à manier une baïonnette.

« Tu vas devoir te conformer aux règles militaires, ou alors tu passeras en cour martiale », lui a dit son commandant.

À quoi Frank a répliqué :

« Je ne peux *pas* me conformer aux règles militaires. Elles vont à l'encontre de mes convictions religieuses. »

L'officier a ordonné à Frank de faire son paquetage et de marcher jusqu'à la prison de Fort Ord, à trois kilomètres de là. Il y resterait jusqu'à sa comparution en cour martiale. « Il n'y avait pas de gardien avec moi pendant le trajet, m'a expliqué Frank. J'aurais facilement pu m'enfuir. La gare routière était à côté. J'aurais pu y aller, acheter un ticket, et disparaître. J'aurais pu être au Canada en deux jours. Mais je savais que si je faisais ça, ça me suivrait pendant le restant de mes jours. J'ai estimé que je ferais aussi bien de faire ce qu'on me demandait. Et pourtant, pendant tout le trajet, je n'arrêtais pas de me dire : "Si seulement ils m'acceptaient comme médecin." Je voulais vraiment faire mon devoir et sortir avec les honneurs. Mais je ne voulais pas bafouer mes croyances, et je ne voulais pas m'enfuir et être recherché. »

Pendant que les engagés et les appelés attendaient en prison leur passage en cour martiale, les gardiens militaires leur refilaient sans cesse des corvées.

« C'étaient des trucs inutiles, comme arracher les mauvaises herbes dans le sable. C'était juste un truc insensé, histoire de vous mettre en colère et de vous fatiguer – une forme de harcèlement. On faisait ça pendant des heures et des heures.

« Un jour, on était de corvée, et ce jeune type qui se tenait à côté de moi a craqué. Il s'est tourné vers moi et il a dit : "Je vais tenter de m'échapper. Tu ferais mieux de te mettre à terre." Il s'est mis à courir et le gardien a tiré et l'a touché. Plus tard, j'ai appris que le gardien avait gagné un galon supplémentaire grâce à ça. Ça me foutait en colère, qu'on puisse tirer sur un gamin et l'estropier. Ce n'était pas du tout un mauvais bougre. Pourquoi le gardien n'avait-il pas tout simplement tiré en l'air pour l'avertir ? Mais ils avaient cette règle stricte : ne jamais laisser personne s'échapper. Et en effet, de tout le temps que j'ai été là-bas, personne ne s'est échappé. Quand j'ai vu ça, j'ai été salement déprimé. C'est à ce moment-là que j'ai compris que j'allais vivre un enfer. »

Frank a passé trois mois en prison avant sa comparution en cour martiale. L'accusation était qu'il avait désobéi à un ordre direct de son commandant.

Le procès a duré une journée – une autre affaire close aussi vite qu'elle avait été ouverte. Le procureur militaire a déclaré que mon frère était aussi nuisible que l'ennemi. En fait, a-t-il proclamé, Frank était pire qu'un communiste : c'était un lâche.

« Mais je savais que c'était faux, se souvient Frank. Je n'étais pas plus lâche qu'eux.

« Je le leur ai dit. Je leur ai dit que je serais heureux de travailler en tant que médecin militaire. Mais je n'allais pas me mettre en rang et tuer quelqu'un ou me faire tuer au front. J'avais peur de devenir assoiffé de sang si je tuais quelqu'un. Je serais probablement devenu dingue sur le champ de bataille, pour être honnête. J'y ai souvent réfléchi. Et je savais que si c'était arrivé, dans mon esprit et dans mon cœur, j'aurais été un homme perdu. J'aurais été l'un des pires. Et alors je n'aurais plus pu me regarder en face. J'aurais fini par me faire tuer. Alors j'ai décidé que la prison fédérale valait mieux. »

Le tribunal militaire a condamné Frank à trois ans de travaux forcés à Fort Leavenworth.

« Si j'avais eu un avocat civil, m'a-t-il dit par la suite, j'aurais pris trente jours et une exclusion sans honneurs. Je l'ai vu avec plein de types blancs qui avaient des avocats hors de prix. Mais maman n'avait plus d'argent pour moi. À l'époque, elle avait tout dépensé pour Gaylen et Gary.

« Durant cette période, je priais beaucoup. Je me disais : “Je vais juste me raccrocher à Dieu et voir ce qui se passe.” »

Gaylen s'est lassé de New York. C'était loin de la maison.

Alors que Frank était à Leavenworth, il a débarqué à Provo, Utah. Comme Frank et Gary, il avait de bons souvenirs de la ferme de mes grands-parents, et il voulait voir ses cousins et ses oncles et tantes. Il avait aussi un vieil ami, du nom de Kerry, qui vivait désormais à Salt Lake City avec sa nouvelle femme.

Gaylen a été hébergé par Brenda. Elle avait récemment divorcé et était contente d'avoir de la compagnie, d'autant qu'il ne rechignait pas à l'aider pour les corvées domestiques et le jardinage. Il était captivant, beau garçon, et intelligent, et elle l'aimait comme tout le monde l'aimait quand il voulait être aimable. Elle voyait cependant qu'il avait un penchant pour les femmes. Elle pouvait à peine l'emmener où que ce soit sans qu'il se mette à reluquer les jolies filles du coin ou qu'il essaie de draguer quelqu'un. Les filles de Provo le trouvaient séduisant – « C'était peut-être le garçon le plus beau et le plus différent qu'elles aient jamais rencontré », se souvient Brenda – mais les femmes mormones n'avaient pas l'esprit trop large pour ce qui était de s'embrasser et de se peloter, et le sexe avant le mariage était hors de question, aussi les désirs de Gaylen étaient-ils constamment frustrés.

Il avait du mal à vivre sans l'intimité d'une femme. Un jour, il est allé voir son ami Kerry à Salt Lake City. Kerry n'était pas là, mais sa femme, si. Gaylen a tenté sa chance avec elle, et ça a marché. Gaylen et la femme de son ami ont commencé à avoir une liaison. Ils couchaient ensemble deux ou trois fois par semaine et ça leur plaisait – jusqu'au jour où Kerry est rentré tôt du travail et a trouvé son bon ami Gaylen en train de se taper sa femme par-derrière. Kerry était costaud, et il a décidé que c'en était fini de leur amitié. Il a soulevé Gaylen et l'a balancé par la fenêtre, puis il s'est jeté sur lui. Il a passé plusieurs minutes à lui bourrer le ventre et le visage de coups de pied avant que sa femme ne parvienne à le faire arrêter.

Gaylen a passé quelques jours à l'hôpital de Salt Lake. Il avait la mâchoire fracturée à cinq endroits. Il devait manger avec une paille, et il ne parlait plus trop bien. L'oncle Vern a réglé ses frais médicaux. Il lui a aussi rendu visite deux ou trois fois. « Espèce de con », lui disait-il. Gaylen ne pouvait pas répondre grand-chose.

Vern a payé un ticket de bus pour que Gaylen rentre à Portland. Et il a débarqué à notre porte un jour en fin d'après-midi, tentant de sourire d'un air penaud malgré sa bouche fermée par des fils de fer. Ma mère s'est contentée de secouer la tête et de lui demander quel genre de soupe il voulait manger.

Les problèmes qu'avait eus Gaylen à Salt Lake City l'ont ralenti pendant un moment. Il a commencé à songer à se trouver une femme et à s'installer. Il a aussi commencé à aller à l'église mormone et, à la grande surprise de ma mère et pour son plus grand plaisir, il a fini par se convertir au bout de quelques semaines.

Ma mère était contente de son retour. Elle avait récemment repris quelques forces et travaillait désormais comme serveuse dans un restaurant nommé Speed's, dans Main Street. Maintenant que Gaylen était revenu, et apparemment réadapté à la vie en société, elle espérait de nouveau que notre grande maison serait ce qui nous rassemblerait.

Je n'ai jamais vu Gaylen aussi calme qu'à cette période, et nous n'avons jamais été plus proches. Notre nouvelle amitié n'avait pas grand-chose à voir avec le fait qu'il était désormais mormon. Quelque chose dans sa conversion ne m'avait jamais semblé très solide ; c'était plus un besoin désespéré d'amour et de communauté qu'une déclaration de foi. De plus, Gaylen n'était pas franchement pieux pour ce qui était de la sexualité. De temps en temps, je rentrais de l'école et le trouvais en train de courir à poil à l'étage avec quelque fille du quartier. « Tu n'as pas intérêt à raconter ça à maman », me disait-il, et, naturellement, je ne lui en ai jamais parlé.

Dans un sens, notre nouvelle proximité avait à voir avec nos âges respectifs – la chose même qui nous avait autrefois séparés. Quand Gaylen avait 12 ans et que j'en avais 6, nous n'avions pas grand-chose à nous dire. Maintenant que j'en avais 16 et qu'il en avait 22, nous avions beaucoup plus en commun. À cette époque, nous avions lu de nombreux livres similaires, vu les mêmes films, écouté la même musique. Nous discutions et nous nous disputions constamment – il détestait Bob Dylan et les Beatles ; moi, je les adorais – mais c'étaient des disputes amicales, voire respectueuses. Nous sommes devenus inséparables à cette époque, chose que je n'avais jamais connue avec aucun de mes frères. Je suis d'ailleurs sûr que le fait que nous n'avions plus à nous battre pour l'amour de mon père facilitait les choses. Pendant un temps, Gaylen a été mon meilleur ami.

Mais mener une vie paisible n'était pas chose aisée pour Gaylen. Il avait du mal à se mêler aux autres jeunes de l'église. La plupart des garçons de son âge étaient soit en mission, soit inscrits à l'université Brigham Young, et c'étaient ces garçons-là que les femmes mormones voulaient. De plus, Gaylen avait trop vu le monde, il connaissait trop les différentes manières de penser et de vivre, et les mormons n'étaient pas toujours à l'aise avec ce qu'ils savaient de son histoire. Souvent, ils omettaient de l'inviter aux réceptions ou aux fêtes de jeunes.

Bientôt, Gaylen a recommencé à boire et à voir ses anciens amis. Puis il a recommencé à faire des chèques sans provision, et la police est revenue frapper à notre porte. J'étais surpris de voir à quelle vitesse il s'attirait de nouveau de sérieux ennuis. Au bout de quelques mois, il y avait des mandats d'arrêt à son nom dans le comté de Clackamas, et il y avait des amis furieux qui croyaient qu'il leur avait volé quelque chose. Maintenant, quand Gaylen se soûlait, il avait souvent un sale caractère, et il cherchait presque à chaque fois un nouveau moyen de foutre sa vie encore un peu plus en l'air.

Un soir, alors qu'il sentait l'étau se resserrer autour de lui, Gaylen s'est assis dans le fauteuil en cuir vert du salon avec une bouteille de vodka. Ma mère était là à le regarder boire. Je suis monté à l'étage pour faire mes devoirs. Puis j'ai entendu des hurlements et je suis redescendu. Gaylen et ma mère se disputaient pour une histoire d'argent. Il voulait qu'elle lui donne 200 dollars pour qu'il puisse quitter l'État, mais elle répondait qu'elle ne pouvait pas – c'était tout l'argent qu'elle avait.

« Pourquoi tu ne lui fous pas la paix ? ai-je demandé à Gaylen. Elle n'a pas les moyens de te donner une telle somme. Tu ne trouves pas qu'elle t'en a déjà assez donné comme ça ?

— Reste en dehors de ça, a-t-il répliqué. Tu n'es pas le putain de caïd que tu crois être. » Puis il s'est tourné vers ma mère. « Je veux cet argent. Je ne partirai pas tant que je ne l'aurai pas. »

Il y avait une menace palpable dans sa voix.

Ma mère tremblait. Elle a ouvert son porte-monnaie et lui a tendu 100 dollars.

« C'est *tout* ce que je peux te donner, et maintenant je ne sais même pas comment je vais nous nourrir le mois prochain. Ne me demande plus jamais rien », a-t-elle ajouté avant de fondre en larmes.

Gaylen s'est levé, il a pris l'argent, enfilé son blouson.

« Si tu pars comme ça, avec cet argent, ai-je dit, tu n'es plus mon frère. »

Il est passé devant moi sans un mot et a claqué la porte en sortant. Nous avons par la suite appris qu'il était allé direct au restaurant où travaillait ma mère et avait échangé un autre chèque en bois contre des espèces. Et ma mère a demandé à son employeur de prélever la somme sur son salaire pour qu'il ne porte pas plainte contre Gaylen.

Gaylen a fini par déménager à Chicago et vivre sous un nom différent. Cette fois, nous ne le reverrions pas avant cinq ans.

À Fort Leavenworth, les horreurs auxquelles Frank assistait étaient à peu près les mêmes que dans toutes les prisons : viols homosexuels et brutalité des gardiens. Et comme il savait qu'il était dans un endroit dangereux, il avait demandé – et obtenu – une cellule individuelle.

Mais le fait qu'il restait seul vexait certains autres prisonniers. Ils se disaient qu'il était soit indépendant, soit snob et, à quelques reprises, divers détenus ont essayé de le remettre à sa place. Il y a eu quelques bagarres, plus un incident au cours duquel un prisonnier a tenté de lui faire tomber quelque chose de lourd sur la tête. Frank savait que des hommes se faisaient tuer dans de tels endroits. Il a vu un détenu se faire taillader à coups de lame de rasoir par d'autres – des coups si rapides et nombreux que le type n'était plus qu'un tas de viande sanguinolente quand il est tombé par terre.

C'est durant cette période que j'ai convaincu ma mère que nous ferions bien d'écrire au sénateur de l'Oregon, Wayne Morse. Le sénateur était célèbre pour son mauvais caractère, mais c'était aussi un homme consciencieux – il a été l'une des premières voix du Congrès à s'élever contre la guerre du Viêtnam. Finalement, cette opposition lui coûterait son siège de sénateur, après une campagne âpre à l'issue de laquelle les citoyens de l'Oregon décideraient que Bob Packwood représenterait mieux leurs inquiétudes et leurs intérêts.

Ma mère et moi avons adressé des courriers à Morse, et il a répondu, promettant de se pencher sur la question. Il a contacté quelqu'un qui avait de l'influence dans ce domaine et demandé : « Pourquoi cet homme purge-t-il une peine si longue dans un endroit dangereux pour un délit non violent ? »

Le 1er mars 1967 – dix-neuf mois après l'appel de mon frère –, un officiel de Leavenworth a rencontré Frank pour l'informer que sa sentence avait été réduite et que l'armée le libérait pour « bonne conduite » – ce qui revenait à admettre qu'ils l'avaient bien baisé. Ils lui ont donné un peu d'argent et l'ont emmené jusqu'à la ville de Leavenworth, Kansas. De là, Frank a pris le bus pour Portland.

Quelques jours plus tard, j'étais en train de lire dans la cuisine quand la porte de la maison s'est ouverte et que Frank est entré. Ni ma mère ni moi ne savions qu'il avait été relâché. C'était un plaisir immense de le voir, mais je devinais que son incarcération à Leavenworth avait été difficile. Il semblait beaucoup moins heureux qu'avant, et beaucoup plus timoré.

Comme j'étais seul à la maison à son arrivée, je voulais appeler ma mère pour la prévenir que Frank était rentré. « Non, a-t-il dit. Je vais aller la voir plus tard à son travail. Je vais lui faire la surprise. »

Frank est monté défaire ses valises. Il est redescendu quelques minutes plus tard et a doucement posé la main sur mon épaule.

« Mikal, j'ai quelque chose à te demander. » Il y avait des larmes dans ses yeux. « Est-ce que toi ou quelqu'un d'autre est entré dans ma chambre et y a pris quelque chose ? »

Je lui ai répondu que j'y étais allé quelques fois pour regarder sa télé ou dormir dans son lit, mais c'était à peu près tout.

« Pourquoi ? ai-je demandé.

— Quelque chose a disparu. J'avais 219 dollars cachés dans ma chambre. C'était tout l'argent que j'avais au monde. Je comptais l'avoir à ma sortie. Est-ce que tu sais quoi que ce soit ? »

J'ai fait non de la tête. Je ne savais pas que Frank avait économisé de l'argent.

Il s'est mordu la lèvre et a réfléchi une seconde, puis il a prononcé un mot : « Gaylen. » Inutile d'en dire plus.

Il est retourné quelques minutes à l'étage. Quand il est redescendu, il était en manteau et portait un sac de toile.

« Écoute, a-t-il dit, je ne veux pas que tu dises à maman que je suis venu, et ne parle pas non plus de l'argent volé. Je crois qu'il vaut mieux que je m'en aille pour de bon, et il vaut mieux aussi que personne ne sache où je suis. Cet argent, c'était tout ce que j'avais au monde quand j'étais en prison – c'était tout ce sur quoi je pouvais compter. Rentrer à la maison et m'apercevoir qu'il a disparu… Ça signifie que je n'ai plus de maison. Ça signifie que ma place n'est pas ici. »

J'ai essayé de discuter avec lui, de le raisonner, de lui expliquer que s'enfuir ne servirait à rien. Finalement, j'ai tenté de l'implorer, et je lui ai dit que s'il partait et que notre mère apprenait ce qui lui était arrivé, ce serait terrible pour elle – ça pourrait même la tuer.

Frank a secoué la tête.

« Non. Elle n'en a rien à foutre de moi. Tu es le seul qui se soucie de moi. Je veux te remercier d'avoir écrit ces lettres. Je suis content de voir que tu as bien tourné. Prends soin de toi. »

Et il est parti.

J'étais paniqué. Je crois que ça a été l'un des moments les plus douloureux de toute ma vie. J'étais dévasté à l'idée que Frank avait vécu ce qu'il venait de vivre avec l'armée, pour au bout du compte trouver une déception encore plus grande à la maison. Et j'étais horriblement triste pour ma mère. Je ne savais comment lui faire face sans lui dire. D'une manière ou d'une autre, elle ne tarderait pas à savoir que Frank avait été libéré, et elle se demanderait ce qui lui était arrivé. Je savais qu'elle craindrait le pire.

Je suis resté dans le noir ce soir d'hiver, à pleurer pendant des heures. J'ai alors su ce qu'était l'enfer : l'enfer, c'était la famille. C'était avoir des gens qui faisaient les pires choses à ceux qu'ils auraient dû aimer le plus.

Plus tard, peu avant l'heure où ma mère rentrait du travail, la porte s'est de nouveau ouverte, et c'était Frank. Il m'a expliqué qu'il avait longuement marché. Qu'il était passé devant le restaurant où travaillait notre mère, et qu'il l'avait vue à l'intérieur, en train de servir des plats, à moitié invalide, et il avait su qu'il ne pouvait pas l'abandonner. Il était entré et lui avait dit bonjour, lui avait annoncé qu'il était de retour. Elle était heureuse et avait pleuré.

Frank rapportait un sac de provisions. Il allait nous préparer à manger.

« Laisse-moi t'aider, ai-je dit. Je suis content que tu sois revenu. »

Il y a quelque temps, Frank et moi avons reparlé de cette soirée. Je voyais que ce qui s'était passé lui faisait toujours mal.

« Ça m'ennuyait qu'un frère puisse faire ça, a-t-il dit. Me revoilà, après deux années de merde, et je n'ai même pas un rond pour sortir et me soûler la gueule.

« Je me sentais déjà comme un loser, de rentrer à la maison. Et alors, je découvre cette trahison – j'ai eu une vision assez négative de la vie pendant un bon bout de temps après ça. »

Avait-il demandé à Gaylen si c'était lui qui avait pris l'argent ?

« Oh ! oui, quelques années plus tard. Et il a admis l'avoir fait. Il m'a dit qu'il ne savait pas si je rentrerais un jour à la maison. Il ne se voyait pas laissant l'argent là, ça aurait été du gaspillage. »

Je lui ai demandé si Gaylen l'avait remboursé.

Frank a lâché un éclat de rire morose.

« Tu plaisantes ? On parle de Gaylen et Gary. Ils ne remboursaient jamais rien à personne. Bon, je suppose que Gary l'a fait, à la fin. Je crois qu'il essayait de tout rembourser. »

Frank s'est trouvé un boulot de surveillance et a commencé à aider ma mère à payer les factures et l'emprunt pour la maison. Il se consacrait aussi à l'entretien du jardin. Il rêvait toujours d'avoir son propre appartement et de fonder sa propre famille, mais il s'est résigné à repousser ça un moment, jusqu'à ce que ma mère se sente à l'abri chez elle.

Un jour, Frank a rencontré une jeune Chinoise à l'église. Ils ont commencé à sortir ensemble, et elle l'a invité à rencontrer ses parents. Il est allé plusieurs fois dîner là-bas. Et il s'est aperçu qu'il aimait beaucoup cette femme, que cette liaison était sérieuse.

Frank s'est dit qu'il ferait bien de lui rendre la courtoisie et de l'inviter à rencontrer sa famille. Je n'étais pas là le jour où il a amené sa petite amie à la maison, mais ma mère, si. Frank a ouvert la porte et escorté la femme dans la maison. Ma mère était assise à sa place habituelle dans la cuisine.

« Maman, a dit Frank, j'ai amené quelqu'un que j'aimerais te présenter. »

Ma mère s'est retournée, a vu la jeune femme chinoise debout dans la cuisine, et le rouge lui est monté au visage.

« Fais sortir cette putain de ma maison ! »

Frank est resté immobile, regardant fixement ma mère. Il était si abasourdi qu'il ne savait que dire. Après un moment de silence gêné, il a bafouillé :

« Mais, maman…

— Tu m'as entendue. Fous-la dehors, et ne la ramène jamais. »

Lorsque Frank a fait sortir la femme, elle était en pleurs.

« Je suis désolé, a dit Frank. Je ne sais pas quoi dire. Elle perd un peu la boule parfois. Elle a eu beaucoup de soucis récemment. »

La femme s'est essuyé les yeux et a répondu que c'était bon, qu'elle comprenait.

Ce soir-là, Frank est retourné à la maison et a dit à ma mère :

« C'est fini. J'ai essayé de t'aider, mais personne ne peut t'aider. Je n'arrive pas à croire que tu aies pu faire une telle chose !

— Je suis désolée. C'est probablement une jeune femme très gentille, mais en même temps, je connais le genre de femme que tu as tendance à aimer – tu sais, les putes. Quand je l'ai vue qui se tenait là, je me suis dit que ça devait être une fille que tu avais ramassée dans la rue. »

Frank a annoncé à ma mère qu'il quittait la maison. Elle l'a imploré de rester.

« Je serais perdue sans toi. Je ne peux pas m'occuper de cet endroit sans toi. »

Frank a accepté de rester un mois ou deux pour l'aider à accomplir la transition financière. Au bout du compte, il n'est jamais reparti.

Je n'ai rien su de cet incident jusqu'à il y a deux ans, quand Frank me l'a relaté. Je lui ai demandé ce qu'il était advenu de sa liaison avec cette femme.

« Elle a pris ça poliment, a-t-il répondu. Elle a été très gentille. Mais ce que maman avait fait avait créé un souvenir horrible entre nous. De fait, ça a tué la liaison.

« Je crois que maman a accompli exactement ce qu'elle voulait ce jour-là. Je crois qu'elle a anéanti mes chances d'aimer, mes chances de fonder une famille. Je n'en ai plus jamais été aussi proche qu'à cette époque. »

8

Rébellion

Et moi dans tout ça ? Eh bien, j'étais un gamin dans les années 1960.

J'avais 16 ans. J'étais en deuxième année de lycée. Même si j'aimais les livres et étais toujours touché par la religion, j'avais essentiellement une préoccupation – la même chose qui, d'une manière ou d'une autre, préoccupait tous les jeunes que je connaissais : la sexualité.

Je n'y connaissais vraiment pas grand-chose. Personne dans ma famille ne m'avait pris à l'écart pour m'en expliquer le b.a.-ba. J'apprenais ce que je pouvais en jetant un coup d'œil furtif au *Playboy* qui me passait occasionnellement entre les mains et en lisant les romans d'Henry Miller et les classiques pornographiques de John Cleland et Frank Harris. Je les cachais dans l'armoire de ma chambre et les sortais tard le soir, quand j'en avais fini avec Franz Kafka et Hermann Hesse. À vrai dire, je lisais Miller et Harris plus attentivement que Hesse ou même que Melville. La sexualité me semblait la chose la plus excitante et la plus désirable du monde. Il n'y avait rien que j'avais autant hâte de connaître.

En même temps, je savais que ce n'était pas une bonne idée. Mon Église proscrivait absolument toute forme de sexualité en dehors du mariage. C'était le don sacré destiné à la procréation, et faire mauvais usage de ce don de quelque manière que ce soit était un péché si sérieux que seul le meurtre était plus grave. Lors de nos réunions de prêtrise dominicales, nos conseillers nous mettaient constamment en garde contre cette tentation. Dieu trouvait odieux qu'un homme répande sa semence de quelque manière que ce soit en dehors d'un rapport sexuel au sein du mariage et, même alors, la semence ne devait être répandue que dans le but de procréer. Un acte comme le sexe oral était un outrage. Et la branlette aussi. Même si ces enseignements ne suffisaient pas exactement à vous empêcher d'avoir une érection, ils pouvaient vous pousser à vous demander que faire quand vous en aviez une. Mais bizarrement, prier qu'une érection s'en aille ne marchait jamais.

Aussi, comme la plupart des adolescents, et probablement comme tous les jeunes mormons que je connaissais, je me masturbais – parfois en m'inspirant de mes propres fantasmes, parfois en lisant les livres et les magazines mentionnés ci-dessus, parfois en regardant les mannequins de la section sous-vêtements du catalogue *Montgomery Ward*. Mais comme tous les autres garçons mormons que je connaissais, je me sentais aussitôt coupable, et je me promettais à chaque fois de ne jamais recommencer. À une occasion, je me suis même tenu à ma résolution quelque temps. Deux semaines, je crois.

Le week-end, j'allais dans les clubs pour adolescents du centre-ville de Portland. L'un d'eux, le Headless Horseman, était situé sur le site d'une ancienne boîte de nuit de gangsters, où Gary avait eu ses habitudes. Maintenant, l'endroit était rempli de jeunes, tous élégamment vêtus ; c'était l'époque des *mods*, qui a précédé l'ère hippie qui allait bientôt arriver. Nous allions là-bas affublés de pantalons en velours côtelé à larges rayures et de chemises à pois ou à fleurs avec des cols blancs et des boutons de manchettes, et de bottes qui nous montaient jusqu'aux genoux. Ma mère n'avait pas beaucoup d'argent, mais elle faisait tout son possible pour que j'aie toujours les habits les plus modernes et les plus à la mode, Dieu la bénisse.

À l'intérieur des clubs, nous invitions des adolescentes en jupe courte qui portaient des anneaux aux oreilles à danser sur la musique des groupes qui passaient – des groupes locaux comme les Kingsmen (qui ont connu la gloire avec *Louie Louie*), les Wailers et, tous les trente-six du mois, Paul Revere and the Raiders. Parfois nous persuadions les filles de sortir du club et de nous accompagner jusqu'à la cage d'escalier d'un grand parking quelques rues plus loin. Nous nous embrassions pendant des heures – on appelait ça se rouler des pelles, naturellement – et les garçons essayaient de caresser la poitrine ou l'entrejambe des jeunes femmes. Je me souviens d'une fille qui m'a dit : « On peut dire que tu as la main baladeuse pour ton âge. » Je suppose qu'elle avait raison.

Le lendemain matin, j'étais à l'église avec tous les autres, inquiet pour le salut de mon âme.

Mais cela ne pouvait durer éternellement. Ça a duré jusqu'à l'été 1967 – connu dans la culture populaire comme l'été de l'amour. Les mouvements hippie et psychédélique étaient en pleine éclosion. Les Beatles étaient passés de leur rock and roll teinté de pop aux territoires avant-gardistes de *Sergeant Pepper's Lonely Hearts Club Band*. Les jeunes se laissaient pousser les cheveux, portaient des tenues excentriques, tentaient de se libérer des conventions de leurs parents et de la culture environnante pour créer leurs propres règles. Tout cela tournerait bientôt au vinaigre – nous paierions le prix fort de notre révolte générationnelle – mais l'espace d'une saison, ça a été une période magnifique. Autour de nous, tout – la musique, la politique, les enjeux émotionnels de la nation – disait clairement que nous entrions dans un âge nouveau, que les jeunes étaient libres de se redéfinir d'une façon complètement nouvelle. Tout valait le coup d'être risqué – c'est du moins ce que nous pensions à l'époque.

Cet été-là, je passais mes après-midi à traîner à la Psychedelic Shop et au parc de Lair Hill, à Portland – des endroits où se rassemblaient les jeunes à cheveux longs et les motards. Le soir, mes amis et moi nous rendions au Crystal Ballroom, tout près de la Psychedelic Shop, une vieille salle de danse en étage qui avait été prisée des *big bands* à l'époque du swing. La piste de danse principale du Crystal était montée sur roulements à billes, et pendant cet été, quand des groupes comme Grateful Dead et Quicksilver Messenger Service y jouaient, les hippies dansaient et bondissaient en rond sur la piste, ce qui faisait tanguer toute la pièce, comme le pont d'un bateau ivre.

J'ai rencontré une jeune femme blonde nommée Pamela à l'un de ces concerts. Après ça, chaque jour pendant des semaines, Pamela et moi nous retrouvions à la Psychedelic Shop, et nous nous asseyions par terre pour discuter, nous tenir la main, nous embrasser. Parfois, après minuit, alors que nos parents dormaient, nous avions de longues conversations fiévreuses au téléphone, au cours desquelles nous nous déclarions notre amour, et nous nous demandions si nous devions coucher ou non ensemble. Nous avons finalement décidé que nous ferions aussi bien.

Un jour, à la fin août, nous nous sommes retrouvés à la Psychedelic Shop. Peter, Paul and Mary venaient de sortir un nouveau disque, *Album 1700*, et nous avons mis notre argent en commun pour l'acheter. Puis, comme ma mère et Frank étaient tous les deux au travail, nous avons pris le bus jusqu'à chez moi. Nous nous sommes fabriqué un lit de fortune sur le sol de l'ancienne chambre de ma mère, et nous avons passé notre nouveau disque sur ma stéréo portable. La chanson *Leaving on a Jet Plane* venait juste de commencer quand Pamela s'est allongée, a écarté les jambes, et m'a guidé en elle. Quand j'ai joui, la chanson n'était pas finie. J'étais étendu sur Pamela, regardant ses yeux bleu pâle écarquillés, abasourdi par le plaisir immense que j'éprouvais à être toujours en elle, quand j'ai entendu la porte d'en bas se refermer. Quelqu'un – ma mère ou Frank – était rentré tôt du travail. Pamela s'est levée précipitamment, elle a attrapé ses vêtements, et s'est cachée dans l'armoire de ma mère. Je me suis rhabillé et suis descendu, mon cœur cognant à se rompre. C'était Frank, qui était rentré tôt. Dieu merci.

Je ne lui ai pas dit qu'il y avait une jeune femme nue dans l'armoire en haut, même si j'aurais sans doute pu. À la place, après une série de ruses alambiquées, j'ai réussi à faire sortir Pamela en douce de la maison sans que Frank se doute jamais de sa présence, et je l'ai retrouvée plus tard au parc de Lair Hill.

Je me sentais un peu coupable d'avoir couché avec elle – je venais après tout de commettre le péché le plus grave après le meurtre. Cette culpabilité n'était pas négligeable, mais elle ne m'a pas empêché de recommencer. Un jour, le père de Pamela a compris ce que sa fille et moi faisions, et il nous a surpris à nous promener main dans la main dans le parc de Lair Hill. Il a attrapé Pamela par le bras et l'a emmenée en me disant que je ne la reverrais jamais. Après ça, chaque fois que je téléphonais, c'était lui qui répondait, et il me raccrochait au nez. Pamela ne m'a jamais rappelé, et je ne l'ai jamais revue.

Nombre de gens que je connaissais commençaient à fumer de la marijuana et à prendre des drogues psychédéliques. J'ai songé à cette tentation plus longtemps et plus intensément que je n'avais songé à la sexualité, mais j'ai fini par me laisser tenter. La première fois que j'ai fumé assez de marijuana pour planer, j'étais avec deux jeunes hommes qui, comme moi, étaient membres de la prêtrise mormone. Nous avons passé toute la nuit à discuter de rock and roll et de filles et de Dieu.

Environ un mois plus tard, c'était Noël. Ces mêmes garçons mormons et moi-même avons décidé que nous voulions de nouveaux disques, mais nous n'avions pas les moyens de les acheter. Nous avons conçu un plan complexe et infaillible pour voler les albums dans un grand magasin du centre-ville de Portland sans nous faire attraper. Nous nous sommes fait pincer immédiatement et avons été menés à un bureau dissimulé au dernier étage, où plusieurs détectives du magasin nous ont cernés. Ils nous ont conduits au poste de police de Portland – l'endroit où Gary et Gaylen avaient si souvent fini par le passé. Pour une raison ou pour une autre, l'inspecteur de police a estimé que le magasin n'avait pas besoin de porter plainte. « Je ne veux pas voir ces garçons passer Noël en prison », a-t-il déclaré. Le détective principal du magasin a accepté, tant que nous promettions de ne jamais revenir. Nous avons promis. Comme nous repartions, l'inspecteur de police m'a pris à l'écart. « Tu as un frère aîné nommé Gary, n'est-ce pas ? m'a-t-il demandé. Tu ne crois pas que c'est déjà assez dur pour ta mère d'avoir un fils en prison ? Ne suis pas la voie de ton frère. Si tu le fais, tu foutras simplement ta vie en l'air. »

J'ai beaucoup réfléchi à l'avertissement du policier. Il m'était arrivé de croire que la propension au crime était une maladie familiale. Me réveillerais-je un jour avec le désir de voler ? Était-il écrit que je ferais les mêmes choix que Gaylen et Gary – que je finirais par faire souffrir les gens ou par saccager leurs vies et piller leurs biens ? Étais-je destiné à croupir dans une cellule de prison, regrettant le monde extérieur ?

En vérité, non seulement je n'avais guère de talent pour le crime (cela dit, en y réfléchissant, mes frères non plus), mais, en plus, ça ne m'attirait pas vraiment. Pour commencer, j'avais vu de près ce qui était arrivé à mes frères. Et puis, je devais prendre en compte les encouragements de ma mère : des années durant, elle n'avait eu de cesse de me répéter que j'étais le dernier espoir de rédemption de la famille. « Je veux avoir un fils qui tournera bien, un fils que je n'aurai pas à visiter en prison, un fils que je n'aurai pas à voir dans un tribunal tandis qu'on le privera de sa vie, morceau par morceau », disait-elle. Après l'avertissement du policier, ses paroles ont résonné encore plus fort dans ma tête.

Moyennant quoi, j'avais désormais le sentiment de devoir être suffisamment bon pour compenser tous les échecs et toutes les mauvaises actions de mes frères. Apparemment, je n'étais pas autorisé à laisser libre cours à ma propre noirceur, ma propre violence, ma propre haine. Cette liberté, mes frères l'avaient eue, et le résultat avait été désastreux. Le seul rôle qui me restait dans ce scénario, c'était de racheter leurs pertes, de redresser la balance de l'histoire.

Pourtant, je faisais de mon mieux pour être mauvais – du moins dans une certaine mesure. Je fumais désormais de l'herbe régulièrement, et j'avais tout juste commencé à prendre des drogues psychédéliques pendant le week-end. Je séchais aussi les cours la plupart du temps – rédigeant mes propres mots d'excuse et imitant la signature de ma mère pour avoir mes après-midi de libre et retrouver mes petites amies en divers endroits dans le simple but de me défoncer et de m'envoyer en l'air. Je me disais que je devais me familiariser avec le péché et la rébellion – qu'il y avait des vérités à apprendre dans ces expériences. Ça me semblait naturel, comme si c'était une chose autour de laquelle j'avais gravité toute ma vie.

Mais ma dérive ne passait pas inaperçue auprès des gens de l'église. Un dimanche, un membre de l'évêché local – un homme que j'admirais beaucoup et avais autrefois considéré comme une figure paternelle – est venu à notre maison d'Oatfield Road et m'a demandé de le suivre dehors pour discuter. Il m'a expliqué que lui et d'autres chefs de l'église commençaient à s'inquiéter de ma nouvelle apparence – mes cheveux longs et mes tenues vestimentaires – et qu'ils étaient aussi gênés par certaines opinions politiques qu'ils m'avaient entendu exprimer. Ils estimaient que ces changements de ma part avaient une influence néfaste sur les autres jeunes mormons. Si je ne promettais pas de renoncer à ce nouvel esprit de rébellion, affirmait-il, alors je ferais peut-être bien de songer à ne plus venir à l'église.

Ce jour-là, j'ai compris qu'une ligne avait été tracée dans ma vie, et que je savais de quel côté de cette ligne je devais me trouver. Ces nouvelles choses qui étaient devenues mes passions – le rock and roll, la politique, l'art, la littérature et la sexualité – m'avaient donné un nouveau credo et un nouveau courage. Avec le recul, je crois que ces choix m'ont permis – ainsi qu'à de nombreux autres de ma génération – de m'adonner à une sorte de « criminalité » formalisée et largement autorisée : nous pouvions prendre des drogues, défier l'autorité, ignorer la loi, ou même envisager des actes de révolte violents et destructeurs sous prétexte que, selon nous, *nous avions des raisons de le faire*. De plus, à travers la musique la plus courageuse de l'époque, nous pouvions croire prendre part à une forme de rébellion qui comptait vraiment – ou du moins, estimais-je, qui comptait plus que la forme de rébellion de mes frères. Et grâce à la musique la plus maléfique de l'époque – celle des Rolling Stones ou des Doors ou du Velvet Underground –, je pouvais flirter avec le mal sans y plonger corps et âme, chose que Gary et Gaylen n'avaient pas pu faire.

Comme presque tout le monde dans ma famille, j'avais désormais adopté des hommes qui avaient été exécutés comme mes héros personnels. Mes choix allaient vers les Bostoniens Nicola Sacco et Bartolomeo Vanzetti, et vers Joe Hill de Salt Lake. Tous ces hommes avaient été exécutés pour des meurtres – du moins officiellement. Mais ils avaient aussi été tués parce qu'ils avaient défié la conception du pouvoir et de l'autorité de la nation.

Sacco et Vanzetti étaient des immigrants italiens anarchistes qui préconisaient le renversement du gouvernement américain. La police de Boston les détestait, et en 1920 ils avaient été accusés de deux braquages avec meurtre. Le procès avait été ouvertement partisan, et nombre d'écrivains, poètes et journalistes aux quatre coins du monde avaient protesté contre leur inculpation. Mais en vain. Le 22 avril 1927, l'État du Massachusetts électrocutait les deux hommes, malgré des doutes substantiels quant à leur culpabilité – des doutes qui n'ont fait que croître au fil des décennies.

Joe Hill était un compositeur de chansons et poète américain. En 1913 – l'année de naissance de ma mère –, Hill avait déménagé de Los Angeles à Salt Lake City, où il avait travaillé avec le syndicat radical et controversé *Industrial Workers of the World* pour réunir les ouvriers de l'État. Mais les habitants de l'Utah, n'appréciant pas le mouvement syndical, traitaient ses défenseurs sans ménagement, et les syndicalistes ripostaient – parfois violemment. Début 1914, Joe Hill avait été arrêté pour le meurtre d'un boucher et de son fils. Le boucher, John Morrison, était un ancien policier briseur de grève qui avait, disait-on, tué plusieurs membres de l'IWW lors de fusillades. Hill avait été inculpé et, malgré les appels de nombreux Américains éminents – dont le président Woodrow Wilson –, l'Utah était déterminé à mettre le poète à mort. Ce serait l'exécution la plus célèbre de l'Utah jusqu'à celle de mon frère, soixante-deux ans plus tard. Comme mon frère, Hill avait choisi le peloton d'exécution, en disant : « Je choisis d'être fusillé. J'y suis habitué. On m'a tiré dessus à quelques reprises par le passé, et je suppose que je pourrai supporter ça une fois de plus. » Le moment de sa mort venu, Hill avait lui-même donné au peloton l'ordre de faire feu.

L'histoire de ces hommes a à jamais changé quelque chose en moi. Elle m'a fait haïr les gens et les structures qui se servent de leur puissance pour maintenir les autres sous leur contrôle. Elle m'a aussi fait comprendre que tout État qui a le pouvoir et la volonté de mettre un homme à mort est *de facto* un endroit malsain.

Mais ma compassion envers les opprimés avait ses limites. J'avais beau lire Frantz Fanon, Upton Sinclair et Eldridge Cleaver et rédiger des dissertations sur l'arrêt Miranda[1], je ne prenais presque jamais la peine d'aller voir mon frère Gary, qui était maintenant en prison depuis cinq ans. Ça n'est pas un aveu facile à faire. À vrai dire, c'est peut-être la chose dans ma vie qui m'inspire le plus de regrets et de culpabilité. Et le fait que les détenus de l'Oregon n'étaient à l'époque pas autorisés à recevoir des visiteurs de moins de 18 ans ne facilitait pas les choses. Gary et moi avions correspondu par lettres au fil des années, mais j'étais toujours un peu embarrassé d'évoquer par écrit mes activités à l'école ou mes amis ou mes passe-temps, car, pour Gary, c'étaient des choses qui existaient « à l'extérieur ». Plus tard, durant mes quelques visites, nous avons tous deux essayé de trouver une base commune. Mais j'étais jeune et libre ; alors qu'il vieillissait en prison. Et la distance faisait mal.

Je n'avais aucune idée de ce à quoi ressemblait sa vie. De plus, les rares choses que j'avais entendues ne me donnaient pas envie d'en savoir plus. À l'automne 1968, il y avait eu une sérieuse émeute au pénitencier d'État de l'Oregon, et Gary y avait pris part. J'ai entendu dire qu'il avait attrapé un marteau et l'avait lancé à la tête d'un vieil ennemi dans la cour de la prison, puis qu'il lui avait fracassé le crâne à coups de marteau tandis que l'homme était à terre. L'autre avait fini le restant de sa vie réduit à l'état de légume. J'ai aussi entendu dire que Gary avait donné plusieurs coups de couteau à un homme qui avait blessé ou menacé d'une manière ou d'une autre l'un de ses amis.

1. *Miranda v. Arizona*, arrêt de la Cour suprême américaine rendu en 1966 stipulant que toute personne doit, lors d'une arrestation, être informée de ses droits, notamment celui de consulter un avocat ou de conserver le silence. *(N.d.T.)*

J'avais dû comprendre, dans une certaine mesure, que Gary vivait dans un monde d'horreur, même si je ne me l'étais jamais avoué. Je n'étais tout simplement pas là pour mon frère à cette époque. J'aurais dû, mais je n'y étais pas. J'étais trop occupé à préparer ma propre fuite.

Durant ma dernière année de lycée, je me suis lié d'amitié avec la prof de création littéraire, une femme nommée Grace McGinnis. Grace m'avait soutenu et défendu, ce qui, étant donné le climat politique obtus qui régnait au lycée de Milwaukie à la fin des années 1960, n'était pas franchement sans risque. Milwaukie était une ville conservatrice – en 1968, nous avions vu beaucoup d'autocollants GEORGE WALLACE PRÉSIDENT[1] sur les pare-chocs des voitures par chez nous – et plus la culture de la jeunesse se faisait radicale, audacieuse et extravagante, plus la communauté et le lycée réagissaient avec peur et colère. Lorsqu'un code vestimentaire a été imposé – qui dictait la longueur maximale de nos cheveux et interdisait les jupes courtes et les robes flamboyantes quelles qu'elles soient –, moi et une poignée d'autres élèves avons défié ces régulations. En guise de punition, les autorités de l'école ont décidé que nous ne pourrions plus prendre part aux activités parascolaires, comme le sport, le théâtre ou l'orchestre. J'étais membre d'un groupe de discussion au lycée qui débattait des affaires nationales et internationales à la télévision locale, et le principal adjoint de Milwaukie a

1. Gouverneur d'Alabama de 1963 à 1967, puis de 1971 à 1979, et de 1983 à 1987. Favorable à la ségrégation raciale, George Wallace fut le candidat du Parti indépendant américain à l'élection présidentielle de 1968, remportée par le républicain Richard Nixon. *(N.d.T.)*

jugé que je devais quitter le groupe à moins de me faire couper les cheveux. Sinon, je déshonorerais l'école et notre ville avec ma dégaine débraillée. Grace a alors pris ma défense devant les autorités scolaires. Elle leur a adressé un discours exalté dans lequel elle a exposé ce qu'elle considérait comme du sectarisme, et elle s'en est prise à ces enseignants qui traitaient les élèves à cheveux longs de femmelettes et nous considéraient au fond comme des ennemis. Et grâce à ses efforts, j'ai pu continuer à participer au groupe de discussion.

J'ai par la suite appris que l'intérêt que Grace me portait provenait en partie d'une chose que nous avions en commun : son nom de jeune fille était Gilmore – en fait, son père s'appelait Frank Gilmore. Pour autant que je sache, nous n'avions aucun lien familial, mais nous plaisantions souvent sur le fait que nous avions le même père.

Durant l'hiver de ma dernière année de lycée, la situation financière de ma mère est devenue précaire. Elle avait continué de rembourser le prêt pour la maison, mais avait été incapable de payer les impôts fonciers, et l'État parlait de saisir la propriété. La dette totale s'élevait à 1 200 dollars, ce qui semblait une fortune à l'époque. Frank, qui vivait toujours avec nous, a recommencé à faire campagne pour que la famille s'installe dans une maison plus petite, et ma mère a repris sa résistance. Nous avons vendu le piano et plusieurs beaux meubles, mais ça ne suffisait pas. J'ai voulu prendre un boulot pour l'aider, mais ma mère s'y est opposée. Elle estimait qu'il était important que je continue d'investir mon temps et mes efforts dans mon éducation ; elle rêvait de me voir obtenir une bourse, puisqu'elle n'avait pas les moyens de m'envoyer à l'université. Aucun de ses fils n'avait achevé le lycée ni fait d'études supérieures, et elle voulait que je sois celui qui y parviendrait.

Un jour après les cours, je suis allé voir Grace dans sa salle de classe pour discuter du dilemme de ma mère. C'était une femme intelligente et pleine de compassion, et je voulais ses conseils. Elle m'a alors demandé si elle pouvait passer chez moi et s'entretenir avec ma mère, afin de se faire une meilleure idée de la situation. Ma mère était réticente à recevoir des visiteurs, mais j'ai réussi à la persuader. Grace et ma mère ont parlé pendant des heures, et elles sont devenues bonnes amies. Après ça, Grace a commencé à venir régulièrement, et elle passait aussi voir ma mère au restaurant où elle travaillait.

Par ailleurs, Grace avait des dons de médium – des dons probablement plus authentiques que ceux de Fay. « Je ne veux pas t'alarmer, m'a-t-elle dit un jour, mais j'ai une mauvaise impression quand je suis chez toi. Je crois que ta maison est peut-être hantée, et je ne suis pas sûre qu'il arrivera quoi que ce soit de bien à ta mère et à ta famille tant que vous y vivrez. » J'étais touché par l'inquiétude de Grace, mais je lui ai expliqué que ce qu'elle me disait, je le savais déjà. Je savais même autre chose : peu importait où nous vivions. Nous serions maudits partout où nous irions.

Il n'a pas fallu longtemps pour que Grace se mette à conduire ma mère au pénitencier d'État de l'Oregon, à Salem, pour qu'elle puisse rendre visite à Gary le dimanche. Et bientôt, elle a commencé à accompagner ma mère jusqu'au parloir. Grace et mon frère avaient de longues conversations animées sur la littérature et l'art, et elle était frappée par son esprit subtil et son riche vocabulaire. Elle l'appréciait beaucoup.

J'étais invité à me joindre à elles lors de ces expéditions, mais je déclinais à chaque fois. J'expliquais à

Grace que j'avais assez vu de prisons et de tribunaux dès l'âge de 12 ans pour ne plus vouloir y remettre les pieds de ma vie.

Ma mère a finalement décidé d'aller solliciter de l'aide à l'église mormone. Si l'église l'aidait à régler ses impôts fonciers, alors elle lui léguerait la maison à sa mort. Mais l'église était réticente. Après tout, elle avait deux fils qui n'avaient cessé de s'attirer des ennuis et ne lui avaient été d'aucune aide. Et elle en avait un autre qui avait été emprisonné après avoir refusé de servir dans l'armée. Et puis il y avait moi : l'église m'avait accepté en son sein, elle m'avait aidé, accordé la prêtrise, et en échange j'étais devenu un rebelle qui, manifestement, croyait désormais en des valeurs impies et vivait une vie moins qu'exemplaire.

L'évêque local a décidé de refuser à ma mère l'aide qu'elle sollicitait. « Ça n'était pas judicieux pour elle de garder la maison, dirait-il plus tard à Larry Schiller. La maison était trop grande, elle n'en occupait qu'une pièce ou deux, et elle ne pouvait pas l'entretenir. Elle voulait la garder parce qu'elle lui rappelait des années plus heureuses, mais ça ne semblait pas raisonnable. Il aurait été plus sage qu'elle emménage dans un petit appartement. Mais elle refusait cette idée. Je crois que c'était une question émotionnelle pour elle. Elle n'aimait pas qu'on lui dise quoi faire, et puis, elle avait un lien affectif avec cette maison. »

L'évêque avait raison : c'était une question émotionnelle. J'ai assisté à deux ou trois discussions entre elle et Grace à ce sujet. Ma mère se mettait dans une telle colère qu'elle se levait et sortait. Elle a plus tard déclaré : « Qui ils étaient pour croire que je n'avais pas besoin de cette maison ? »

Grace a accompagné ma mère à la prison et annoncé à Gary que l'église avait rejeté sa requête et qu'elle allait maintenant presque à coup sûr perdre la maison. Grace a par la suite affirmé que ça avait été la seule fois qu'elle avait vu Gary en colère. Il ne supportait pas l'idée que l'église avait laissé tomber ma mère, et qu'elle allait désormais être obligée d'abandonner sa magnifique maison. Elle a ajouté que c'est ce jour qu'elle a vu pour la première fois une expression meurtrière traverser le visage de Gary.

Au cours de mes dernières semaines de lycée, j'ai remporté une bourse qui couvrirait mes frais de scolarité à l'université de Portland, et une ou deux semaines après avoir passé mon diplôme – à la fin du printemps 1969 – j'étais à la recherche d'un appartement en ville. Ça semblait raisonnable : j'allais étudier dans le centre-ville de Portland, il fallait donc que je vive près du campus. Mais il y avait une autre raison, plus profonde, qui faisait que je quittais la maison : c'était ce que je voulais. Ce que j'avais toujours voulu.

Je voyais bien, tandis que je déménageais mes dernières affaires de la maison d'Oatfield, que ma mère souffrait au plus profond d'elle-même, mais elle souriait bravement, et prononçait des paroles encourageantes. Quand j'y repense aujourd'hui, ce départ me déchire le cœur. Mais sur le coup, je n'éprouvais rien de tel.

Une semaine plus tard, je suis retourné voir ma mère à la maison. J'ai gravi les marches, ouvert la porte, et pénétré dans le salon vide. Là où s'étaient autrefois trouvés des meubles, une télévision, des gens, il n'y avait plus rien. J'ai arpenté la maison dans sa totalité. Ma mère et mon frère étaient partis. Il ne restait nulle trace ni d'eux ni de leurs affaires, et cette vieille maison vide m'a fichu une trouille bleue. Je sentais une froideur tandis que je marchais le long du couloir du premier étage. Je craignais que des griffes noires ne surgissent de nulle part et ne m'entraînent dans les ténèbres. Je suis ressorti le plus vite possible.

J'ai téléphoné à Grace. Elle m'a expliqué que ma mère avait perdu la maison quelques jours après mon départ et avait été forcée de la rendre à l'organisme de prêt. Elle avait fait tout son possible pour la conserver aussi longtemps qu'il le faudrait, pour que je puisse finir le lycée sans être perturbé et sans connaître la honte de perdre ma maison.

« Je ne savais pas que les choses étaient aussi imminentes, ai-je dit à Grace.

— Ta mère ne voulait pas que tu le saches. Elle voulait te protéger. »

Ma mère et mon frère avaient payé le premier acompte pour un petit mobile home et vivaient désormais sur un terrain, au bord de la route principale, dans la zone semi-rurale d'Oak Grove. Ils n'avaient pas encore le téléphone.

Je suis allé les voir. Le mobile home était vert d'eau et blanc, et il comportait deux petites chambres, une salle de bains, et une pièce qui faisait office de salon et de cuisine. Il n'y avait pas de climatisation, et il faisait chaud et moite là-dedans. Je voyais bien que ma mère était accablée. Comme elle le dirait plus tard à moi et à de nombreuses personnes : « Je suis morte le jour où j'ai emménagé dans cet endroit. »

J'étais officiellement séparé de ma famille. Mon frère Frank resterait avec ma mère jusqu'à ce qu'elle meure, mais moi, je ne suis jamais revenu, et nous n'avons plus jamais dormi tous les trois sous le même toit.

Pendant une longue période, je n'ai pas regardé en arrière. J'ai essayé un temps la fac mais, après une histoire d'amour qui a mal tourné, j'ai perdu pied et c'en a été fini de ma carrière universitaire. J'ai par la suite eu de nombreuses autres petites amies ; j'ai pris part à des mouvements politiques radicaux ; j'ai essayé de nombreuses drogues, sans la moindre conséquence néfaste – du moins pendant un temps. Et quand j'en ai eu marre de voir ce que les drogues faisaient à ma génération, je suis devenu conseiller auprès des utilisateurs de drogue – une vocation qui m'a occupé plusieurs années.

Durant cette période, je n'ai rendu visite qu'une fois à Gary. C'était au lendemain de l'histoire d'amour que j'ai mentionnée. La jeune femme et moi sortions ensemble depuis la fin du lycée, et nous parlions de nous marier. Et un beau jour, elle a rencontré un type qu'elle aimait beaucoup – un chrétien évangéliste – et, quelques semaines plus tard, ils étaient mariés et elle était enceinte. J'étais anéanti. C'était comme si un rêve – la possibilité de fonder ma propre famille – m'avait été pris. J'ai commencé à passer mes nuits à boire, et mes journées à dormir. J'ai laissé tomber la fac, perdu ma bourse, et me suis retrouvé à court d'argent. J'étais une loque. C'était un exemple classique de dépression romantique, et je m'y complaisais autant que je pouvais.

Et puis, un dimanche, ma mère et Grace m'ont convaincu de les accompagner à Salem pour rendre visite à Gary. Je suppose qu'elles se disaient que ça me ferait du bien. Gary et moi étions nerveux et hésitants au début – nous ne nous étions pas vus depuis des années, et j'étais désormais un jeune homme aux cheveux longs, assis dans une pièce remplie de types aux cheveux courts, dont certains ne me regardaient pas trop gentiment. Mais après quelques minutes à parler avec mon frère, j'ai compris à quel point je l'aimais toujours, et combien sa présence m'avait manqué. Et quand il m'a demandé comment je me portais, je lui ai tout raconté – l'histoire d'amour qui avait mal tourné et le désespoir qui avait suivi. Je croyais qu'il comprendrait. Je me disais que si quelqu'un m'accorderait sa compassion, ce serait lui.

Mais à la place, il est resté longtemps silencieux à m'observer. Finalement, il a esquissé son sourire tordu et a déclaré : « Eh bien, mon pote, ça a l'air dur. Mais quand tu voudras échanger tes problèmes contre les miens, fais-le-moi savoir. Enfin quoi, merde, au moins personne ne t'a volé ta jeunesse. Tu es toujours libre. »

Sur le coup, j'ai pensé : il ne comprend pas. Je m'aperçois aujourd'hui qu'il comprenait bien plus que je ne pourrais jamais comprendre. Une fois de plus, Gary me disait la vérité sur nos vies. Peut-être que si j'avais saisi ça, les choses auraient tourné différemment.

9

Le mort ambulant

Un jour au début de 1971, ma mère m'a téléphoné, paniquée. Elle avait une histoire horrible à raconter.

Grace et elle étaient allées voir Gary la veille au pénitencier. Et quand Gary était arrivé au parloir, disait ma mère, il était totalement différent. Son visage et ses mains étaient gonflés – comme ceux d'une personne noyée – et il marchait d'un pas lourd, tel un Frankenstein dans un état de stupeur. Il pouvait à peine parler ; il avalait ses phrases, et un filet de bave coulait de sa bouche entre les mots. Quand il avait essayé de boire une gorgée de café, il tremblait tellement que la boisson avait débordé de sa tasse. Et il n'avait même pas senti la brûlure du liquide chaud gouttant sur ses cuisses.

Ma mère l'avait pris dans ses bras.

« Qu'est-ce qui ne va pas ?

— On m'a drogué, avait répondu Gary d'une voix épaisse. Le psychiatre et le directeur m'ont fait gaver de Prolixine. Ils s'en servent pour contrôler les prisonniers qu'ils n'aiment pas. Ils me punissent parce que j'étais en colère après eux à cause de mes dents. »

Gary avait essayé de fournir plus d'explications, mais aligner deux mots lui coûtait un effort terrible. Il avait fini par rester assis là, la bouche pendante.

« Je suis désolé, m'man, avait-il finalement repris. Je ne peux pas rester plus longtemps. Faut que je retourne m'allonger dans ma cellule. »

Quand il avait quitté la pièce d'un pas chancelant, tous les yeux étaient sur lui. Quelques autres détenus avaient offert quelques paroles d'encouragement sur son passage :

« Vas-y doucement. Accroche-toi. »

Et ma mère était restée assise sur sa chaise, pleurant de façon incontrôlable tandis que Grace essayait de la réconforter.

Elles avaient alors cherché à voir le directeur, et avaient fini par s'entretenir avec son adjoint. Ma mère avait demandé à savoir pourquoi on administrait ce médicament à Gary. Elle était hors d'elle. Mais le directeur adjoint était indifférent. Il lui avait expliqué que la Prolixine était le meilleur médicament disponible pour traiter les prisonniers violents, et que le comportement de Gary imposait un tel traitement.

Ma mère avait quitté la prison, pleine de rage et de haine, se sentant impuissante.

« Ils ont transformé ton frère en zombie, m'a-t-elle dit ce jour au téléphone, en larmes. Il était comme un mort ambulant. Nous devons faire quelque chose. »

Les circonstances qui avaient mené à son traitement par Prolixine couvaient depuis des années. Elles avaient deux causes : *primo*, Gary pouvait être un détenu difficile à gérer. *Secundo*, il avait grand besoin d'un dentier à sa taille. La combinaison de ces deux facteurs avait ouvert la voie à un conflit terrible qui ne connaissait guère de limites.

Peu après son arrivée au pénitencier, au printemps 1964, le dentiste de la prison avait examiné les dents de Gary et décidé qu'il fallait toutes les arracher et les remplacer par un dentier. Le dentiste avait fabriqué le dentier, mais il ne lui allait pas bien. Il frottait contre ses mâchoires et les écorchait. Gary en avait demandé un nouveau, mais quand il l'avait reçu, il avait eu le même problème, alors il l'avait détruit. La prison avait décidé qu'il faisait sa forte tête et qu'on n'allait pas se presser pour satisfaire ses exigences. Gary avait pour sa part décidé qu'on refusait de lui fournir un dentier fonctionnel pour le punir encore un peu plus.

La bataille a duré des années. De fait, Gary devrait attendre 1972, après son transfert dans un pénitencier fédéral à Marion, Illinois, pour finalement recevoir un dentier confortable avec lequel il pourrait vivre. En attendant, il a foutu un bordel terrible, et la question du dentier est devenue une épreuve de force entre lui et les autorités de la prison de l'Oregon. Il a écrit de nombreux courriers au comité de correction de l'État, et à deux gouverneurs consécutifs, pour se plaindre de la situation. Tous ces officiels ont à leur tour écrit à la prison, demandant des explications et une solution. Gary a eu des affrontements fréquents avec les gardiens et d'autres prisonniers, ce qui lui a valu de se faire tabasser et d'être enfermé dans une cellule d'isolement dépouillée, parfois pendant plusieurs mois d'affilée. Il a mis le feu à son matelas, inondé sa cellule, et s'est retrouvé transféré à l'unité psychiatrique. Il a agressé un dentiste et menacé d'en tuer un autre. Il a demandé à ma mère de publier une annonce dans le plus grand journal d'Oregon, pour demander au public de soutenir sa cause au moyen d'une campagne de courriers. Pendant un temps, le directeur a reçu un déluge constant de lettres venues des quatre coins de l'État, chacune exigeant « une justice équitable pour Gary Gilmore ».

Je possède un gros carton rempli de documents relatifs à cette affaire. On pourrait écrire tout un livre rien qu'à partir de ces correspondances et ces rapports de prison, et ce serait un récit remarquable sur l'humiliation et la dévastation.

En 1970 et 1971, la question a atteint un stade critique. Deux jours après Noël 1970, Gary a été admis dans l'unité psychiatrique de la prison. Le psychiatre de service, un certain Dr. Wesley Weissert, notait : *Gilmore s'est montré, en règle générale, très hostile, belliqueux, récalcitrant, allant jusqu'à uriner par terre, jeter sa nourriture contre les barreaux, cracher sur divers employés (dont le soussigné), et adoptant pour l'essentiel un comportement « odieux ».* Gary a expliqué au médecin que sa colère venait de ses problèmes avec les dentistes. Mais les médecins estimaient que Gary se servait peut-être de cette histoire pour les manipuler. Gary s'est mis en colère et a craché plusieurs fois au visage de Weissert. Ce dernier ajoutait : *Nous avons tenté de le convaincre que nous ne pouvons pas tolérer un comportement tel que le sien. S'il continue ainsi durant les vingt-quatre ou quarante-huit heures à venir, il recevra une injection intramusculaire de Prolixine pour aider à contrôler ses agressions aussi bien verbales que physiques.*

Gary s'est calmé pendant quelques semaines, mais bientôt la rage l'a repris. Il a menacé de se suicider, mais Weissert estimait que Gary n'était pas vraiment assez déprimé pour le faire. Pendant la première semaine de février, Gary a convaincu plusieurs autres détenus de l'unité d'isolement de se joindre à ses protestations. Tous – Gary y compris – se sont tailladés les veines. Deux d'entre eux ont failli mourir.

Environ un mois plus tard, le Dr. Weissert prescrivait de la Prolixine à Gary. La Prolixine est un médicament qui peut débarrasser certains vrais psychotiques de leurs cauchemars, des voix qu'ils entendent, et d'autres illusions délirantes. Elle a aussi occasionnellement été utilisée dans les prisons pour calmer les hommes troublés ou hostiles. De nombreux médecins, cependant, estiment que cet usage n'est pas conseillé, car ce médicament peut aussi engendrer une agitation et une nervosité intenses. La dose moyenne de Prolixine recommandée se situe entre deux et quatre centimètres cubes par mois. Gary affirmait en avoir reçu seize centimètres cubes par mois pendant trois mois d'affilée, ce qui, si c'était vrai, pourrait être considéré comme une forte dose ; cependant, je n'ai réussi à obtenir aucun rapport pour confirmer ou infirmer cette affirmation.

D'après certains hommes à qui j'ai parlé et qui ont eux aussi été traités avec ce médicament, il peut parfois engendrer une telle nervosité physique que vous éprouvez le besoin de vous étirer ou de vous courber le plus possible – un effet secondaire connu sous le nom d'akathisie. L'un d'entre eux m'a dit qu'il avait vu d'autres hommes tenter de se courber en arrière et se briser la colonne vertébrale, juste pour mettre un terme à leur misérable irritation. Dans le cas de Gary – du moins à l'en croire, même si d'autres prisonniers ont corroboré ses récits –, les gardiens le maintenaient attaché à son lit pendant des heures, juste pour le voir se tortiller de douleur. Mais Gary continuait de les défier. Un jour, alors qu'un gardien s'était suffisamment approché de lui, Gary l'a couvert de crachats. Mon frère a par la suite expliqué que le gardien avait commencé à l'étouffer en lui plaçant un oreiller sur le visage. « J'étais sur le point de tomber dans les pommes », a déclaré Gary, quand un autre garde a jugé que son collègue était allé assez loin. Les gardiens lui ont alors donné quelques coups de poing au visage tandis que mon frère était ligoté, puis ils l'ont poussé sous une lampe allumée fixée au plafond, et ils l'ont laissé là toute la nuit.

Sous Prolixine, a affirmé mon frère, la lumière vive était insupportable, et il n'y avait pas moyen de dormir.

L'un des amis de prison de Gary à cette époque, un homme nommé Steve Bekins, m'a dit : « Gary n'a plus jamais été le même homme après la Prolixine. Il était plein de haine, et il n'avait tout simplement plus de limites. Il allait aussi loin que possible pour mettre les autorités de la prison en colère, même si ça signifiait qu'il allait souffrir. Certains types ont commencé à prendre leurs distances avec Gary après tout ça. On pouvait voir que maintenant il avait le meurtre en lui. »

À la même époque, j'ai reçu un autre coup de fil de ma mère.

« Ton frère Gaylen est rentré à la maison, m'a-t-elle annoncé. Il en avait assez de la vie à Chicago, et il a décidé que nous lui manquions. Il est prêt à faire face à la justice pour cette histoire de chèque sans provision, et il veut recommencer une nouvelle vie. »

J'étais heureux d'apprendre ça. La rancœur née de ma dernière rencontre avec Gaylen était depuis longtemps oubliée. Si ma mère pouvait le pardonner, alors je devais moi aussi le faire. De plus, son esprit et son intelligence m'avaient manqué.

« Mais je dois te prévenir d'une chose, a continué ma mère. Gaylen n'est plus comme la dernière fois que tu l'as vu.

— Comment ça ?

— Eh bien… pour commencer, il est beaucoup plus maigre. Il lui est arrivé quelque chose à Chicago. Il est tombé malade – quelque chose à voir avec son estomac. Je sais qu'il a dû se faire opérer, et il est un peu fragile depuis. Aussi, il a eu une histoire d'amour déçu. Il a dû abandonner la femme qu'il aimait. Il a beaucoup de chagrin. Je crois qu'il a besoin d'amis. Je crois qu'il a besoin de sa famille. »

Il lui était en effet bel et bien arrivé quelque chose à Chicago, et, en effet, ce n'était plus le même homme. Quand il est arrivé à ma porte un peu plus tard le même soir, je ne l'ai pas reconnu. Il était si squelettique, avait les yeux si sombres, qu'on aurait dit un cadavre ambulant. Autre chose troublante, il avait perdu l'essentiel de sa vivacité. Il bafouillait d'une voix traînante, et son esprit semblait fonctionner au ralenti. Je l'avais souvent vu soûl par le passé – et je le verrais encore – mais ce soir-là, l'alcool n'y était pour rien. Je comprends aujourd'hui que c'était probablement un effet secondaire des antalgiques qu'il prenait, ou simplement le résultat de toutes ses années d'excès d'alcool et de drogue. Mais quels qu'aient été les médicaments que Gaylen prenait à l'époque, ils ne servaient pas à grand-chose. Tandis que nous parlions, il était évident qu'il souffrait énormément et que sa santé était fragile.

Pourtant, en dépit de sa propre souffrance, quand Gaylen a appris ce qui arrivait à son frère au pénitencier, il est allé le voir immédiatement. Gary et lui ont eu une bonne discussion et se sont réconciliés. Ça devait être une sacrée scène : deux morts-vivants discutant ensemble, renouant leurs liens de frères. J'aurais aimé être avec eux.

Comme ma mère, Gaylen était scandalisé et horrifié par l'impact de la Prolixine sur Gary. Il a fait irruption dans le bureau du directeur, exigeant l'arrêt du traitement. Un assistant du directeur lui a assuré que la question était examinée.

Quelques jours après la visite de Gaylen, le psychiatre de la prison a rédigé la note suivante à propos de Gary : *Ce patient a subi une réaction assez sévère à la Prolixine et a de nouveau été admis à [l'unité psychiatrique] le 5 avril 1971. La Prolixine a été arrêtée, et sa symptomatologie s'est peu à peu améliorée. Il doit être présenté au comité de probation en mai 1971. Nous espérons que les symptômes auront alors disparu. L'administration de Prolixine sera interrompue à partir de ce jour, et un traitement approprié sera entamé en fonction de son état à venir. Il n'exprime ni hostilité ni agressivité lorsqu'il est sous Prolixine, et s'il ne souffrait pas d'une réaction à ce médicament, j'en recommanderais l'utilisation permanente. Malheureusement, il a connu une réaction modérément sévère qui est prévisible chez certains rares patients. Il me semble cependant que les effets positifs de la Prolixine ont dépassé les effets secondaires négatifs.*

Des années s'écouleraient avant que je n'apprenne ce qui était arrivé à Gaylen à Chicago – en fait, ça a été l'un de ces secrets de famille que j'ai appris en lisant *Le Chant du bourreau*. Mais Mailer ne racontait pas toute l'histoire. Pour la simple et bonne raison que la seule personne à connaître l'histoire dans sa totalité, c'était ma mère, et qu'elle a refusé de la divulguer à qui que ce soit. Jusqu'à ce jour, en dépit de tous mes efforts, je n'ai pas été en mesure d'apprendre toute la vérité.

Mais il y a une chose que je sais : Gaylen s'est fait poignarder à Chicago. De façon horrible, brutale, répétée. J'ai entendu des versions différentes des événements. L'une d'elles affirmait que Gaylen était ivre et qu'il s'était fait dépouiller une nuit d'hiver dans une allée. Un homme le tenait tandis que l'autre lui volait son argent et ses bijoux puis lui enfonçait un pic à glace dans l'abdomen, encore et encore. L'autre histoire que j'ai entendue colle un peu mieux avec ce que je sais de mon frère. Gaylen était tombé profondément amoureux d'une femme mariée. Il aurait dû apprendre sa leçon après ce qui lui était arrivé à Salt Lake, mais, bien entendu, il n'avait rien appris. Un jour, le mari de la femme avait découvert la liaison, traqué mon frère, puis il l'avait poignardé dans le bas du ventre et laissé pour mort. Il avait fallu plusieurs litres de sang et deux ou trois opérations pour sauver Gaylen – et les médecins l'avaient informé que son ventre et ses boyaux le feraient probablement toujours souffrir.

Ces deux histoires, cependant, ne sont guère plus que de sinistres rumeurs – tout ce que mon frère Frank et moi avons été en mesure de rassembler à partir de chuchotements feutrés. Je n'ai jamais réussi à trouver les rapports de la police de Chicago ni les registres des hôpitaux de l'Illinois sur l'agression dont a été victime Gaylen. Il est probable qu'il vivait à l'époque sous un autre nom, et personne ne semble savoir lequel.

J'ai pu, néanmoins, obtenir le dossier de Gaylen à l'hôpital du comté de Clackamas. Même si je n'en savais rien à l'époque, il y a effectué plusieurs séjours fréquents du printemps à l'automne 1971. À chaque fois pour le même motif – des douleurs intenses au ventre – et à chaque fois il n'y avait pas grand-chose à faire. Vingt-trois ans plus tard, tandis que je lisais ces rapports, je suis tombé sur une description médicale de l'intensité, de la gravité, et du nombre de ses blessures, et j'ai finalement compris l'horreur de sa douleur, et pleuré en songeant à sa mort comme jamais je n'avais pleuré pour lui auparavant.

Ma mère, comme je l'ai déjà dit, a tout le temps connu la sévérité des blessures de Gaylen, et elle savait comment il les avait reçues. C'était simplement une autre de ces horribles vérités dont elle estimait devoir me protéger. Je devrais attendre près d'une décennie après sa mort pour finalement comprendre que Gaylen avait de fait été assassiné pendant qu'il se trouvait à Chicago, mais qu'il avait mis plus longtemps à mourir que la plupart des gens.

Pendant l'été, la petite amie de Gaylen, Janet, l'a suivi de Chicago en Oregon. Il lui avait manqué autant qu'elle lui avait manqué, et elle avait quitté la violence de son monde pour une petite ville inconnue de l'Ouest américain. Janet et Gaylen ont loué un appartement dans un motel sur le boulevard où vivaient ma mère et Frank. Janet était une personne gentille et attentionnée, et l'une des rares jeunes femmes que ma mère a autorisées à entrer chez elle. Et Janet semblait aussi beaucoup aimer Gaylen.

Mais c'était un amour tumultueux. Ils buvaient trop et se hurlaient dessus et se balançaient des objets à la figure, jusqu'à ce que l'un ou l'autre finisse par quitter le motel furieux pour aller continuer de boire seul. Invariablement, Gaylen trouvait une bouteille d'alcool et la buvait sans en laisser une goutte. Alors que des années auparavant sa préférence était allée à la bière et au vin rouge, il buvait désormais d'infects tord-boyaux comme du schnaps à la menthe. Une gorgée de cette boisson écœurante suffisait à me donner envie de vomir, mais Gaylen pouvait en boire toute la nuit.

Parfois, vers 3 heures du matin, j'entendais cogner à ma porte. Je descendais et trouvais Gaylen, vacillant dans l'air de la nuit d'été, pleurant comme un bébé. Il entrait et nous discutions, et il continuait de siroter son schnaps jusqu'à tomber dans les vapes sur mon canapé. Je plaçais un oreiller sous sa tête et une couverture sur lui, puis je restais assis à le regarder dormir d'un sommeil agité. Et le lendemain matin, quand je me réveillais, il était déjà parti.

Gaylen s'est livré à la police et le tribunal a abandonné les charges qui pesaient contre lui. Le juge et les plaignants voyaient probablement qu'il n'était pas en état d'être mis en prison. Et puis il avait perdu ses velléités criminelles. Émettre des chèques en bois, ou voler, ou rêver du crime parfait ne l'intéressaient plus. À la place, tout ce qu'il voulait, c'était épouser Janet et avoir sa propre famille. Il voulait, me disait-il, recommencer sa vie.

Une nuit, vers 1 heure du matin, Janet a téléphoné à Grace. Apparemment, Gaylen souffrait énormément et devait être emmené à l'hôpital sur-le-champ. Il n'était pas en état de conduire, et ils n'avaient pas les moyens de se payer un taxi. Janet demandait donc à Grace de les aider.

Grace a conduit Gaylen et Janet à l'hôpital de Milwaukie, mais les urgences ont refusé d'admettre Gaylen car il n'avait pas d'assurance ni de carte de Sécurité sociale. Elle les a alors emmenés à l'hôpital d'Oregon City. Mais une fois de plus, l'hôpital ne savait que faire de Gaylen – il était déjà venu tant de fois. Alors qu'il était 5 heures du matin passées et qu'aucun médecin ne l'avait encore examiné, Gaylen a demandé à Grace de les ramener chez eux. « Putain, à quoi bon ? » avait-il dit. À un moment, pendant la nuit, alors que les douleurs étaient intenses, Gaylen avait relevé sa chemise et s'était frotté le ventre. C'est alors que Grace avait vu un trou énorme dans l'abdomen de mon frère. Les blessures de Gaylen n'avaient jamais guéri. Elles étaient ouvertes, et elles saignaient.

Le lendemain de cet incident, Grace a reçu un courrier de Gary. Il remboursait l'argent qu'elle lui avait prêté pour un nouveau dentier, mais il lui écrivait aussi une longue lettre pleine de haine et de venin à l'encontre du monde qui l'entourait. Grace a presque senti la violence de la lettre lui sauter au visage. Elle a alors accusé le coup et pris conscience qu'elle passait de plus en plus de temps entourée de vies de désastre. Et puis, il y avait ses dons de médium : Grace a scruté la longue autoroute psychique de notre avenir, et vu une chose monumentale et implacable qui fonçait sur nous. Et elle a su que cette chose risquait d'emporter quelques autres personnes sur son passage. Elle a donc fait la seule chose qu'une personne intelligente pouvait faire. Elle a appelé ma mère et déclaré : « Je ne veux pas vous vexer – je vous aime – mais je ne peux pas aller plus loin avec votre famille. Je n'ai qu'une quantité de temps et d'énergie limitée, et je devrais la consacrer à ma famille. » Quand ma mère m'a appris la nouvelle, j'ai compris. En fait, j'étais surpris que Grace ait pu tenir le coup si longtemps.

Le 8 octobre 1971, Gaylen et Janet se sont mariés lors d'une simple cérémonie civile, de l'autre côté de la rivière Columbia, à Vancouver, dans l'État de Washington. Ma mère, mon frère Frank et moi avons assisté au mariage, puis nous sommes tous allés dîner au restaurant. Ma mère était heureuse de nous inviter. C'était la première fois qu'un de ses fils se mariait.

Je n'avais jamais vu Gaylen sembler aussi heureux. Je ne savais rien de la nuit où Grace l'avait conduit à travers toute la ville pour le faire soigner, et je n'étais pas non plus au courant de ses autres visites à l'hôpital. Pour la première fois depuis son retour à la maison, je croyais que Gaylen aurait peut-être une deuxième chance après tout.

Quelques soirs plus tard, Janet a débarqué à ma porte. Elle était soûle et en larmes. « J'en ai fini avec ce salaud, a-t-elle dit. C'est la dernière fois qu'il me gueule dessus. Je retourne retrouver mes amis à Chicago dès que j'ai assez d'argent. En attendant, est-ce que je peux rester chez toi un jour ou deux ? »

Je savais exactement ce que demandait Janet, et cette idée me foutait une trouille bleue. À cet instant, le téléphone a sonné. C'était Gaylen.

« Tu as vu Janet ?

— Oui, elle est ici. Je crois que vous feriez bien de discuter tous les deux. »

Gaylen est arrivé peu de temps après, et ils ont aussitôt fini dans les bras l'un de l'autre, pleurant, se promettant de mieux se comporter à l'avenir l'un envers l'autre. Et bientôt, nous étions tous les trois à rigoler et à écouter des disques de Johnny Cash. Lorsqu'ils sont repartis, Gaylen a marqué une pause à la porte et il s'est tourné vers moi.

« Je veux te remercier de nous avoir aidés ce soir. Je veux aussi te remercier d'être venu à mon mariage. C'était très important pour moi. »

Je n'étais pas préparé à ce moment de sincérité, alors j'ai lâché une blague idiote :

« Oh ! y a pas de quoi. Bon sang, j'irai même à ton enterrement si tu veux. »

C'était l'une de ces choses qu'on dit sans pouvoir les retirer – l'une de ces choses qu'on n'oublie et ne se pardonne jamais. Pourtant, nous avons ri tous les deux. Les frères peuvent rire de tout.

Gaylen s'est penché et m'a embrassé sur la joue.

« Au revoir », a-t-il dit, puis il s'est retourné et a descendu les marches.

On sentait déjà l'hiver poindre dans l'automne. L'air refroidissait.

Quinze jours plus tard, nouveau coup de fil de ma mère :

« J'ai songé que tu devais être prévenu. Gaylen a été hospitalisé aujourd'hui. On dirait qu'il va avoir besoin d'une petite opération.

— Qu'est-ce qui ne va pas ?

— C'est son ventre. Il a eu quelques nouveaux soucis ces derniers temps, et le médecin a jugé qu'il valait mieux qu'on s'occupe du problème.

— Quel genre de souci, un ulcère ?

— Une sorte de perforation. C'est tout ce que je sais vraiment. »

Je lui ai demandé le nom de l'hôpital.

« Il est à Oregon City, mais je crois que tu ferais mieux d'attendre quelques jours avant d'aller le voir. Il risque de mettre un petit moment à être prêt à recevoir des visites. »

Tout ça ne me disait rien qui vaille, mais ma mère a insisté. Je déteste l'avouer, mais je n'ai pas été difficile à convaincre. Je haïssais les hôpitaux encore plus que les prisons. C'étaient des endroits qui m'effrayaient et me déprimaient.

Après ça, j'ai appris que l'opération était repoussée de quelques jours. L'état de Gaylen s'arrangeait, et le médecin ne voulait pas opérer à moins que ce ne soit absolument nécessaire. L'affaire semblait moins urgente, et ça m'a suffi comme excuse pour ne pas aller le voir.

Une semaine après son hospitalisation, ma mère m'a rappelé, un soir. « Gaylen a eu son opération en fin d'après-midi. Il est toujours inconscient, mais le médecin pense qu'il va s'en sortir. »

Je lui ai demandé de me tenir au courant.

Pendant les jours qui ont suivi, les nouvelles étaient bonnes. Gaylen allait chaque jour un peu mieux. Et pendant ce temps, je trouvais toujours une bonne raison pour ne pas lui rendre visite. Je me disais qu'il sortirait bientôt. Je le verrais alors.

Frank s'est comporté de façon beaucoup plus responsable que moi. Il est allé voir Gaylen plusieurs fois à l'hôpital. Plus de vingt ans plus tard, il m'a raconté ses visites. J'aimerais croire que si j'avais su à quel point c'était sérieux, je serais allé voir Gaylen. J'*aimerais* le croire, mais ce que je m'imagine n'a aucune importance. La vérité, c'est que je n'y suis pas allé une seule fois. Ça aurait été comme aller voir Gary : je ne pouvais pas aller voir des gens dans des endroits qui avaient pour seule fonction de les mener à la mort.

Voici ce que Frank m'a dit de ses visites à notre frère :

« L'une des fois où j'ai rendu visite à Gaylen, il était relié à plusieurs tuyaux, pour le nourrir et lui administrer ses médicaments, et pour évacuer ses déjections. La fois suivante, il avait arraché les tuyaux reliés à son ventre parce qu'ils le gênaient. Je ne sais pas si ça a ou non joué sur sa mort. Mais ce que je sais, c'est qu'il était très nerveux. Il avait l'impression que les gens le maltraitaient, et il gueulait sur tout le monde. Un jour, alors que j'étais là, une infirmière est venue et lui a flanqué sa nourriture sous le nez. Je suppose qu'il leur avait donné pas mal de fil à retordre. J'ai parlé aux infirmières et abordé la question. Je ne sais pas si j'ai bien fait.

« Quoi qu'il en soit, je n'ai à aucun moment pensé que Gaylen allait mourir. La dernière fois que je l'ai vu, il était assis et parlait. Il disait qu'il mangeait de la gelée et commençait à se sentir bien. Je lui ai dit : "Prends soin de bien manger tout ce qu'ils te donnent, et je reviendrai te voir demain." Nous avions passé l'après-midi à discuter d'Evel Knievel, le cascadeur, qui s'apprêtait à faire un nouveau grand saut. Gaylen a répondu : "Oui, reviens demain, et on continuera de parler d'Evel." Il avait plutôt le moral. Mais il n'arrêtait pas non plus de me dire qu'il avait des crampes sévères dans les mains. Ça m'inquiétait. Je sais que quand on a des crampes dans les mains, ça peut être sérieux. Mais je me suis dit : "Bon, il est à l'hôpital. Ils savent comment s'occuper de lui." Ça a été ma dernière pensée alors que je lui serrais la main et que je quittais l'hôpital. »

À 2 heures du matin, un de mes colocataires a frappé à la porte de ma chambre. J'étais assis dans mon lit, en train d'écouter la radio. « Il y a une femme qui te demande au téléphone, a-t-il annoncé. Elle dit que c'est important. »

J'avais l'habitude que des amis et des petites amies m'appellent à des heures bizarres. Je vivais à des heures bizarres.

Je suis allé répondre au téléphone.

« Mikal, c'est Janet. Gaylen est mort.

— Quoi ? Tu es sûre ?

— Il vient de mourir au bloc. Il a fallu l'opérer d'urgence. »

J'étais abasourdi. Il n'y a pas de sursis avec une telle nouvelle. Quand vous l'entendez, vous devez trouver le moyen de l'accepter tout en continuant de respirer à la seconde suivante. Sinon, vous risquez de sombrer dans un abîme de peur et de douleur si profond que vous n'en ressortirez jamais.

« Janet, ai-je dit, reste où tu es. Je vais appeler un taxi et venir te chercher.

— Non. Je ne veux pas rester ici. L'un des amis de Gaylen, John, est avec moi. Nous devons aller prévenir ta mère. »

J'ai raccroché le téléphone et regagné ma chambre. Une chanson du chanteur de country Mickey Newbury passait à la radio. Elle s'appelait *An American Trilogy*.

« Chut petit bébé, ne pleure pas, chantait Newbury de sa voix mélancolique aux relents de brandy. Tu sais que papa doit mourir / Et toutes mes épreuves, Seigneur, seront bientôt finies. »

Quelques années plus tard, Elvis Presley ferait de cette chanson l'un de ses morceaux emblématiques. Elvis était l'artiste américain que Gaylen adorait le plus parmi tous les autres chanteurs et poètes, et une demi-décennie plus tard, après la mort d'Elvis – survenue tout juste quelques mois après l'exécution de Gary –, chaque fois que cette chanson passerait, je repenserais à mes frères qui avaient laissé derrière eux tant de cœurs fragmentés, incomplets pour les pleurer, eux et leurs actes terribles.

J'ai enfilé mon manteau et attendu Janet devant chez moi. Je me tenais là, dans la nuit, quand je me suis mis à trembler. La mort était venue très près. Elle avait fondu sur nous, avec sa faux infaillible, et emporté mon frère. Elle aurait pu m'emporter moi – c'était elle qui choisissait. Je me demandais ce que ça faisait de pénétrer dans le royaume ou le lieu de non-être dans lequel Gaylen avait pénétré, tout juste quelques minutes plus tôt. J'ai scruté les rues silencieuses, puis l'obscurité du ciel où scintillaient quelques rares étoiles. J'ai cru voir quelque chose bouger là-haut. J'ai pensé que c'était la mort. Je l'ai sentie qui rôdait, qui m'observait. Si je lui dis de m'emporter moi à la place, ai-je songé, et de rendre Gaylen à Janet et à ma famille, alors la mort le fera. Mais je ne pouvais pas me résoudre à faire cette proposition, et la mort a poursuivi son chemin.

Je suis heureux de ne pas être celui qui est mort, ai-je pensé, et un vent glacial s'est levé autour de moi, comme pour me punir d'avoir eu cette affreuse pensée égoïste.

L'ami de Gaylen nous a déposés Janet et moi au mobile home de ma mère à Oak Grove vers 4 heures du matin.

J'ai frappé à la porte. Quelques instants plus tard, une lumière s'est allumée et j'ai entendu ma mère actionner le loquet.

« Qui est-ce ?

— C'est Mikal, maman. Mikal et Janet. »

Elle a brutalement ouvert la porte, écarquillant de grands yeux.

« C'est Gaylen, n'est-ce pas ? Il est mort, n'est-ce pas ? »

Et Janet et elle sont tombées dans les bras l'une de l'autre, pleurant pour tout ce qu'elles avaient perdu et ne retrouveraient jamais.

Ma mère a ensuite réveillé Frank et lui a annoncé la nouvelle.

« Ne dis pas ça ! ai-je entendu Frank hurler depuis l'autre pièce. Tu mens ! »

Comme le soleil se levait, nous étions toujours assis dans le petit salon du mobile home. Ma mère nous a confié à Frank et à moi une mission nécessaire : aller au pénitencier et apprendre la nouvelle à Gary. Il ne devait pas l'apprendre comme il avait appris la mort de son père, de la bouche de gardiens cruels.

Lorsque Gary est entré dans le parloir ce matin-là, il semblait étrangement vieux, étrangement las pour un homme de 30 ans. Il semblait aussi avoir peur. Il savait, en nous voyant arriver si tôt, que quelque chose clochait.

« Nous avons une mauvaise nouvelle, Gary, a commencé Frank.

— Ce n'est pas maman, si ? » a demandé Gary, son visage se crispant de douleur.

Non, ce n'était pas notre mère, mais quand nous lui avons appris la mort de Gaylen, Gary s'est plié en deux, en larmes. Ce n'était que la deuxième fois que je le voyais pleurer.

La cérémonie pour les funérailles de Gaylen a eu lieu quelques jours plus tard, au même funérarium que pour mon père. Ma mère avait payé les heures supplémentaires à la prison pour que deux gardiens puissent escorter Gary. Les gardiens étaient assis derrière nous, sur les bancs réservés à la famille. Ils avaient des pistolets sous leur veste de costume.

J'ai prononcé quelques mots depuis l'autel de la chapelle. Mais je suis absolument incapable de me rappeler ce que j'ai dit : quelque chose comme quoi nous aimerions toujours et n'oublierions jamais notre frère défunt.

Lorsque je me suis rassis, Gary m'a regardé. Il s'est penché en avant et m'a embrassé sur la joue. Puis il a passé un bras autour de ma mère et l'a tenue contre lui pendant le reste de la cérémonie. Elle a gardé la tête sur son épaule tout ce temps, pleurant doucement.

La nuit dernière, j'ai rêvé qu'un de mes frères était exécuté. C'est un rêve que je fais souvent.

Cette fois, c'est Gaylen qui est condamné à mourir, et ce pour un crime qui ne devrait pas lui valoir la peine capitale – quelque chose comme le fait qu'il est simplement un petit pécheur irrécupérable. Ma famille et moi attendons qu'un sursis lui soit accordé, mais il ne vient pas, et le moment de sa mort approche.

Finalement, il est pour une raison ou pour une autre décidé qu'il me revient de le tuer – de le faire de la manière la plus rapide, la plus douce possible.

Nous sortons dans un champ. Le soleil se lève. On me tend un fusil, et une cible est agrafée sur le cœur de Gaylen. Il m'observe, ouvrant grand ses yeux marron foncé. Ils semblent m'implorer d'en finir, de faire ça vite et bien.

Je me dis que je n'en suis pas capable, et pourtant il le faut, car toute autre mort serait bien pire pour Gaylen. Je vise soigneusement le cœur de mon frère, et je tiens fermement mon fusil. Pendant un moment, je me dis que je vais continuer de viser, puis fermer les yeux et appuyer sur la détente. Mais je sais que je risque de louper mon coup, ce qui ne ferait qu'accroître sa souffrance. Je songe que c'est pour ça qu'on utilise des pelotons d'exécution : au cas où quelqu'un perdrait courage ou manquerait sa cible. C'est une grande responsabilité, je le comprends, de mettre un homme à mort.

Alors je vise le cœur de Gaylen – soigneusement, sans trembler. Je me dis que, quand j'aurais accompli mon devoir, quand j'aurais appuyé sur la détente, je pourrais me réveiller de ce cauchemar. Et je fais feu. Je vois la balle pénétrer dans la poitrine de Gaylen. Mais avant de pouvoir me réveiller, je vois son cœur jaillir de son torse et tomber sur la terre sèche, expulsant du sang dans la poussière. C'est alors que je me rappelle ce que ma mère a souvent répété à mon frère Frank à propos de la mort de Gary en Utah : « Quand ils ont tiré, ils ont arraché le cœur de ton frère, et il est tombé par terre. »

CINQUIÈME PARTIE

HISTOIRE DU SANG

Le sang est notre seule histoire permanente, et l'histoire du sang n'admet pas de révision.

Harry CREWS
Fathers, Sons, Blood

Il n'y a pas de crime dont je ne puisse me considérer coupable.

GOETHE

J'ai rêvé que l'amour était un crime.

O. V. WRIGHT
Eight Men and Four Women

1

Tournants

Après la mort de Gaylen, Gary a semblé changer. Il avait perdu deux membres de sa famille sans la possibilité d'une réconciliation finale, et il voulait désespérément être libre. Nous avons commencé à nous écrire plus fréquemment. Dans ses lettres, Gary exprimait plus d'inquiétude à mon sujet, plus de curiosité quant à ce que je faisais, qui étaient mes amis. Il essayait d'être mon frère.

Les superviseurs de la prison ont également remarqué ce changement en Gary. Un jour, quelques mois après la mort de Gaylen, le directeur lui a permis une visite surveillée de ma famille. Un gardien armé l'a amené en voiture depuis la prison de Salem jusqu'au mobile home de ma mère à Oak Grove. Gary, ma mère, mon frère Frank et moi avons passé tout l'après-midi ensemble, à manger des snacks, à évoquer de vieux souvenirs et des espoirs pour l'avenir. J'avais apporté ma guitare, et Gary et moi avons chanté ensemble quelques chansons de Johnny Cash. Difficile de dire lequel des deux avait la pire voix, mais ça n'avait guère d'importance. Gary et moi avons ensuite discuté de musique. Nous avions beaucoup d'artistes préférés en commun : Duke Ellington, Hank Williams, Charlie Parker, Miles Davis, Little Richard, Chuck Berry.

C'était agréable de s'apercevoir que nous partagions ces choses. Tandis que nous discutions, le gardien était assis dans un fauteuil proche, lisant des magazines, tout en gardant silencieusement Gary à l'œil.

Nous avons par la suite appris que le directeur et d'autres responsables avaient été encouragés par le comportement de Gary ce jour-là. Ils se disaient qu'il avait peut-être suffisamment soif de liberté pour essayer de se calmer et vivre une vie plus sensée et productive. Gary avait récemment commencé à travailler dans l'atelier artistique de la prison, et le directeur et quelques gardiens avaient tellement apprécié ses œuvres qu'ils en avaient acheté quelques-unes. Le directeur avait aussi encouragé Gary à participer à des concours artistiques et, au printemps 1972, après qu'il en eut remporté plusieurs, les superviseurs ont accordé à Gary un régime de semi-liberté pour qu'il aille étudier l'art dans un centre universitaire d'Eugene. Tout bien considéré, c'était une opportunité fantastique : si Gary respectait les conditions du programme – s'il assistait à ses cours, obtenait des notes décentes, obéissait aux règles du campus et du centre de réhabilitation où il vivrait pendant la semaine, et s'il ne quittait pas la région d'Eugene sans le consentement préalable de ses conseillers –, alors il y avait de grandes chances pour qu'il obtienne à la fin de ses cours une libération anticipée et aussi, probablement, un emploi dans une société d'art ou de publicité de la région de Portland. En d'autres termes, si Gary gérait ça bien, il sortirait de prison avec une bonne carrière et une nouvelle vie. Nous voyions tous ça comme un tournant.

Pendant ce temps, Gary avait ses propres espoirs.

L'un de ses amis au pénitencier d'État de l'Oregon était un jeune homme que j'appellerai Barry Black.

Quelques-uns de ses autres amis détenus exprimeraient par la suite l'opinion que Barry avait pu être l'amant secret de Gary en prison, mais Gary a inflexiblement nié avoir jamais eu le moindre rapport homosexuel durant ses années d'enfermement. Pourtant, il ne fait guère de doute que, sous une forme ou sous une autre, Gary aimait Barry Black. Barry était l'ami vers qui Gary se tournait en premier quand il avait besoin d'aide – c'était l'homme qui avait réconforté mon frère après que Frank et moi lui avions annoncé le décès de Gaylen – et, apparemment, Gary estimait qu'ils pouvaient tous deux continuer d'être amis en dehors des murs de la prison. Aussi, quand il a appris que Barry allait être emmené à l'école dentaire de l'université d'Oregon, dans le quartier de West Hills à Portland, pour se faire soigner les dents, il a persuadé Barry de s'arranger pour que ces soins coïncident avec le moment où lui serait libéré pour aller étudier. Gary a expliqué à son ami qu'il le retrouverait à l'école dentaire. Il avait un plan pour eux deux.

Un matin, à la fin de l'automne, un gardien de prison a conduit Gary jusqu'au dortoir du centre de réhabilitation d'Eugene, où il passerait désormais ses nuits, et il l'a relâché. Il lui a donné de nouveaux vêtements et son allocation pour sa première semaine d'études. Il l'a informé qu'il disposait d'un jour ou deux pour s'inscrire à l'université et se familiariser avec le campus, et pour s'acheter ses livres et ses fournitures artistiques. Il a aussi informé Gary qu'il devait être rentré au dortoir en début de soirée. Après ça, il ne pourrait quitter le dortoir que pour se rendre à des cours du soir préalablement approuvés.

« Tu es tout seul, maintenant, Gary, a dit le gardien. Ne fous pas tout en l'air. On compte sur toi. »

Gary lui a répondu de ne pas s'en faire, et il lui a serré la main.

Il s'est rendu au campus et a trouvé le gymnase où se déroulaient les inscriptions. Il a pris son dossier et commencé à remplir les formulaires, mais, comme il l'a par la suite expliqué, il s'est senti intimidé par toutes les files confuses de gens autour de lui. Les étudiants semblaient si jeunes et confiants, ils étaient si mignons et bien habillés. Il se sentait nerveux, pas à sa place. Alors il est allé faire un tour et a trouvé un bar. Il a bu quelques verres. Il se disait qu'il pourrait toujours s'inscrire le lendemain, et qu'il valait mieux utiliser cette première journée de liberté pour se détendre. Il est allé jusqu'à la voie express et s'est fait prendre en stop jusqu'à chez ma mère, à près de cent soixante kilomètres de là, à Oak Grove. Il savait qu'il violait son accord de libération, mais il était certain de pouvoir regagner le dortoir avant le début de soirée.

Gary a passé une ou deux heures avec ma mère, jusqu'à ce que le moment soit venu pour elle d'aller au travail. Elle était folle de joie de le voir. Vers midi le même jour, il a frappé à la porte de ma petite maison, près de l'université de Portland. Je tentais moi-même pour la deuxième fois ma chance à la fac, et j'étais sur le point d'arriver en retard à un cours. Mais quand j'ai vu Gary à ma porte, souriant et visiblement nerveux, je me suis dit que je devais prendre le temps de rester avec lui. Il est entré et nous avons discuté un moment. Je lui ai demandé s'il avait déjà commencé ses cours. Il m'a raconté qu'il était allé sur le campus et s'était senti déstabilisé par tous les jeunes autour de lui. Il a expliqué qu'il voulait juste voir sa mère, moi, et deux ou trois amis, et qu'après tout irait bien. « Je rentrerai avant la nuit tombée, a-t-il ajouté. Je peux toujours m'inscrire demain sans avoir de problèmes. »

Mais le lendemain après-midi, Gary a de nouveau débarqué, portant les mêmes vêtements que la veille. Ses yeux rougis semblaient pleins de colère. Il n'était de toute évidence pas retourné à Eugene et ce manquement lui vaudrait non seulement de perdre sa bourse, mais il risquait aussi de voir sa peine de prison prolongée.

« Gary, qu'est-ce que tu fous ici ? »

Il a éludé la question.

« Allons déjeuner quelque part. Tu connais des endroits bien ? »

J'étais hors de moi. Gary foutait en l'air quelque chose d'important et, en plus, il était insistant. Mais je ne savais pas jusqu'où je pouvais lui tenir tête. Je suis allé chercher mon blouson. À mon retour, il était au téléphone. Il m'a demandé quelle était mon adresse.

« Pourquoi ?

— J'appelle un taxi. »

J'ai expliqué qu'il y avait un restaurant où nous pouvions aller à pied. Il a répliqué qu'il ne voulait pas être vu dans la rue. Tout ça ne me plaisait pas. Nous avons fini dans un bar topless – le seul endroit où Gary se sentait à l'aise. Il semblait en transe tandis qu'il observait la fille sur la scène.

« Je veux que tu me dises ce qui s'est passé, ai-je dit, tentant de le ramener sur terre. Il est évident que tu ne vas pas à la fac. »

Il est resté silencieux pendant un long moment, regardant fixement la table qui nous séparait. Puis il a répondu, d'une voix traînante de paysan :

« Je suis pas fait pour les études. Merde, ils peuvent rien m'apprendre sur l'art que je sache pas déjà. En plus, il y a des choses plus importantes. » Il s'est penché en avant et m'a regardé droit dans les yeux. « Un de mes potes de taule va être amené à l'école dentaire la semaine prochaine. Il aura deux gardiens avec lui et je veux aller le voir. Heu, j'ai besoin d'un flingue. Tu peux m'aider ? »

J'étais horrifié. Il m'entraînait de force dans un endroit où je ne voulais pas aller – un endroit avec des flingues. Je ne savais ni où acheter des armes, ni comment m'en servir, et je ne voulais pas le savoir. Mais au lieu de le dire, j'ai donné à Gary une sorte d'avertissement sur le fait qu'il risquait de se faire tirer dessus ou de descendre quelqu'un et de finir pour encore plus longtemps en prison.

« Hé ! a-t-il coupé, si tu as peur d'être complice ou quelque chose, oublie. Je suis pas une balance.

— Ce n'est pas ça. Je ne veux juste pas être mêlé à ce genre de chose. Quoi qu'il arrive, Gary, tu es en train de foutre ta vie en l'air.

— C'est une question de dignité », a-t-il répliqué en plissant les yeux. J'ai détourné le regard, secouant la tête. Gary m'a regardé d'un air vide pendant un long moment tout en triturant une pochette d'allumettes. « Moi, je le ferais pour mon frère », a-t-il finalement déclaré, et il s'est levé.

Une fois de plus, il a insisté pour prendre un taxi jusqu'à chez moi, mais il n'en est pas descendu avec moi. Il m'a souri et ébouriffé les cheveux comme je sortais. J'ai commencé à dire quelque chose, mais il m'a interrompu.

« C'est bon », a-t-il dit, mais je devinais une douleur terrible dans ses yeux.

Je suis descendu honteux du taxi – j'avais l'impression d'avoir laissé tomber quelqu'un dont j'avais toujours voulu l'amour et l'approbation – et aussi effrayé. Je voyais bien que Gary était déterminé à obtenir son pistolet et à libérer son ami, même si ça devait se finir en fusillade. Je ne voyais pas comment mon frère pourrait sortir vivant d'un tel scénario. Et même s'il s'en tirait, je ne voulais pas être la personne qui lui aurait placé un flingue entre les mains. Je me sentirais coupable, quoi qu'il arrive avec ce flingue.

C'était la première fois que Gary me plaçait face à un aussi terrible dilemme. Je savais quel était son plan. Il m'avait dit quel jour et à quelle heure il comptait libérer son ami à l'école dentaire. Et je savais que, quand ça se produirait, il y avait de grandes chances pour que quelqu'un se fasse tuer. Je me suis demandé si je devais dénoncer mon frère, et alors j'ai songé à ce que j'éprouverais si c'était mon frère qui se faisait descendre ce jour-là. J'ai décidé que je ne pouvais pas le dénoncer. Je ne voulais pas sa mort. Mais dès l'instant où j'ai pris cette décision, je me suis senti moralement impliqué dans tout meurtre qu'il risquait de commettre. C'était un homme dangereux. Il n'aurait pas dû être en liberté.

Je détestais savoir ce que je savais. Je détestais avoir à vivre avec ce dilemme. Je détestais l'idée que je l'aimais plus que les gens qu'il risquait de tuer.

Je n'ai revu Gary que deux fois durant cette période de cavale de moins d'un mois. Il est resté quelques heures chez moi un soir où j'étais avec une petite amie, et il m'a demandé de lui passer des disques de Johnny Cash. Il était charmant et sobre. Il a taquiné la jeune femme : « Tu es gentille avec mon frère ? C'est mon petit frère, tu sais, et je dois faire attention à lui. »

J'ai essayé en privé d'en savoir plus sur ses plans. « Disons juste qu'ils ont changé, a-t-il répondu. T'en fais pas pour ça. Moins tu en sais, mieux ça vaut pour toi. »

Une autre fois, je rentrais de mes cours à l'université de Portland, et Gary m'attendait devant chez moi.

Il avait emprunté une voiture et voulait que je rencontre quelques-uns de ses amis. Alors nous y sommes allés. Gary a bu de la bière durant tout le trajet, mais il était d'humeur chaleureuse, bavarde. Ses amis vivaient dans une grande demeure perchée sur une colline à l'est de Portland. Il s'est avéré que ces gens géraient le plus grand réseau de pornographie et de salons de massage de la ville. Ils étaient bien habillés et polis, et ils habitaient une maison magnifique. Ils étaient assis à la table de la salle à manger, regardant de grandes photos noir et blanc de fellations. Ils essayaient de trouver le meilleur ordre pour arranger les photos. Gary et moi nous nous sommes assis dans une autre partie de la pièce. Il m'a montré son trésor de dessins et de peintures, un classeur volumineux rempli d'études poignantes qui représentaient aussi bien des ballerines que des boxeurs tout amochés, en passant par l'occasionnelle illustration d'une mort violente. Mais, pour l'essentiel, c'étaient des dessins d'enfants, des visages ronds avec des expressions d'innocence perplexe, inviolable. « Tiens, a-t-il dit, prends ce que tu veux. » Pour lui, les tableaux étaient simplement des choses qu'on peignait puis qu'on donnait.

Il a voulu me faire visiter la maison de ses amis, pour frimer devant tout ce luxe qui ne lui appartenait pas. Et alors qu'il me montrait la piscine intérieure, Gary, sans prévenir, a ouvert son blouson et sorti un pistolet qu'il m'a tendu, crosse en avant.

« Tu crois que tu pourrais te servir d'un de ces engins ? » a-t-il demandé, inclinant la tête à la Gary Cooper.

J'avais l'impression d'être testé, et la méthode ne me plaisait pas. Je me sentais aussi gauche et vulnérable, avec un pistolet pour la première fois entre les mains.

Je le tenais pointé vers la piscine, le doigt éloigné de la détente.

« Je suppose que je pourrais si j'y étais obligé, Gary, mais j'espère que tu parles d'une situation qui serait une question de vie ou de mort, pas de choix. »

Il a repris l'arme et l'a enfoncée dans sa poche de blouson.

« Amène-toi, a-t-il dit. Je te ramène chez toi. »

Nous avons roulé en silence en direction de mon appartement. Je sentais qu'il était en colère, mais je ne savais pas trop pourquoi. Gary s'est mis à klaxonner une voiture devant nous qui roulait trop lentement à son goût. Le chauffeur a ralenti encore plus. « Enfant de putain », a marmonné Gary. Il a déboîté violemment sur la voie de gauche alors qu'une voiture arrivait en sens inverse. Son chauffeur a klaxonné et freiné, et, à la dernière seconde, Gary est sorti de la route et a monté sur le trottoir.

Nous nous sommes regardés, deux images miroirs de visages effrayés aux yeux écarquillés et à la bouche pendante.

« Tu as failli nous tuer ! » ai-je hurlé.

Il a posé la tête sur le volant, inspirant profondément.

« Parfois, a-t-il répondu, il faut simplement être prêt à faire face à cette possibilité. »

Quelques soirs plus tard, alors que je regardais les informations, j'ai appris l'arrestation de Gary suite à un vol à main armée. Il était entré dans une station-service du sud-est de Portland, défoncé au whiskey et à quelque opiacé. Puis il avait collé un pistolet contre la tête de l'employé et dit : « Donne-moi tout ce que tu as dans ta caisse ou je te fais sauter ta putain de cervelle. » Il avait été interpellé quelques rues plus loin et arrêté sans incident.

Je me sentais soulagé : personne n'avait été tué. Mais j'étais aussi en colère et triste. Une fois de plus, Gary avait foutu sa vie en l'air. J'ai essayé d'aller le voir à la prison du comté de Multnomah, où il était détenu, mais cette fois il n'avait pas droit aux visites. Deux jours plus tard, ma mère m'a téléphoné. Gary avait été retrouvé en sang sur son matelas dans sa cellule. Il s'était tailladé le bras droit et aussi lacéré l'abdomen. Il était au service d'urgences de la même clinique où il avait prévu de libérer son ami.

Bon sang, ai-je pensé, tout ce bordel ne finira jamais.

Le procès de Gary pour la tentative de vol s'est tenu dans le comté de Multnomah, le 12 février 1973. Ma mère et moi étions présents.

Gary a pénétré dans le tribunal menotté. Il a demandé à s'adresser à la cour, et le juge lui a accordé la permission.

« J'espère que ça ne vous dérange pas si je me réfère à mes notes, a déclaré Gary. Je ne suis pas très doué pour parler en public.

— Pas le moins du monde, monsieur Gilmore, a répondu le juge.

— Vous avez lu le rapport d'accusation, a repris Gary, et vous avez probablement décidé de ce à quoi vous allez me condamner, mais j'aimerais faire un appel spécial à la clémence. J'ai passé beaucoup de temps en prison, et je ne crois pas que ça me ferait le moindre bien d'y retourner. Ce que je veux dire, c'est que j'ai passé les derniers neuf ans et demi enfermé et que j'ai eu environ deux ans et demi de liberté depuis l'âge de 14 ans. J'ai toujours été condamné et j'ai toujours purgé ma peine, je n'ai jamais eu de liberté conditionnelle, juste une remise en liberté surveillée, quand j'étais jeune. La justice ne m'a jamais fait de cadeau, et j'en suis venu à la trouver plutôt dure, mais je n'ai jamais demandé l'indulgence jusqu'à aujourd'hui. Il me reste du temps à purger au pénitencier...

« Votre Honneur, vous pouvez faire emprisonner quelqu'un pour trop longtemps, tout comme vous pouvez le faire emprisonner pour pas assez longtemps. Ce que je dis, c'est qu'il y a un moment où il convient de relâcher quelqu'un et de lui donner sa chance. Bien sûr, qui peut dire quand arrive ce moment ? Seul l'individu lui-même le sait vraiment, et il s'agit juste alors de se montrer convaincant. Il y a eu des moments où je me suis dit que si on me donnait ma chance, alors je ne me serais plus jamais attiré d'ennuis, mais comme j'ai dit, je ne crois pas que la justice m'ait jamais fait de cadeau. En septembre dernier, j'ai été relâché du pénitencier pour aller étudier l'art à Eugene, au centre universitaire de Lane, et j'avais toutes les intentions de le faire. Mais je me suis retrouvé libre du jour au lendemain après avoir passé neuf ans au trou, et ça m'a un peu secoué. Les choses avaient changé et c'était différent, bon sang, et rien ne me préparait à ça. Pendant que j'attendais pour m'inscrire à la fac, je me suis soûlé. Bon, je ne me suis pas soûlé, j'ai bu deux ou trois verres. Je comprends que c'était plutôt idiot, et j'ai eu peur de sentir l'alcool quand je retournerais au centre de réhabilitation. Je me suis dit qu'on allait me remettre immédiatement au trou et, pour être honnête, je crois que j'avais envie de continuer à boire. C'était plutôt agréable.

« Bref, je me suis tiré et je suis allé à Portland, par peur de retourner au pénitencier. J'ai honnêtement essayé de m'inscrire à Lane, comme j'ai dit. Je voulais étudier l'art et c'était pour ça que j'étais là-bas. Après être parti, j'ai pensé à revenir, mais je ne l'ai pas fait. Ça faisait du bien d'être libre, et je n'étais pas sorti depuis longtemps. Le monde est plutôt chouette à l'extérieur. Mais je n'ai pas tardé à être fauché, alors j'ai passé quelques jours à chercher du travail, mais je n'ai rien trouvé. Je n'ai aucune expérience professionnelle. Quand on est libre, on peut se permettre d'être fauché quelques jours, ce n'est pas grave, mais quand on est en cavale, on peut pas se le permettre. Je voulais partir loin, je voulais changer de nom, je voulais trouver un boulot, et je voulais juste vivre, et il me fallait de l'argent, et j'ai commis un vol. Quand j'ai commis ce vol, je n'avais aucune intention de faire mal à qui que ce soit, je vous le jure.

« J'ai longtemps croupi en prison et j'ai gâché l'essentiel de ma vie – au moins la moitié. Probablement les meilleures années de ma vie. J'ai eu un bref aperçu de la liberté, et pour être honnête j'avais presque oublié ce que je loupais. Je ne suis pas idiot, même si j'ai fait beaucoup de choses idiotes et imbéciles, mais je veux la liberté et je comprends pleinement que mon seul moyen de l'obtenir et de la conserver, c'est d'arrêter d'enfreindre la loi. Je ne l'ai jamais autant compris que maintenant. Si vous m'accordiez une mise à l'épreuve cette fois-ci, je ne serais pas libéré tout de suite. J'ai encore du temps à purger. D'un autre côté, vous pouvez me condamner et alourdir ma peine, mais comme j'ai dit, j'ai eu environ deux ans et demi de liberté depuis que j'ai eu 14 ans et j'ai des problèmes, et si vous me rajoutez des années de prison, je les ferai. C'est tout ce que j'ai à dire. »

Le juge est resté silencieux quelques instants avant de donner sa réponse. Il a dit à Gary qu'il trouvait qu'il avait efficacement présenté son histoire et son cas, et qu'il avait été ému par sa requête. Mais le délit pour lequel Gary comparaissait – vol à main armée – était sérieux, et il avait déjà été condamné une fois pour un délit similaire. Étant donné la gravité de l'infraction – étant donné que les droits d'un autre homme avaient été violés –, le juge estimait n'avoir d'autre option que d'imposer une peine supplémentaire. Tout compris, pour la fuite et le vol, Gary serait condamné à neuf ans de plus. Le juge promettait néanmoins que si le comportement de Gary était satisfaisant, alors la cour ne s'opposerait pas à une éventuelle libération anticipée.

« Votre Honneur, a répondu mon frère, mon dossier doit être examiné ce mois-ci. Croyez-vous que la commission m'accordera immédiatement ma libération ? »

Le juge a souri sombrement. Il comprenait qu'il n'y avait guère d'humour dans la question de mon frère.

« J'en doute, monsieur Gilmore, mais je crois que si vous apparteniez à la commission, vous ne vous accorderiez pas non plus une libération immédiate, à la lumière des derniers faits.

« Très bien, a-t-il ajouté. La peine est prononcée. »

Après le procès, Gary a demandé à pouvoir parler un moment avec ma mère et moi. Ma mère tremblait, elle pleurait toutes les larmes de son corps. Gary s'est penché et l'a embrassée sur la joue.

« Écoute, t'en fais pas, lui a-t-il dit. Ils ne peuvent pas me faire plus de mal que je ne m'en suis déjà fait. »

Puis il s'est tourné vers moi. Nous avons échangé une poignée de main malgré ses menottes, puis il m'a ébouriffé les cheveux.

« Tu as fait ce qu'il fallait. Maintenant, fais-moi plaisir. Prends un peu de poids, d'accord ? C'est dingue ce que t'es maigre. »

La prochaine fois que je le reverrais, ce serait six jours avant son exécution.

Ce que nous ignorions tous, durant tout ce temps, c'est que Gary avait été trahi par son ami Barry Black.

Ce dernier savait qu'il comptait les attendre, lui et les gardiens, à l'école dentaire, armé, mais il avait eu peur de se faire tuer, ou de finir par voir sa peine alourdie pour tentative de fuite. Alors il était allé voir le directeur et avait conclu un marché. Il l'avait informé du plan de Gary, et lui avait dit qui pouvait l'héberger dans la région de Portland. En échange, le directeur avait accordé une protection à Barry, et une assurance que tout cela serait pris en compte lors de son prochain passage devant la commission de libération.

Quand Gary est retourné à la prison, il a fait savoir qu'il était vexé et furieux. Barry était incarcéré dans une autre partie de la prison, loin de Gary. Mais Gary se tenait dans la cour et hurlait : « Barry Black est une balance ! », si fort et si longtemps que les gardiens devaient le traîner jusqu'à sa cellule. Barry a été placé à l'isolement pour sa protection. Du coup, Gary s'est battu avec quelqu'un pour être lui aussi mis à l'isolement. Quand le directeur a eu vent de tout ça, il a fait transférer Barry Black dans une autre prison. Il ne faisait guère de doute que Gary aurait tué son ancien ami à la première occasion.

Les années se sont écoulées. J'ai écrit à Gary deux ou trois lettres à cette époque, et il m'a répondu, mais il y avait de l'amertume et de la froideur dans ses propos. Je supposais qu'il n'avait pas pardonné ma résistance la fois où nous étions allés au bar topless. De mon côté, j'avais ma propre colère ; la requête de Gary avait été injuste, et il avait été idiot de détruire la meilleure chance qu'il avait jamais eue de recommencer à zéro. Mais il y avait plus que de la colère : j'avais aussi peur de mon frère. Je le voyais comme une puissance mortelle ambulante.

J'ai repris l'habitude de ne pas aller le voir, et nous nous sommes tous deux enfoncés dans un long silence. Nous étions l'un comme l'autre trop fiers pour accorder trop de réflexion au point de vue de l'autre. Au bout d'un moment, Gary m'a ôté de sa liste de visiteurs. Je ne me suis pas senti insulté, je n'ai pas eu honte. À la place, j'étais soulagé.

Pendant ce temps, Frank continuait de voir Gary. Il y a peu, il m'a écrit une lettre pour me raconter ces visites :

J'ai commencé à aller le voir à cause d'une lettre que j'ai reçue de Gary. Il souffrait et était plein de haine parce que sa famille l'avait abandonné. Il avait l'air d'un homme prêt à sauter d'un immeuble de onze étages.

Lors de ma première visite, j'ai été réellement surpris de constater à quel point il avait changé. Il avait l'air beaucoup plus mauvais qu'avant. Je me souviens que l'une des premières choses dont nous avons parlé, c'était des gardiens. Gary estimait que tous les gardiens étaient des femmelettes, et qu'ils cherchaient constamment à lui nuire ainsi qu'à ses amis.

J'ai demandé : « Bon, Gary, ils te traitent bien ?

— Arrête, Frank, ils ne traitent aucun de nous comme des humains. Tous les gardiens sont des cons – t'es pas d'accord ?

— Non, Gary. Moi, je crois que certains *gardiens sont des cons, mais je crois que certains prisonniers sont aussi des cons.*

— Eh bien, Frank, mon petit pote, tu te plantes. Tous *les gardiens sont des cons. D'une manière ou d'une autre. Mais tu devrais le savoir. Tu as été en prison. Tu es aussi un pro.*

— Non. Je ne suis même pas un amateur. » J'ai alors essayé de changer un peu de sujet de conversation : « Écoute, Gary, je n'aime pas te voir ici. Je ferai tout ce que je peux raisonnablement faire pour t'en sortir. Mais tu ne crois pas que c'est toi qui l'as cherché la dernière fois ? Tu ne crois pas que c'est toi qui le cherches à chaque *fois ?*

— Va te faire foutre, Frank. Et je ne veux pas me montrer irrespectueux. C'est juste ce que je pense. Ni toi ni personne ne comprendrez jamais ce que j'ai vécu. Alors va te faire mettre. Ça me gonfle vraiment quand des gens comme toi commencent à me poser des questions et à me donner tout un tas d'opinions à la con – des opinions dont je n'ai pas besoin et que je n'écouterai pas de toute manière.

« Merde, tu sais pas comment c'est après sept ou huit ans, si, connard ? Alors pourquoi tu me le dis pas, hein, connard ? Dis-moi. Vas-y, dis-moi.

— OK, Gary, je suis désolé. Parlons de quelque chose que nous connaissons tous les deux. Parlons de ce dont tu te souviens de la maison.

— C'est des foutaises, Frank. Enfin quoi, je me souviens que la bouffe était vachement bonne, et que papa était un con. Tu penses peut-être que c'était un type génial, pour Dieu sait quelle raison, mais avec moi il a été autant un connard que toi – sauf qu'il était un homme meilleur que toi. Mais ça veut pas dire grand-chose.

« Dis, Frank, je veux pas être irrespectueux, mais tu es un connard. Voyons les choses en face, Frank, c'est ce que tu es. Je veux pas dire que t'as pas été meilleur que le reste de la famille. Au moins tu t'es souvenu que j'étais toujours vivant. Alors que le reste de la famille – si on peut appeler ça une famille – se souvient de rien quand il s'agit de moi.

Et pour ce qui est d'être un frère dans cette famille de complets abrutis, tu es au-dessus de la moyenne. Mais ça veut pas dire que j'aie grand-chose à foutre de toi. Mais bon, est-ce que tu as quelque chose à foutre de ce que je pense ?

— Oui, Gary. J'en ai quelque chose à foutre. »

Gary s'est tourné et il a pointé le doigt vers un autre prisonnier, qui était assis quelques sièges plus loin dans le parloir. Puis il a dit :

« Tu trouves pas que ce connard est le sosie de Woody Allen ? Ce type est un vrai connard. Il croit que nous sommes tous des animaux, et il croit que les gardiens sont ses potes. Ce connard va en apprendre un bon paquet avant de sortir d'ici. »

Gary a alors directement désigné l'un des gardiens et lancé, aussi fort qu'il pouvait :

« Tu vois ce connard ? Eh bien, on dit qu'il a baisé sa sœur, et moi, je le crois. »

Le gardien est venu vers nous.

« Encore une remarque comme ça, Gilmore, et ta visite est finie. »

Gary a simplement éclaté de rire et il a dit :

« Ce connard a jamais vraiment pu me sentir. »

Je ne me souviens pas d'une visite durant laquelle Gary ne m'aurait pas dit au moins une fois à quel point il détestait papa et évoqué toutes les fois où papa l'avait battu.

« J'arrive plus trop à me souvenir des raisons pour lesquelles ce vieux salaud me battait, disait-il. Tout ce que ça m'a vraiment appris, c'est à le détester. »

Je détestais toujours partir et laisser Gary là. Ça m'ennuyait beaucoup plus qu'il ne l'a jamais su. Ça ne me dérangeait pas trop quand il s'en prenait à moi, ou quand il m'insultait. Je me disais que mieux valait qu'il décharge sa bile à mes dépens, qu'il se lâche, plutôt que de s'attirer des ennuis supplémentaires à la prison.

Fin 1973, la guerre de Gary à propos de ses dents s'est une fois de plus envenimée. Il exigeait de nouveau un dentier, et il continuait de s'engueuler avec les gardiens. Il devenait aussi plus intransigeant envers ses amis prisonniers. Il insistait pour qu'ils le soutiennent dans chacune de ses protestations et chacune de ses exigences, et pour qu'ils se joignent à lui quand il foutait le bordel. S'ils ne le faisaient pas, il considérait ça comme une trahison, et Gary n'était pas le genre d'homme qu'on offensait à la légère. Il y a eu de nouvelles bagarres avec les dentistes, de nouvelles attaques au marteau sur des détenus ennemis. Parmi les gardiens, d'après l'un d'eux, il y avait un accord : si jamais Gary donnait à l'un d'eux une raison légitime de le faire, le gardien l'abattrait. « J'aurais voulu qu'il s'en prenne à moi, a déclaré l'un des gardiens, comme ça je l'aurais descendu. Mais Gilmore était un dégonflé et il attendait que vous ayez le dos tourné pour vous frapper. »

Gary savait que les gardiens l'avaient à l'œil, et il a essayé de convaincre d'autres prisonniers qu'ils devaient chacun tuer un maton ou deux. Les autres détenus ont trouvé ça trop extrême. Il était impossible de tuer un gardien sans se faire prendre. Ce serait du suicide.

À l'automne 1974, Gary est tombé amoureux d'une femme nommée Becky. Elle avait fait sa connaissance par l'intermédiaire d'une autre femme qui rendait visite à un des amis de Gary en prison. Becky a commencé à lui écrire, puis à lui rendre visite. Elle le persuadait de se remettre en forme et de recommencer sa vie – peut-être au Canada. Elle disait qu'elle ferait tout ce qu'elle pourrait pour le faire libérer s'il promettait de changer de vie et de contenir sa violence. Gary a accepté. Puis il a demandé à Becky de l'épouser. Becky a été d'accord.

Mais elle devait d'abord subir une opération – quelque chose à voir avec un ulcère qui la faisait souffrir depuis longtemps. Elle est morte sur la table d'opération.

Le soir où il a appris sa mort, Gary est allé voir le psychiatre de la prison et lui a demandé un médicament. Le psychiatre a estimé que Gary n'était pas suffisamment déprimé pour justifier un traitement, et il l'a renvoyé à sa cellule.

Au cours du mois suivant, Gary est devenu de plus en plus excessif et violent. Un jour, il a mis la main sur un rasoir et s'est barricadé dans sa cellule. Il a annoncé qu'il allait se tuer, et qu'il lacérerait quiconque tenterait de l'en empêcher. Il a fallu plusieurs gardiens et une boîte de gaz incapacitant pour le contrôler et lui reprendre le rasoir.

C'est alors que le Dr. Weissert a décidé de remettre Gary sous Prolixine. Weissert a écrit : *Mon impression est que Gilmore est en ce moment dans un état paranoïaque, si bien qu'il est incapable de déterminer ce qui est bon pour lui. Il est totalement incapable de contrôler ses impulsions agressives, et des contrôles externes semblent nécessaires, puisqu'il ne peut placer de contrôles internes sur son agressivité. Il présente un réel danger, aussi bien pour lui-même que pour les autres, et cela, dans un environnement structuré et clos, crée un véritable risque physique. Je recommande donc que lui soient administrées des injections intramusculaires de tranquillisants pour l'aider à contrôler son hostilité jusqu'à ce qu'il soit en mesure d'appliquer seul les contrôles nécessaires... Dans un état paranoïaque psychotique, les médicaments constituent le traitement le plus opportun pour assurer une diminution des symptômes de sorte que le patient soit plus gérable. J'estime qu'il est complètement justifié d'administrer à Gilmore un traitement contre ses désirs, car il crée un sérieux problème pour les patients et l'institution dans sa totalité.*

Lorsque Gary a appris la recommandation de Weissert, il a écrit au directeur, Hoyt Cupp, le suppliant de lui accorder n'importe quelle autre forme de châtiment. Il expliquait que la Prolixine était ce qui lui faisait le plus peur sur terre, et qu'il ne pensait pas pouvoir supporter un nouveau traitement avec ce médicament. Il ajoutait qu'il serait prêt à passer le restant de sa vie sans dents, pourvu qu'on ne lui administre pas de Prolixine.

Le directeur a proposé à Gary un compromis : un transfert dans un pénitencier fédéral de haute sécurité, à Marion, Illinois. Après tout, raisonnait Cupp, Gary était devenu un risque pour tout le monde à OSP, y compris lui-même. Des rumeurs affirmaient que nombre de prisonniers qui avaient été ses amis et défenseurs étaient désormais si dégoûtés ou effrayés par son comportement qu'ils parlaient de le tuer eux-mêmes.

Gary a accepté la proposition de transfert. Puis, le dernier jour, il est revenu sur sa parole. Il a informé Cupp qu'il pensait que le transfert était illégal. De plus, il voulait rester près de ses amis et de sa famille en Oregon. À quoi Cupp a répliqué que, que ça lui plaise ou non, il irait à Marion.

Le soir du 21 janvier 1975, Gary était assis dans sa cellule, attendant les gardiens. Ils étaient censés venir le chercher à minuit et l'escorter jusqu'à l'avion qui l'emmènerait en Illinois.

« Merde, je veux pas y aller, a dit Gary à un ami nommé Roger, qui se trouvait dans la cellule à côté de la sienne. Du moins je veux pas y aller sans faire un peu de boucan. Quand ils viendront me chercher, rends-moi un service. Fous un peu de bordel. Cogne sur les barreaux. Je veux que tout le monde sache ce qui se passe et que c'est pas normal. »

Roger a consenti à la requête de Gary. Quoi qu'aient pu penser les prisonniers de Gary, il demeurait un détenu, et les détenus devaient se serrer les coudes chaque fois que c'était possible.

Quand les gardiens sont venus chercher Gary, Roger dormait. Gary a demandé aux gardiens s'il pouvait réveiller son ami, pour lui dire au revoir. Ils ont accepté.

Gary a appelé Roger. Celui-ci s'est réveillé, a vu Gary qui se tenait avec les gardiens, et il a commencé à faire du boucan, mais Gary lui a dit de se calmer.

« C'est bon. Je vais y aller en silence. Je voulais juste voir si tu étais toujours mon ami.

— Bon, prends soin de toi », a dit Roger en tendant la main.

Gary l'a saisie.

« Ouais. À la prochaine. Pour le moment, je vais me faire deux ou trois mormons. »

Roger a réfléchi quelque temps aux dernières paroles de Gary. Qu'avait-il voulu dire ?

Un peu plus d'un an et demi plus tard, il n'aurait plus aucun doute sur ce que Gary avait voulu dire. Mais Gary serait alors devenu le meurtrier le plus célèbre d'Amérique.

2

Meurtrier et célèbre

Quelques jours après son arrivée au pénitencier fédéral de Marion, Illinois, Gary a commencé à solliciter le directeur Hoyt Cupp pour qu'il le renvoie au pénitencier d'État d'Oregon. *Je ne veux plus de problèmes*, écrivait Gary au directeur. *Je veux reprendre les choses en main et remettre de l'ordre dans ma vie. S'il vous plaît, répondez.*

Cupp a répondu, expliquant à Gary qu'un changement du présent arrangement n'était pour le moment pas à l'ordre du jour. Le retour éventuel de Gary en Oregon, précisait-il, dépendrait de la nature des rapports qu'il recevrait de Marion.

Gary a compris qu'il était dans le pétrin. Marion avait la réputation d'être un endroit où on ne tolérait pas trop que les détenus foutent le bordel ; les gardiens pouvaient être durs, et les techniques d'isolement étaient strictes et déplaisantes.

Je ne peux pas affirmer avec certitude que Gary ait jamais été un prisonnier modèle à Marion puisque le système pénitentiaire fédéral a refusé de me laisser consulter son dossier. Mais il est évident, à la lecture des rapports dans son dossier en Oregon, que son comportement s'est spectaculairement amélioré. Il y a de nombreuses lettres des psychiatres et des employés de la prison qui affirment que Gary était coopératif et amical. *Il ne souffre d'aucune maladie psychiatrique, organique, ou nécessitant des procédures ou des examens spécifiques*, écrivait un médecin. *D'un point de vue psychiatrique (neuropsychiatrique), il a probablement tiré le bénéfice maximum de ce que le pénitencier de Marion, Illinois, peut lui offrir.* On estimait à Marion que Gary devait être renvoyé en Oregon. De plus, il y avait un autre problème : le transfert, en toute probabilité, n'avait pas été légal, et si Gary trouvait le moyen de le faire valoir, ils seraient probablement forcés de l'accepter en Oregon, que ça leur plaise ou non.

Mais Cupp demeurait inflexible. Dans un mémo daté de juin à l'intention de l'administrateur adjoint du service pénitentiaire d'Oregon, Cupp déclarait : *Je demeure catégoriquement opposé au retour de Gary Gilmore au pénitencier d'État d'Oregon. Nous l'avons déjà vu suivre cette voie par le passé, puis recommencer à causer des problèmes. Étant donné la pression actuelle, je ne souhaite pas le retour de cet homme avant au moins six mois.*

Que ça lui plaise ou non, Gary était coincé là, à mille cinq cents kilomètres de chez lui.

Un jour du début novembre 1975, ma mère et Frank étaient dans le salon du mobile home, en train de discuter des moyens de rapatrier Gary, quand ma mère s'est interrompue en milieu de phrase. Son visage est aussitôt devenu blême, elle a ouvert la bouche comme pour dire quelque chose, puis elle s'est mise à cracher du sang. Il a jailli avec une telle force qu'il a aspergé les murs du mobile home. Elle est tombée de sa chaise. Frank s'est précipité vers elle et a tenté de lui soulever la tête.

« Maman. Maman ! Qu'est-ce qui ne va pas ? »

Mais elle ne pouvait pas répondre, et le sang continuait de jaillir. Frank a couru jusqu'au bureau de la logeuse, il lui a expliqué ce qui se passait et demandé d'appeler une ambulance. À son retour, ma mère tentait de regrimper sur sa chaise.

« Je ne veux pas d'ambulance, a-t-elle déclaré. Ça va aller. C'est juste quelque chose que j'ai mangé. Je n'aime pas les hôpitaux. Ils m'effraient. »

Puis elle s'est de nouveau écroulée, évanouie.

À son réveil plusieurs heures plus tard, elle était dans un lit d'hôpital. Elle a regardé autour d'elle. Elle connaissait cette chambre. Elle connaissait ce lit. C'était l'endroit même où Gaylen gisait tandis que la vie le quittait. Ma mère a appelé une infirmière en hurlant.

Depuis des années, ma mère était gênée par la progression de son arthrite. Elle prenait de l'aspirine pour soulager la douleur, mais ça n'aidait pas beaucoup. Chaque fois que je la voyais, je remarquais que ses mains étaient de plus en plus défigurées. Ses doigts commençaient à se recourber sur eux-mêmes, telles des griffes de petit oiseau, et ses pieds la traînaient difficilement d'un endroit à l'autre. La maladie de ma mère commençait à la ralentir au travail, et nous savions tous que tôt ou tard elle serait forcée de démissionner.

Frank et moi avions plusieurs fois essayé de l'inciter à voir un médecin, mais ça ne servait à rien. Ma mère n'aimait pas les médecins et elle ne leur faisait pas confiance, et, surtout, elle n'était pas le genre de personne qu'on pouvait forcer à faire quoi que ce soit contre son gré. À cet égard, nous étions bien ses fils.

Alors ma mère continuait de prendre de l'aspirine. C'était sa seule défense contre la douleur. Mais ce que nous ne savions pas, c'était qu'elle en prenait des doses massives – parfois jusqu'à un flacon par jour. Tous ces médicaments lui foutaient l'estomac en l'air, et le jour où elle avait craché du sang devant Frank, c'était parce qu'une perforation avait progressé en elle, et qu'elle avait choisi cet instant précis pour arriver à son terme. Si Frank n'avait pas été là, elle serait probablement morte dans son sang sur le sol crasseux de la cuisine.

Maintenant, à l'hôpital, elle passait son temps à osciller entre veille et inconscience, et les médecins étaient presque certains qu'ils allaient devoir opérer pour la sauver. Ils voulaient le consentement d'un membre de la famille. Frank était réticent à donner le sien, puisque l'opération nécessiterait une transfusion de sang – une pratique qui allait à l'encontre de sa foi en tant que Témoin de Jéhovah. J'ai donc appelé le médecin de ma mère et lui ai dit que j'assumais la responsabilité de la décision. S'il fallait opérer, qu'ils le fassent. Ils devaient faire tout ce qui serait nécessaire pour lui sauver la vie.

Deux jours après son hospitalisation, ma mère a été opérée. Son estomac était en si mauvais état que les médecins ont dû en enlever la moitié et recoudre le reste en un petit sac. Elle aurait du mal à manger ; elle devrait suivre un certain régime, et si elle ne s'y tenait pas, la perforation risquait de se rouvrir.

La première fois que je suis allé voir ma mère à l'hôpital, elle était toujours inconsciente. Elle était reliée à des tuyaux, et on aurait dit un cadavre. Je m'attendais vraiment à ce qu'elle meure, même avec l'opération. Et plus tard, quand elle est sortie de l'hôpital et rentrée à la maison, j'ai mis un moment à ravoir une relation normale avec elle. Je m'étais préparé à sa mort – j'avais l'impression d'avoir déjà fait mon deuil. Bizarrement, le fait qu'elle soit en vie ne semblait pas réel. J'étais content qu'elle le soit, mais j'appréhendais aussi l'idée de devoir vivre de nouveau sa mort un jour. Une fois semblait suffire amplement.

Le délabrement physique de ma mère compliquait encore plus la situation de Gary. Il a écrit plusieurs lettres aux administrateurs du système pénitentiaire pour demander son retour en Oregon. Sa mère avait failli mourir, expliquait-il, et il craignait qu'elle ne le revoie plus jamais vivant s'il ne rentrait pas bientôt à la maison. Il voulait remettre sa vie en ordre, disait-il. Il voulait obtenir une libération anticipée et s'occuper de sa mère.

Ça plaçait le pénitencier de l'Oregon dans une situation délicate. Leurs motifs légaux de maintenir Gary à Marion étaient au mieux ténus, et maintenant il y avait une question morale. Quoi qu'aient pu penser de Gary les responsables ou les administrateurs, ils ne doutaient pas de la profondeur de l'amour entre lui et sa mère. Le directeur, cependant, était toujours opposé à son retour. Dans une lettre au Département pénitentiaire d'État, il écrivait : *Le retour de Gary à la prison d'État d'Oregon au moment présent est, à mon avis, un risque calculé qui présente une certaine imprévisibilité et un grand danger. Je préférerais éviter ce risque. D'après les informations qui m'ont été communiquées, la délégation de la commission de libération doit interroger Gary ce mois-ci. Nous aurons peut-être quelques indications des mesures à prendre lorsque l'évaluation de la commission sera présentée.* Le Département pénitentiaire a répondu, informant Cupp que cette fois il n'aurait peut-être pas le choix. Gary se comportait bien à Marion, et sa mère était désormais en mauvaise santé. S'il ne retournait pas à OSP, il serait peut-être nécessaire de le libérer.

Pendant ce temps, Gary avait entamé une correspondance avec ma cousine Brenda, à Provo. Brenda était la fille de la sœur préférée de ma mère, Ida, et de l'oncle préféré de tout le monde, Vernon. Depuis leur enfance, Brenda et Gary s'adoraient, même si, comme nombre d'entre nous, Brenda s'était éloignée de Gary au fil des ans. Mais maintenant, comme ils recommençaient à s'écrire, elle voyait un nouvel aspect de Gary émerger : il était plus réfléchi vis-à-vis de ses erreurs, et commençait à désirer ardemment le genre de vie de famille dont ses années d'incarcération l'avaient privé. C'était clairement un homme intelligent, et, quand il le voulait, un homme manifestement compatissant. Brenda estimait que Gary était probablement désormais prêt à évoluer au sein de la société, et qu'il était du devoir de la famille de l'accepter et de lui donner un nouveau départ. Suite à une série complexe de correspondances entre Brenda, Gary, le Département pénitentiaire d'Oregon et les administrateurs de Marion, une libération a été décidée. Gary serait placé sous la garde de sa famille en Utah – ma cousine Brenda et son mari Johnny, et Vern et Ida. Il devrait trouver un emploi, oublier ses mauvaises habitudes criminelles, et rencontrer un contrôleur judiciaire régulièrement. S'il obéissait à ces conditions pendant quelques mois, alors il serait autorisé à se rendre en Oregon pour voir ma mère, et peut-être même à s'y installer. En attendant, ma mère était toujours libre de se rendre en Utah, si sa santé le permettait, et de voir son fils.

Le 9 avril 1976, Gary a été relâché de Marion, Illinois, et après un trajet en bus jusqu'à Saint Louis, Missouri, il a pris l'avion jusqu'à Salt Lake City, Utah. Brenda et son mari Johnny sont allés le chercher à l'aéroport et l'ont amené à sa nouvelle maison de Provo.

Ma mère était aussi surprise par cette nouvelle que moi. Je n'avais pas la moindre idée que des négociations étaient en cours en vue de la libération de Gary. Quand ma mère m'a appris que mon frère allait être placé sous la garde d'une famille qu'il n'avait pas vue depuis près de trente ans, qui plus est au cœur de l'une des communautés mormones les plus pieuses et strictes d'Utah, je me souviens avoir dit : « Ça ne me semble vraiment pas une bonne idée. » Mais je m'en suis aussitôt voulu d'avoir dit ça. Après tout, voulais-je que Gary passe le restant de sa vie en prison ? Ne méritait-il pas une nouvelle chance ?

Il est des jours qui changent toutes les possibilités de votre vie – ce que vous comprenez de votre passé, ce que vous pouvez espérer de l'avenir. Des jours qui vous disent que plus rien ne sera jamais comme avant. Que vous allez devoir vivre à jamais avec ce qui est arrivé. Pour ma famille – et pour de nombreux autres –, ces jours sont arrivés à la fin juillet 1976.

Voici comment nous avons appris la nouvelle :

C'était une chaude journée à Willamette Valley, Oregon. Dans ces circonstances, ma mère trouvait l'espace confiné de son mobile home désagréable. Quelques mois auparavant, à cause de ses problèmes de santé, elle avait été obligée d'abandonner son emploi de serveuse au restaurant de Milwaukie. Elle vivait désormais grâce à ses allocations de Sécurité sociale, et grâce à ce que Frank rapportait de ses boulots de surveillance et d'ouvrier. Elle s'aventurait rarement hors de la maison. L'effet combiné de son opération et de son arthrite l'avait transformée en une sorte de recluse – chose qu'elle désirait probablement depuis des années.

Son moral n'était cependant pas mauvais. Gary était sorti de prison, et il était amoureux d'une belle jeune femme à Provo. Seulement quinze jours plus tôt, elle avait reçu une lettre de lui. *Je ne savais pas que je pouvais être aussi heureux*, avait-il écrit. Il lui avait aussi demandé si elle viendrait le voir en Utah s'il lui envoyait de quoi couvrir les frais et s'arrangeait pour qu'elle voyage confortablement. Il avait hâte de la voir. Par ce chaud après-midi, ma mère avait traîné sa chaise sur la petite terrasse à l'avant de son mobile home et était assise là à s'éventer, songeant à l'invitation de Gary et à combien elle voulait le voir. Elle pensait avoir juste assez de force pour effectuer le voyage. Ça serait agréable de revoir l'Utah.

Soudain le téléphone a sonné.

Ma mère est retournée dans le mobile home, de sa démarche boiteuse et lente, et a fini par atteindre le téléphone. Il lui fallait toujours un bon bout de temps pour décrocher, la personne qui appelait était donc habituée à laisser le téléphone sonner longuement.

Elle a répondu, et c'était Brenda à l'appareil, qui a demandé à parler à Frank. Ma mère a trouvé ça bizarre.

« Il n'est pas là, Brenda. Il est au travail. Il y a quelque chose qui ne va pas ? Est-il arrivé quelque chose à Gary ? Quel est son problème ?

— Il va bien, tante Bessie. Mais je crois que je ferais mieux d'attendre et de parler à Frank.

— Brenda, dis-moi ce qui se passe. »

Elle a entendu Brenda prendre une profonde inspiration.

« Bessie, ils ont arrêté Gary pour meurtre avec préméditation. Il a abattu deux hommes d'une balle dans la tête, puis il s'est tiré dans le pouce. »

Brenda avait l'habitude d'être directe quand il le fallait, mais cette fois, c'était trop pour ma mère.

« Je ne te crois pas, a-t-elle répondu à Brenda. Le Gary que je connais ne ferait pas une telle chose.

— Eh bien, Bessie, tu ferais bien de le croire. Il a tué deux jeunes mormons. »

Brenda a alors passé le combiné à Vern, qui a confirmé ce que Brenda venait de dire et ajouté quelques informations sur les meurtres.

« Je crois que tu ferais bien de t'armer de courage, Bessie. Ils ont récemment rétabli la peine de mort ici. Les gens sont en colère. Je crois qu'ils vont tuer Gary. »

Ma mère a raccroché et tenté d'appeler Gary dans sa prison en Utah. Quand un agent de police a répondu, elle lui a dit qui elle était.

« Ne tuez pas mon garçon, a-t-elle dit à l'agent, en larmes. S'il vous plaît, ne le tuez pas. Nous avons tant fait pour le faire sortir. »

L'agent a répondu avec délicatesse. Il a expliqué que personne à la prison n'avait la moindre intention de faire du mal à Gary. Puis il est allé prévenir mon frère que sa mère était au téléphone et qu'elle voulait lui parler.

« Dites-lui que je suis pas là, a répondu Gary.

— Très drôle, Gilmore. Vous allez lui parler ou non ?

— Non. Je ne sais pas ce que je pourrais lui dire. »

« J'étais au boulot, je coupais des arbres et je repeignais des clôtures cette semaine-là, m'a par la suite expliqué Frank. C'était physiquement dur, mais c'était le genre de travail qui me rendait heureux.

« Je me suis arrêté sur le chemin du retour pour faire des courses, histoire de nous préparer un dîner à maman et à moi. Je suis arrivé avec ce gros sac, et maman a dit : "Pourquoi ne poses-tu pas tes courses. J'ai quelque chose à te dire." J'ai donc posé le sac et, quand je me suis retourné, je l'ai vue qui pleurait. Au début, j'ai cru que l'un des frères était blessé. Alors je lui ai demandé.

J'ai dit : "Mince, j'espère que les frangins vont bien." Et elle a répondu : "Oui, tes frères vont bien, mais… mais Gary a assassiné quelqu'un à Provo."

« C'est comme ça que je l'ai appris. Elle m'a dit ça, et tu sais comment elle n'arrêtait pas de pleurer – on ne comprenait rien de ce qu'elle racontait. Elle s'est finalement suffisamment calmée pour me raconter ce qui s'était passé – qu'il avait été arrêté pour deux meurtres, l'un dans une station-service, l'autre dans un motel, à chaque fois lors de vols à main armée, et à chaque fois, apparemment, de sang-froid. Je me souviens que je suis juste resté assis là. J'ai mis deux heures à me relever et à bouger. Je suis juste resté là, totalement déprimé. J'ai fini par nous préparer quelque chose à manger, puis j'ai écrit une lettre à Gary. La première chose que j'ai écrite, en lettres énormes, c'était : QUE S'EST-IL PASSÉ, GARY ? Puis j'ai ajouté quelque chose en dessous et j'ai envoyé la lettre. Quand il m'a répondu, je me souviens qu'il ne disait pas ce qui s'était passé. Il avait juste écrit : "Je suis en prison." C'est tout. »

J'ai demandé à Frank s'il avait eu l'impression que sa vie s'était arrêtée après avoir appris la nouvelle.

« Pendant plusieurs heures, oui. J'ai mis plusieurs heures à encaisser le coup. Ce n'est pas une chose qu'on veut entendre, et puis, on avait déjà eu tellement de galères à cause de Gary. L'autre chose, c'est que je me souviens que je n'étais pas simplement heureux parce que j'avais un travail que j'aimais pour une fois, ou parce que je travaillais avec des gens que j'appréciais. J'étais heureux parce que, pour la première fois depuis des années, je ressentais une paix intérieure. Tout le monde dans la famille était hors de prison, et rien que ça, c'était inhabituel. Et quand je rentrais du boulot à cette époque, j'entendais maman dire des choses comme : "Oh ! Gary travaille et il a une petite amie et ils ont un petit logement." Et je pensais : merde, il vit vraiment comme un être humain, comme un être humain normal. Tout le monde dans la famille est hors de prison et se porte bien, et ça me rendait vraiment heureux. Et puis, quand je suis rentré et que j'ai appris ça, c'était comme si on était revenus en arrière. En plus, cette fois, il s'agissait de meurtres. Alors je me suis dit : bon, il ne sortira plus jamais. Plus maintenant. Je ne ressentirai plus jamais cette paix intérieure que m'inspirait le fait que nous étions tous libres et sur la bonne voie.

« Sa libération m'avait tellement fait plaisir – ça m'avait vraiment rendu heureux. C'était une chose que je voulais au fond de moi. C'était comme découvrir une mine d'or, puis s'apercevoir qu'elle se situait au-dessus d'un piège mortel. Pour moi, ça a été vraiment douloureux. »

J'ai été le dernier à savoir. Ma mère ne m'avait pas appelé pour me prévenir. Elle ne pouvait s'y résoudre.

Comme Frank, j'avais le sentiment que tout roulait. J'avais quitté mon boulot à la clinique pour drogués – voir des gens faire les mauvais choix et y laisser parfois leur peau me semblait une carrière déprimante. Deux ans plus tôt, j'avais finalement trouvé le courage de faire une chose que je voulais faire depuis des années : j'avais commencé à écrire sur la musique. J'écrivais désormais pour des journaux locaux, et je commençais à vendre des articles à des publications nationales. J'étais plein d'espoir.

Je travaillais aussi dans une boutique de disques du centre-ville de Portland, pour aider à payer les factures. J'adorais être entouré de musique et fréquenter la plupart des clients, mais le boulot avait parfois ses mauvais côtés. Nous devions de temps à autre pincer les voleurs à l'étalage, et cette obligation nous plaçait face à une violence potentielle. Deux semaines plus tôt, je m'étais retrouvé face à toute une famille de voleurs qui avaient des cassettes plein leurs manteaux et leurs sacs. Quand je les avais arrêtés à la porte, ils m'avaient menacé de couteaux. Heureusement pour moi, un collègue avait appelé la police, et les flics étaient arrivés à l'instant même où les couteaux étaient apparus.

Plus tard, quand l'affaire avait été portée devant le tribunal, le juge avait demandé à une femme qui avait sorti un couteau ce qu'elle faisait avec ça dans son sac.

« J'allais à un pique-nique », avait-elle répondu.

Le juge avait ri.

« Un pique-nique avec un *cran d'arrêt* ? »

Un vendredi soir, neuf jours après l'arrestation de Gary, je suis rentré du boulot, claqué après avoir passé huit heures debout par une chaude journée. Comme je devais ouvrir le magasin le lendemain matin à 10 heures, j'avais laissé passer l'occasion d'aller boire avec des amis et j'étais rentré chez moi.

La Horde sauvage, la prosternation de Sam Peckinpah devant la violence et l'horreur, passait à la télé, et tandis que je m'installais sur le canapé pour le regarder, j'ai saisi la dernière édition de *The Oregonian*. J'ai failli passer un article en page 2 dont le titre disait UN HOMME ORIGINAIRE D'OREGON ARRÊTÉ POUR LES MEURTRES EN UTAH, mais j'ai instinctivement commencé à le lire : *Gary Gilmore, 35 ans, a été inculpé pour le meurtre de deux jeunes employés durant les hold-up d'une station-service et d'un motel...* J'ai continué de lire, hébété, que Gary avait été arrêté pour avoir tué Max Jensen et Ben Bushnell lors de deux nuits consécutives du mois de juillet. C'étaient deux jeunes types, à peu près de mon âge, et tous deux laissaient derrière eux une femme et un enfant.

J'étais abasourdi. J'ai reposé le journal, suis allé dans la cuisine, et j'ai vomi dans l'évier. Ma petite amie Andrea est arrivée, alarmée. « Qu'est-ce qui se passe ? » a-t-elle demandé. Je lui ai dit.

J'ai passé le reste de la soirée sur le canapé, à lire et relire le compte rendu sommaire. J'éprouvais de la honte, du remords, de la culpabilité… et de la rage. Ça aurait pu être moi, pensais-je, j'aurais pu être la victime d'un vol absurde.

Le lendemain, je suis allé voir ma mère à Oak Grove, à dix kilomètres de ma maison à Portland. Je n'avais aucun moyen de savoir si elle avait déjà appris la nouvelle, à part en lui téléphonant, ce qui me semblait trop distant et trop froid. Je m'en faisais pour sa santé. Elle avait maintenant 63 ans, et elle ne s'était jamais complètement remise de son opération plusieurs mois auparavant, et bien sûr elle ne s'en remettrait jamais. Il s'est avéré qu'elle était au courant des meurtres depuis plus d'une semaine mais qu'elle n'avait pu se résoudre à m'avertir. Nous sommes restés assis là dans l'atmosphère étouffante de son sinistre mobile home, nous regardant par-dessus un abîme d'histoire commune dévastée, et j'ai finalement commencé à comprendre qu'elle avait toujours été bien plus proche de l'horreur que moi. En larmes, elle a demandé :

« Peux-tu imaginer ce que ça fait quand un fils qu'on aime prive deux autres mères de leur fils ? Si j'avais été là, il n'aurait jamais tué ces deux garçons. Je sais que j'aurais pu l'empêcher, que j'aurais pu calmer la rage en lui. »

Puis elle a caché son visage, et toutes les larmes qu'il contenait, entre ses mains.

Entre sa libération et ces nuits fatidiques de juillet, Gary avait brièvement eu un job dans le magasin de chaussures de son oncle Vernon, et il avait rencontré et était tombé amoureux de Nicole Barrett, une belle jeune femme mère de deux enfants. Mais Gary avait aussi du mal à réfréner certains vieux appétits moins prometteurs. Presque immédiatement après sa libération, il s'est mis à boire régulièrement, et il a aussi commencé à prendre du Fiorinal, un médicament contre les douleurs musculaires et les maux de tête qui, à forte dose, pouvait engendrer de sérieuses sautes d'humeur et des dysfonctionnements sexuels. Gary a apparemment connu les deux effets secondaires. Parfois, il malmenait Nicole à cause d'un rapport sexuel foireux ou parce qu'il s'imaginait qu'elle flirtait avec d'autres hommes. D'autres fois, il cherchait la bagarre à des types autour de lui, les frappant par-derrière, menaçant de leur défoncer le visage avec un démonte-pneu qu'il faisait tourbillonner comme une matraque. Bientôt, Gary a perdu son travail, trahi le soutien de sa famille en Utah, et apparemment cherché des noises à pratiquement tout le monde autour de lui. Il buvait plus ; il se gavait de médicaments. Il s'est mis à pénétrer dans des boutiques et à en ressortir avec ce qu'il voulait sous le bras, fusillant du regard les caissiers, comme pour leur dire qu'il faudrait qu'ils soient dingues pour essayer de l'en empêcher. Et il a commencé à rapporter des armes à la maison. Il s'asseyait sous la véranda à l'arrière, et tirait en direction des arbres, des clôtures, des couchers de soleil. « Vise le soleil, disait-il à Nicole. Vois si tu peux le faire tomber. »

Un jour, il a tabassé Nicole une fois de trop, et elle a décidé qu'aucun homme ne la frapperait plus. Elle a fait ses valises, attrapé ses enfants, et quitté la maison. Gary a tenté de la faire revenir, mais elle a refusé. Ça a continué comme ça pendant un moment, jusqu'à ce que Nicole mette une plus grande distance entre

Gary et elle. Alors Gary a déclaré à un ami qu'il allait peut-être la tuer.

Par une nuit à la chaleur épaisse de la fin juillet, Gary a roulé jusqu'à la maison de la mère de Nicole et persuadé la petite sœur de son ancienne petite amie, April, de venir faire une virée avec lui dans son pick-up blanc. Il lui a dit qu'il voulait se balader et boire des bières et chercher Nicole. Ils ont roulé pendant des heures, écoutant la radio, parlant à bâtons rompus, jusqu'à ce que Gary s'arrête à l'angle d'une station-service dans la petite ville voisine d'Orem. Il a demandé à April de l'attendre dans la camionnette. Il est entré dans la station-service, où l'employé de 26 ans, Max Jensen, travaillait seul. Il n'y avait pas d'autres voitures. C'était une de ces nuits vides d'Utah. Gary a tiré un calibre 22 automatique de son blouson et ordonné à Jensen de vider ses poches. Il lui a piqué son changeur de monnaie. Puis il a mené le jeune employé jusqu'aux toilettes à l'arrière et l'a forcé à s'allonger par terre. Il lui a dit de placer les mains sous son ventre et d'appuyer son visage contre le sol. Jensen s'est exécuté, et il a tenté de sourire à Gary. Gary a collé le canon de son arme contre la base du crâne de Jensen. « Celle-ci est pour moi », a-t-il dit, et il a appuyé sur la détente. Puis : « Celle-ci est pour Nicole », et il a tiré une fois de plus.

Gary a regagné le pick-up et il est monté dedans. April l'avait attendu avec la radio à fond, mais elle savait qu'il se passait quelque chose. Elle avait la trouille.

Après avoir roulé un moment, ils sont allés voir *Vol au-dessus d'un nid de coucou* dans un drive-in. Mais le film dérangeait April – qui avait passé quelque temps dans un hôpital psychiatrique après une mauvaise expérience au LSD qui s'était terminée en viol collectif – et elle a forcé Gary à partir avant la fin. Ils se sont arrêtés chez sa cousine Brenda, mais la visite s'est mal passée. Brenda devinait que quelque chose clochait. Finalement, ils ont atterri dans un Holiday Inn, où ils ont fumé quelques joints et où Gary a tenté d'ôter ses vêtements à April. Mais elle flippait trop et a refusé de coucher avec lui.

Le lendemain soir, Gary est entré dans le bureau d'un motel à quelques portes de la maison de son oncle Vernon à Provo. Il a ordonné à l'homme derrière le guichet, Ben Bushnell – un autre jeune mormon – de se coucher par terre, puis il lui a tiré une balle derrière la tête. Il est ressorti du motel avec la caisse sous le bras et a tenté de planquer son pistolet sous un buisson. Mais le coup est parti et il s'est retrouvé avec un trou dans le pouce.

Gary a alors décidé qu'il était temps de quitter la ville. Mais il devait d'abord s'occuper de son pouce. Il a roulé jusqu'à la maison d'un ami nommé Craig et téléphoné à Brenda. Entre-temps, un témoin avait reconnu Gary sortant du lieu du second meurtre, et la police avait contacté Brenda. Elle avait les flics sur une ligne, et Gary sur l'autre. Elle a essayé de gagner du temps pour qu'ils puissent installer un barrage routier. Au bout d'un moment, Gary a compris que Brenda n'allait pas l'aider, et il a regagné son pick-up et pris la direction de l'aéroport local. Quelques kilomètres plus loin, juste devant la maison de sa petite amie Nicole, il s'est retrouvé cerné par des voitures de police et des tireurs d'élite. Il a été arrêté pour le meurtre de Bushnell et, un ou deux jours plus tard, il confessait le meurtre de Max Jensen.

Gary a été jugé deux mois plus tard, mais l'affaire était réglée d'avance. En plus, Gary n'arrangeait pas son cas en refusant d'autoriser ses avocats à appeler

Nicole à la barre en tant que témoin de la défense. (Nicole et Gary étaient alors réconciliés ; elle s'était sentie terriblement coupable après son arrestation et lui rendait désormais visite en prison plusieurs heures par jour.) Par ailleurs, Gary n'aidait pas en regardant d'un air menaçant les membres du jury et en proposant des témoignages hostiles à sa propre encontre. Ni le verdict ni la sentence n'ont été une surprise : Gary a été déclaré coupable et condamné à mourir. Il a informé le juge qu'il préférait être fusillé plutôt que pendu.

Ma mère m'a téléphoné le soir de la sentence originale de Gary, le 7 octobre, pour me dire qu'il avait été condamné à mort. Je me suis retrouvé à répéter les paroles de consolation que me prodiguaient mes amis. « Maman, ils n'ont exécuté personne dans ce pays depuis dix ans et ils ne vont pas recommencer avec Gary. »

J'ai raccroché et suis allé m'asseoir au bord du trottoir devant ma maison. Je suis resté là longtemps, à regarder la rivière proche, jusqu'à ce que ma petite amie sorte et passe un bras autour de moi.

« Je sais que c'est horrible, a-t-elle dit. Mais tu sais qu'ils ne le tueront pas. On ne met plus les gens à mort en Amérique.

— Non, ai-je déclaré après un moment, tu ne comprends pas. Il va mourir. Ils vont l'exécuter. Il est né pour ça. »

Pendant des semaines après les meurtres et la condamnation à mort de Gary, j'ai éprouvé du chagrin et de la colère, et une profonde et douloureuse humiliation. Je ne pouvais pas croire que mon frère nous abandonnait avec tant d'horreur et de honte, et je ne pouvais pas lui pardonner ce qu'il avait fait aux familles de Max Jensen et Ben Bushnell. Je priais pour que cet horrible épisode prenne fin d'une manière ou d'une autre – pour que Gary croupisse pour le restant de sa vie dans le néant infect d'une prison d'Utah.

Puis j'ai essayé de reprendre le cours de ma vie. J'avais raconté à mes amis proches ce qui était arrivé à Gary – je me disais que je devais leur laisser une chance de décider s'ils voulaient être amis avec le frère d'un assassin – mais je n'avais rien dit aux rédacteurs ou aux journalistes avec qui je travaillais. Je croyais toujours pouvoir suffisamment cacher cette horrible vérité en moi pour qu'elle ne déborde pas sur le reste de ma vie et ne vienne pas gâcher les rêves qui me restaient.

À l'automne 1976, j'ai appris que *Rolling Stone* avait accepté de publier un de mes articles. J'étais content. Depuis que j'avais commencé à lire ce magazine, mon rêve avait été d'écrire un jour dedans. Début novembre, je suis allé à San Francisco pour travailler à un article et rencontrer les rédacteurs du magazine. Nous nous sommes bien entendus, et mon principal rédacteur, Ben Fong-Torres, m'a fait savoir qu'il aimerait que je travaille de nouveau pour eux. Je n'avais qu'une seule hâte : rentrer à la maison et annoncer ça à ma petite amie.

À ma descente d'avion à l'aéroport de Portland, j'ai entendu mon nom jaillir du haut-parleur : « Monsieur Mikal Gilmore. Merci de décrocher un téléphone rouge. Il y a un appel d'urgence pour vous. »

J'ai décroché. C'était Andrea. « Je suis désolée d'être en retard. J'ai été tout l'après-midi avec ta mère. Elle a eu un accident – elle est tombée. Je crois que tu devrais venir la voir sur-le-champ. »

Andrea s'est arrangée pour qu'un de nos amis, Michael, vienne me chercher à l'aéroport. Je devinais à sa façon d'être, tandis qu'il me conduisait au mobile home de ma mère, qu'il en savait plus qu'il n'en disait. Il était grave et silencieux.

À mon arrivée, ma mère m'a montré un article en une de *The Oregonian* : LE MEURTRIER DÉTENU DEMANDE À L'UTAH DE LE METTRE À MORT. Pendant que j'étais à San Francisco, Gary avait renoncé à son droit d'appel et de révision et demandait que son exécution ait lieu. Le juge du quatrième district, J. Robert Bullock, avait accepté, fixant la date au lundi 15 novembre.

J'étais stupéfait et furieux. Je me disais que Gary bluffait, mais je savais aussi que s'il y avait un État dans tout le pays qui serait heureux de consentir à sa requête, c'était l'Utah, avec sa passion pour l'expiation par le sang. Il s'avère que le même jour les avocats originaux de Gary avaient demandé un sursis – malgré ses protestations – et que la Cour suprême d'Utah l'avait accordé.

Ce soir-là, de retour chez moi, j'ai bu du vin en essayant de réfléchir à ce qui se passait. Je me souviens avoir pensé que *rien* ne serait plus comme avant. Que ce soit pour moi, ou pour ma famille, ou peut-être même pour la nation autour de moi. Je me souviens avoir pensé que le passé et l'avenir étaient désormais cloisonnés pour moi, et que tout ce qui restait, c'était un présent effroyable : un présent dans lequel s'était engouffré un cauchemar dont aucun de nous ne serait jamais délivré.

Le lendemain, j'ai décidé qu'il était temps de faire face à Gary. J'ai téléphoné à la prison de Draper. À mon immense surprise, Gary était au bout du fil en moins de deux minutes.

Le début de notre échange a été poli mais hésitant. Puis Gary n'a pas tardé à perdre patience.

« T'as quelque chose en tête ?

— Gary, tu es vraiment sérieux à propos de l'exécution ?

— Qu'est-ce que tu crois ?

— Je ne sais pas.

— Exact, tu ne sais pas. Tu ne m'as jamais connu. » Gary avait placé un obstacle que je ne pouvais franchir, et il en avait le droit. Je ne savais que répondre. « Écoute, a-t-il continué, d'un ton plus doux, je ne cherche pas à être méchant avec toi, mais cette chose va se produire, d'une manière ou d'une autre. Tu ne peux rien faire pour l'empêcher, et je ne tiens pas particulièrement à ce que tu m'aimes. Ce serait plus facile si tu ne m'aimais pas. Il semble que les seules fois où nous nous parlons, c'est quand quelqu'un meurt. Et ce coup-ci, c'est mon tour. »

Je ne m'étais pas attendu à ce que Gary prenne l'offensive. Je me sentais impuissant.

« Et maman ? ai-je demandé.

— Eh bien, je veux voir maman avant que ça arrive. Je veux vous voir tous. Peut-être que ça facilitera les choses. Mais ma décision est sérieuse, et je ne veux pas que toi ou quiconque s'en mêle. Ça ne regarde que moi. J'ai tué deux hommes, le tribunal m'a condamné à mourir, et maintenant j'accepte cette sentence. Je ne veux pas passer le restant de ma vie en jugement ou en prison. J'ai perdu ma liberté. Je l'ai perdue il y a longtemps. Maintenant, je vais juste les forcer à finir le boulot qu'ils ont commencé il y a vingt ans. »

J'ai commencé à répondre, puis je me suis interrompu.

« Qu'est-ce qu'il y a ? a demandé Gary.

— C'est dur d'entendre un tel truc de la bouche de quelqu'un qu'on aime.

— Hé ! j'ai pas besoin d'entendre ça, a coupé Gary. Je ne laisserai plus rien me faire souffrir, et je ne veux pas que tu croies que je suis une espèce d'artiste "sensible" sous prétexte que j'ai peint et écrit des poèmes. J'ai tué – de sang-froid. »

Un gardien a informé Gary que son temps était écoulé.

Le lendemain, j'ai appris aux informations télévisées que Gary était apparu devant la Cour suprême de l'Utah, et j'ai vu des images de mon frère que l'on menait à la salle d'audience menotté, j'ai vu son regard méfiant et perçant. J'ai eu pitié de Gary à ce moment-là, et aussi peur de lui, et je l'ai détesté d'imposer ça à lui-même et à notre famille. Je n'en revenais pas de son audace, de son détachement apparent alors qu'il cherchait à obtenir un suicide cautionné par l'État, un acte qui ne semblait pas moins prémédité qu'un meurtre.

Et puis, j'étais ébranlé de voir les aspects les plus douloureux et les plus intimes de l'histoire de ma famille exposés au grand jour. Du jour au lendemain, le passé que j'avais essayé de fuir était étalé partout. Gary apparaissait désormais aux informations nationales chaque soir de la semaine. Il était en une de tous les journaux que je voyais, et maintenant il me regardait fixement depuis la couverture de *Newsweek*. À l'intérieur du magazine, j'ai trouvé des photos de mes albums familiaux. Il y en avait une qui datait d'un lointain matin de Noël, sur laquelle mon père, Gary, Gaylen et moi posions alignés. Personne sur cette photo ne semblait très heureux. Bon Dieu – était-ce le Noël où Gary était venu me voir dans ma chambre pour prêcher sa philosophie de l'autohumiliation ?

La semaine où l'article de *Newsweek* a paru, j'ai reçu un coup de fil chez moi. « Êtes-vous Mikal Gilmore ? a demandé la voix à l'autre bout du fil. Je suis du *Los Angeles Times*, et j'aimerais discuter avec vous de votre frère Gary Gilmore. » J'ai répondu qu'il parlait au mauvais Gilmore et raccroché. Dans l'après-midi, j'ai fait changer mon numéro. Je savais que je ne pouvais pas échapper à ce qui se passait, mais je ne comptais pas y participer. C'est inimaginable, le vertige qu'on peut éprouver quand sa vie se retrouve sous les projecteurs.

J'étais furieux de voir comment toute cette histoire était considérée – comme une chose inévitable, un destin horrible contre lequel on ne pouvait rien. Je ne comprenais pas que les tribunaux américains modernes puissent mépriser les procédures, la structure et la logique de la loi simplement pour satisfaire un acte de bravade ou apaiser un désir de suicide. C'était comme si tout le monde était pris dans la nouveauté, l'excitation, l'horreur par procuration de l'événement, et que rien ne pouvait l'empêcher.

J'ai décidé que j'en avais assez. En dépit des souhaits de mon frère, j'irais consulter des autorités légales en Utah pour voir ce que la famille pouvait faire en vue d'empêcher l'exécution.

Le lendemain, le gouverneur sortant de l'Utah, Calvin Rampton, a ordonné un sursis, déférant l'affaire devant la commission de pardon de l'État, et s'attirant le surnom de « lâche moral » de la part de Gary. Le même soir, j'ai reçu un appel d'Anthony Amsterdam de la faculté de droit de Stanford, un expert opposant de longue date à la peine de mort, par ailleurs membre du barreau de la Cour suprême des États-Unis. Il a indiqué plusieurs lignes de conduite éventuelles. Un membre de la famille pouvait engager un avocat pour demander un sursis à la Cour suprême américaine, sursis dont la durée dépendrait de l'empressement de la cour à examiner l'affaire et de la décision qui résulterait de cet examen. Dans les faits, ça signifiait que Gary subirait un nouveau procès.

J'ai transmis cette information à ma mère, qui à son tour a parlé à Anthony Amsterdam. Nous avons convenu qu'il serait probablement judicieux de l'engager en attendant la décision de la commission de pardon.

Le matin du mardi 16 novembre, le lendemain du jour fixé pour l'exécution de Gary, Amsterdam m'a appelé pour m'annoncer que Gary et Nicole avaient tous les deux tenté de se suicider d'une overdose de sédatifs. C'est alors que j'ai pour la première fois réellement compris que toute tentative de sauver la vie de Gary risquait d'être vaine. Nous pouvons condamner les gens à mourir, ai-je pensé, mais pas à vivre. Cependant, Gary avait une longue histoire de tentatives de suicide, et il avait un jour clamé que la plupart n'avaient pas été sérieuses. Mais c'était des années auparavant, avec des lames de rasoir et des ampoules. Il n'avait à ma connaissance jamais tenté de se suicider avec des médicaments.

J'ai eu une autre conversation téléphonique avec Gary à cette époque, entre sa sortie d'hôpital et l'audience devant la commission de pardon. Il avait jeûné pour protester contre le refus de l'hôpital de le laisser communiquer avec Nicole, et il était de mauvaise humeur. J'ai essayé de lui expliquer que cette histoire affectait toute la famille, que c'était devenu un vrai cirque, et que ça allait à l'encontre de sa soi-disant dignité.

« Qu'est-ce que je te dois ? a-t-il sèchement rétorqué. Je ne te considère même plus comme mon frère. »

Je me suis énervé. J'étais épuisé à cause de toute la pression.

« Je suis écœuré par la manière dont tu t'es foutu de tout le monde, ai-je déclaré. Tu piétines la vie de nombreuses personnes pour satisfaire tes désirs égoïstes, et tu ne fais qu'insulter et mépriser ceux qui ne veulent pas te voir mourir. »

Il m'a raccroché au nez.

Le 30 novembre, la commission de pardon a décidé d'autoriser l'exécution. En anticipation de cette décision, je m'étais envolé pour San Francisco pour verser un acompte à Anthony Amsterdam, l'autorisant à agir au nom de ma mère.

Les événements se sont ensuite rapidement enchaînés. Le 3 décembre, la Cour suprême des États-Unis a accordé un sursis à l'exécution. Mais nos coups de téléphone à la prison étaient rejetés, et Gary a publié une lettre ouverte dans laquelle il demandait à ma mère de « s'occuper de ses affaires ». Durant cette période, ni Gary ni aucun de ses représentants légaux n'ont tenté d'entrer en contact avec le moindre membre de la famille en dehors d'Utah. Le seul contact de ce genre a eu lieu quand l'écrivain éditeur Larry Schiller, qui avait acheté à Gary les droits de publication et d'adaptation cinématographique de son histoire, a demandé à la sœur de ma mère Ida et à son mari Vernon Damico (qui était devenu l'agent de Gary à la place de Dennis Boaz, l'un des premiers avocats) de rendre visite à ma mère, soi-disant pour compenser les fois où ses conseils et ses sentiments avaient été méprisés.

Mais Vern et Ida ont laissé les affaires dont ils souhaitaient discuter de côté lorsqu'ils ont vu l'état de santé de ma mère et la manière dont elle vivait dans son mobile home. Vern est allé lui acheter quelques provisions pendant qu'Ida faisait un peu de ménage. Il y avait désormais des tensions entre ma mère et eux – ma mère estimait que la famille en Utah lui avait volé son fils, et qu'elle utilisait désormais son abominable célébrité à son propre avantage – mais il y avait aussi de l'amour. Ils étaient toujours une famille. Vern a tenu ma mère entre ses grands bras puissants pendant qu'elle pleurait, et Vern et Ida ont pleuré eux aussi.

Avant de repartir, Vern a tiré 1 000 dollars de son manteau et les a placés sur la table. Il a expliqué que Gary voulait qu'elle ait cet argent, pourvu qu'elle signe une décharge. Gary voulait aussi qu'elle cesse de s'opposer à l'exécution – ou du moins qu'elle mette un terme à toute action légale. Ma mère a regardé l'argent et déclaré : « Eh bien, cet argent serait certainement le bienvenu », puis elle a de nouveau fondu en larmes. Au bout du compte, elle a refusé de signer la décharge, et Vernon a été forcé de remporter l'argent. Cette affaire a mis tout le monde mal à l'aise.

Le matin du 13 décembre, la Cour suprême a levé son sursis, déclarant que Gary avait « renoncé en toute conscience et en toute intelligence à ses droits ».

Finalement, ma mère a réussi à joindre Gary au téléphone.

« Gary, a-t-elle dit, tu te souviens du jour quand tu étais petit où tu es tombé de la péniche à Seattle ? Je me suis jetée à l'eau et suis allée te chercher parce que je t'aimais. Je t'aime toujours autant qu'alors, et je me suis dit que j'allais me jeter à l'eau pour toi. Voilà de quoi il s'agit.

— Je n'étais pas en colère après toi, a répondu Gary. Je m'y attendais plus ou moins ; après tout, tu es ma mère. Je savais que tu essaierais de l'empêcher parce que je savais que tu m'aimais. Je savais aussi que tu le faisais pour Mikal. »

Gary a demandé à ma mère d'abandonner son intervention, et elle a accepté.

Le lendemain, le juge Bullock a reprogrammé l'exécution au 17 janvier, et Gary a été confiné à une

« cellule déshabillée » et s'est vu interdire toute visite, même de la part des membres de sa famille.

Quand Noël est arrivé, je me disais, et je le disais à tous ceux qui me posaient la question, que je me foutais désormais de ce qui arriverait. J'ai passé les vacances soûl, et souvent drogué. Ma petite amie était allée voir sa famille et, durant son absence, j'étais chaque soir avec une femme différente. Je prenais des somnifères parce que je n'arrivais pas à dormir sans. Et quand j'avais des insomnies, je tournais en rond dans ma maison, jetant des objets, brisant des souvenirs. Puis, une nuit, j'ai rêvé que Gary était ligoté à un poteau et qu'on lui donnait des coups de baïonnette, pendant que je me tenais de l'autre côté d'une clôture, incapable de l'atteindre. Le lendemain matin, j'ai appris qu'il y avait eu une nouvelle tentative de suicide, presque fatale. Soudain, j'ai désespérément voulu voir Gary, lui tendre une dernière fois la main, me réconcilier avec lui dans la mesure où le permettraient les circonstances. Et au même moment, je me suis aperçu que je ne m'étais pas encore résigné à l'idée de son exécution. Quoi qu'il arrive, je ne voulais pas qu'il meure.

3

Derniers mots

Au cours de la première semaine de janvier, Anthony Amsterdam, après des négociations avec les avocats de Gary – Robert Moody et Ronald Stranger – et les officiels de la prison, s'est arrangé pour que Frank et moi visitions Gary. La condition physique de ma mère l'empêchait de voyager. Richard Giauque, un avocat de Salt Lake City qui agissait au nom d'Amsterdam et de la famille en Utah, devait venir nous chercher à l'aéroport. Pour autant que nous sachions, ce serait « une visite unique, sans contact physique ».

Le lundi 11 janvier au matin, Frank et moi avons pris l'avion pour Salt Lake. Nous avons essayé de discuter un peu pendant le vol, mais bientôt mon frère s'est enfoncé dans un silence morose. Je devinais qu'il souffrait profondément à l'idée de ce qui nous attendait.

Son silence m'a donné l'occasion de réfléchir à des choses auxquelles je n'avais pas voulu réfléchir jusqu'alors. Je me rendais en Utah pour faire face à un homme auquel j'étais lié par le sang, un homme que je n'avais jamais vraiment connu, et avec qui j'avais désormais une relation glaciale. Je pouvais me dire que nous étions des gens très différents – c'est ce que je me disais depuis des années – et, à certains égards, c'était vrai. Gary était un assassin, pas moi. Mais en vérité, ce jour-là, nous étions tous les deux des monstres, chacun déterminé à parvenir à ses fins, au mépris des conséquences sur les autres.

J'étais bien disposé à faire tout ce qui serait nécessaire pour empêcher l'exécution de Gary – je ne croyais pas à la peine de mort, et l'exécution de Gary précipiterait à coup sûr son rétablissement – mais j'avais aussi d'autres raisons moins généreuses. Je ne voulais pas que Gary meure de cette manière parce que je ne voulais pas que sa mort anéantisse ma vie ou ce qui restait de la famille. Je ne voulais pas être le frère de l'homme qui avait rétabli la peine capitale aux États-Unis. J'estimais avoir droit à mes propres espoirs, et ces espoirs seraient réduits à néant si j'étais lié par le sang à une telle honte et une telle infamie. Je savais déjà qu'une partie du monde me jugerait pour les actes de Gary, et je ne voulais pas partager sa condamnation. J'avais encore toute la vie devant moi.

Pour parvenir à mes fins, pour gagner cette bataille, j'allais devoir imposer ma volonté. J'allais devoir entreprendre des démarches légales qui risquaient de repousser l'exécution de mon frère, peut-être pendant des années. Je savais que si je le faisais, je lui volerais cette étrange emprise qu'il avait sur l'histoire. Pire, je le condamnerais probablement à une autre forme de souffrance – attendre une mort plus lente, dans l'enfer d'une prison – et, malgré les horreurs commises par Gary, je ne doutais guère qu'il avait beaucoup souffert au cours des derniers mois, et que cette attente de la mort ne serait pas chose facile. Mais si je ne faisais pas souffrir Gary, alors ce serait nous autres qui souffririons. Je serais forcé de voir l'expression sur le visage de ma mère quand elle apprendrait que l'exécution avait eu lieu. Plus que tout, je ne voulais pas voir ma mère vivre ce moment.

Même si j'espérais sauver la vie de mon frère durant cette visite (et qu'est-ce que ça voulait dire ? Comment sauver la vie d'un homme dont l'âme était déjà perdue ?), je n'avais nullement l'impression d'être quelqu'un de bien ce matin-là. En fait, je ne me sentirais plus jamais comme quelqu'un de bien. Cette possibilité, sans parler de cette certitude, avait été abandonnée quelque part dans le ciel en vol. Quand l'avion a atterri, je me suis retrouvé dans un endroit où des gens décidaient qui vivrait et qui devrait mourir. C'était un endroit à la fois physique et spirituel, un endroit où il avait toujours été écrit que je finirais, comme il était écrit que Gary y finirait. Tel était le drame qui nous avait été donné de jouer.

Quand vous arriviez dans un tel endroit, la tache du sang vous souillait les mains et ne pouvait plus jamais être ni nettoyée ni oubliée.

Non, je n'étais pas quelqu'un de bien et je ne le serais plus jamais. L'élan de mon histoire familiale m'avait ôté cette possibilité.

À notre arrivée à Salt Lake City, Richard Giauque nous attendait à l'aéroport avec une Rolls-Royce. Il s'est immédiatement excusé de son côté « clinquant » – il avait dû emprunter la voiture de son associé à la dernière minute. Pendant le trajet vers Draper, Giauque a expliqué qu'il était possible d'obtenir un sursis jusqu'à ce que la constitutionnalité de la peine de mort en Utah soit établie.

La prison de Draper se situe dans un endroit de la vallée de Salt Lake connu sous le nom de « Pointe de la Montagne ». À cause de l'épaisse pollution dans la vallée, on n'a pas conscience des montagnes jusqu'à ce que la route sinueuse approche de la prison. Celle-ci est bâtie au centre d'un bassin plat entouré de hautes pentes abruptes et neigeuses. C'est peut-être la plus belle vue de toute la vallée.

Nous avons dû nous arrêter à un mirador central, où un garde nous a donné l'autorisation d'emprunter une route étroite jusqu'au quartier de haute sécurité, un petit bâtiment entouré d'un autre mirador et de deux clôtures en fil barbelé. Nous avons été informés que nous aurions droit à une visite de quatre-vingt-dix minutes sans interruption. Gary était toujours soumis à des restrictions maximales à ce stade et il n'avait techniquement même pas le droit de voir des visiteurs, sauf ses avocats. Cette visite de la famille était une « exception ». Nous avons été menés à une pièce ouverte de forme triangulaire où ne se trouvait aucun gardien, et informés que les contacts physiques seraient autorisés.

Gary a franchi les portes coulissantes d'un air nonchalant, vêtu d'une tenue de prisonnier blanche et de baskets rouge, blanc, bleu, faisant tournoyer un peigne et arborant un grand sourire. Ça faisait si longtemps que je n'avais vu que des photos et des films froids et sinistres que j'avais oublié combien il pouvait être charmant.

« Tu as l'air en pleine forme », a-t-il dit à Frank. Et à moi : « Et toi, tu es toujours aussi maigrichon. » Il a réarrangé les bancs devant la vitre qui donnait sur la salle de garde. « Pour que ces pauvres imbéciles puissent garder l'œil sur moi », a-t-il expliqué.

Pendant les premières minutes, nous avons parlé de tout et de rien, tentant de nous habituer à l'environnement en attendant d'aborder le sujet inévitable. Le visage de Gary s'est plissé lorsque nous avons évoqué la décision de Robert Excell White – un homme détenu au Texas dont la condamnation à mort avait été prononcée en même temps que celle de Gary – de se battre pour sauver sa vie. Il a haussé les épaules.

« Ouais, je suppose qu'on pourrait dire qu'il s'est dégonflé. Mais ça n'a rien à voir avec moi. Vous voyez, pendant un moment je me suis senti coupable à cause de toute cette histoire de peine capitale, et c'est en partie pour ça que j'ai voulu me tuer. Mais j'en ai marre que tout le monde me colle ça sur le dos. Je m'en fous de ce qui arrive à ces violeurs et à ces tortionnaires. Vous pouvez les descendre demain. Ce qui m'arrive à moi ne les affectera pas ; leurs dossiers seront jugés au cas par cas. »

J'ai abordé le sujet de l'intervention, mais Gary m'a aussitôt coupé.

« Écoute, je ne veux pas que quiconque s'en mêle, pas de soutiens extérieurs, pas d'avocats comme Amsterdam. » Il a tendu le bras et m'a saisi le menton, me regardant droit dans les yeux. « Il est en dehors de tout ça, j'espère. »

Avant que je n'aie le temps de répondre, la porte des visiteurs s'est ouverte et l'oncle Vernon et la tante Ida sont entrés. On nous avait promis une visite privée. Pour autant que je sache, nous n'aurions plus d'autre occasion de voir Gary, et ce que nous pensions être notre dernière conversation avec notre frère était à peine entamée depuis un quart d'heure que débarquaient l'oncle Vernon et la tante Ida, qui avaient tout à gagner à voir Gary s'asseoir sur une chaise en bois une semaine plus tard et autoriser cinq inconnus à lui tirer des balles dans le cœur. Ce Vernon et cette Ida-là – notre oncle, notre tante. J'étais si furieux que j'aurais voulu arracher leurs jolis sourires de leur putain de face et leur rentrer dans le lard.

Le reste de la visite a été exaspérant. Gary et Vernon ont assuré l'essentiel de la conversation, discutant des nombreuses personnes à qui Gary voulait laisser de l'argent et lâchant de temps à autre une blague macabre. Vernon avait apporté un sac plein de T-shirts verts ornés de la légende GILMORE – DÉSIR DE MORT et d'une photo scannée de Gary. Apparemment, les T-shirts avaient été commandés soit par Gary soit par Vernon. Ils ont envisagé la possibilité que Gary en porte un le matin de l'exécution, puis de le mettre en vente aux enchères. J'étais vert de rage. Au bout des quatre-vingt-dix minutes, la visite s'est achevée.

Comme nous partions, Gary m'a offert un T-shirt.

« Je ne suis pas sûr qu'il me sera d'une grande utilité, Gary.

— Bon, a-t-il répondu d'une voix traînante, souriant, il est un peu grand pour toi, mais je crois que tu peux prendre un peu de poids pour qu'il t'aille. »

J'ai accepté le T-shirt.

« Est-ce que je peux faire quelque chose pour vous tant que vous êtes en ville ? » a demandé l'oncle Vernon.

J'ai répondu que je voulais qu'il organise un rendez-vous avec les avocats de Gary, Ron Stranger et Moody, et avec Larry Schiller.

De retour à Salt Lake City, j'ai décidé de rester un peu plus longtemps et de tenter de voir Gary seul. Dans son bureau, j'ai expliqué à Giauque mon ambivalence face à la situation – que, d'un côté, j'étais fermement opposé à la peine capitale, quels que soient le crime ou le désir du condamné, mais aussi qu'il me semblait important de ne pas entamer d'action sans avoir donné à Gary l'avertissement approprié –, que je n'étais pas prêt à sauver la vie de Gary si au bout du compte il finissait par se suicider.

J'ai demandé à Giauque s'il pouvait me donner les noms de certains des journalistes qui étaient en ville pour couvrir cette affaire. Je me disais qu'un reporter avec des relations pourrait peut-être m'apprendre ce qui se passait dans les coulisses de cette situation complexe. La plupart des noms qu'il a mentionnés – des journalistes comme Geraldo Rivera – étaient des gens qui ne m'intéressaient pas. Il a alors mentionné Bill Moyers, l'ancien attaché de presse du président Lyndon B. Johnson, et un auteur et journaliste pour qui j'avais un grand respect.

« Pouvez-vous m'organiser un rendez-vous avec Moyers ? » ai-je demandé.

Deux heures plus tard, je dînais et buvais un ou deux verres dont j'avais grand besoin avec Moyers à son hôtel. Il s'interrogeait clairement sur ce qu'impliquait, d'un point de vue moral, le fait de couvrir cette histoire, et il n'était pas heureux de voir la peine de mort revenir aux États-Unis. Il a accepté de me parler et de me dire ce qu'il savait, et il m'a assuré qu'il n'utiliserait jamais les informations que je lui communiquerais sans mon autorisation. Il a ajouté que je ferais bien de me méfier des conseils que les avocats, les hommes d'affaires et les journalistes risquaient de me donner dans les jours à venir – qu'à la place je ferais mieux de me mettre en accord avec ma conscience et d'essayer de concilier ça avec les communications qu'il y aurait entre Gary et moi. Aujourd'hui encore, après tant d'années, je demeure certain que la sollicitude bienveillante de Bill Moyers a été l'un des éléments clés qui m'ont aidé à ne pas devenir dingue durant cette semaine.

À 21 heures ce soir-là, j'ai appelé Vernon pour lui demander si des arrangements avaient été convenus pour un rendez-vous avec Moody et Stranger. Les avocats n'étaient jamais disponibles, mais Schiller arrivait de Los Angeles par avion et était disposé à me rencontrer au Hilton de Salt Lake à 1 heure du matin. J'étais un peu éméché et j'avais besoin de dormir, mais je ne voulais pas laisser passer un rendez-vous avec le bienfaiteur de Gary.

Au Hilton, j'ai reconnu Schiller grâce à la photo de lui qui accompagnait l'article du *New West* du 20 décembre, « La marchandisation de Gary Gilmore », par Barry Farrell (qui est par la suite devenu l'un de ses chercheurs et collaborateurs) ; lui m'a reconnu grâce à ma ressemblance avec Gary. J'avais voulu rencontrer Schiller – qui avait une réputation un brin morbide à cause des interviews qu'il avait menées pour la biographie de Lenny Bruce écrite par Albert Goldman, et à cause de ses projets et articles sur Marilyn Monroe, Jack Ruby et la meurtrière de Sharon Tate, Susan Atkins – parce qu'il m'était apparu qu'il risquait d'essayer d'exploiter cette exécution à ses propres fins. De plus, je comprenais que, pour traiter avec Gary à ce stade, j'allais aussi devoir traiter avec l'homme qui avait acheté les droits de son histoire.

Schiller et moi avons parlé pendant près de deux heures. Nous avons chacun posé des questions précises sur ce qui nous amenait en Utah et sur l'intérêt que nous portions à Gary. Je lui ai expliqué franchement mes inquiétudes quant aux choix de Gary et leurs possibles ramifications, et Schiller a répondu avec compassion, sans toutefois aller jusqu'à les partager. Finalement, je lui ai posé ce que je considérais comme une question inévitable : Gary avait-il pour lui plus de valeur mort que vivant ?

Il a hésité quelques instants, puis a répondu :

« Il y a de nombreuses années, quand je travaillais en tant que photographe d'information, on m'a envoyé couvrir un incendie. Il y avait des pompiers qui portaient une personne par une fenêtre, et j'ai dû me demander si je devais prendre une photo de la scène ou poser mon appareil et les aider à mettre cette personne à l'abri. J'ai choisi de prendre la photo. J'ai décidé que mon obligation de journaliste était de préserver ce qui existait.

« Pour répondre à votre question, je suis ici pour enregistrer l'histoire, pas pour la faire. »

À la fin de la discussion, Schiller m'avait impressionné par sa franchise. Et puis j'avais foi en ses intentions envers les familles Bushnell et Jensen, et je me disais que je pouvais lui faire confiance quand il promettait de préserver la confidentialité de nos conversations. Il m'a reconduit à mon hôtel et, alors que je descendais de sa voiture de location, il m'a posé une curieuse question.

« Quel est votre deuxième prénom ? » Je le lui ai donné. Il l'a griffonné dans un carnet, puis il a noté un numéro de téléphone et me l'a tendu. « Vous pourrez me laisser un message à ce numéro quand vous aurez besoin d'entrer en contact, et vous pourrez me trouver soit au Hilton soit au Travelodge d'Orem. Mais utilisez juste votre deuxième prénom, pas votre nom de famille. Ce numéro est celui du bureau de Stranger, et vous ne devez pas le laisser savoir où vous logez. Gary n'a pas les meilleurs avocats de la ville, mais bon, ce n'est pas moi qui les ai choisis. »

J'ai essayé de téléphoner à Frank à son hôtel le lendemain après-midi, mais il avait libéré sa chambre. J'ai appelé ma mère en Oregon pour voir si Frank était rentré, mais pour autant qu'elle sache, il était toujours dans la région de Salt Lake. Cette fois, je devrais voir Gary seul.

En signant le registre des visiteurs à Draper, j'ai remarqué que Moody et Stranger avaient signé juste avant moi. J'ai jeté un coup d'œil en direction de la cabine téléphonique et les ai vus qui s'entretenaient avec Gary. J'ai expliqué à l'agent en charge que je voulais parler à mon frère en privé. Il a répondu qu'il ferait son possible, et m'a fait entrer dans la pièce triangulaire où je m'étais trouvé la veille. Je me suis assis dans le coin le plus éloigné, loin de la cabine téléphonique. Quelques instants plus tard, un garde est entré et a annoncé à Stranger que le responsable de la surveillance voulait le voir une minute. Après le départ de Stranger, Moody a demandé à Gary comment s'était déroulée la visite de la famille. Je n'ai pas pu entendre la réponse de mon frère. « Écoute, Gary, a continué Moody, Schiller a rencontré ton frère la nuit dernière au Hilton. Il pense que Mikal va peut-être tenter d'empêcher l'exécution. »

Je n'en revenais pas d'entendre ça. Je suis allé m'asseoir sur le banc le plus proche de la cabine. « Est-ce que tu savais que Giauque avait amené tes frères ici en Rolls-Royce hier ? »

Je n'ai pas entendu la phrase suivante, mais le nom de l'hôtel où je logeais y était mentionné.

Le gardien est de nouveau entré.

« Monsieur Moody, vous voulez bien m'accompagner une minute ? »

Comme il se levait pour partir, Moody a regardé avec insistance dans ma direction.

« Qui c'est ? » l'ai-je entendu demander, alors qu'il était plus loin dans le couloir.

J'ai dû attendre environ trente minutes avant que Gary n'arrive, il faisait tournoyer une casquette écossaise au bout de son doigt et portait un sweat-shirt noir sans manches. Stranger et Moody se tenaient derrière lui. Gary a fait les présentations.

« Désolé que nous devions nous rencontrer dans ces circonstances, a déclaré Stranger, mais si nous pouvons faire quoi que ce soit pour vous, passez-nous un coup de fil. »

J'ai acquiescé.

« Heu, je suis content que tu sois revenu », a dit Gary après le départ de Moody et Stranger.

Il s'est assis sur le dossier du banc.

« Gary, je ne veux plus jouer avec toi. J'ai surpris ce que t'ont dit tes avocats, et oui, c'est vrai, j'ai rencontré Schiller hier soir. J'envisage de demander un sursis. »

Le sourire de Gary a disparu ; à sa place, j'ai vu le regard sévère que j'avais appris à connaître sur les photos des journaux et des magazines.

« C'est vrai que Giauque vous a amenés ici en Rolls hier ? »

Schiller m'avait posé la même question la veille au soir. Je supposais que la Rolls en était venue à symboliser une puissante intervention extérieure, et pourtant ça semblait si trivial. J'ai expliqué la situation à Gary. Il a parlé avec colère :

« Amsterdam et Giauque sont des pédés suceurs de nègres qui essaient juste de t'utiliser pour leur cause. Pourquoi veulent-ils s'immiscer dans ma vie ? Parce qu'ils sont opposés à la peine capitale ? Est-ce que ça fait d'eux des gens spéciaux, des hommes sacrés ? J'ai été condamné à mourir. Tu crois que c'est une plaisanterie ? Je ne veux pas avoir ça au-dessus de la tête. »

J'ai décidé d'éviter une discussion sur l'éthique de la loi ou les avocats.

« Si tu veux croire toutes ces conneries sur Giauque et Amsterdam, libre à toi, ai-je répondu, mais ça n'a rien à voir avec toi et moi. Je pourrais entamer une action indépendamment et obtenir un sursis, ce qui aboutirait à une commutation de ta peine. »

Gary a secoué la tête.

« C'est impossible. Je ne pourrais même pas arrêter cette chose si je le voulais. » Il est resté silencieux quelques instants. « Tu pourrais vraiment faire ça ? »

J'ai répondu que je pensais pouvoir y parvenir. Gary s'est levé et a commencé à marcher autour de la pièce.

« Ils ne me libéreraient jamais, mon pote, et j'ai passé trop de temps en prison. Il ne me reste plus rien. » Il m'a regardé en face. « J'ai tué deux hommes. Je ne veux pas passer le restant de mes jours en taule. Si un connard me fait libérer, alors je prendrai un flingue et je buterai quelques-uns de ces foutus avocats qui n'arrêtent pas de foutre leur nez là où ils ne devraient pas. Après je te dirai : "Tu vois ce que t'as gagné à te mêler de mes histoires ? T'es fier de toi ?" »

« C'est l'heure ! » a annoncé une voix depuis la cabine des gardiens.

Gary a tenté d'esquisser un sourire détendu.

« Reviens demain et on en reparlera », a-t-il dit. Puis, comme je franchissais la porte, il a lancé : « T'étais où il y a dix ans quand j'avais besoin de toi ? »

Pendant tout le trajet jusqu'à Salt Lake, ces dernières paroles ont résonné dans ma tête. Je me sentais confus et brisé. Une heure plus tôt, je croyais que la seule bonne décision était de chercher à obtenir un sursis, de choisir la vie plutôt que la mort. Mais je ne pouvais pas faire ce choix à la place de Gary. Je voulais disparaître, me recroqueviller sur moi-même dans un néant où les voix et la conscience n'existaient pas. Où je pourrais oublier l'expression dans les yeux de Gary.

Ce soir-là, j'ai de nouveau dîné avec Moyers. Je lui ai raconté ma conversation avec Gary. Après m'avoir écouté, il m'a demandé si j'estimais qu'il y avait la moindre chance de lui faire rencontrer Gary. J'ai répondu que Schiller avait un contrat exclusif avec mon frère, et qu'aucun autre journaliste ne pouvait lui parler. Moyers a expliqué qu'il était prêt à promettre à Gary comme à Schiller qu'il n'utiliserait pas la conversation dans un but journalistique. Il ne voulait ni l'enregistrer ni la filmer, et à moins qu'il ne reçoive l'approbation appropriée des personnes concernées, il ne révélerait rien du contenu de cette conversation. Il croyait juste que, puisque lui et Gary étaient tous deux nés au Texas, ils auraient peut-être un terrain d'entente. Il pensait aussi avoir un ou deux points de vue philosophiques sur la situation de Gary que mon frère pourrait trouver intéressants, voire persuasifs. Comme j'avais confiance en lui, je lui ai dit que je verrais ce que je pourrais faire.

J'ai fait une longue balade dans les rues froides et couvertes de neige de Salt Lake ce soir-là. Je passais devant le temple mormon quand je suis tombé sur Frank. Il ne m'a tout d'abord pas vu. Il avançait, les mains enfoncées dans ses poches, le regard rivé au sol. Je l'ai appelé.

Je lui ai dit que j'étais allé voir Gary, et lui ai relaté notre conversation. J'ai aussi ajouté qu'il pouvait retourner voir Gary lui-même, que ce soit avec ou sans moi. Apparemment, la condition de visite unique stipulée par la prison avait été oubliée.

« Non, a répondu Frank, je ne peux pas faire ça. Je ne peux pas le revoir. » Et alors, tandis que les larmes commençaient à lui couler des yeux, mon frère a tourné les talons et s'est éloigné dans la nuit froide.

Quinze ans plus tard, Frank et moi nous sommes rendus à Salt Lake ensemble, pour essayer de renouer certains contacts familiaux et de trouver un sens à ce qui s'était produit toutes ces années auparavant. Un après-midi, Frank m'a emmené à Liberty Park. C'était là, quand nous étions petits et que nous vivions avec mes parents dans la maison hantée de Salt Lake, qu'il venait jouer avec Gary presque chaque après-midi. Ils se couraient après, jouaient au base-ball, faisaient des farces à ces raseurs de mormons. Frank pensait que ça avait peut-être été les meilleurs moments qu'ils avaient passés ensemble. C'était juste avant que Gary ne se mette à voler et à planquer son butin dans le garage – avant qu'il ne se transforme à jamais en mauvais garçon.

Comme nous étions assis dans le parc, Frank m'a expliqué pourquoi il avait décidé, des années auparavant, de ne plus aller voir Gary à Draper. Après la première visite, il était venu dans ce parc et s'était assis à l'endroit même où nous étions alors assis, et il avait longuement réfléchi à ce qui s'était passé, et à ce qui allait se produire.

« Ce que Gary avait fait me faisait horreur, m'a dit Frank. C'était monstrueux. Mais ce qu'on lui avait fait aussi était horrible.

« Tu crois que si Gary n'avait pas passé vingt-deux ans en prison, il aurait tué un homme d'une balle derrière la tête devant sa femme enceinte et son petit gamin ? Et l'autre type ? Il l'a descendu dans la station-service et il paraît qu'il a mis des heures à mourir. C'est l'histoire que j'ai entendue. Qu'il avait mis des heures à mourir et qu'il avait souffert, souffert jusqu'à sa mort. Je suis convaincu que les vingt-deux ans d'entraînement que Gary a reçus parmi la société animale des prisons l'ont transformé en l'animal qui a provoqué ces tragédies.

« Il avait vu des choses en prison. Il m'en a parlé. Il avait assisté à des mutilations – il a vu un homme se faire couper les mains – et à des meurtres. Il avait assisté à tellement d'agressions et, quand il était jeune, lui-même avait été agressé. Battu. Violé. Terrorisé. Et il avait appris à faire avec. Mais en vieillissant, en devenant plus fort et plus mauvais, il était devenu l'agresseur. Après ça, plus rien ne lui faisait peur. C'était comme passer vingt-deux ans au Viêtnam. Il avait été la victime de tant d'horreurs, mais aussi le bourreau. Il pouvait dire : "Oui, j'ai été détruit, mais maintenant, c'est moi qui détruis les autres."

« Tu trouveras des milliers et des milliers d'hommes dans ce pays qui ont vécu des vies similaires, et nombre d'entre eux auraient probablement fait le même genre de choix que Gary – la même façon de tuer et de mourir. Toutes ces années parmi l'horreur et la brutalité de la prison les changent. Ils atteignent un point de non-retour. Ils vivent plus ou moins au jour le jour, et pour eux, au bout d'un moment, la mort finit par ressembler à une échappatoire, et c'est bien ce que c'est – une manière de tout fuir. Ils ont peur de presque tout sauf de la mort, certains de ces types. Et ils deviennent vraiment dangereux. On ne peut pas les enfermer, parce qu'ils sont comme chez eux en prison. On ne peut pas les tuer, parce que c'est ce qu'ils veulent. Ce sont des gens vraiment dangereux, et ils sont des milliers à se balader à travers le pays, des types exactement comme Gary, à cause de notre système pénitentiaire. Prends un gamin qui a des problèmes – peut-être des problèmes émotionnels, peut-être des problèmes familiaux –, enferme-le dans l'une de ces maisons de redressement ou de ces prisons scandaleuses et monstrueuses, et il y a de grandes chances pour que ce gamin finisse comme notre frère.

« Gary avait atteint ce point de non-retour. Il voulait la libération de la mort. C'est l'une des raisons pour lesquelles je ne suis pas retourné le voir. Je savais qu'il la voulait vraiment, et ça m'énervait. Non seulement il la voulait, mais c'était comme des vacances pour lui. Il jubilait. Il essayait d'être libéré. C'était son exode.

« La dernière fois que je l'ai vu – il était si différent de l'homme maussade à qui j'avais rendu visite au fil des ans. Cette fois-là, il était là à claquer des doigts, à rigoler et à raconter des blagues. Comme si ç'avait été Noël. Il avait trouvé le moyen parfait de vaincre le système en le forçant à le tuer. Après ça, il serait tranquille. Ce serait fini. Avec sa manière de penser, je suis convaincu qu'il estimait avoir gagné. La plupart d'entre nous ne verraient pas les choses du même œil. Mais c'était sa conception de la liberté, et, bien sûr, c'était la seule liberté qui lui restait. C'est pour ça que je suis resté à l'écart. Je savais que toi et maman vouliez le sauver, et je ne vous en ai jamais tenu rigueur. Mais je devais me tenir à l'écart parce que si je m'en étais mêlé, et s'ils l'avaient gardé enfermé dans cet enfer, je me serais senti responsable.

« Je ne crois pas que j'aie fermé l'œil cette nuit-là, après l'avoir vu. Je savais que je n'y retournerais pas. Je ne pouvais pas le voir souffrir, et je ne pouvais pas le voir mourir. Ce jour-là, j'étais assis dans le parc et je me disais : "Je ne veux plus jamais le revoir. Le souvenir que je vais garder dans mon cœur et dans mon esprit, ce sera celui de cet enfant avec qui je jouais ici – le petit frère que j'aimais, avant que sa vie ne soit ruinée." La seule chose qui me gêne dans ma décision, c'est que je ne crois pas que Gary ait su que je l'aimais. Je ne crois pas qu'il ait jamais su qu'en fait je tenais à lui, que j'étais vraiment attaché à lui. Mais il n'y avait plus rien à faire. C'était fini pour Gary. Il n'avait aucune chance. Et je crois que c'est ce qu'il essayait de te dire. »

Le lendemain matin, j'ai appelé Schiller à Orem. Je lui ai répété la réflexion que j'avais entendue de Moody et lui ai fait part de ma déception de constater qu'une partie de ce que je croyais être une conversation confidentielle avait été relayée à d'autres.

« Je n'ai parlé ni à Moody ni à Stranger de notre conversation, a-t-il répondu.

— Alors qui l'a fait ?

— Eh bien, j'ai dit deux ou trois choses à votre oncle Vernon, mais juste parce que je supposais qu'il était votre principal contact ici et que vous voudriez rester en relation avec lui. Il a pu transmettre une partie de ce que je lui ai dit à Moody ou à Stranger, mais tout ce que vous avez pu entendre d'autre était une projection de leur part. » Il s'est excusé d'avoir pu trahir ma confiance, puis m'a donné un dernier conseil : « N'appelez pas la prison avant d'y aller. Les informations circulent rapidement, et beaucoup de gens, moi y compris, savent exactement quand vous pénétrez dans l'enceinte de haute sécurité. »

Mais après quelques coups de fil, j'ai appris que les visites devaient être autorisées à l'avance. J'en ai donc arrangé une en fin d'après-midi, puis j'ai écrit une longue lettre à Gary. Il était facile d'oublier ce que je voulais lui dire quand j'étais face à lui et à sa colère. Je lui ai écrit que, quel que soit le choix que je ferais, ce serait une question d'amour, quelque chose entre lui et moi qui ne regardait ni les tribunaux ni les journaux. Je lui ai dit que je croyais qu'il y avait plus de rédemption dans le choix de la vie que dans la mort, et j'ai confessé que des années durant il m'avait effrayé et troublé avec ses violents caprices. S'il nous restait suffisamment de temps, je voulais lever cet obstacle.

Cet après-midi-là, à la prison, c'était le premier jour où Gary était officiellement autorisé à recevoir des visiteurs, ce qui signifiait, ironiquement, que je devais lui parler au téléphone. Après avoir parcouru ma lettre, un gardien l'a donnée à Gary. Il l'a lue calmement, pensivement. Quand il a eu fini, il a esquissé un sourire.

« Bien tourné, a-t-il déclaré. Tu as lu Nietzsche ? Il a écrit un jour qu'à un moment l'homme devait se montrer à la hauteur de l'occasion. C'est ce que j'essaie de faire, Mikal… Écoute, a-t-il continué, changeant soudain de sujet, je pensais à ce que j'ai dit hier, quand je t'ai demandé où tu étais. Je me suis aperçu que ce n'était pas juste. Je n'étais pas souvent là quand tu étais gamin. Je ne te déteste pas, même si c'est ce que j'ai pu montrer ces derniers temps. Tu es mon frère. Je sais ce que ça veut dire. Je t'en ai voulu, mais je ne t'ai jamais détesté. »

Je me suis forcé à poser la question qui m'avait taraudé ces derniers jours :

« Qu'est-ce que tu ferais si j'essayais d'empêcher ça ? »

Il a grimacé.

« Je ne veux pas que tu le fasses, a-t-il répondu d'une voix égale.

— Ça ne répond pas à ma question.

— S'il te plaît, ne le fais pas.

— Gary, qu'est-ce que tu ferais ? Tout ce que tu as dit, c'est que tu voulais que la sentence prononcée par la cour soit appliquée. Et si la sentence était commuée ?

— Je me tuerais. Écoute, on ne m'observe pas de trop près ici, quoi que tu aies pu entendre. J'aurais pu me tuer quand je voulais depuis deux semaines, mais je ne veux pas le faire. Tu vois, je veux que quelque chose de positif ressorte de tout ça. Si je me suicide, je ne peux pas donner mon corps – à des gens qui ont plus le droit de vivre que moi – et mon testament deviendra suspect… En plus, quand on est assez idiot pour assassiner et se faire prendre, alors on n'a pas le droit de pleurnicher sur son sort. »

À partir de là, Gary s'est mis à parler de la réalité de la prison, me racontant certaines brutalités dont il avait été le témoin, et d'autres qu'il avait encouragées. Il était terrifié à l'idée de passer sa vie en prison.

« Peut-être que tu parviendrais à faire commuer ma sentence, mais ce ne serait pas toi qui passerais sa vie enfermé, et tu ne serais pas là quand je me tuerais. »

La peur dans ses yeux était toujours plus perceptible quand il parlait de la prison, bien plus que quand il parlait de sa mort imminente. Peut-être parce que la prison était une réalité concrète constamment présente alors que sa mort était une abstraction.

« Je ne crois pas que la mort sera quoi que ce soit de nouveau ou d'effrayant pour moi. Je crois que je la connais déjà. »

Nous avons parlé pendant des heures, ou plutôt, Gary a parlé. J'avais déjà loupé l'avion qui devait me ramener à la maison, et j'avais oublié la personne qui m'attendait dans le parking. C'était la première réelle communication que nous avions depuis des années ; ni l'un ni l'autre ne souhaitions l'interrompre. Gary m'a demandé de revenir le lendemain et, en retour, je lui ai demandé s'il serait disposé à rencontrer Bill Moyers, simplement pour discuter, par pour une interview. Gary a accepté volontiers, tant que ça restait entre nous, à cause de son contrat avec Schiller.

Plus tard le même soir, Schiller a appelé Moyers en personne pour l'informer qu'une rencontre avec Gary était peu probable. Je n'ai pas évoqué le sujet le lendemain, vendredi, mais Gary, si.

« Schiller ne m'autorise pas à voir ton ami. Il veut conserver son "exclusivité". Parfois, ce fils de pute se comporte comme si je lui appartenais, comme s'il pouvait diriger ma vie. Il m'a déjà fait le coup une fois, quand je lui ai demandé de récupérer certaines lettres privées de Nicole. Je ne voulais pas voir ça imprimé ; les dessins, ça ne me gênait pas trop, mais les lettres ne regardaient que moi. Et, contrairement à mes désirs, Schiller les a lues. J'ai eu envie de le virer aussi sec, et c'est probablement toujours ce que je devrais faire, mais il est trop tard pour trouver quelqu'un d'autre. En revanche, je pourrais annuler son invitation à l'exécution. »

Je n'ai pas exprimé d'opinion. Je ne voulais pas être pris dans une querelle entre Gary et Schiller.

J'ai annoncé à Gary que je ferais bien de rentrer dans la soirée, de retourner à la maison et de passer le reste du week-end avec ma mère.

« Tu ne peux pas rester un jour de plus ? a-t-il demandé. J'aimerais te revoir, et j'ai ce livre que Johnny Cash m'a envoyé ; je veux que tu le donnes à maman. »

J'ai accepté de revenir le lendemain – samedi – mais avant que je ne parte, il a voulu me dire autre chose.

« Tu sais que je dis tout le temps que je me fous de ce que les gens pensent de moi, mais ce n'est pas complètement vrai. Ça ne me plaît pas quand on dit que j'ai la trouille et tout. Je ne l'ai jamais dit à personne, mais je ne sais pas à quoi lundi va ressembler. Peut-être que c'est pour ça que j'ai besoin que Schiller soit là, pour rester calme… Je sais que tu ne vas pas me croire, mais je n'avais pas prévu tout ce cirque. Je ne m'attendais pas aux livres ou aux films, peut-être juste à quelques articles. »

Nous avons appuyé nos mains contre la vitre qui nous séparait et nous nous sommes dit au revoir.

Imaginez les bonds impossibles que votre cœur fait, les frontières qu'il doit franchir, quand vous discutez avec un homme de sa propre mort. Il y avait une logique, une cohérence dans le choix de Gary, je devais l'admettre, mais ça ne changeait rien au fait que je voulais qu'il reste en vie. Mais comme quand vous essayez de convaincre une personne qui ne vous aime plus de vous aimer tout de même – parce que vous ne pouvez imaginer de poursuivre votre vie, de la vivre, sans la présence ou la chose que vous aimez le plus – à l'instant où vous proposez votre argument, essayant de convaincre l'autre de rester et de vous aimer de nouveau, vous savez que la cause est perdue, et que, en même temps, c'est une certaine vision de votre avenir qui est perdue.

Quand vous discutez avec quelqu'un qui est fermement décidé à mourir, vous vous apercevez que si vous perdez la bataille, vous n'aurez plus jamais l'opportunité de parler avec elle, ce sera la dernière fois que vous verrez cette personne. Je n'arrivais pas à croire que je me trouvais dans cette situation, que j'étais pris dans une telle discussion. La mort est la seule chose avec laquelle vous ne pouvez presque jamais discuter. Vous ne pouvez pas débattre avec la maladie qui emporte un être cher ou vous-même, ni avec l'accident de voiture qui anéantit une vie sans prévenir. Mais un homme qui *veut* mourir… Quand je discutais avec Gary, je discutais avec la mort elle-même – il était la mort, et se voulait lui-même comme son seul accomplissement possible – et j'ai appris que vous ne pouviez pas gagner, que cette chose qui vous anéantira plus que tout ne peut être ni repoussée ni arrêtée, que vous allez perdre cette personne, et que vous devrez vivre avec cette perte pour toujours. Et ce ne sera pas le cancer ou les actes cruels d'un autre qui vous la prendront ; ce sera l'abysse de sa propre âme, et vous songerez avec effroi que s'abandonner à cet abysse est peut-être, après tout, le seul acte qui ait un sens. Mais, surtout, vous savez que vous ne reverrez jamais cette personne – que vous l'avez implorée de rester, mais que vous n'avez rien pu faire, car il était trop tard pour changer quoi que ce soit. Peut-être à cet instant voudrez-vous suivre cette personne, car ça ne peut pas être plus douloureux ni sembler plus éternel que la perspective de passer le restant de votre putain de vie à vous accommoder d'une perte qu'aucun cœur sain ne pourra jamais espérer accepter sans qu'elle vous détruise au plus profond de vous-même.

J'ai parlé à Giauque le même jour et l'ai informé que j'avais décidé de ne pas intervenir. Le lui dire a été presque aussi difficile que prendre la décision. J'aurais pu demander un sursis, signer les documents nécessaires, et rentrer à la maison avec le sentiment d'avoir pris la bonne résolution, d'avoir fait le choix moral. Mais je n'aurais pas eu à porter le poids de cette décision. Gary, si. Et s'il choisissait de se suicider, je pouvais légitimement prétendre que je n'étais pas responsable de son choix, seulement des miens. Si j'avais pu choisir que Gary vive, c'est ce que j'aurais fait.

J'ai eu plusieurs conversations précieuses avec Bill Moyers cette semaine-là, et à un moment il m'a dit que si nous nous retrouvions confrontés à un choix entre la vie et la mort et que nous ne choisissions pas la vie, alors nous perdions notre humanité. Ça semblait si facile. J'ai longuement tergiversé, et j'ai finalement compris que je ne pouvais pas choisir la vie à la place de Gary, et que lui ne la choisirait pas. Il avait conçu ce qui, selon lui, serait une sorte d'expiation. Il voulait la mort, son ultime scénario de rédemption, son ultime pied de nez à la justice. Pour Gary, la plus grande ironie, c'était que la justice – qui, à ses yeux, avait toujours essayé de le briser – voulait finalement le sauver, quand lui ne désirait plus le salut. Afin de battre la justice, il devait tout perdre – tout sauf sa propre définition inflexible de la dignité.

Je ne pouvais pas discuter avec ça, je ne pouvais rien y changer. Et en fin de compte, je ne pouvais pas le lui retirer.

Moyennant quoi j'avais désormais un rôle dans une histoire que je n'avais jamais voulue ni attendue : j'étais devenu celui qui faisait un choix. J'avais pris des décisions qui avaient eu des conséquences. Et peut-être que ces conséquences ne s'arrêteraient pas là – peut-être que d'autres hommes mourraient parce que nous avions décidé de ne pas défier l'histoire ou la justice à ce stade, ou peut-être que de nombreuses vies seraient affectées, détruites, ou chamboulées à cause de ces derniers jours. Peut-être que l'esprit de la nation elle-même serait différent – plus sanglant et sans pitié. Les effets, me disais-je, étaient incalculables. Ils pourraient se répercuter éternellement dans nos vies, et dans celles de nos enfants.

Une mort peut changer tant de choses.

Le samedi 15 janvier, j'ai rendu visite à Gary pour la dernière fois. Les équipes de tournage avaient alors pris d'assaut la ville de Draper, se préparant pour le bouquet final.

Lors de nos rencontres précédentes, Gary avait toujours entamé la conversation par une réflexion chaleureuse ou une plaisanterie, allant même une fois jusqu'à faire le poirier. Mais ce jour-là, il semblait nerveux, malgré ses dénégations.

« Nan, le bruit ici me tape parfois sur le système, mais je suis super cool », a-t-il dit en levant une main ferme.

Mais les muscles de ses poignets et de ses bras étaient crispés et aussi épais qu'une corde.

Gary a entrepris de me montrer les lettres et les photos qu'il avait reçues, principalement de la part d'enfants et d'adolescentes. Il a expliqué qu'il essayait toujours de répondre d'abord aux gamins, puis il a lu la lettre d'un garçon qui prétendait avoir 8 ans : *J'espère qu'ils vous enfermeront quelque part et vous forceront à vivre éternellement pour ce que vous avez fait. Vous n'avez pas le droit de mourir. Avec toute la méchanceté de mon cœur.*

« Merde, celle-là, elle m'a secoué pendant un bon bout de temps », a-t-il dit.

Je lui ai demandé s'il y avait répondu.

« Oui. J'ai écrit : “Tu es trop jeune pour avoir de la méchanceté dans ton cœur. J'en ai eu dans le mien à un jeune âge, et regarde où ça m'a mené.” »

Il a demandé à un gardien d'apporter le livre que Johnny Cash avait envoyé. C'était son autobiographie, *The Man in Black*, que Gary voulait laisser à notre mère.

« J'aimerais vraiment te donner quelque chose ou te laisser quelque chose. Pourquoi ne veux-tu pas d'argent ? Tout le monde a besoin d'argent. »

J'ai décliné, lui suggérant de le donner aux familles Bushnell et Jensen à la place.

« Il est impossible de racheter ce que j'ai fait à ces gens », a-t-il déclaré en secouant la tête.

Gary a nerveusement parcouru des yeux les lettres et les photos étalées devant lui, jusqu'à finalement tomber sur une qui lui a arraché un sourire. Il l'a soulevée. Une photo de Nicole.

« Elle est mignonne, hein ? » J'ai acquiescé. « Je regarde cette photo chaque jour. C'est moi qui l'ai prise. C'est la photo dont je me suis inspiré pour la dessiner. Ça te dirait de l'avoir ? »

J'ai répondu que j'en serais ravi.

Finalement, j'avais une dernière question à poser :

« Gary, tu te souviens du soir où tu as été arrêté, quand tu étais en route pour l'aéroport ? »

Il a hoché la tête.

« Où serais-tu allé si tu avais atteint l'aéroport ?

— Hum, Portland.

— Mais tu savais certainement que c'était le premier endroit où ils t'auraient recherché. Pourquoi aller là-bas ? »

Gary a examiné l'étagère devant lui pendant quelques secondes.

« Je n'ai plus vraiment envie de parler de cette nuit-là. Ça ne sert à rien.

— S'il te plaît, Gary, j'aimerais savoir : qu'est-ce que tu aurais fait à Portland ?

— Mikal, laisse tomber.

— S'il te plaît. Je dois savoir. Qu'est-ce que tu aurais fait ? Est-ce que tu serais venu me voir ? »

Il a de nouveau hoché la tête.

« Et… ? »

Il a poussé un soupir et m'a regardé directement, et l'espace d'un instant une vieille colère a illuminé ses yeux.

« Et toi, qu'est-ce que tu aurais fait si j'étais venu te voir ? a-t-il demandé. Si j'avais débarqué en disant que j'étais dans la merde et que j'avais besoin d'aide, d'un endroit où loger ? Est-ce que tu m'aurais fait entrer ? Est-ce que tu m'aurais caché ? »

Je ne pouvais pas répondre. La question avait été retournée contre moi, et soudain je ne pouvais pas supporter l'horreur de mes propres réponses. Gary est resté là à me clouer du regard, puis il a déclaré d'une voix ferme :

« Je crois que je venais pour te tuer. Je crois que c'est ce qui se serait passé. Il n'y avait peut-être tout simplement pas de choix pour toi, et pas de choix pour moi. » Ses yeux se sont adoucis et il m'a fait un sourire plein de tendresse, mais aussi de tristesse. « Tu comprends pourquoi ? »

J'ai acquiescé. Bien sûr que je comprenais pourquoi. J'avais échappé à la famille, ou du moins je le croyais. Alors que lui, non.

À cet instant, j'ai éprouvé une certaine terreur. Je savais que ce que Gary venait de dire était vrai. Je savais que j'aurais pu mourir, et ne plus avoir de présent. En fait, le simple fait de m'imaginer cette possibilité me donnait l'impression que ça s'était presque produit. Outre ma terreur, j'éprouvais donc aussi du soulagement. Les morts de Jensen et Bushnell, et celle imminente de Gary, m'avaient mis à l'abri, et dès que j'ai compris ça, mon soulagement a été teinté de culpabilité. Et de remords. J'ai songé à toutes les choses qui auraient pu se produire dans notre maison et dans nos cœurs, toutes ces choses qui auraient peut-être pu tout changer, de sorte que nous n'aurions pas été là, dans cet endroit horrible, à ce moment horrible.

Mais, étrangement, je me suis senti à cet instant plus proche de Gary que je ne l'avais jamais été. L'espace d'une seconde, j'ai compris pourquoi il voulait mourir.

À ce moment, le directeur Samuel Smith est entré dans la pièce où se trouvait Gary. Ils ont discuté pour savoir si Gary porterait ou non une capuche lundi matin. J'ai posé le téléphone. Des minutes se sont écoulées. Quand j'ai de nouveau soulevé le combiné, Smith informait Gary que Schiller ne serait pas autorisé à lui rendre visite durant les heures qui précéderaient l'exécution.

J'ai tapé contre la vitre. J'allais bientôt devoir partir, et j'ai demandé au directeur s'il nous autorisait à nous serrer une dernière fois la main. Au début, Smith a refusé, mais quand Gary lui a expliqué que c'était ma dernière visite, il y a consenti, à condition que j'accepte une fouille au corps. J'étais d'accord. Deux gardiens m'ont donc fouillé, puis deux autres ont fait entrer Gary. Ils ont expliqué que je devais retrousser ma manche au-dessus de mon coude, et que les contacts devaient se limiter à une poignée de main. Gary a saisi ma main et l'a serrée fort.

« Bon, je crois que ça y est », a-t-il dit. Puis il s'est penché en avant et m'a embrassé sur la joue. « On se reverra dans les ténèbres de l'autre côté. »

J'ai détourné le regard. Je savais que je ne pouvais pas me retenir de pleurer, et je ne voulais pas qu'il le voie.

« Ça va ? » a-t-il demandé.

Je me suis mordu la lèvre et ai acquiescé. Un gardien m'a tendu le livre et la photo de Nicole et m'a escorté jusqu'aux barreaux de la porte. Gary m'a regardé sortir avant de lancer :

« Embrasse maman de ma part. Et prends un peu de poids. Tu es encore trop maigre. »

Le gardien m'a fait franchir les deux portails de l'enceinte, puis il m'a donné une tape sur le dos comme je m'éloignais. « Bon courage, mon gars », a-t-il dit.

Je suis rentré à la maison et ai abandonné Gary à son sort. Je me détestais. J'avais l'impression d'avoir pris malgré moi le parti de la peine de mort – une pratique sociale brutale que je méprisais. En même temps, je suppose que j'avais décidé qu'il valait mieux pour Gary qu'il meure. Je ne doutais guère que s'il restait en vie, il se tuerait, et tuerait peut-être aussi d'autres personnes. Je ne voulais pas vivre avec une décision qui risquait d'avoir de telles conséquences. Je détestais avoir à faire ces choix – je détestais le fait que, quoi que je fasse, ça entraînerait inévitablement la mort.

Le soir de la veille de l'exécution, je suis allé voir ma mère et Frank. J'avais téléphoné à la prison plus tôt dans la journée et m'étais arrangé pour que nous ayons tous ensemble une dernière brève conversation téléphonique avec Gary. Ses derniers mots à ma mère ont été : « Ne pleure pas, maman. Je t'aime. » Et les derniers mots qu'elle lui a dits : « Gary, je vais rester courageuse pour toi jusqu'à demain, mais je sais que je n'arrêterai jamais de pleurer. Je pleurerai chaque jour pour le restant de ma vie. »

Elle m'a tendu le téléphone. Gary m'a appris qu'il avait parlé avec son idole, Johnny Cash, plus tôt dans la soirée.

« Quand j'ai décroché le téléphone, j'ai dit : "Vous êtes le *vrai* Johnny Cash ?" Et il a répondu : "Oui." Alors j'ai dit : "Eh bien, moi, je suis le *vrai* Gary Gilmore." »

Et puis il m'a annoncé qu'il devait raccrocher.

« Tu vas me manquer Gary, ai-je dit. Nous sommes tous fiers de toi.

— Ne soyez pas fiers de moi, a-t-il répondu. Quelle raison y a-t-il d'être fier ? Je vais juste être fusillé, pour quelque chose qui n'aurait jamais dû arriver. »

Ça a été nos dernières paroles.

Le matin du lundi 17 janvier, dans un entrepôt de conserverie derrière la prison d'État de l'Utah, Gary a rencontré son peloton d'exécution. J'étais avec ma mère, mon frère et ma petite amie. Quelques instants plus tôt, nous avions vu dans le journal du matin le titre EXÉCUTION REPORTÉE, et avions allumé la télévision pour en savoir plus. « Good Morning America » passait, et il y avait une conférence de presse : on annonçait que Gary était mort.

Il était impossible d'être préparé à cet ultime basculement émotionnel. À un moment, vous avez la certitude infernale qu'une personne que vous aimez va mourir d'une manière déterminée, à une heure et dans un lieu précis, et non seulement vous ne pouvez rien y faire, mais vous allez devoir continuer d'évoluer dans un monde qui a souhaité cette mort. Vous allez devoir côtoyer quotidiennement des gens qui ont été ravis qu'on tue un membre de votre famille – quelqu'un qui a depuis longtemps été émotionnellement assassiné. Vous allez devoir vivre dans ce monde et soit le détester, soit faire la paix avec, parce que c'est le seul monde dans lequel vous pourrez vivre. C'est le seul monde qu'il y a.

Soudain, vous voyez un titre de journal qui vous offre la possibilité d'un répit. Vous vous dites que, peut-être, les tribunaux ont pris l'affaire en main et brisé l'élan de cette inévitabilité folle et sinistre. Que peut-être ils n'autoriseront pas la peine de mort à être appliquée si hâtivement – et que ça suffira peut-être à annihiler cette horreur, à faire cesser cette folie. Que peut-être ce sera un répit pour Gary et son indomptable désir de mort, mais aussi pour ce qui reste de sa famille. Que peut-être vous n'aurez désormais pas à vivre dans un monde qui a tué l'un des vôtres sans le moindre scrupule.

Et alors, dès que vous vous autorisez cet espoir impossible, vous allumez la télévision, et vous tombez sur Larry Schiller – le seul journaliste à avoir pu assister à l'exécution – et celui-ci vous explique qu'un gardien a placé une capuche noire sur la tête de Gary et agrafé une petite cible circulaire en tissu sur sa poitrine, puis que cinq hommes ont tiré une volée de balles sur cette cible. Il raconte comment le sang a jailli du cœur dévasté de Gary, coulé sur ses jambes, tachant de rouge son pantalon blanc et gouttant sur le sol de l'entrepôt. Il vous dit que le bras de Gary s'est lentement levé au moment de l'impact, que ses doigts ont semblé remuer, comme pour signaler son départ au moment où la vie le quittait, comme s'il tentait finalement de dire doucement au revoir à une vie difficile.

À un moment, l'espoir surgit de nulle part. À l'instant d'après, vous apprenez que l'horreur s'est déjà produite – et vous savez que vous devrez à jamais vivre avec les détails de cette horreur. Que vous devrez essayer de vivre avec le chagrin qui logera désormais à jamais au cœur de votre cœur. Que vous devrez essayer de vivre dans ce monde, dans cette vie, et de ne pas la détester, si impossible que ça puisse paraître.

J'ai songé à tout ça, puis j'ai regardé en direction de ma mère. J'ai vu son visage se briser, et je l'ai entendue gémir : « Mon Dieu, Gary, où es-tu ? Où es-tu parti ? »

La mort de mon frère a soulevé un tollé en Utah contre ce que de nombreuses personnes (y compris certains partisans de la peine de mort) considéraient comme une méthode d'exécution inutilement sanglante et digne du Far West. Pourquoi s'accrocher à des conventions aussi épouvantables, arguaient les réformistes, quand un nombre croissant d'États optait pour la méthode relativement « humaine » de l'injection létale ? Grâce à un brillant tour de passe-passe légal et moral, le corps législatif de l'Utah s'est arrangé pour satisfaire aussi bien les traditions de la région que les pressions des réformistes. Depuis 1980, la pendaison – une vieille pratique du Far West s'il en est – n'est plus une option (personne ne la choisissait de toute manière), et à la place, l'Utah offre l'alternative de l'injection létale.

Cependant, suite apparemment à de considérables pressions en coulisse de la part de l'Église, l'État a conservé l'option du peloton d'exécution, au cas où le condamné souhaiterait que son sang soit répandu, pour le salut de son âme. Depuis ces modifications, personne n'a choisi d'être fusillé, et il est peu probable que quiconque le fasse à l'avenir. Il y a donc de grandes chances pour que Gary Gilmore demeure le dernier homme à être mort devant un peloton d'exécution aux États-Unis, de même que le dernier homme à avoir payé le prix de la doctrine rigoureuse des mormons de l'expiation par le sang.

Des années plus tard, j'apprendrais quelles avaient été les dernières paroles de mon frère. J'ai été abasourdi en les entendant, et elles continuent de me hanter. Les derniers mots de Gary Gilmore, avant d'être passé par les armes, ont été : « Il y aura toujours un père. »

SIXIÈME PARTIE

LA VALLÉE DES LARMES

Je veux que tu m'emmènes
Là où est ma place
Où mon cœur a été brisé
Par un baiser et une chanson
Passer le restant de mes jours
Sans le moindre souci
Tout le monde me comprend
Dans la vallée des larmes

Des paroles gentilles ont été prononcées
Si douces et à voix basse
Mais j'ai fait mon choix
L'amour doit finir
Passer le restant de mes jours
Sans le moindre souci
Tout le monde me comprend
Dans la vallée des larmes.

Fats DOMINO et Dave BARTHOLOMEW
Valley of Tears

1

La fin de la famille

Peu après l'exécution de Gary, j'ai écrit un article sur la tournure des événements dans *Rolling Stone*. Je l'ai fait car je me disais que l'expérience que ma famille et moi venions de traverser avait été bouleversante, et qu'écrire dessus aiderait peut-être à la rendre supportable. Nos vies avaient explosé du jour au lendemain d'une manière que nous n'aurions jamais pu imaginer, et, pendant une longue période cauchemardesque, notre histoire, nos péchés et notre honte avaient fait partie d'un cirque qui allait inexorablement vers une mort publique. Il était impossible de résister à ça sans tenter d'en évacuer une partie, et je crois qu'avoir été en mesure d'écrire sur la mort de Gary m'a aidé sur le coup à préserver ma santé mentale. Mais ça n'a pas été sans un prix. Je m'étais, naturellement, démasqué. Les gens savaient désormais. J'étais le frère de Gary, et nombre d'entre eux avaient des commentaires à faire et des questions à poser.

Vers cette époque, j'ai décidé que j'en avais assez d'avoir à payer au quotidien pour ma famille et son infamie, alors j'ai fui ma ville natale de Portland et déménagé à Los Angeles, où m'attendait un boulot pour *Rolling Stone*. Pendant ce temps, Frank continuait de vivre avec notre mère, Bessie, dans son mobile home délabré d'Oak Grove, Oregon.

La vie à Los Angeles n'a pas été facile au début. Je buvais un demi-litre de whiskey tous les soirs, et je prenais du Dalmane, un somnifère qui affectait ma capacité à rêver – ou du moins m'empêchait généralement de me souvenir de mes rêves. Et il y avait d'autres défaillances. Je vivais toujours avec Andrea, mais voyais quelques autres femmes quand je pouvais. En plus, pendant une longue période, j'ai eu un mal de chien à écrire. Je peinais à savoir quoi dire et comment le dire. Je n'arrivais plus à déterminer si les choses sur lesquelles j'écrivais valaient même la peine qu'on en parle. Je ne savais plus trop comment faire pour mettre des mots bout à bout et dire quelque chose. Les rédacteurs de *Rolling Stone* ont eu la bonté de me garder et d'être patients avec moi. Je suppose qu'ils comprenaient que j'étais en état de choc, et que je mettrais probablement un moment à retrouver mes esprits.

Plutôt qu'écrire, je préférais lire des romans policiers – particulièrement ceux de Ross Macdonald, dans lesquels le narrateur tentait de résoudre des meurtres en expliquant des histoires familiales labyrinthiques. Je passais aussi de nombreuses nuits perdu dans la sombre gloire du punk rock. J'aimais la manière qu'avait cette musique de pousser ses auditeurs à s'accommoder de la réalité d'un monde impitoyable. L'une des meilleures chansons punk de la période était interprétée par un groupe britannique, les Adverts. Elle s'intitulait *Gary Gilmore's Eyes*. Qu'est-ce que ça ferait, demandait la chanson, de voir le monde à travers les yeux de Gary Gilmore ? Verriez-vous à travers les yeux de quelqu'un qui voulait tuer le monde, puis se tuer lui-même ?

Tout autour de moi, je devais lutter contre la notoriété de Gary. Pendant mes premiers mois à L.A. – et au cours des années qui ont suivi –, les gens m'interrogeaient souvent sur mon frère. J'ai rencontré des hommes qui voulaient savoir comment était Gary – des hommes qui admiraient ce qu'ils voyaient comme une bravade, un signe de dureté. J'ai rencontré des femmes qui voulaient coucher avec moi parce que j'avais été proche de lui. J'évitais ces gens. Je vivrais avec le fait que j'étais le frère de Gary, mais je ne deviendrais pas l'un de ses fans ou supporters.

J'ai aussi rencontré des femmes qui, quand elles apprenaient qui était mon frère, refusaient de me revoir et de répondre à mes coups de fil. Et j'ai reçu des lettres d'inconnus qui estimaient que je n'avais aucun droit d'avoir le boulot que j'avais – écrire pour un jeune lectorat – puisque j'étais lié à un homme qui avait tué. J'ai aussi reçu des lettres de gens qui estimaient que j'aurais dû être fusillé en même temps que mon frère.

Pas un mois ne s'écoulait sans quelque rappel de ce qui s'était passé. En 1979, *Le Chant du bourreau* de Norman Mailer a été publié. À cette époque, Andrea et moi étions séparés et je fréquentais une autre femme – quelqu'un que j'aimais beaucoup. Tandis qu'elle lisait le livre de Mailer, je voyais qu'elle commençait à s'interroger sur la personne avec qui elle couchait, sur ce qu'elle avait laissé entrer dans sa vie. Un soir, deux ou trois mois après la publication du livre, nous regardions « Saturday Night Live ». Eric Idle était l'invité, et il faisait un numéro d'imitations improvisées. À un moment, il s'est attaché un bandana autour des yeux et a annoncé en jubilant qui il imitait : « Gary Gilmore ! » J'étais à cet instant avec cette femme et deux amis. Après cet épisode, je suis allé me verser un verre de whiskey. Plus tard dans la soirée, ma petite amie et moi avons eu une conversation pénible. Elle m'a annoncé qu'elle me quittait et, moins d'une semaine plus tard, elle était partie. Pour être juste envers elle, elle a plus tard insisté que son départ n'avait rien à voir avec Gary, qu'il avait à voir avec moi. Je suis sûr que c'est vrai – nous avions des problèmes depuis quelque temps, et nous avions tous deux fait de nombreuses erreurs. Mais sur le coup, j'avais l'impression que, dès que quelque chose allait de travers, c'était à cause de qui j'étais – un homme qui portait la marque de sa famille.

Ça a été un moment terrible à une sale période qui n'en finissait pas – une période où presque tous les deux ou trois jours quelqu'un me demandait : « Vous étiez le petit frère de Gary Gilmore, n'est-ce pas ? Qu'est-ce que ça vous a fait qu'il meure comme ça ? »

Je n'ai jamais vraiment su comment répondre à cette question. Je crois que ce que je voulais dire, c'est : je ne sais plus trop ce que ça fait. Les émotions liées aux événements, tout comme les détails de l'histoire, ne m'appartenaient plus. Vous observez ce qui était autrefois une relation intime et troublante devenir un objet de sensation publique et de déchaînement médiatique ; vous regardez la vie de votre frère – et donc, dans un sens, une partie de votre vie – vous échapper des mains et, au bout d'un moment, vous avez l'impression que ce n'est plus vraiment votre vie. Vous avez l'impression que cette chose ne devrait plus trop vous inspirer d'émotions, car les émotions n'effaceront ni la douleur, ni la honte, ni les mauvais souvenirs, ni l'amour et la haine irrésolus.

Mais je détestais ça chaque fois qu'on me posait ces questions. J'ai essayé pendant des années d'être poli ou de me blinder. J'encaissais un à un les commentaires de gens qui bafouaient leur intelligence et leur grâce avec leurs réflexions et leurs plaisanteries, et, à chaque fois, quelque chose en moi tressaillait. Je me disais que personne n'oublierait ni ne me pardonnerait jamais d'être le frère de ce putain d'assassin mort. J'ai un peu appris à quoi ça ressemblait de vivre après un châtiment ; en tant que parent vivant, vous devez supporter une partie du fardeau et de l'héritage de ce châtiment. Les gens ne peuvent plus insulter ni blesser Gary Gilmore, mais comme vous êtes son frère – même si vous ne lui ressemblez pas vraiment –, ils peuvent s'en prendre à vous. C'est comme si toute personne issue d'une famille qui a produit un assassin devait elle aussi avoir en elle la même souillure, la même cruauté, comme si elle devait aussi être d'une manière ou d'une autre responsable de la violence qui s'est produite et porter la marque d'un héritage effrayant et honteux. C'est comme s'il y avait une culpabilité dans le simple lien du sang.

J'en suis venu à comprendre que, pour beaucoup de gens, Gary ne représentait pas la même chose que pour moi – qu'il représentait peut-être même plus pour certains d'entre eux. Peut-être était-il synonyme de pouvoir, ou d'héroïsme, ou de dégoût, ou de célébrité, ou alors quelqu'un dont il fallait avoir pitié et défendre la cause. En tout cas, il était une chose qu'on pouvait atteindre à travers moi, même si je savais que je n'étais pas ce qu'ils cherchaient. Je n'étais pas célèbre, et je n'étais pas un assassin. J'étais une doublure ou une cible de substitution pour leur condamnation ou leur fascination, parfois les deux à la fois, puisque de nombreuses personnes font mine de mépriser les assassins qu'elles admirent ou jalousent en secret.

À cette époque, durant cette période, j'ai eu des envies de meurtre. Et je suppose que j'ai alors enfin été comme mon frère à tous les égards sauf un : il était suffisamment détruit pour appuyer sur la détente, pas moi.

Encore une fois, je vivais plus ou moins à l'écart de ma famille. Je rendais visite à ma mère à Oak Grove deux ou trois fois par an, mais c'était toujours perturbant. Elle ne parlait plus que du passé – de son enfance en Utah, de l'exécution de Gary – et elle était physiquement en sale état. Après la mort de Gary, elle avait refusé de quitter son mobile home, et mon frère et moi ne parvenions pas à la convaincre d'aller voir un médecin. Elle vivait une existence recluse, quasiment handicapée, dans une boîte sombre, fermée, cradingue. Quand j'y allais, je me sentais oppressé. C'était difficile d'y respirer ; nous y étions cernés par les mauvais souvenirs, et par la promesse d'autres à venir.

Il y avait des gens, je le sais, qui essayaient de lui tendre la main. Certains membres de l'Église mormone passaient la voir pour lui offrir des témoignages de compassion et pour l'aider, mais elle les rejetait. Elle restait assise sur une chaise dans son mobile home, fenêtres et porte fermées, et hurlait aux visiteurs : « Qu'avez-vous fait pour essayer de le sauver ? Ne venez pas me dire que vous êtes désolés, ou que vous savez ce que je ressens. Vous ne savez *pas* ce que je ressens ! »

D'autres fois, quand on frappait à la porte, elle restait assise sans bouger ni répondre. C'était une chose qu'elle faisait depuis des années, même à l'époque où nous vivions dans la maison d'Oatfield. « Si vous n'ouvrez pas la porte aux mauvaises nouvelles, disait-elle, alors les mauvaises nouvelles ne peuvent pas vous atteindre. » Ma mère ne comptait plus ouvrir la porte à qui que ce soit, à part aux deux fils qui lui restaient.

Et elle avait de bonnes raisons. Il n'était pas difficile de découvrir où elle vivait, et parfois, tard le soir, à l'heure où les bars se vidaient, alors qu'elle était assise sur sa chaise dans la cuisine, dans le noir, elle entendait une voiture s'arrêter dehors. Puis elle entendait des voix, des murmures, des rires, des blasphèmes, des menaces. Certaines personnes hurlaient des horreurs, d'autres jetaient des bouteilles ou des cannettes sur le mobile home. Et elle restait assise dans le noir, immobile, pertinemment consciente que le monde en dehors de ses murs était un monde sans pardon.

« Bessie a enduré des choses inouïes qu'aucun cœur ne pourrait supporter, a observé plus tard l'une de ses amies. C'est pour ça qu'elle s'est retirée derrière ces murs. »

Je sais que durant les dernières années de sa vie, mon absence a beaucoup fait souffrir ma mère. Je le sais parce que Grace McGinnis – qui avait à cette époque renoué une relation téléphonique avec elle – me l'a dit. Je le sais aussi parce que, sur l'une des cassettes d'entretiens que Larry Schiller et Norman Mailer m'ont prêtées, ma mère dit à Mailer : « Mikal me manque. J'aimerais qu'il revienne vivre ici. Il ne vient presque plus et, quand il le fait, il semble si distant, si sacrément poli. Il me traite comme si j'étais une chose qu'il aurait peur de toucher. »

Elle avait raison. Je m'étais enfui. Je ne pouvais pas l'aider, et je ne supportais pas de la voir mourir. Je voulais être aussi éloigné de la famille que possible.

Si je l'avais encore aujourd'hui, je l'appellerais ou j'irais la voir tous les jours. Je lui poserais des questions. Je lui dirais combien je l'aime, pour tout ce qu'elle a enduré et tout ce qu'elle a fait pour essayer de me sauver.

Mais je ne l'ai plus – il ne me reste que des vieilles photos et sa voix sur quelques cassettes. Je ne lui parlerai ni ne la reverrai plus jamais.

En décembre 1980, John Lennon, l'ancien leader des Beatles, a été abattu alors qu'il rentrait dans son immeuble à New York. Quand j'ai appris la nouvelle, je suis allé voir un de mes amis, Jim Henke, qui était aussi mon rédacteur en chef à *Rolling Stone*. Nous avons regardé les nouvelles à la télé, et avons discuté jusque tard dans la nuit. C'était difficile à comprendre. Le meurtre de Lennon semblait une récompense si effroyable pour un homme qui avait contribué à créer un héritage aussi merveilleux, et qui avait enrichi nos vies d'une manière inimaginable. C'était comme si une partie de notre passé avait été bousillée et s'était finie dans un bain de sang. Peut-être aurais-je dû être habitué à de telles fins, mais je ne l'étais pas. Quand je songeais au meurtre de Lennon, je pensais aux horribles assassinats commis par Gary, et à la façon terrible et mystérieuse dont Gaylen avait été tué. Le meurtre était une manière de mettre un terme à l'histoire de quelqu'un – de *n'importe qui*. Il pouvait surgir de n'importe où, à n'importe quel moment. Et non seulement mettait-il un terme à une vie, mais il pouvait aussi entacher chaque bon souvenir et chaque réussite de cette vie. J'en avais marre de tout ce gâchis, mais ça n'y changeait rien. Les meurtres individuels pouvaient être résolus et punis, mais le meurtre en lui-même, bien entendu, ne pourrait jamais être résolu. Il faudrait d'abord résoudre le cœur humain, et résoudre l'histoire qui a rendu ce cœur si sombre et désespéré.

Le lendemain de l'assassinat de Lennon, ma mère m'a téléphoné chez moi à Los Angeles. « Je voulais savoir comment tu allais, m'a-t-elle dit. Je sais que tu aimais beaucoup cet homme. Je sais que tu dois avoir mal. »

Ma mère était une personne remarquable. Je le savais même aux moments où je voulais être aussi loin d'elle que possible. Elle savait ce qu'était la perte, elle savait ce qu'elle signifiait. La perte l'avait détruite, mais pas au point qu'elle ne pouvait plus appeler son fils après la mort de l'un de ses héros, et lui faire savoir qu'elle pensait à lui et à sa douleur. Ce jour-là, au téléphone, j'ai été capable de faire une chose que je n'avais pu faire avec personne d'autre : j'ai pleuré pour l'assassinat de John Lennon, et pour le fait qu'une partie de mon passé que je chérissais avait été ravagée.

À la fin de notre conversation, ma mère m'a fait une proposition. En fait, c'était probablement plus une supplication. « Pourquoi ne viens-tu pas à la maison pour Noël ? Ça fait tellement longtemps que je ne t'ai pas vu. Parfois on dirait que nous ne sommes plus une famille. Depuis que Gary est mort, c'est comme si nous avions du mal à être tous les trois dans la même pièce. Mais il ne me reste plus beaucoup de Noëls pour voir mes fils. Viendras-tu cette année ? »

J'y suis allé. J'ai passé ce Noël avec ma mère et mon frère. Ça a été à bien des égards une visite agréable, mais aussi déprimante. La santé de ma mère était alors pire que jamais. Elle était assise sur sa chaise à la table de la cuisine, vêtue de son peignoir hors d'âge. Elle restait tout le temps là, tel un animal effrayé qui s'est trouvé un endroit sûr et refuse de s'aventurer en dehors.

À un moment, Frank est allé faire une longue promenade, et c'est alors que ma mère m'a raconté certaines des histoires horribles que je n'oublierais jamais – comme la fois où son père l'avait forcée à regarder une pendaison imaginaire. « Tu as bien fait de partir, m'a-t-elle dit ce jour-là. Tu me manques terriblement, mais tu as bien fait. Il y a une malédiction qui nous a dévorés les uns après les autres, et bientôt elle m'emportera aussi. Mais maintenant que tu vis si loin, peut-être qu'elle ne te trouvera jamais. Je veux que tu sois celui d'entre nous qui sera à jamais à l'abri. Je ne veux pas qu'il t'arrive quoi que ce soit. »

Elle a alors éclaté de rire. « Oh ! mais voilà que je remets ça, à radoter comme une vieille femme. Tu dois me trouver terriblement idiote. »

Quelques instants plus tard, elle observait la crasse sombre par terre, comme si elle cherchait des secrets sous ses couches noircies. « Mon Dieu, Gary me manque, a-t-elle dit. Pourquoi voulait-il mourir ? Pourquoi a-t-il tué ces deux garçons, puis voulu mourir ? Je crois que je ne le comprendrai jamais. » Et elle s'est couvert le visage des mains, et ses sanglots ont empli l'espace sombre de son mobile home.

C'est la dernière fois que je l'ai vue vivante.

Des années plus tard, Frank m'a raconté la fin. Il m'a aussi parlé d'autres choses. Il m'a raconté à quoi ça avait ressemblé de vivre avec ma mère durant les années qui ont suivi la mort de Gary :

« Elle souffrait, de toute évidence, mais la combinaison de souffrances physiques et émotionnelles la poussait parfois vers l'irrationnel. Elle restait là à dire des choses comme : "Est-ce qu'il y a autre chose dans le monde que de la douleur ?" Elle disait ça souvent. Elle s'était convaincue que le rétablissement de la peine de mort avait eu pour seul objectif d'avoir Gary – ou de l'avoir elle à travers Gary. Parfois elle devenait complètement barge et elle hurlait : "Gary est le seul qu'ils ont tué, le seul qu'ils tueront jamais – ils ne tueront jamais personne d'autre dans ce pays. Ces foutus mormons ont fait ça parce qu'ils me détestent. Ce sont eux qui ont arraché son cœur à ton frère." Ça devenait si infernal et incessant que je finissais par me lever et partir.

« Une des choses qui la rendaient difficile à cette époque, c'était son régime. Elle devait faire attention à ce qu'elle mangeait, mais bien sûr elle ne le faisait pas. Le chocolat constituait son régime de base et, vu l'état terrible de son estomac, tu peux imaginer combien c'était bon pour sa santé. Une des rares autres choses qu'elle mangeait, c'était un type de pain spécial. Je me souviens qu'un jour je suis allé à la boutique et qu'ils n'en avaient pas, et elle est devenue hystérique. Elle m'a accusé de ne pas en avoir rapporté exprès. Nous nous sommes engueulés si fort que je suis sûr que les voisins ont tout entendu.

« Je ne voulais pas être vache, mais elle était impossible. Elle refusait de faire des choses sensées, et elle n'acceptait les conseils de personne. Et parfois je m'oubliais et je me mettais à gueuler – comme on fait quand on est frustré. Je disais : “Merde, faut que tu manges mieux ! Si tu ne le fais pas, je vais aller chercher une infirmière.” Alors elle devenait *complètement* hystérique et elle disait : “Vous, les garçons… vous voulez me mettre en maison de retraite !” Alors je disais : “Oh ! arrête… s'il te plaît, calme-toi. La dernière chose que Mikal et moi voulons, c'est te mettre en maison de retraite. Nous ne te mettrons *jamais* en maison de retraite.”

« Maman était persuadée que je passerais ma vie à m'occuper d'elle – que je ne penserais jamais à avoir ma vie à moi. Mais je ne pouvais pas rester tout le temps là-bas. Je partais – parfois toute une semaine, mais en général juste le week-end. Et elle considérait ça comme une trahison. À l'âge que j'avais – presque 40 ans –, je continuais de passer presque tout mon temps avec elle. C'était bien plus que ce que font la plupart des fils. Mais comme je ne pouvais pas supporter ça tout le temps et que je partais quelques jours, elle considérait ça comme une trahison, comme si j'étais Judas. Quand je revenais après être parti quelque temps, elle disait : "Tu es exactement comme ton père."

« Voilà ce qu'il fallait que je supporte. Si je cherchais à l'aider, j'étais tout le temps accusé de vouloir la mettre dans une maison de retraite, alors que je n'en avais aucune intention. Mais je ne pouvais pas le lui faire comprendre. C'était comme essayer de lui faire prendre le bon médicament ou manger un repas consistant – impossible. C'était un boulot trop énorme pour moi. Je n'aurais même pas dû essayer de l'aider car je n'étais pas qualifié pour. Mais qu'est-ce que je pouvais faire d'autre ? J'ai essayé de nombreuses fois de lui faire voir un médecin ou un psychologue, mais sa réaction était toujours la même. Elle devenait dingue. Elle jetait des choses. Elle pleurait. Elle ne voulait quitter sa maison à aucun prix et, même si je déteste dire ça, je ne crois pas qu'elle voulait vraiment aller mieux. Je crois que je me disais toujours qu'un beau matin maman se lèverait et changerait. C'était une de mes grandes faiblesses. J'ai toujours cru que c'était juste une phase. Mais à mesure que les années s'écoulaient, j'ai commencé à voir que ce n'était pas si différent de ce que ça avait été avec Gary. Nous pensions toujours : "Bon, à sa prochaine sortie, il sera différent. Il va changer." Je me disais la même chose avec maman. Un beau jour, elle va changer comme par magie et deviendra la vraie mère qu'elle devrait être. Quand nous l'avons perdue, j'ai compris que ça ne se produirait jamais dans ce monde-ci. Ça été l'une des choses qui m'ont fait le plus mal.

« J'aurais dû faire la même chose que toi. J'aurais dû partir. Peut-être qu'elle aurait appris des choses. Elle aurait appris qu'elle n'avait pas besoin d'être dépendante des autres. Qu'elle aurait pu survivre dans son propre monde, dans sa propre vie, avoir ses propres amis, apprendre à allumer la télé. Elle aurait pu apprendre à surmonter certaines de ses autres peurs. À bien des égards, ce sont ses peurs qui l'ont fait sombrer – toutes ces peurs ridicules qui ont eu une emprise sur sa santé. On ne pouvait pas les effacer, même si on essayait de la raisonner. Elle avait peur de tout. De la crasse comme de la propreté. De l'eau et de la poussière. Des médicaments et de la maladie.

« À la fin, elle refusait mon aide, et la pression était bien trop grande pour moi. Elle me demandait tout le temps : "Pourquoi suis-je si malade ? Pourquoi est-ce que ça m'arrive ?" J'avais envie de répondre : "Tu es malade parce que tu refuses d'être en bonne santé. Tu es malade parce que tu veux mourir." Mais je ne pouvais pas laisser partir le peu d'espoir qui me restait, et j'avais beau être parfois en colère après elle, je ne pouvais pas me résoudre à être si cruel. »

Un jour, il est soudain devenu clair aux yeux de Frank que les choses avaient atteint un stade critique. Depuis plusieurs jours, Bessie était malade. Elle passait des heures au lit, puis elle se levait et allait s'asseoir sur sa chaise dans la cuisine. Elle se plaignait d'être tout le temps épuisée, et elle refusait de manger tout ce que lui servait Frank. Après deux ou trois jours, celui-ci a déclaré : « Maman, j'appelle une ambulance. » Cette suggestion l'a mise hors d'elle.

« Ça faisait longtemps que j'étais patient, se souvient Frank. Probablement trop longtemps. C'était atroce de voir ce qu'elle endurait. Finalement, alors qu'elle n'avait rien avalé depuis deux ou trois jours, j'ai décidé que j'en avais ma claque. »

Frank a appelé l'ambulance et Bessie a été emmenée à l'hôpital à Milwaukie, hurlant que son fils essayait de la tuer. À l'hôpital, les médecins lui ont dit que son fils avait fait ce qu'il fallait et qu'elle aurait dû venir plus tôt. Mais elle ne voulait rien entendre. Presque à chaque fois que les infirmières lui apportaient à manger, elle jetait les plats contre le mur.

Frank allait la voir deux ou trois fois par jour. Il voyait son visage reprendre des couleurs, observait qu'elle devenait plus sensée. Au bout de deux jours, les médecins ont annoncé qu'elle allait s'en tirer.

« J'étais tellement content, m'a dit Frank, que je suis rentré à pied de l'hôpital. Et j'étais à la maison en train de me préparer à dîner quand tout à coup des gens sont venus cogner à la porte. "Ils ont dû brancher votre mère à cette machine" qu'ils disaient. Ils m'ont conduit à l'hôpital et, quand je suis arrivé, les médecins l'avaient reliée à cette machine qui respirait à sa place. J'avais été là un peu plus tôt, et elle parlait et semblait aller mieux. J'étais en colère et j'ai parlé à un médecin. Il a dit : "Eh bien, nous lui avons injecté quelque chose pour soigner son infection." Elle avait attrapé une espèce d'infection à force de ne pas se laver. Mais son corps avait rejeté l'antibiotique.

« Elle est morte le 30 juin 1981, dans l'après-midi. Je me souviens que c'était une journée chaude et qu'il y avait une éclipse. Elle avait toujours été terrifiée par les éclipses. Elle disait qu'elle mourrait pendant une éclipse. Il s'est avéré qu'elle avait raison. »

Je ne savais pas que ma mère était à l'hôpital. Frank n'avait pas réussi à trouver mon numéro de téléphone à Los Angeles. Elle était morte depuis deux jours quand la nouvelle m'est finalement parvenue. J'avais connu plusieurs décès dans la famille, mais aucun ne m'avait autant dévasté.

Je suis rentré à la maison et ai aidé Frank à l'enterrer. Il avait 40 ans et semblait perdu sans elle.

Le soir de son enterrement, Frank et moi sommes restés chez un ami. Le lendemain, j'ai repris l'avion pour Los Angeles. J'ai dit à Frank que je voulais qu'il vienne en Californie et loge chez moi quelque temps. Nous nous sommes serré la main devant chez mon ami, et j'ai regardé mon frère se retourner et s'éloigner dans la rue où nous avions vécu pendant tant d'années – une rue que nous avions tous deux empruntée un nombre incalculable de fois.

J'ai écrit à Frank dès mon retour à L.A. Quelques jours plus tard, la lettre m'est revenue. Elle portait la mention : N'HABITE PLUS À CETTE ADRESSE – PAS D'ADRESSE DE RÉEXPÉDITION. J'ai longtemps essayé de le retrouver, mais en vain. C'était comme si, le matin où nous nous étions dit au revoir dans cette portion hantée d'Oatfield Road, il s'était enfoncé dans le néant avec tous les autres fantômes.

2

Nouvelles familles, vieux fantômes

Un autre rêve :

Je vis dans un studio à Portland, et un jour mon père arrive à la porte. Il me dit qu'il a récemment localisé ma mère, dont nous avons tous deux perdu la trace depuis quelque temps. Apparemment, elle vit quelque part à Seattle, et mon père pense que nous devrions lui rendre visite.

Nous montons dans sa voiture – un vieux break Pontiac – et partons pour Seattle. Mon père devrait bien connaître la route – il l'a littéralement parcourue des centaines de fois – et pourtant, pour une raison ou pour une autre, chaque fois qu'il prend une sortie, c'est la mauvaise, ce qui le trouble et le met de plus en plus en colère. Pire encore, toutes les sorties se ressemblent ; ce sont de grandes boucles inclinées qui encerclent de vastes marécages. Après s'être égaré quelques fois, alors qu'il n'arrive plus à trouver ce qui devrait lui être familier, mon père se met à quitter les boucles et à s'engager dans les marécages, enfonçant les roues dans le sol meuble et transformant l'herbe en sillons boueux. Un policier le voit et le force à s'arrêter. Mon père explique que quelqu'un a caché sa sortie, et qu'il n'arrive plus à trouver ce qu'il connaissait autrefois comme le dos de sa main. Le policier semble apprécier mon père – il ne l'arrête pas, ne lui donne pas de contravention, ne lui fait même pas la leçon – et il nous guide jusqu'à Seattle.

Quand nous arrivons, c'est le début de soirée, et mon père me mène à un petit appartement qu'il a loué pour moi. Il ressemble en tout point aux souricières désolées dans lesquelles nous vivions quand j'étais enfant. La principale différence, c'est que dans cet appartement vit une femme, avec qui je suis censé coucher. Mon père s'en va, expliquant qu'on se reverra plus tard. La femme nous sert quelques verres et nous commençons à faire l'amour, lorsque nous sommes interrompus par l'arrivée de deux autres femmes : des amies à elle, munies de sacs de couchage. Elles viennent passer quelques jours avec elle. Nous discutons un moment, puis elles étalent leurs sacs de couchage par terre, au pied du lit de la femme, et nous nous couchons tous.

Je me réveille en pleine nuit, incapable de dormir. Je me lève et me sers un verre, puis je vois la femme blonde dans le sac de couchage au pied du lit, elle est assise et me regarde. Elle non plus n'arrive pas à dormir et elle m'invite à la rejoindre par terre. Nous commençons à nous embrasser. Je commence à descendre le long de son corps. « Ah ! nous ne voulons pas être vulgaire, hein ? » dit-elle, puis elle m'appuie le visage entre ses jambes, serrant fermement ma tête contre elle, jusqu'à ce que je sente le goût de son désir et du mien.

Quand nous avons fini, je retourne au lit avec la femme qui est censée être ma « petite amie » et m'endors avec un bras autour d'elle.

Le lendemain, mon père arrive et m'annonce que le moment est venu d'aller voir ma mère. Et soudain, il fait nuit, et mon père et moi sommes dans un restaurant, buvant des verres avec deux femmes : je suis avec ma « petite amie », et mon père est avec la blonde avec qui j'ai couché la nuit précédente. Tout le monde s'entend bien et nous passons du bon temps, et il flotte une promesse implicite de plaisirs sans bornes ni censure.

Mon père se lève, un peu éméché et heureux, et annonce qu'il va trouver ma mère. Il revient un peu plus tard et me dit que je ferais bien de le suivre. Soudain, tout semble solennel, comme si nous nous dirigions vers quelque chose de rituel et de déplaisant – comme un enterrement ou une exécution. Pour la trouver, nous devons nous frayer un chemin à travers le restaurant, qui est comme un dédale, et nous traversons les unes après les autres des pièces pleines de gens ivres. Finalement, nous tournons à un angle et voyons ma mère assise à une table, élégamment vêtue. À une table proche, il y a une femme plus jeune, mignonne et sexy, qui fait signe à mon père. Il s'approche et s'assied à côté d'elle. Puis il passe un bras autour d'elle et dit : « La voici, c'est ta mère. »

Nous savons tous les deux qu'il se trompe, mais maintenant qu'il a trouvé ma mère, il est de toute évidence embarrassé par sa présence et ne veut pas mettre en péril ses chances avec la jeune femme. Je me tourne vers ma mère. Elle me sourit poliment, timidement, un sourire presque fragile. Elle semble vieille et frêle, on dirait qu'elle va se désagréger si je passe un bras autour d'elle, mais elle semble aussi heureuse et reconnaissante que je l'aie trouvée. Dans ses yeux, je perçois une tristesse et une peur inimaginables, comme si elle appréhendait ce que je risque de dire, ou qu'elle craignait que je ne la rejette moi aussi. Je passe un bras autour d'elle, même si je sais qu'elle va se désagréger, et alors le rêve s'achève.

Maintenant que ma mère était morte et que Frank avait disparu, j'avais l'impression de ne plus avoir de famille. Les chanteurs de blues vous diront combien il est terrible d'être un enfant sans mère dans ce monde – combien il est effroyable d'être coupé non seulement de l'amour et du réconfort qu'une mère peut offrir, mais aussi de la source de sa propre histoire. Perdre sa mère, disent-ils, c'est perdre son ancrage dans ce monde. Tout ce qui nous a faits et protégés est désormais parti. On est à la dérive et, même si on trouve sa place, on a à jamais perdu son lien le plus vital avec ses ancêtres. On a perdu quelque chose de sacré.

J'ai toujours aimé ces chansons, mais je ne crois pas que c'est ce que je ressentais. Oui, je pleurais ma mère. J'étais affligé et scandalisé par les souffrances qu'elle avait endurées au cours de sa vie, et il est vrai que, avec sa mort, j'éprouvais un sentiment de perte et de rupture – que je n'avais pas éprouvé avec les précédents décès dans ma famille. Dans les années à venir, lui parler me manquerait, de même que l'espoir de lui apporter un jour une bonne nouvelle qui pourrait racheter toutes les décennies de mauvaises nouvelles qu'elle avait vécues. En plus, j'avais désormais perdu la trace de Frank, et je craignais qu'il ne lui soit arrivé quelque chose, avec sa timidité et son caractère dépressif, dans un monde si rude.

Mais la vérité, c'est que je ne me suis pas senti perdu dans le monde quand j'ai perdu ma famille. Si j'ai éprouvé quelque chose, ça a été du soulagement : je n'étais plus lié au naufrage qui avait été la marque de ma famille, et au moins, maintenant, si une catastrophe survenait dans ma vie, elle serait uniquement de ma faute. Je n'aurais plus besoin de rester là à attendre le prochain désastre familial.

Quelques mois après le décès de ma mère, j'ai rencontré une femme dont le regard m'a dit qu'elle avait besoin d'être aimée. Elle s'appelait Erin.

Tout comme moi, Erin venait d'une famille qui avait connu des morts et d'autres problèmes, et nous pensions chacun pouvoir compenser certaines des pertes de l'autre. Nous sommes tombés amoureux, et en août 1982 nous nous sommes mariés à Tucson, Arizona.

Vers la même époque, j'ai appris que Larry Schiller achevait une adaptation télévisée de quatre heures du *Chant du bourreau*, qui devait être diffusée en novembre 1982. Schiller et moi étions depuis longtemps en mauvais termes. En 1977, juste avant l'exécution de Gary, j'avais quitté l'Utah sans revoir Schiller ni répondre à ses coups de fil. J'en étais arrivé à estimer que son implication dans toute l'histoire avait contribué à faire de l'exécution de Gary un spectacle médiatique et une atteinte à la vie privée de ma famille.

Plus tard, après mon déménagement à L.A., Schiller m'a téléphoné pour me dire qu'il avait convaincu Norman Mailer d'écrire un livre sur la vie et la mort de Gary, et il m'a demandé de lui accorder une interview. J'ai refusé. Je respectais Mailer, mais j'avais trop de doutes quant à la crédibilité de Schiller pour participer à un tel projet. Et puis, je ne voulais tout simplement pas passer ma vie à ressasser et revivre la tragédie de ma famille.

Quand *Le Chant du bourreau* a été publié en 1979, je me suis aperçu que Schiller – qui avait mené la plupart des interviews pour le livre de Mailer – avait servi son sujet plus scrupuleusement que je ne l'aurais imaginé. Mailer ne cherchait pas à faire de l'histoire de Gary un mythe ou un réquisitoire, il semblait plus intéressé par les vérités que révélaient les détails superficiels :

l'interaction des personnages et des incidents qui avait propulsé l'histoire en avant avec une force si fatale. Mais j'estimais tout de même que la pose de Schiller en tant que personne qui enregistrait l'histoire pouvait simplement être une ruse destinée à ce qu'on lui foute la paix.

Un jour, après la publication du livre, Mailer m'a demandé pourquoi j'avais refusé de participer au *Chant du bourreau*, et j'ai répondu : « À cause de Larry Schiller. » Mailer a réfléchi un moment et répliqué : « Je vois ce que vous voulez dire. Vous savez, Larry et moi avons eu nos désaccords au fil du temps. Mais je dois avouer que je crois que quelque chose dans cette expérience a donné à Larry plus de profondeur. »

Maintenant, Schiller avait fait un film de cette histoire, et je savais que j'allais devoir une fois de plus assister à la recréation d'une partie du passé de ma famille. Par ailleurs, je savais que les films semblaient avoir une autorité que les comptes rendus écrits n'avaient pas ; sous prétexte qu'il y avait dans les films de vrais visages, les gens croyaient souvent qu'ils racontaient la vérité. Mais je ne savais que trop bien que ce qui s'était produit durant la vie de Gary était difficilement adaptable à la télévision, et je voulais le dire. Cette fois, j'ai décidé que je ne me défilerais pas. Les rédacteurs de *Rolling Stone* ont accepté de me confier la mission de couvrir le film sur la vie de Gary.

Schiller n'a pas tardé à l'apprendre, et il m'a appelé pour m'inviter à voir le film et m'offrir sa coopération. Ça semblait une proposition étonnamment courtoise (et astucieuse), étant donné que j'avais décliné ses nombreuses requêtes de participer au projet de Mailer.

Quelques jours plus tard, j'ai vu le film et l'ai trouvé dans l'ensemble rigoureusement fidèle à son sujet. Il présentait, sans trop de broderie ni de sentimentalité, un récit vif de la vie de Gary à Provo, Utah, et décrivait la progression de sa rage, et son aboutissement à deux meurtres absurdes. Il montrait aussi comment Gary avait par la suite incessamment recherché sa propre négation, pour conclure par son exécution. Mais il me semblait que le film passait aussi à côté de beaucoup de choses : il passait à côté de Gary, et par là même ratait l'opportunité de recréer ou de sauver une âme. Il n'y avait tout simplement pas grand-chose dans l'interprétation de l'acteur Tommy Lee Jones qui rappelait Gary tel qu'il était réellement, et il n'y avait pas non plus grand-chose qui montrait la véritable intensité de la fureur de Gary ou l'étendue de son intelligence. Et ce qui était peut-être plus problématique, c'était qu'il n'y avait guère de tentative d'éclairer les motifs derrière le désir de mort de Gary, et si on ne comprenait pas ça, semblait-il, les autres détails et actions de l'histoire tombaient à plat.

Un soir d'été, environ une semaine après la projection, j'étais dans le jardin de Schiller et lui faisais part de ma réaction au film.

« Eh bien, a-t-il répondu, vous avez raison. Ce Gary n'est certainement pas le Gary que j'ai rencontré ni le Gary que vous avez connu en tant que frère... Mais je crois néanmoins que ce Gary vous amène au même résultat final que le vrai. »

Schiller m'a regardé un moment en silence, puis il a ajouté :

« À présent, je voudrais vous poser une question. Pourquoi avez-vous attendu jusqu'à maintenant pour avoir quoi que ce soit à voir avec cette histoire ? Pourquoi ne m'avez-vous pas accordé d'interview pour le livre de Norman quand je vous en ai demandé une ?

— Parce que, lui ai-je dit, je voulais plus que tout garder ma propre voix pour moi. Je ne voulais pas donner une interview à quelqu'un et avoir par la suite l'impression que j'avais perdu le contrôle de mes propres propos. »

Schiller a acquiescé.

« Garder votre propre voix pour vous. Je crois que j'aurais pu le comprendre si vous me l'aviez expliqué comme vous me l'expliquez maintenant. Vous voyez, je vous considérais comme un chaînon crucial de cette histoire que je n'ai jamais pu obtenir.

— Aussi, ai-je ajouté, il me semblait clair en Utah que ce qui comptait le plus chez Gary en tant que sujet d'information ou de propriété littéraire, c'était l'événement – en fait, la mise en scène – de sa mort. Que Gary avait plus de valeur pour vous… »

Schiller a fini ma phrase pour moi :

« … mort que vivant. Ce qui, en fait, était faux.

— Vous ne croyez pas ?

— Non. Gary Gilmore ne valait rien mort. Son histoire aurait eu une plus grande portée sociale s'il était simplement retourné dans le couloir de la mort.

— Comment ça ?

— Parce que, alors, véritablement, nous aurions vu comment le public peut accorder de l'importance à un événement, mais aussi comment il peut oublier cette importance. Je regrette que mon film ne se termine pas ainsi.

— Mais ne vous êtes-vous jamais demandé si votre implication allait contribuer à entraîner son exécution ?

— Je ne crois pas que nos actions aient entraîné la mort de Gary, a répondu Schiller, mais je crois qu'elles ont déterminé la portée de sa mort. Si les médias, moi y compris, avaient décidé de quitter la ville quinze jours avant l'exécution, la mort de Gary n'aurait pas été aussi importante que notre couverture l'a laissé paraître.

« Vous voyez, quoi que vous puissiez croire, je ne voulais pas que Gary soit exécuté. J'étais assurément très attaché à la valeur de la vie, mais je comprenais aussi que Gary avait le droit – le droit *inaliénable* – de choisir son destin. Je n'étais pas nécessairement convaincu qu'il faisait du mal à qui que ce soit d'autre en choisissant de mourir ainsi. »

C'était une chaude nuit d'été, il était tard. Le seul bruit alentour était le bruissement des feuilles dans la brise qui rafraîchissait un peu l'air. J'étais assis à la même table qu'un homme pour qui j'avais éprouvé l'aversion la plus profonde, et je découvrais, à ma surprise, que ma rancœur avait disparu.

Vers la fin de ma discussion avec Larry Schiller, je lui ai dit que je souhaitais entrer en contact avec Nicole Barrett Baker, la petite amie que Gary avait laissée derrière lui. En fait, je ne l'avais jamais rencontrée et ne lui avais jamais parlé. Quand j'étais allé voir Gary en Utah la semaine avant son exécution, elle était toujours hospitalisée après que Gary et elle avaient tenté de se suicider en même temps. J'avais essayé de trouver un moyen d'établir la communication avec elle – en partie parce que Gary m'avait demandé de le faire, et aussi parce que la douleur et la confusion du moment m'incitaient à parler à quelqu'un – mais je n'avais pas trouvé le moyen de tromper la surveillance stricte de son hôpital. La fois où j'avais été le plus proche de lui transmettre un message, c'était quand j'avais appelé une station de radio de Salt Lake pour qu'ils passent une chanson pour elle, à la demande de Gary. C'était la chanson de vieux rythm'n' blues préférée de Gary, *Valley of Tears* de Fats Domino.

Au cours des années qui avaient suivi, pas un mois ne s'était écoulé sans que j'envisage d'établir sur le tard quelque contact – en partie parce qu'il demeurait à mes yeux toujours une zone d'ombre dans les événements qui avaient entouré la mort de Gary. Mais le seul moyen que j'avais de la trouver, c'était par l'intermédiaire de Larry Schiller, et j'avais choisi de ne pas utiliser cette voie. Et puis, je n'étais probablement pas prêt. Rencontrer Nicole aurait un peu été comme me trouver face à un rappel vivant de ce qu'avait perdu Gary, et je n'aurais sans doute pas pu le supporter.

Mais maintenant, armé de l'adresse que Schiller m'avait fournie, j'ai écrit une lettre à Nicole pour l'informer de ce que je faisais et lui demander si elle serait disposée à me rencontrer et à discuter. Quelques semaines plus tard, j'ai pris l'avion pour la petite ville de l'Oregon où elle vivait. La Nicole qui est venue me chercher à l'aéroport semblait en tout point aussi adorable que la Nicole interprétée par Rosanna Arquette dans le film, quoique beaucoup plus timide et maîtresse d'elle-même. Apparemment, elle avait entrepris depuis deux ou trois ans quelques changements bénéfiques et bien mérités : Nicole était désormais mariée, chrétienne évangéliste, et mère d'un petit garçon. Nous nous sommes salués avec un léger embarras et avons pris la direction d'un restaurant ouvert toute la nuit pour y dîner.

Nous avons discuté pendant des heures, sans toutefois aborder aussitôt le sujet de Gary. Elle me parlait de son mariage et de sa foi ; je lui parlais de mon mariage et de mon amour du rock and roll. Nous avons continué de beaucoup nous voir au cours des jours suivants, et en sommes finalement venus à évoquer Gary et ce qui s'était passé. Le plus drôle, c'est que nous avons mis un moment à faire le tri entre nos souvenirs personnels et ce que nous avions lu ou vu à la télévision. Nous nous apercevions que, avec toutes les interprétations qui avaient été proposées, nous avions perdu certains éléments de nos vraies vies.

Le dernier soir, nous avons fait une longue balade en voiture dans les forêts qui bordaient la côte de l'Oregon. Nous avons évoqué nos souvenirs de l'époque de l'exécution. Je lui ai raconté mes dernières visites à Gary – comment, malgré la distance et toutes les difficultés qui nous avaient séparés, nous étions parvenus à nous dire adieu avec un peu de respect mutuel durement gagné.

« Vous savez, a déclaré Nicole, je n'ai jamais pu lui dire adieu. » Elle s'est tue quelques instants et a regardé dans l'obscurité tandis que nous roulions à toute allure sur l'autoroute. « Un soir, a-t-elle repris, alors que je logeais dans une maison que Larry avait louée pour moi à Malibu, après l'exécution, j'ai rêvé de Gary. Il arrivait chez moi sur cette grosse moto. Il ne disait pas grand-chose, mais je savais qu'il voulait que je l'accompagne. Je grimpais derrière lui et je m'accrochais, et nous roulions très, très longtemps. Finalement, nous atteignions une bande de terre qui s'enfonçait dans la mer. Au bout de la bande de terre, il y avait une prison – mais pas le genre avec des gardiens et des grilles. Plutôt comme un endroit où les gens feraient étape avant d'aller ailleurs.

« À l'intérieur, il y avait des murs de pierre blanche. Gary descendait de moto et disait : "Au revoir." Je demandais : "Je ne peux pas partir avec toi ?" Et il répondait : "Non, tu ne comprends pas. Tu ne me reverras jamais." Je me mettais à pleurer, comme je n'ai jamais pleuré dans la vie. Puis je regardais autour de moi et je voyais une autre femme assise à proximité, en larmes. C'était votre mère. J'allais jusqu'à elle et je la serrais dans mes bras, et nous pleurions ensemble. »

Nous sommes restés longtemps silencieux, et alors j'ai demandé à Nicole :

« Est-ce que vous pensez encore souvent à lui ? »

Elle m'a regardé un instant, puis s'est de nouveau tournée vers la vitre.

« Oh ! la manière dont le soleil se couche le soir – parfois, ça me fait penser à Gary. »

J'ai songé un moment à ses paroles, puis j'ai compris ce qu'elle voulait dire : toujours.

Dehors, les collines de la petite ville côtière défilaient, silhouettes noires se détachant sur un ciel illuminé d'étoiles. Et j'ai alors compris que rencontrer Nicole avait été une expérience forte, et agréable. Ça m'a rappelé que, dans la vie, la vérité de nos cœurs et de nos souvenirs ne cesse jamais de constituer un risque. Et puis j'avais l'impression d'appartenir à une famille – et c'était une chose que je n'avais pas éprouvée depuis longtemps.

Quelques minutes plus tard, Nicole m'a déposé à mon motel.

« Je déteste les adieux, a-t-elle dit, esquissant un sourire timide.

— Je ne suis moi non plus pas doué pour », ai-je répondu.

Je lui ai fait une bise, puis je l'ai regardée faire marche arrière, tourner en agitant la main, et s'éloigner. Elle a retrouvé sa vie, et moi la mienne. C'était tout ce que nous pouvions faire.

Peut-être cette histoire devrait-elle s'achever ici. Peut-être avons-nous atteint une sorte de conclusion. Peut-être celle-ci comporte-t-elle même un soupçon de rédemption. C'est du moins l'impression que j'avais à l'automne 1982 quand j'ai raconté ma rencontre avec Nicole dans mon article sur *Le Chant du bourreau* pour *Rolling Stone*. Je me disais, voici ce que je dois apprendre, ce que nous devons tous apprendre : la vie continue. Nous devons absorber la douleur, affronter les souvenirs, et pardonner ce que nous pouvons pardonner. Tout bien considéré, pas la pire vérité à apprendre.

Mais le problème, c'est que la vie continue en effet, et qu'elle n'a pas de conclusion, hormis la mort. C'est la mort qui nous dit qu'une histoire est finie – que le moment est venu d'évaluer la vie qui s'est achevée, de considérer ses intrigues et ses drames, et de raconter ses épisodes. Gary et tous les autres qui ont rejoint les morts – les membres de ma famille, les hommes que Gary a assassinés – étaient les seuls dans cette histoire qui pouvaient prétendre à une conclusion, les seuls qui avaient joué leur rôle jusqu'au bout, qui avaient fini de payer pour, ou d'échapper à, l'héritage. Nous autres, nous continuions de vivre des vies qui devaient aller au-delà des pages finales, des vies dans lesquelles le souvenir des morts était toujours présent.

Ma vie n'a pas toujours pris de bons tournants, même si, dans une certaine mesure, c'est l'impression qu'elle a probablement donnée. Ma carrière de journaliste musical a été plutôt heureuse. J'ai quitté *Rolling Stone* en 1980 pour quelques années, même si je continuais d'écrire pour le magazine. Je suis devenu rédacteur en chef de la section musique du *L.A. Weekly* pendant un temps, puis j'ai travaillé en tant que critique pop pour le désormais défunt et très regretté *Herald Examiner* de Los Angeles. C'est durant cette période que j'ai écrit certains de mes articles préférés – j'avais l'impression, pour la première fois depuis des années, d'avoir trouvé une voix critique en laquelle j'avais confiance. J'ai aussi eu la chance de rencontrer et d'interviewer certaines des personnes dont la musique m'avait le plus profondément affecté au fil des années, parmi lesquelles Bob Dylan, Miles Davis, Mick Jagger, Keith Richards, Johnny Rotten, Bruce Springsteen, et mon idole musicale absolue, Lou Reed.

Je ne mentionne pas ça pour frimer, mais parce que je suis fier d'une grande partie de mon travail de critique musical, et reconnaissant envers les divers rédacteurs qui m'ont donné la chance de grandir en tant qu'auteur. Je mentionne ça car, même si j'avais une passion véritable et constante pour le rock and roll et d'autres formes de musiques et de cultures populaires, mon travail n'a pas vraiment été la partie la plus importante de ma vie, et il ne m'a d'ailleurs pas toujours donné l'impression que ma vie valait grand-chose. À la fin de la journée, une fois mon travail achevé, je devais rentrer chez moi et affronter ma vraie vie. Mon mariage était plus ou moins dès le début parti à vau-l'eau. Je crois que nous traînions l'un comme l'autre trop de démons familiaux pour vivre sous le même toit, et, pour être honnête, je ne cherchais pas assez à comprendre les peurs et les ravages qui tourmentaient ma femme pour lui être d'une grande aide. Notre union a probablement été vouée à l'échec dès l'instant où je me suis aperçu que je n'avais pas tant aimé ma femme qu'essayé de la sauver, peut-être pour expier le fait que je n'avais *pas* essayé de sauver mon frère. Ça ne donnait pas un mariage équilibré, et quand, après l'une de nos disputes particulièrement douloureuses, Erin m'a dit : « Tu n'as pas besoin de moi autant que j'ai besoin de toi », j'ai vu qu'elle avait raison, et j'ai compris à quel point j'avais été injuste. Nous nous sommes séparés après un peu plus de deux ans de mariage, et avons divorcé en 1985. Nous sommes restés bons amis, avec des hauts et des bas, et avons une ou deux fois essayé de nous retrouver, mais je crois que les dégâts étaient déjà trop grands à l'époque. Elle demeure quelqu'un que j'aime, et quelqu'un pour qui j'espère le meilleur.

Après ça, j'ai plus ou moins enchaîné les liaisons fiévreuses. Je vieillissais, et je voulais désespérément trouver quelqu'un avec qui je pourrais fonder une famille et un foyer. Et ensuite, pendant bien trop longtemps, j'ai cessé de vouloir un foyer ou une famille, car ça faisait trop mal, ça semblait absurde de vouloir ces choses tout en me disant que je ne les aurais jamais, ou alors, si je les trouvais, que je foutrais tout en l'air. Alors, ce qui n'est peut-être guère étonnant, j'ai sombré dans la dépression. J'étais là à travailler, ou à écouter de la musique, ou à lire un livre, quand une peur soudaine s'emparait de moi. J'allais m'allonger sur mon lit et je restais recroquevillé pendant des heures, attendant que l'obscurité se dissipe, attendant de respirer de nouveau normalement. Je me retrouvais à faire exactement ce que j'avais fait enfant durant mes étranges crises : je serrais fort les mains, me concentrant sur mes paumes. J'avais l'impression qu'en leur centre je pourrais trouver un soulagement ou une réponse, pourvu que je les serre suffisamment fort.

J'en savais assez sur la dépression pour savoir que ça pouvait empirer, voire être fatal. J'ai donc entamé une thérapie avec un médecin compétent et, au bout d'un moment, la peur et les autres symptômes ont commencé à s'évanouir. J'ai commencé à reprendre goût à la vie. Ma dépression n'a probablement duré que quelques mois, mais elle m'a semblé durer une éternité. C'est une expérience difficile à communiquer, et probablement difficile à comprendre, mais une fois que vous l'avez vécue, vous ne l'oubliez jamais. Elle vous fait envisager le reste du monde avec un peu plus de compassion, et elle vous pousse aussi à observer plus attentivement les recoins de votre vie, pour pouvoir repérer les ténèbres rapidement si elles recommencent à vous gagner.

À cette époque, j'ai signé un contrat pour écrire un livre sur un groupe. Je n'aurais pas dû le faire – le sujet ne me tenait pas suffisamment à cœur – mais je pensais vouloir changer certains aspects de ma vie, et je pensais en savoir assez sur l'écriture et sur la musique pour éveiller en moi une passion. Après près d'un an, je n'avais presque rien écrit, et je savais que je ne le ferais pas. À la place, j'ai proposé une idée de livre différent sur un autre groupe, Grateful Dead. L'idée était bonne. Grateful Dead est un groupe fascinant avec une histoire remarquable, et raconter l'histoire du groupe permettait d'examiner une période importante de la culture américaine moderne. Peut-être me serais-je montré à la hauteur de la tâche à l'époque, mais j'ai commis une erreur quasi fatale : je suis tombé amoureux.

L'histoire que je suis sur le point de relater n'est pas une histoire dont je suis fier. Elle m'a entraîné à trahir une ou deux personnes qui m'aimaient et me faisaient confiance, et a provoqué un désastre embarrassant. J'ai rencontré une femme – que j'appellerai Roxanne – durant des vacances à Portland, alors que j'effectuais des recherches pour mon projet de livre sur Grateful Dead. En fait, je la connaissais de vue depuis des années. C'était la plus jeune sœur d'une ancienne petite amie. À l'époque, elle était récemment divorcée et avait un fils de 4 ans. Elle voulait changer de vie et, bien entendu, moi aussi. C'était une liaison comme nombre d'autres. Au début, nous l'avons gardée secrète, en conséquence de quoi la passion qui accompagnait nos rencontres et nos accouplements était particulièrement intense – le genre de passion qui confère à l'amour un caractère impérieux. Mais il y avait plus que ça. J'avais un peu parlé à Roxanne de mon rêve de fonder ma propre famille, et elle m'a répondu qu'elle espérait un jour avoir d'autres enfants. Nous nous sommes demandé si nous pourrions faire fusionner nos rêves, et ça nous a semblé possible.

Je suis allé vivre quelque temps à Portland pour travailler à l'écriture de mon livre, et aussi pour voir ce que cette liaison donnerait. J'y suis allé avec la certitude que j'avais enfin une véritable chance d'atteindre le bonheur – que je pourrais désormais fonder ma famille. Je me disais même que je rachèterais non seulement ma propre histoire, mais peut-être aussi celle de ma famille, en faisant naître la vie là où il y avait eu tant de mort et de chagrin.

Bon, ça n'a pas fonctionné. Deux jours après mon arrivée à Portland, j'ai senti que quelque chose clochait affreusement entre nous. Et en fin de compte, il s'est avéré que Roxanne avait rencontré quelqu'un qui l'intéressait plus. Nous nous sommes engueulés, séparés, et elle a épousé l'autre type et a eu un enfant de lui. Ces choses arrivent. Ce n'était vraiment la faute de personne à part la mienne, et il n'y avait personne à pardonner à part moi. Mais cette fois, j'ai eu du mal à me pardonner.

J'ai passé une sale période. Je restais dans mon appartement à Portland à pleurer de façon incontrôlable. Je buvais jusqu'à tomber dans les vapes presque chaque soir, et je n'arrivais pas à me concentrer sur mon travail. Finalement, j'ai laissé tomber le livre.

C'est probablement alors que j'ai été le plus proche de l'autodestruction. Et quand j'ai compris que je n'avais pas le cran d'aller jusqu'au bout, ou que je n'étais pas capable de m'effondrer complètement, ça ne m'a pas aidé à me sentir mieux. J'avais l'impression qu'il n'y avait tout simplement pas de soulagement, pas moyen de me délivrer de ce qu'était devenue ma vie, et que j'allais devoir vivre avec ça que je le veuille ou non.

C'est alors que j'ai vu le fantôme.

Il était tard, vers 3 heures du matin. Je m'étais endormi soûl, mais mon sommeil était agité. Je vivais dans un loft près du centre-ville, et les lumières de la rue rebondissaient contre les murs durant la nuit, ce qui donnait une impression de mouvement permanent. J'ai ouvert les yeux et vu quelque chose bouger. Des lumières, ai-je pensé, et j'ai refermé les yeux. J'ai alors entendu le plancher grincer. J'ai rouvert les yeux, et, de l'autre côté de la pièce, j'ai vu une femme. Elle chatoyait – une rougeur ambrée l'enveloppait – et je voyais qu'elle était grande et blonde, vêtue de blanc. Elle allait et venait au pied de mon lit en prononçant des paroles d'une voix apaisante, séduisante. Elle est montée sur le lit et s'est mise à califourchon sur moi, et elle s'est glissée jusqu'à ma poitrine. Elle a agrippé mes poignets et fait se tordre la partie supérieure de mon corps, tout en maintenant douloureusement mes mains et mes bras contre le mur. Elle s'est penchée en avant, m'a embrassé l'oreille, et elle a dit : « Je te connais. Tu es le dernier. J'ai tout pris aux autres, et maintenant, c'est ton tour. »

Je me suis réveillé, appuyant si fort mes poignets contre le mur qu'ils me faisaient mal. J'ai parcouru du regard la pièce éclairée par les néons. Il n'y avait personne. Je me suis levé et j'ai fait le tour de l'appartement. J'étais seul.

Avais-je vu un vrai fantôme ? Non, bien sûr que non. C'était probablement le genre de rêve que les médecins appellent une terreur nocturne : un rêve qui se produit dans un certain état de conscience et semble à la fois réel et menaçant. De tels rêves sont communs dans certaines cultures, et on estime que nombre de gens sont morts dans leur sommeil à cause d'eux, effrayés au point d'avoir une attaque cardiaque.

Non, ce n'était pas un vrai fantôme. Je le savais. Mais après ça, pendant des jours, je n'ai pas pu me débarrasser du *sentiment* de réalité de ce souvenir – comme si un messager était venu d'un autre monde, ou de mon propre subconscient, pour me rappeler combien ma perte faisait partie d'une chaîne qui me reliait à une histoire qui allait au-delà de ma propre souffrance isolée. C'est cette nuit-là que j'ai commencé à comprendre que je n'avais au bout du compte jamais vraiment échappé à ma famille, que je portais en fait sa ruine au plus profond de moi, peut-être depuis le tout début de ma vie. Cette prise de conscience a suffi à me faire fuir la terre où ils étaient tous enterrés pour aller retrouver mes amis et ma vie à Los Angeles.

J'étais à Los Angeles depuis quelques mois quand une amie, la chanteuse Victoria Williams, m'a appelé pour me prévenir que « A Current Affair » – une émission nationale qui prenait des scandales qui s'étaient réellement produits et les présentait sous forme de divertissement d'information – avait annoncé la diffusion d'un épisode consacré à mon frère le soir même. Les producteurs de l'émission avaient retrouvé Nicole Baker et l'avaient convaincue d'accorder une interview filmée sur Gary et ses meurtres et son exécution – la première véritable interview télévisée qu'elle avait accordée sur le sujet.

J'ai été quelque peu surpris de constater que, bien plus d'une décennie après les faits, la liaison entre Gary et Nicole et la mort de mon frère puissent encore faire l'objet d'émissions sensationnalistes, mais peut-être que les colporteurs de scandales n'avaient pas grand-chose d'autre à se mettre sous la dent ce jour-là. J'ai regardé l'émission, m'attendant à quelque chose d'insipide, et ce que j'ai vu l'était assurément – de fait, il y avait de quoi (du moins pour moi) enrager. Mais il y avait aussi des moments étrangement touchants auxquels je ne m'attendais pas. Il y avait des archives filmées qui montraient Gary entrant et sortant du tribunal pour ses nombreuses auditions lors des derniers mois, menotté et vêtu d'une tenue blanche de prisonnier, scrutant de son regard méfiant les caméras qui le cernaient et le filmaient désormais à la moindre occasion. Je me rappelais avoir vu ce film dans le vertige et la furie de 1976 et m'être dit que Gary ressemblait exactement à l'image que les gens avaient de lui : plein de sang-froid, arrogant, mortel. Mais en revoyant désormais ces images, après tant d'années et d'expériences, j'ai remarqué deux choses que je n'étais pas sûr d'avoir vues très précisément à l'époque : à savoir que Gary semblait absolument effrayé, et qu'il ressemblait à mon frère. C'est-à-dire qu'il ressemblait à quelqu'un que j'aimais et détestais à la fois, quelqu'un qui avait irréparablement transformé ma vie. Et surtout, il ressemblait à quelqu'un qui m'avait beaucoup manqué au cours des années qui avaient suivi sa mort – quelqu'un avec qui j'aurais aimé pouvoir discuter, même si ça aurait été douloureux.

Globalement, cependant, c'était une émission sordide et mesquine. L'idée, semblait-il, était de coller une grande partie de la responsabilité des meurtres de Gary sur le dos de Nicole. Nicole décrivait la dernière fois que Gary l'avait frappée. Elle disait qu'elle avait alors su qu'elle le quittait :

« J'avais déjà été frappée par des hommes, expliquait-elle, et je me suis dit : "Je m'en vais." Quoi que j'aie pu faire, je ne méritais pas ça. Il savait que c'était ce que je ressentais. Et quand je l'ai regardé, j'ai su qu'après mon départ il tuerait quelqu'un. Je savais que si je le quittais, quelqu'un le paierait de sa vie.

— Et vous êtes tout de même partie ? » demandait l'interviewer.

Nicole regardait la caméra pendant un moment, et je voyais ce tressaillement familier autour de ses yeux, et un début de sourire brisé.

« L'un des plus grands regrets de ma vie », répondait-elle finalement.

Le sous-entendu du présentateur n'aurait cependant pas pu être plus clair : Nicole partageait la responsabilité. Parce qu'il l'avait perdue, et qu'il ne pouvait pas supporter cette perte, Gary avait tué Max Jensen et Ben Bushnell, au lieu de tuer la femme qui l'avait quitté. Et au-delà de cette question et de sa conclusion, il y avait un sous-entendu encore plus insidieux : d'une manière ou d'une autre, il était du devoir de Nicole de rester avec Gary – de continuer à endurer sa violence pour qu'il ne la retourne jamais contre un monde extérieur et innocent. En d'autres mots, l'interviewer disait que Nicole était coupable sous prétexte qu'elle avait refusé de supporter la violence de l'homme avec qui elle vivait.

Juste au cas où il ne se serait pas fait assez clairement comprendre, à la fin de l'émission, il enfonçait le clou :

« Comment pouvez-vous dire que vous avez aimé quelqu'un de si insensible ?

— Pas un jour ne s'écoule sans que son nom me vienne à l'esprit. Il est entré dans ma vie, il m'a aimée, et il a détruit tout le bien qu'il y avait en moi.

— Si vous pouviez effacer Gary Gilmore de votre vie, le feriez-vous ? »

Nouveau sourire brisé, nouveau regard sur le côté, puis elle secouait la tête.

« Et vous dites ça, reprenait l'interviewer, tout en sachant que si vous effaciez Gary, ces deux hommes seraient encore en vie, leurs enfants auraient encore leur père… »

Finalement, Nicole mettait un terme à la question.

« Oui, répondait-elle en acquiesçant. Oui, je le dis. »

Après ça, retour sur le présentateur Maury Povich, qui arborait une expression de dégoût hautain.

« Difficile de verser une larme pour elle », déclarait-il.

Je crois que je n'ai jamais été aussi proche de démolir ma télévision.

J'étais là à regarder le visage de Povich, et je pensais : Nicole ne t'a jamais demandé de verser une putain de larme. Aucun de nous ne l'a fait : ni Gary, ni elle, ni moi. Si des gens méritent qu'on pleure pour eux, ce sont les familles de Max Jensen et Ben Bushnell ; ils méritent non seulement des larmes, mais de la compassion et du soutien et des prières. Mais ils ne sont pas les seuls. Pendant que tu y es, pensais-je, tu pourrais essayer de pleurer pour tous les gens qui n'ont jamais vraiment pris la peine d'examiner comment ni pourquoi ces meurtres se sont produits, ni comment ils auraient pu être empêchés. Tu pourrais essayer de pleurer pour toi-même, espèce de connard condescendant, parce que d'une certaine manière, tout comme moi, tu fais partie du contexte qui contribue à faire naître le crime dans notre quotidien. Et, monsieur Povich, si tu ne peux pas éprouver de compassion pour Nicole – que tu n'as eu aucun scrupule à exploiter pour faire de l'audience –, tu pourrais essayer d'en montrer un peu, ou du moins un peu de compréhension, envers ces gens qu'on place sur la voie du meurtre dès leur plus tendre enfance, parce que parfois le meurtre est la seule chose qui puisse germer d'un cœur dévasté.

J'admets que tout ce que j'ai pensé sur le coup n'était pas très gracieux, et encore moins rationnel. J'étais en colère et je souffrais, et j'en avais ras le bol de tous ces jugements impitoyables.

J'ai éteint la télé et les lumières du salon et suis resté assis pendant des heures dans le noir, à réfléchir. Tout juste quelques mois auparavant, j'avais traversé l'un des pires chapitres de ma vie – mon bref passage à Portland – et en y réfléchissant désormais, avec un peu de recul, je m'apercevais que ce qui était allé de travers était en grande partie dû à mon passé. C'était un écho des ravages qui existaient déjà bien avant ma naissance et, de fait, c'était la chose qui me reliait plus que tout le reste à Gary : nous avions tous deux été les héritiers d'une négation qui était hors de notre emprise, peut-être même au-delà de notre compréhension. De toute évidence, nous avions géré de manières différentes cet héritage : Gary avait projeté cet anéantissement vers l'extérieur – de fait, il s'en était pris à tout ce qu'il avait pu : à des innocents, à Nicole, à sa famille, à moi, au monde et à ses idées de justice. Alors que moi, je l'avais projeté vers l'intérieur, parce que je n'avais pas été autorisé – et que je refusais de m'autoriser – à le projeter vers l'extérieur. Mais vers l'intérieur ou vers l'extérieur, c'était dans un cas comme dans l'autre une force extraordinairement destructrice, et pour la première fois de ma vie je comprenais que je n'étais pas vraiment sorti d'affaire. La ruine de ma famille ne s'était pas achevée avec Gary, parce qu'elle n'avait pas commencé avec lui.

Ce soir-là, j'ai aussi compris que j'avais grandi dans une famille qui ne se perpétuerait pas. Il y avait eu quatre fils, et aucun de nous n'avait eu sa propre famille. Nous n'avions pas transmis d'héritage, pour prolonger ou assouvir nos besoins, bons ou cruels, dévastés ou généreux, à travers des enfants. Nous n'avions même pas de gamins à battre ou à anéantir comme nous avions été battus ou anéantis. Et même si j'avais passé des années à dire à tout le monde que je voulais une famille, en partie pour racheter un fragment de la destruction que j'avais vu chez moi, la simple vérité, c'est que je n'ai jamais eu de famille. Je n'avais jamais fait les choix qui auraient permis de concrétiser ce rêve, et maintenant j'étais obligé de me demander si je l'avais jamais réellement voulu. C'est comme si tout ce qui était arrivé chez nous était si horrible que ça devait finir avec nous, ça devait s'arrêter, et qu'avoir des enfants, c'était courir le risque de perpétuer ce gâchis. La seule manière de tuer ce gâchis, c'est de se tuer soi-même. Et d'une certaine manière, c'est précisément ce qu'ont fait Gary et Gaylen : en mettant fin à leurs jours, ils ont mis fin à la famille avant de la perpétuer.

Ce n'est pas simple d'en arriver là – de se dire qu'il y a quelque chose en soi qui devra être rayé de la surface de la terre, quelque chose qui ne devra pas nous survivre. Parvenir à cette conclusion, avec cette vision de moi-même et de mon avenir, a changé ma vie. Je n'ai plus jamais été le même depuis, et je soupçonne parfois que je ne le serai plus jamais.

3

Des secrets et des os

J'ai décidé de retourner une fois de plus à Portland – cette fois pour retrouver mon frère.

Frank était toute la famille qui me restait, et je l'avais abandonné. Je ne savais absolument pas s'il était heureux ou clochard, sain d'esprit ou amoché. J'avais trop souvent dans ma vie perdu les gens que j'aimais ou à qui je tenais – parfois parce que la mort les avait emportés, d'autres fois parce qu'ils avaient cessé de m'aimer, ou alors parce que quelque chose en moi m'avait poussé à fuir, à abandonner irrévocablement ceux qui auraient pu m'aimer le plus ou avoir le plus besoin de moi. À certains moments, fuir était effroyablement aisé – je le faisais presque sans réfléchir – et c'était l'un de ces secrets honteux de ma personnalité que je ne comprenais pas complètement, mais auxquels je voulais désormais accéder.

Mais la vérité, c'est que Frank me manquait terriblement. J'avais essayé de le retrouver de temps en temps au fil des années. J'apprenais que quelqu'un l'avait vu travailler quelque part, ou marcher dans une rue ou une autre de Portland, mais je n'arrivais jamais à le localiser. Les dernières nouvelles de lui remontaient à deux ans plus tôt. Un ami l'avait vu travailler en tant que gardien quelque part. Lorsque j'avais appelé l'employeur, Frank avait démissionné et disparu.

Je n'avais aucune idée de ce que je trouverais quand je mettrais la main sur mon frère, mais je savais que je voulais le voir. Je voulais lui parler, le toucher, voir qu'il allait bien et tenter d'être honnête avec lui, même si au bout du compte il finissait par me bannir de sa vie pour de bon.

J'ai passé plusieurs mois à Portland avant de finalement retrouver Frank. J'avais fait tout ce qui m'était venu à l'esprit pour le localiser, mais même après avoir lu des romans policiers toute ma vie, je ne m'étais pas avéré très doué au métier de détective privé. J'avais consulté les certificats de décès, visité les refuges pour sans-abri, scruté le visage de chaque homme croisé dans la rue qui aurait pu être mon frère. Puis un soir, peu avant Noël, j'ai dîné avec Jim Redden, un ami journaliste et reporter criminel. Il a proposé de passer quelques coups de fil pour moi. Le lendemain matin, à mon réveil, Redden avait laissé un message sur mon répondeur. Il avait découvert où vivait Frank. À dix rues de chez moi, dans le nord-ouest de Portland.

Je me suis habillé et rendu à l'adresse de Frank. Elle n'était peut-être qu'à dix rues, mais en les parcourant on passait d'un monde à un autre. La zone du nord-ouest de Portland où je vivais était un vieux quartier plein de maisons victoriennes restaurées. C'était désormais un quartier sélect avec des boutiques, des cafés et des bars – un de ces quartiers peuplés de bohémiens aisés et prétentieux qui ont poussé dans la plupart des villes américaines au cours des dix ou vingt dernières années. Mais à mesure que vous marchiez dans la 23e Avenue, vous pénétriez dans une zone où les maisons victoriennes n'avaient pas été restaurées

– où les vieilles baraques ressemblaient simplement à de vieilles baraques – et vous vous approchiez de la lisière industrielle du nord-ouest de Portland. C'était une partie de la ville qui était généralement demeurée inchangée et mal aimée depuis les années 1940, un coin où nombre de personnes âgées et un paquet d'indigents se retrouvaient désormais, traînant autour d'épiceries qui avaient des barres d'acier dans leurs vitrines, et des chiens de garde ou des flingues derrière le comptoir. Il y avait plusieurs tavernes dans le quartier, pour la plupart des repaires d'ouvriers durs à cuire.

Frank vivait au milieu de tout ça, dans une vieille pension, au-dessus d'une taverne bruyante. J'avais déjà vu de tels endroits ; c'était le genre de lieu où mon père m'avait emmené durant mon enfance, quand il allait voir ses vendeurs. Le genre de lieu où la lumière du jour et l'air frais pénétraient rarement. À la place, vous y trouviez l'odeur rance des vieux venus tuer le temps, regarder la télé, boire, et broyer du noir. Cet endroit m'a instinctivement foutu le cafard. Pendant un moment, j'ai voulu m'enfuir.

J'ai gravi l'escalier et frappé à la porte qu'on m'avait indiquée comme étant celle de Frank. Pas de réponse. J'ai frappé de nouveau, ce qui a attiré l'attention du propriétaire. Il m'a informé que l'homme qui vivait là était parti travailler et ne rentrerait pas avant le milieu de soirée.

L'attente jusqu'au soir s'est avérée l'une des plus longues de ma vie. Je n'arrêtais pas de penser à l'endroit où vivait Frank. J'essayais de m'imaginer à quoi ressemblait sa vie. Quels qu'aient été mes problèmes, je vivais confortablement et j'avais une vie sociale. Le sort m'avait souri de bien des manières – plus qu'à tous les autres membres de ma famille.

Ça me semblait ahurissant que deux frères aient pu suivre des trajectoires si différentes. Et aussi terriblement injuste. Frank était resté à la maison et s'était occupé de ma mère. De fait, il était le seul frère à avoir vraiment essayé de faire ce qu'il fallait. Par contraste, je m'étais tout simplement enfui et soucié de moi seul. Je n'avais jamais vraiment envisagé de supporter le fardeau de ma mère et de ses problèmes. En récompense de sa dévotion, Frank s'était retrouvé avec ce qui me semblait une vie dévastée, parmi les vagabonds et les parias. Même si je n'avais pas certaines choses que je prétendais vouloir, la vérité, c'est que je n'avais pas fini sans rien. Je voyageais, je faisais des choses, j'avais de l'argent à la banque. Je ne risquais pas de finir du jour au lendemain dans une pension.

Mais inutile de trop me flageller ou de m'excuser. Même aujourd'hui, je ne crois pas que j'aurais vécu ma vie autrement. Je crois que je *devais* fuir ma famille pour ne pas sombrer sous le poids de ses exigences. Cependant, en voyant l'endroit où vivait Frank, j'avais une idée de ce que sa vie avait été depuis une décennie, et je n'étais pas fier de la distance qui nous avait séparés. Et je n'étais pas non plus rassuré à l'idée de débarquer de nouveau dans sa vie.

J'ai passé le reste de la journée à rouler sans but, réfléchissant à tout ça. Je me demandais ce que nous aurions à nous dire après tout ce temps.

Vers 21 heures, je suis retourné à l'endroit où vivait Frank. En haut de l'escalier, j'ai failli percuter un homme qui fermait sa parka et tirait un bonnet de laine par-dessus ses oreilles, s'apprêtant à affronter le froid au-dehors. J'ai scruté rapidement son visage – une habitude que j'avais prise ces derniers mois – et aperçu quelque chose que j'avais si souvent vu en imagination au fil des années ; un visage sillonné de rides profondes creusées par une histoire cruelle. J'ai vu le visage de mon frère.

« Frank », ai-je dit. Il a levé les yeux. J'ai deviné qu'il ne me reconnaissait pas. « Frank, c'est moi, Mikal. »

Il est resté là à me fixer du regard d'un air interrogateur, comme s'il ne me croyait pas. Je pense que s'il avait tendu le bras et m'avait poussé dans l'escalier, je ne lui aurais probablement pas résisté. J'aurais songé que c'était dans l'ordre des choses.

Mais à la place, il m'a pris dans ses bras et m'a serré. À cet instant, le lieu sordide où nous nous trouvions n'avait plus d'importance. À cet instant, j'avais l'impression d'avoir retrouvé un refuge.

Une demi-heure plus tard, nous étions assis bien au chaud dans mon appartement. Frank n'avait pas voulu que je voie la pièce où il vivait.

En entrant chez moi, il avait regardé autour de lui, observé les amoncellements de livres et de CD, mon équipement électronique et mon ordinateur. « Bon sang, avait-il dit en souriant, tu es comme maman. On dirait que tu ne jettes jamais rien ! »

Nous avons pris place sur mon canapé et discuté en sirotant des boissons chaudes. Frank m'a dit qu'il avait appris que j'étais marié, et il voulait en savoir plus sur ma femme. J'ai expliqué que le mariage était fini depuis longtemps, et que c'était l'une de ces erreurs tristes mais honnêtes que les gens font souvent. « Merde, mon vieux, a dit Frank en touillant son café, je suis vraiment désolé d'apprendre ça. Pas d'enfants ? » J'ai répondu que non, et il est resté un moment silencieux.

Je lui ai demandé ce qui lui était arrivé depuis la dernière fois que je l'avais vu. Il a haussé les épaules et s'est raclé la gorge.

« Oh ! je me suis pour ainsi dire laissé porter par le vent, quelques mois ici, quelques mois là. Pendant les années qui ont suivi la mort de maman, j'ai beaucoup bu. Sa mort m'avait fichu un sale coup. Je me sentais d'une certaine manière responsable, et je n'arrivais pas à m'ôter ça de la tête. Elle détestait les hôpitaux, elle en avait peur, et elle est morte quand je l'ai envoyée à l'hôpital. Je me disais que si je ne l'avais pas fait, elle aurait peut-être eu une chance. Après sa mort, j'ai vendu le mobile home et je me suis tiré. Je suppose que j'ai vécu quelques années comme ça – à voyager, à travailler, à boire. J'ai passé beaucoup de temps dans la rue. J'ai été mêlé à quelques bagarres. J'ai eu les bras cassés deux fois. Un jour, je me suis fait sauter dessus par une bande de putains de skinheads. Ils m'ont pris tout ce que j'avais. »

Frank a marqué une pause et esquissé un sourire bienveillant qui contrastait étonnamment avec la litanie d'horreurs qu'il venait de réciter.

« Je crois que je suis simplement devenu un peu cinglé durant ces années. Et puis je pensais à tout le reste, à Gaylen qui était mort si jeune, à Gary qui avait fait toutes ces choses affreuses… Il y avait des gens que je connaissais à peine qui venaient me voir pour me poser des questions terribles. "C'est vrai que votre frère a commis ces horreurs ? Comment avez-vous pu vivre sous le même toit qu'un type comme ça ?" Il est arrivé deux ou trois fois que des gens avec qui je travaillais comprennent que j'étais le frère de Gary. Alors ils voulaient se battre avec moi, comme si le fait de me foutre une raclée les rendrait plus forts ou plus durs que Gary, ou comme si ça le punirait encore plus. Il y a quelques mois, je travaillais à Salt Lake City, et quand quelqu'un s'est aperçu que j'étais le frère de Gary, on m'a foutu à la porte. »

Tandis que Frank parlait, je sentais le passé envahir la pièce. Peut-être l'a-t-il senti lui aussi, car il s'est levé et a commencé à faire les cent pas. Il a fait le tour de mon appartement, observant tout jusqu'à tomber sur la table de la salle à manger sur laquelle j'avais étalé des photos tirées des albums de famille. Pour une raison ou pour une autre, j'étais devenu le gardien de ces photos. Elles étaient tout ce qui me restait des biens de ma famille. J'avais récemment passé beaucoup de temps à les examiner, tentant d'y trouver des indices qui auraient pu résoudre les énigmes de nos vies.

« Je me demandais ce qu'elles étaient devenues, a dit Frank en soulevant l'une des photos et en la regardant. Il ne m'en reste plus beaucoup. J'ai tellement voyagé, j'ai perdu ou me suis fait voler tellement de choses. Je crois qu'à peu près tout ce qui me reste, c'est une photo de toi bébé, dans ton parc avec ton crapaud en plastique. Tu t'en souviens ? »

Frank a reposé la photo et en a soulevé une autre.

« Ça t'ennuie si je m'assieds ici pour les regarder ? »

J'ai répondu qu'il était libre de faire ce qu'il voulait, et que je lui ferais faire des copies des photos qu'il voudrait.

« C'est bon, a-t-il dit en tirant une chaise vers la table. Je n'ai pas vraiment envie de trimballer tout ça avec moi. Mais ça pourrait être marrant de les regarder. »

Nous nous sommes installés tous les deux à la table, étudiant les photos. Frank semblait avoir une histoire différente à raconter pour chacune d'entre elles. Elles décrivaient un certain monde, et je n'étais né qu'à la fin de ce monde.

Il a soulevé l'une des rares photos en couleurs du lot. Elle représentait une dinde de Thanksgiving. Juste le volatile cuit. Pas de membres de la famille, pas de visages souriants.

« Je me souviens de cette dinde, a déclaré Frank. Je me souviens qu'elle avait l'air délicieuse, posée sur la table alors que nous attendions depuis une éternité de pouvoir nous asseoir et la manger. Et je me souviens que maman et papa se sont engueulés immédiatement. Je revois maman attrapant la dinde et la jetant à travers la pièce, et je revois la dinde atterrissant par terre – *paf !* – et la farce volant de tous les côtés. Je me souviens que cet oiseau est resté par terre toute la journée parce que personne ne voulait le ramasser, parce qu'on était trop occupés à s'envoyer des insultes à la gueule. Je me souviens que je n'ai jamais eu la chance d'y goûter. » Frank a reposé la photo et soupiré. « Cette dinde avait l'air si délicieuse. »

Un peu plus tard, Frank est tombé sur la seule photo que j'avais de mon père et Gary seuls ensemble. Gary portait une casquette de marin. Il avait la joue contre celle de mon père, les bras autour de son cou, et une expression de besoin désespéré sur le visage. C'est une photo déchirante – pas juste à cause de l'expression de Gary, cette expression qui lui resterait toute sa vie, mais aussi à cause de celle de mon père. À cet instant, il cherche à s'écarter de la joue de Gary, avec un air de dégoût à peine dissimulé.

Frank a examiné la photo quelques secondes en silence, puis a levé les yeux vers moi.

« Est-ce que tu savais, a-t-il dit, choisissant ses mots avec soin, que Gary avait un fils ? »

Je lui ai dit que je l'avais appris récemment en écoutant une des interviews de Gary que Larry Schiller avait enregistrées. J'ai ajouté que j'avais aussi entendu sur l'une des cassettes de ma mère que le garçon n'était en fait pas mort, contrairement à ce que Gary croyait.

« C'est exact, a dit Frank. Le bébé n'est pas mort. C'était juste ce que papa et maman ont dit à Gary. En fait, je crois être tombé sur le fils de Gary il y a deux ans. Ça n'a pas été une rencontre très plaisante.

« C'était en fin d'après-midi, pendant l'été. Je marchais dans Burnside, pas loin du parc où traînent beaucoup de sans-abri. Il y a une petite taverne au bout de la rue. Je rentrais du travail et je me dirigeais vers la taverne pour boire un coup. Et juste quand j'étais sur le point d'entrer, ce type est arrivé en courant et a commencé à me parler. Il m'a demandé si j'étais Frank Gilmore et j'ai répondu que oui. Alors il a dit : "Votre frère Gary était mon père." Je l'ai regardé et j'ai répondu : "Je ne sais pas de quoi vous parlez", et j'ai essayé de poursuivre mon chemin.

« Mais il m'a arrêté. Il a dit : "Si, vous le savez. Votre frère était mon père. Votre famille m'a bien baisé, et maintenant, c'est moi qui vais vous baiser." Alors il a essayé de me filer un coup de poing. J'ai esquivé et je l'ai plaqué contre le mur. J'ai alors vu une matraque lui tomber des mains. Ces machins peuvent faire vachement mal. Je l'ai envoyée dans la rue d'un coup de pied et j'ai dit : "Bon sang, vous êtes même pas fichu de vous battre comme un homme ?" Je l'ai lâché et j'ai reculé. Quand j'ai vu qu'il n'allait pas me sauter dessus, je suis entré dans la taverne et j'ai raconté au barman ce qui s'était passé. Il a dit qu'il avait remarqué que ce type traînait dans les parages depuis quelques jours, comme s'il attendait quelqu'un. Je suis resté là à boire ma bière, et au bout d'un moment j'ai levé les yeux, et le type était dehors, en train de me regarder à travers la vitrine. J'ai décidé que je ferais aussi bien d'aller le voir et de discuter avec lui. Mais quand je suis sorti, il avait disparu, et je ne l'ai jamais revu. »

J'ai demandé à Frank : « Tu crois que cet homme était vraiment le fils de Gary ? Est-ce qu'il lui ressemblait ? »

Frank m'a observé un moment en silence, puis il a répondu : « C'était son sosie. »

Bordel de merde, ai-je pensé. Si c'était vrai, si le jeune homme que Frank avait affronté était en effet le fils de Gary, alors ça pourrait signifier quelque chose de pire que ce que j'avais imaginé. Peut-être que cette lignée violente et cet héritage néfaste ne cesseraient jamais. Peut-être qu'ils continueraient de se répandre dans l'histoire, dans le monde, dans nos enfants, dans tout ce qui proviendrait de notre sang.

Comme je songeais cela, Frank s'est penché au-dessus de la table et m'a dit : « Je suis désolé de ne pas t'avoir contacté pendant toutes ces années. Ce n'est pas comme si je ne savais pas où tu étais, ou que je ne savais pas comment te trouver. J'aurais toujours pu téléphoner ou écrire aux magazines pour lesquels tu travaillais.

« C'est juste que… je ne sais pas. Je me disais que tu allais bien. Parfois, j'étais dehors, en train de faire un boulot de merde, ou de dormir sous un pont, et je me disais : "Quelque part, j'ai ce frère qui s'en sort bien. Il écrit, il parle à des gens célèbres et il est respecté, et il est marié et a probablement des enfants. Ouais, je suis probablement l'oncle d'un gamin." Et je me demandais si c'était un garçon ou une fille, s'il avait les mêmes cheveux blonds et les mêmes yeux bleus que toi bébé. Je pensais à tout ça, et parfois ça m'aidait. Comme j'ai dit, j'étais un homme perdu après la mort de maman. Mais je pensais à toi et j'étais fier. Et j'ai plus ou moins décidé de ne jamais t'importuner, de ne jamais essayer de te retrouver et de ne pas t'embarrasser en te forçant à m'accepter. Je ne voulais pas être un rappel du passé que je pensais que tu avais laissé derrière toi. Je me disais : "Il y en a un de nous – un seul – qui a bien tourné, qui a réussi. Je crois que je lui dois de lui foutre la paix et de le laisser être heureux. C'est une bonne chose de le laisser partir. Il n'a aucune raison de rester lié à cette famille." »

Je n'ai pas dit un mot. Je ne crois pas que j'aurais pu. Je suis resté là à regarder mon frère en pensant : c'est peut-être toute la famille qui me reste au monde, mais je n'en demande pas plus. Je n'avais jamais véritablement compris la profondeur du cœur de cet homme ni l'étendue de sa solitude, mais peut-être qu'il n'était pas trop tard. Peut-être, seulement peut-être, que j'étais prêt à apprendre quelque chose de précieux sur la fidélité des liens du sang.

L'année suivante, Frank et moi nous sommes retrouvés plusieurs fois par semaine dans mon appartement pour parler du passé. Il m'a raconté nombre des histoires que j'ai répétées ici, et, à travers lui, j'ai réussi à avoir une compréhension plus profonde et équilibrée de notre famille. Il s'avérait que Frank avait une mémoire remarquable, et un don impressionnant pour se souvenir de détails saisissants. De temps à autre, il me montrait des éléments de l'histoire familiale que je n'avais jamais soupçonnés, et quand il ne pouvait pas répondre à mes questions ou ne connaissait pas la solution à divers mystères, il me le disait simplement. Durant toutes ces discussions, j'ai appris à connaître mon frère comme jamais auparavant, et nous avons chacun trouvé l'opportunité de parler de nos expériences difficiles et de notre héritage comme probablement peu de frères parviennent à le faire.

J'en suis aussi venu à comprendre, d'une manière que je n'oublierai jamais, ce que ça avait coûté à Frank durant toutes ces années d'avoir été un fils et un frère dans notre famille. Un jour, Frank est arrivé à ma porte, manifestement très agité. Il a à peine pu aligner deux mots pendant la première demi-heure. Et quand il y est enfin parvenu, il m'a parlé de la phobie dont il souffrait depuis plusieurs années. C'est une phobie complexe – en partie, une peur de rougir ou d'être embarrassé, le genre de peur qui se nourrit inévitablement d'elle-même et ne fait qu'empirer. Mais c'est aussi une peur de la culpabilité et du jugement d'autrui. En cette occasion précise, la phobie avait été déclenchée par un incident qui s'était produit dans une épicerie un peu plus tôt. La femme derrière le comptoir avait dit quelque chose qui avait poussé Frank à croire qu'elle l'avait peut-être pris pour un voleur à l'étalage. Apparemment, il s'était déjà senti observé par cette femme les fois précédentes où il était allé dans cette boutique. « J'ai peur d'être jugé coupable de choses que je n'ai pas faites, m'a-t-il expliqué. J'ai peur que les gens me prennent pour un voleur ou un assassin. J'ai parfois l'impression d'être complètement seul dans cette putain de vie – c'est moi contre le monde. »

Ce n'est pas une peur bénigne. Frank croit que cette phobie provient du fait qu'il a été le frère d'un meurtrier. Je crois pour ma part qu'elle remonte à plus loin. Dès son enfance, Frank – comme nous autres – s'est cru responsable de l'échec du mariage de nos parents. C'est terrible pour un enfant de croire ça. Puis, en grandissant, chaque fois que Gary était puni par mon père pour quelque chose qu'il avait fait, Frank était puni en même temps, qu'il soit innocent ou non. Un tel traitement – surtout lorsqu'il est administré régulièrement et brutalement au fil des années – suffirait à faire craindre à quiconque d'être jugé coupable.

En regardant mon frère pleurer ce jour-là, j'ai compris combien les jugements du monde étaient restés ancrés en lui. Plus que n'importe lequel d'entre nous, Frank n'a jamais cessé de payer pour ce qui s'était passé dans notre famille. Il paye pour Gary et pour ma mère et pour mon père chaque jour de sa vie, et ça l'a poussé à vivre une vie de peur et de solitude.

Au milieu de l'année 1991, Frank et moi avons fait un voyage en Utah. Je voulais voir de mes yeux les endroits où ma mère avait grandi et où mes parents s'étaient rencontrés, et aussi ceux où Gary avait causé tant de dégâts. Je voulais aussi faire la paix avec ce qui restait de la famille là-bas. Des années auparavant, à l'époque de l'exécution de Gary, j'avais jugé ces gens durement, et probablement injustement. Je les tenais en grande partie pour responsables de ce qui s'était passé, mais bon, c'était une période affreuse, et j'étais autant enclin aux jugements hâtifs que tous les autres. Je comprenais désormais que mon oncle, ma tante et mes cousines avaient fait de leur mieux pour gérer une situation horrible et extraordinaire. Ils n'avaient pas demandé à Gary de venir mettre leur monde sens dessus dessous, d'assassiner leurs voisins puis de disparaître tout auréolé d'une gloire autoproclamée. Il avait foutu de nombreuses vies en l'air durant ces quelques mois. Le moment était venu pour moi de me souvenir que ces gens étaient aussi de ma famille.

Frank et moi avons voyagé séparément. Il voulait s'arrêter voir des amis en route, alors que je voulais faire la route d'un trait. Peu après minuit, un soir de juin, je me suis arrêté à Ogden, Utah, et j'ai loué une chambre dans un motel. J'ai allumé la télé pour regarder les informations tout en défaisant mes valises, juste à temps pour entendre un journaliste annoncer : « L'exécution s'est passée paisiblement, sans accrocs, sans esclandre. » Je me suis assis sur le lit, hébété. William Andrews, l'un des deux hommes qui étaient connus dans l'État comme les « Tueurs de la hi-fi » (parce qu'ils avaient torturé et assassiné des gens dans un magasin de hi-fi), et qui étaient dans le couloir de la mort en même temps que Gary, avait été tué par injection létale. Je ne savais pas que son exécution était prévue, sinon je ne serais pas venu en Utah. J'étais devenu comme ma mère à cet égard : quand il y a des exécutions, je m'enfuis et je me cache. Je ne supporte pas d'en entendre parler.

Bon, bienvenue en Utah, ai-je songé, et je suis allé vomir dans la salle de bains.

Si je me souviens bien, j'ai aussi vomi le lendemain soir. J'avais roulé jusqu'à Orem – la ville située juste à côté de Provo, où était née ma mère – pour aller voir la station-service Sinclair, où Gary avait commis son premier meurtre. L'ancienne station avait depuis longtemps été démolie, et à sa place il y avait un self-service avec un guichet de caisse, deux rangées de pompes à essence, et des toilettes séparées. J'ai été soulagé de voir ça – ça signifiait que je n'aurais pas à aller dans les toilettes où mon frère avait forcé le jeune Max Jensen à s'allonger par terre avant de lui tirer deux balles derrière la tête. Pourtant, cet endroit avait quelque chose d'obsédant et d'insupportable. C'était l'un de ces endroits où une histoire sanglante avait fini par imprégner la terre. J'étais assis dans ma voiture, examinant les lieux, pensant la même chose que ce qu'avait pensé ma mère tant d'années plus tôt : comment as-tu pu, Gary ? Comment as-tu pu faire ça à cet homme ? Je crois que je comprenais plutôt bien ce qui avait bousillé mon frère, ce qui lui avait donné des envies de meurtre, mais il y a un certain pas que je n'ai jamais pu franchir – je n'ai jamais pu m'imaginer forçant un inconnu au visage avenant à s'allonger par terre et l'abattant.

Je suis resté là à réfléchir à tout ça jusqu'à ce que je n'en puisse plus. J'éprouvais de nouveau ma vieille sensation de choc et de honte. J'ai roulé jusqu'à Provo et me suis trouvé un endroit où on servait de l'alcool – ce qui n'est pas facile à Provo. Puis je suis retourné à mon motel et j'ai vomi.

Un ou deux jours plus tard, j'ai retrouvé Frank et nous sommes allés voir notre oncle Vernon dans sa maison à la sortie de Provo. Nous avons aussi vu ses filles, Brenda et Toni. Ida était morte depuis quelques années, et Vernon était désormais remarié à une mormone aimable et attentionnée. Brenda aussi avait perdu son compagnon : John était mort d'un cancer quelque temps auparavant, et il était enterré à côté d'Ida dans le cimetière de Provo, non loin de l'endroit où reposaient mes grands-parents et George et Alta.

Pour moi, cette visite, c'était comme découvrir des gens – des gens dont je n'avais jamais vraiment été proche, avec qui je n'avais pas vraiment passé de temps depuis que j'étais venu à la ferme quand ma mère m'avait amené en Utah pour l'enterrement de son père. Pour Frank, cependant, c'était autre chose. Il connaissait bien ces gens. Il avait grandi parmi eux. En le regardant discuter avec Brenda et Toni, j'ai compris que, pour lui, elles étaient comme des sœurs. Tous ces gens s'appréciaient, et j'étais content de voir ça.

Après, tandis que nous retournions à Salt Lake City, Frank et moi nous sommes perdus à Provo et avons tourné un moment en rond, tentant de trouver une grande artère qui nous mènerait à l'autoroute. Je me suis arrêté pour consulter ma carte et, au bout d'un moment, Frank a dit : « C'est ici. » Nous nous étions arrêtés juste devant le City Center Motel, là où, le lendemain du jour où il avait tué Max Jensen, Gary avait forcé Ben Bushnell à s'allonger par terre et l'avait lui aussi abattu. Nous sommes restés assis en silence pendant ce qui a semblé un long moment. J'ai finalement pris une profonde inspiration et demandé :

« Tu crois que nous ferions bien d'entrer et de jeter un coup d'œil ?

— Non, a répondu Frank. Je ne veux pas voir ça. »

Je me suis senti soulagé.

« Moi non plus », ai-je dit, et nous avons repris notre route dans la nuit.

Plus tôt dans la soirée, mon oncle Vern m'avait à un moment pris à l'écart et dit : « J'ai les vêtements de Gary ici à la maison. Il y a quelque chose que j'aimerais te montrer. Tu veux les voir ? »

J'avais répondu que je serais disposé à les voir à un autre moment, mais que ça ne me semblait pas approprié devant Frank.

Je suis donc retourné chez Vern un autre soir et me suis assis à la table de la cuisine, sur laquelle il avait placé un grand sac en plastique. Du sac, il a tiré un sweat-shirt noir sans manches, un pantalon blanc et des baskets avec des lacets rouge, blanc, bleu, et les a étalés devant moi. C'étaient les vêtements que Gary portait quand il avait été exécuté. Je m'attendais à ce qu'ils soient pleins de sang et en lambeaux, mais ce n'était pas le cas. Le sang avait depuis longtemps été nettoyé. J'ai passé les mains sur les vêtements. Ils m'ont semblé doux, et, étrangement, ça ne me rendait pas triste de les toucher. Il y avait presque quelque chose de réconfortant dans ce geste.

Vern a soulevé le sweat-shirt et désigné le motif de perforations que les balles avaient dessiné en transperçant le tissu et en déchiquetant le cœur de Gary. Quatre trous nets, chacun assez gros pour y passer un doigt.

« Regarde ça, a dit Vern, et il a désigné un autre trou, un peu à l'écart des autres. Ça aussi, ça a été fait par une balle. »

La tradition de l'Utah – et peut-être aussi sa loi – veut qu'un peloton d'exécution soit constitué de cinq hommes, mais que seuls quatre d'entre eux aient des fusils chargés. Le cinquième a une balle à blanc. Comme ça, si l'un des hommes a des problèmes de conscience, il peut toujours raisonnablement douter d'avoir véritablement tiré sur le condamné.

Il aurait donc dû y avoir quatre trous dans le sweat-shirt. Or, il y en avait cinq. Les officiels de l'Utah, apparemment, n'avaient pas pris de risques le jour où ils avaient mis mon frère à mort.

J'ai souvent rendu visite à ma cousine Brenda durant mon séjour en Utah, et j'en suis aussi venu à connaître et à apprécier l'homme qu'elle était sur le point d'épouser, un type fort, intelligent et au bon caractère nommé Jack. Je n'ai pas mis longtemps à comprendre ce que tous mes frères avaient aimé chez Brenda. Elle était drôle, terre à terre, d'une honnêteté à toute épreuve, terriblement intelligente et affectueuse. Elle avait aussi des principes auxquels elle se tenait fermement, et c'est en les jugeant mal que Gary avait commis son erreur la plus fatale. Brenda adorait Gary et était désolée pour lui, mais quand il s'était mis à descendre des gens, elle avait refusé de l'héberger ou de le protéger. Elle savait que si elle le faisait, il en aurait tué d'autres. Je comprenais exactement ce qu'elle avait ressenti, et je savais que, quand elle avait dit aux flics où ils pourraient le trouver, elle avait fait ce qu'il fallait.

Lors de ma dernière soirée en Utah, Brenda m'a apporté un bocal d'un vert opaque, avec un couvercle scellé. À travers le liquide trouble, on pouvait distinguer son contenu : c'étaient des fragments d'os qui avaient été récupérés dans les cendres après l'incinération.

« Ça fait longtemps que j'ai ça, a-t-elle déclaré. Je crois que ça te revient de droit. »

Je possède désormais tout ce qui reste dans ce monde de Gary Mark Gilmore. Le bocal est dans mon bureau, et je l'ai gardé à mes côtés ces derniers mois, pendant que j'écrivais ce livre.

Mais ces os ne sont pas la seule chose que j'ai rapportée d'Utah. J'en ai aussi rapporté un secret qui m'a dévasté et dont je ne savais que faire.

J'en avais une première fois entendu parler dans les enregistrements d'interviews que Schiller et Norman Mailer m'avaient prêtés. Lors d'une conversation avec Schiller, ma tante Ida lui avait raconté une chose qui s'était produite longtemps auparavant. C'était à l'époque où mon père était en prison, quand ma mère avait emmené Frankie et Gary à la ferme de ses parents à Provo et qu'ils avaient vécu dans la remise au fond du jardin. Un jour, ma mère montrait à Ida des photos, et elle était tombée sur un cliché de Robert Ingram. « As-tu déjà vu un plus bel homme ? avait demandé

Bessie. Ce garçon me manque vraiment. Tu sais, c'est lui le vrai père de Frank Jr. »

Bessie avait alors expliqué que Robert et elle avaient eu une brève liaison peu après son mariage avec mon père, l'une des fois où Frank Sr. l'avait laissée seule à Sacramento avec sa mère et le fils qu'il avait renié. Bessie aimait bien Robert, et Robert l'aimait bien, et la liaison avait aussi été une manière de faire payer Frank Sr. pour toutes les fois où il l'avait abandonnée. Bessie n'avait pas eu l'intention de tomber enceinte, mais quand c'était arrivé, elle avait su qu'elle n'aurait aucun mal à convaincre Frank Sr. que l'enfant était le sien. Pourtant, mon père avait toujours soupçonné quelque chose. Mais, ironiquement, il croyait que c'était Gary qui pouvait être le fils de Robert, et ça avait peut-être été l'une des causes de son aversion à son égard et des raclées féroces qu'il lui avait infligées. Peut-être que ce secret était aussi l'une des raisons pour lesquelles Bessie frappait Frankie quand il était petit. Peut-être que, à chaque fois qu'elle le voyait, elle repensait à sa liaison. Peut-être qu'elle se sentait coupable et honteuse et rejetait la responsabilité sur l'enfant. Quoi qu'il en soit, Frank Jr. est le seul d'entre nous que ma mère ait battu régulièrement. Entre elle et mon père, Frank Jr. et Gary ont payé cher pour ce secret.

Je connaissais cette histoire depuis quelque temps, mais je voulais en avoir la confirmation auprès de la famille en Utah, si possible. Je n'en avais pas encore parlé à mon frère Frank. Je ne savais pas comment le faire. En même temps, Frank et moi nous étions promis de nous dire tout ce que nous apprendrions. Il avait parfois été profondément troublé de me révéler certaines choses. Après mon retour d'Utah – où Vern et Brenda avaient dans la mesure du possible confirmé la rumeur et précisé quelques détails –, j'ai su que je devais dire à Frank ce que je savais.

La dernière fois que nous nous sommes vus, j'ai informé Frank que j'avais quelque chose à lui dire.

Il s'est assis.

« Ça va me faire un choc ? »

J'ai répondu que oui, et je lui ai tout dit. Il a encaissé le coup en silence. Puis il a parlé d'une voix sourde.

« J'avais une ou deux fois entendu papa insinuer quelque chose comme ça avec maman. Il lui hurlait dessus, affirmant qu'il y avait eu quelque chose entre elle et Robert, et qu'il l'avait toujours su. Je l'entendais, mais je croyais qu'il racontait n'importe quoi, juste pour la blesser.

« Je suppose que ça explique certaines choses. Je suppose que ça explique pourquoi je suis déglingué émotionnellement. Et je suppose que ça explique pourquoi maman a toujours été aussi dure avec moi. Enfin quoi, après la mort de papa, Gary et Gaylen ont constamment eu des problèmes. Ils lui gâchaient la vie. Mais elle avait toujours beaucoup d'amour pour eux. Et moi, j'étais celui qui devait se casser le cul pour l'aider du mieux que je pouvais, et je n'ai jamais rien eu en retour à part de la haine, de la haine, de la haine. »

Frank a marqué une pause et m'a regardé avec une expression douloureuse.

« Donc, ça veut dire que papa n'était pas mon père. Ça veut dire que mon demi-frère était mon père, et que papa était mon grand-père. Mais ce que je veux savoir, puisque toi et moi n'avons pas le même père, est-ce que ça veut dire que tu es toujours mon frère ?

— Je serai toujours ton frère, ai-je répondu, et tu seras toujours mon frère. Rien ne changera ça. Je suis désolé d'avoir eu à te dire ça. Je me suis longtemps demandé si je devais. C'est un peu difficile de parler d'une telle chose. »

Frank a baissé les yeux, tentant de réprimer ses larmes.

« Il est difficile de parler de tout dans notre famille. »

4

Une lettre de la maison

Je n'ai pas revu Frank depuis cette dernière visite. J'ai dû retourner à Los Angeles pour finir mon travail, et il a préféré rester à Portland. Nous nous parlons rarement au téléphone, car Frank n'en possède pas. Mais nous nous écrivons de temps à autre. Frank écrit des lettres comme personne.

Il y a quelque temps, il m'en a envoyé une dans laquelle il tentait de combler quelques vides de l'histoire familiale, des choses qu'il n'avait pas trouvé le temps de me dire jusque-là. J'ai lu et relu sa lettre. En voici une partie :

Avant ta naissance, quand nous vivions dans Crystal Springs Boulevard, Gary et moi allions à une école proche. C'est toujours pénible pour moi de repenser à cette école car ça me rappelle la fois où j'ai vu un jeune camarade de classe se faire tuer alors qu'il traversait une rue nommée Flavel Street.

Il s'appelait Paul, et il marchait avec son père. Soudain, j'ai vu Paul traverser la rue en courant et se faire percuter par une grosse voiture noire. Je me souviens que son père a paniqué, et que je me suis alors souvenu que j'avais oublié de récupérer Gary à l'école. J'étais censé le ramener à la maison, mais, pour une raison que j'ai oubliée, je ne l'avais pas fait.

L'accident de Paul m'a choqué et troublé. Je croyais que c'était Gary. Je suis retourné à l'école en courant, hurlant que mon frère avait été renversé par une voiture. Je me souviens d'une femme aux cheveux sombres qui se tenait sur sa pelouse et me regardait avec tristesse. J'ai retrouvé Gary, mais j'étais toujours bouleversé. Je lui ai raconté ce que j'avais vu et nous sommes rentrés à la maison ensemble. Quand j'ai dit à maman ce qui s'était passé, elle m'a simplement regardé avec dégoût, et elle a dit : « Va faire ta toilette avant de dîner. Et n'oublie plus jamais ton frère. » J'ai alors appris que, quand quelque chose vous perturbe, vous n'en parlez jamais à vos parents…

Vers la même époque, Gary et moi livrions des journaux. Nous avons fait ça pendant un moment, mais Gary en a eu marre et, au lieu de livrer ses journaux, il les a jetés. Ça a été la fin des livraisons pour lui. Il s'est fait virer, et je me souviens que papa était si furieux qu'il a asséné à Gary une raclée terrible, qui a duré longtemps. Aucun de nous n'était parfait. Mais le pauvre Gary, semblait-il, était un peu moins parfait que les autres…

Mon frère Mikal est entré dans nos vies quand nous vivions dans Crystal Springs Boulevard. C'était avant que nous ne déménagions en Utah. Un jour, Gary et moi écoutions la radio quand le téléphone a sonné. Papa a répondu. Et quelques minutes plus tard, il entrait dans notre chambre et annonçait : « Bon, les garçons, je ne sais pas comment vous allez le prendre, mais vous avez un petit frère. » Gary et moi étions tous les deux assez grands pour savoir qu'il y avait un bébé en route, alors ça n'a pas été une surprise, mais nous étions tous les deux heureux.

Je me souviens que, quelques jours plus tard, nous sommes allés quelque part au-dessus de la 23e Avenue dans le nord-ouest de Portland, où nous avons récupéré maman et notre nouveau frère, Mikal. Je me souviens que le bébé était beaucoup plus petit que ce à quoi je m'attendais, et qu'il était tout fripé, mais je me suis pris d'une réelle affection pour lui. Et papa avait trouvé quelqu'un qu'il aimait vraiment. Papa aimait vraiment Mike, et moi aussi. Je me souviens qu'un jour Mike est tombé malade, et papa a appelé le médecin. Quand le médecin est arrivé, il n'a pas annoncé de mauvaise nouvelle, ce qui nous a tous rendus heureux. Après tout, Mike était le bébé de la famille. Mais le médecin a tout de même dit qu'il devait lui faire une piqûre, et ça nous a tous si contrariés que nous avons attendu dehors pendant qu'il lui faisait la piqûre.

Je me souviens aussi que Mikal avait un petit lit avec des parois très hautes pour qu'il ne puisse pas les escalader. Et personne ne l'en sortait jamais à part moi. Chaque fois qu'il me voyait, il devenait tout excité et tendait les bras pour que je le sorte. Dès que je le soulevais, je me souviens qu'il gigotait les jambes à mille à l'heure. Et dès qu'il était par terre, zou, il était parti. Il allait partout, à travers toute la maison, en un éclair. C'était comme s'il voulait que toute la famille sache qu'il était libre.

ÉPILOGUE

Le procès

Mes jours sont écoulés, mes projets sont détruits, même les pensées de mon cœur.
Ils font de la nuit le jour : le jour est proche à cause de l'obscurité.
Si j'attends, la tombe est ma demeure : j'ai préparé ma couche dans les ténèbres.
J'ai dit à la corruption : Tu es mon père.
Au ver : Tu es ma mère, ma sœur.
Et où est mon espérance ?
Et mon espérance, qui pourra la voir ?
Ils descendront vers les portes du sépulcre, lorsque nous reposerons ensemble dans la poussière.

Livre de Job, chapitre 17

Un dernier rêve :

J'assiste au procès de Gary. Nous sommes dans une petite pièce majestueuse du tribunal de l'Utah, et la pièce est remplie de visages sévères, impitoyables. Ce sont les juges. Ils demandent à Gary – qui, dans ce rêve comme dans la vie, exige d'être mis à mort – pourquoi il a commis ces crimes, pourquoi il a été si violent. Cette question semble le laisser perplexe, et il ne désire pas organiser de défense. Je fais partie de ses défenseurs – soit en tant qu'avocat assistant, soit en tant que témoin – et je fais passer une note au principal avocat de Gary : « Je peux dire la vérité à ce sujet. Faites-moi monter à la barre. »

J'y vais et je dis ce qui, d'après moi, va changer le cours des choses : je dis aux juges que Gary a été battu lorsqu'il était enfant, qu'il a été forcé de voir sa mère se faire battre, qu'il a été abandonné et maltraité mille fois.

Personne ne semble trouver que ce que je révèle a la moindre importance. Gary lui-même hausse les épaules. Les juges déclarent mon témoignage hors de propos. « Ce qui est arrivé à l'enfant n'absout pas l'homme », dit l'un d'eux.

Mais il y a une faille curieuse dans la logique du rêve – ou du moins dans la logique des juges. Ils apprennent que Gary a une fille aux cheveux sombres, âgée d'environ 3 ans. Et ils décident que, comme elle descend de Gary, la fillette a été trop contaminée par son père pour survivre. Si Gary veut mourir, décrètent les juges, alors son enfant doit mourir avec lui. Gary accepte leur décision.

Mais je suis furieux. Je suis tellement en colère qu'on me traîne hors de la salle d'audience. J'essaie de persuader toutes les personnes que je croise de voir l'injustice, la cruauté et le gâchis de ce jugement. Mais personne ne semble gêné outre mesure. Gary est disposé à accepter la mort de l'enfant pour parvenir à ses propres fins.

Je me moque alors de ce qui va arriver à mon frère. Je veux sauver cette enfant. J'essaie de me battre jusqu'au dernier instant – jusqu'à ce que quelqu'un vienne vers moi, tandis que je me tiens dans l'obscurité devant la prison, et m'annonce : « La fillette est morte. »

Quand j'apprends ça, je m'enfonce dans un chagrin effroyable et infini. Je n'arrive pas à croire qu'ils aient fait ça. Je ne peux pas imaginer que la vie continue ou qu'elle soit tolérable après ce qui est arrivé. Je ne peux pas vivre avec un fardeau aussi insupportable.

Je me réveille alors, une vive douleur me déchirant les entrailles. Et je m'aperçois que je pleure vraiment. Je reste couché là, à sangloter, et même si je sais qu'aucun enfant n'est mort, je ne peux pas m'empêcher de pleurer. Mon chagrin me semble réel, et j'ai l'impression que je ne peux *pas* vivre avec.

Je me lève et jette un coup d'œil à l'horloge. Il est 4 h 30 du matin. Je vais dans la cuisine et me verse un verre de whiskey. Je retourne à ma chambre et m'assieds sur le lit dans le noir. Je reste longtemps ainsi. Je finis mon whiskey, me glisse sous les draps, me pose un oreiller sur la tête pour cacher la lumière du matin que je déteste tant. Je me recroqueville sur moi-même et me dis : « Ça n'ira jamais. Jamais. Ça n'ira *jamais.* » Je me répète ça encore et encore, jusqu'à trouver suffisamment de réconfort dans ces paroles pour parvenir à me rendormir.

REMERCIEMENTS

De nombreuses personnes m'ont aidé à découvrir et raconter cette histoire.

Les principales d'entre elles ont été mon frère, Frank Gilmore Jr., et Lawrence Schiller et Norman Mailer.

Quand je me suis mis à la recherche de mon frère à la fin de 1991, après dix ans de séparation, je n'avais aucune idée de son état d'esprit, et je ne savais absolument pas comment il prendrait le fait que j'écrivais un livre sur le passé de notre famille, une chose dont nous avions tous deux cherché autant que possible à nous distancier. Bien que Frank ait eu quelques véritables scrupules à exhumer ce passé et à étaler au grand jour certains de ses aspects les moins plaisants, il a fait preuve d'une gentillesse incroyable en partageant avec moi tout ce qu'il savait sur cette difficile histoire. Au bout du compte, Frank et moi avons effectué quelque chose comme cent heures d'interviews – pour autant qu'« interviews » soit le mot approprié quand il s'agit de conversations intimes entre deux frères – et au fil de ces discussions, ma propre perception de l'histoire que je racontais a changé de façon spectaculaire. Frank n'avait aucun désir de condamner ou réhabiliter qui que ce soit dans l'histoire de notre famille – pas même lui-même ; il voulait juste raconter ses anecdotes aussi simplement et impartialement qu'il s'en souvenait. De temps à autre, j'étais étonné par sa capacité à se souvenir avec autant de clarté et de détail, et je me suis toujours senti humble face à sa profondeur et à son éloquence modeste.

Ce livre est, comme il se doit, dédié à mon frère. Sans son aide, j'aurais raconté une histoire différente, moins précise, et moins significative. Plus important encore, sans sa sollicitude, je n'aurais pas retrouvé le dernier fragment de famille que je n'aurais jamais dû perdre. Je suis heureux et fier que Frank soit mon frère.

La contribution de Schiller et de Mailer a aussi été immense, encore plus que je ne m'y attendais. En 1977, quand Schiller menait et compilait les entretiens et les recherches pour le livre de Mailer, *Le Chant du bourreau*, il m'a contacté à quelques reprises en me demandant d'être interviewé par lui et l'auteur. J'ai toujours refusé – et pas toujours poliment. En partie pour des raisons que j'ai évoquées dans ce livre : Larry et moi avions eu de mauvaises relations en Utah durant la semaine qui a précédé la mort de Gary, et la simple vérité, c'est que j'avais choisi de lui en vouloir. Je doutais également des mérites d'un livre qui analyserait de façon exhaustive la pathologie de mon frère (de fait, je n'étais pas encore prêt à examiner les sources de toute cette tragédie). Plus tard, quand j'ai lu le livre fini, j'ai été grandement impressionné. Mailer avait raconté une histoire complexe et troublante sans imposer ni sa voix ni son jugement, et Schiller avait effectué ses recherches scrupuleusement. Par la suite, quand la version filmée de Schiller a été achevée, il m'a proposé de la voir avant sa diffusion, et m'a accordé une interview pour un article que j'écrivais sur le film pour *Rolling Stone*. Dans un sens, j'ai regretté ma décision antérieure de ne pas lui accorder d'interview pour *Le Chant du bourreau* – étant donné son obligeance, je me trouvais grossier d'avoir gardé pour moi ce que je savais sur la vie de mon frère. En même temps, j'en suis venu à respecter Schiller d'une manière pour moi inattendue – il avait traité son sujet honnêtement et honorablement, et lui et Mailer avaient créé quelque chose de monumental.

À l'automne 1991, je discutais avec Schiller de la difficulté qu'il y avait à découvrir certains des aspects les plus cachés de l'histoire de ma famille, lorsqu'il m'a fait une proposition remarquable et spontanée : il a offert de me prêter les cassettes originales des discussions qu'il avait eues avec Gary et ma mère. Il se disait que le fait de les écouter pourrait élargir ma perception émotionnelle de l'histoire, et puis, ça pourrait expliquer certaines des énigmes les plus déroutantes. Naturellement, j'ai été quelque peu embarrassé par cette proposition – après tout, j'avais autrefois décliné toutes les demandes d'aide que lui et Mailer m'avaient faites – mais pas au point de ne pas sauter sur l'occasion. Le simple fait d'entendre les voix de ma mère et de mon frère après tant d'années, comme le fait d'entendre les histoires étonnantes de Frank, a non seulement changé les jugements et les sentiments que m'inspiraient ces gens que j'essayais de redécouvrir, mais ça a aussi rendu plus profonde ma relation à eux. De plus, naturellement, j'ai emprunté de nombreux détails et récits importants à ces cassettes, et j'ai essayé de témoigner ma reconnaissance à plusieurs reprises au cours de ce texte. (Dans la mesure du possible, j'ai tenté de ne pas couvrir le même terrain que celui couvert par Mailer dans son livre, même si certains recoupements sont inévitables. En même temps, si vous voulez un examen méticuleux et révélateur des mésaventures de Gary en Utah, *Le Chant du bourreau* est le livre à lire ; il raconte une histoire différente de celle que j'ai racontée, et il la raconte d'une manière remarquable.)

En outre, aussi bien Schiller que Mailer – ainsi que l'assistante personnelle de Mailer, Judith McNally – se sont montrés patients chaque fois que je leur ai écrit ou que je les ai appelés pour leur demander de m'aider à élucider divers mystères troublants du passé de mes parents. Ils m'ont aidé quand ils ont pu, mais ont parfois séché autant que moi. « Vos questions sont celles que je me suis posées autrefois », m'a un jour répondu Mailer, et, au bout du compte, nombre de ces questions n'ont pu être résolues. Mon père et ma mère avaient bien réussi à recouvrir leurs traces. Quels qu'aient été les meilleurs ou les pires secrets de Frank et de Bessie Gilmore, ils sont parvenus à les dissimuler bien après leur mort. Je doute d'avoir cette chance.

D'autres m'ont aidé à accomplir les recherches ardues et fastidieuses qui m'ont permis de reconstituer ces vies perdues. Les personnes suivantes ont passé des heures à m'aider à fouiller dans des dossiers et des registres et des paperasses officielles et institutionnelles pour y trouver des informations essentielles : Paula Jean Brown, Jennifer Kriegh-Lobianco, Jim Redden, Sheila Rogers, Neil Thompson et Ewa Wojciak.

En plus de mon frère Frank, les personnes suivantes ont accepté de me raconter leurs souvenirs de diverses personnes et d'événements liés à l'histoire de ma famille : Steve Bekins, Craig Esplin, Duane Fulmer, Tom Lyden, Grace McGinnis, Robert Moody, Larry Olstad, Rich Parker, Norm Rieter et Roger Shirley. D'autres personnes m'ont accordé des interviews mais, pour diverses raisons, elles ne peuvent être identifiées ici. Mes remerciements à tous ceux qui ont partagé leur temps et leurs souvenirs.

Au début, alors que je m'interrogeais toujours sur le bien-fondé de ce livre, plusieurs personnes m'ont dispensé des encouragements et des conseils aussi bien généreux que cruciaux. Parmi lesquelles : Nancy Clark, James Ellroy, Karen Hall et Victoria Williams. Une amie chère, Helen Knode, a suggéré le titre original de ce livre. Dès l'instant où elle l'a suggéré, j'ai su que je tenais quelque chose de précieux. Depuis maintenant deux ans, ce titre m'a aidé à me concentrer sur cette histoire.

Il y a plusieurs années, j'ai écrit pour *Rolling Stone* des articles sur les événements qui ont entouré l'exécution de mon frère et sur le film de sa vie qui a été diffusé par la suite. Des fragments de ces articles apparaissent sous forme révisée dans la cinquième section de ce livre, « Histoire du sang ». J'aimerais remercier le personnel passé et présent de *Rolling Stone* qui m'a fourni une aide essentielle pour ces articles : Barbara Downey, Ben Fong-Torres, James Henke, Sarah Lazin, Terry McDonnell, Susan Murcko, Steve Pond, Bob Wallace et Jann Wenner.

Rolling Stone m'a aidé à continuer d'écrire à une période de ma vie où tout ce que je voulais faire, c'était disparaître. Mes remerciements aux personnes avec qui j'ai travaillé au magazine pour leur patience et leur soutien de longue date.

J'aimerais aussi remercier les personnes suivantes : Lee Youngman, pour m'avoir fait visiter l'école pour garçons MacLaren et pour ses commentaires édifiants sur la violence juvénile ; Charles Crookham et Jeff Van Valkenburgh du bureau du procureur général de l'État d'Oregon, qui m'ont aidé à obtenir les registres de prison et les dossiers médicaux et psychiatriques de mon frère Gary ; William Drucker, M.D., qui a partagé avec moi sa connaissance du sujet complexe que constituent les traitements par drogues antipsychotiques ; David Copperfield et Kreskin, qui m'ont aidé à découvrir la vérité derrière les rumeurs sur Houdini ; L. Kay Gillespie, de l'université Weber en Utah, pour m'avoir aidé à comprendre l'histoire de la peine capitale chez les mormons d'Utah (Gillespie est l'auteur d'un volume chaudement recommandé, *The Unforgiven : Utah's Executed Men*) ; Harry Crews, pour sa formidable histoire, *Fathers, Sons, Blood* (parue dans *Classic Crews : a Harry Crews Reader*), d'où j'ai tiré le titre de la cinquième partie de ce livre, ainsi que la citation de Goethe que je n'aurais sinon probablement jamais trouvée ; et Virginia Campbell, Katherine Dunn, Steve Erickson, Neil Gaiman, le Dr. Leonard Lewenstein, Bernadette Megowan, Shannon Riske, le Dr. Larry Ryan et Michael Sugg, pour les nombreuses heures inestimables de conversation, pour leurs conseils, et pour leurs points de vue. J'aimerais aussi remercier Alan Pakula, pour sa confiance et son soutien dès les premiers stades de cette entreprise.

Plusieurs autres personnes m'ont accordé une aide personnelle inestimable : mes cousins à New York, Peter Lancton et feu son père, Clarence Lancton, pour avoir en partie comblé les vides de l'histoire de ma grand-mère Fay ; et, en Utah, mon oncle Vernon Damico et ses filles (mes cousines) Brenda Wagstaff et Toni Gurney. Vern, Brenda et Toni m'ont offert sans compter leur temps et leurs souvenirs – des souvenirs qui étaient encore très douloureux pour eux – et ils m'ont aussi fait éprouver de l'amour sur une terre que mon héritage m'avait appris à détester. J'aimerais aussi adresser un remerciement particulier à Nicole Barrett. Elle m'a offert une aide et une compréhension considérables à une période difficile de sa vie, et son amitié est devenue quelque chose d'irremplaçable. Merci, Nicole, d'avoir supporté toutes les complications et tous les mauvais souvenirs. Je te dois de l'amour, et plus encore.

Finalement, j'aimerais remercier mon éditeur, David Gernert, et son assistante éditoriale, Amy Williams, ainsi que mon agent, Richard Pine. Ces gens ont fait preuve d'une patience et d'une générosité bien au-delà de leurs obligations. En particulier, je dois à Richard un grand merci pour sa persévérance et ses encouragements durant plusieurs années difficiles et trop de faux départs. Ce livre n'existerait pas sans sa foi inflexible en ma capacité à endosser le passé.

J'ai entamé les recherches à plein temps pour ce livre à Portland, Oregon, en octobre 1991, et les ai achevées à Los Angeles en janvier 1993. Le texte a été rédigé de février à octobre 1993.

MIXTE
Papier issu de sources responsables
FSC® C003309

L'éditeur de cet ouvrage s'engage dans une démarche de certification FSC® qui contribue à la préservation des forêts pour les générations futures.

Pour en savoir plus :
www.editis.com/engagement-rse/

10/18 – 92 avenue de France, 75013 PARIS

Imprimé en France par CPI

N° d'impression : 2063188
Suite du premier tirage : février 2022
X07687/03